DIE AUTORIN: Dorothy Leigh Sayers, geboren am 13. Juni 1893 als Tochter eines Pfarrers und Schuldirektors aus altem englischem Landadel, war eine der ersten Frauen, die an der Universität ihres Geburtsorts Oxford Examen machten. Sie wurde Lehrerin in Hull, wechselte dann aber für zehn Jahre zu einer Werbeagentur über. Schon in ihrem 1926 erschienenen Erstling «Der Tote in der Badewanne» führte sie die Figur ihres eleganten, finanziell unabhängigen und vor allem äußerst scharfsinnigen Amateurdetektivs Lord Peter Wimsey ein, der aus moralischen Motiven Verbrechen aufklärt. Ihre über zwanzig Detektivromane, die sich durch psychologische Grundierungen, eine Fülle bestechender Charakterstudien und eine ethische Haltung auszeichnen, sind inzwischen in die Literaturgeschichte eingegangen. Dorothy L. Sayers gehört mit Agatha Christie und P. D. James zur Trias der großen englischen Kriminalautorinnen. 1950 erhielt sie in Anerkennung ihrer literarischen Verdienste um den Kriminalroman den Ehrendoktortitel der Universität Durham. Dorothy L. Sayers starb am 17. Dezember 1957 in Witham/Essex.

Von Dorothy L. Sayers liegen als rororo- oder Wunderlich Taschenbücher vor: «Fünf falsche Fährten» (Nr. 14614), «Diskrete Zeugen» (Nr. 23083), «Mord braucht Reklame» (Nr. 23081), «Zur fraglichen Stunde» (Nr. 23137), «Ärger im Bellona-Club» (Nr. 15179), «Aufruhr in Oxford» (Nr. 23082 und 26231), «Die Akte Harrison» (Nr. 15418), «Hochzeit kommt vor dem Fall» (Nr. 23245 und 26276), «Der Mann mit den Kupferfingern» (Nr. 15647 und 26368), «Das Bild im Spiegel» (Nr. 15783), «Figaros Eingebung» (Nr. 15840) und «Ein Toter zuwenig» (Nr. 26310).

Dorothy L. Sayers

Keines natürlichen Todes
«Unnatural Death»

Mit einem Nachwort von
Walther Killy

Starkes Gift

Zwei Romane

Deutsch von Otto Bayer

Wunderlich Taschenbuch

Keines natürlichen Todes
Die englische Originalausgabe erschien 1927 unter dem Titel
«Unnatural Death» im Verlag Victor Gollancz Ltd., London.
Die deutsche Erstausgabe erschien 1951 unter dem Titel
«... keines natürlichen Todes» im Scherz Verlag, Bern/München

Starkes Gift
Die englische Originalausgabe erschien 1930 unter dem Titel
«Strong Poison» im Verlag Victor Gollancz Ltd., London.
Die deutsche Erstausgabe erschien 1970 unter dem Titel
«Geheimnisvolles Gift» im Rainer Wunderlich Verlag
Hermann Leins, Tübingen.
1979 erschien der Band dort in neuer Übersetzung

Neuausgabe September 2002

Veröffentlicht im Rowohlt Taschenbuch Verlag GmbH,
Reinbek bei Hamburg, Dezember 1991
Keines natürlichen Todes
Copyright © der Neuübersetzung 1975 by Rowohlt Verlag GmbH,
Reinbek bei Hamburg
«Unnatural Death»
© 1927 by Anthony Fleming
Lizenzausgabe mit Genehmigung des Scherz Verlages, Bern und München
Deutsche Rechte beim Scherz Verlag, Bern und München
Starkes Gift
Copyright © der Neuübersetzung 1979 by Rowohlt Verlag GmbH,
Reinbek bei Hamburg
«Strong Poison»
© 1930 by Anthony Fleming
Umschlaggestaltung any.way, Barbara Hanke/Cordula Schmidt
(Foto: ZEFA-SIS)
Gesamtherstellung Clausen & Bosse, Leck
Printed in Germany
ISBN 3 499 26377 7

Dorothy L. Sayers

Keines
natürlichen Todes

«Unnatural Death»

Mit einem Nachwort von
Walther Killy

Roman

Inhalt

I. Das medizinische Problem

1. Abgelauscht — 9
2. Spitzbübische Munkelei — 17
3. Eine Verwendung für Fräuleins — 24
4. Leicht verdreht — 35
5. Tratsch — 44
6. Die Tote im Wald — 53
7. Schinken und Branntwein — 68
8. In Sachen Mord — 79
9. Das Testament — 88

II. Das rechtliche Problem

10. Noch einmal das Testament — 97
11. Am Scheideweg — 112
12. Die Geschichte von den beiden Jungfern — 128
13. Hallelujah — 138
14. Juristische Spitzfindigkeiten — 146
15. Sankt Peters Versuchung — 157
16. Ein gußeisernes Alibi — 166
17. Ein Anwalt vom Lande berichtet — 173
18. Ein Londoner Anwalt berichtet — 183

III. Das medizinisch-rechtliche Problem

19. Auf und davon — 197
20. Mord — 212
21. Aber wie? — 221
22. Eine Gewissensfrage — 234
23. Und traf ihn – so! — 249

Über Dorothy L. Sayers
von Walther Killy — 264

I
Das medizinische Problem

Doch wie ich drankam, wie mir's angeweht,
Von was für Stoff es ist, woraus erzeugt,
Das soll ich erst erfahren.
Der Kaufmann von Venedig

I

Abgelauscht

Der Tod war zweifelsohne plötzlich, unerwartet und für mich rätselhaft.
Brief von Dr. Paterson
an den Standesbeamten
im Falle Reg. V. Pritchard

«Aber wenn er meinte, die Frau sei ermordet worden...»

«Mein lieber Charles», erwiderte der junge Mann mit Monokel, «es geht nicht an, daß Leute, vor allem Ärzte, so einfach etwas ‹meinen›. Das kann sie in arge Ungelegenheiten bringen. Im Falle Pritchard hat Dr. Paterson meiner Meinung nach alles Zumutbare getan, indem er den Totenschein für Mrs. Taylor verweigerte und diesen ungewöhnlich besorgten Brief ans Standesamt schickte. Daß der Beamte ein Trottel war, dafür kann er nichts. Wenn im Falle Mrs. Taylor eine Untersuchung stattgefunden hätte, wäre es Pritchard sicher unheimlich geworden, und er hätte seine Frau in Ruhe gelassen. Immerhin hatte Paterson nicht die Spur eines Beweises. Und wenn er nun ganz im Unrecht gewesen wäre – was hätte das für einen Wirbel gegeben!»

«Trotzdem», beharrte der schwierig zu beschreibende andere junge Mann, indem er zögernd eine brodelndheiße Helix pomatia aus dem Schneckenhaus zog und mißtrauisch betrachtete, bevor er sie zum Mund führte. «Es ist doch eindeutig eine staatsbürgerliche Pflicht, einen einmal gefaßten Verdacht auch auszusprechen.»

«*Deine* Pflicht – ja», sagte der andere. «Übrigens gehört es nicht zu den Pflichten des Staatsbürgers, Schnecken zu essen, wenn er sie nicht mag. Na eben, hab mir's doch gedacht, daß du keine magst. Wozu noch länger hadern mit dem grausamen Geschick? Ober, nehmen Sie die Schnecken dieses Herrn wieder mit und bringen Sie dafür Austern... Also – wie gesagt, es mag zu *deinen* Pflichten gehören, Verdacht zu fassen und Ermittlungen zu veranlassen und allen die Hölle heiß zu machen, und wenn du dich geirrt hast, sagt keiner was, höchstens, daß du ein kluger, gewissenhafter Beamter und nur ein bißchen übereifrig bist. Aber diese armen Teufel von Ärzten balancieren doch ihr Lebtag sozusagen auf dem Hochseil. Wer holt sich schon jemanden ins Haus, der ihm beim kleinsten Anlaß womöglich eine Mordanklage an den Hals hängt?»

«Entschuldigen Sie bitte.»

Der schmalgesichtige junge Mann, der allein am Nebentisch saß, hatte sich interessiert umgedreht.

«Es ist sehr ungehörig von mir, mich da einzumischen, aber was Sie da sagen, stimmt Wort für Wort, dafür kann mein Fall als Beispiel dienen. Ein Arzt – Sie ahnen ja nicht, wie abhängig er von den Launen und Vorurteilen seiner Patienten ist. Die selbstverständlichsten Vorsichtsmaßnahmen nehmen sie übel. Sollte man es gar wagen, eine Autopsie vorzuschlagen, schon geraten sie in hellen Zorn, daß man ‹den armen Soundso jetzt aufschneiden› will, und Sie brauchen nur darum zu bitten, im Interesse der Wissenschaft einer besonders merkwürdigen Krankheit auf den Grund gehen zu dürfen, gleich bilden sie sich ein, man habe unschöne Hintergedanken. Aber wenn man der Sache ihren Lauf läßt und hinterher stellt sich heraus, daß dabei nicht alles mit rechten Dingen zugegangen ist, dann geht einem natürlich der Untersuchungsrichter an den Kragen, und die Zeitungen machen einen fix und fertig. Wie man's auch macht, man wünscht sich hinterher, man wäre nicht geboren.»

«Sie sprechen aus eigener Erfahrung», sagte der Mann mit Monokel in angemessen interessiertem Ton.

«Allerdings», antwortete der Schmalgesichtige mit Nachdruck. «Wenn ich mich wie ein Mann von Welt benommen und nicht den übereifrigen Staatsbürger gespielt hätte, brauchte ich mir heute keine andere Stelle zu suchen.»

Der Monokelträger sah sich mit feinem Lächeln in dem kleinen Restaurant um. Rechts von ihnen versuchte ein dicker Mann mit öliger Stimme zwei Damen von der Revue zu unterhalten; dahinter demonstrierten zwei ältere Stammgäste, daß sie mit der Speisekarte des *Au Bon Bourgeois* in Soho vertraut waren, indem sie «Tripes à la mode de Caen» verzehrten (die dort wirklich hervorragend sind) und eine Flasche Chablis Moutonne 1916 dazu tranken; auf der gegenüberliegenden Seite brüllten ein Provinzler und seine Frau stumpfsinnig nach ihrem Schnitzel mit einer Limonade für die Dame und einem Whisky-Soda für den Herrn, während am Nebentisch der gutaussehende silberhaarige Wirt ganz darin vertieft war, eine Salatplatte für eine Familie herzurichten, so daß er im Augenblick für nichts anderes Gedanken hatte als die hübsche Verteilung der gehackten Kräuter und Gewürze. Der Oberkellner kam und ließ eine Forelle blau begutachten. Er bediente den Monokelträger und seinen Begleiter und zog sich dann zurück, um sie jener Ungestörtheit zu überlassen, die der Unerfahrene in vornehmen Cafés zu suchen pflegt, dort aber nie findet.

«Ich komme mir vor wie Prinz Florizel von Böhmen», sagte der Mann mit Monokel. «Sie haben gewiß eine interessante Geschichte zu erzählen, Sir, und ich wäre Ihnen überaus verbunden, wenn Sie uns die Ehre erweisen und uns daran teilhaben lassen würden. Ich sehe, daß Sie schon fertig gegessen haben und es Ihnen daher wohl nicht allzuviel ausmacht, an unseren Tisch zu kommen und uns beim Essen mit Ihrer Erzählung zu unterhalten. Verzeihen Sie meine Stevensonsche Art – meine Anteilnahme ist deshalb nicht weniger ernsthaft.»

«Führ dich nicht so albern auf, Peter», sagte der schwer zu Beschreibende. «Mein Freund ist an sich viel vernünftiger, als Sie aus seinem Gerede vielleicht schließen möchten», fügte er an den Fremden gewandt hinzu, «und wenn Sie etwas haben, was Sie sich von der Seele reden wollen, können Sie vollkommen darauf vertrauen, daß es über diese vier Wände nicht hinausgeht.»

Der andere lächelte ein wenig grimmig.

«Ich will es Ihnen gern erzählen, wenn es Sie nicht langweilt. Es ist eben nur ein einschlägiges Beispiel.»

«Und zwar zu *meinen* Gunsten», meinte der mit Peter Angesprochene triumphierend. «Erzählen Sie nur. Und trinken Sie etwas. Ein armes Herz, das nie sich erfreut. Aber fangen Sie ganz von vorn an, wenn's recht ist. Ich bin sehr trivial veranlagt. Kleinigkeiten ergötzen mich. Verwicklungen faszinieren mich. Entfernungen spielen keine Rolle, Branchenkenntnis nicht erforderlich. Mein Freund Charles wird das bestätigen.»

«Gut», sagte der Fremde. «Also, um wirklich ganz von vorn zu beginnen, ich bin Mediziner, und mein Hauptinteresse gilt dem Krebs. Wie so viele hatte ich gehofft, mich darauf spezialisieren zu können, aber nach dem Examen hatte ich einfach nicht das erforderliche Geld, mich der Forschung zu widmen. Folglich mußte ich eine Landpraxis übernehmen, aber ich bin mit den wichtigen Leuten hier in Verbindung geblieben, weil ich eines Tages wiederzukommen hoffte. Ich darf dazu noch sagen, daß ich von einem Onkel eine Kleinigkeit zu erwarten habe, und man war der Meinung, es könne mir nicht schaden, wenn ich in der Zwischenzeit ein bißchen Erfahrung als praktischer Arzt sammelte, um nicht einseitig zu werden und so.

Nachdem ich mir also eine kleine Praxis in ... den Namen nenne ich lieber nicht – es ist ein kleines Landstädtchen von rund 5000 Einwohnern, nach Hampshire zu, und wir wollen es ‹X› nennen ... jedenfalls fand ich dort zu meiner Freude einen Fall von Krebs in meiner Patientenkartei. Die alte Dame –»

«Wie lange ist das jetzt her?» unterbrach Peter ihn.

«Drei Jahre. Viel war in diesem Fall nicht mehr zu machen. Die Dame war 72 Jahre alt und hatte schon eine Operation hinter sich. Aber sie war zäh und wehrte sich tapfer, wobei ihre gesunde Konstitution ihr half. Ich sollte noch erwähnen, daß sie zwar nie eine Frau von besonders hohen Geistesgaben und großer Charakterfestigkeit im Umgang mit anderen Menschen gewesen war, aber in manchen Dingen konnte sie ungemein halsstarrig sein, und vor allem war sie fest entschlossen, nicht zu sterben. Damals lebte sie allein mit ihrer Nichte, einer jungen Frau von etwa 25 Jahren. Davor hatte sie mit einer anderen alten Dame zusammen gelebt – ebenfalls eine Tante des Mädchens nach der anderen Seite –, mit der sie seit der Schulzeit eng befreundet gewesen war. Als diese Freundin starb, gab das Mädchen, die einzige lebende Verwandte beider, ihre Stelle als Krankenschwester am Royal Free Hospital auf und zog zu der Überlebenden – meiner Patientin. Sie waren etwa ein Jahr, bevor ich dort meine Praxis übernahm, nach X gekommen. Hoffentlich drücke ich mich klar aus.»

«Vollkommen. War außerdem noch eine Krankenschwester da?»

«Zunächst nicht. Die Patientin war noch in der Lage, auszugehen und Bekannte zu besuchen, leichte Hausarbeiten zu machen, Blumen zu pflegen, zu stricken, zu lesen und so weiter und ein bißchen in der Gegend herumzufahren – also das, womit die meisten alten Damen ihre Zeit verbringen. Natürlich hatte sie auch hin und wieder ihre schlimmen Tage, mit Schmerzen und so, aber die Nichte hatte so viel Berufserfahrung, daß sie alles Notwendige tun konnte.»

«Wie war denn diese Nichte überhaupt?»

«Nun, sie war sehr nett, wohlerzogen und tüchtig und erheblich intelligenter als ihre Tante. Selbständig, nüchtern und so weiter. Der moderne Typ Frau. Eine, die zuverlässig ihren klaren Kopf behält und nichts vergißt. Natürlich meldete sich mit der Zeit wieder dieses verflixte Gewächs – wie immer, wenn es nicht gleich von Anfang an bekämpft wird, und eine weitere Operation wurde notwendig. Um diese Zeit war ich seit etwa acht Monaten in X. Ich habe sie nach London zu Sir Warburton Giles gebracht, meinem früheren Chef, und die Operation selbst war sehr erfolgreich, obwohl schon damals allzu deutlich zu sehen war, daß ein lebenswichtiges Organ allmählich eingeschnürt wurde und das Ende nur noch eine Frage der Zeit sein konnte. Die Details kann ich mir sparen. Es wurde jedenfalls alles getan, was möglich war. Ich wollte, daß die alte Dame in London unter Sir Warburtons Aufsicht blieb, aber davon wollte sie nichts wissen. Sie war an das Landleben gewöhnt und fühlte sich nur in ihren eigenen vier Wänden wohl. Also kehrte sie nach X zurück, und ich konnte sie mit gelegentlichen ambulanten Behandlungen in der nächsten größeren Stadt, die ein ausgezeichnetes Krankenhaus hat, weiter über die Runden bringen. Sie erholte sich von der Operation so erstaunlich gut, daß sie schließlich ihre Krankenschwester entlassen konnte und wie früher mit der Pflege ihrer Nichte auskam.»

«Moment mal, Doktor», warf der Mann namens Charles ein. «Sie sagten, Sie hätten sie zu Sir Warburton Giles gebracht und so weiter. Daraus schließe ich, daß sie recht wohlhabend war.»

«O ja, sie war eine ziemlich reiche Frau.»

«Wissen Sie zufällig, ob sie ein Testament gemacht hat?»

«Nein. Ich glaube, ich erwähnte schon ihre extreme Abneigung gegen jeden Gedanken ans Sterben. Sie hat sich stets geweigert, ein Testament zu machen, weil sie über derlei Dinge einfach nicht reden mochte. Einmal, das war kurz vor der Operation, habe ich es gewagt, das Thema so beiläufig wie möglich anzuschneiden, aber das führte nur dazu, daß sie sich ganz furchtbar aufregte. Außerdem meinte sie – und das ist vollkommen richtig –, ein Testament sei ganz und gar unnötig. ‹Du, meine Liebe›, hat sie zu ihrer Nichte gesagt, ‹bist die einzige Verwandte, die ich auf der Welt habe, also wird alles, was ich besitze, sowieso eines Tages dir gehören, komme, was da wolle. Und ich weiß ja, daß du die Dienerschaft und meine kleinen

Wohltätigkeiten nicht vergessen wirst.› Da habe ich dann natürlich nicht weiter nachgehakt.

Da fällt mir übrigens ein – aber das war ein gut Teil später und hat mit meiner Geschichte eigentlich nichts zu tun –»

«Bitte», sagte Peter. «Alle Einzelheiten.»

«Nun gut, ich erinnere mich, daß ich eines Tages hinkam und meine Patientin in einem Zustand antraf, der gar nicht meinen Wünschen entsprach, und sehr erregt dazu. Die Nichte erzählte mir, Anlaß für den Ärger sei ein Besuch von ihrem Anwalt gewesen – dem alten Familienanwalt aus ihrem Heimatort, nicht dem bei uns am Ort. Er hatte die alte Dame unbedingt unter vier Augen sprechen wollen, und danach war sie schrecklich aufgeregt und wütend gewesen und hatte erklärt, alle Welt habe sich verschworen, sie vorzeitig unter die Erde zu bringen. Der Anwalt hatte der Nichte beim Weggehen keine näheren Erklärungen gegeben, ihr aber aufgetragen, falls ihre Tante ihn je zu sehen wünsche, solle sie sofort nach ihm schicken, und er werde zu jeder Tages- oder Nachtzeit kommen.»

«Und – wurde nach ihm geschickt?»

«Nein. Die alte Dame war so gekränkt, daß sie ihm, sozusagen in ihrer letzten eigenhändigen Amtshandlung, die Wahrnehmung ihrer Angelegenheiten entzog und den Anwalt am Ort damit beauftragte. Bald darauf wurde eine dritte Operation notwendig, und danach wurde sie immer hinfälliger. Auch ihr Geist begann nachzulassen, so daß sie bald nicht mehr imstande war, komplizierte Zusammenhänge zu begreifen – und sie hatte auch wirklich zu arge Schmerzen, um sich noch mit geschäftlichen Dingen abzugeben. Die Nichte hatte Handlungsvollmacht und verwaltete das Vermögen ihrer Tante jetzt ganz.»

«Wann war das?»

«Im April 1925. Aber wissen Sie, wenn sie auch ein bißchen trottelig wurde – schließlich wurde sie ja auch älter –, körperlich war sie erstaunlich widerstandsfähig. Ich befaßte mich gerade mit einer neuen Behandlungsmethode, und die Ergebnisse waren außerordentlich interessant. Das machte die Überraschung, die es dann gab, für mich um so ärgerlicher.

Ich sollte erwähnen, daß wir mittlerweile noch eine zweite Pflegerin für sie brauchten, denn die Nichte konnte nicht Tag und Nacht bei ihr sein. Die erste kam im April. Es war eine sehr charmante und tüchtige junge Person – die ideale Krankenschwester. Ich konnte mich vollkommen auf sie verlassen. Sie war mir von Sir Warburton Giles besonders empfohlen worden, und obwohl sie damals erst achtundzwanzig war, besaß sie die Besonnenheit und Urteilskraft einer doppelt so alten Frau. Ich sage Ihnen gleich, daß ich eine tiefe Zuneigung zu ihr faßte, und sie zu mir. Wir sind verlobt und hätten dieses Jahr geheiratet – wenn ich nicht so verdammt gewissenhaft und verantwortungsbewußt gewesen wäre.»

Der Doktor verzog wehmütig das Gesicht und sah Charles an, der etwas halbherzig von wahrhaftem Pech sprach.

«Meine Verlobte interessierte sich, wie ich, sehr für den Fall – einmal weil es meine Patientin war, aber sie hatte sich auch selbst schon sehr eingehend mit dieser Krankheit befaßt. Sie freute sich schon darauf, mir bei meinem Lebenswerk zu assistieren, sollte ich es je in Angriff nehmen können. Aber das gehört nicht zur Sache.

So ging es nun bis September weiter. Dann faßte meine Patientin aus irgendeinem Grund eine dieser unerklärlichen Abneigungen, die man häufig bei Leuten beobachtet, die nicht mehr ganz richtig im Kopf sind. Sie hatte sich in die Angst hineingesteigert, die Schwester wolle sie umbringen – Sie erinnern sich, daß es bei ihrem Anwalt auch so war –, und versuchte ihrer Nichte allen Ernstes einzureden, man wolle sie vergiften. Zweifellos hat sie darin die Ursache für ihre Schmerzen gesehen. Es war sinnlos, mit ihr zu reden – sie hat geschrien und wollte die Schwester nicht in ihre Nähe lassen. Nun, in einem solchen Fall bleibt einem nichts anderes übrig, als die Schwester zu entlassen, denn sie kann der Patientin ja sowieso nichts mehr nützen. Ich habe also meine Verlobte nach Hause geschickt und an Sir Warburtons Klinik telegrafiert, man möge mir eine andere Pflegerin schicken.

Die neue Schwester kam am nächsten Tag. Natürlich war sie für mich gegenüber der anderen nur zweite Wahl, aber sie schien ihrer Aufgabe gewachsen zu sein, und die Patientin hatte nichts gegen sie einzuwenden. Aber allmählich bekam ich jetzt Schwierigkeiten mit der Nichte. Diese endlos sich hinziehende Geschichte muß dem armen Ding wohl an die Nerven gegangen sein. Sie setzte es sich in den Kopf, ihrer Tante ginge es sehr viel schlechter. Ich sagte ihr, natürlich müsse es allmählich immer mehr mit ihr bergab gehen, aber sie halte sich großartig, und zu unmittelbarer Sorge bestehe kein Anlaß. Das Mädchen gab sich damit aber keineswegs zufrieden, und einmal, Anfang November, ließ sie mich mitten in der Nacht eilig herbeirufen, weil ihre Tante im Sterben läge.

Als ich hinkam, traf ich die Patientin mit starken Schmerzen an, aber von Lebensgefahr war keine Rede. Ich habe die Schwester angewiesen, Morphium zu injizieren, und der Nichte habe ich ein Beruhigungsmittel gegeben und gesagt, sie solle sich ins Bett legen und am nächsten Tag keine Pflegearbeiten tun. Am Tag darauf habe ich die Patientin sehr gründlich untersucht, und es ging ihr sogar noch viel besser, als ich angenommen hatte. Ihr Herz schlug ungewöhnlich kräftig und gleichmäßig, ihre Nahrung verarbeitete sie erstaunlich gut, und das Fortschreiten der Krankheit schien vorübergehend gestoppt.

Die Nichte entschuldigte sich für ihren Auftritt und erklärte, sie habe wirklich geglaubt, ihre Tante liege im Sterben. Ich sagte, ich könne im Gegenteil jetzt sogar garantieren, daß sie noch fünf bis sechs Monate zu leben habe. Sie müssen wissen, daß man in solchen Fällen den Verlauf mit ziemlicher Sicherheit vorhersagen kann.

‹Auf alle Fälle›, habe ich zu ihr gesagt, ‹würde ich mich an Ihrer Stelle nicht zu sehr aufregen. Der Tod, wenn er kommt, wird eine Erlösung von ihren Leiden sein.›

‹Ja›, sagte sie, ‹armes Tantchen. Ich fürchte, ich bin egoistisch, aber sie ist nun mal die einzige Verwandte, die ich auf der Welt habe.›

Drei Tage später, ich wollte mich gerade zum Abendessen hinsetzen, kam ein Anruf. Ob ich sofort kommen könne. Die Patientin sei tot.»

«Mein Gott!» rief Charles. «Es ist doch vollkommen klar –»

«Schweig, Sherlock», sagte sein Freund, «an der Geschichte des Doktors ist überhaupt nichts klar. Weit gefehlt, sagte der Gefreite, als er auf die Scheibe zielte und den Feldwebel traf. Aber ich sehe unseren Ober verlegen um uns streichen, während seine Kollegen Stühle aufstapeln und die Salzstreuer einsammeln. Wollen Sie nicht mitkommen und die Geschichte bei mir zu Hause fertig erzählen? Ich kann Ihnen ein anständiges Gläschen Portwein anbieten. Sie kommen? Gut. Ober, rufen Sie uns bitte ein Taxi ... zum Piccadilly 110 A.»

2

Spitzbübische Munkelei

> *Ha! mir juckt der Daumen schon,*
> *Sicher naht ein Sündensohn.*
> Macbeth

Die Aprilnacht war klar und kühl, und auf dem Kaminrost knisterte wie zur Begrüßung ein munteres Holzfeuer. Die Bücherregale an den Wänden waren gefüllt mit wertvollen alten Bänden, deren Lederrücken weich im Licht der Lampe schimmerten. Im Zimmer standen ein geöffneter Flügel, ein großes, dick mit Kissen ausgelegtes Polstersofa und zwei Sessel, die so richtig zum Hineinflegeln einluden. Der Portwein wurde von einem imposanten Diener hereingebracht und auf ein hübsches Chippendale-Tischchen gestellt. Aus den dunklen Ecken winkten fähnchengleich rote und gelbe Tulpen in großen Schalen.

Der Doktor hatte seinen neuen Bekannten soeben als Ästheten mit literarischen Neigungen eingestuft, der Stoff für eine menschliche Tragödie suchte, als der Diener wieder eintrat.

«Inspektor Sugg hat telefoniert, Mylord. Er hat diese Nachricht hier hinterlassen und läßt Sie bitten, Sie möchten die Güte haben und ihn anrufen, sobald Sie wieder da sind.»

«So? – Na schön, geben Sie ihn mir. Das ist die Worplesham-Sache, Charles. Sugg hat sie wie gewöhnlich verpfuscht. Der Bäcker hat ein Alibi – klar – war zu erwarten. Ja, danke... Hallo! Sind Sie's, Inspektor? Na, was hab ich gesagt? – Ach, pfeifen Sie auf die Vorschrift. Jetzt passen Sie mal auf. Sie schnappen sich den Wildhüter und holen aus ihm heraus, was er in der Sandgrube gesehen hat... Nein, das weiß ich, aber ich glaube, wenn Sie ihn nachdrücklich genug fragen, wird er schon damit herausrücken. Nein, natürlich nicht – wenn Sie ihn fragen, ob er da war, sagt er nein. Sie müssen sagen, Sie wissen, daß er da war, und er soll erzählen, was er gesehen hat – und hören Sie, wenn er drumherumredet, sagen Sie, Sie lassen einen Trupp schicken und den Bach umleiten... Gut. Überhaupt nicht. Geben Sie mir Bescheid, wenn etwas dabei herauskommt.»

Er legte den Hörer auf.

«Entschuldigen Sie, Doktor. Kleine dienstliche Angelegenheit. Nun fahren Sie bitte mit Ihrer Geschichte fort. Die alte Dame war also tot, wie? Im Schlaf gestorben, nehme ich an. Auf die allerunschuldigste Weise dahingegangen. Alles tipptopp und in schönster Ordnung. Keine Kampfspuren, Wunden, Blut, keine offensichtlichen Symptome. Natürlich, was?»

«Genau. Sie hatte um sechs Uhr etwas zu sich genommen – ein bißchen Suppe und Milchpudding. Um acht hatte die Schwester ihr eine Morphiumspritze gegeben und war dann gleich hinausgegangen, um ein paar Blumenvasen für die Nacht auf ein Tischchen im Flur zu stellen. Das Hausmädchen kam, um ein paar Dinge für den nächsten Tag zu besprechen, und während sie miteinander redeten, kam Miss ... das heißt, die Nichte ... die Treppe herauf und ging zu ihrer Tante ins Zimmer. Sie war ein paar Sekunden darin, da rief sie plötzlich: ‹Schwester! Schwester!› Die Schwester stürzte hinein und fand die Patientin tot.

Natürlich war mein erster Gedanke, sie hätte aus Versehen vielleicht die doppelte Morphiumdosis bekommen –»

«Das hätte doch sicher nicht so schnell gewirkt.»

«Nein – aber ich dachte, man habe vielleicht ein tiefes Koma irrtümlich für den Tod gehalten. Die Schwester versicherte mir aber, das sei bestimmt nicht der Fall, und die Möglichkeit konnte dann auch mit Sicherheit ausgeschlossen werden, nachdem wir die Morphiumampullen nachgezählt und festgestellt hatten, daß sie alle ordentlich abgerechnet waren. Es wies auch nichts darauf hin, daß die Patientin versucht hätte, sich zu bewegen oder sonstwie anzustrengen, oder daß sie irgendwo angestoßen wäre. Das Nachttischchen war etwas zur Seite gerückt, aber das hatte die Nichte getan, als sie ins Zimmer gekommen und über das leblose Aussehen der Tante so erschrocken war.»

«Was war mit der Suppe und dem Milchpudding?»

«Daran habe ich auch gedacht – nicht im bösen Sinne, nur daß sie vielleicht zuviel gegessen haben könnte – Magen gedehnt, Druck aufs Herz und so weiter. Aber bei genauerem Hinsehen erschien das auch nicht sehr wahrscheinlich. Die Menge war zu klein, und überhaupt hätten zwei Stunden für die Verdauung ausreichen müssen – wenn es also daran gelegen hätte, wäre sie früher gestorben. Ich stand vor einem völligen Rätsel, und die Schwester auch. Der war es ganz arg.»

«Und die Nichte?»

«Die Nichte hat immer nur sagen können: ‹Ich hab's ja gesagt, ich hab's ja gesagt – ich wußte doch, daß es schlimmer um sie stand, als Sie gemeint haben.› Nun, um es kurz zu machen, es hat mich so gepackt, daß meine Lieblingspatientin so mir nichts, dir nichts gestorben sein sollte, daß ich noch am nächsten Morgen, nachdem ich mir die Sache reiflich überlegt hatte, um die Erlaubnis für eine Autopsie bat.»

«Hat man Ihnen Schwierigkeiten gemacht?»

«Nicht die mindesten. Ein gewisser Widerwille, selbstverständlich, aber keinerlei Einwände. Ich erklärte, nach meiner Überzeugung müsse da noch eine versteckte Krankheit im Spiel gewesen sein, die ich nicht erkannt hätte, und mir wäre sehr viel wohler, wenn ich der Sache auf den Grund gehen dürfte. Das einzige, wovor der Nichte zu grausen schien, war eine gerichtliche Untersuchung. Ich habe gesagt – und das war wohl im Hinblick auf die herrschenden Gepflogenheiten nicht sehr klug von mir –, daß ich nicht glaubte, es werde zu einer gerichtlichen Untersuchung kommen müssen.»

«Das heißt, Sie wollten die Autopsie selbst vornehmen.»

«Ja – ich habe keinerlei Zweifel geäußert, daß ich schon eine hinreichende Todesursache finden würde, um den Totenschein ausstellen zu können. Ein bißchen Glück hatte ich auch dabei, denn die alte Dame hatte sich irgendwann einmal gesprächsweise für eine Feuerbestattung ausgesprochen, und die Nichte wollte es so halten. Das hieß, daß ich sowieso einen zweiten Arzt mit besonderen Qualifikationen brauchte, der den Totenschein mit mir zusammen unterschrieb, und diesen Mann habe ich überreden können, herzukommen und die Autopsie mit mir vorzunehmen.»

«Und haben Sie etwas gefunden?»

«Nicht die Spur. Mein Kollege hat mich natürlich einen Narren geheißen, daß ich so ein Theater machte. Er meinte, da die alte Dame doch sowieso über kurz oder lang gestorben wäre, hätte es völlig ausgereicht, als Todesursache Krebs, unmittelbare Ursache Herzversagen hinzuschreiben und fertig. Aber ich übergenauer Trottel mußte sagen, ich sei davon nicht überzeugt. An der Leiche war überhaupt nichts festzustellen, was den Tod auf natürliche Weise erklärt hätte, und so bestand ich auf einer Analyse.»

«Hatten Sie wirklich den Verdacht –?»

«Hm – nein, nicht direkt. Aber – ich war eben nicht zufrieden. Übrigens hat die Analyse klar ergeben, daß es am Morphium nicht gelegen hatte. Der Tod war so kurz nach der Injektion eingetreten, daß die Droge noch nicht einmal ganz den Arm verlassen hatte. Wenn ich es mir jetzt überlege, muß ich fast eine Art Schock vermuten.»

«Wurde die Analyse vertraulich vorgenommen?»

«Ja. Aber die Beisetzung verzögerte sich natürlich, und es gab Gerüchte. Die kamen dem Untersuchungsrichter zu Ohren, und er begann sich zu erkundigen, und dann hat sich noch die Schwester darauf versteift, ich unterstellte ihr Pflichtverletzung oder so etwas. Sie hat sich wenig standesgemäß benommen und erst recht für Gerede und Verwirrung gesorgt.»

«Und herausgekommen ist nichts dabei?»

«Nichts. Keine Spur von Gift oder sonst etwas dergleichen, und nach der Analyse standen wir so klug da wie zuvor. Natürlich dämmerte mir allmählich, daß ich mich gräßlich blamiert hatte. So habe ich dann – eigentlich entgegen meinem ärztlichen Urteil – den Totenschein unterschrieben: Herzversagen nach Schock, und meine Patientin kam nach einer turbulenten Woche ohne gerichtliche Untersuchung ins Grab.»

«Ins Grab?»

«Ach ja, das war der nächste Skandal. Die Leute vom Krematorium, die es sehr genau nehmen, hatten von dem Wirbel gehört und wollten die Leiche nicht annehmen, und so liegt sie nun auf dem Friedhof, damit man notfalls wieder auf sie zurückgreifen kann. Es war ein großes Begräbnis, und die Nichte wurde gebührend bedauert. Am nächsten Tag bekam ich von einem meiner einflußreichsten Patienten die Mitteilung, daß meine ärztlichen Dienste nicht mehr benötigt würden. Am übernächsten Tag ging die Frau des Bürgermeisters mir auf der Straße aus dem Weg. Meine Praxis wurde immer kleiner, und ich erfuhr, daß ich als der Mann bekannt wurde, ‹der diese nette Miss Soundso doch praktisch des Mordes verdächtigt hat›. Einmal sollte ich die Nichte verdächtigt haben, ein andermal ‹diese nette Krankenschwester – nicht das Flittchen, das entlassen wurde, sondern die andere, Sie wissen schon›. Nach einer anderen Version soll ich versucht haben, die Schwester in Schwierigkeiten zu bringen, weil ich wegen der Entlassung meiner Verlobten sauer gewesen sei. Schließlich hörte ich sogar Gerüchte, die Patientin hätte mich dabei erwischt, wie ich mit meiner Verlobten ‹herumgeknutscht› hätte – dieses häßliche Wort ist wirklich gefallen – anstatt meine Pflicht zu tun, und dann hätte ich die alte Dame aus Rache selbst beseitigt – nur warum ich in diesem Fall den Totenschein hätte verweigern sollen, dafür blieben die Skandalnudeln die Erklärung schuldig.

Ein Jahr lang habe ich das durchgestanden, aber dann wurde meine Situation unerträglich. Meine Praxis hatte sich praktisch in Luft aufgelöst, weshalb ich sie verkaufte und erst einmal Urlaub machte, um den faden Geschmack aus dem Mund zu bekommen – und nun bin ich also hier und versuche von vorn anzufangen. Das war's, und die Moral von der Geschichte ist, man soll es mit seinen staatsbürgerlichen Pflichten nicht übertreiben.»

Der Doktor lachte böse auf und ließ sich in den Sessel zurückfallen.

«Ich pfeife auf die Klatschmäuler», fügte er streitbar hinzu. «Auf daß sie an ihrer Bosheit ersticken!» Damit leerte er sein Glas.

«Hört, hört!» pflichtete sein Gastgeber ihm bei. Ein paar Sekunden blickte er nachdenklich ins Feuer.

«Wissen Sie», sagte er plötzlich, «irgendwie interessiert mich der Fall. Ich fühle so ein boshaftes Kribbeln in mir, das mir sagt, da gibt's was zu erforschen. Dieses Gefühl hat mich noch nie getrogen – und wird es auch hoffentlich nicht. Erst neulich hat es mir gesagt, ich soll mir einmal meinen Steuerbescheid ansehen, und siehe da, ich stellte fest, daß ich in den letzten drei Jahren rund 900 Pfund Steuern zuviel bezahlt habe. Und vorige Woche, als ich mich von jemandem über den Horseshoe-Paß fahren lassen wollte, hat es mir eingegeben, den Kerl zu fragen, ob er auch genug Benzin im Tank habe, und er stellte prompt fest, daß er noch ungefähr einen halben Liter hatte – gerade genug, um uns halb hinüberzubringen. Es ist eine ziemlich einsame Gegend dort. Natürlich kenne ich den Mann – es war also keine *reine* Intuition. Trotzdem habe ich es mir zur Regel gemacht, diesem Gefühl zu folgen, wenn es mir rät, einer Sache nachzugehen. Ich glaube», fügte er erinnerungsselig hinzu, «ich muß als Kind ein wahrer Unhold gewesen sein. Jedenfalls sind merkwürdige Fälle so etwas wie mein Steckenpferd. Übrigens bin ich nicht nur der vollkommene Zuhörer. Ich habe Sie hinters Licht geführt. ‹Ich habe ein weitergehendes Motiv, sagte er, seine falschen Koteletten abnehmend, unter denen Sherlock Holmes' unverkennbare hohle Wangen zum Vorschein kamen.›»

«Ich hatte allmählich auch schon meine Zweifel», sagte der Doktor nach kurzer Pause. «Sie müssen Lord Peter Wimsey sein. Ich habe mich schon gefragt, wieso Ihr Gesicht mir so bekannt vorkam; aber natürlich, es war ja vor ein paar Jahren in allen Zeitungen, nachdem Sie das Rätsel von Riddlesdale gelöst hatten.»

«Ganz recht. Ein dummes Gesicht natürlich, aber ziemlich entwaffnend, finden Sie nicht? Ich weiß nicht, ob ich es mir selbst ausgesucht hätte, aber ich versuche das Beste daraus zu machen. Hoffentlich wird es nur nicht mit der Zeit einem Spürhund ähnlich oder sonst etwas Unerfreulichem. Der da ist nämlich der eigentliche Spürhund – mein Freund, Kriminalinspektor Parker von Scotland Yard. Die eigentliche Arbeit tut er. Ich stelle nur schwachsinnige Vermutungen an, die er in mühsamer Kleinarbeit eine nach der andern widerlegt. Durch dieses Eliminationsverfahren finden wir dann schließlich die richtige Lösung, und alle Welt sagt: ‹Mein Gott, hat dieser junge Mann eine Intuition!› Also passen Sie auf – wenn Sie nichts dagegen haben, nehme ich mir den Fall einmal vor. Vertrauen Sie mir Ihre Anschrift und die Namen der beteiligten Personen an, und ich will mich gern daran versuchen.»

Der Doktor dachte einen Augenblick nach, dann schüttelte er den Kopf.

«Das ist sehr nett von Ihnen, aber das möchte ich wohl lieber nicht. Ich habe schon Ärger genug gehabt. Es ginge sowieso gegen die Standesvorschriften, mehr zu sagen, und wenn ich jetzt noch mehr Staub aufwirbelte, dürfte ich wahrscheinlich ganz aus dem Land verschwinden und mein Leben als einer dieser ständig betrunkenen Schiffsärzte irgendwo in der Südsee beschließen, die allen Leuten ihre Lebensgeschichte erzählen und düstere Prophezeiungen verkünden müssen. Schlafende Hunde soll man nicht wecken. Haben Sie trotzdem vielen Dank.»

«Wie Sie wünschen», sagte Wimsey. «Ich werde aber einmal nachdenken, und wenn mir etwas Brauchbares einfällt, lasse ich es Sie wissen.»

«Sehr freundlich», antwortete der Besucher, indem er gedankenabwesend Hut und Stock von dem Diener entgegennahm, der auf Wimseys Klingeln erschienen war. «Also gute Nacht, und vielen Dank, daß Sie mir so geduldig zugehört haben. Ach so, übrigens», meinte er, indem er sich an der Tür plötzlich umdrehte, «wie wollen Sie mir denn Bescheid geben, wenn Sie nicht einmal Namen und Adresse von mir wissen?»

Lord Peter lachte.

«Ich bin Falkenauge, der Detektiv», antwortete er, «und Sie hören so oder so von mir, bevor die Woche um ist.»

3

Eine Verwendung für Fräuleins

> *Es gibt in England und Wales zwei Millionen mehr Frauen als Männer. Das allein ist ein furchtgebietender Umstand.*
>
> Gilbert Frankau

«Was hältst du denn nun wirklich von der Geschichte?» fragte Parker. Er war am Morgen darauf wiedergekommen, um mit Wimsey zu frühstücken, bevor er in Richtung Notting Dale aufbrach, um sich um einen anonymen Briefschreiber zu kümmern. «Ich fand, es klang so, als ob unser Freund sich ein bißchen zuviel auf seine ärztliche Kunst einbildete. Das alte Mädchen könnte schließlich einen Herzanfall oder so etwas erlitten haben. Sie war alt und krank.»

«Könnte sein, obwohl ich glaube, daß Krebskranke wirklich selten so unerwartet das Zeitliche segnen. In der Regel erstaunen sie alle Welt mit der Zähigkeit, mit der sie sich ans Leben klammern. Trotzdem würde ich nicht weiter darüber nachdenken, wenn diese Nichte nicht wäre. Weißt du, sie hat den Tod der Tante ja so schön vorbereitet, indem sie ihren Zustand immer schlimmer machte, als er war.»

«Das habe ich auch gedacht, während der Doktor davon erzählte. Aber was hat die Nichte getan? Sie kann sie nicht vergiftet und nicht einmal erstickt haben, sonst hätte man der Leiche doch wohl etwas angemerkt. Und die Tante *ist* gestorben – also hatte vielleicht die Nichte recht und unser voreingenommener junger Medikus unrecht.»

«Vielleicht. Und natürlich haben wir nur seine Version über die Nichte und die Schwester – und der Schwester war er offensichtlich, wie man so schön sagt, nicht ganz grün. Wir dürfen sie übrigens nicht außer acht lassen. Sie war als letzte bei der alten Dame, und sie hat ihr die Injektion gegeben.»

«Ja, ja – aber die Injektion hatte doch nichts damit zu tun. Wenn eines klar ist, dann das. Sag mal, hältst du es für möglich, daß die Schwester vielleicht etwas gesagt hat, was die alte Dame aufgeregt und ihr einen Schock versetzt haben könnte? Die Kranke war ja ein bißchen verdreht, aber sie könnte doch noch so weit bei Verstand gewesen sein, um etwas wirklich Schreckliches zu verstehen. Vielleicht hat die Schwester nur etwas Dummes übers Sterben gesagt – in diesem Punkt scheint die alte Dame ja sehr empfindlich gewesen zu sein.»

«Aha!» sagte Lord Peter. «Ich hatte schon gewartet, wann du damit kommst. Ist dir aufgefallen, daß in der Erzählung wirklich eine recht finstere Gestalt auftaucht, und zwar der Familienanwalt?»

«Du meinst den, der wegen des Testaments gekommen war und so unversehens in die Wüste geschickt wurde?»

«Ja. Nehmen wir doch mal an, er wollte, daß die Kranke ein Testament zugunsten von jemand völlig anderem aufsetzte – einem, der in der Geschichte, wie wir sie kennen, überhaupt nicht vorkommt. Und als er sah, daß er sich kein Gehör verschaffen konnte, hat er die neue Schwester sozusagen als seine Stellvertreterin geschickt.»

«Das wäre aber sehr an den Haaren herbeigezogen», meinte Parker zweifelnd. «Er konnte doch nicht wissen, daß die Verlobte des Doktors den Laufpaß bekommen würde. Es sei denn, er stand mit der Nichte im Bunde und hat sie veranlaßt, für eine Ablösung der Schwester zu sorgen.»

«Die Karte sticht nicht, Charles. Die Nichte würde sich doch nicht mit dem Anwalt verbünden, damit er für ihre eigene Enterbung sorgt.»

«Das wohl nicht. Trotzdem finde ich, es ist etwas an der Idee, daß die alte Dame versehentlich oder absichtlich zu Tode erschreckt wurde.»

«Schon – und so oder so wäre das juristisch gesehen kein Mord. Jedenfalls lohnt sich's, glaube ich, sich die Sache einmal näher anzusehen. Dabei fällt mir etwas ein.» Er läutete. «Bunter, würden Sie einen Brief für mich zur Post bringen?»

«Gewiß, Mylord.»

Lord Peter zog einen Schreibblock zu sich her.

«Was willst du schreiben?» fragte Parker, indem er ihm amüsiert über die Schulter sah.

Lord Peter schrieb:

«Ist die Zivilisation nicht etwas Wunderbares?»

Er unterschrieb diesen simplen Satz und steckte das Blatt in einen Umschlag.

«Wenn du vor albernen Briefen sicher sein willst, Charles», sagte er, «trag dein Monomark-Zeichen nicht im Hut spazieren.»

«Und was schlägst du als nächstes vor?» fragte Parker. «Du willst mich doch hoffentlich nicht zu Monomark schicken, um den Namen eines Kunden zu erfahren! Ohne amtlichen Auftrag ginge das nicht, und die würden wahrscheinlich einen furchtbaren Krach machen.»

«Nein», antwortete sein Freund, «ich gedenke nicht, das Beichtgeheimnis zu verletzen. Jedenfalls nicht in diesen Gefilden. Aber wenn du dich für einen Augenblick von deinem mysteriösen Brieffreund losreißen könntest, der wohl sowieso keinen Wert darauf legt, gefunden zu werden, würde ich dich bitten, mit mir eine Freundin zu besuchen. Es dauert nicht lange. Ich glaube, sie wird dich interessieren. Ich – eigentlich bist du sogar der erste, den ich zu ihr mitnehme. Sie wird sehr gerührt und erfreut sein.»

Er lachte ein bißchen verlegen.

«Oh», machte Parker, peinlich berührt. Obgleich sie so gute Freunde waren, hatte Wimsey doch stets seine Privatangelegenheiten für sich zu behalten gewußt – nicht indem er sie versteckte; er ignorierte sie einfach. Diese Enthüllung jetzt schien eine neue Stufe der Vertrautheit einzuleiten, und Parker wußte nicht recht, ob ihn das freuen sollte. Er selbst lebte nach den kleinbürgerlichen Moralvorstellungen, die er seiner Abstammung und Erziehung verdankte, und wenn er auch theoretisch anerkannte, daß in Lord Peters Welt andere Maßstäbe galten, so hatte er sich noch nie gewünscht, praktisch damit konfrontiert zu werden.

«– eigentlich ein Experiment», meinte Wimsey gerade etwas schüchtern. «Jedenfalls sitzt sie jetzt ganz gemütlich in einer kleinen Wohnung in Pimlico. Du kannst doch mitkommen, Charles, ja? Ich möchte wirklich, daß ihr beide euch kennenlernt.»

«Ja, ja, natürlich», sagte Parker eilig. «Sehr gern. Äh – wie lange – ich meine –»

«Ach so, nun, die Sache läuft erst seit ein paar Monaten», sagte Wimsey, schon auf dem Weg zum Lift, «aber sie scheint sehr erfreulich zu funktionieren. Das erleichtert mir natürlich so einiges.»

«Natürlich», sagte Parker.

«Aber du verstehst, daß ich – mich über die Einzelheiten erst auslassen möchte, wenn wir da sind, und dann siehst du ja selbst», plauderte Wimsey weiter, indem er unnötig wuchtig die Fahrstuhltür zuknallte, «aber wie gesagt, du wirst feststellen, daß es sich um etwas völlig Neues handelt. Ich glaube nicht, daß es etwas in genau der Art schon einmal gegeben hat. Natürlich, es geschieht nichts Neues unter der Sonne, wie schon Salomo sagte, aber ich möchte behaupten, daß ihm da die vielen Weiber und Kohlkusinen, wie der kleine Junge sagte, ein bißchen die Optik getrübt haben, meinst du nicht?»

«Sicher», sagte Parker. Armer Irrer, fügte er im stillen an; daß sie doch immer glauben, bei ihnen wär's ganz was anderes!

«Ein Ventil», sagte Wimsey, und dann energisch: «Hallo, Taxi! ... Ein Ventil – jeder braucht ein Ventil – St. George's Square 97 A – und man kann den Leuten eigentlich keinen Vorwurf machen, wenn sie doch wirklich nur ein Ventil brauchen. Ich meine, warum schimpfen? Sie können doch nichts dafür. Ich finde es viel netter, ihnen ein Ventil zu geben, als sich in Büchern über sie lustig zu machen – und ein Buch zu schreiben ist ja nun wirklich nicht schwer. Besonders, wenn man entweder schlechte Geschichten in gutem Englisch oder gute Geschichten in schlechtem Englisch schreibt, und darüber scheint man heutzutage ja nicht mehr hinauszukommen, findest du nicht auch?»

Mr. Parker pflichtete ihm bei, und Lord Peter schweifte in die Gefilde der Literatur ab, bis das Taxi vor einem dieser großen, schrecklichen Häuser anhielt, die einst für viktorianische Familien mit nimmermüder Dienerschaft gedacht gewesen waren, jetzt aber mehr und mehr in je ein halbes Dutzend ungemütliche Schuhschachteln aufgeteilt wurden, die man dann als Wohnungen vermietete.

Lord Peter drückte auf den obersten Klingelknopf, neben dem der Name CLIMPSON stand, und lehnte sich lässig an die Wand.

«Sechs Stiegen hoch», erklärte er. «Da braucht sie ein Weilchen mit dem Öffnen, denn einen Fahrstuhl gibt's nun mal nicht. Eine teurere Wohnung wollte sie aber nicht haben. Das fand sie unangemessen.»

Mr. Parker nahm die Bescheidenheit der Dame überaus erleichtert, wenn auch etwas erstaunt zur Kenntnis und richtete sich, den Fuß leger auf dem Schuhabkratzer, geduldig aufs

Warten ein. Es dauerte jedoch gar nicht lange, bis die Tür aufging und eine Dame mittleren Alters mit scharfgeschnittenem, bläßlichem Gesicht und lebhafter Erscheinung vor ihnen stand. Sie trug ein adrettes dunkles Kostüm mit hochgeschlossener Bluse und eine lange Goldkette um den Hals, an der in Abständen aller möglicher Zierat hing. Ihr eisengraues Haar wurde von einem Netz gehalten, wie sie zur Zeit des verstorbenen Königs Edward in Mode waren.

«Oh, Lord Peter! Wie *furchtbar* nett, Sie zu sehen. Es ist ja ein recht *früher* Besuch, aber dafür werden Sie das bißchen Unordnung im Wohnzimmer gewiß entschuldigen. *Bitte,* treten Sie doch ein. Die Listen sind auch schon *ganz* fertig. Gestern abend habe ich sie abgeschlossen. Sie finden doch *hoffentlich* nicht, daß ich *unverantwortlich* lange dafür gebraucht habe, aber es waren ja so *erstaunlich* viele Eintragungen. Es ist ja *zu* nett von Ihnen, daß Sie extra vorbeikommen.»

«Aber gar nicht, Miss Climpson. Und das ist mein Freund, Inspektor Parker, von dem ich schon gesprochen habe.»

«Sehr erfreut, Mr. Parker – oder sollte ich wohl Inspektor sagen? Sie müssen schon entschuldigen, wenn ich danebengreife – es ist wirklich das erste Mal, daß ich es mit der Polizei zu tun habe. Hoffentlich ist es nicht ungehörig, so etwas zu sagen. Bitte, kommen Sie herauf. Es sind ja leider furchtbar viele Treppen, aber das stört Sie hoffentlich nicht. Ich wohne *so* gerne ganz oben. Da ist die Luft soviel besser, Mr. Parker, und dank Lord Peters Freundlichkeit habe ich ja einen so *schönen, luftigen* Ausblick über die Dächer. Ich finde, man kann viel besser *arbeiten,* wenn man sich nicht so umschränkt, gepfercht und umpfählt fühlt, wie Hamlet sagt. Du meine Güte, da läßt diese Mrs. Winterbottle doch schon wieder ihren Eimer auf der Treppe stehen, und immer in der dunkelsten Ecke! Ich sage ihr das *ständig*. Halten Sie sich dicht ans Geländer, dann kommen Sie gut vorbei. Jetzt nur noch eine Treppe. So, da wären wir. Bitte, sehen Sie über die Unordnung hinweg. Ich finde, Frühstücksgeschirr sieht nach dem Gebrauch immer so *häßlich* aus – direkt schweinisch, um mal ein unschönes Wort für eine unschöne Sache zu gebrauchen. Ein Jammer, daß diese klugen Leute nicht einmal Teller erfinden können, die sich von *selbst* spülen und von *selbst* einräumen, nicht wahr? Aber nehmen Sie doch Platz; ich bin sofort wieder da. Und Sie, Lord Peter, haben doch sicher keine Hemmungen, zu rauchen. Ich mag den Duft Ihrer Zigaretten so sehr – einfach köstlich –, und Sie können ja *so* schön die Enden ausdrücken.»

In Wahrheit war das kleine Zimmer natürlich tipptopp aufgeräumt, obwohl unzählige Nippesfigürchen und Fotos jedes freie Fleckchen beanspruchten. Das einzige, was man als Unordnung hätte bezeichnen können, war das Frühstückstablett mit einer leeren Eierschale, einer benutzten Tasse und einem Teller voller Krümel. Miss Climpson erstickte prompt diesen Keim der Anarchie, indem sie das Tablett höchsteigenhändig hinaustrug.

Sichtlich verwirrt ließ Parker sich behutsam auf einem kleinen Sessel nieder, den ein ebenso dickes wie hartes Kissen zierte, so daß man sich unmöglich zurücklehnen konnte. Lord Peter schlängelte sich auf den Fenstersitz, zündete sich eine Sobranie an und legte die Hände auf die Knie. Miss Climpson, die aufrecht am Tisch saß, strahlte ihn mit einer Freude an, die einfach rührend war.

«Ich habe mich *sehr* eingehend mit all diesen Fällen befaßt», begann sie, indem sie einen dicken Packen maschinebeschriebener Blätter zur Hand nahm. «Ich fürchte, meine Notizen sind *wirklich* sehr umfangreich, und *hoffentlich* finden Sie die Schreibkosten nicht zu hoch. Meine Handschrift ist sehr deutlich, so daß eigentlich keine Fehler darin sein dürften. Mein Gott, was für *traurige* Geschichten manche von diesen Frauen mir erzählt haben! Aber ich habe mich sehr eingehend erkundigt – mit freundlicher Unterstützung des Pfarrers, der ein sehr netter und hilfsbereiter Mensch ist –, und ich bin sicher, daß in den meisten Fällen Ihre Hilfe *sehr angebracht* sein wird. Wenn Sie einmal hinein –»

«Im Augenblick nicht, Miss Climpson», unterbrach Lord Peter sie rasch. «Schon gut, Charles – es geht nicht um Hilfe für die Taubstummen oder ledige Mütter. Ich erklär's dir später. Im Moment, Miss Climpson, benötigen wir Ihre Hilfe für etwas völlig anderes.»

Miss Climpson brachte ein ganz gewöhnliches Notizbuch zum Vorschein und saß abwartend da.

«Diesmal bestehen die Ermittlungen aus zwei Teilen», sagte Lord Peter. «Der erste Teil ist, fürchte ich, ziemlich langweilig. Ich möchte, daß Sie (wenn Sie so nett wären) zum Somerset-Haus gehen und dort alle Sterbeurkunden für Hampshire vom November 1925 durchsehen oder durchsehen lassen. Ich weiß weder die Stadt noch den Namen der Verstorbenen. Was wir suchen ist die Sterbeurkunde einer dreiundsiebzigjährigen Frau; Todesursache Krebs, unmittelbare Ursache Herzversagen. Die Urkunde ist von zwei Ärzten unterschrieben, von denen der eine ein Amtsarzt oder Polizeiarzt, Vertrauensarzt, Gerichtsmediziner, Internist oder Chirurg eines großen Krankenhauses oder Vertragsarzt der Krematoriumsbehörde sein muß. Wenn Sie für Ihre Erkundigungen einen Vorwand brauchen, können Sie sagen, Sie arbeiten an einer Krebsstatistik; in Wirklichkeit suchen Sie aber die Namen der beteiligten Personen und der Stadt.»

«Und wenn mehrere Sterbeurkunden diese Merkmale aufweisen?»

«Ja, dann beginnt der zweite Teil, bei dem uns Ihre ungewöhnliche Feinfühligkeit und Klugheit sehr nützlich sein werden. Wenn Sie die in Frage kommenden Fälle erst beisammen haben, werde ich Sie bitten, die betreffenden Städte aufzusuchen und sich sehr, sehr geschickt zu erkundigen, damit wir den Fall herausfinden, der uns interessiert. Natürlich darf man von Ihren Erkundigungen nichts merken. Sie müssen versuchen, eine nette, redselige Nachbarin zu finden, die Sie auf ganz natürliche Weise zum Reden bringen. Am besten tun Sie so, als ob Sie selbst ein bißchen klatschsüchtig wären – ich weiß, das liegt nicht in Ihrer Natur, aber Sie können es den Leuten sicher vorspielen –, und dann bringen Sie in Erfahrung, was Sie können. Ich denke, das wird Ihnen ziemlich leichtfallen, wenn Sie erst die richtige Stadt gefunden haben, denn ich weiß mit Bestimmtheit, daß es über diesen Todesfall furchtbar viel böses Gerede gegeben hat, so daß er bestimmt noch lange nicht vergessen sein wird.»

«Woran erkenne ich, daß es der richtige Fall ist?»

«Nun, wenn Sie ein bißchen Zeit haben, hören Sie sich eine kleine Geschichte an. Aber denken Sie daran, Miss Climpson, wenn Sie erst dort sind, dürfen Sie von der ganzen Geschichte noch nie ein Wort gehört haben – das brauche ich Ihnen ja nicht zu sagen. Charles, du kannst so etwas doch so schön klar und amtlich schildern. Möchtest du nicht das Wort ergreifen und Miss Climpson in knappen Sätzen die endlose Geschichte nacherzählen, die unser Freund uns gestern abend aufgetischt hat?»

Parker konzentrierte sich gehorsam und erzählte Miss Climpson das Wesentliche von der Geschichte des Doktors. Miss

Climpson hörte aufmerksam zu und notierte sich Daten und wichtige Einzelheiten. Parker sah, daß sie scharfsinnig die entscheidenden Punkte erfaßte; sie stellte eine Reihe sehr gescheiter Fragen und hatte intelligente Augen. Als er fertig war, wiederholte sie die Geschichte, und er konnte ihr nur noch zu ihrem Scharfblick und ausgezeichneten Gedächtnis gratulieren.

«Ein lieber alter Freund von mir hat immer gesagt, ich hätte sicher eine gute Rechtsanwältin abgegeben», meinte Miss Climpson selbstgefällig, «aber zu meiner Zeit bekamen junge Mädchen natürlich noch nicht die Ausbildung und diese *Chancen* wie heute, Mr. Parker. Ich hätte gern eine gute Ausbildung gehabt, aber mein lieber Vater war der Meinung, das sei nichts für Mädchen. Ziemlich altmodisch, würdet ihr jungen Leute wohl dazu sagen.»

«Macht nichts, Miss Climpson», sagte Wimsey. «Sie haben genau die Qualitäten, die wir brauchen, und wir können von Glück reden, denn die sind ziemlich selten. Und jetzt möchten wir den Stein so schnell wie möglich ins Rollen bringen.»

«Ich gehe sofort zum Somerset-Haus», antwortete die Dame sehr energisch, «und sobald ich bereit bin, nach Hampshire aufzubrechen, gebe ich Ihnen Bescheid.»

«Recht so», sagte Seine Lordschaft im Aufstehen. «Und jetzt wollen wir uns mal ganz schnell verdrücken. Ach so, bevor ich's vergesse, ich sollte Ihnen etwas für Ihre Reisespesen und so weiter geben. Ich stelle mir vor, daß Sie als Dame in auskömmlichen Verhältnissen auftreten, die sich an einem hübschen kleinen Ort zur Ruhe setzen möchte. Allzu wohlhabend sollten Sie vielleicht nicht erscheinen – wohlhabenden Leuten vertraut man sich nicht so leicht an. Vielleicht sollte Ihr Lebensstil einem Jahreseinkommen von etwa 800 Pfund entsprechen – Ihr ausgezeichneter Geschmack und Ihre Lebenserfahrung werden Ihnen schon sagen, mit welchen Mitteln Sie diesen Eindruck am besten erwecken. Wenn Sie erlauben, gebe ich Ihnen jetzt einen Scheck über 50 Pfund, und sowie Sie auf Reisen gehen, sagen Sie mir, was Sie brauchen.»

«Du meine Güte!» rief Miss Climpson. «Ich –»

«Das ist natürlich rein geschäftlich», fügte Wimsey ziemlich eilig hinzu, «und Sie werden ja wie üblich Ihre Spesen ganz korrekt abrechnen.»

«Selbstverständlich.» Miss Climpson war ganz Würde. «Ich gebe Ihnen auch gleich eine Quittung, wie sich's gehört.

Ach du lieber Gott», fuhr sie fort, indem sie in ihrer Handtasche kramte, «es scheint, ich habe keine Ein-Penny-Briefmarken mehr. Wie schrecklich nachlässig von mir! Das sieht mir so *gar* nicht ähnlich, keine Marken bei mir zu haben. Aber gestern abend hat Mrs. Williams sich erst meine letzten ausgeliehen, um einen dringenden Brief an Ihren Sohn in Japan schicken zu können. Entschuldigen Sie mich einen Augenblick –»

«Ich glaube, ich habe welche», warf Parker ein.

«Oh, vielen Dank, Mr. Parker. Und hier sind die 2 Pence dafür. Die lasse ich mir nie ausgehen – wegen des Boilers im Bad, wissen Sie. So eine *vernünftige* Erfindung, so ungemein *praktisch*, und es gibt unter den Mietern *gar* keinen Streit mehr wegen des warmen Wassers. Vielen Dank. So, und jetzt schreibe ich meinen Namen *quer* über die Marken. So ist es doch richtig, nicht wahr? Mein lieber Vater würde staunen, wenn er sehen könnte, wieviel seine Tochter von geschäftlichen Dingen versteht. Er hat immer gesagt, eine Frau *brauche* sich in Gelddingen nicht auszukennen, aber die Zeiten haben sich doch sehr geändert, nicht wahr?»

Miss Climpson geleitete sie, ihre Einwände wortreich übertönend, die ganzen sechs Treppen hinunter, dann ging die Tür hinter ihnen zu.

«Darf ich mal fragen –?» begann Parker.

«Es ist anders, als du denkst», sagte Seine Lordschaft ganz ernst.

«Natürlich», gab Parker zu.

«Siehst du, ich wußte, daß du eine schmutzige Phantasie hast. Die besten Freunde denken im stillen schlecht über einen. Im stillen Kämmerlein denken sie das, was sie draußen von sich weisen würden.»

«Quatsch nicht. Aber wer *ist* diese Miss Climpson?»

«Miss Climpson», sagte Lord Peter, «ist ein lebendes Beispiel für die Verschwendung, die in diesem Land getrieben wird. Siehe Elektrizität. Siehe Wasserkraft. Siehe Gezeiten. Siehe die Sonne. Millionen Energieeinheiten werden jede Minute ins Blaue verpufft. Tausende von alten Jungfern laufen herum und bersten vor nutzbarer Energie, und unsere stupide Gesellschaft verbannt sie in Kurheime und Hotels, Vereine und Pensionen oder auf Gesellschafterinnenposten, wo ihre herrliche Klatschsucht und Neugier ungenutzt zerrinnt oder sich sogar schädlich für die Gemeinschaft auswirken kann, während Aufgaben, für die diese Frauen geradezu geschaffen sind, mit dem Geld des Steuerzahlers von ungeeigneten Polizisten wie dir höchst mangelhaft wahrgenommen werden. Mein Gott, man sollte das mal an die Zeitung schreiben! Und währenddessen werden von gescheiten jungen Männern so gemeine und herablassende Büchlein wie ‹Die ältere Frau› und ‹Am Rande der Explosion› verfaßt – und Betrunkene singen Spottlieder auf die armen Dinger.»

«Schon, schon», sagte Parker. «Das heißt, Miss Climpson ist für dich so eine Art Kundschafterin?»

«Sie ist mein Ohr und meine Zunge», sagte Lord Peter mit dramatischer Geste, «und vor allem meine Nase. Sie stellt Fragen, die ein junger Mann nicht stellen könnte, ohne rot zu werden. Sie ist der Engel, der da hineinplatzt, wo der Narr eins über den Schädel kriegen würde. Sie riecht eine Ratte im Dunkeln. Sie ist mir, was der Katze ihr Schnurrbart.»

«Keine schlechte Idee», meinte Parker.

«Natürlich – sie ist von mir und darum genial. Stell dir doch nur einmal vor. Man will ein paar Fragen beantwortet haben. Wen schickt man hin? Einen Mann mit großen Plattfüßen und Notizbuch – den Typ, dessen Privatleben man sich nur als eine Folge unartikulierter Grunzer vorstellen kann. Ich schicke eine Frau mit wollener Unterhose auf den Stricknadeln und Klimperzeug um den Hals. Natürlich stellt sie Fragen – jeder erwartet es von ihr. Keiner wundert sich. Keiner erschrickt. Und das sogenannte Überflüssige ist einem guten und nützlichen Zweck zugeführt. Demnächst wird man mir noch mal ein Denkmal errichten und daraufschreiben:

Dem Manne,
der Tausende von überflüssigen Frauen
glücklich machte,
ohne ihrer Tugend zu nahe zu treten
oder sich selbst zu überanstrengen.»

«Wenn du nur nicht soviel reden würdest», klagte sein Freund. «Und was ist mit diesem maschinegeschriebenen Bericht? Wirst du auf deine alten Tage etwa noch zum Philanthropen?»

«Nein, nein», sagte Wimsey und winkte ziemlich eilig ein Taxi heran. «Das erzähle ich dir später. Ein kleines privates Pogrom von mir – sozusagen eine Versicherung gegen die sozialistische Revolution – wenn sie kommt. ‹Was hast du mit deinem großen Reichtum angefangen, Genosse?› – ‹Ich habe Erstausgaben gekauft.› – ‹*Aristocrat! À la lanterne!*› – ‹Halt, verschont mich! Ich habe fünfhundert Geldverleiher, die die Arbeiter unterdrückten, vor Gericht gebracht.› – ‹Bürger, du hast wohlgetan. Wir wollen dein Leben schonen. Du sollst zum Kanalreiniger befördert werden.› *Voilà,* man muß mit der Zeit gehen. Bürger Taxifahrer, bringen Sie mich zum Britischen Museum. Kann ich dich irgendwo absetzen? Nein? Dann mach's gut. Ich will noch ein altes Manuskript des Tristan aus dem 12. Jahrhundert kollationieren, solange die alte Ordnung besteht.»

Parker stieg nachdenklich in einen Bus und ließ sich nach Westen fahren, um unter der weiblichen Bevölkerung von Notting Dale seinerseits ein paar Erkundigungen einzuziehen. Es schien ihm nicht das Milieu zu sein, in dem Miss Climpsons Talente nutzbringend hätten eingesetzt werden können.

4
Leicht verdreht

Und faselte von grünen Feldern.
König Heinrich V.

Brief von Miss Alexandra Katherine Climpson an Lord Peter Wimsey:

Leahampton, Hants
Fairview, Nelson Avenue
bei Mrs. Hamilton Budge
29. April 1927

Lieber Lord Peter!
Es wird Sie gewiß freuen, zu hören, daß ich nach den *beiden* vorherigen Mißerfolgen (!) nun endlich den *richtigen* Ort gefunden habe. Die Sterbeurkunde der Agatha Dawson ist die *richtige*, und der schreckliche *Skandal* um Dr. Carr ist noch immer sehr lebendig, wie ich um der menschlichen Natur willen *leider* sagen muß. Ich hatte das Glück, ein Zimmer *gleich in einer Nebenstraße* der Wellington Avenue zu finden, wo Miss Dawson früher gewohnt hat. Meine Wirtin scheint eine sehr nette Frau zu sein, wenn auch eine *fürchterliche Klatschbase*! – was ja hier nur von *Vorteil* ist!! Sie verlangt für ein recht hübsches Schlaf- und Wohnzimmer mit Vollpension dreieinhalb Guineen die Woche. Sie werden das hoffentlich nicht als *allzu* extravagant betrachten, denn die Lage ist *genauso*, wie Sie es wünschten. Nehmen Sie mir die Erwähnung von *Unterwäsche* nicht übel, die einen recht *großen* Posten ausmacht, fürchte ich! Aber Wollsachen sind nun einmal heutzutage so teuer, und schließlich muß meine Ausstattung ja in allen Einzelheiten mit meiner (angeblichen!) Stellung im Leben übereinstimmen. Ich habe auch nicht vergessen, die Sachen alle *durchzuwaschen*, damit sie nicht *zu neu* aussehen, denn das könnte *verdächtig* wirken!!

Aber nun warten Sie sicher schon darauf, daß ich (um einmal einen vulgären Ausdruck zu gebrauchen) endlich zu gackern aufhöre und Eier lege (!!). Also, am Tag nach meiner Ankunft habe ich Mrs. Budge erklärt, ich litte an argem Rheumatismus

(was übrigens die reine Wahrheit ist – dieses traurige Erbe haben mir meine, ojemine (!) portweintrinkenden Vorfahren hinterlassen!) – und habe sie gefragt, was es denn in der Gegend für *Ärzte* gäbe. Da kam sie gleich mit einem ganzen *Katalog* an und sang dazu ein *großes Loblied* auf den sandigen Boden und die gesunde Lage des Ortes. Ich sagte, ich zöge einen *älteren* Arzt vor, denn auf die *jungen Leute* könne man sich meines Erachtens *überhaupt* nicht verlassen. Mrs. Budge hat mir da von Herzen zugestimmt, und mit ein paar vorsichtigen Fragen habe ich dann die *ganze Geschichte* von Miss Dawsons Krankheit und den ‹Umtrieben› (wie sie es nannte) des Dr. Carr und *der Schwester* erzählt bekommen. ‹Dieser ersten Schwester habe ich ja nie getraut›, sagte Mrs. Budge, ‹und wenn sie hundertmal am Guy's ausgebildet worden ist und eigentlich vertrauenswürdig sein müßte. Ein durchtriebenes rothaariges *Frauenzimmer,* sage ich, und nach meiner Überzeugung hat dieser Dr. Carr nur so ein Aufhebens um Miss Dawson gemacht und sie alle Tage besucht, um mit dieser Schwester Philliter herumpoussieren zu können. Kein Wunder, daß die arme Miss Whittaker es nicht mehr mit ansehen konnte und sie rausgeschmissen hat – höchste Zeit auch, finde ich. Und hinterher, da war er gar nicht mehr so aufmerksam, dieser Dr. Carr – bis zur letzten Minute hat er doch so getan, als wenn die alte Dame völlig in Ordnung wäre, wo doch Miss Whittaker erst den Tag zuvor gesagt hatte, sie habe so eine sichere Ahnung, daß sie von uns genommen würde.›
Ich habe Mrs. Budge gefragt, ob sie Miss Whittaker persönlich kenne. Miss Whittaker, müssen Sie wissen, ist die *Nichte*.
Nicht näher, sagte sie, aber sie sei ihr schon oft im kirchlichen Arbeitskreis begegnet. Und sie wisse genau darüber Bescheid, weil die Schwester ihres Mädchens nämlich Mädchen bei Miss Dawson gewesen sei. Ist das nun kein *glücklicher* Zufall? Sie wissen doch, wie diese Mädchen *reden!*
Ich habe mich auch sehr vorsichtig über Mr. Tredgold, den Vikar, erkundigt und war sehr froh, zu hören, daß er noch die *reine anglokatholische* Lehre vertritt, so daß ich sogar in die Kirche (St. Onesimus) gehen kann, ohne meiner religiösen Überzeugung *Gewalt* anzutun – was ich nicht *fertigbrächte,* nicht einmal *Ihnen* zuliebe. Das werden Sie doch *sicher* verstehen. Aber nun ist ja alles in *bester* Ordnung, und ich habe an meinen lieben Freund, den Vikar von St. Edfrith in Holborn, geschrieben, er möchte mich an Mr. Tredgold empfehlen. So hoffe ich dann

auch schon bald *Miss Whittaker* kennenzulernen, denn wie ich höre, ist sie eine richtige ‹Stütze der Kirche›. Hoffentlich ist es kein Unrecht, sich der Kirche Gottes zu einem *weltlichen Zweck* zu bedienen; aber schließlich wollen Sie ja auch nur für *Wahrheit* und *Gerechtigkeit* sorgen (!) – und für so einen guten Zweck dürfen wir uns vielleicht erlauben, sogar ein bißchen JESUITISCH (!!!) zu sein.

Das ist nun alles, was ich *bisher* tun konnte, aber ich werde nicht *faul* sein und Ihnen wieder schreiben, sobald ich *irgend etwas* zu berichten habe. Übrigens ist der *Briefkasten* gleich an der Ecke Wellington Avenue, was *überaus praktisch* ist, denn so kann ich ohne weiteres mal eben hinspringen und meine Briefe an Sie (geschützt vor neugierigen Blicken!!) *selbst* einwerfen – und mir dabei auch gleich ein bißchen Miss *Dawsons* – jetzt Miss *Whittakers* – Haus ansehen, das ‹The Grove› heißt.

In aufrichtiger Ergebenheit
Ihre
Alexandra Katherine Climpson

Die rothaarige kleine Krankenschwester musterte ihren Besucher mit einem raschen, ein wenig feindseligen Blick.

«Es ist schon in Ordnung», sagte er entschuldigend. «Ich bin nicht gekommen, um Ihnen Seife oder ein Grammophon zu verkaufen, Sie anzupumpen oder für die Bruderschaft der Ehrwürdigen Schaumschläger oder etwas Karitatives zu gewinnen. Ich heiße wirklich Lord Peter Wimsey – ich meine, das ist mein Titel, kein phantasievoller Vorname wie Sanger's Circus oder Earl Derr Biggers. Ich bin hier, um Ihnen ein paar Fragen zu stellen, und ich fürchte, ich habe nicht einmal eine passende Entschuldigung für diesen Überfall – lesen Sie manchmal die *News of the World*?»

Schwester Philliter kam zu dem Schluß, daß man ihr die Pflege eines Geisteskranken anvertrauen wollte und der Patient sie persönlich abholen kam.

«Manchmal», sagte sie vorsichtig.

«Aha, dann haben Sie in jüngster Zeit vielleicht meinen Namen in der einen oder anderen Mordsache dort auftauchen sehen. Ich spiele nämlich Detektiv, müssen Sie wissen – als Hobby. Ein harmloses Ventil, sehen Sie, für meine natürliche Neugier, die sich sonst womöglich nach innen richten und über die Selbsterkenntnis zum Selbstmord führen könnte. Eine sehr natürliche, gesunde Beschäftigung – nicht zu anstrengend, nicht zu bequem; es übt den Verstand und wirkt belebend.»

«Jetzt weiß ich, wer Sie sind», sagte Schwester Philliter langsam. «Sie – Sie sind als Zeuge gegen Sir Julian Freke aufgetreten. Sie waren es sogar, der ihm den Mord nachgewiesen hat, nicht?»

«So ist es – eine recht unerfreuliche Geschichte», meinte Lord Peter nur, «und jetzt habe ich einen ähnlichen Fall an der Hand und bitte um Ihre Hilfe.»

«Bitte setzen Sie sich doch», sagte Schwester Philliter und ging mit gutem Beispiel voran. «Inwiefern habe ich mit der Sache etwas zu tun?»

«Soviel ich weiß, kennen Sie Dr. Edward Carr – früher Leahampton –, ein gewissenhafter Mensch, nur ein bißchen arm an Welterfahrung – nicht klug wie die Schlangen, wie uns die Bibel rät, sondern ziemlich das Gegenteil.»

«Was!» rief sie. «Glauben *Sie* denn, daß es Mord war?»

Lord Peter sah sie ein paar Sekunden an. Ihr Gesicht verriet Eifer, ihre Augen glühten unter den dichten, geraden Brauen. Sie hatte ausdrucksvolle Hände, ziemlich groß, mit kräftigen, flachen Gelenken. Er sah, wie ihre Finger die Lehnen ihres Sessels umspannten.

«Ich habe nicht die leiseste Ahnung», antwortete er lässig, «möchte aber Ihre Meinung hören.»

«Meine?» Sie besann sich rasch. «Wissen Sie, ich darf über meine Fälle ja eigentlich nicht reden.»

«Sie haben mir Ihre Meinung schon gesagt», meinte Seine Lordschaft grinsend. «Obwohl ich dabei vielleicht eine gewisse Voreingenommenheit zugunsten von Dr. Carrs Diagnose berücksichtigen sollte.»

«Nun ja – schon; aber es ist nicht nur das Persönliche. Ich meine, daß ich mit Dr. Carr verlobt bin, würde mein fachliches Urteil über einen Krebspatienten nicht beeinflussen. Ich habe mit ihm zusammen an vielen Fällen gearbeitet und weiß, daß auf seine Meinung Verlaß ist – wie ich auch weiß, daß es sich mit seinen Fahrkünsten genau umgekehrt verhält.»

«Schön. Ich verstehe das so: wenn er sagt, daß der Tod unerklärlich war, dann war er es auch. Das hätten wir also. Nun zu der alten Dame selbst. Soweit ich verstanden habe, war sie gegen Ende leicht verdreht, nicht ganz zurechnungsfähig, wie Sie es wohl nennen würden.»

«Ich weiß nicht, ob ich das sagen würde. Natürlich, wenn sie unter Morphium stand, war sie oft stundenlang bewußtlos oder höchstens bei halbem Bewußtsein. Aber bis zu meinem Weggehen, würde ich sagen, war sie – nun ja, ganz da. Gewiß, sie war eigensinnig – oder was man bei günstiger Beurteilung ein Original nennen würde.»

«Aber wie Mr. Carr mir erzählte, hatte sie doch so merkwürdige Vorstellungen – daß man sie vergiften wolle.»

Die Schwester rieb langsam mit den Fingern über die Sessellehne und zögerte.

«Falls es das Ihrem Berufsethos etwas leichter macht», sagte Lord Peter, der erriet, was unter den roten Haaren vor sich ging, «sollte ich Ihnen vielleicht sagen, daß ich dieser Sache zusammen mit meinem Freund, Kriminalinspektor Parker, nachgehe, was mir sozusagen ein Recht gibt, Fragen zu stellen.»

«Nun, wenn das so ist – in diesem Fall werde ich wohl frei reden können. Das mit dieser Vergiftungsangst habe ich nämlich nie ganz verstanden. Ich habe nie etwas davon gemerkt – keine Abneigung, meine ich, keine Angst vor mir. In der Regel läßt ein Patient es sich doch anmerken, wenn er merkwürdige Vorstellungen von der Krankenschwester hat. Die arme Miss Dawson war aber immer ausgesprochen nett und liebenswürdig. Sie hat mich zum Abschied sogar geküßt und mir ein kleines Geschenk gegeben und gesagt, es tue ihr sehr leid, mich zu verlieren.»

«Und keine Nervosität, wenn sie von Ihnen ihr Essen bekommen hat?»

«Ach, wissen Sie, die letzte Woche durfte ich ihr gar nicht mehr das Essen bringen. Miss Whittaker sagte, ihre Tante habe seit neuestem solch merkwürdige Vorstellungen, und hat ihr alle Mahlzeiten selbst gebracht.»

«Oh! Das ist sehr interessant. Dann war es also Miss Whittaker, die zum erstenmal von dieser kleinen Exzentrizität gesprochen hat?»

«Ja. Und sie hat mich gebeten, Miss Dawson gegenüber nichts davon zu erwähnen, um sie nicht aufzuregen.»

«Haben Sie es doch erwähnt?»

«Nein. Ich würde auf keinen Fall mit einem Patienten über so etwas sprechen. Dabei kommt nichts Gutes heraus.»

«Hat Miss Dawson je mit jemand anderem darüber gesprochen? Etwa mit Dr. Carr?»

«Nein. Laut Miss Whittaker hatte ihre Tante auch Angst vor ihm, weil sie meinte, er stehe mit mir im Bunde. Natürlich hat das den Unfreundlichkeiten, die hinterher gesagt wurden, erst die Würze gegeben. Es könnte ja durchaus sein, daß sie uns einmal einen Blick oder ein paar leise Worte hat wechseln sehen und sich daraufhin einbildete, wir führten etwas im Schilde.»

«Was war mit den Mädchen?»

«Um die Zeit waren gerade neue gekommen. Mit ihnen hat sie wahrscheinlich nicht darüber gesprochen, und ich würde mich sowieso nicht mit dem Personal über einen Patienten unterhalten.»

«Natürlich nicht. Warum waren die anderen Mädchen fortgegangen? Wie viele waren es überhaupt? Sind alle gleichzeitig gegangen?»

«Zwei sind gegangen. Das waren Schwestern. Die eine hat furchtbar viel Porzellan zerschlagen, bis Miss Whittaker ihr gekündigt hat, und da ist die andere auch gleich gegangen.»

«Ach ja, man kann es schon satt bekommen, sein kostbares Crown Derby auf dem Fußboden herumkullern zu sehen. Schön. Dann hatte das also nichts mit ... es hat nicht irgendwelche kleinen ...»

«Es lag nicht daran, daß sie mit der Krankenschwester nicht ausgekommen wären, falls Sie das meinen», sagte Schwester Philliter lächelnd. «Es waren sehr artige Mädchen, nur nicht sonderlich intelligent.»

«Verstehe. Aber hat es nun einmal irgendeinen merkwürdigen, ganz andersartigen Vorfall gegeben, der Licht auf die Geschichte werfen könnte? Ich glaube, einmal war ein Rechtsanwalt zu Besuch und hat Ihre Patientin furchtbar aufgeregt. War das zu Ihrer Zeit?»

«Nein. Das habe ich nur von Dr. Carr gehört. Aber er hat weder den Namen dieses Anwalts erfahren noch den Zweck seines Besuchs, noch sonst etwas.»

«Schade», sagte Seine Lordschaft. «Von diesem Anwalt hatte ich mir viel versprochen. Sind Sie nicht auch anfällig für diesen finsteren Charme, den so ein Rechtsanwalt an sich hat, der plötzlich mit einem kleinen Köfferchen anrückt, die Leute mit geheimnisvollen Mitteilungen erschreckt und beim Weggehen die dringende Anweisung hinterläßt, man solle ihn sofort rufen, wenn etwas geschehe? Ohne diesen Anwalt hätte ich Dr. Carrs medizinisches Problem wahrscheinlich nicht mit dem Respekt behandelt, den es verdient. Er ist wohl nie wiedergekommen oder hat geschrieben?»

«Das weiß ich nicht. Oder – Moment! Da fällt mir etwas ein. Ich erinnere mich, wie Miss Dawson wieder einen ihrer hysterischen Anfälle in dieser Art hatte und dasselbe sagte, was sie damals gesagt hat – daß ‹man versuche, sie vor der Zeit unter die Erde zu bringen›.»

«Wann war das?»

«Ein paar Wochen bevor ich ging. Soviel ich weiß, war Miss Whittaker mit der Post zu ihr hinaufgegangen, wobei auch ein paar Sachen zu unterschreiben waren, und das scheint sie sehr erregt zu haben. Ich kam gerade von einem Spaziergang zurück und fand sie in einer schrecklichen Verfassung wieder. Die Mädchen hätten Ihnen darüber wirklich mehr sagen können als ich, denn sie waren auf dem Gang mit Abstauben und dergleichen beschäftigt und haben sie toben hören, worauf sie schnell heruntergekommen sind und mich nach oben geschickt haben. Ich selbst habe sie natürlich nicht gefragt, was da losgewesen sei – es geht nicht an, daß Krankenschwestern hinter dem Rücken ihres Arbeitgebers mit dem Personal tratschen. Miss Whittaker hat mir erklärt, ihre Tante habe eine ärgerliche Mitteilung von einem Notar bekommen.»

«Ja, das klingt, als wenn etwas daran sein könnte. Wissen Sie noch, wie die Mädchen hießen?»

«Wie war denn noch der Name? Er war komisch, sonst würde ich mich nicht erinnern – Gotobed, so hießen sie – Bertha und Evelyn Gotobed. Ich weiß nicht, wohin sie dann gegangen sind, aber das werden Sie gewiß herausbekommen.»

«Nun noch eine letzte Frage, und ich bitte Sie, bei der Antwort alles über christliche Nächstenliebe und üble Nachrede zu vergessen. Was ist Miss Whittaker für eine Frau?»

Ein undefinierbarer Ausdruck huschte über das Gesicht der Schwester.

«Groß, hübsch, von sehr entschiedenem Wesen», sagte sie, ganz wie jemand, der gegen seinen Willen strenge Gerechtigkeit walten läßt. «Eine ungemein tüchtige Krankenschwester – sie war am Royal Free, wie Sie wissen, bis sie zu ihrer Tante zog. Ich meine, sie war eine Krankenschwester wie fürs Theater. Mich hat sie nicht gemocht, und ich sie auch nicht, Lord Peter – es ist wohl besser, wenn ich Ihnen das gleich sage, dann können Sie alles, was ich über sie sage, vielleicht etwas milder betrachten

–, aber gute Arbeit wußten wir beide zu schätzen, und wir haben einander respektiert.»

«Was in aller Welt kann sie denn gegen Sie gehabt haben, Miss Philliter? Ich wüßte wirklich nicht, wann ich je einer liebenswerteren Person begegnet wäre, wenn Sie mir die Bemerkung gestatten.»

«Das weiß ich auch nicht.» Die Schwester wirkte ein wenig verlegen. «Die Abneigung schien bei ihr allmählich zu wachsen. Sie – haben vielleicht schon gehört, was die Leute am Ort sich so erzählt haben. Als ich ging. Daß nämlich Dr. Carr und ich ... Nein, es ist wirklich schändlich! Ich habe eine höchst unerquickliche Unterredung mit der Mutter Oberin geführt, als ich wieder hier war. Diese Geschichte muß *sie* verbreitet haben. Wer könnte es sonst gewesen sein?»

«Nun – Sie *sind* aber doch mit Dr. Carr verlobt, oder?» meinte Seine Lordschaft freundlich. «Ich will damit natürlich nicht sagen, daß dies kein überaus erfreulicher Umstand wäre und so weiter, aber –»

«Aber sie behauptet, ich hätte meine Patientin vernachlässigt. Das habe ich *nie* getan. Mir würde so etwas im Traum nicht einfallen.»

«Gewiß nicht. Aber könnte es nicht sein, daß vielleicht schon die Verlobung an sich ein Ärgernis war? Ist übrigens Miss Whittaker mit jemandem verlobt?»

«Nein. Sie meinen, sie war eifersüchtig? Ich bin sicher, daß Dr. Carr ihr nie den geringsten, nicht den *geringsten* ...»

«Bitte, *bitte!*» rief Lord Peter. «Nun sträuben Sie doch nicht gleich das Gefieder. Ein hübscher Vergleich – wie ein Küken, finde ich, so wollig. Aber auch ohne den geringsten Dingsda von Dr. Carrs Seite – er ist doch ein sehr anziehender Mensch und so. Glauben Sie nicht, da *könnte* etwas daran sein?»

«Einmal habe ich es geglaubt», gab Miss Philliter zu. «Aber als sie wegen der Autopsie solche Schwierigkeiten gemacht hat, da habe ich mir das wieder aus dem Kopf geschlagen.»

«Aber sie hat sich der Autopsie doch überhaupt nicht widersetzt.»

«Das nicht. Aber man kann es ja auch so machen, Lord Peter, daß man sich zunächst vor den Nachbarn ins Recht setzt und ihnen dann bei den Teeparties im Pfarrhaus erzählt, ‹wie es wirklich war›. Ich war ja nicht dabei, aber fragen Sie einmal jemanden, der dabei war. Diese Teeparties kenne ich.»

«Unmöglich ist es trotzdem nicht. Wer sich übergangen fühlt, kann sehr gehässig werden.»

«Vielleicht haben Sie recht», meinte Schwester Philliter nachdenklich. «Aber», fügte sie plötzlich hinzu, «das wäre doch kein Grund, eine vollkommen unschuldige alte Frau zu ermorden.»

«Jetzt gebrauchen Sie dieses Wort schon zum zweitenmal», sagte Wimsey bedeutungsvoll. «Es ist noch nicht bewiesen, daß es Mord war.»

«Das weiß ich.»

«Sie glauben aber, es war Mord?»

«Ja.»

«Und Sie glauben auch, daß sie es war?»

«Ja.»

Lord Peter ging ans Erkerfenster und strich nachdenklich über die Blätter der Aspidistra. Eine dralle Schwester störte die Stille, indem sie zuerst hereingestürzt kam und dann anklopfte, um kichernd zu melden:

«Entschuldigung tausendmal, wie dumm von mir, aber du bist heute nachmittag sehr gefragt, Philliter. Dr. Carr ist da.»

Dem Namen folgte sein Träger auf dem Fuß. Als er Wimsey sah, blieb er sprachlos stehen.

«Ich sagte Ihnen ja, daß ich über kurz oder lang aufkreuzen würde», meinte Lord Peter fröhlich. «Sherlock ist mein Name, und Holmes meine Natur. Sehr erfreut, Sie wiederzusehen, Dr. Carr. Ihr kleines Problem liegt in den besten Händen, und nachdem ich sehe, daß ich hier nicht mehr benötigt werde, will ich's machen wie das Bienchen und abschwirren.»

«Wie kommt denn *der* hierher?» erkundigte sich Dr. Carr nicht allzu erfreut.

«Hast du ihn denn nicht geschickt? Ich finde ihn sehr nett», sagte Schwester Philliter.

«Er ist verrückt», sagte Dr. Carr.

«Er ist gescheit», meinte die rothaarige Schwester.

Tratsch

Mit Salven unaufhörlichen Geschwätzes.
Butler: Hudibras

«Sie denken also daran, sich hier in Leahampton niederzulassen?» sagte Miss Murgatroyd. «*Das* ist aber nett. Hoffentlich können Sie in unserer Kirchengemeinde bleiben. Wir sind nämlich bei den Wochentagsversammlungen *gar* nicht gut besetzt – es gibt eben hier zuviel Gleichgültigkeit und *Protestantismus*. Da, nun ist mir eine Masche gefallen. Wie ärgerlich! Vielleicht sollte es aber auch nur eine kleine Erinnerung sein, daß ich nicht lieblos über Protestanten reden soll. Alles in Ordnung – ich hab sie wieder. Haben Sie vor, sich hier ein Haus zu suchen, Miss Climpson?»

«Ich weiß es noch nicht genau», antwortete Miss Climpson. «Heutzutage sind die Mieten ja so hoch, und ein Haus zu kaufen ginge fast über meine Mittel, fürchte ich. Jedenfalls werde ich mich sehr genau umsehen und die Frage von *allen* Seiten betrachten müssen. Ich würde wirklich *gern* in dieser Gemeinde bleiben – und nah bei der Kirche, wenn möglich. Vielleicht weiß der Vikar, ob irgendwo etwas Passendes in Aussicht steht.»

«O ja, er wird Ihnen sicher etwas raten können. Es ist so eine hübsche, wohnliche Gegend. Es würde Ihnen dort bestimmt gefallen. Augenblick – Sie wohnen jetzt in der Nelson Avenue, hat Mrs. Tredgold, glaube ich, gesagt.»

«Ja – bei Mrs. Budge im Fairview.»

«Da haben Sie's aber bestimmt gemütlich. So eine nette Frau, obwohl sie allerdings unaufhörlich redet. Hat sie Ihnen da noch nichts raten können? Denn wenn es irgendwo etwas Neues gibt, entgeht es Mrs. Budge ganz bestimmt nicht.»

«Also», ergriff Miss Climpson die Gelegenheit mit einer Schnelligkeit, die Napoleon alle Ehre gemacht hätte, «sie hat mal was von einem Haus in der Wellington Avenue gesagt, das bald frei würde, meint sie.»

«Wellington Avenue? Sie überraschen mich. Ich meine, da

kenne ich doch eigentlich jeden. Oder sollten die Parfitts – ob die endlich umziehen? Reden tun sie davon schon seit mindestens sieben Jahren, so daß ich eigentlich geglaubt habe, es sei nichts weiter als Gerede. Mrs. Peasgood, haben Sie gehört? Miss Climpson sagt, die Parfitts ziehen jetzt doch endlich aus diesem Haus!»

«Mich rührt der Schlag!» rief Mrs. Peasgood, indem sie ihre etwas vorstehenden Augen von ihrem Strickstrumpf hob und wie ein Opernglas auf Miss Climpson richtete. «Na, wenn *das* keine Neuigkeit ist! Das muß der Bruder von ihr gewesen sein, der letzte Woche bei ihnen war. Womöglich will er ganz bei ihnen wohnen bleiben, und dann muß natürlich schleunigst etwas geschehen, denn dann brauchen sie unbedingt noch ein zusätzliches Zimmer, wenn die Mädchen von der Schule heimkommen. Eine sehr vernünftige Lösung, würde ich meinen. Wissen Sie, er steht nämlich ganz gut da, glaube ich, und für die Kinder wäre es sehr gut. Wohin sie nur ziehen werden? Ich nehme ja an, es ist eines von diesen neuen Häusern draußen an der Winchester Road; doch das würde natürlich heißen, daß sie einen Wagen brauchen. Aber ich glaube, er hätte das sowieso sehr gern. Höchstwahrscheinlich wird er den Wagen selbst halten, und sie dürfen ihn benutzen.»

«Ich glaube nicht, daß der Name Parfitt war», unterbrach Miss Climpson eilig. «Nein, ich bin sicher, es war ein anderer. Eine Miss Soundso – Miss Whittaker, glaube ich, hat Mrs. Budge gesagt.»

«Miss Whittaker?» riefen beide Damen im Chor. «O nein! Ganz *bestimmt* nicht.»

«Miss Whittaker hätte mir ganz sicher etwas gesagt, wenn sie vorhätte, ihr Haus aufzugeben», fuhr Miss Murgatroyd fort. «Wir sind sehr eng befreundet. Ich glaube, da hat Mrs. Budge sich etwas Falsches in den Kopf gesetzt. Manche Leute saugen sich ja solch erstaunliche Geschichten regelrecht aus den Fingern.»

«So weit würde ich nun wieder nicht gehen», warf Mrs. Peasgood tadelnd ein. «Es könnte etwas daran sein. Ich weiß, daß unsere liebe Miss Whittaker mir gegenüber manchmal den Wunsch erwähnt hat, eine Hühnerfarm aufzumachen. Sie wird darüber wohl nicht vor der *Allgemeinheit* gesprochen haben, aber *mir* vertraut sie immer alles an. Verlassen Sie sich darauf, das ist ihre Absicht.»

«Mrs. Budge hat nicht direkt gesagt, Miss Whittaker wolle ausziehen», ging Miss Climpson dazwischen. «Ich glaube, sie hat nur gesagt, Miss Whittaker sei nach dem Tod irgendeiner Verwandten jetzt ganz allein, und es würde sie nicht überraschen, wenn sie das Haus zu einsam fände.»

«Ah, das sieht Mrs. Budge wieder einmal ähnlich!» sagte Mrs. Peasgood mit bedeutungsschwerem Nicken. «Eine wundervolle Frau, aber manchmal bekommt sie einfach den Knüppel am falschen Ende zu fassen. Nicht daß ich dasselbe nicht auch schon oft gedacht hätte. Neulich habe ich erst wieder zu der armen Miss Whittaker gesagt: ‹Finden Sie es nicht zu einsam in diesem Haus, meine Liebe, nun, nachdem Ihre liebe Tante nicht mehr ist?› Es wäre bestimmt sehr gut, wenn sie umzöge oder jemanden fände, der zu ihr zieht. Kein natürlicher Zustand für eine junge Frau, so ganz allein und so, und das habe ich ihr auch gesagt. Ich gehöre nämlich zu denen, Miss Climpson, die sagen, was sie denken.»

«O ja, so bin ich auch, Mrs. Peasgood», erwiderte Miss Climpson prompt. «Deshalb habe ich auch gleich zu Mrs. Budge gesagt: ‹Habe ich richtig gehört›, frag ich, ‹daß am Tod dieser alten Dame etwas *sonderbar* war?› – sie hatte nämlich von den *besonderen Umständen* des Falles gesprochen, und wissen Sie, ich würde ja nun nicht *gern* in ein Haus ziehen, das man irgendwie *berüchtigt* nennen könnte. Das wäre mir wirklich sehr *unangenehm*.» Und dies war zweifellos Miss Climpsons völliger Ernst.

«Aber, nicht doch – keine Spur!» rief Miss Murgatroyd so eifrig, daß Mrs. Peasgood, die bereits eine geheimnisvoll-unheildräuende Miene aufgesetzt hatte, um zu antworten, sich gänzlich an die Wand gedrückt sah. «Das war doch eine einzige Gemeinheit. Es war ein natürlicher Tod – vollkommen natürlich, und außerdem für die arme Seele bestimmt noch eine gnädige Erlösung, denn ihre Leiden waren zum Schluß wirklich fürchterlich. Das Ganze war nur ein skandalöses Gerücht, das dieser junge Dr. Carr – ich hab ihn ja nie leiden können – in die Welt gesetzt hat, um sich wichtig zu machen. Als ob irgendein Arzt so genau das Datum bestimmen könnte, wann es dem lieben Gott gefallen wird, eine leidende Seele zu sich zu holen. Menschlicher Stolz und Eitelkeit, Miss Climpson, sind am allerschlimmsten, wenn sie uns dazu verleiten, Verdacht auf unschuldige Menschen zu werfen, nur weil wir mit unseren eigenen anmaßenden Vorurteilen verheiratet sind. Die arme Miss Whittaker. Sie hat eine schreckliche Zeit durchgemacht. Aber es wurde ja bewiesen – absolut *bewiesen,* daß an der Geschichte überhaupt nichts daran war, und ich kann nur hoffen, daß dieser junge Mann sich gehörig geschämt hat.»

«Darüber kann man geteilter Meinung sein, Miss Murgatroyd», sagte Mrs. Peasgood. «Ich sage, was ich denke, Miss Climpson, und meines Erachtens hätte es eine gerichtliche Untersuchung geben müssen. Ich versuche mit der Zeit zu gehen und glaube, daß dieser Dr. Carr ein sehr tüchtiger junger Mann war, wenn auch natürlich kein Hausarzt vom alten Schlag, wie ältere Leute ihn vorziehen. Jammerschade, daß diese nette Schwester Philliter fortgeschickt wurde – diese Forbes war ja soviel nütze wie Kopfweh, um mal einen der deftigen Ausdrücke meines Bruders zu gebrauchen. Ich glaube nicht, daß die was von ihrem Beruf verstand, und dabei bleibt's.»

«Schwester Forbes war eine reizende Person», zischte Miss Murgatroyd, knallrot vor Entrüstung, daß man sie zu den älteren Leuten gerechnet hatte.

«Mag ja sein», erwiderte Mrs. Peasgood, «aber vergessen Sie schließlich nicht, daß sie sich einmal beinahe selbst umgebracht hätte, indem sie statt drei Gran neun Gran Calomel genommen hat. Das hat sie mir selbst erzählt, und was ihr einmal passiert ist, könnte ihr auch ein andermal passiert sein.»

«Aber Miss Dawson hat überhaupt nichts bekommen», sagte Miss Murgatroyd, «und auf alle Fälle war Schwester Forbes mit den Gedanken bei ihrer Patientin, anstatt mit dem Doktor zu flirten. Ich habe mir immer gedacht, daß dieser Dr. Carr einen Groll gegen sie gehabt haben muß, weil sie den Platz seiner Braut eingenommen hat, und nichts hätte ihm größere Freude machen können, als sie in Schwierigkeiten zu bringen.»

«Sie werden doch nicht sagen», rief Miss Climpson, «daß er den Totenschein verweigert und das ganze Theater gemacht hat, nur um die Schwester zu ärgern! So etwas würde doch *kein* Arzt wagen.»

«Natürlich nicht», sagte Mrs. Peasgood, «und keiner, der noch einen Funken Verstand hat, würde das auch nur einen Augenblick für möglich halten.»

«Vielen, vielen Dank, Mrs. Peasgood!» rief Miss Murgatroyd. «Haben Sie herzlichen Dank. Ich bin sicher –»

«Ich rede, wie ich denke», sagte Mrs. Peasgood.

«Da bin ich aber froh, daß ich solch lieblose Gedanken nicht habe», sagte Miss Murgatroyd.

«Ich finde, daß auch Ihre Bemerkungen sich nicht eben durch Liebenswürdigkeit hervortun», gab Mrs. Peasgood zurück.

Glücklicherweise machte in diesem Moment Miss Murgatroyd in ihrer Erregung eine heftige Bewegung mit der falschen Nadel und ließ 29 Maschen auf einmal fallen. Die Frau des Vikars, die einen Krach von weitem roch, kam rasch mit einem Teller Gebäck herbeigeeilt und versuchte für Ablenkung zu sorgen. Ihr legte Miss Climpson, die ehern an ihrer Sendung festhielt, die Frage nach dem Haus in der Wellington Avenue ans Herz.

«Also, das weiß ich nun wahrhaftig nicht», antwortete Mrs. Tredgold, «aber eben ist Miss Whittaker selbst gekommen. Wenn Sie mit an meinen Tisch kommen, kann ich sie Ihnen vorstellen, und dann können Sie beide sich nett darüber unterhalten. Sie werden sich bestimmt ganz wunderbar mit ihr verstehen; sie arbeitet ja so fleißig bei uns mit. Ach ja, und Mrs. Peasgood, mein Mann möchte sich unbedingt mit Ihnen über das Fest unserer Chorknaben unterhalten. Er spricht gerade mit Mrs. Findlater darüber. Ob Sie wohl so nett wären, hinzugehen und ihm zu sagen, was Sie davon halten? Er legt solchen Wert auf Ihre Meinung.»

So trennte die gute Frau taktvoll die streitenden Parteien, und nachdem sie Mrs. Peasgood unter die klerikalen Fittiche gesteckt hatte, schleppte sie Miss Climpson fort und drückte sie auf einen Sessel in der Nähe des Teetischs.

«Liebe Miss Whittaker, ich möchte Sie so gern mit Miss Climpson bekanntmachen. Sie ist eine Nachbarin von Ihnen – in der Nelson Avenue, und wir hoffen, sie überreden zu können, daß sie sich ganz hier niederläßt.»

«Das wäre fein», sagte Miss Whittaker.

Miss Climpsons erster Eindruck von Mary Whittaker war, sie sei auf den Teeparties von St. Onesimus völlig fehl am Platz. Mit ihrem hübschen, scharf geschnittenen Gesicht und der stillen Autorität stellte sie den Typ dar, der sich in Großstadtbüros so «gut macht». Sie hatte eine angenehme, ruhige Art und war sehr gut gekleidet – mit einer nicht gerade männlichen, aber doch strengen Eleganz, die ihre gute Figur nicht weiter zur Geltung kommen ließ. Nach ihren langen, melancholischen Erfahrungen mit frustrierten Frauen, die sie in trostloser Folge in billigen Pensionen hatte sammeln können, ließ Miss Climpson jetzt eine Theorie, die sich in ihrer Vorstellung zu bilden begonnen hatte, gleich fallen. Mary Whittaker war keine leidenschaftliche Natur, die sich an eine alte Frau gefesselt gefühlt hatte und nach Freiheit drängte, um noch einen Mann zu finden, ehe die Jugend dahin war. *Diesen* Typ kannte sie gut – erkannte ihn mit erschreckender Treffsicherheit beim ersten Blick, beim Klang der Stimme, wenn sie nur guten Tag sagte. Aber beim ersten Blick in Mary Whittakers klare, helle Augen unter den wohlgeformten Brauen hatte sie schlagartig das Gefühl, diesen Ausdruck schon einmal gesehen zu haben, wenn ihr auch das Wo und Wann nicht einfiel. Und während sie lang und breit von ihrer Ankunft in Leahampton erzählte, von ihrer Einführung beim Vikar und der guten Luft und dem sandigen Boden von Hampshire, kramte sie in ihrem exzellenten Gedächtnis nach einem Anhaltspunkt. Aber die Erinnerung wollte und wollte ihr Versteck nicht verlassen. In der Nacht wird es mir einfallen, dachte Miss Climpson zuversichtlich, und bis dahin will ich mal lieber noch nichts von dem Haus sagen; es könnte bei der ersten Begegnung zu aufdringlich wirken.

Worauf das Schicksal sofort eingriff und nicht nur diesen weisen Entschluß über den Haufen stieß, sondern beinahe Miss Climpsons ganze Strategie mit einem einzigen Streich zunichte machte.

Dazu bedienten die rächenden Erinnyen sich der Gestalt der jüngsten Miss Findlater – der schwärmerischen –, die schwer beladen mit Babywäsche angesprungen kam und sich neben Miss Whittaker aufs Sofa fallen ließ.

«Mary, Liebste! Warum hast du mir denn nichts gesagt? Du willst also deinen Plan mit der Hühnerfarm schon gleich verwirklichen? Ich hatte keine *Ahnung,* daß deine Pläne schon so weit gediehen sind. Aber daß ich das zuerst von *anderen* erfahren mußte! Du hattest mir doch versprochen, es zuallererst mir zu sagen.»

«Davon weiß ich ja selbst nichts», erwiderte Miss Whittaker kühl. «Wer hat dir denn diese wundersame Geschichte erzählt?»

«Aber Mrs. Peasgood hat doch gesagt, sie hat es von...» Hier geriet Miss Findlater nun in Schwierigkeiten. Sie war Miss Climpson noch nicht vorgestellt worden und wußte nicht, wie sie sich in ihrer Anwesenheit auf sie beziehen sollte. «Diese Dame», würde eine Verkäuferin im Laden sagen; «Miss Climpson» ging nicht an, da sie den Namen offiziell ja gar nicht kannte; «Mrs. Budges neuer Logiergast» war unter den Umständen offenbar unmöglich. Sie zögerte – und dann strahlte sie Miss Climpson freudig an und meinte: «Unsere neue Helferin – darf ich mich Ihnen schon selbst vorstellen? Ich hasse Förmlichkeiten ja so, und wer zum Arbeitskreis der Gemeinde gehört, bedarf keiner förmlichen Vorstellung mehr, finden Sie nicht? Miss Climpson, glaube ich. Sehr erfreut. Dann stimmt es also, Mary, daß du dein Haus an Miss Climpson vermietest und eine Geflügelfarm in Alford aufmachst?»

«Davon weiß ich aber ganz sicher nichts. Miss Climpson und ich haben uns eben erst kennengelernt.» Der Ton, in dem Miss Whittaker das sagte, ließ erkennen, daß diese erste Begegnung von ihr aus auch die letzte sein durfte.

«Ach du liebe Zeit!» rief die jüngste Miss Findlater, die mit ihren kurzen Blondhaaren irgendwie füllenhaft wirkte. «Da bin ich ja wohl ins Fettnäpfchen getreten. Dabei hat Mrs. Peasgood doch *bestimmt* so getan, als wenn alles schon geregelt wäre.» Sie wandte sich wieder an Miss Climpson.

«Aber das ist ein *Irrtum*», sagte Miss Climpson energisch. «Was *müssen* Sie nur von mir denken, Miss Whittaker? Natürlich kann ich so etwas *unmöglich* gesagt haben. Ich habe nur zufällig – und ganz nebenher – erwähnt, daß ich nach einem Haus – das heißt, daß ich mit dem *Gedanken* spiele, nach einem Haus in der Nähe der Kirche zu suchen – das ist so praktisch, wissen Sie, für die *Frühmesse* und an *Feiertagen* –, und da hat jemand *gemeint* – aber ich weiß wirklich nicht, wer –, daß Sie vielleicht, aber nur *vielleicht* mit dem Gedanken spielen könnten, *irgendwann* Ihr Haus zu vermieten. Ich versichere Ihnen, das war *alles*.» Mit dieser Behauptung war Miss Climpson weder korrekt noch unaufrichtig, aber sie entschuldigte sich vor ihrem Gewissen mit dem jesuitischen Argument, daß sie es lieber auf keinen Streit ankommen lassen sollte, wo soviel auf dem Spiel stand. «Miss Murgatroyd», fügte sie hinzu, «hat mich auch gleich berichtigt und gesagt, Sie dächten an so etwas *bestimmt* nicht, sonst hätten Sie es ihr zuallererst gesagt.»

Miss Whittaker lachte.

«Irrtum», sagte sie, «ich hätte zuerst mit meinem Makler gesprochen. Es ist schon richtig, daß ich daran gedacht habe, aber unternommen habe ich ganz bestimmt noch nichts.»

«Du hast es also wirklich vor?» rief Miss Findlater. «Ich hoffe es ja so – denn wenn du's machst, bewerbe ich mich gleich um eine Stelle auf der Farm! Ich sehne mich ja so danach, wegzukommen von diesen langweiligen Tennisparties und einmal so richtig erdverbunden und natürlich zu leben. Lesen Sie Sheila Kaye-Smith?»

Miss Climpson verneinte, aber sie sei sehr angetan von Thomas Hardy.

«Es ist wirklich schrecklich, in so einer Kleinstadt zu leben wie hier», fuhr Miss Findlater fort. «Die Aspidistras überall, und der ewige Tratsch. Sie haben ja keine Ahnung, Miss Climpson, wie hier in Leahampton geklatscht wird. Du mußt ja davon mehr als die Nase voll haben, nicht wahr, Mary, mit diesem lästigen Dr. Carr und dem Gerede der Leute. Mich wundert es nicht, wenn du daran denkst, dieses Haus loszuwerden. Ich kann mir gar nicht vorstellen, daß du dich je wieder darin wohlfühlen könntest.»

«Aber warum denn nicht?» fragte Miss Whittaker unbekümmert. Zu unbekümmert? Miss Climpson glaubte erschrocken in Blick und Stimme die seltsam rasche Abwehrbereitschaft der sitzengebliebenen Jungfer zu erkennen, die laut versichert, daß sie mit Männern nichts anfangen kann.

«Nun», meinte Miss Findlater, «ich denke immer, es ist ein bißchen traurig, in einem Haus zu wohnen, wo jemand gestorben ist. Die gute Miss Dawson – obwohl es ja eigentlich ein Segen war, daß sie erlöst wurde – aber trotzdem...»

Sie versucht offensichtlich, von dem Thema wegzukommen, dachte Miss Climpson. Sie hat die ganzen Verdächtigungen im Zusammenhang mit diesem Tod gemeint, scheut sich aber, sie zur Sprache zu bringen.

«Es dürfte nur wenige Häuser geben, in denen nicht irgendwann schon ein Mensch gestorben ist», sagte Miss Whittaker. «Ich verstehe wirklich nicht, was die Leute daran so stört. Wahrscheinlich wollen sie es nur einfach nicht wahrhaben. Bei Leuten, die man nicht kennt, rührt es uns ja überhaupt nicht. Ebenso regen wir uns ja auch nicht über Katastrophen und Epidemien auf, die sich weit weg ereignen. Glauben Sie übrigens wirklich, Miss Climpson, daß sich da mit China etwas tut? Alle Welt scheint es auf die leichte Schulter zu nehmen. Wenn sich dieser ganze bolschewistische Aufruhr aber bei uns im Hyde Park abspielte, würde sehr viel mehr Theater darum gemacht werden.»

Miss Climpson gab eine angemessene Antwort, und am Abend schrieb sie an Lord Peter:

«Miss Whittaker hat mich zum Tee gebeten. Sie sagt, so sehr sie sich ein aktives Landleben mit einer sinnvollen Betätigung *wünschen* würde, habe sie das Haus in der Wellington Avenue doch so *in ihr Herz* geschlossen, daß sie sich nicht *davon losreißen* könne. Sie scheint *großen Wert* darauf zu legen, diesen Eindruck zu erwecken. Ob es mir wohl ansteht, zu sagen: ‹Die Dame, wie mich dünkt, gelobt zuviel›? Wobei der Prinz von Dänemark gleich hinzufügen könnte: ‹Der Aussätzige mag sich jucken –›, sofern man so von einer Dame reden darf. Shakespeare ist doch wundervoll! Für jede Situation findet man in seinen Werken einen passenden Satz!»

6

Die Tote im Wald

Blut kann eine Zeitlang schlafen, doch sterben nie.
Chapman: The Widow's Tears

«Weißt du, Wimsey», widersprach Parker, «ich glaube ja, du hast da Gemseneier gefunden. Nach meiner Überzeugung gibt es nicht den geringsten Grund zu der Annahme, daß am Tod dieser Dawson etwas nicht in Ordnung war. Du hast nichts weiter in der Hand als die Ansichten eines eingebildeten Arztes und einen Haufen albernes Geschwätz.»

«Du denkst in amtlichen Begriffen, Charles», antwortete sein Freund. «Deine Beamtenleidenschaft für Beweise stumpft allmählich deinen scharfen Intellekt ab und erstickt deine Instinkte. Du bist eben überzivilisiert. Im Vergleich mit dir bin ich ein Naturkind. Ich wohnte, wo der Bergbach stob, in unbegangner Flur, ein Mädchen, das – ich sag's mit Grausen – von keinem Lob, und Liebe kaum erfuhr, was vielleicht ganz gut so ist. Ich *weiß*, daß an dem Fall etwas faul ist.»

«Woher?»

«Woher? – Woher weiß ich, daß an der Kiste mit dem berühmten Lafite 76 etwas nicht stimmte, den dieser widerliche Pettigrew-Robinson neulich abends die Stirn hatte, mir vorzusetzen? Das Aroma stimmt nicht.»

«Du mit deinem Aroma! Wir haben keine Hinweise auf Gewaltanwendung oder Gift. Es gab kein Motiv, das alte Mädchen aus dem Weg zu räumen. Und wir haben keine Möglichkeit, irgendwem irgend etwas nachzuweisen.»

Lord Peter nahm eine Villar y Villar aus dem Kistchen und zündete sie mit geradezu kunstvoller Sorgfalt an.

«Paß mal auf», sagte er, «möchtest du darauf wetten? Ich setze zehn gegen eins, daß Agatha Dawson ermordet wurde, zwanzig zu eins, daß es Mary Whittaker war, und fünfzig zu eins, daß ich es ihr noch in diesem Jahr nachweise. Schlägst du ein?»

Parker lachte. «Ich bin ein armer Mann, Majestät», wich er

aus.

«Aha!» rief Lord Peter triumphierend. «Dir ist also selbst nicht ganz wohl dabei. Sonst hättest du nämlich gesagt: ‹Dein Geld bist du los, alter Knabe›, und hättest schnell eingeschlagen, weil du den Gewinn schon in der Tasche glaubtest.»

«Ich habe genug gesehen, um zu wissen, daß nichts absolut sicher ist», antwortete der Kriminalinspektor, «aber ich schlage ein; die Wette gilt – für eine halbe Krone», fügte er vorsichtig hinzu.

«Hättest du 100 Pfund gesetzt», sagte Lord Peter, «ich würde dich in Anbetracht deiner vorgeblichen Armut verschont haben, aber siebeneinhalb Shilling machen dich nicht reich und nicht arm. Folglich werde ich jetzt hingehen und meine Behauptungen beweisen.»

«Und was gedenkst du zu unternehmen?» erkundigte Parker sich ironisch. «Willst du eine Exhumierung beantragen und ungeachtet des Analyseberichts noch einmal nach Gift suchen? Oder willst du Miss Whittaker entführen und auf gallische Weise verhören?»

«Aber, aber. Ich bin ein moderner Mensch und brauche keine Folter. Ich werde die neuesten psychologischen Methoden anwenden. Ich mache es wie die Gottlosen in der Bibel: Ich stelle Fallen und fange Menschen darin. Ich lasse den Verbrecher sich selbst überführen.»

«Weiter! Du bist große Klasse», höhnte Parker.

«Bin ich auch. Es ist eine gesicherte psychologische Erkenntnis, daß Verbrecher keine Ruhe geben können. Sie –»

«Kehren an den Ort ihrer Untat zurück?»

«Himmel, unterbrich mich nicht dauernd. Sie versuchen unnötigerweise Spuren zu verwischen, wo sie gar keine hinterlassen haben, und setzen damit folgende Kettenreaktion in Gang: Verdacht, Ermittlung, Beweise, Verurteilung und Galgen. Hervorragende Rechtsgelehrte – Halt! Friede! Geh mit diesem Augustinus nicht so um, er ist wertvoll! Jedenfalls, um die Perlen meiner Redekunst nicht weiter vor die Säue zu werfen: Ich gedenke dieses Inserat hier in alle Morgenzeitungen zu setzen. Das eine oder andere Erzeugnis unseres hervorragenden Journalismus wird Miss Whittaker ja wohl lesen. So treffen wir zwei Vögel mit einem Stein.»

«Du meinst, wir schlagen zwei Fliegen mit einer Klappe», knurrte Parker. «Gib mal her.»

«Bertha und Evelyn Gotobed, vormals bei Miss Agatha Dawson, The Grove, Wellington Avenue, Leahampton, in Stellung, werden gebeten, sich bei Rechtsanwalt J. Murbles in Staple Inn zu melden, um etwas für sie Vorteilhaftes zu erfahren.»

«Gut, was?» meinte Wimsey. «Darauf angelegt, beim Unschuldigsten Verdacht zu wecken. Ich wette, Mary Whittaker fällt darauf herein.»

«Inwiefern?»

«Weiß ich noch nicht. Das macht es ja so spannend. Hoffentlich stößt nur dem guten alten Murbles nichts Unangenehmes zu. Ich würde ihn nicht gern verlieren. Er ist der Typ des vollkommenen Familienanwalts. Aber ein Mann in seinem Beruf muß auch bereit sein, mal ein Risiko zu tragen.»

«Ach, Quatsch!» sagte Parker. «Aber ich gebe zu, daß es ganz gut sein könnte, sich mit den Mädchen in Verbindung zu setzen, wenn du wirklich etwas über die Dawson und ihren Haushalt erfahren willst. Das Personal weiß immer alles.»

«Nicht nur das. Erinnerst du dich nicht, daß Schwester Philliter gesagt hat, die Mädchen seien kurz vor ihr rausgeschmissen worden? Mal abgesehen von den merkwürdigen Umständen ihrer eigenen Entlassung – das Märchen, die Dawson habe aus ihren Händen kein Essen mehr angenommen, was in der Haltung der alten Dame gegenüber der Schwester überhaupt keinen Rückhalt findet –, ist es nicht des Nachdenkens wert, daß die beiden Mädchen unter einem Vorwand genau drei Wochen nach einem von Miss Dawsons hysterischen Anfällen weggeschickt wurden? Sieht das nicht eher so aus, als ob jeder, der über diesen Vorfall etwas wußte, aus dem Weg geschafft werden sollte?»

«Nun, für die Entlassung der Mädchen gab's immerhin einen guten Grund.»

«Das Porzellan? Weißt du, es ist heutzutage nicht ganz einfach, an gutes Personal zu kommen. Heute nehmen die gnädigen Frauen so einiges mehr an Nachlässigkeit in Kauf als in der unwiederbringlichen guten alten Zeit. Dann der Anfall selbst. Warum hat Miss Whittaker ihre Tante gerade in dem Augenblick mit irgendwelchen lästigen Unterschriften unter Pachtverträge und dergleichen behelligt, als Schwester Philliter spazieren war? Wenn geschäftliche Dinge die alte Dame dermaßen aufregten, warum hat sie dann nicht für die Gegenwart einer tüchtigen Person gesorgt, die sie beruhigen konnte?»

«Aber Miss Whittaker ist doch eine ausgebildete Krankenschwester. Sie war sicher selbst in der Lage, mit ihrer Tante fertig zu werden.»

«Ich glaube unbedingt, daß sie eine sehr tüchtige Frau ist», sagte Wimsey mit Betonung.

«Ja, schon gut. Du bist voreingenommen. Aber gib auf alle Fälle das Inserat auf. Schaden kann's ja nicht.»

Lord Peter, der gerade läuten wollte, hielt inne. Seine Kinnlade sank herunter, was seinem langen, schmalen Gesicht einen etwas dümmlichen, zögernden Ausdruck gab, der an die Helden des Mr. P. G. Wodehouse erinnerte.

«Du meinst doch nicht –» begann er. «Ach, Quatsch!» Er drückte auf die Klingel. «Es *kann* nichts schaden, genau wie du sagst. Bunter, sorgen Sie dafür, daß dieses Inserat täglich bis auf Widerruf auf der Kleinanzeigenseite aller Zeitungen auf dieser Liste hier erscheint.»

Die Anzeige erschien zum erstenmal am Dienstagmorgen. Nichts Erwähnenswertes geschah in dieser Woche, außer daß Miss Climpson in einiger Aufregung schrieb, es sei der jüngsten Miss Findlater zu guter Letzt doch gelungen, Miss Whittaker zu ernsthaften Schritten in Richtung auf ihre Hühnerfarm zu überreden, und nun seien sie zusammen fortgefahren, um sich ein Unternehmen anzusehen, das sie im *Geflügelzüchter* annonciert gesehen hätten. Sie wollten ein paar Wochen fortbleiben. Unter diesen Umständen fürchtete Miss Climpson keine Nachforschungen betreiben zu können, deren Bedeutung ihr *viel zu großzügiges Salär* rechtfertige. Sie habe sich jedoch mit Miss Findlater angefreundet, die ihr versprochen habe, sie über *alle* ihre Unternehmungen auf dem laufenden zu halten. Lord Peter versuchte sie in seiner Antwort zu beruhigen.

Am Dienstag der folgenden Woche haderte Parker soeben im stillen mit seiner Zugehfrau, die die zermürbende Angewohnheit hatte, seine Frühstücksbücklinge so lange brutzeln zu lassen, bis sie versalzenen Schuhsohlen glichen, als angriffslustig das Telefon schrillte.

«Charles?» fragte Lord Peters Stimme. «Hör mal, Murbles hat einen Brief wegen dieses Mädchens bekommen, dieser Bertha Gotobed. Sie ist seit vorigen Donnerstag verschwunden, und ihre Zimmerwirtin, die unser Inserat gesehen hat und langsam unruhig wird, kommt her und will uns alles erzählen, was sie weiß.

Kannst du gegen elf Uhr nach Staple Inn kommen?»

«Ich weiß nicht», sagte Parker leicht gereizt. «Ich muß mich auch mal um meinen Beruf kümmern. Damit wirst du doch sicher allein fertig.»

«Das schon», kam es zänkisch zurück. «Ich wollte dir nur auch ein bißchen von dem Spaß gönnen. Ein undankbarer Kerl bist du. Der Fall interessiert dich nicht im mindesten.»

«Na weißt du – ich glaube eben nicht daran. Ja, schon gut – gebrauch nicht gleich solche Ausdrücke, du erschreckst noch das Telefonfräulein. Mal sehen, was ich machen kann. Um elf? – Gut! – He, hör mal!»

Klick! machte das Telefon.

«Aufgelegt», sagte Parker verdrießlich. «Bertha Gotobed. Hm! Ich hätte schwören mögen –»

Er griff nach dem *Daily Yell,* der auf dem Frühstückstisch gegen den Marmeladetopf lehnte, und las mit gespitzten Lippen die Meldung, deren fettgedruckte Überschrift ihm vor der Störung ins Auge gefallen war.

SERVIERERIN TOT IM
EPPINGFORST GEFUNDEN
FÜNF-PFUND-NOTE IN DER HANDTASCHE

Er nahm wieder den Hörer ab und verlangte Wimseys Nummer. Der Diener war am Apparat.

«Seine Lordschaft sind im Bad, Sir. Soll ich durchstellen?»

Wieder klickte das Telefon. Bald darauf meldete sich schwach Lord Peters Stimme. «Hallo!»

«Hat die Wirtin etwas davon gesagt, wo Bertha Gotobed beschäftigt war?»

«Ja – im *Corner House* als Kellnerin. Woher dieses plötzliche Interesse? Du verschmähest mich im Bette, doch im Bad umwirbst du mich. Klingt wie ein Chanson von der weniger feinen Art. Warum, o sag, warum?»

«Hast du noch keine Zeitung gelesen?»

«Nein. Solche Torheiten hebe ich mir bis zum Frühstück auf. Was gibt's? Werden wir nach Shanghai beordert, oder hat man die Einkommensteuer um einen halben Shilling gesenkt?»

«Mensch, es ist ernst. Du kommst zu spät.»

«Wofür?»

«Bertha Gotobed ist heute früh tot im Wald bei Epping gefunden worden.»

«Großer Gott! Tot? Wieso denn? Wovon?»

«Keine Ahnung. Gift oder so. Oder Herzversagen. Keine Gewaltanwendung. Kein Raub. Keine Anhaltspunkte. Ich muß deswegen gleich zum Yard.»

«Gott vergebe mir, Charles. Weißt du, irgendwie hatte ich ja ein ungutes Gefühl, als du so sagtest, das Inserat könne wohl nichts schaden! Tot! Das arme Ding! Charles, ich komme mir selbst vor wie der Mörder. O verdammt! – und ich bin ganz naß, da fühlt man sich so hilflos. Paß auf, du rast los zum Yard und erzählst denen schon einmal alles, was du weißt, und ich komme im Nu nach. Jetzt gibt's ja wohl jedenfalls keinen Zweifel mehr.»

«Na, nun mal langsam! Es könnte etwas völlig anderes sein und gar nichts mit deinem Inserat zu tun haben.»

«Es *könnte* auch im Sommer schneien. Gebrauch doch mal deinen gesunden Menschenverstand. Ach ja, Charles! Ist eigentlich von der Schwester die Rede?»

«Ja. Bei der Leiche war ein Brief von ihr; dadurch wurde sie identifiziert. Sie hat vorigen Monat nach Kanada geheiratet.»

«Das hat ihr das Leben gerettet. Wenn sie herkommt, ist sie in scheußlicher Gefahr. Wir müssen sie erwischen und warnen. Und uns anhören, was sie weiß. Bis nachher. Ich muß mir jetzt was anziehen. O verdammt!»

Klick, die Leitung war wieder tot, und Parker ließ ohne Bedauern sein Frühstück Frühstück sein und rannte wie im Fieber aus dem Haus, die Lamb's Conduit Street hinunter, und fuhr unterirdisch mit der Trambahn nach Westminster.

Der Chef von Scotland Yard, Sir Andrew Mackenzie, war ein sehr alter Freund von Lord Peter. Er empfing den aufgeregten jungen Mann freundlich und hörte sich aufmerksam die etwas verworrene Geschichte von Krebs, Testamenten, geheimnisvollen Anwälten und Inseraten im Kleinanzeigenteil an.

«Ein merkwürdiger Zufall», sagte er geduldig, «und ich kann verstehen, daß Sie sich darüber aufregen. Aber Sie können sich wieder beruhigen. Ich habe den Bericht des Polizeiarztes, der voll und ganz von einem natürlichen Tod überzeugt ist. Nichts deutet auf einen Überfall hin. Natürlich wird noch eine gründliche Untersuchung stattfinden, aber ich glaube nicht, daß der geringste Anlaß besteht, ein krummes Ding zu vermuten.»

«Aber was hatte sie im Eppingforst zu suchen?»

Sir Andrew hob gelassen die Schultern.

«Der Frage muß natürlich nachgegangen werden. Aber – junge Leute ziehen nun mal ein bißchen herum. Es existiert auch irgendwo ein Verlobter. Ein Eisenbahner oder so. Collins ist schon hingefahren, um sich mit ihm zu unterhalten. Vielleicht ist sie aber auch mit jemand anderem dagewesen.»

«Aber wenn es ein natürlicher Tod war – niemand würde doch ein krankes oder sterbendes Mädchen einfach so dort liegen lassen.»

«*Sie* wohl nicht. Aber angenommen, die haben da ein bißchen herumgetollt und Unfug gemacht – und plötzlich ist das Mädchen tot umgefallen, wie das bei Herzkranken mitunter vorkommt. Ihr Begleiter könnte es mit der Angst zu tun bekommen und sich verdrückt haben. Wäre nicht der erste Fall.»

Lord Peter schaute nicht sehr überzeugt drein.

«Wie lange war sie schon tot?»

«Fünf, sechs Tage, meint unser Mann. Es war ein Zufall, daß sie überhaupt gefunden wurde; der Teil des Forstes ist wenig besucht. Ein paar junge Leute waren mit ihren Terriern auf einer Wanderung, und einer der Hunde hat die Leiche aufgespürt.»

«Lag sie frei?»

«Nicht direkt. Zwischen ein paar Büschen – an einer Stelle, wo muntere junge Pärchen zum Versteckspielen hingehen würden.»

«Oder wo ein Mörder eine Leiche vor der Polizei verstecken könnte», sagte Wimsey.

«Bitte, wenn Sie es unbedingt so haben wollen», sagte Sir Andrew nachsichtig. «Aber wenn es Mord war, muß es Gift gewesen sein, denn es gab, wie gesagt, nicht die kleinsten Wunden oder Kampfspuren. Ich lasse Ihnen den Obduktionsbericht zukommen. Wenn Sie inzwischen mit Inspektor Parker hinfahren möchten, stehen Ihnen natürlich alle unsere Einrichtungen zur Verfügung. Und lassen Sie mich wissen, wenn Sie etwas entdeckt haben.»

Wimsey dankte, dann holte er Parker aus einem der angrenzenden Dienstzimmer und führte ihn raschen Schrittes den Korridor entlang.

«Das gefällt mir nicht», sagte er, «das heißt, es ist natürlich sehr befriedigend, zu wissen, daß unsere ersten Versuche in Psychologie sozusagen bereits praktische Bestätigung gefunden haben, aber ich wollte bei Gott, sie wäre nicht so endgültig ausgefallen. Wir fahren am besten sofort nach Epping und unterhalten uns mit der Zimmerwirtin später. Übrigens habe ich einen neuen Wagen, der dir sicher gefallen wird.»

Parker warf nur einen einzigen Blick auf das schlanke schwarze Monstrum mit der gestreckten, schnittigen Karosserie und den beiden kupfernen Auspuffrohren, und wußte sofort, daß ihre einzige Hoffnung, ohne Zwischenfälle nach Epping zu kommen, darin bestand, daß er eine möglichst amtliche Miene aufsetzte und unterwegs jedem, der blau gekleidet war, seinen Dienstausweis unter die Nase hielt. Widerspruchslos zwängte er sich auf den Beifahrersitz und sah sich, mehr entnervt als erleichtert, sogleich an die Spitze der Verkehrsschlange schießen – nicht unter dem Gebrüll gewöhnlicher Rennwagenmotoren, sondern geschmeidig und unheimlich lautlos.

«Der neue Daimler Doppel-Sechs», sagte Lord Peter, wobei er geschickt um einen Lastwagen kurvte, scheinbar ohne ihn überhaupt zur Kenntnis zu nehmen. «Mit Rennkarosserie. Spezialanfertigung ... nützliche ... Extras ... kein Lärm – hasse Lärm ... ganz wie Edmund Sparkler ... nur ja kein Krach ... Dickens, Klein Dorrit, weißt du ... nenne ihn Mrs. Merdle ... aus eben diesem Grunde ... werden bald sehen, was er leistet.»

Dieses Versprechen wurde noch vor ihrem Eintreffen am Fundort der Leiche erfüllt. Ihre Ankunft erregte in der kleinen Menschenansammlung, die Pflicht oder Neugier hierhergeführt hatte, beträchtliches Aufsehen. Sogleich stürzten sich vier Reporter und ein Rattenschwanz von Pressefotografen auf Lord Peter, dessen Anwesenheit sie in ihrer Hoffnung bestärkte, daß der Fall sich zu guter Letzt noch als Drei-Spalten-Knüller entpuppen könne. Parker wurde zu seinem Ärger in wenig würdevoller Pose fotografiert, als er sich gerade aus «Mrs. Merdle» herauszuwinden versuchte. Kriminalrat Walmisley kam ihm höflich zu Hilfe, maßregelte die Zuschauer und führte ihn dann an den Ort des Geschehens.

Die Tote war schon zum Leichenhaus transportiert worden, aber ein Abdruck im feuchten Boden zeigte deutlich, wo sie gelegen hatte. Lord Peter stöhnte bei dem Anblick leise.

«Dieses vermaledeite Frühlingswetter», schimpfte er aus ganzem Herzen. «Aprilregen – Sonne und Wasser – schlimmer konnte es gar nicht kommen. Ist die Leiche stark verändert, Kriminalrat?»

«Doch, ziemlich, Mylord, besonders an den freiliegenden

Stellen. Aber an der Identität besteht kein Zweifel.»

«Das hatte ich auch nicht erwartet. Wie hat sie gelegen?»

«Auf dem Rücken, in ganz natürlicher Haltung. Keine Kleider in Unordnung, nichts. Sie muß da gesessen haben, als ihr schlecht wurde, und dann ist sie nach hinten umgekippt.»

«Hm. Der Regen hat alle Fußspuren und sonstigen Fährten weggewaschen. Dazu noch Grasboden. Scheußlich, dieses Gras, nicht wahr, Charles?»

«Ja. Die Zweige hier scheinen überhaupt nicht beschädigt zu sein, Kriminalrat.»

«Nein», sagte der Beamte. «Keine Kampfspuren, wie ich in meinem Bericht schon erwähnte.»

«Nein – aber wenn sie hier gesessen hätte und nach hinten umgekippt wäre, wie Sie vermuten, meinen Sie dann nicht, daß sie mit ihrem Körpergewicht ein paar von diesen Schößlingen hier abgeknickt hätte?»

Der Kriminalrat sah den Kollegen von Scotland Yard scharf an.

«Sie wollen doch nicht sagen, daß sie hierhergebracht und dort hingelegt worden ist, Sir?»

«Ich will überhaupt nichts sagen», entgegnete Parker. «Ich weise nur auf einen Umstand hin, den Sie meiner Ansicht nach berücksichtigen sollten. Was sind das für Reifenspuren?»

«Das war unser Wagen, Sir. Wir sind rückwärts hier hereingestoßen, um sie aufzuladen.»

«Und das Getrampel, das waren wohl auch Ihre Leute?»

«Zum Teil, Sir. Zum Teil aber auch die Spaziergänger, die sie gefunden haben.»

«Von anderen Personen haben Sie wohl keine Spuren festgestellt?»

«Nein, Sir. Aber es hat letzte Woche stark geregnet. Außerdem sehen Sie hier überall Kaninchenspuren, wohl auch von anderen Tieren. Wiesel und so etwas.»

«Ach so! Nun, ich finde, Sie sollten sich jetzt hier mal etwas umsehen. Es könnten sich auch Spuren in einem größeren Umkreis finden. Gehen Sie einen Kreis ab und melden Sie mir alles, was Sie finden. Außerdem hätten Sie die ganzen Leute nicht so nah herankommen lassen dürfen. Sperren Sie ringsum ab und schicken Sie die Leute fort. Hast du alles gesehen, was dich interessiert, Peter?»

Wimsey hatte mit seinem Stock ziellos im hohlen Stamm einer

wenige Meter entfernt stehenden Eiche herumgestochert. Jetzt stutzte er und holte ein Päckchen heraus, das in einen Spalt eingeklemmt gewesen war. Die beiden Polizisten rannten eilig herbei, doch ihr Interesse verflüchtigte sich beim Anblick des Fundes – ein Schinkenbrot und eine leere Bierflasche, notdürftig in eine fettige Zeitung eingewickelt.

«Picknicker», schnaubte Walmisley. «Das dürfte kaum etwas mit der Leiche zu tun haben.»

«Ich glaube, da irren Sie sich», sagte Wimsey selbstgefällig. «Um welche Zeit genau ist das Mädchen verschwunden?»

«Am Mittwoch, dem siebenundzwanzigsten, also morgen vor einer Woche, hat sie um fünf Uhr im *Corner House* Feierabend gemacht», sagte Parker.

«Und das hier ist die *Evening Views* von Mittwoch, dem siebenundzwanzigsten», sagte Wimsey. «Letzte Abendausgabe. Nun erscheint diese Ausgabe erst gegen sechs Uhr abends auf den Straßen. Sofern sie also nicht jemand hierhergeschleppt und sein Abendbrot hier verzehrt hat, wurde sie wahrscheinlich von dem Mädchen selbst und seiner Begleitung mitgebracht. Es ist wohl kaum wahrscheinlich, daß jemand hinterher hier sein Picknick abgehalten hat, im Beisein der Leiche. Nicht daß Leichen einem unbedingt den Appetit verderben müssen. *À la guerre comme à la guerre.* Aber im Augenblick ist hier kein Krieg.»

«Das stimmt schon, Sir. Aber Sie nehmen an, daß der Tod am Mittwoch oder Donnerstag eingetreten ist. Da könnte sie ganz woanders gewesen sein – vielleicht bei Freunden in der Stadt oder sonstwo.»

«Schon wieder ein Reinfall», sagte Wimsey. «Aber ein sonderbarer Zufall ist das schon.»

«Stimmt, Mylord, und ich bin sehr froh, daß Sie die Sachen gefunden haben. Wollen Sie sich darum kümmern, Mr. Parker, oder soll ich sie an mich nehmen?»

«Sie nehmen sie besser mit und legen sie zu den anderen Beweisstücken», sagte Parker, wobei er die Hand ausstreckte, um sie Wimsey abzunehmen, der sich ganz unverhältnismäßig dafür zu interessieren schien. «Ich nehme an, Seine Lordschaft hat recht, und das Päckchen ist zusammen mit dem Mädchen hierhergekommen, und das sieht ganz danach aus, als ob sie nicht allein gewesen wäre. Vielleicht war dieser junge Mann von ihr dabei. Die altbekannte Geschichte, wie's scheint. Vorsicht mit der Flasche, mein Alter, da könnten Fingerabdrücke darauf sein.»

«Die Flasche könnt ihr haben», sagte Wimsey. «Möge es uns nie an einem Freunde fehlen, oder an einer Flasche, ihm zu geben, wie Dick Swiveller sagt. Und ich bitte euch ernstlich, bevor ihr diesen ehrenwerten jungen Eisenbahner darüber belehrt, daß alle seine Aussagen protokolliert und gegen ihn verwendet werden können: Richtet einmal eure Augen – und Nasen – auf dieses Schinkenbrot.»

«Was ist verkehrt daran?» erkundigte sich Parker.

«Nichts. Es scheint sogar erstaunlich gut erhalten zu sein, dank diesem bewunderungswürdigen Eichenstamm. Die knorrige Eiche, in so vielen Jahrhunderten Britanniens Bollwerk gegen Invasoren! Aus Eichenkern ist unser Schiff – übrigens nicht aus Eichenkernen, wie es gewöhnlich falsch gesungen wird. Was mich stört, ist das Mißverhältnis zwischen dieser Stulle und dem übrigen Zeug.»

«Es ist doch ein ganz gewöhnliches Schinkenbrot, oder?»

«O Gott des Weines und der Tafelfreuden, wie lange noch, wie lange! Ein Schinkenbrot schon – aber weiß Gott kein gewöhnliches. Das ist nie über die Theke eines Selbstbedienungsrestaurants oder einer Würstchenbude gewandert. Das Schwein, das sich für diesen köstlichen Leckerbissen opfern mußte, ward in keinem düsteren Koben gemästet und hat die zweifelhaften Genüsse aus dem häuslichen Abfalleimer nie gekannt. Sieh dir die feste Maserung an, das tiefbraune Magere und saftige Fette, wie eine Chinesenwange so gelb; und hier der dunkle Fleck, wo die schwarze Beize eingedrungen ist, auf daß dieser Leckerbissen Zeus persönlich vom Olymp hätte locken können! Und dann sage mir, du Ungebildeter, der du das ganze Jahr lang nur von Kochfisch leben dürftest, sage mir, wie deine kleine Kellnerin und ihr Eisenbahner dazu kommen, sich hier im Eppingforst an kohlschwarz gebeiztem Bradenham zu laben, der einst als junger Keiler durch die Wälder streifte, bis ihn der Tod in diese haltbare und ruhmvolle Köstlichkeit verwandelte? Ich darf anfügen, daß ein Pfund von diesem Zeug ungekocht 3 Shilling kostet – was du gütigerweise als ein gewichtiges Argument ansehen mögest.»

«Das ist allerdings merkwürdig», sagte Parker. «Ich könnte mir vorstellen, daß nur reiche Leute –»

«Reiche oder solche, für die das Essen zu den schönen Künsten zählt», sagte Wimsey. «Diese beiden Gruppen sind keineswegs identisch, wenn sie sich auch hier und da überlappen.»

«Könnte wichtig sein», meinte Parker, der die Beweisstücke sorgfältig wieder einwickelte. «Aber jetzt sollten wir uns mal die Leiche ansehen gehen.»

Die Leichenschau war keine erfreuliche Angelegenheit, denn das Wetter war feucht und warm gewesen, und daß es dort Wiesel gab, sah man auch. Wimsey ließ schon nach einem kurzen Blick die beiden Polizisten allein weitermachen und widmete sich lieber der Handtasche der Toten. Er las den Brief von Evelyn Gotobed (jetzt Evelyn Cropper) rasch durch und notierte sich ihre kanadische Adresse. In einer Innentasche fand er einen Zeitungsausschnitt mit seinem Inserat, und dann machte er sich Gedanken über die Fünf-Pfund-Note, die zusammengefaltet zwischen einer Zehn-Shilling-Note, ein paar Silber- und Kupfermünzen im Werte von 7 Shilling und 8 Pence sowie einem Hausschlüssel und einer Puderdose gesteckt hatte.

«Sie haben sicher die Herkunft des Geldscheins schon prüfen lassen, Walmisley?»

«O ja, Mylord, gewiß.»

«Und der Schlüssel gehört sicher zur Unterkunft des Mädchens.»

«Zweifellos. Wir haben die Zimmerwirtin gebeten, hierherzukommen und die Leiche zu identifizieren. Nicht daß es Zweifel an der Identität gäbe, aber Vorschrift ist Vorschrift. Vielleicht kann sie uns auch weiterhelfen. Ah! –» der Kriminalrat sah zur Tür hinaus – «das muß sie wohl schon sein.»

Die pummelige, mütterliche Frau, die in Begleitung eines sehr jugendlichen Polizisten einem Taxi entstieg, identifizierte die Tote unter Schluchzen, doch ohne Schwierigkeiten als Bertha Gotobed. «So ein nettes junges Mädchen!» jammerte sie. «Nein, wie schrecklich, wie schrecklich! Wer kann denn so etwas nur tun? Ich habe mir ja die ganze Zeit solche Sorgen gemacht, seit sie vorigen Mittwoch nicht nach Hause gekommen ist. Und wie manches Mal habe ich mir schon gesagt, hätte ich mir doch lieber die Zunge abgebissen, als ihr dieses gemeine Inserat zu zeigen. Ah, ich sehe, Sie haben es da, Sir. Ist es nicht furchtbar, daß es Leute gibt, die junge Mädchen mit solch verlogenen Versprechungen weglocken? So ein niederträchtiger Lump – und nennt sich auch noch Rechtsanwalt! Und als sie nicht kam und nicht kam, da habe ich diesem Halunken geschrieben, daß ich ihm auf der Spur bin und ihm die Polizei auf den Hals hetzen werde, so wahr ich Dorcas Gulliver heiße! Mich hätte er nicht hereingelegt – ich bin ja wohl auch nicht das, worauf er's abgesehen hat, wo ich nächsten Johanni schon einundsechzig werde – und das hab ich ihm geschrieben.»

Lord Peter hatte Mühe, bei dieser Schmährede gegen den ehrenwerten Mr. Murbles aus Staple Inn ernst zu bleiben, dessen Wiedergabe des Briefs von Mrs. Gulliver an ihn schamhaft gesäubert gewesen war.

«Es muß ein Schock für den alten Knaben gewesen sein», flüsterte er Parker zu. «Wenn ich ihn das nächste Mal sehe, bin ich dran.»

Mrs. Gullivers Stimme jammerte und jammerte.

«So anständige Mädchen, alle beide, und Miss Evelyn verheiratet mit diesem netten jungen Mann aus Kanada. Mein Gott, wird das ein furchtbarer Schlag für sie sein! Und der arme John Ironsides, diese Pfingsten noch hatte er Miss Bertha heiraten wollen, das arme Schäfchen. Ein solider, anständiger Mann – bei der Southern ist er, und er hat doch immer so im Scherz gesagt: ‹Ich bin wie die Southern, Mrs. Gulliver – langsam, aber sicher.› O Gott, o Gott, wer hätte das geglaubt! Und dabei war sie gar keine von der flatterhaften Sorte. Ich hab ihr gern einen Hausschlüssel gegeben, denn manchmal hatte sie Spätschicht, aber ausgeblieben nach der Arbeit ist sie nie. Darum hab ich mir ja so Sorgen gemacht, weil sie nicht wiederkam. So manche gibt's ja heutzutage, die man lieber gehen als kommen sieht, die kennt man schon. Nein. Als es immer später wurde, und sie nicht wiederkam, hab ich gesagt, denkt an meine Worte, hab ich gesagt, das Kind ist entführt worden, sag ich, und zwar von diesem Murbles.»

«Hat sie lange bei Ihnen gewohnt, Mrs. Gulliver?» fragte Parker.

«Noch nicht länger als fünfzehn Monate, aber das können Sie annehmen, daß ich ein junges Mädchen keine fünfzehn *Tage* zu kennen brauche, um zu wissen, ob es ein braves Mädchen ist oder nicht. Das sieht man schon so gut wie auf den ersten Blick, wenn man meine Erfahrung hat.»

«Waren beide Schwestern zusammen zu Ihnen gekommen?»

«Ja. Als sie nach einer Stelle in London suchten, da sind sie zu mir gekommen. Und sie hätten in manch schlechtere Hände fallen können, sage ich Ihnen, zwei so junge Dinger vom Land, wo sie auch noch so frisch und hübsch sind.»

«Ich muß sagen, die Mädchen hatten ausgesprochenes Glück,

Mrs. Gulliver», sagte Lord Peter. «Es muß ein großer Trost für sie gewesen sein, daß sie sich Ihnen anvertrauen und Sie um Rat fragen konnten.»

«Ja, das glaube ich auch», sagte Mrs. Gulliver. «Obwohl die jungen Leute heutzutage sich ja nicht viel von uns älteren raten lassen wollen. Zieh ein Kind groß, und es geht fort, wie schon in der Bibel steht. Aber Miss Evelyn – das heißt, die jetzige Mrs. Cropper – hatte sich nun mal dieses London in den Kopf gesetzt, und schon kommen sie her und bilden sich ein, hier würden Damen aus ihnen gemacht, wo sie doch immer nur in Stellung waren, obwohl *ich* ja keinen Unterschied sehen kann, ob man in einem Schnellimbiß bedient und dem ganzen Pöbel nach der Pfeife tanzt oder ob man bei einer Dame in Stellung ist, außer daß man schwerer arbeiten muß und sein Essen nicht so bequem vorgesetzt kriegt. Aber Miss Evelyn, die war ja die hellere von den beiden und hat auch gleich ihr Glück gemacht, ich meine, daß sie diesen Mr. Cropper kennengelernt hat, der jeden Morgen zum Frühstück ins *Corner House* gegangen ist und ein Auge auf das Mädchen geworfen hat, in allen Ehren, versteht sich.»

«Da kann man von Glück reden. Aber haben Sie vielleicht eine Ahnung, wie die beiden auf die Idee gekommen sind, in die Stadt zu kommen?»

«Tja, wissen Sie, Sir, es ist komisch, daß Sie das fragen, denn das hab ich auch nie verstanden. Die Dame, bei der sie vorher in Stellung waren, da auf dem Land, die hat Miss Evelyn diesen Floh ins Ohr gesetzt. Und meinen Sie nicht auch, Sir, daß sie doch eigentlich alles hätte tun müssen, um die beiden zu halten, wo man gutes Personal heutzutage so schwer bekommt? Aber nein! Es scheint ja, als ob's mal Krach gegeben hätte, weil Bertha – das arme Ding, das arme Lämmchen; bricht es einem nicht das Herz, wenn man sie so sieht, Sir? – weil Bertha eine alte Teekanne zerbrochen hat – sie soll auch noch sehr wertvoll gewesen sein, und da hat die gnädige Frau gemeint, sie kann es nicht mit ansehen, wie ihre guten Sachen alle zerschlagen werden. Und da hat sie also gesagt: ‹Du gehst›, sagt sie, ‹aber›, sagt sie, ‹ich gebe dir ein gutes Zeugnis mit, dann findest du sicher bald eine schöne Stelle. Und Evelyn wird ja sicher mit dir gehen wollen›, sagt sie, ‹so daß ich mir nun wohl jemand anders suchen muß. Aber›, sagt sie, ‹ihr solltet vielleicht nach London gehen, da findet ihr das Leben sicher viel schöner und interessanter als zu Hause›, sagt sie. Na ja, und das Ende vom Lied, sie hat ihnen solche Flausen in den Kopf gesetzt, wie schön es in London sei und was für herrliche Stellungen man hier bekommen könne, wenn man sich nur erkundige, daß sie schließlich ganz verrückt darauf waren, wegzukommen, und dann hat sie ihnen noch etwas Geld gegeben und sich auch sonst ganz nobel gezeigt, alles in allem.»

«Hm», machte Wimsey, «mit dieser Teekanne muß sie es aber gehabt haben. Hat Bertha eigentlich sehr viel Porzellan zerschlagen?»

«Also, Sir, bei mir hat sie jedenfalls nichts zerbrochen. Aber diese Miss Whittaker – so hieß sie nämlich –, das war so eine von den ganz Genauen, denen immer alles nach dem Kopf gehen muß. Ziemlich empfindlich war sie eben, wenigstens hat die arme Bertha das gesagt, obwohl Miss Evelyn – eben die jetzige Mrs. Cropper – *die* hat immer gemeint, da steckt was anderes dahinter. Miss Evelyn war immer die raffinierte, sozusagen. Aber wir haben ja nun mal alle unsere kleinen Eigenheiten, nicht wahr, Sir? Ich glaube ja, daß die gnädige Frau schon jemand anders hatte, die sie an Stelle von Bertha – das ist die hier – und Evelyn – das ist die jetzige Mrs. Cropper, Sie verstehen mich – nehmen wollte, und da hat sie sich eben einen Vorwand zurechtgeschustert, wie man so sagt, um sie loszuwerden.»

«Sehr gut möglich», sagte Wimsey. «Ich glaube, Inspektor, Evelyn Gotobed –»

«Die jetzige Mrs. Cropper», warf Mrs. Gulliver schluchzend ein.

«Mrs. Cropper, sollte ich sagen – hat man sie schon benachrichtigt?»

«Ja, Mylord. Wir haben ihr sofort ein Telegramm geschickt.»

«Gut. Würden Sie mir bitte Bescheid geben, wenn Sie von ihr hören?»

«Wir werden uns natürlich mit Inspektor Parker in Verbindung setzen, Mylord.»

«Natürlich. Also, Charles, ich lege das in deine Hände. Jetzt muß ich ein Telegramm aufgeben. Oder willst du mitkommen?»

«Nein, danke», sagte Parker. «Um ehrlich zu sein, mir gefällt deine Fahrweise nicht. Als Hüter des Gesetzes halte ich mich lieber an die Verkehrsvorschriften.»

«Ein Duckmäuser bist du», sagte Peter. «Also dann, bis später in der Stadt.»

7
Schinken und Branntwein

> *Sage mir, was du ißt, und ich will dir sagen,
> was du bist.*
>
> Brillat-Savarin

«Nun», fragte Wimsey, als Parker abends von Bunter hereingeführt wurde, «hast du was Neues?»

«Ja. Ich habe eine neue Theorie zu dem Verbrechen, dagegen ist die deine ein alter Hut. Obendrein habe ich Indizien dafür.»

«Zu welchem Verbrechen, nebenbei gefragt?»

«Ach ja, die Sache im Eppingforst. Daß die alte Dawson ermordet wurde, glaube ich gar nicht. Das ist nur so eine Idee von dir.»

«Verstehe. Und gleich wirst du sagen, daß Bertha Gotobed Mädchenhändlern in die Hände gefallen ist.»

«Woher weißt du das?» fragte Parker ein bißchen verstimmt.

«Weil Scotland Yard zwei Lieblingstheorien hat, die immer ausgegraben werden, wenn einem jungen Mädchen etwas zustößt. Entweder Mädchen- oder Rauschgifthandel – manchmal auch beides. Und du willst sagen, es war beides.»

«Na ja, das wollte ich wirklich. Es ist ja so oft der Fall. Wir sind der Fünf-Pfund-Note nachgegangen.»

«Das ist auf alle Fälle wichtig.»

«Und ob. Mir scheint sie der Schlüssel zum Ganzen zu sein. Sie gehört zu einer Serie, die an eine Mrs. Forrest in der South Audley Street ausgegeben wurde. Ich habe mich dort ein wenig umgehört.»

«Hast du die Dame gesprochen?»

«Nein, sie war nicht da. Sie ist meist nicht da, wie ich höre. Überhaupt scheinen ihre Gewohnheiten kostspielig, ungewöhnlich und rätselhaft zu sein. Sie hat eine elegant möblierte Wohnung über einem Blumenladen.»

«So eine mit Bedienung?»

«Nein, so eine von der stilleren Art, mit Lift für Selbstbedienung. Sie taucht nur hin und wieder auf, meist abends, bleibt ein oder zwei Nächte und verschwindet wieder. Ihr Essen bestellt sie bei Fortnum and Mason. Die Rechnungen werden prompt bezahlt, bar oder per Scheck. Zum Putzen kommt eine ältere Frau so gegen elf Uhr, wenn Mrs. Forrest gewöhnlich schon ausgegangen ist.»

«Bekommt sie denn niemand je zu Gesicht?»

«Doch, doch, das schon! Die Leute in der Wohnung darunter und das Mädchen im Blumenladen haben sie mir ganz gut beschreiben können. Groß, sehr aufgetakelt, Bisampelz und solche komischen Schuhe mit juwelenbesetzten Absätzen und kaum Oberleder – du kennst so was ja. Stark gebleichte Haare, dichte Parfumwolke zur Einnebelung der Straßenpassanten, zu weiß gepudert für die augenblickliche Mode und siegellackroter Mund; die Augenbrauen so schwarz, als ob sie jemanden erschrecken wollte, und die Fingernägel erinnern an Kraskas rote Periode.»

«Ich wußte gar nicht, daß du die Seite für die Frau zu so einem guten Zweck studierst, Charles.»

«Sie fährt einen viersitzigen Renault, dunkelgrün mit Innendekoration. Die Garage ist gleich um die Ecke. Ich habe den Mann gesprochen. Der Wagen sei am Abend des Siebenundzwanzigsten fort gewesen. Weggefahren gegen halb zwölf. Zurückgekehrt am nächsten Morgen gegen acht.»

«Wieviel Benzin war verbraucht?»

«Das haben wir ausgerechnet. Es reichte gerade nach Epping und zurück. Außerdem sagt die Zugehfrau, daß es an dem Abend in der Wohnung ein Souper für zwei gegeben hat, bei dem drei Flaschen Champagner getrunken wurden. Und daß sich ein Schinken in der Wohnung befindet.»

«Ein Bradenham?»

«Erwartest du wirklich, daß die Putzfrau das weiß? Aber es dürfte wahrscheinlich einer sein, denn bei Fortnum and Mason habe ich erfahren, daß vor etwa vierzehn Tagen ein Bradenhamschinken an Mrs. Forrest geliefert wurde.»

«Klingt schlüssig. Demnach meinst du, Bertha Gotobed ist aus irgendeinem trüben Grund von Mrs. Forrest in die Wohnung gelockt worden, hat mit ihr zu Abend gespiest –»

«Nein, ich nehme eher an, es war ein Mann da.»

«Ja, natürlich. Mrs. Forrest bringt die beiden zusammen und überläßt ihnen das Weitere. Das Mädchen wird kräftig betrunken gemacht – und plötzlich passiert etwas Unerfreuliches.»

«Ja – vielleicht ein Schock, vielleicht auch eine Prise Opium.»
«Und man bringt sie fort und schafft sie sich vom Hals. Durchaus möglich. Vielleicht gibt uns die Autopsie darüber Auskunft. Ja, Bunter, was gibt's?»
«Ein Anruf, Mylord. Für Mr. Parker.»
«Entschuldigung», sagte Parker, «ich habe die Leute im Blumenladen gebeten, mich hier anzurufen, wenn Mrs. Forrest das Haus betritt. Möchtest du mit mir hingehen, wenn sie da ist?»
«Sehr gern.»
Parker kam mit einer Miene unterdrückten Triumphs vom Telefon zurück.
«Sie ist eben in ihre Wohnung gegangen. Komm mit. Wir nehmen aber ein Taxi – nicht deine Todesschaukel. Beeil dich. Ich möchte sie nicht verpassen.»
Die Tür der Wohnung in der South Audley Street wurde von Mrs. Forrest persönlich geöffnet. Wimsey erkannte sie nach der Beschreibung sofort. Als sie Parkers Ausweis sah, hatte sie nichts dagegen, sie einzulassen, und führte sie in einen ganz in Rosa und Lila gehaltenen Salon, der offenbar von einem Einrichtungshaus in der Regent Street nach Vertrag möbliert war.
«Nehmen Sie bitte Platz. Möchten Sie rauchen? Und Ihr Freund?»
«Mein Kollege, Mr. Templeton», sagte Parker rasch.
Mrs. Forrests ziemlich harte Augen schienen mit geübtem Blick den Unterschied zwischen Parkers für sieben Guineen erstandenem «modernem Straßenanzug, in eigener Werkstatt geschneidert, Paßform wie nach Maß» und dem Savile Row-Maßanzug seines «Kollegen» abzuschätzen, aber sie verriet keine Nervosität, höchstens noch ein Quentchen mehr Wachsamkeit. Parker bemerkte ihren Blick. Sie taxiert uns gekonnt, dachte er bei sich, und sie ist sich nicht ganz sicher, ob Wimsey ein aufgebrachter Bruder oder Ehemann oder sonst was ist. Macht nichts. Soll sie zappeln. Vielleicht können wir sie damit aus der Ruhe bringen.
«Madam», begann er in dienstlich strengem Ton, «wir ermitteln bezüglich gewisser Ereignisse, die auf den sechsundzwanzigsten des letzten Monats zurückgehen. Ich nehme an, Sie waren um diese Zeit in der Stadt?»
Mrs. Forrest versuchte sich mit leicht gerunzelter Stirn zu erinnern. Wimsey merkte im stillen an, daß sie nicht so jung war, wie ihr gebauschtes apfelgrünes Kleid sie erscheinen ließ.

Sie ging mit Sicherheit auf die Dreißig zu, und ihre wachsamen Augen waren die einer reifen Frau.

«Ja, ich glaube schon. Doch, bestimmt. Um diese Zeit war ich mehrere Tage in der Stadt. Wie kann ich Ihnen helfen?»

«Es geht um einen bestimmten Geldschein, den wir bis zu Ihnen zurückverfolgt haben», sagte Parker. «Eine Fünf-Pfund-Note mit der Seriennummer x/y 58929. Sie wurde am neunzehnten von der Lloyds Bank gegen einen Scheck an Sie ausgegeben.»

«Schon möglich. Ich könnte zwar nicht sagen, daß ich mich an die Seriennummer erinnere, aber ich glaube, ich habe um diese Zeit einen Scheck eingelöst. In einer Sekunde kann ich es Ihnen an Hand meines Scheckbuchs genau sagen.»

«Ich glaube, das ist nicht nötig. Aber es würde uns sehr weiterhelfen, wenn Sie sich erinnern könnten, wen Sie mit dem Geldschein bezahlt haben.»

«Ach so, ich verstehe. Aber das ist nicht so einfach. Ich habe um diese Zeit meine Schneiderin bezahlt – aber nein, der habe ich einen Scheck gegeben. In der Garage habe ich bar bezahlt, das weiß ich noch, und ich glaube, da war eine Fünf-Pfund-Note dabei. Dann habe ich mit einer Freundin bei *Verry* gegessen – dabei ist die zweite Fünf-Pfund-Note weggegangen, wenn ich mich recht erinnere. Aber da war noch eine dritte. Ich hatte 25 Pfund abgehoben – drei Fünfer und zehn Einer. Wo ist nur die dritte geblieben? Ach ja, natürlich, wie dumm von mir! Ich habe sie auf ein Pferd gesetzt.»

«Bei einer Wettannahmestelle?»

«Nein. Ich hatte einmal einen Tag nichts zu tun, da bin ich nach Newmarket gefahren. Ich habe die 5 Pfund auf irgend so einen Gaul gesetzt, Brighteye oder Attaboy oder so ähnlich, und zwar fünfzig zu eins. Natürlich hat die Schindmähre nicht gewonnen, das passiert mir nie. Ein Mann im Zug hatte mir den Tip gegeben und mir den Namen aufgeschrieben. Ich habe den Zettel dem nächstbesten Buchmacher in die Hand gedrückt, der mir über den Weg lief – ein komischer, grauhaariger kleiner Mann mit Pferdestimme –, und dann habe ich nichts mehr davon gesehen.»

«Können Sie sich erinnern, an welchem Tag das war?»

«Ich glaube, es war Samstag. Ja, ich bin sicher.»

«Ich danke Ihnen sehr, Mrs. Forrest. Es wird uns eine große Hilfe sein, wenn wir die Scheine weiterverfolgen können. Einer von ihnen ist seitdem unter – anderen Umständen aufgetaucht.»

«Darf man wissen, was das für Umstände sind, oder ist es ein Dienstgeheimnis?»

Parker zögerte. Er wünschte sich jetzt, er hätte von vornherein ohne Umschweife gefragt, wieso Mrs. Forrests Fünf-Pfund-Note bei der Leiche der Kellnerin bei Epping habe gefunden werden können. Das Überraschungsmoment hätte die Frau vielleicht durcheinandergebracht. Jetzt hatte er ihr die Möglichkeit gegeben, sich unangreifbar hinter dieser Pferdegeschichte zu verschanzen. Es war unmöglich, den Weg einer Banknote weiterzuverfolgen, die einem unbekannten Buchmacher auf dem Rennplatz gegeben wurde. Noch ehe er etwas sagen konnte, mischte Wimsey sich erstmals ein und jammerte mit hoher, näselnder Stimme, über die sein Freund nicht schlecht erschrak:

«Damit kommen Sie überhaupt nicht weiter. Ich kümmere mich einen feuchten Kehricht um den Geldschein, und Sylvia sicher auch.»

«Wer ist Sylvia?» erkundigte sich Mrs. Forrest, nicht wenig erstaunt.

«Wer ist Sylvia? Was ist sie?» schwatzte Wimsey unaufhaltsam weiter. «Shakespeare hat doch immer das richtige Wort, wie? Aber die Sache ist weiß Gott nicht zum Lachen. Sie ist sogar sehr ernst, und Sie haben kein Recht, darüber zu lachen. Sylvia ist sehr aufgebracht, und der Doktor fürchtet, es könnte sich auf ihr Herz schlagen. Sie können das vielleicht nicht wissen, Mrs. Forrest, aber Sylvia Lyndhurst ist meine Cousine. Und was sie wissen will, was wir alle wissen wollen – nein, unterbrechen Sie mich nicht, Inspektor, diese ganzen Nebensächlichkeiten bringen uns ja doch nicht weiter –, ich möchte wissen, Mrs. Forrest, wer hier am 26. April bei Ihnen zum Abendessen war. Wer war's? Na, wer war's? Können Sie mir das sagen?»

Diesmal war Mrs. Forrest sichtlich erschüttert. Noch unter ihrer dicken Puderschicht sah man, wie ihr die Röte in die Wangen stieg und wieder verblaßte, während ihre Augen einen Ausdruck bekamen, der mehr als Erschrecken war – so etwas wie boshafte Wut, ungefähr wie bei einer in die Enge getriebenen Katze.

«Am sechsundzwanzigsten?» fragte sie unsicher. «Ich kann mich nicht –»

«Hab ich's doch gewußt!» schrie Wimsey. «Und diese Evelyn war sich ja auch ganz sicher. Wer war es, Mrs. Forrest? Antworten Sie!»

«Das – war niemand», sagte Mrs. Forrest, schwer nach Atem ringend.

«Also hören Sie, Mrs. Forrest, nun denken Sie noch einmal nach», sagte Parker prompt aufs Stichwort. «Sie werden uns doch nicht erzählen wollen, Sie hätten drei Flaschen Veuve Clicquot und zwei Abendessen allein konsumiert.»

«Nicht zu vergessen den Schinken», warf Wimsey wichtigtuerisch dazwischen, «den Bradenham, von Fortnum and Mason eigens zubereitet und hergeschickt. Also, Mrs. Forrest –»

«Einen Augenblick. Einen ganz kleinen Augenblick. Ich sage Ihnen gleich alles.»

Ihre Hände griffen in die rosa Seidenkissen und machten kleine scharfe Falten hinein. «Ich – würde es Ihnen etwas ausmachen, mir einen Schluck zu trinken zu holen? Im Eßzimmer, da hindurch – auf der Anrichte.»

Wimsey stand schnell auf und verschwand im Nebenzimmer. Parker fand, er brauche ziemlich lange. Mrs. Forrest hatte sich wie erschlagen zurückfallen lassen, aber ihr Atem ging ruhiger, und er hatte den Eindruck, daß sie sich langsam wieder fing. Jetzt legt sie sich schnell eine Geschichte zurecht, sagte er sich wütend. Aber im Augenblick konnte er nicht weiter in sie dringen, ohne brutal zu werden.

Lord Peter rumorte laut hinter der Flügeltür und klirrte mit den Gläsern herum. Aber es dauerte nicht lange, und er kam wieder herein.

«'zeihung, daß ich so lange gebraucht habe», entschuldigte er sich, während er Mrs. Forrest ein Glas Brandy mit Soda reichte. «Hab den Siphon nicht gefunden. War schon immer ein bißchen umständlich, wissen Sie? Das sagen alle meine Freunde. Dabei stand er die ganze Zeit genau vor meiner Nase. Und dann hab ich auch noch die Anrichte vollgekleckert. Händezittern und so. Mit den Nerven herunter. Geht's Ihnen jetzt besser? So ist's recht. Hinunter damit. Das Zeug bringt Sie wieder auf die Beine. Wie wär's mit noch einem Schlückchen? Ach, zum Teufel, das kann nicht schaden. Kann ich mir auch einen nehmen? Bin ein bißchen zappelig. Ärgerliche Geschichte, und knifflig. Noch einen Tropfen. So ist's recht.»

Schon wieder trottete er hinaus, das Glas in der Hand, während Parker immer nervöser wurde. Manchmal waren Amateurdetektive schon störend. Wimsey kam wieder hereingeklappert, doch diesmal brachte er vernünftigerweise die Karaffe, den Siphon und drei Gläser höchsteigenhändig auf einem Tablett mit herein.

«So», sagte Wimsey, «und nachdem es uns nun besser geht, meinen Sie, daß Sie uns jetzt unsere Frage beantworten können, Mrs. Forrest?»

«Dürfte ich zuerst einmal wissen, welches Recht Sie haben, mir diese Frage zu stellen?»

Parker warf seinem Freund nun einen erzürnten Blick zu. Das kam davon, wenn man den Leuten Zeit zum Nachdenken ließ.

«Recht?» platzte Wimsey dazwischen. «Recht? Natürlich haben wir ein Recht. Die Polizei hat schließlich das Recht, Fragen zu stellen, wenn etwas ist. Und hier geht es um Mord! Von wegen Recht!»

«Mord?»

Ein seltsam gespannter Ausdruck kam in ihre Augen. Parker wußte ihn nirgends unterzubringen, aber Wimsey erkannte ihn sofort. Er hatte ihn zuletzt bei einem großen Finanzier gesehen, als er seinen Füller zur Hand nahm, um einen Vertrag zu unterschreiben. Wimsey war als Zeuge für die Unterschrift hinzugerufen worden und hatte abgelehnt. Der Vertrag hätte Tausende von Menschen ruiniert. Zufällig wurde der Finanzier kurz darauf ermordet, und Wimsey hatte seine Weigerung, in der Sache zu ermitteln, mit einem Satz von Dumas begründet: «Laßt die Gerechtigkeit Gottes ihren Lauf nehmen.»

«Ich fürchte», sagte Mrs. Forrest soeben, «daß ich Ihnen in diesem Fall nicht helfen kann. Ich *hatte* am sechsundzwanzigsten einen Freund hier zum Abendessen, aber soviel ich weiß ist er weder ermordet worden noch hat er selbst jemanden ermordet.»

«Es handelte sich also um einen Mann?» fragte Parker.

Mrs. Forrest senkte in gespielter Zerknirschung den Kopf. «Ich lebe von meinem Mann getrennt», sagte sie leise.

«So leid es mir tut», sagte Parker, «ich muß um Namen und Adresse dieses Herrn bitten.»

«Ist das nicht ein bißchen viel verlangt? Wenn Sie mir vielleicht nähere Einzelheiten mitteilen könnten –?»

«Nun, wissen Sie», mischte Wimsey sich wieder ein, «wenn wir ja nur sicher sein könnten, daß es nicht Lyndhurst war. Wie gesagt, meine Cousine ist schrecklich aufgebracht, und nun macht diese Evelyn auch noch Ärger. In Wahrheit – aber das sollte natürlich unter uns bleiben – also in Wahrheit hat Sylvia sogar gründlich den Kopf verloren. Sie ist wütend auf den armen Lyndhurst losgegangen – mit einem Revolver übrigens, aber zum Glück schießt sie furchtbar schlecht. Die Kugel ist über seine Schulter gegangen und hat eine Vase zerschlagen – ganz unangenehme Sache, eine Famille Rose, Tausende wert, und jetzt natürlich nur noch Atome. Sylvia ist wirklich kaum noch zurechnungsfähig, wenn sie ihre Wutanfälle hat. Und da nun Lyndhursts Spur tatsächlich bis zu diesem Häuserblock hier verfolgt werden konnte, dachten wir – wenn Sie uns den absoluten Beweis liefern könnten, daß er es nicht war, würde sie sich vielleicht beruhigen, und das könnte, weiß der Himmel, einen Mord verhindern. Denn wenn sie vielleicht auch wegen Unzurechnungsfähigkeit freigesprochen würde, peinlich wär's schon, die eigene Cousine in Broadmoore sitzen zu wissen – eine leibliche Cousine auch noch und wirklich eine sehr nette Frau, wenn sie nicht gerade einen Wutanfall hat.»

Mrs. Forrests Miene erhellte sich nach und nach zu einem schwachen Lächeln.

«Ich glaube, ich verstehe jetzt die Lage, Mr. Templeton», sagte sie, «und wenn ich Ihnen nun einen Namen nenne, darf ich doch annehmen, daß er streng vertraulich bleibt?»

«Selbstverständlich, selbstverständlich», sagte Wimsey. «Mein Gott, das ist wirklich überaus gütig von Ihnen.»

«Und Sie schwören, daß Sie kein Spitzel meines Mannes sind?» fragte sie rasch. «Ich will mich nämlich scheiden lassen, und woher soll ich wissen, daß dies keine Falle ist?»

«Madam», sagte Wimsey mit höchster Feierlichkeit, «ich schwöre Ihnen bei der Ehre eines Mannes von Stande, daß zwischen Ihrem Gatten und mir nicht die allerkleinste Verbindung besteht. Ich habe von ihm nie auch nur gehört.»

Mrs. Forrest schüttelte den Kopf.

«Ich glaube trotzdem nicht», sagte sie, «daß es Ihnen viel nützt, wenn ich den Namen nenne. Wenn Sie ihn fragen, ob er hier war, wird er doch auf jeden Fall verneinen, nicht wahr? Und wenn Sie von meinem Gatten geschickt worden wären, hätten Sie jetzt schon alle Beweise, die Sie brauchten. Aber ich gebe Ihnen die feierliche Versicherung, Mr. Templeton, daß ich Ihren Mr. Lyndhurst überhaupt nicht kenne –»

«Major Lyndhurst», verbesserte Wimsey in klagendem Ton.

«Und wenn Mrs. Lyndhurst damit nicht zufrieden ist und

mich persönlich hier sprechen möchte, werde ich mein möglichstes tun, sie von der Wahrheit zu überzeugen. Genügt das?»
«Haben Sie vielen Dank», sagte Wimsey. Es ist bestimmt das Äußerste, was man erwarten kann. Sie verzeihen mir gewiß meine Hast, ja? Ich bin ziemlich – äh – nervös veranlagt, und die ganze Sache ist ja so überaus ärgerlich. *Auf Wiedersehen.* Kommen Sie, Inspektor, es ist alles in Ordnung – Sie sehen es ja. Ich bin Ihnen wirklich sehr verbunden – ganz außerordentlich. Bitte, bemühen Sie sich nicht, wir finden hinaus.»
Er tänzelte nervös in seiner wohlerzogen dümmlichen Art durch den engen Flur, und Parker folgte ihm mit amtlicher Würde.
Aber kaum war die Wohnungstür hinter ihnen zu, da packte Wimsey seinen Freund am Arm und zerrte ihn Hals über Kopf in den Lift.
«Ich dachte schon, wir kämen hier nie mehr fort», keuchte er. «Jetzt aber schnell – wie kommen wir zur Rückseite dieses Gebäudes?»
«Was willst du denn da?» fragte Parker ärgerlich. «Außerdem wünschte ich, du würdest mich nicht so überfahren. Zunächst einmal bin ich überhaupt nicht berechtigt, dich zu so einer Sache mitzunehmen, und wenn ich es schon tue, könntest du wenigstens so nett sein und den Mund halten.»
«Wie recht du hast», sagte Wimsey fröhlich, «aber jetzt laß uns diese Kleinigkeit noch rasch erledigen, später kannst du dir deinen ganzen gerechten Zorn von der Seele reden. Hier herum, glaube ich, durch dieses Gäßchen. Geh schnell und achte auf den Mülleimer. Eins, zwei, drei, vier – da wären wir! Und jetzt paß mal gut auf, daß keiner kommt, ja?»
Wimsey suchte sich ein Fenster aus, das nach seiner Schätzung zu Mrs. Forrests Wohnung gehören mußte, packte die Regenrinne und stieg behende wie ein Fassadenkletterer hinauf. Fünf Meter über der Straße hielt er inne und griff nach oben, wo er etwas mit einem schnellen Ruck loszureißen schien, bevor er sich ganz schnell wieder zur Erde heruntergleiten ließ, die rechte Hand vorsichtig vom Körper abgestreckt, als ob sie zerbrechlich wäre.
Und in der Tat sah Parker zu seiner Verblüffung, daß Wimsey jetzt ein langstieliges Glas in der Hand hielt, das denen glich, aus denen sie in Mrs. Forrests Wohnung getrunken hatten.

«Was um alles in der Welt –?» begann Parker.

«Pst! Ich bin Falkenauge, der Detektiv – und sammle als Sternsinger verkleidet Fingerabdrücke zur Maienzeit. Deswegen habe ich doch das Glas wieder zurückgebracht. Beim Wiederkommen habe ich ihr ein anderes gegeben. Leider war diese artistische Einlage hier notwendig, aber das einzige Stück Zwirn, das ich finden konnte, war nun einmal nicht länger. Nachdem ich die Gläser ausgetauscht hatte, bin ich ins Bad geschlichen und hab's aus dem Fenster gehängt. Hoffentlich ist sie inzwischen nicht dort gewesen. Komm, Alter, klopf mir mal die Hosenbeine ab, ja? Aber vorsichtig – daß du mir ja das Glas nicht anrührst!»

«Hol's der Teufel, wozu brauchst du Fingerabdrücke?»

«Du bist mir vielleicht ein dankbarer Zeitgenosse. Woher willst du denn wissen, ob Mrs. Forrest nicht jemand ist, den der Yard schon seit Jahren sucht? Und zum allerwenigsten könnte man diese Fingerabdrücke hier einmal mit denen auf der Bierflasche vergleichen. Außerdem weiß man nie, wann Fingerabdrücke einem sehr gelegen kommen. So etwas sollte man immer im Haus haben. Alle Klarheiten beseitigt? Gut, dann ruf du mal ein Taxi. Ich kann mit diesem Glas in der Hand schlecht winken. Sähe ein bißchen komisch aus, wie? Hör mal!»

«Ja?»

«Ich habe noch etwas gesehen. Beim erstenmal, als ich hinausging, um etwas zu trinken zu holen, habe ich einen Blick in ihr Schlafzimmer geworfen.»

«So?»

«Und was meinst du wohl, was ich in ihrer Waschtischschublade gefunden habe?»

«Was denn?»

«Eine Injektionsspritze.»

«Wirklich?»

«Ja, und ein unschuldig aussehendes Schächtelchen mit Ampullen und der ärztlichen Gebrauchsanweisung: ‹Für Mrs. Forrest, zum Injizieren. Bei starken Schmerzen eine Ampulle.› Was sagst du dazu?»

«Das erzähle ich dir, wenn wir das Obduktionsergebnis haben», sagte Parker ehrlich beeindruckt. «Das Rezept hast du wohl nicht mitgebracht?»

«Nein, und ich habe der Dame auch nicht mitgeteilt, wer wir wirklich sind und was wir suchen, und ich habe sie ebensowenig gefragt, ob ich ihr Familienkristall mitnehmen darf. Aber ich habe mir die Adresse des Apothekers aufgeschrieben.»

«Tatsächlich?» stieß Parker hervor. «Weißt du, mein Junge, hin und wieder scheinst du direkt ein Fünkchen kriminalistischen Spürsinns zu besitzen.»

8

In Sachen Mord

Die Gesellschaft ist auf Gnade und Barmherzigkeit dem Mörder ausgeliefert, der grausam ist, keine Komplicen nimmt und klaren Kopf behält.
  Edmund Pearson: Murder at Smutty Nose

Brief von Miss Alexandra Katherine Climpson an Lord Peter Wimsey:

                    Fair View
                    Nelson Avenue
                    Leahampton, den 12. Mai 1927

Lieber Lord Peter!
Noch habe ich nicht *alle* Informationen sammeln können, die Sie haben möchten, denn Miss Whittaker war ein paar Wochen fort, um *Hühnerfarmen* zu besichtigen!! Ich meine natürlich, um eine zu kaufen, nicht zur *sanitären Überwachung* (!). Ich glaube, sie will *wirklich* zusammen mit *Miss Findlater* eine Farm aufmachen, obwohl ich mir nicht recht denken kann, was Miss Whittaker an diesem schwärmerischen und wirklich *albernen* jungen Ding findet. Aber Miss Findlater hat nun mal an Miss Whittaker «einen Affen gefressen» (so haben wir das in der Schule immer genannt), und ich fürchte, es ist niemand dagegen gefeit, sich durch solch unverhohlene Bewunderung *geschmeichelt* zu fühlen. Ich muß schon sagen, daß ich so etwas recht *ungesund* finde – Sie erinnern sich vielleicht an Miss Clemence Danes *sehr kluges Buch* über dieses Thema? – dafür habe ich schon *zuviel* von der Art in meinem *frauengeplagten* Leben gesehen! In aller Regel hat das einen so schlechten Einfluß auf die *schwächere* von den beiden – Aber ich darf Ihre Zeit nicht mit meinem *Gewäsch* in Anspruch nehmen!!

    Aber Miss Murgatroyd, die mit *Miss Dawson* einigermaßen befreundet war, hat mir immerhin ein *bißchen* über ihr Leben erzählen können.

    Wie es scheint, hat Miss Dawson bis vor fünf Jahren zusammen mit ihrer Cousine, einer Miss Clara Whittaker – Mary Whittakers Großtante *väterlicherseits* – in Warwickshire gewohnt. Diese Miss Clara muß ein ziemliches «Original» gewesen sein, wie mein lieber Vater dazu immer sagte. Zu ihrer Zeit wurde sie als sehr «fortschrittlich» und *nicht sehr nett* (!) angesehen, weil sie *mehrere gute Partien* ausgeschlagen hat, das *Haar kurz* (!) trug und sich als *Pferdezüchterin* selbständig gemacht hat!!! Heutzutage würde sich darüber natürlich niemand mehr aufregen, aber *damals* war die alte Dame – vielmehr war sie ja noch eine *junge* Dame, als sie sich zu dieser *revolutionären* Tat entschloß – noch ein richtiger *Pionier.*

Agatha Dawson war eine Schulkameradin von ihr und *sehr eng* mit ihr befreundet. Diese Freundschaft führte dazu, daß Agathas *Schwester Harriet* Clara Whittakers *Bruder James* heiratete! Aber *Miss Agatha* hielt so wenig vom Heiraten wie *Miss Clara,* und so lebten die beiden Frauen zusammen in einem großen alten Haus mit riesigen Stallungen in einem Dorf in Warwickshire – ich glaube, Crofton hieß es. Clara Whittaker erwies sich als *ungemein gute Geschäftsfrau* und machte sich bei den *Jagdgesellschaften* in dieser Gegend einen guten Namen. Ihre Jagdpferde wurden richtig *berühmt,* und so hat sie aus den paar tausend Pfund Kapital, mit denen sie angefangen hatte, ein ansehnliches Vermögen gemacht und war bis zu ihrem Tod eine *sehr reiche Frau*! Agatha Dawson hat mit den *Pferden* nie etwas zu tun gehabt. Als die «häuslichere» von den beiden hat sie sich um den *Haushalt* und das *Personal* gekümmert.

Als Clara Whittaker starb, hat sie Agatha *ihr ganzes Geld* vermacht, einfach über die *eigene Familie* hinweg, mit der sie ja auch *gar nicht auf gutem Fuß* stand – wegen deren engstirniger Haltung gegen ihre Pferdezüchterei!! Ihr Neffe Charles Whittaker, ein Pfarrer und der Vater von *unserer* Miss Whittaker, hat es sehr übelgenommen, daß er das Geld nicht bekam, obwohl ja gerade er die Fehde auf *sehr unchristliche Weise* weitergeführt hatte und sich darum *wirklich* nicht beklagen durfte, besonders wo Miss Clara ihr Vermögen doch *ganz allein* mit eigener Hände Arbeit erworben hatte. Aber er hatte natürlich noch die *dumme, altmodische* Ansicht geerbt, Frauen *dürften* nicht auf eigenen Füßen stehen und sich selbst ihr Geld verdienen und mit dem ihren tun, was sie wollen!

Er und seine Familie waren die einzigen überlebenden Whittakers, und als *er und seine Frau* bei einem Autounfall ums Leben gekommen waren, hat Miss Dawson von Mary gewollt, daß sie ihren Beruf als Krankenschwester aufgibt und zu ihr zieht. Sie sehen also, daß Clara Whittakers Geld schließlich doch wieder an James Whittakers *Tochter* fallen *mußte*!! Miss Dawson hat *vollkommen klar*gemacht, daß sie es so wollte, vorausgesetzt, daß Mary zu ihr zog und der alten Dame ihre *zur Neige gehenden Tage* verschönte!

Mary war einverstanden, und nachdem ihre Tante – oder *genauer* gesagt, ihre Großtante – nach Claras Tod das große alte Haus in Warwickshire aufgegeben hatte, sind sie für kurze Zeit nach London und dann nach Leahampton gezogen. Wie Sie wissen, litt die arme Miss Dawson damals schon an dieser *schrecklichen Krankheit,* an der sie ja auch gestorben ist, so daß Mary gar nicht sehr lange auf Clara Whittakers Geld zu warten brauchte!!

Ich hoffe, diese Informationen können Ihnen *etwas* nützen. Miss Murgatroyd weiß natürlich nichts über die restliche Familie, aber sie hat immer angenommen, daß *keine anderen* Verwandten mehr am Leben seien, weder auf der Whittaker- noch auf der Dawson-Seite.

Wenn Miss Whittaker wiederkommt, hoffe ich sie *öfter zu sehen*. Ich lege meine Spesenabrechnung bis zum heutigen Tag bei. *Hoffentlich* sehen Sie sie nicht als *extravagant* an. Wie geht es mit Ihren Geldverleihern weiter? Es hat mir sehr leid getan, daß ich nicht noch mehr von diesen *armen Frauen* aufsuchen konnte, mit deren Fällen ich mich beschäftigt habe – ihre Geschichten waren ja *so erschütternd*!

Mit den besten Grüßen
bin ich Ihre
Alexandra K. Climpson

PS: Ich habe zu erwähnen *vergessen,* daß Miss Whittaker einen kleinen Wagen fährt. Ich verstehe von so etwas ja überhaupt nichts, aber Mrs. Budges Mädchen sagt, Miss Whittakers Mädchen habe gesagt, es sei ein Austen 7 (ist das so richtig?). Er ist grau und hat die Nummer XX 9917.

Soeben wurde Mr. Parker gemeldet, kaum daß Lord Peter dieses Schriftstück zu Ende gelesen hatte. Er ließ sich ziemlich erschöpft in die Sofakissen sinken.

«Was erreicht?» fragte Seine Lordschaft, indem er ihm den

Brief hinüberwarf. «Weißt du, allmählich glaube ich, daß du in der Sache Bertha Gotobed doch recht hast, und fühle mich ziemlich erleichtert. Dieser Mrs. Forrest glaube ich kein Wort, aber das hat andere Gründe, und jetzt hoffe ich nur noch, daß die Beseitigung Berthas reiner Zufall war und nichts mit meiner Annonce zu tun hatte.»

«So, das hoffst du», meinte Parker bitter und nahm sich selbst einen Whisky mit Soda. «Dann wird es dich ja auch hoffentlich freuen, zu hören, daß die Leiche untersucht wurde und nicht den kleinsten Hinweis auf ein Verbrechen liefert. Keine Spur von Gewalt oder Gift. Sie hatte eine schon ziemlich lange bestehende Herzschwäche, und als Todesursache wurde Kreislaufkollaps nach einer schweren Mahlzeit festgestellt.»

«Das macht mir keinen Kummer», sagte Wimsey. «Wir hatten ja auch schon Schock vermutet. Liebenswürdiger Herr, in der Wohnung einer freundlichen Dame kennengelernt, wird nach dem Mahl plötzlich munter und macht unerwünschte Annäherungsversuche. Tugendhafte junge Frau ist furchtbar schockiert. Schwaches Herz versagt. Kollaps. Exitus. Große Aufregung bei liebenswürdigem Herrn und freundlicher Dame, die jetzt die Leiche am Hals haben. Rettender Gedanke: Auto – Eppingforst. Alle verlassen singend und händewaschend die Bühne. Wo ist das Problem?»

«Das Problem ist nur, das alles zu beweisen. Übrigens waren auf der Flasche keine Fingerabdrücke – alles verwischt.»

«Wahrscheinlich Handschuhe. Was aber immerhin nach Tarnung aussieht. Ein normales Pärchen beim Picknick zieht keine Handschuhe an, bevor es eine Bierflasche anfaßt.»

«Ich weiß. Aber wir können jetzt nicht alle Leute verhaften, die Handschuhe tragen.»

«Ihr dauert mich, das Walroß sprach, ich kenne eure Qualen. Die Schwierigkeiten sehe ich schon, aber es ist ja noch früh am Tag. Was ist mit diesen Spritzampullen?»

«Völlig in Ordnung. Wir haben den Apotheker ausgefragt und mit dem Arzt gesprochen. Mrs. Forrest leidet unter starken neuralgischen Schmerzen und hat die Injektionen ordnungsgemäß verschrieben bekommen. Vollkommen astrein, auch nichts von Sucht und so. Es ist ein leichtes Mittel, an dem praktisch niemand sterben kann. Außerdem habe ich dir ja schon gesagt, daß sich in der Leiche nicht die Spur von Morphium oder anderen Giften gefunden hat.»

«Ach ja!» sagte Wimsey. Ein paar Minuten saß er nur da und starrte nachdenklich ins Feuer.

«Ich sehe, daß der Fall für die Zeitungen mehr oder weniger gestorben ist», fing er plötzlich wieder an.

«Ja, wir haben ihnen den Analysebericht gegeben. Morgen werden sie kurz melden, daß sich der Tod als natürlich herausgestellt hat, und dann ist Schluß damit.»

«Gut. Je weniger Aufhebens darum gemacht wird, desto besser. Hat man schon etwas von der Schwester in Kanada gehört?»

«Ach ja, das hatte ich vergessen. Wir haben vor drei Tagen ein Telegramm bekommen. Sie kommt her.»

«Sie kommt? Menschenskind! Mit welchem Schiff?»

«Mit der *Star of Quebec* – Ankunft nächsten Freitag.»

«Hm! An die müssen wir herankommen. Holst du sie vom Schiff ab?»

«Lieber Himmel, nein! Wieso sollte ich?»

«Ich finde, man sollte sie abholen. Mir ist zwar jetzt wohler – aber so ganz wohl auch wieder nicht. Wenn du nichts dagegen hast, werde ich sie wohl selbst abholen. Ich will über diese Dawson-Geschichte Bescheid wissen – und diesmal möchte ich sichergehen, daß die junge Dame nicht am Herzschlag stirbt, bevor ich mit ihr gesprochen habe.»

«Ich finde, jetzt übertreibst du wirklich, Peter.»

«Vorsicht ist die Mutter der Porzellankiste», erwiderte Seine Lordschaft. «Trink noch einen Schluck. Und inzwischen sag mir, was du von Miss Climpsons jüngstem Opus hältst.»

«Ich kann nicht viel damit anfangen.»

«Nein?»

«Ein bißchen verwirrend, das Ganze, aber es scheint doch, daß alles mit rechten Dingen zugegangen ist.»

«Ja. Nur wissen wir jetzt, daß Mary Whittakers Vater sich geärgert hat, weil Miss Dawson das Geld seiner Tante bekommen hat, von dem er doch meinte, es stehe ihm zu.»

«Hör mal, du willst doch jetzt nicht *ihn* verdächtigen, Miss Dawson ermordet zu haben? Er ist *vor* ihr gestorben, und seine Tochter hat das Geld sowieso gekriegt.»

«Ich weiß. Aber nehmen wir mal an, Miss Dawson hat es sich anders überlegt? Sie könnte mit Miss Whittaker in Streit geraten sein und das Geld jemand anderem haben vermachen wollen.»

«Ach so, ich verstehe – und dann wurde sie beseitigt, bevor sie ein Testament machen konnte?»

«Wäre es nicht denkbar?»

«Schon. Nur daß nach allem, was wir wissen, ein Testament das letzte war, wozu man sie überreden konnte.»

«Stimmt – solange sie sich mit Mary vertrug. Aber wie steht es mit diesem Vormittag, von dem Schwester Philliter gesprochen hat – als sie gesagt haben soll, alle wollten sie vorzeitig unter die Erde bringen? Mary könnte doch wirklich die Geduld mit ihr verloren haben, weil sie so unverschämt lange zum Sterben brauchte. Wenn Miss Dawson das gemerkt hat, ist sie sicher böse geworden und hat vielleicht ihre Absicht angedeutet, jemand anderen testamentarisch als Erben einzusetzen – sozusagen, um sich gegen ein vorzeitiges Ableben zu versichern!»

«Warum hat sie dann nicht nach ihrem Anwalt geschickt?»

«Vielleicht hat sie es versucht. Immerhin war sie bettlägerig und hilflos. Mary könnte verhindert haben, daß der Brief hinausging.»

«Klingt ganz plausibel.»

«Nicht wahr? Und darum will ich Evelyn Croppers Aussage haben. Ich bin ganz sicher, daß die beiden Mädchen rausgeflogen sind, weil sie mehr gehört hatten, als sie sollten. Oder wozu sonst der große Eifer, sie nach London zu schicken?»

«Ja, in diesem Punkt fand ich Mrs. Gullivers Erzählung auch etwas merkwürdig. Sag mal, was ist eigentlich mit der anderen Krankenschwester?»

«Schwester Forbes? Gute Idee. Die hätte ich fast vergessen. Ob du sie wohl ausfindig machen kannst?»

«Natürlich, wenn du sie für so wichtig hältst.»

«Doch. Ich halte sie für sehr wichtig. Hör mal, Charles, du scheinst von dem Fall nicht besonders begeistert zu sein.»

«Na ja, weißt du, ich bin nicht so sicher, daß es überhaupt ein Fall ist. Wieso bist du eigentlich so scharf darauf? Du scheinst unerbittlich entschlossen zu sein, einen Mord daraus zu machen, und praktisch ohne etwas in der Hand zu haben. Warum eigentlich?»

Lord Peter stand auf und ging im Zimmer auf und ab. Das Licht der einsamen Leselampe warf seinen hageren Schatten, unscharf und grotesk in die Länge gezogen, an die Zimmerdecke. Er trat zu einem Bücherregal, und der Schatten schrumpfte, wurde schwärzer, kam zur Ruhe. Er streckte die Hand aus, und der Schatten flog mit, glitt über die vergoldeten Büchertitel und verdunkelte sie einen um den andern.

«Warum?» wiederholte Wimsey. «Weil ich glaube, daß ich hier den Fall gefunden habe, den ich schon immer suche. Den Fall der Fälle. Den Mord ohne erkennbare Mittel, Motive oder Spuren. Den Normalfall. Die alle hier –» seine ausgestreckte Hand glitt am Bücherregal entlang, und der Schatten beschrieb eine schnellere, bedrohlichere Geste – «alle die Bücher auf dieser Seite hier sind Bücher über Verbrechen. Aber sie befassen sich nur mit den unnormalen Verbrechen.»

«Was verstehst du unter unnormalen Verbrechen?»

«Die mißglückten. Die Verbrechen, die entdeckt wurden. Was meinst du wohl, in welchem Verhältnis sie zu den erfolgreichen Verbrechen stehen – von denen nie einer erfährt?»

«In diesem Lande», sagte Parker ein wenig förmlich, «wird die Mehrzahl aller Verbrecher entdeckt und überführt –»

«Mein Bester, ich weiß, daß ihr Leute von der Polizei bei mindestens sechzig Prozent aller *bekanntgewordenen* Verbrechen den Übeltäter zu fassen kriegt. Aber in dem Moment, in dem ein Verbrechen auch nur vermutet wird, fällt es *ipso facto* unter die mißglückten. Danach ist es nur noch eine Frage des mehr oder minder großen Geschicks der Polizei. Wie steht es aber mit den Verbrechen, die gar nicht erst vermutet werden?»

Parker hob die Schultern.

«Wie soll einer das beantworten?»

«Eben – aber raten kann man. Lies mal heute irgendeine Zeitung. Lies die *News of the World*. Oder nachdem die Presse ja mundtot gemacht ist, sieh dir die Schlangen vor den Scheidungsgerichten an. Sollte man nicht den Eindruck gewinnen, die Ehe habe versagt? Wimmelt es nicht auch in der Boulevardpresse von Beiträgen, die genau in diese Richtung zielen? Und dann sieh dir zum Vergleich die Ehen an, die du aus eigener Anschauung kennst – sind die meisten nicht auf eine ganz langweilige, unscheinbare Weise glücklich? Aber von denen hört man nichts. Die Leute rennen nicht zum Kadi, um zu erklären, daß sie im großen und ganzen, vielen Dank der Nachfrage, recht gut miteinander auskommen. Und wenn du jetzt die ganzen Bücher hier auf diesem Regal lesen würdest, kämst du zu dem Schluß, daß Mord ein schlechtes Geschäft ist. Dabei erfährt man doch weiß Gott nur von den mißglückten Morden. Erfolgreiche Mörder schreiben nicht darüber in der Zeitung. Sie treffen sich auch nicht zu albernen Tagungen, wo sie der neugierigen Umwelt mitteilen, ‹Was Morden mir bedeutet› oder ‹Wie ich ein erfolgreicher Giftmörder wurde›. Mit erfolgreichen Mördern ist es wie mit glücklichen Ehefrauen – sie halten den Mund. Und wahrscheinlich stehen die mißglückten zu den geglückten Morden in einem ähnlichen Verhältnis wie die geschiedenen Ehen zu den glücklich zweisamen Paaren.»

«Übertreibst du da nicht ein bißchen?»

«Weiß ich nicht. Keiner weiß es. Das ist ja das Teuflische. Aber frag mal einen Arzt, wenn du ihn in aufgelockerter und feuchtfröhlicher Stimmung antriffst, wie oft er schon einen gräßlichen Verdacht hatte, aber nicht die Möglichkeit oder den Mut, sich den Fall näher anzusehen. Du siehst an unserem Freund Carr, wie es einem Arzt ergehen kann, der ein bißchen mehr Courage zeigt als die anderen.»

«Aber er konnte ja nichts beweisen.»

«Ich weiß. Aber das heißt nicht, daß es da nichts zu beweisen gab. Sieh dir die hundert und aber hundert Morde an, die nie bewiesen und nie vermutet wurden, bis der Narr von einem Mörder zu weit ging und etwas Dämliches tat, wodurch die ganze Chose aufflog. Dieser Palmer zum Beispiel. Hat in aller Ruhe Frau, Bruder, Schwiegermutter und diverse illegitime Kinder um die Ecke gebracht – und dann beging er den Fehler, die Köchin auf so spektakuläre Weise zu beseitigen. Nimm George Joseph Smith. Niemand dachte auch nur im Traum daran, sich noch weiter um die beiden Ehefrauen zu kümmern, die er ertränkt hatte. Erst bei der dritten kam Verdacht auf. Und bei Armstrong kann man annehmen, daß er noch viel mehr Verbrechen auf dem Gewissen hatte als die, für die er verurteilt wurde – erst sein Ungeschick mit Martin und der Schokolade hat schließlich das Hornissennest in Aufruhr gebracht. Burke und Hare waren des Mordes an einer alten Frau überführt worden und gestanden dann freimütig, daß sie im Laufe von zwei Monaten sechzehn Menschen umgebracht hatten, ohne daß überhaupt einer dahintergekommen wäre.»

«Aber sie *wurden* erwischt.»

«Weil sie dumm waren. Wenn du jemanden auf brutale, bestialische Weise ermordest oder jemanden vergiftest, der sich bis dahin strotzender Gesundheit erfreute, oder wenn du ausgerechnet einen Tag, nachdem er ein Testament zu deinen Gunsten gemacht hat, den Erblasser ins Jenseits beförderst, oder wenn du jeden ermordest, der dir über den Weg läuft, bis die Leute anfangen, dich für Gevatter Tod persönlich zu halten, dann kommt man dir am Ende natürlich auf die Schliche. Aber such dir jemanden aus, der alt und krank ist, wo die Umstände deinen Vorteil nicht auf den ersten Blick erkennen lassen, wähle dann noch eine vernünftige Methode, die den Tod ganz natürlich oder wie einen Unfall erscheinen läßt, und wiederhole den Trick nicht zu oft, dann kann dir nichts passieren. Ich wette, nicht alle Herzleiden, Magenkatarrhe und Grippen, die auf den Totenscheinen stehen, sind ausschließlich das Werk der Natur. Morden ist so leicht, Charles, so verflixt leicht – dazu braucht man nicht einmal eine Sonderausbildung.»

Parker machte ein bekümmertes Gesicht.

«Es ist etwas an dem, was du sagst. So ein paar merkwürdige Geschichten sind mir auch schon zu Ohren gekommen. Wir hören gelegentlich wohl alle mal davon. Aber Miss Dawson –»

«Miss Dawson hat mich gepackt, Charles. So ein schönes Opfer. So alt und krank. Offenbar so nah dem Tod. Auf kurz oder lang sowieso mit Sterben dran. Keine nahen Verwandten, die etwas genauer hinsehen könnten. Keine Bekannten oder alte Freunde in der Nachbarschaft. Und so reich. Bei meiner Seele, Charles, ich liege im Bett und sinne genüßlich über Mittel und Wege nach, wie man Miss Dawson ermorden könnte.»

«Na schön, aber solange du nichts findest, was der Analyse standhält, und wozu man nicht einmal ein Motiv zu brauchen scheint, hast du die richtige Methode noch nicht gefunden», meinte Parker, den die makabere Unterhaltung eher abstieß.

«Zugegeben», antwortete Lord Peter, «aber das zeigt lediglich, daß ich bisher nur ein drittklassiger Mörder bin. Warte, bis ich meine Methode vervollkommnet habe, dann zeige ich sie dir – vielleicht. Irgend so ein weiser alter Knabe hat einmal gemeint, daß jeder von uns das Leben eines anderen Menschen in der Hand hat – aber nur eines, Charles, nur eines.»

Das Testament

In unseren Herzen lebt ein dunkler Wille,
Du gabst ihn uns, auf daß wir Deinen thun.
Tennyson: In Memoriam

«Hallo! Hallo-hallo! He, Vermittlung ... nenn ich dich Vogel, Kuckuck du, wandernde Stimme dich? ... Aber nicht doch, ich hatte nicht die Absicht, frech zu werden, mein Kind, das war nur aus einem Gedicht von Wordsworth ... gut, rufen Sie ihn noch einmal an ... danke, ist da Dr. Carr? ... Hier Lord Peter Wimsey ... ach ja ... ja ... aha! ... kein bißchen ... Wir stehen nur im Begriff, Sie zu rächen und mit Lorbeerkränzen geschmückt im Triumph heimzuführen ... Nein, wirklich ... wir sind zu dem Ergebnis gekommen, daß die Sache ernst ist ... Ja ... ich möchte Schwester Forbes' Adresse haben ... Gut, ich bleibe dran ... Luton? Ah, Tooting ... ja, ich hab's. Gewiß, ich zweifle nicht, daß sie ein Drachen ist, aber ich bin der Große Drachenbezwinger mit Knopf im Plüschohr ... verbindlichsten Dank ... wie wunderschrecklich! Oh! Moment! Hallo – sagen Sie mal, Entbindungen macht sie wohl nicht, nein? Entbindungen! – mit E wie Ehestreit. Also? – Nein – sind Sie sicher? ... Wäre nämlich peinlich, wenn sie wirklich antanzte ... Könnte ja nicht gut ein Baby für sie herzaubern ... Hauptsache, Sie sind sicher ... Gut – gut, ja – um nichts in der Welt – hat mit Ihnen überhaupt nichts zu tun. Wiederhören, altes Haus, Wiederhören.»

Lord Peter hängte fröhlich pfeifend ein und rief nach Bunter.
«Mylord?»
«Bunter, was wäre denn so der passende Anzug für einen werdenden Vater?»
«Bedaure, Mylord, ich bin in der neuesten Vätermode nicht auf dem laufenden. Aber ich würde sagen, was immer Mylord für richtighalten, wird auch in der Dame nur die freundlichsten Empfindungen auslösen.»
«Leider kenne ich die Dame gar nicht. Sie existiert auch nur

als das Produkt einer überschäumenden Phantasie. Aber die Kleidung sollte wohl so etwas wie strahlende Hoffnung ausdrücken, verschämten Stolz und einen Anflug ängstlicher Besorgtheit.»

«Demnach wie bei einem Frischvermählten, wenn ich recht verstehe, Mylord. Dann würde ich zu dem blaßgrauen Straßenanzug raten, Mylord – der so an Weidenkätzchen erinnert –, gedeckt amethystblaue Krawatte und Socken, und weicher Hut. Melone würde ich nicht empfehlen, Mylord. Die Art von Ängstlichkeit, die in einer Melone zum Ausdruck kommt, ist mehr finanzieller Natur.»

«Sie haben zweifellos recht, Bunter. Und ich nehme die Handschuhe, die ich mir gestern beim Charing Cross so unglücklich beschmutzt habe. Ich bin zu aufgeregt, um mich an sauberen Handschuhen aufzuhalten.»

«Sehr gut, Mylord.»

«Vielleicht lieber keinen Stock.»

«Sofern Mylord mich nicht eines Besseren belehren, würde ich sagen, so ein Stock ist ein gutes Requisit, um Nervosität auszudrücken.»

«Sie haben wie immer recht, Bunter. Rufen Sie mir ein Taxi und sagen Sie dem Fahrer, es gehe nach Tooting.»

Schwester Forbes bedauerte zutiefst. Sie wäre Mr. Simms-Gaythorpe bestimmt gern zu Diensten gewesen, aber Wöchnerinnenpflege übernehme sie nie. Wer Mr. Simms-Gaythorpe denn nur so falsch beraten und ihm ihren Namen angegeben habe?

«Ach wissen Sie, falsch beraten würde ich nicht sagen», meinte Mr. Simms-Gaythorpe, wobei er seinen Spazierstock fallen ließ und mit treuherzigem Lachen wieder aufhob. «Miss Murgatroyd – ich glaube, Sie kennen Miss Murgatroyd aus Leahampton – ja, die – das heißt, ich habe über sie von Ihnen erfahren» (das war die Wahrheit), «und sie hat gesagt, was für eine reizende Person – Sie gestatten mir, diese persönliche Bemerkung zu wiederholen – also, was für eine reizende Person Sie seien und so weiter, und wie nett es wäre, wenn wir Sie dafür gewinnen könnten zu kommen, Sie verstehen? Sie hat aber gleich dazugesagt, daß sie leider fürchtete, Sie übernähmen *keine* Wöchnerinnen. Aber sehen Sie, ich habe mir gesagt, einen Versuch ist es wert, nicht wahr? Ich bin ja so besorgt um meine Frau – wie? Ja, Sie verstehen das. Es ist doch so wichtig, in diesen – äh – kritischen Tagen einen jungen, fröhlichen Menschen um sich zu haben, nicht wahr? Oft sind die Pflegerinnen ja so uralt und schwerfällig – wenn ich mal so sagen darf. Meine Frau ist ja sooo nervös – natürlich – ihr erstes – da möchte ich wirklich nicht, daß sie auch noch ältere Leute um sich hat – Sie verstehen, was ich meine?»

Schwester Forbes, knochig und um die Vierzig, verstand sehr gut und bedauerte zutiefst, sich nicht imstande zu sehen, diese Arbeit zu übernehmen.

«Das war sehr nett von Miss Murgatroyd», sagte sie. «Kennen Sie sie gut? So eine reizende Frau, nicht wahr?»

Der werdende Vater gab ihr recht.

«Miss Murgatroyd war so beeindruckt von Ihrer mitfühlenden Art, wie Sie diese – Sie erinnern sich? – diese arme alte Dame gepflegt haben, Miss Dawson, ja? Ich war ja selbst mit ihr verwandt – äh, ja – so eine Art Vetter um zwölf Ecken herum. Sie war doch so nervös, nicht? Ein bißchen exzentrisch, wie die übrige Familie auch, aber eine bezaubernde alte Dame, finden Sie nicht?»

«Sie war mir sehr ans Herz gewachsen», sagte Schwester Forbes. «Sie war eine so überaus angenehme und rücksichtsvolle Patientin, solange sie noch voll bei Verstand war. Natürlich hat sie arge Schmerzen gelitten, so daß wir sie die meiste Zeit unter Morphium halten mußten.»

«Ach ja, die arme Seele! Manchmal meine ich ja, Schwester, es ist ein großer Jammer, daß man bei solchen Leuten nicht ein bißchen nachhelfen darf, wenn sie doch so schlecht dran sind. Sie sind doch schließlich schon so gut wie tot, nicht wahr? Was hat es für einen Sinn, sie noch weiter so leiden zu lassen?»

Schwester Forbes musterte ihn scharf.

«Ich fürchte, das ginge nicht gut», sagte sie, «auch wenn man diesen laienhaften Standpunkt natürlich versteht. Dr. Carr war da nicht Ihrer Meinung», fügte sie etwas bissig hinzu.

«Dieses ganze Theater fand ich ja einfach schockierend», meinte der Herr mitfühlend. «Diese arme Seele. Ich hab ja schon damals zu meiner Frau gesagt, warum kann man die arme alte Frau nicht in Frieden ruhen lassen? Auch noch an ihr herumzuschneiden, wo sie doch offensichtlich einen gnädigen und ganz natürlichen Tod gehabt hat! Meine Frau war da ganz meiner Meinung. Ich kann Ihnen sagen, das hat sie sehr mitgenommen.»

«Es war für alle Beteiligten sehr unangenehm», sagte Schwester Forbes, «und mich hat es natürlich auch in eine schrecklich peinliche Lage gebracht. Ich dürfte ja nicht darüber reden, aber wo Sie ja aus der Familie sind, werden Sie mich wohl verstehen.»

«Aber ja. Sagen Sie, Schwester, ist es Ihnen je in den Sinn gekommen –» Mr. Simms-Gaythorpe beugte sich vor und zerknautschte nervös seinen weichen Hut zwischen den Händen – «daß hinter der ganzen Geschichte etwas stecken könnte?»

Schwester Forbes spitzte die Lippen.

«Ich meine», sagte Mr. Simms-Gaythorpe, «*es ist* ja schon vorgekommen, daß Ärzte reiche alte Patientinnen zu überreden versucht haben, ein Testament zu ihren Gunsten zu machen. Sie glauben nicht – äh?»

Schwester Forbes gab ihm zu verstehen, daß es nicht an ihr sei, sich um so etwas zu kümmern.

«Nein, natürlich nicht, gewiß nicht. Aber so von Mann zu Mann – ich meine, so ganz unter uns –, hat es nicht vielleicht mal eine kleine Reiberei gegeben, ob der Notar gerufen werden sollte oder nicht? Meine Cousine Mary – ich nenne sie Cousine, sozusagen, obwohl wir in Wirklichkeit überhaupt nicht verwandt sind –, ich meine, sie ist natürlich ein furchtbar nettes Mädchen und so, aber ich hab mir so gedacht, sie war vielleicht gar nicht so sehr darauf versessen, sich diesen Paragraphenfritzen ins Haus zu holen, was?»

«Oh, da irren Sie sich aber ganz gewiß, Mr. Simms-Gaythorpe. Miss Whittaker hat sogar großen Wert darauf gelegt, daß ihre Tante in dieser Beziehung alles zur Verfügung hatte. Sie hat – es ist wohl kein Vertrauensbruch, wenn ich Ihnen das sage –, aber sie hat sogar zu mir gesagt: ‹Wenn Miss Dawson je den Wunsch äußern sollte, ihren Anwalt zu sprechen, dann schicken Sie nur ja sofort nach ihm.› Und das habe ich dann natürlich auch getan.»

«Sie haben? Und dann ist er nicht gekommen?»

«Aber natürlich ist er gekommen. Da hat es überhaupt keine Schwierigkeiten gegeben.»

«Na so was! Da sieht man doch wieder, was diese Klatschtanten manchmal für einen Unsinn erzählen. Entschuldigen Sie, aber Sie müssen wissen, ich hatte von dieser Sache eine völlig falsche Vorstellung. Ich bin ganz *sicher,* daß Mrs. Peasgood gesagt hat, es sei kein Notar gerufen worden.»

«Ich wüßte nicht, was Mrs. Peasgood überhaupt für eine Ahnung haben könnte», sagte Schwester Forbes spitz, «sie wurde in dieser Angelegenheit nicht um Erlaubnis gefragt.»

«Natürlich nicht – aber Sie wissen ja, wie solche Behauptungen in Umlauf kommen. Aber hören Sie – wenn ein Testament da war, warum ist es dann nicht vorgelegt worden?»

«Das habe ich nicht gesagt, Mr. Simms-Gaythorpe. Ein Testament war nicht da. Der Anwalt war nur gekommen, um eine Vollmacht auszustellen, damit Miss Whittaker für ihre Tante Schecks und dergleichen unterschreiben konnte. Das war wirklich nötig, wissen Sie, wegen der nachlassenden Geisteskräfte der alten Dame.»

«Ja – sie muß wohl gegen Ende ziemlich wirr gewesen sein.»

«Nun, als ich im September Schwester Philliter ablöste, war sie noch ziemlich vernünftig, abgesehen von ihrer fixen Idee, sie würde vergiftet.»

«Hatte sie davor wirklich Angst?»

«Sie hat ein paarmal zu mir gesagt: ‹Ich werde niemandem den Gefallen tun zu sterben, Schwester.› Sie hat mir nämlich sehr vertraut. Um die Wahrheit zu sagen, mit mir ist sie besser ausgekommen als mit Miss Whittaker, Mr. Simms-Gaythorpe. Aber im November ist es dann mit ihrem Verstand sehr bergab gegangen, und da hat sie viel dummes Zeug geredet. Manchmal ist sie voller Angst aufgewacht und hat gefragt: ‹Sind sie schon dagewesen, Schwester?› – nur das. Und ich habe geantwortet: ‹Nein, so weit sind sie noch nicht gekommen.› Das hat sie dann beruhigt. Ich nehme an, sie hat von ihren Jagden geträumt. Dieses Zurückgehen in die Vergangenheit ist ziemlich häufig, wissen Sie, wenn einer so unter Morphium gehalten wird. Da träumt man eben die halbe Zeit.»

«Dann hätte sie also in den letzten Wochen gar kein Testament mehr machen können, selbst wenn sie gewollt hätte?»

«Nein, da hätte sie es wohl nicht mehr geschafft.»

«Aber früher, als dieser Anwalt da war, da hätte sie eines machen können, wenn sie gewollt hätte?»

«Gewiß hätte sie gekonnt.»

«Aber sie hat es nicht getan?»

«Nein. Ich war ja auf ihre ausdrückliche Bitte hin die ganze Zeit dabei.»

«Ich verstehe. Also Sie und Miss Whittaker.»

«Die meiste Zeit nicht einmal Miss Whittaker. Ich verstehe,

worauf Sie hinauswollen, Mr. Simms-Gaythorpe, aber Sie sollten sich wirklich jeden unfreundlichen Verdacht gegen Miss Whittaker aus dem Kopf schlagen. Der Anwalt, Miss Dawson und ich waren fast eine Stunde lang allein zusammen, während der Schreiber im Nebenzimmer alle notwendigen Schriftstücke aufsetzte. Wissen Sie, damals ist nämlich gleich alles erledigt worden, weil wir der Meinung waren, ein zweiter Besuch vom Anwalt werde sicher zuviel für Miss Dawson. Miss Whittaker ist erst ganz am Schluß hinzugekommen. Wenn Miss Dawson ein Testament hätte machen wollen, hätte sie reichlich Gelegenheit dazu gehabt.»

«Nun, das freut mich zu hören», sagte Mr. Simms-Gaythorpe im Aufstehen, um sich zu verabschieden. «Solche kleinen Zweifel schaffen allzuleicht Unfrieden in einer Familie, nicht wahr? Aber jetzt muß ich mich auf die Socken machen. Ich finde es furchtbar schade, daß Sie nicht zu uns kommen können, Schwester – meine Frau wird ja so enttäuscht sein. Nun muß ich eben sehen, daß ich möglichst eine ebenso charmante Person auftreibe. Auf Wiedersehen.»

Im Taxi nahm Lord Peter den Hut ab und kratzte sich nachdenklich den Kopf.

«Wieder eine schöne Theorie im Eimer», brummte er. «Na ja, aber der Bogen hat noch eine zweite Sehne. Erst Cropper, dann Crofton – das müßte jetzt wohl die Zielrichtung sein.»

II

Das rechtliche Problem

Im strahlenden Licht der Jurisprudenz
Sir Edward Coke

10

Noch einmal das Testament

Ja, ja, das Testament!
Laßt Caesars Testament uns hören.
                    Iulius Caesar

«Oh, Miss Evelyn, mein armes, armes Kind!»

Die große junge Frau in Schwarz drehte sich erschrocken um.

«Nanu, Mrs. Gulliver – wie lieb von Ihnen, daß Sie mich abholen kommen!»

«Und wie froh ich bin, daß ich dazu Gelegenheit hatte, mein Kind, dank diesen beiden freundlichen Herren!» rief die Wirtin, schlang die Arme um die junge Frau und ließ sie nicht mehr los, sehr zum Unmut der anderen Passagiere, die von der Gangway wollten. Der ältere der beiden Herren, von denen sie gesprochen hatte, legte ihr sanft die Hand auf den Arm und zog die beiden aus dem Weg.

«Mein armes Lämmchen!» jammerte Mrs. Gulliver. «Den ganzen weiten Weg so ganz allein gekommen, und die arme Miss Bertha liegt im Grab, und die Leute reden so schrecklich, wo sie doch immer so ein braves Mädchen gewesen ist.»

«Ich denke an unsere arme Mutter», sagte die junge Frau. «Es hat mir keine Ruhe gelassen. Da hab ich zu meinem Mann gesagt: ‹Ich muß hin›, und er: ‹Schatz, ich käme ja mit, wenn ich könnte, aber ich kann die Farm nicht allein lassen. Aber wenn du meinst, du mußt hin, dann fahr nur›, hat er gesagt.»

«Der liebe Mr. Cropper – so gut und freundlich war er immer», sagte Mrs. Gulliver, «aber nun steh ich hier und vergesse ganz die netten Herren, die mich den weiten Weg hierhergebracht haben, um Sie abzuholen. Das ist Lord Peter Wimsey, und das ist Mr. Murbles, der dieses unglückselige Inserat aufgegeben hat, und ich glaub wirklich, mit dem hat alles angefangen. Ich wünschte ja so, ich hätt's Ihrer armen Schwester nie gezeigt, aber nicht, daß ich glaube, die Herren hätten nicht in der besten Absicht gehandelt, jetzt wo ich sie kenne, aber zuerst hab ich gedacht, es stimmt was nicht damit.»

«Sehr erfreut», sagte Mrs. Cropper im Umdrehen, wie sie's als Kellnerin im Restaurant gelernt hatte. «Kurz vor meiner Abfahrt habe ich einen Brief von der armen Bertha bekommen, und da hatte sie Ihr Inserat mit hineingelegt. Ich hab nichts damit anzufangen gewußt, aber jetzt möchte ich gern alles wissen, was in diese schreckliche Geschichte Licht bringen kann. Wie hat es geheißen – ein Mord?»

«Bei den Ermittlungen wurde auf natürlichen Tod erkannt», sagte Mr. Murbles, «aber wir sind der Meinung, daß der Fall ein paar Ungereimtheiten enthält, und darum wären wir Ihnen überaus dankbar, wenn Sie uns bei unseren Nachforschungen helfen könnten, auch im Zusammenhang mit einer anderen Sache, die vielleicht damit zu tun hat, vielleicht auch nicht.»

«Na klar», sagte Mrs. Cropper. «Sie sind bestimmt in Ordnung, wenn Mrs. Gulliver das sagt, denn ich hab noch nie erlebt, daß sie sich in einem Menschen getäuscht hat, nicht wahr, Mrs. Gulliver? Ich werde Ihnen alles sagen, was ich weiß, obwohl das nicht viel ist, denn das Ganze ist für mich ein entsetzliches Rätsel. Nur möchte ich jetzt nicht gern, daß Sie mich aufhalten, denn ich will gleich zu meiner Mutter. Sie ist jetzt sicher furchtbar dran, wo sie doch immer so an Bertha gehangen hat, und nun steht sie ganz allein da, bis auf das junge Mädchen, das sich um sie kümmert, und das ist bestimmt kein großer Trost, wenn man so plötzlich seine Tochter verloren hat.»

«Wir werden Sie keine Sekunde aufhalten, Mrs. Cropper», sagte Mr. Murbles. «Wenn Sie gestatten, schlage ich vor, wir begleiten Sie bis London und stellen Ihnen unterwegs ein paar Fragen, und dann würden wir Sie – immer Ihr Einverständnis vorausgesetzt – gern sicher nach Hause zu Mrs. Gotobed begleiten, wo das auch sein mag.»

«Christchurch, Nähe Bournemouth», sagte Lord Peter. «Ich fahre Sie direkt hin, wenn Sie möchten. Das spart Zeit.»

«Also, Sie wissen aber auch alles, was?» rief Mrs. Cropper nicht ohne Bewunderung. «Aber jetzt sollten wir uns lieber beeilen, sonst verpassen wir noch den Zug.»

«Sehr richtig», sagte Mr. Murbles. «Darf ich Ihnen meinen Arm anbieten?»

Da Mrs. Cropper mit dieser Regelung einverstanden war, machte man sich, nachdem die üblichen Einreiseformalitäten erledigt waren, auf den Weg zum Bahnhof. Doch als sie durch die Bahnsteigsperre gingen, stieß Mrs. Cropper plötzlich einen kleinen Schrei aus und streckte den Kopf vor, als ob sie etwas erblickt hätte.

«Was ist denn, Mrs. Cropper?» flüsterte Lord Peters Stimme ihr ins Ohr. «Glauben Sie, jemanden erkannt zu haben?»

«Ihnen entgeht nichts, wie?» meinte Mrs. Cropper. «Sie würden einen guten Kellner abgeben, Sir – und das soll keine Beleidigung sein –, das ist ein echtes Kompliment von jemandem, der sich auskennt, Sir. Ja, ich hatte gedacht, ich hätte jemanden gesehen, aber es kann nicht stimmen, denn kaum hatte sie mich gesehen, ist sie weggegangen.»

«Wen glauben Sie denn gesehen zu haben?»

«Also, ich hab gemeint, es wäre Miss Whittaker, bei der Bertha und ich früher gearbeitet haben.»

«Wo war sie denn?»

«Gleich da drüben an dem Pfeiler – eine große Dunkle mit karmesinrotem Hut und grauem Pelz. Aber jetzt ist sie weg.»

«Entschuldigen Sie mich.» Lord Peter hängte Mrs. Gulliver von seinem Arm ab und geschickt in Mr. Murbles freien Arm ein und stürzte sich ins Gewühl.

Mr. Murbles, völlig unbeeindruckt von diesem sonderbaren Betragen, bugsierte die beiden Damen in ein Erster-Klasse-Abteil, auf dem Mrs. Cropper die Inschrift las: «Reserviert für Lord Peter Wimsey mit Begleitung.» Sie erhob ein paar Einwände wegen ihrer Fahrkarte, aber Mr. Murbles antwortete nur, es sei für alles gesorgt, und auf diese Weise sei sichergestellt, daß sie ungestört blieben.

«Aber jetzt ist Ihr Freund zurückgeblieben», sagte Mrs. Cropper, als der Zug anfuhr.

«Das sähe ihm gar nicht ähnlich», erwiderte Mr. Murbles, indem er seelenruhig ein paar Decken ausbreitete und seinen altmodischen Zylinderhut gegen irgendso eine komische Reisemütze mit Klappen vertauschte. Bei all ihren Sorgen konnte Mrs. Cropper nicht umhin, sich zu fragen, wo er diese viktorianische Reliquie nur erstanden haben könne. In Wahrheit wurden Mr. Murbles Kopfbedeckungen nach eigenen Entwürfen extra von einem sündhaft teuren Hutmacher im West End angefertigt, bei dem Mr. Murbles als Gentleman alter Schule in allerhöchstem Ansehen stand.

Von Lord Peter allerdings war in der nächsten Viertelstunde nichts zu sehen, bis er plötzlich mit liebenswürdigem Lächeln den Kopf zur Tür hereinsteckte und meinte:

«Eine rothaarige Dame mit karmesinrotem Hut; drei dunkle Damen mit schwarzen Hüten; mehrere nicht näher zu beschreibende Damen mit staubgrauen Überziehhüten; grauhaarige alte Damen mit verschiedenen Hüten; sechzehn unbehütete Backfische – das heißt, Hüte im Gepäcknetz, aber kein karmesinroter darunter; zwei unverkennbare Bräute mit blauen Hüten; unzählige blonde Frauen mit Hüten in allen Farben; eine aschblonde in Schwesterntracht – aber unsere Freundin ist nicht darunter, soviel ich weiß. Ich hab mir nur gedacht, spazier mal ein bißchen durch den Zug und sieh dich um. Eine dunkelhaarige ist noch da, deren Hut ich aber nicht sehen konnte, weil er neben ihr versteckt liegt. Ob Mrs. Cropper wohl Lust hat, ein bißchen mit mir den Gang hinunterzuschlendern und sie sich mal anzusehen?»

Mrs. Cropper erklärte sich, ziemlich überrascht, dazu bereit.

«Recht haben Sie. Erklären tu ich's später. Ungefähr vier Wagen weiter. Passen Sie mal auf, Mrs. Cropper, *falls* das jemand ist, den Sie kennen, wäre es mir nicht so sehr lieb, wenn sie merkte, daß Sie sie ansehen. Halten Sie sich hinter mir und schauen Sie in die Abteile, aber schlagen Sie Ihren Kragen hoch. Wenn wir an das fragliche Abteil kommen, gebe ich Ihnen Deckung. Klar?»

Diese Manöver wurden mit Erfolg ausgeführt, und vor dem verdächtigen Abteil zündete Lord Peter sich eine Zigarette an, damit Mrs. Cropper hinter seinem schützend hochgehobenen Arm versteckt einen Blick auf die hutlose Dame werfen konnte. Doch das Ergebnis war enttäuschend. Mrs. Cropper hatte die Dame nie zuvor gesehen, und bei einer zweiten Promenade von einem Zugende bis zum andern kam auch nicht mehr heraus.

«Dann muß Bunter das eben machen», sagte Seine Lordschaft gutgelaunt, als sie auf ihre Plätze zurückkehrten. «Ich habe ihn schon auf die Spur gesetzt, gleich als Sie mir die Frohbotschaft gaben. Und nun kommen wir einmal richtig zur Sache, Mrs. Cropper. Zunächst wären wir dankbar für jegliche Vermutung, die Sie zum Tod Ihrer Schwester haben könnten. Wir wollen Sie nicht erschrecken, aber wir haben den Verdacht, daß da vielleicht – nur vielleicht – etwas dahinterstecken könnte.»

«Nur eines, Sir – oder Eure Lordschaft, sollte ich wohl sagen. Bertha war wirklich ein braves Mädchen – dafür lege ich die Hand ins Feuer. Da hat's keine Techtelmechtel mit ihrem Freund gegeben – nichts dergleichen. Ich weiß, die Leute haben viel herumgeredet, und wie so viele Mädchen sind, ist das vielleicht auch kein Wunder. Aber glauben Sie mir, Bertha war nicht von der Sorte, die etwas tun würde, was sich nicht gehört. Vielleicht möchten Sie mal den letzten Brief lesen, den sie mir geschrieben hat. Etwas Netteres und Anständigeres kann man bestimmt nicht von einem Mädchen erwarten, das sich auf eine glückliche Heirat freut. Wissen Sie, Sir, ein Mädchen, das so schreibt, treibt sich nicht herum, oder? Es würde mir keine Ruhe geben, wenn ich wüßte, daß die Leute so über sie reden.»

Lord Peter nahm den Brief, überlas ihn rasch und reichte ihn respektvoll an Mr. Murbles weiter.

«Wir glauben so etwas nicht im mindesten, Mrs. Cropper, aber wir freuen uns natürlich sehr, Ihre Meinung darüber zu hören. Also – würden Sie es für möglich halten, daß Ihre Schwester – na, wie soll ich es ausdrücken? – daß eine Frau sie mit einer glaubwürdigen Geschichte angelockt und sie dann – na ja – in eine Situation gebracht hat, die sehr schockierend für sie war? War sie vorsichtig, war sie den Londonern mit ihren üblen Tricks gewachsen und so weiter?»

Und er erläuterte ihr Parkers Theorie von der gewinnenden Mrs. Forrest und dem vermuteten Diner in ihrer Wohnung.

«Na ja, Mylord, ich würde nicht sagen, daß Bertha besonders fix war – nicht so fix wie ich, verstehen Sie? Sie hat immer alles geglaubt, was man ihr gesagt hat, und den Leuten immer nur das Beste zugetraut. Sie schlug mehr nach ihrem Vater. Ich bin ganz die Mutter, haben sie immer gesagt, und ich traue keinem weiter, als ich sehen kann. Aber ich hab sie doch so davor gewarnt, sich mit Frauen einzulassen, die junge Mädchen auf der Straße ansprechen, und demnach hätte sie eigentlich auf der Hut sein müssen.»

«Es könnte natürlich jemand gewesen sein», sagte Lord Peter, «den sie sehr gut kannte – vielleicht aus dem Restaurant –, und da hat sie sich gedacht, warum soll ich so eine nette Dame nicht mal besuchen? Oder die Dame hat davon gesprochen, ihr eine gute Stelle zu verschaffen. Man kann nie wissen.»

«Ich glaube, das hätte sie aber in ihren Briefen erwähnt, wenn sie viel mit jemandem gesprochen hätte, Mylord. Sie hat mir ja über die Gäste immer so wunderbar viel zu erzählen gewußt. Und ich glaube, sie war nicht so sehr darauf versessen, wieder in Stellung zu gehen. Nach diesem Leahampton hatten wir so richtig die Nase voll davon.»

«Aha. Aber das bringt uns jetzt auf etwas anderes – das, worüber wir mit Ihnen oder Ihrer Schwester sprechen wollten, bevor diese unglückselige Geschichte passierte. Sie waren doch bei dieser Miss Whittaker in Stellung, die Sie vorhin erwähnten. Könnten Sie uns wohl einmal genau erzählen, warum Sie da weggegangen sind? Es war doch eine gute Stelle, nehme ich an?»

«Na ja, Mylord, für eine Dienstmädchenstelle ganz gut, obwohl man ja da nie so viel Freiheit hat wie in einem Restaurant. Und die alte Dame hat natürlich viel Arbeit gemacht. Aber nicht, daß uns das was ausgemacht hätte, denn sie war immer sehr freundlich, und großzügig auch.»

«Aber als sie krank wurde, hat Miss Whittaker wohl den ganzen Haushalt übernommen, nicht?»

«Ja, Mylord; aber eine schwere Stelle war es trotzdem nicht – uns haben sogar viele Mädchen beneidet. Nur daß Miss Whittaker ziemlich eigen war.»

«Besonders mit ihrem Porzellan, nicht?»

«Ach, das hat man Ihnen also schon erzählt?»

«Ich hab es ihnen erzählt, Liebes», warf Mrs. Gulliver dazwischen. «Ich hab ihnen alles erklärt, warum ihr plötzlich eure Stelle verlassen habt und nach London gekommen seid.»

«Und dabei ist uns aufgefallen», mischte sich Mr. Murbles ein, «daß es, wie soll ich sagen, irgendwie voreilig von Miss Whittaker war, zwei so tüchtige und, wenn ich das sagen darf, wohlerzogene und ansehnliche Mädchen unter so einem nichtigen Vorwand zu entlassen.»

«Da haben Sie recht, Sir. Ich hab Ihnen ja schon gesagt, wie leichtgläubig Bertha war – und sie hat auch ganz bereitwillig geglaubt, daß sie schuld wäre, ja, sie hat es sogar noch furchtbar nett von Miss Whittaker gefunden, daß sie ihr das zerschlagene Porzellan verziehen und sich so bemüht hat, uns nach London zu schicken, aber ich hab gedacht, da steckt doch mehr dahinter, als man mit bloßem Auge sieht. Hab ich das nicht gesagt, Mrs. Gulliver?»

«O ja, das haben Sie, Liebes; mehr, als man mit bloßem Auge sieht, haben Sie zu mir gesagt, und der Meinung bin ich auch.»

«Und haben Sie bei sich», bohrte Mr. Murbles weiter, «diese plötzliche Entlassung mit irgendeinem Ereignis in Verbindung gebracht?»

«Damals ja», antwortete Mrs. Cropper energisch. «Ich habe

zu Bertha gesagt – aber sie wollte nichts davon wissen, denn sie war, wie gesagt, da ganz nach ihrem Vater – also, ich hab zu ihr gesagt: ‹Denk an meine Worte›, sag ich, ‹Miss Whittaker will uns bloß wegen dem Streit nicht mehr im Haus haben, den sie mit der alten gnädigen Frau gehabt hat.›»

«Und was war das für ein Streit?» forschte Mr. Murbles.

«Na ja, ich weiß nicht recht, ob ich Ihnen das erzählen darf, wo doch jetzt alles vorbei ist und wir versprochen haben, nichts davon zu sagen.»

«Das», sagte Mr. Murbles, um Lord Peter daran zu hindern, ungeduldig dazwischenzuplatzen, «ist natürlich Ihre eigene Gewissensentscheidung. Aber wenn es Ihnen den Entschluß erleichtert, glaube ich Ihnen in aller Vertraulichkeit sagen zu können, daß diese Information vielleicht äußerst wichtig für uns ist – mit den Einzelheiten will ich Sie nicht behelligen –, um einige einzigartige Umstände zu untersuchen, die uns zu Ohren gekommen sind. Und es wäre eventuell sogar möglich – auch hier will ich Ihnen die Einzelheiten ersparen –, daß wir dadurch etwas Licht in das tragische Geschehen um Ihre dahingeschiedene Schwester bringen könnten. Mehr als das kann ich im Augenblick nicht sagen.»

«Also, wenn das so ist», sagte Mrs. Cropper, «auch wenn ich nicht verstehe, was da für ein Zusammenhang bestehen könnte – aber wenn Sie meinen, es wäre so, dann ist es wohl besser, damit rauszurücken, wie mein Mann immer sagt. Schließlich habe ich ja nur versprochen, den Leuten in Leahampton nichts zu erzählen, denn die hätten bestimmt nichts Gutes daraus gemacht – und ein klatschsüchtiges Volk ist das, da können Sie sicher sein.»

«Mit der Bevölkerung von Leahampton haben wir nichts zu tun», sagte Seine Lordschaft, «und wir werden nichts weitergeben, solange es nicht unbedingt notwendig ist.»

«Na klar. Also, dann will ich's Ihnen sagen. Anfang September, da kommt Miss Whittaker eines Morgens zu Bertha und mir und sagt: ‹Ich hätte gern, daß ihr beiden euch auf dem Flur vor Miss Dawsons Zimmer zur Verfügung haltet›, sagt sie, ‹denn ich brauche euch vielleicht, um ihre Unterschrift auf einem Dokument zu bezeugen; zwei Zeugen brauchen wir›, sagt sie, ‹und ihr müßt sehen, wie sie unterschreibt; aber ich will sie nicht mit einem Haufen Leute im Zimmer verrückt machen, und wenn ich euch also einen Wink gebe, kommt ihr ohne Lärm gerade so weit zur Tür herein, daß ihr sehen könnt, wie sie ihren Namen schreibt, und wenn ich dann das Dokument zu euch bringe, setzt ihr eure Namen an die Stelle, auf die ich zeige. Es ist ganz einfach›, sagt sie, ‹ihr habt nichts weiter zu tun, als eure Namen dahin zu setzen, wo das Wort *Zeugen* steht.›

Bertha, die ja schon immer ein bißchen ängstlich war – vor Dokumenten und dergleichen hatte sie Angst –, hat versucht, sich zu drücken. ‹Kann denn die Schwester nicht an meiner Stelle unterschreiben?› fragt sie. Gemeint war Schwester Philliter, die Rothaarige, wissen Sie, die mit dem Doktor verlobt war. Eine sehr nette Frau war das, die haben wir sehr gemocht. Aber Miss Whittaker: ‹Die Schwester ist spazierengegangen›, sagt sie ziemlich scharf, ‹und ich möchte, daß du und Evelyn das macht›, womit natürlich ich gemeint war. Na bitte, uns soll's recht sein, haben wir gesagt, und wie Miss Whittaker also mit einem Stoß Papiere zu Miss Dawson raufgeht, sind wir nach und haben auf dem Flur gewartet, wie sie gesagt hat.»

«Einen Augenblick», sagte Mr. Murbles. «Hatte Miss Dawson oft irgendwelche Dokumente zu unterzeichnen?»

«Doch, Sir, ich glaube, schon recht häufig, aber die wurden meist von Miss Whittaker oder der Schwester bezeugt. Es ging um Pachtangelegenheiten und so, wie ich gehört habe. Miss Dawson hatte etwas Hausbesitz. Und dann die Schecks für den Haushalt und so einiges an Papieren, die von der Bank kamen und immer im Safe eingeschlossen wurden.»

«Wahrscheinlich Aktiencoupons und dergleichen», sagte Mr. Murbles.

«So wird's wohl sein, Sir, ich verstehe von solchen Geschäften nicht viel. Einmal, das ist schon lange her, da habe ich mal eine Unterschrift beglaubigen müssen, aber das war was anderes. Da war die Unterschrift schon drauf, als das Papier zu mir runtergebracht wurde. Da war nichts von diesem ganzen Theater dabei.»

«Die alte Dame war also noch imstande, ihre Geschäfte selbst zu führen, wenn ich richtig verstanden habe?»

«Bis zu der Zeit ja, Sir. Danach hat sie alles an Miss Whittaker übertragen, soviel ich weiß – das war kurz bevor es anfing, ihr so schlecht zu gehen, daß sie immer unter Drogen stehen mußte. Von da an hat Miss Whittaker alle Schecks unterschrieben.»

«Die Vollmacht», sagte Mr. Murbles kopfnickend. «Also, haben Sie nun dieses geheimnisvolle Dokument wirklich unterschrieben?»

«Nein, Sir. Ich erzähle Ihnen mal, wie das war. Nachdem Bertha und ich also eine Weile vor der Tür stehen, kommt Miss Whittaker heraus und gibt uns ein Zeichen, wir sollen leise reinkommen. Wir gehen also rein und stellen uns gleich hinter die Tür. Am Bett stand oben am Kopfende eine spanische Wand, so daß wir Miss Dawson nicht sehen konnten und sie uns auch nicht, aber wir konnten sie ganz deutlich in dem großen Spiegel sehen, der links vom Bett stand.»

Mr. Murbles tauschte einen bedeutungsvollen Blick mit Lord Peter.

«Jetzt geben Sie bitte acht, daß Sie uns jede Einzelheit berichten, und wenn sie noch so klein und unwichtig erscheint», sagte Wimsey. «Ich glaube, das wird noch sehr spannend.»

«Ja, Mylord. Nun ja, sonst war nicht viel da, nur daß gleich hinter der Tür, links, wenn man reinkommt, ein kleiner Tisch stand, auf dem die Schwester Tabletts und so etwas abstellte, was hinuntergebracht werden sollte, na ja, und der war eben abgeräumt, und darauf lagen ein Stück Löschpapier, Tintenfaß und Feder, für uns zum Unterschreiben.»

«Konnte Miss Dawson das sehen?» fragte Mr. Murbles.

«Nein, Sir, die spanische Wand war ja dazwischen.»

«Aber das Tischchen stand im Zimmer?»

«Ja, Sir.»

«Das sollten wir ganz genau klären. Ob Sie uns wohl einen kleinen Grundriß von dem Zimmer zeichnen könnten – nur ganz ungefähr –, auf dem man sieht, wie alles stand, das Bett, die spanische Wand, der Spiegel und so weiter?»

«Ich bin ja nicht besonders gut im Malen», meinte Mrs. Cropper verlegen, «aber ich will's mal versuchen.»

Mr. Murbles brachte einen Notizblock und Füllfederhalter zum Vorschein, und nach ein paar mißglückten Versuchen entstand die folgende Skizze.

«Danke, das ist wirklich sehr klar. Sie sehen, Lord Peter, wie sorgfältig alles arrangiert ist, damit das Dokument in Gegenwart der Zeugen unterschrieben und die Unterschrift von diesen in Gegenwart Miss Dawsons und jeweils der anderen Zeugen beglaubigt werden konnte. Ich brauche Ihnen wohl nicht zu sagen, für welche Art von Dokument dieses Verfahren zwingend vorgeschrieben ist.»

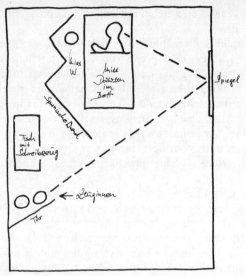

«Für was denn, Sir? Wir haben damals nicht verstanden, warum das alles so gemacht wurde.»

«Es hätte sein können», erklärte Mr. Murbles, «daß dieses Dokument angefochten worden wäre, und dann hätten Sie und Ihre Schwester als Zeugen vor Gericht aussagen müssen. Man hätte Sie dann gefragt, ob Sie wirklich gesehen haben, wie Miss Dawson das Schriftstück unterzeichnete, und ob Sie und Ihre Schwester mit Miss Dawson gleichzeitig in einem Zimmer waren, als Sie als Zeugen unterschrieben. Und wenn Sie das gefragt worden wären, hätten Sie es doch bejahen und beschwören können, nicht?»

«Aber ja.»

«Und doch hätte Miss Dawson in Wirklichkeit nichts von Ihrer Anwesenheit gewußt.»

«Nein, Sir.»

«Sehen Sie, das war's.»

«Jetzt verstehe ich, Sir, aber damals haben Bertha und ich nichts damit anzufangen gewußt.»

«Aber das Dokument wurde nie unterschrieben, sagen Sie?»

«Nein, Sir, zumindest haben wir keine Unterschrift beglaubigt. Wir haben gesehen, wie Miss Dawson ihren Namen – ich nehme wenigstens an, daß es ihr Name war – auf ein oder zwei Blatt Papier gesetzt hat, und dann hat Miss Whittaker noch einen Stoß vor sie hingelegt und gesagt: ‹Hier ist noch mal ein ganzer Stoß, Tantchen, wieder wegen der Einkommensteuer.› Darauf die alte Dame: ‹Was ist es denn genau, Liebes, laß mich mal sehen.› Und Miss Whittaker sagte: ‹Ach Gott, der übliche Kram.› Und Miss Dawson darauf: ‹Meine Güte, ist das wieder viel. Wie kompliziert die das doch alles machen!› Und wir konnten sehen, wie Miss Whittaker ihr mehrere Blätter gereicht hat, alle schön aufeinander, so daß nur noch die Stellen zum Unterschreiben frei waren. Miss Dawson unterschreibt also das erste Blatt, dann hebt sie es hoch und schaut das nächste darunter an, und Miss Whittaker sagt: ‹Es ist alles dasselbe›, ganz als wenn sie's eilig gehabt hätte, daß die Sachen unterschrieben werden und vom Tisch sind. Aber Miss Dawson nimmt ihr den Stoß aus der Hand und blättert ihn ganz durch, und plötzlich läßt sie einen Schrei los und ruft: ‹Ich will das nicht! Ich will das nicht! Ich liege noch nicht im Sterben. Was unterstehst du dich, du böses Mädchen! Kannst du nicht warten, bis ich tot bin? – Du willst mich wohl vor der Zeit ins Grab ängstigen! Hast du denn nicht alles, was du willst?› Worauf Miss Whittaker sagt: ‹Still doch, Tantchen, du läßt mich ja nichts erklären –› Aber die alte Dame sagt: ‹Nein, ich will nicht, ich will überhaupt nichts davon hören. Ich mag nicht einmal daran denken. Ich rede nicht darüber. Laß mich in Ruhe. Wie kann ich wieder gesund werden, wenn du mich fortwährend so ängstigst?› Und damit legt sie erst richtig los und macht ein fürchterliches Theater, und Miss Whittaker kommt leichenblaß zu uns und sagt: ‹Verschwindet, ihr Mädchen›, sagt sie, ‹meine Tante ist plötzlich sehr krank geworden und kann jetzt keine Geschäfte mehr erledigen. Ich rufe euch, wenn ich euch brauche›, sagt sie. Darauf ich: ‹Können wir Ihnen helfen, Miss?› Und sie sagt: ‹Nein, es ist ja schon gut. Die Schmerzen sind nur wiedergekommen. Ich gebe ihr jetzt eine Spritze, dann ist bald wieder alles in Ordnung.› Damit schiebt sie uns aus dem Zimmer und macht die Tür zu, und wir hören die alte Dame schreien, daß es einem das Herz brechen konnte. Wir gehen also runter und treffen die Schwester, die gerade wieder zurückkommt, und sagen ihr, daß es Miss Dawson wieder schlechter geht, und sie rennt gleich rauf, ohne abzulegen. Und wie wir wieder in der Küche sind und das alles ein bißchen komisch finden, kommt Miss Whittaker runter und sagt: ‹Es ist wieder gut, Tantchen schläft jetzt ganz friedlich, nur die Geschäfte müssen wir eben auf einen anderen Tag verschieben.›

Und dann sagt sie: ‹Erzählt besser keinem was davon, denn wenn Tantchen Schmerzen hat, bekommt sie immer solche Angst und redet wirres Zeug. Sie meint das gar nicht so, aber wenn die Leute davon hörten, würden sie allerlei dumme Sachen denken.› Ich steh also auf und sag: ‹Miss Whittaker›, sag ich, ‹wir sind doch keine Klatschbasen, ich und Bertha.› Ziemlich förmlich hab ich das gesagt, denn ich hab Klatsch noch nie vertragen können. Und Miss Whittaker sagt: ‹Es ist ja schon gut›, und geht weg. Und am nächsten Tag gibt sie uns den Nachmittag frei und schenkt uns was – 10 Shilling für jeden waren es, weil ihre Tante Geburtstag hätte und die alte Dame möchte, daß wir uns ihr zu Ehren etwas gönnen.»

«Wirklich eine sehr klare Schilderung, Mrs. Cropper. Da kann ich nur wünschen, alle Zeugen wären so vernünftig und aufmerksam wie Sie. Nur eines noch. Haben Sie zufällig einen Blick auf das Schriftstück werfen können, das Miss Dawson so erregt hat?»

«Nein, Sir – das heißt, nur von weitem, und auch das nur im Spiegel. Ich glaube aber, es war ziemlich kurz – nur ein paar Zeilen mit der Maschine.»

«Verstehe. Befand sich übrigens eine Schreibmaschine im Haus?»

«O ja, Sir. Miss Whittaker hat sie sehr oft für Geschäftsbriefe und dergleichen gebraucht. Sie stand im Wohnzimmer.»

«Aha. Und können Sie sich zufällig erinnern, ob kurz danach Miss Dawsons Anwalt sie besuchen kam?»

«Nein, Sir. Es war ja kurze Zeit später, daß Bertha diese Teekanne zerschlug und wir gehen mußten. Miss Whittaker wollte ihr zwar einen Monat Kündigungsfrist geben, aber das hab ich abgelehnt. Wenn sie wegen so einer Kleinigkeit über ein Mädchen herfällt, das so eine gute Kraft ist wie Bertha, dann soll Bertha lieber gleich gehen, und ich mit. Miss Whittaker hat gesagt: ‹Ganz wie ihr wollt›, hat sie gesagt – Widerworte hat sie ja nie vertragen können. Wir sind also noch am selben Nachmittag gegangen. Aber hinterher, glaube ich, hat es ihr leid getan, denn da hat sie uns in Christchurch besucht und gemeint, wir sollten doch versuchen, ob wir nicht in London eine bessere Stelle bekommen. Bertha hat sich ein bißchen davor gefürchtet, so weit fortzugehen – ganz der Vater, wie gesagt –, aber Mutter, die schon immer etwas ehrgeiziger war, hat gemeint: ‹Wenn die Dame so nett ist und euch zu einem guten Start verhelfen will, dann geht doch. In der Stadt hat man als Mädchen mehr Chancen.› Und ich sage zu Bertha, wie wir später unter uns sind, sage ich: ‹Verlaß dich drauf, Miss Whittaker will uns nur loswerden. Sie hat Angst, wir könnten die Dinge herumerzählen gehen, die Miss Dawson an diesem Morgen gesagt hat. Aber›, sag ich, ‹wenn sie uns was dafür zahlt, daß wir gehen, warum dann nicht?› sag ich. ‹Heutzutage muß man zusehen, wo man bleibt, und wenn wir nach London gehen, gibt sie uns ein besseres Zeugnis, als wenn wir bleiben. Und überhaupt›, sag ich, ‹wenn es uns nicht gefällt, können wir ja jederzeit wieder nach Hause kommen.› Das Ende vom Lied war also, daß wir in die Stadt gekommen sind, und nach einer Weile haben wir eine gute Stelle bei Lyons bekommen, weil Miss Whittaker uns so ein gutes Zeugnis gegeben hatte, und da habe ich meinen Mann kennengelernt und Bertha ihren Jim. Wir haben es also nie bereut, daß wir es riskiert haben – wenigstens bis diese schreckliche Sache dann mit Bertha passiert ist.»

Das leidenschaftliche Interesse, mit dem ihre Zuhörer dieser Erzählung gefolgt waren, mußte für Mrs. Croppers theatralische Ader sehr befriedigend gewesen sein. Mr. Murbles rieb langsam kreisend seine Hände aneinander, mit trockenem Rascheln – wie bei einer alten Schlange, die beutesuchend durchs Gras schleicht.

«Eine Szene ganz nach Ihrem Herzen, Murbles», meinte Lord Peter mit einem Blitzen unter den gesenkten Augenlidern. Jetzt wandte er sich an Mrs. Cropper. «Haben Sie diese Geschichte heute zum erstenmal jemandem erzählt?»

«Ja – und ich hätte sie überhaupt niemals erzählt, wenn nicht –»

«Ich weiß. Und wenn ich Ihnen nun einen Rat geben darf, Mrs. Cropper, dann sprechen Sie nie wieder darüber. Solche Geschichten haben die eklige Angewohnheit, gefährlich zu sein. Finden Sie es unverschämt, wenn ich Sie frage, was für Pläne Sie für die nächsten ein bis zwei Wochen haben?»

«Ich werde zu Mutter fahren und sie überreden, mit mir nach Kanada zu kommen. Das wollte ich schon, als ich heiratete, aber da wollte sie nicht so weit von Bertha fort. Bertha war immer Mutters Liebling – eben weil sie so nach ihrem Vater war, Sie verstehen? Mutter und ich waren uns immer viel zu ähnlich, um gut miteinander auszukommen. Aber jetzt hat sie ja niemanden mehr, und es wäre doch nicht recht, wenn sie so ganz allein bliebe; da denke ich schon, daß sie mitkommen wird. Es ist ja eine weite Reise für eine kränkliche alte Frau, aber ich schätze, Blut ist dicker als Wasser. Mein Mann hat gesagt: ‹Bring sie in der ersten Klasse her, Mädchen, das Geld treibe ich schon auf.› Ein guter Kerl, mein Mann.»

«Sie hätten es nicht besser treffen können», sagte Wimsey, «und wenn Sie gestatten, schicke ich einen Freund, der sich während der Eisenbahnfahrt um Sie beide kümmert und dafür sorgt, daß Sie wohlbehalten an Bord kommen. Und bleiben Sie nicht zu lange in England. Verzeihen Sie, wenn ich mich so in Ihre Angelegenheiten dränge, aber ich bin wirklich überzeugt, daß Sie anderswo sicherer aufgehoben sind.»

«Sie glauben doch nicht, daß Bertha –?»

Sie hatte die Augen vor Schreck weit aufgerissen.

«Ich sage gar nicht gern, was ich glaube, weil ich es nicht weiß. Aber ich werde dafür sorgen, daß Sie und Ihre Mutter sicher sind, was auch geschieht.»

«Und Bertha? Kann ich da irgend etwas tun?»

«Nun, Sie werden zu Scotland Yard kommen und meinen Freunden dort erzählen müssen, was Sie mir erzählt haben. Das wird sie sehr interessieren.»

«Und wird auch etwas geschehen?»

«Wenn wir beweisen können, daß nicht alles mit rechten Dingen zugegangen ist, wird die Polizei sicherlich nicht ruhen, bis sie die richtige Spur hat. Aber die Schwierigkeit liegt eben darin, zu beweisen, daß es kein natürlicher Tod war.»

«Wie ich der heutigen Zeitung entnehme», sagte Mr. Murbles, «ist der örtliche Polizeichef jetzt der Überzeugung, daß Miss Gotobed für sich allein dort gepicknickt hat und einem Herzanfall erlegen ist.»

«Der Kerl sagt viel», meinte Wimsey. «Wir wissen durch die Autopsie, daß sie kurz vor ihrem Tod eine schwere Mahlzeit zu sich genommen hatte – verzeihen Sie die unerquicklichen Details, Mrs. Cropper –, also wozu das Picknick?»

«Ich nehme an, man hat an die Butterbrote und die Bierflasche gedacht», sagte Mr. Murbles nachsichtig.

«Verstehe. Dann ist sie also allein mit einer Flasche Bass-Bier in den Eppingforst gegangen und hat den Korken mit den Fingern entfernt. Haben Sie das mal versucht, Murbles? Nein? Also, wenn der Korkenzieher gefunden wird, will ich glauben, daß sie allein war. Inzwischen bringen die Zeitungen hoffentlich noch mehr solche Theorien. Verbrecher wiegt man am besten in Sicherheit, Murbles – das steigt ihnen nämlich zu Kopf.»

Am Scheideweg

Geduld – und mischt die Karten.
Don Quijote

Lord Peter brachte Mrs. Cropper nach Christchurch und kehrte dann nach London zurück, um sich mit Parker zu besprechen. Parker hatte sich gerade die Nacherzählung von Mrs. Croppers Geschichte zu Ende angehört, als ein diskretes Öffnen und Schließen der Wohnungstür die Rückkehr Bunters anzeigte.

«Glück gehabt?» erkundigte sich Wimsey.

«Zu meinem größten Bedauern muß ich Euer Lordschaft mitteilen, daß ich die Spur der Dame verloren habe. Genauer gesagt, wenn Euer Lordschaft gütigst den Ausdruck verzeihen wollen, man hat mich so richtig geleimt.»

«Gott sei's gedankt, Bunter, Sie sind am Ende doch nur ein Mensch. Ich wußte gar nicht, daß jemand Sie schaffen kann. Kommen Sie, trinken Sie was.»

«Ich bin Euer Lordschaft sehr verbunden. Ich habe meinen Instruktionen gemäß den Bahnsteig nach einer Dame mit karmesinrotem Hut und grauem Pelz abgesucht und hatte nach einer Weile auch das Glück, sie zur Sperre hinausgehen und auf den großen Zeitungskiosk zutreten zu sehen. Sie war ein gutes Stück vor mir, aber ihr Hut war sehr auffällig, und um es mit den Worten des Dichters auszudrücken, wenn ich so sagen darf, ich folgte dem Schein.»

«Wacker, wacker.»

«Danke, Mylord. Die Dame betrat das Bahnhofshotel, das ja, wie Sie wissen, zwei Ausgänge hat, einen zu den Bahnsteigen, den anderen zur Straße. Ich bin ihr sofort nachgeeilt, damit sie mich nicht abhängte, und als ich durch die Drehtür kam, sah ich gerade noch ihren Rücken in die Damentoilette verschwinden.»

«Wohinein Sie ihr als wohlanständiger Mann nicht folgen konnten. Verstehe vollkommen.»

«So war es, Mylord. Ich habe in der Eingangshalle Platz genommen, und zwar so, daß ich die Tür beobachten konnte, ohne es mir anmerken zu lassen.»

«Und dann haben Sie wohl zu spät gemerkt, daß das Örtchen zwei Ausgänge hatte. Ungewöhnlich und ärgerlich.»

«Nein, Mylord, so war es gar nicht. Ich habe eine Dreiviertelstunde dagesessen und gewartet, aber der rote Hut kam nicht wieder zum Vorschein. Eure Lordschaft mögen bedenken, daß ich das Gesicht der Dame nie gesehen habe.»

Lord Peter stöhnte auf. «Ich ahne schon das Ende der Geschichte, Bunter. Nicht Ihre Schuld. Fahren Sie fort.»

«Nach dieser Zeit, Mylord, sah ich mich zu dem Schluß genötigt, daß entweder der Dame schlecht geworden oder sonst etwas Unerfreuliches passiert sein mußte. Ich habe eine Hotelangestellte angesprochen, die gerade vorbeikam, und ihr die Kleidung der Dame beschrieben, der ich angeblich etwas auszurichten hätte. Sie solle sich doch bitte bei der Toilettenfrau erkundigen, ob die fragliche Dame noch dort sei. Das Mädchen ging, kam aber schon bald mit der Meldung zurück, die Dame habe im Umkleideraum die Kleider gewechselt und sei schon vor einer halben Stunde wieder gegangen.»

«Bunter, Bunter! Hätten Sie denn nicht den Koffer oder sonst etwas wiedererkennen können, als sie herauskam?»

«Verzeihung, Mylord, aber die Dame war heute schon einmal dort gewesen und hatte der Toilettenfrau einen Diplomatenkoffer in Obhut gegeben. Als sie wiederkam, hat sie Hut und Pelz in diesen Koffer getan und ein schwarzes Filzhütchen und einen leichten Regenmantel angezogen, die sie darin hatte. Dadurch war ihr Kleid nicht zu sehen, als sie herauskam, und außerdem trug sie den Diplomatenkoffer, während ich sie beim erstenmal mit leeren Händen gesehen hatte.»

«Sie hat an alles gedacht. Was für eine Frau!»

«Ich habe mich sofort in der Umgebung des Bahnhofs und des Hotels umgehört, Mylord, aber ohne Ergebnis. Der schwarze Hut und der Regenmantel müssen sehr unauffällig gewesen sein, denn niemand konnte sich erinnern, sie gesehen zu haben. Ich bin wieder zum Bahnhof gegangen, um zu erfahren, ob sie vielleicht per Bahn weitergereist sei. Mehrere Damen, die der Beschreibung entsprachen, hatten Fahrkarten zu verschiedenen Zielorten gekauft. Genaueres war nicht zu erfahren. Ich habe auch sämtliche Garagen in Liverpool aufgesucht, aber erfolglos. Ich bin untröstlich, Eure Lordschaft so enttäuschen zu müssen.»

«Da kann man nichts machen. Sie haben getan, was Sie konnten. Kopf hoch. Und niemals aufgeben. Sie müssen todmüde sein. Nehmen Sie sich den Tag frei und legen Sie sich zu Bett.»

«Ich danke Ihnen, Mylord, aber ich habe auf der Hinfahrt im Zug ganz ausgezeichnet geschlafen.»

«Wie Sie wollen, Bunter. Ich hatte nur gehofft, Sie würden manchmal müde, wie andere Leute auch.»

Bunter lächelte diskret und zog sich zurück.

«Nun ja, soviel haben wir immerhin gewonnen», sagte Parker. «Wir wissen jetzt, daß diese Miss Whittaker etwas zu verbergen hat, wenn sie solche Vorsichtsmaßnahmen ergreift, um nicht beschattet zu werden.»

«Wir wissen sogar mehr. Wir wissen, daß ihr ungemein daran gelegen haben muß, an diese Cropper heranzukommen, bevor irgend jemand anders sie sprechen konnte, bestimmt, um ihr durch Bestechung oder noch Schlimmeres den Mund zu schließen. Woher konnte sie übrigens wissen, daß sie ausgerechnet mit diesem Schiff kam?»

«Mrs. Cropper hatte ein Telegramm geschickt, das bei der gerichtlichen Untersuchung vorgelesen wurde.»

«Diese elenden Untersuchungen. Alles, was man gern für sich behalten möchte, wird da ausgeplaudert, und was dabei herauskommt, ist nicht der Mühe wert.»

«Hört, hört», sagte Parker mit Nachdruck. «Ganz davon zu schweigen, daß wir uns von diesem Untersuchungsrichter auch noch eine lange Moralpredigt über die schädlichen Einflüsse des Jazz und das unmoralische Betragen junger Mädchen anhören mußten, die mit jungen Männern allein in den Eppingforst gehen.»

«Ein Jammer nur, daß man sich diese Wichtigtuer nicht wegen übler Nachrede vorknöpfen kann. Na schön. Aber diese Whittaker kriegen wir schon noch.»

«Immer vorausgesetzt, daß es die Whittaker war. Mrs. Cropper hätte sich ja auch irren können. Viele Leute wechseln im Umkleideraum den Hut, ohne gleich kriminelle Absichten zu haben.»

«Ach ja, natürlich. Miss Whittaker ist ja angeblich mit Miss Findlater irgendwo auf dem Lande, nicht? Wir werden unsere unschätzbare Miss Climpson das Mädchen ausquetschen lassen, sobald sie wieder aufkreuzen. Was hältst du inzwischen von Mrs. Croppers Geschichte?»

«Zweifellos ist folgendes passiert: Miss Whittaker hat versucht, die alte Dame unwissentlich ein Testament unterschreiben zu lassen. Sie hat es zwischen lauter Steuerformulare gesteckt und gehofft, sie würde ihren Namen darunter setzen, ohne es zu lesen. Es muß sich wohl um ein Testament gehandelt haben, denn soviel ich weiß, wird nur dieses Dokument erst dadurch gültig, daß es von zwei Personen in Gegenwart des Erblassers und jeweils des zweiten Zeugen beglaubigt wird.»

«Genau. Und da Miss Whittaker nicht selbst als Zeugin auftreten konnte, sondern die beiden Mädchen dazu brauchte, muß es ein Testament zu Miss Whittakers Gunsten gewesen sein.»

«Klar. Sie hätte sich diese Mühe ja nicht gemacht, um sich selbst zu enterben.»

«Aber damit stehen wir vor einer anderen Schwierigkeit. Als nächste Anverwandte hätte Miss Whittaker sowieso die gesamte Hinterlassenschaft der alten Dame bekommen. Sie hat sie auch bekommen. Wozu also die Bemühungen um ein Testament?»

«Wie wir schon einmal gemeint haben, hatte sie vielleicht Angst, Miss Dawson könnte es sich anders überlegen, und wollte deshalb, daß vorher ein Testament gemacht wurde – aber nein, das geht ja gar nicht.»

«Nein – denn jedes später abgefaßte Testament hätte das vorhergehende automatisch außer Kraft gesetzt. Außerdem hat die alte Dame wenig später nach ihrem Anwalt geschickt, ohne daß Miss Whittaker ihr irgendwelche Hindernisse in den Weg gelegt hätte.»

«Laut Schwester Forbes war sie sogar sehr darauf bedacht, daß ihr nur ja jede Möglichkeit dazu gegeben wurde.»

«Wenn man bedenkt, wie sehr Miss Dawson ihrer Nichte mißtraut hat, ist es eigentlich ein bißchen überraschend, daß sie das Geld nicht anderweitig vermacht hat. Dann wäre es nämlich zu Miss Whittakers Vorteil gewesen, sie so lange wie möglich am Leben zu erhalten.»

«Ich glaube nicht einmal, daß sie ihr richtig mißtraut hat – wenigstens hat sie wohl nicht damit gerechnet, aus dem Wege geräumt zu werden. Sie hat in ihrer Erregung eben Dinge gesagt, die sie gar nicht meinte – wer tut das nicht?»

«Schon. Aber offenbar hat sie damit gerechnet, daß man noch einmal versuchen würde, ihr ein Testament unterzuschieben.»

«Woraus schließt du das?»

«Erinnerst du dich nicht mehr an die Vollmacht? Das alte

Mädchen hat sich wahrscheinlich gedacht, wenn sie Miss Whittaker die Vollmacht gibt, alles für sie zu unterschreiben, sind keine Tricks mit untergeschobenen Papieren mehr möglich.»

«Na klar. Ein raffiniertes altes Haus. Und wie peinlich für Miss Whittaker. Das Ganze auch noch nach diesem überaus hoffnungsvollen Besuch von ihrem Anwalt. Was für eine Enttäuschung! Statt des erwarteten Testaments ein wohlgezielter Knüppel zwischen die Beine.»

«Gewiß. Aber damit stehen wir immer noch vor der Frage, wozu überhaupt ein Testament?»

«Richtig.»

Die beiden Männer sogen eine Weile schweigend an ihren Pfeifen.

«Die Tante hat ganz offensichtlich die Absicht gehabt, das Geld Mary Whittaker zukommen zu lassen», meinte Parker schließlich. «Sie hat es so oft versprochen – und außerdem würde ich behaupten, daß sie eine rechtlich denkende Frau war und sich daran erinnert hat, daß es eigentlich Whittaker-Geld war, das ihr da über den Kopf von Hochwürden Charles hinweg, oder wie er sonst hieß, in den Schoß gefallen war.»

«So ist es. Und nur eines hätte das verhindern können, und zwar – ach du heilige Neune! Weißt du, worauf es hinausläuft? Auf die ur-uralte Geschichte – Lieblingsthema der Romanschreiber – vom verschollenen Erben!»

«Mein Gott, du hast recht! Himmel, wie dumm sind wir eigentlich gewesen, daß wir daran nicht gleich gedacht haben? Mary Whittaker hat wahrscheinlich herausbekommen, daß noch ein näherer Verwandter am Leben war, der das Geld einstreichen würde. Vielleicht hatte sie Angst, wenn Miss Dawson es erführe, würde sie das Geld teilen oder Mary ganz enterben. Oder sie war es vielleicht auch nur leid, es der alten Dame immer wieder einzutrichtern, so daß sie schließlich auf die Idee verfallen ist, sie ein Testament zu Marys Gunsten unterschreiben zu lassen, ohne es zu wissen.»

«Was für ein kluges Köpfchen du doch hast, Charles. Oder – paß mal auf: Miss Dawson, das schlaue alte Biest, könnte auch alles gewußt haben und wollte Miss Whittaker ihr ungehöriges Drängen in der Testamentsfrage dadurch heimzahlen, daß sie ohne Testament und damit zum Vorteil des anderen starb.»

«Wenn das so war, hat sie alles verdient, was sie bekommen hat», meinte Parker ingrimmig. «Schließlich hat sie das arme

Mädchen mit dem Versprechen aus dem Beruf weggelockt, ihr den Zaster zu vermachen.»

«Um der jungen Dame beizubringen, nicht so aufs Geld aus zu sein», erwiderte Wimsey mit der brutalen Unbekümmertheit dessen, dem es noch nie im Leben an Geld gefehlt hat.

«Wenn diese großartige Idee richtig ist», sagte Parker, «bringt sie doch eigentlich deine Mordtheorie ins Wanken, oder? Denn dann hätte Mary sich doch offenbar bemühen müssen, ihre Tante so lange wie möglich am Leben zu erhalten, damit sie vielleicht doch noch ein Testament machte.»

«Stimmt auch wieder. Hol dich der Kuckuck, Charles, ich sehe meine Wette zum Teufel gehen. Und was für ein Schlag für unseren Freund Carr. Ich hatte ihn so reinwaschen wollen, daß man ihn unter den Klängen der Dorfkapelle heimgeholt und einen Triumphbogen errichtet hätte, auf dem als Leuchtschrift aus roten, weißen und blauen Lämpchen gestanden hätte: ‹Willkommen, Held der Wahrheit!› Na ja, Pech. Besser eine Wette verlieren und das Licht schauen, als goldbehängt in Unwissenheit zu wandeln. Oder halt mal! – warum sollte Carr nicht doch am Ende recht haben? Vielleicht habe ich mir nur den falschen Mörder ausgesucht. Aha! Ich sehe einen neuen, noch finsteren Schurken die Bühne betreten. Der neue Anwärter, von seinen Höflingen gewarnt –»

«Was für Höflingen?»

«Sei doch nicht so pingelig, Charles. Wahrscheinlich Schwester Forbes. Würde mich nicht wundern, wenn sie in seinem Sold stünde. Wo war ich? Wenn du mich bloß nicht immer unterbrechen würdest!»

«Von seinen Höflingen gewarnt –» half Parker nach.

«Ach ja – von seinen Höflingen gewarnt, daß Miss Dawson Umgang mit Anwälten pflegt, die sie verführen wollen, Testamente und dergleichen zu machen, läßt sie von besagten Höflingen beseitigen, bevor sie Unheil anrichten kann.»

«Gut, aber wie?»

«Nun vielleicht durch eines dieser Eingeborenengifte, die in Sekundenbruchteilen töten und der Kunst des Analytikers trotzen. Sie sind dem miserabelsten Gruselgeschichtenschreiber bekannt. Ich lasse mich von solchen Kleinigkeiten doch nicht aufhalten.»

«Und warum hat dieser hypothetische Herr bisher noch keine Ansprüche auf das Erbe angemeldet?»

«Er wartet den richtigen Augenblick ab. Die Aufregung um den Tod hat ihn erschreckt, und jetzt liegt er auf der Lauer, bis Gras darüber gewachsen ist.»

«Er dürfte es um einiges schwieriger finden, Miss Whittaker das Erbe wieder abzujagen, nachdem sie es einmal in Besitz genommen hat. Wer besitzt, hat schon zu neunzig Prozent recht, weißt du?»

«Ich weiß, aber er wird behaupten, zur Zeit von Miss Dawsons Tod nicht in der Nähe gewesen zu sein. Er hat es erst vor ein paar Wochen aus einer alten Zeitung erfahren, die um eine Dose Lachs gewickelt war, und nun kommt er von seiner Farm im fernen Dingsda nach Hause geeilt, um sich als der lange verschollen gewesene Vetter Tom zu erkennen zu geben ... Heiliger Strohsack! Da fällt mir etwas ein.»

Seine Hand fuhr in die Tasche und kam mit einem Brief wieder zum Vorschein. «Der ist heute früh gekommen, als ich gerade ausgehen wollte, und dann habe ich auf der Treppe Freddy Arbuthnot getroffen und das Ding in die Tasche gesteckt, bevor ich es richtig gelesen hatte. Aber ich glaube, da stand etwas von einem Vetter Soundso aus irgendeinem gottverlassenen Nest darin. Wollen mal sehen.»

Er faltete den Brief auseinander, der in Miss Climpsons altmodisch fließender Handschrift abgefaßt und mit einer solchen Vielzahl von Unterstreichungen und Ausrufezeichen verziert war, daß er eher einer Übung in Notenschrift glich.

«O Gott!» stöhnte Parker.

«Ja, schlimmer noch als sonst, nicht wahr? Er muß von ungeheurer Wichtigkeit sein. Zum Glück ist er verhältnismäßig kurz.»

Lieber Lord Peter,
mir ist heute morgen etwas zu Ohren gekommen, was sehr von Nutzen sein *könnte*, weshalb ich mich *beeile*, es Ihnen mitzuteilen! Wenn Sie sich erinnern, ich habe *schon einmal* erwähnt, daß Mrs. Budges *Mädchen* die *Schwester* des *jetzigen* Mädchens von *Miss Whittaker* ist. Also!!! Die *Tante* dieser beiden Mädchen ist Mrs. Budges Mädchen heute *besuchen* gekommen und *mir vorgestellt* worden – natürlich bin ich als Mrs. Budges *Logiergast* für die Leute von hier von *größtem Interesse* –, und eingedenk *Ihrer Anweisungen* leiste ich dem in einem Ausmaß *Vorschub*, wie ich es sonst nicht täte!!

Der Zufall will, daß diese *Tante früher Haushälterin* bei Miss Dawson war – ich meine, *vor* den Gotobed-Mädchen. Die *Tante* ist eine überaus *respektable* Person von *abweisendem Äußeren!* – mit einem *Häubchen!*, und für meinen Geschmack ist sie eine äußerst *unangenehme, krittelige* Frau. Jedenfalls – wir kamen auf Miss Dawsons Tod zu sprechen, und diese Tante – ihr Name ist Timmins – *verzog den Mund* und meinte: «Bei *der* Familie, Miss Climpson, würde mich der übelste Skandal nicht überraschen. Was die für einen überaus *unerquicklichen* Umgang pflegte! Sie erinnern sich vielleicht, Mrs. Budge, daß ich mich zum *Gehen genötigt* sah, nachdem dieser *höchst merkwürdige Mensch* dort aufgetaucht war, der sich als Miss Dawsons *Vetter* vorstellte.» Natürlich habe ich gefragt, wer das denn *sein* könnte, denn ich hätte von *weiteren Verwandten* noch nie etwas gehört. Sie sagte, dieser Mensch, den sie einen *widerwärtigen, dreckigen N i g g e r* (!!!) nannte, sei eines Morgens in *Priesterkleidung* (!!!) angekommen und habe sie – Miss Timmins – geschickt, ihn bei Miss Dawson als *Vetter Hallelujah* (!!!) anzumelden. Miss Timmins habe ihn, *sehr gegen ihren Willen,* wie sie sagt, in den *hübschen sauberen* Salon geführt! Miss Dawson, sagt sie, sei tatsächlich *heruntergekommen,* um diese «Kreatur» zu empfangen, anstatt den Kerl «seiner schwarzen Wege zu schicken» (!), und um den *Skandal zu krönen,* habe sie ihn auch noch gebeten, *zu Mittag zu bleiben!* – «und das in Anwesenheit ihrer Nichte», sagt Miss Timmins, «nach der dieser schreckliche *Mohr* immerzu seine furchtbaren *Augen* verdrehte.» Miss Timmins sagt, es habe ihr «regelrecht den Magen umgedreht» – so hat sie es ausgedrückt, und Sie werden die Redewendung sicher verzeihen, denn soviel ich weiß, spricht man heute sogar in der feinen (!) Gesellschaft ständig von *diesen Körperteilen.* Es scheint, sie hat sich sogar *geweigert,* dem armen schwarzen Mann einen Lunch vorzusetzen – (dabei sind doch nun sogar die *Schwarzen* Gottes Geschöpfe, und wir könnten *selber* alle schwarz sein, wenn ER sich nicht in seiner unermeßlichen Güte bereit gefunden hätte, uns mit einer *weißen* Haut zu *bevorzugen!!*) – und ist schnurstracks aus dem Haus gegangen!!! Folglich kann sie uns über diesen *denkwürdigen* Vorfall leider *gar nichts* weiter erzählen! Sie ist aber sicher, daß der «Nigger» eine *Visitenkarte* mit dem Namen ‹Rev. H. Dawson› und irgendeiner ausländischen Adresse bei sich hatte. Es mag ja merkwürdig erscheinen, aber ich glaube, daß viele dieser *Eingeborenenpfarrer* wirklich *Hervorragendes* unter ihrem Volk leisten, und zweifellos hat ein *Geistlicher* ein Recht auf eine *Visitenkarte,* auch wenn er schwarz ist!!!

> In großer Eile bin ich
> Ihre ergebene
> A. K. Climpson

«Gott steh mir bei», sagte Lord Peter, nachdem er aus diesem Tohuwabohu schlau geworden war, «dann haben wir ja unseren Erbanwärter fertig und frei Haus.»

«Mit einer Haut so schwarz wie sein Herz, scheint es», antwortete Parker. «Wo könnte denn dieser Reverend Hallelujah geblieben und wo mag er hergekommen sein? Er – äh – im ‹Crockford› wird er ja wohl nicht stehen, was?»

«Müßte er wahrscheinlich, wenn er zur Staatskirche gehört», meinte Lord Peter zweifelnd, indem er sich auf die Suche nach diesem kostbaren Nachschlagwerk machte. «Dawson – Rev. George, Rev. Gordon, Rev. Gurney, Rev. Habakuk, Rev. Hadrian, Rev. Hammond – nein, da ist kein Rev. Hallelujah dabei. Hatte ich gefürchtet – der Name klingt schon nicht allzu verbreitet. Leichter wär's, wenn wir wenigstens eine Ahnung hätten, aus welchem Erdteil dieser Herr kommt. ‹Nigger› kann bei einer Miss Timmins alles bedeuten, vom vornehmen Brahmanen bis zu Sambo und Rastus im Kolosseum – es könnte zur Not auch ein Eskimo sein.»

«Ich vermute, daß andere religiöse Körperschaften auch ihre Crockfords haben», meinte Parker wenig hoffnungsvoll.

«Zweifellos – mit Ausnahme vielleicht der etwas exklusiveren Sekten wie Agapemoniten und diese Leute, die zusammenkommen, um über die beseelte Materie zu reden. War es Voltaire, der gesagt hat, die Engländer hätten 365 Religionen, aber nur eine Soße?»

«Ich würde das eher eine Untertreibung nennen», sagte Parker. «Und dann gibt es ja auch noch Amerika – ein Land, von dem man hört, es sei mit Religionen gut versorgt.»

«Nur zu wahr. In Amerika nach einem bestimmten Schwarzkittel zu suchen, muß wie die sprichwörtliche Nadel im Heuhaufen sein. Trotzdem könnten wir ein paar diskrete Erkundigungen einziehen, und inzwischen werde ich mich auf die Reifen machen und nach Crofton zuckeln.»

«Crofton?»

«Wo Miss Clara Whittaker und Miss Dawson früher gewohnt haben. Ich suche den Mann mit der kleinen schwarzen Tasche – diesen höchst verdächtigen Anwalt, weißt du, der Miss Dawson vor zwei Jahren aufgesucht hat und unbedingt wollte, daß sie ein Testament machte. Er dürfte wohl alles wissen, was es über Hochwürden Hallelujah und seine Erbansprüche zu wissen gibt. Kommst du mit?»

«Geht nicht – nicht ohne Sondererlaubnis. Weißt du, ich bin mit diesem Fall nicht offiziell befaßt.»

«Du bearbeitest den Fall Gotobed. Sag deinem Chef, du siehst zwischen den beiden Fällen eine Verbindung. Ich brauche deine gestrenge Gegenwart. Nur roher Druck von seiten eines richtigen Polizeibeamten kann einen hartgesottenen Familienanwalt dazu bringen, aus der Schule zu plaudern.»

«Gut, ich versuch's mal – wenn du mir versprichst, einigermaßen vernünftig zu fahren.»

«Sei so keusch wie Eis, mit einem Führerschein so rein wie Schnee, du wirst der Verleumdung nicht entgehen. Ich *bin* kein gefährlicher Fahrer. Nun faß dir ein Herz und hol dir deine Erlaubnis. Die schneeweißen Pferdestärken tänzeln und schäumen, und das blaue Barett – in diesem Fall die schwarze Motorhaube – ist sozusagen schon jenseits der Grenze.»

«Du fährst mich eines Tages noch ins Jenseits», brummte Parker und ging zum Telefon, um Sir Andrew Mackenzie bei Scotland Yard anzurufen.

Crofton ist ein hübsches, altväterisches Dörfchen inmitten eines Labyrinths von Landstraßen in dem Dreieck, dessen Eckpunkte Coventry, Warwick und Birmingham sind. Die Nacht sank herein, und «Mrs. Merdle» schnurrte zwischen Hecken durch Kurven und über tückische Wege, was ihr nicht eben dadurch erleichtert wurde, daß die Grafschaftsverwaltung sich ausgerechnet diese Woche ausgesucht hatte, um alle Wegweiser neu anzustreichen, und bisher noch nicht weiter damit gekommen war, als alle Beschriftungen mit einer dicken Schicht blendend weißer Farbe zu überpinseln. In regelmäßigen Abständen mußte der geduldige Bunter sich aus dem Fond zwängen, um an einem dieser wenig mitteilsamen Pfosten hinaufzuklettern und das leere Schild mit einer Taschenlampe abzuleuchten – was Parker an Alan Quartermaines Versuche erinnerte, die Gesichtszüge der verblichenen Kukuana-Könige unter ihren kalkigen Leichentüchern aus Stalaktit nachzuzeichnen. Einer der Pfosten war obendrein noch frisch gestrichen, was die Stimmung der Reisenden nicht eben hob. Nachdem sie endlich nach vielen Irrwegen, Sackgassen und Rückwärtsfahrten auf die Hauptstraße zurückgefunden hatten, kamen sie an eine Wegespinne, deren Schilder offenbar der Renovierung ganz besonders bedurften, denn alle fünf waren sogar abmontiert; nur der Pfosten stand noch da, starr und gespenstisch – ein fahler Finger, in erregtem Protest zu einem mitleidlosen Himmel erhoben.

«Es fängt an zu regnen», bemerkte Parker, um etwas zu sagen.

«Hör mal, Charles, wenn du vorhast, gute Miene zum bösen Spiel zu machen und die Expedition bei Laune zu halten, sag's und laß es gut sein. Ich habe einen schön schweren Schraubenschlüssel hier unterm Sitz, und Bunter kann mir helfen, die Leiche zu verscharren.»

«Ich glaube, das muß die Brushwood-Kreuzung sein», resümierte Parker, der die Straßenkarte auf den Knien hatte. «Wenn es sie ist und nicht die Coverts-Kreuzung, die wir meiner Ansicht nach vor einer halben Stunde passiert haben, führt eine dieser Straßen hier direkt nach Crofton.»

«Das wäre überaus ermutigend, wenn wir auch noch wüßten, auf welcher Straße wir gekommen sind.»

«Wir können sie der Reihe nach probieren und zurückkommen, wenn wir sehen, daß wir falsch sind.»

«Selbstmörder werden an Straßenkreuzungen begraben», sagte Wimsey drohend.

«Da hinten unter dem Baum sitzt jemand», sagte Parker unbeirrt. «Wir könnten ihn fragen.»

«Der hat sich selbst verirrt, sonst würde er dort nicht sitzen», erwiderte sein Begleiter. «Es setzt sich niemand zum Spaß in den Regen.»

In diesem Augenblick sah der Mann sie näher kommen. Er stand auf und kam ihnen mit erhobener Hand entgegen.

Wimsey ließ den Wagen auslaufen.

«Verzeihung», sagte der Fremde, der sich als Jugendlicher in Motorradkleidung entpuppte, «aber könnten Sie mir mal 'n bißchen bei meiner Kiste helfen?»

«Was ist denn damit los?»

«Sie will einfach nicht mehr.»

«Das hab ich mir schon gedacht», sagte Wimsey. «Mir will

nur nicht in den Kopf, warum sie ausgerechnet an einer Stelle wie hier verweilen möchte.» Er stieg aus dem Wagen, und der junge Bursche hechtete in eine Hecke und holte die Patientin zur Begutachtung hervor. «Sind Sie gestürzt oder haben Sie die Maschine da hineingeworfen?» erkundigte sich Wimsey, indem er das Motorrad verächtlich musterte.

«Ich habe sie da hineingelegt. Nachdem ich stundenlang den Starter getreten hatte und sich nichts rührte, habe ich gedacht, ich warte hier, bis jemand vorbeikommt.»

«Verstehe. Was ist denn nun wirklich los?»

«Weiß ich nicht. Sie lief so schön, und plötzlich gibt sie aus heiterem Himmel den Geist auf!»

«Ist Ihnen vielleicht das Benzin ausgegangen?»

«Nein, nein, da ist noch jede Menge darin.»

«Ist die Zündkerze in Ordnung?»

«Weiß ich nicht.» Der Junge machte ein unglückliches Gesicht. «Wissen Sie, das ist erst meine zweite Fahrt damit.»

«Aha! Nun – dann kann ja nicht viel daran kaputt sein. Sehen wir doch lieber zuerst mal nach dem Benzin», sagte Wimsey, schon etwas besser gelaunt. Er schraubte den Tankdeckel ab und leuchtete mit der Taschenlampe in den Tank hinein. «Scheint in Ordnung zu sein.» Er bückte sich noch einmal, pfeifend, und schraubte den Tankdeckel wieder auf. «Versuchen wir's noch mal auf gut Glück, und dann schauen wir uns die Kerze an.»

Der junge Mann folgte der Aufforderung. Er packte die Lenkstange und versetzte dem Starter mit Kraft der Verzweiflung einen Tritt, der einem Maultier alle Ehre gemacht hätte. Der Motor brüllte wütend auf und jaulte herzerweichend.

«Himmel», rief der Junge, «das ist ja ein Wunder!»

Lord Peter griff mit sanfter Hand zum Gaszug, und das Donnern verebbte zu einem dankbaren Schnurren.

«Wie haben Sie das gemacht?» wollte der Motorradfahrer wissen.

«Ich habe nur durch den Tankdeckel geblasen», sagte Seine Lordschaft grinsend. «Eine Luftblase in der Leitung, mein Lieber, das war alles.»

«Ich bin Ihnen schrecklich dankbar.»

«Schon gut. Aber hören Sie mal, können Sie uns den Weg nach Crofton verraten?»

«Klar. Da hinunter. Das ist übrigens auch mein Weg.»

«Dem Himmel sei Dank. Fahrt voraus, ich folge, wie Sir Galahad sagt. Wie weit?»

«Acht Kilometer.»

«Gibt's da ein anständiges Gasthaus?»

«Meinem alten Herrn gehört das *Fox and Hounds*, wenn Ihnen das reicht. Sie kriegen schon was Anständiges zu essen.»

«Das Leid besiegt, der Jordan überschritten, all' Mühsal hat ein Ende. Zisch ab, mein Lieber. Nein, Charles, ich warte *nicht*, bis du deinen Regenmantel anhast. Nackt der Rücken, bloß der Bauch, kalt an Hand und Füßen; o Gott des Schmerbauchs, schick uns Bier, damit wir uns begießen.»

Der Starter summte – der Junge bestieg sein Motorrad und führte sie nach einem besorgniserregenden Schlenker den Weg hinunter. Wimsey ließ die Kupplung kommen und folgte seinem Spritzwasser.

Das *Fox and Hounds* entpuppte sich als eines dieser hübschen, altmodischen Gasthäuser, wo alles mit Roßhaar gepolstert und es nie zu spät ist, um einen guten kalten Lendenbraten mit Salat aus dem eigenen Garten zu bekommen. Mrs. Piggin, die Wirtin, bediente die Reisenden persönlich. Sie trug ein züchtiges schwarzes Seidenkleid und eine falsche Stirnlocke nach Art der königlichen Familie. Ihr rundes, freundliches Gesicht glühte im Feuerschein, als spiegelte es die leuchtendroten Röcke der Jäger wider, die an allen vier Wänden auf den Jagdgemälden dahingaloppierten, sprangen oder stürzten. Lord Peter, dessen Stimmung sich durch die Atmosphäre des Hauses und das ausgezeichnete Bier zusehends besserte, brachte mit ein paar geschickten Fragen nach der soeben beendeten Jagdsaison, der Nachbarschaft und den Pferdepreisen das Gespräch auf die verstorbene Miss Clara Whittaker.

«Ach ja, ach ja», sagte Mrs. Piggin, «natürlich haben wir Mrs. Whittaker gekannt. Jeder hier in der Gegend hat sie gekannt. Eine prima Frau war das. Von ihren Pferden laufen hier noch viele herum. Mr. Cleveland hat den größten Teil ihrer Zucht gekauft und einen guten Griff damit getan. Sie hat einen guten, ehrlichen Bestand gehabt, und alle haben immer gesagt, diese Frau hat einen Blick für Pferde – und für Menschen auch. Die hat keiner zweimal reingelegt, und nur ganz wenige einmal.»

«Ah, ja!» sagte Lord Peter wissend.

«Ich kann mich gut erinnern, wie sie noch immer auf die Fuchsjagd geritten ist, da war sie schon gut über Sechzig», fuhr

Mrs. Piggin fort, «und das war keine, die auf ein Loch in der Hecke wartete. Aber Miss Dawson – das war ihre Freundin, die bei ihr gewohnt hat, drüben im Gutshaus hinter der steinernen Brücke –, die war da ängstlicher. Sie hat immer die Tore gesucht, und wir haben oft gesagt, die würde überhaupt nicht reiten, wenn sie nicht so an Miss Whittaker hinge, daß sie sie nicht aus den Augen lassen will. Na ja, nicht alle Menschen können gleich sein, nicht wahr, Sir? – und diese Miss Whittaker war ja nun ganz aus der Art. So was gibt es heutzutage gar nicht mehr. Nicht, daß die modernen jungen Mädchen nicht auch ganz schön auf Draht wären, viele jedenfalls, die machen ja vieles, was wir früher noch als ganz schön gewagt angesehen hätten – aber diese Miss Whittaker, die hat auch den Kopf dafür gehabt. Die hat ihre Pferde selbst eingekauft und gepflegt und gezüchtet, da hat sie von niemandem einen Rat gebraucht.»

«Eine prächtige Frau muß das gewesen sein», sagte Wimsey von ganzem Herzen. «Die hätte ich gern gekannt. Ein paar Freunde von mir waren ganz gut mit Miss Dawson bekannt – das heißt, da lebte sie schon in Hampshire.»

«Wirklich, Sir? Sonderbare Zufälle gibt's, was? Sie war eine sehr freundliche und nette Dame. Wir haben gehört, sie ist jetzt auch tot. An Krebs gestorben, nicht? Schrecklich, die arme Seele. Aber wie nett, daß Sie sozusagen mit ihr bekannt waren. Da interessieren Sie sich doch bestimmt für unsere Fotos von der Croftoner Jagd. Jim!»

«Ja?»

«Zeig doch diesen Herren mal die Fotos von Miss Whittaker und Miss Dawson. Sie kennen Freunde von Miss Dawson unten in Hampshire. Kommen Sie hierher, Sir – wenn Sie wirklich nichts mehr möchten, Sir.»

Mrs. Piggin führte sie in eine gemütliche kleine Privatbar, wo etliche Männer in Jagdkleidung noch ein letztes Glas genossen, bevor die Schenke zumachte. Mr. Piggin, korpulent und freundlich wie seine Frau, kam ihnen entgegen, um sie gebührend zu begrüßen.

«Was trinken Sie, meine Herren? – Joe, zwei Krüge von dem Winterbier. Wie schön, daß Sie unsere Miss Dawson kennen. Mein Gott, die Welt ist klein, das sage ich oft zu meiner Frau. Hier ist das letzte Bild, das wir von ihnen gemacht haben, beim Jagdtreffen 1918 am Gutshaus. War natürlich kein richtiges Jagdtreffen, wie Sie sich denken können, denn schließlich war

Krieg, und die Herren waren alle fort und die Pferde auch – da haben wir nicht alles so richtig machen können wie früher. Aber wo sich doch die Füchse so vermehrt haben und die Meuten vor die Hunde gingen ... Haha! Das hab ich oft hier in der Bar gesagt – die Meuten gehen vor die Hunde, hab ich gesagt. Das haben sie immer gut gefunden. Da hat manch einer von den Herren gelacht, wenn ich gesagt habe, die Meuten, sag ich, gehen vor die Hunde ... Na ja, wie gesagt, Colonel Fletcher, und so einige von den älteren Herren, die haben gesagt, irgendwie müssen wir weitermachen, haben sie gesagt, und da haben wir dann sozusagen die eine oder andere kleine Jagd gemacht, nur damit die Meuten nicht kaputtgingen, sozusagen. Und Miss Whittaker, die hat gesagt: ‹Machen Sie das Jagdtreffen am Gutshaus, Colonel›, sagt sie, ‹vielleicht ist es das letzte, das ich zu sehen bekomme›, sagt sie. Und so ist es dann auch gekommen. Die arme Frau, zu Neujahr hat sie der Schlag getroffen. 1922 ist sie gestorben. Das hier ist sie, die in dem Ponywagen sitzt, mit Miss Dawson neben sich. Die Fuchsjagden hatte Miss Whittaker natürlich schon vor Jahren aufgeben müssen. Sie wurde ja älter. Aber immer ist sie mit dem Wagen hinterhergefahren, bis zuletzt. Hübsche alte Dame, nicht wahr, Sir?»

Lord Peter und Parker betrachteten mit großem Interesse die ziemlich grimmig dreinblickende alte Frau, die dort in unnachgiebig aufrechter Haltung saß und die Zügel in der Hand hielt. Ein hartes, wettergegerbtes altes Gesicht, aber durchaus noch hübsch mit der großen Nase und den geraden, dichten Brauen. Neben ihr saß die kleinere, pummeligere und weiblichere Agatha Dawson, deren denkwürdiger Tod sie in diesen stillen ländlichen Ort geführt hatte. Sie hatte ein süßes, lächelndes Gesicht – nicht so herrisch wie das ihrer gestrengen Freundin, aber voll Mut und Charakter. Zweifellos hatten die beiden alten Damen ein bemerkenswertes Pärchen abgegeben.

Lord Peter erkundigte sich ein wenig nach der Familie.

«Also, Sir, ich kann nicht behaupten, daß ich viel darüber wüßte. Wir waren immer der Meinung, Miss Whittaker hätte sich dadurch mit ihren Leuten angelegt, daß sie hierhergekommen ist und sich selbständig gemacht hat. Es war ja damals nicht so gang und gäbe wie heute, daß junge Mädchen aus dem Haus gingen. Aber wenn Sie sich sehr dafür interessieren, Sir, hier wohnt ein alter Herr, das ist Ben Cobling, der kann Ihnen alles über die Whittakers und die Dawsons dazu erzählen. 40 Jahre lang war er Stallknecht bei Miss Whittaker, und Miss Dawsons Mädchen hat er geheiratet, das mit ihr aus Norfolk gekommen war. An seinem letzten Geburtstag ist er sechsundachtzig geworden, aber ein rüstiger alter Knabe ist er noch. Wir denken in dieser Gegend viel an Ben Cobling. Er wohnt mit seiner Frau in dem kleinen Häuschen, das Miss Whittaker ihnen vermacht hat, als sie starb. Wenn Sie morgen mal hingehen und ihn besuchen möchten, Sir, Bens Gedächtnis ist so gut wie eh und je. Entschuldigen Sie, Sir, aber jetzt ist Feierabend. Ich muß die Gäste aus der Bar schicken. Feierabend, meine Herrschaften, bitte sehr! Drei Shilling sechs, Sir, danke, Sir. Beeilung bitte, meine Herren. So, Joe, jetzt aber dalli.»

«Herrlicher Ort, dieses Crofton», sagte Lord Peter, als sie allein in ihrem großen, niedrigen Zimmer waren, wo die Bettwäsche nach Lavendel roch. «Ben Cobling weiß sicher alles über Vetter Hallelujah. Ich freue mich auf Ben Cobling.»

12

Die Geschichte von den beiden Jungfern

> *Die Sicherheit, unser Eigentum in unseren Familien zu verewigen, ist einer der schätzbarsten und anziehendsten Umstände beim Besitz desselben.*
>
> Burke: Betrachtungen über die
> Französische Revolution

Der regnerischen Nacht folgte ein sonniger Morgen. Nachdem Lord Peter sich genußvoll eine ungeheure Portion Speck und Ei einverleibt hatte, trat er vor die Tür des *Fox and Hounds*, um sich aufzuwärmen. Langsam stopfte er sich seine Pfeife und meditierte. Fröhliche Betriebsamkeit in der Bar verkündete die nahe Öffnungszeit. Acht Enten überquerten in Reih und Glied die Straße. Eine Katze sprang auf die Bank, reckte sich, kramte dann die Hinterbeine unter sich und wickelte den Schwanz fest darum, als wollte sie verhindern, daß sie sich ungewollt befreiten. Ein Stallknecht ritt auf einem großen Schecken vorbei, am Zügel einen Braunen mit gestutzter Mähne; ihnen folgte in komischem Galopp ein Spaniel, ein Ohr über den ulkigen Kopf geklappt. «Ha!» rief Lord Peter.

Die Wirtshaustür wurde gastfreundlich vom Barkellner geöffnet, der «Guten Morgen, Sir, ein schöner Morgen, Sir», sagte und wieder nach drinnen verschwand.

«Hm», machte Lord Peter. Er hob den über den linken gekreuzten rechten Fuß und stellte sich breitbeinig über die Türschwelle.

Um die Ecke bei der Friedhofsmauer tauchte eine kleine, gebeugte Gestalt auf – ein alter Mann mit runzligem Gesicht und unglaublich krummen Beinen, deren dünne Unterschenkel in ledernen Gamaschen steckten. Er watschelte hurtig näher und entblößte höflich das betagte Haupt, bevor er sich mit hörbarem Ächzen neben der Katze auf die Bank sinken ließ.

«Guten Morgen, Sir», sagte er.

«Guten Morgen», sagte Lord Peter. «Ein schöner Tag.»

«Ganz recht, Sir, ganz recht», sagte der Alte aus tiefstem Herzen. «Wenn ich so einen schönen Maitag sehe wie heute, bete ich zum Herrn, daß er mich verschont und noch ein paar Jährchen in seiner schönen Welt leben läßt. Bestimmt.»

«Sie wirken noch ungemein rüstig», sagte Seine Lordschaft. «Ich würde meinen, Sie haben alle Aussichten.»

«Ja, ich bin noch sehr kräftig, Sir, danke, Sir. Und dabei werde ich nächsten Michaeli schon siebenundachtzig.»

Lord Peter brachte ein gebührendes Erstaunen zum Ausdruck.

«Jawohl, Sir, siebenundachtzig, und wenn das Rheuma nicht wäre, hätte ich nichts zu klagen. Ich bin noch kräftiger, als ich vielleicht aussehe. Ich weiß ja, daß ich ein bißchen krumm bin, Sir, aber das kommt mehr von den Pferden, Sir, als vom Alter. Bin mein Lebtag so richtig mit Pferden großgeworden. Hab mit ihnen gearbeitet, bei ihnen geschlafen – sozusagen richtig im Stall gewohnt, Sir.»

«Bessere Gesellschaft hätten Sie sich nicht wünschen können», sagte Lord Peter.

«Richtig, Sir, hätte ich nicht. Meine Frau hat schon immer gesagt, daß sie eifersüchtig ist auf die Pferde. Würd mich lieber mit ihnen unterhalten als mit ihr, hat sie gemeint. Hat vielleicht recht gehabt, Sir. So ein Pferd, hab ich zu ihr gesagt, redet nie dummes Zeug, und das kann man von Frauen ja nicht immer sagen, stimmt's nicht, Sir?»

«O doch», sagte Wimsey. «Was möchten Sie trinken?»

«Danke, Sir, ich trinke meinen Krug Bitterbier, wie immer. Jim weiß das schon. Jim! Ich fange den Tag immer mit einem Krug Bitterbier an, Sir. Finde ich gesünder als Tee und frißt einem nicht die Magenwände an.»

«Sie haben bestimmt recht», sagte Wimsey. «Jetzt, wo Sie's sagen, Tee hat wirklich so etwas Kribbeliges an sich. Bitte zwei Krüge Bitterbier, Mr. Piggin, und möchten Sie uns nicht Gesellschaft leisten?»

«Danke, Mylord», sagte der Wirt. «Joe! Zwei große Bitter und ein Guinness. Ein schöner Morgen, Mylord – Morgen, Mr. Cobling –, ich sehe, Sie haben sich schon miteinander bekannt gemacht.»

«Ja was denn! Das ist Mr. Cobling? Sehr erfreut, Sie kennenzulernen. Mit Ihnen hatte ich mich ganz besonders unterhalten wollen.»

«Wirklich, Sir?»

«Ich habe diesem Herrn – sein Name ist Lord Peter Wimsey – gesagt, daß Sie ihm alles über Miss Whittaker und Miss Dawson erzählen können. Er kennt Freunde von Miss Dawson.»

«Tatsächlich? Ach ja, es gibt wirklich nicht viel, was ich Ihnen von den beiden Damen *nicht* erzählen könnte. Und stolz bin ich darauf. Fünfzig Jahre war ich bei Miss Whittaker! Als Unterstallknecht bin ich zu ihr gekommen, das war noch zur Zeit des alten Johnny Blackthorne, und wie er gestorben ist, bin ich als Oberstallmeister dageblieben. War 'ne Seltenheit, so eine junge Dame damals. Ach du meine Güte! Gerade wie eine Gerte war sie, und so eine feine, frische Farbe im Gesicht, und glänzendschwarze Haare – wie ein wunderschönes zweijähriges Füllen war sie. Und so couragiert. Wundervoll couragiert. Da hätte sich so mancher Herr gefreut, sie ins Geschirr spannen zu können, aber sie hat sich nie an die Kandare nehmen lassen. Wie Dreck hat sie alle behandelt. Sie hat sie nicht mal angesehen, nur ihre Knechte und Stallmeister, wenn es um Pferde ging. Und bei Geschäften natürlich. Ja, solche Geschöpfe gibt's. Ich hatte mal 'ne Terrierhündin, die war auch so. Prima Rattenfänger. Aber reine Geschäftsfrau, sonst nichts. Ich hab's mit allen Hunden bei ihr versucht, die ich kriegen konnte, aber nichts war. Blutvergießen hat's jedesmal gegeben, und einen Krawall, so was haben Sie noch nicht gehört. Ich denke, der liebe Gott macht ab und zu mal eine so, weil's ihm eben in den Kram paßt. Mit Weibern ist nicht zu streiten.»

«Ach ja!» sagte Lord Peter.

Schweigend tranken sie ihr Bier.

Wenig später rappelte Mr. Piggin sich aus seinen Betrachtungen heraus und gab eine Geschichte von Miss Whittaker auf der Jagd zum besten. Mr. Cobling krönte sie durch eine zweite. Lord Peter sagte «Aha!», und dann kam Parker und wurde vorgestellt, und Mr. Cobling bat um die Ehre, einen spendieren zu dürfen. Nachdem das Ritual vollzogen war, bat Mr. Piggin die Versammelten, bei einer dritten Runde seine Gäste zu sein, und dann entschuldigte er sich damit, daß er sich um Gäste zu kümmern habe.

Er ging ins Haus, und Lord Peter brachte das Gespräch kunstvoll, wenn auch zum Verzweifeln langsam, wieder auf die Geschichte der Dawsons zurück. Parker – auf dem Barrow-in-Furness-Gymnasium erzogen und im Londoner Polizeidienst weiter am Geiste geschärft – versuchte hin und wieder, das Gespräch durch gezielte Fragen weiterzubringen, was aber jedesmal zur Folge hatte, daß Mr. Cobling den Faden verlor und auf endlos lange Nebengeleise geriet. Wimsey brachte seinen Freund mit einem boshaften Tritt gegen das Schienbein zum Schweigen und lotste dann das Gespräch mit unendlicher Geduld wieder zum eigentlichen Thema zurück.

Nach einer Stunde erklärte Mr. Cobling, seine Frau könne ihnen sicher noch weit mehr über Miss Dawson erzählen als er, und lud sie zu einem Besuch in seinem Häuschen ein. Die Einladung wurde bereitwillig angenommen, und man machte sich auf den Weg, während Mr. Cobling Parker erklärte, daß er nächsten Michaeli schon siebenundachtzig werde, aber noch gut beieinander sei, kräftiger als er aussehe, bis auf das Rheuma, das ihn plage. «Ich will ja nicht sagen, daß ich nicht krumm wäre», sagte Mr. Cobling, «aber das kommt mehr vom Arbeiten mit den Pferden. Hab mein Lebtag richtig mit den Pferden zusammen gelebt.»

«Mach nicht so ein verdrießliches Gesicht, Charles», flüsterte Wimsey ihm ins Ohr. «Das muß der Tee zum Frühstück sein – der frißt die Magenwände an.»

Mrs. Cobling entpuppte sich als eine reizende alte Dame, runzlig wie eine Dörrpflaume und nur zwei Jahre jünger als ihr Gatte. Sie war ganz außer sich vor Freude, daß sie Gelegenheit haben sollte, über ihre heißgeliebte Miss Agatha zu sprechen. Parker, der es für nötig hielt, einen Grund für diese Neugier vorzuschieben, wollte mit einer komplizierten Erklärung anfangen und handelte sich wieder einen Tritt ein. Für Mrs. Cobling konnte es überhaupt nichts Natürlicheres geben, als daß alle Welt sich für die Dawsons interessierte, und so ließ sie sich nicht zweimal bitten und plapperte munter drauflos.

Sie war schon als junges Mädchen bei den Dawsons in Diensten gewesen – sozusagen hineingeboren. Denn war nicht ihre Mutter schon Haushälterin bei Mr. Henry Dawson, Miss Agathas Herrn Papa, gewesen und davor bei dessen Vater? Sie selbst war als kaum Fünfzehnjährige als Kaltmamsell in das große Haus gekommen. Das war, als Miss Harriet gerade drei Jahre alt war – Miss Harriet, die später Mr. James Whittaker heiratete. O ja, und sie war auch dort, als die übrige Familie geboren wurde. Mr. Stephen – der hätte der Erbe sein sollen – ach je! Und dann setzten die Schwierigkeiten ein, und die brachten seinen armen Vater um, und nichts blieb vom Erbe. Ja, ja, eine traurige Geschichte! Der arme Mr. Henry hatte mit irgend etwas spekuliert – womit, das wußte Mrs. Cobling nicht so genau, aber es war alles sehr böse und passierte in London, wo ja so viele schlechte Menschen leben – das Ende vom Lied war jedenfalls, daß er alles verlor, der arme Herr, und er hat's nie verwunden. Erst fünfundvierzig war er, als er starb; so ein feiner, aufrechter Herr, der immer ein freundliches Wort für jeden hatte. Und seine Frau hat ihn auch nicht lange überlebt, das arme Lämmchen. Französin war sie, und eine bezaubernde Dame, aber sie war sehr einsam in England, so ohne ihre Familie, und wo doch ihre zwei Schwestern in so einem schrecklichen katholischen Kloster lebendig eingemauert waren!

«Und was hat Mr. Stephen getan, als das Geld alle war?» fragte Wimsey.

«Der? Ach ja, der hat ein Geschäft aufgemacht – komisch war einem das ja schon, aber von irgendwo hatte ich gehört, daß auch schon der alte Barnabas Dawson, Mr. Henrys Vater, nichts weiter als ein Lebensmittelkaufmann gewesen war – und es heißt ja, es dauert von Hemdsärmel zu Hemdsärmel drei Generationen, nicht wahr? Trotzdem war es sehr hart für Mr. Stephen, wo er doch so aufgewachsen war, daß er immer das Beste von allem hatte. Und verlobt war er auch, mit einer sehr schönen Dame, einer reichen Erbin dazu. Aber es war doch alles zu seinem Besten, denn als sie erfuhr, daß Mr. Stephen jetzt schließlich ein armer Mann war, hat sie ihn fallengelassen, und das zeigt doch schließlich, daß sie überhaupt kein Herz im Leib hatte. Mr. Stephen hat dann erst geheiratet, als er schon über vierzig war, und zwar eine Dame mit überhaupt keiner Familie – keiner rechtmäßigen, heißt das, und dabei war sie so ein liebes, nettes Mädchen und ist Mr. Stephen eine wundervolle Frau gewesen – jawohl, das war sie. Und Mr. John, das war ihr einziger Sohn. Alle Hoffnungen haben sie in ihn gesetzt. Was für ein schrecklicher Tag, als dann die Nachricht kam, daß er im Weltkrieg gefallen war. Eine grausame Geschichte war das, nicht wahr, Sir? – und keiner hat was davon gehabt, soweit ich das sehen kann, immer nur diese schrecklich hohen Steuern und alles so teuer, und so viele Leute ohne Arbeit.»

«Er ist also gefallen? Das muß ja ein furchtbarer Schlag für die Eltern gewesen sein.»

«O ja, Sir, furchtbar. Oh, es war überhaupt alles so schrecklich, Sir, denn der arme Mr. Stephen, der doch schon sein ganzes Leben lang so viel Kummer gehabt hatte, hat darüber den Verstand verloren und sich erschossen. Bei Verstand kann er nämlich nicht gewesen sein, als er das tat, Sir – und was noch schrecklicher war, er hat ja auch seine liebe Frau totgeschossen. Sie erinnern sich vielleicht daran, Sir, denn es hat in der Zeitung gestanden.»

«Ich glaube, ich erinnere mich dunkel», sagte Lord Peter, was zwar nicht stimmte, aber er wollte nicht den Eindruck erwekken, er nehme diese dörfliche Tragödie nicht ernst. «Und der junge John – er war nicht verheiratet, oder?»

«Nein, Sir. Das war ja auch so traurig. Verlobt war er mit einer jungen Dame – einer Krankenschwester in einem der englischen Krankenhäuser, soviel wir wissen, und er hatte gehofft, im nächsten Urlaub nach Hause zu kommen und sie heiraten zu können. In diesen schrecklichen Jahren damals scheint einfach alles miteinander schiefgegangen zu sein.»

Die alte Dame seufzte und fuhr sich über die Augen.

«War denn Mr. Stephen der einzige Sohn?»

«Nein, nicht ganz, Sir. Da waren noch die süßen kleinen Zwillinge. So hübsche Kinder, aber sie haben nur zwei Tage gelebt. Sie waren vier Jahre nach Miss Harriet gekommen – die dann später Mr. James Whittaker geheiratet hat.»

«Ja, natürlich. Auf diese Weise sind die beiden Familien ja zusammengekommen.»

«Ja, Sir. Miss Agatha und Miss Harriet und Miss Clara Whittaker waren alle drei zusammen auf derselben Schule, und Mrs. Whittaker hat die beiden jungen Mädchen eingeladen, ihre Ferien zusammen mit Miss Clara zu verbringen, und da hat sich Mr. James dann in Miss Harriet verliebt. Für meinen Geschmack war sie ja nicht so hübsch wie Miss Agatha, aber lebhafter und flinker war sie – und dann ist Miss Agatha ja sowieso nie fürs Flirten und solche Albernheiten gewesen. Wie oft hat sie zu mir gesagt: ‹Betty›, hat sie gesagt, ‹ich habe die Absicht, eine alte Jungfer zu werden, und Miss Clara will das auch, und wir werden zusammen leben und ohne irgendwelche dummen, langweiligen Männer glücklich werden.› Und wie Sie wissen, Sir, so ist es dann ja auch gekommen, denn wenn Miss Agatha auch noch so still war, ist sie immer sehr entschieden gewesen. Was sie einmal gesagt hatte, davon war sie nicht wieder abzubringen – nicht mit Vernunft, nicht mit Drohungen, nicht mit Verlokkungen – nichts! Ich hab's ja so manches Mal versucht, als sie noch ein Kind war – manchmal habe ich nämlich auch in der Kinderstube ausgeholfen, Sir. Dann ist sie entweder wütend geworden oder hat geschmollt, aber ihr kleines Köpfchen umzustimmen, das ging schon damals nicht.»

Im Geiste sah Wimsey das Bild der kranken, hilflosen alten Frau, die eisern und den Argumenten ihres Anwalts oder den Listen ihrer Nichte zum Trotz an ihren Grundsätzen festhielt. Gewiß eine bemerkenswerte alte Dame auf ihre Art.

«Ich nehme an, die Familie Dawson ist dann also ausgestorben», sagte er.

«O ja, Sir. Jetzt ist nur noch Miss Mary da – und die ist natürlich eine Whittaker. Sie ist Miss Harriets Enkelin und Mr. Charles Whittakers einziges Kind. Sie war auch so ganz allein auf der Welt, als sie dann zu Miss Dawson zog. Mr. Charles und seine Frau waren bei so einem von diesen schrecklichen Autounfällen ums Leben gekommen – es scheint einfach unser Schicksal gewesen zu sein, eine Tragödie nach der andern zu erleben. Wenn man bedenkt, daß Ben und ich sie alle überlebt haben.»

«Kopf hoch, Mutter», sagte Ben, indem er seine Hand auf die ihre legte. «Der liebe Gott ist wunderbar gütig zu uns gewesen.»

«Das stimmt. Drei Söhne haben wir, Sir, und zwei Töchter und vierzehn Enkel und drei Urenkel. Möchten Sie vielleicht mal ihre Bilder sehen, Sir?»

Lord Peter sagte, er wolle sehr gern, und Parker gab zustimmende Laute von sich. Jetzt wurden die Lebensgeschichten aller Kinder mitsamt ihrer Nachkommenschaft mit gebührender Ausführlichkeit erzählt. Sooft sich eine Pause zu ergeben schien, flüsterte Parker hoffnungsvoll in Wimseys Ohr: «Was ist mit Vetter Hallelujah?» Doch ehe die Frage gestellt werden konnte, war man wieder mitten in der endlosen Familienchronik.

«Um Himmels willen, Charles», zischte Peter wütend, als Mrs. Cobling einmal aufgestanden war, um den Schal zu suchen, den ihr Enkel William von den Dardanellen nach Hause geschickt hatte, «laß mich doch mal mit deinem Hallelujah in Ruhe! Sind wir auf einer Erweckungsversammlung?»

Der Schal wurde geziemend bewundert, und dann wandte sich die Unterhaltung fernen Ländern und den Eingeborenen und Schwarzen im allgemeinen zu, worauf Lord Peter beiläufig bemerkte:

«Übrigens, hatte die Familie Dawson nicht auch verwandtschaftliche Bindungen irgendwohin in fremde Länder?»

Doch, doch, meinte Mrs. Cobling in ziemlich schockiertem Ton. Da sei doch dieser Mr. Paul gewesen, Mr. Henrys Bruder. Aber von dem wurde nicht viel gesprochen. Er habe seine Familie furchtbar schockiert. Er sei sogar – und an dieser Stelle erfolgte ein Seufzer, und die Stimme sank – zum *Papst* übergelaufen und Mönch geworden! (Wäre er zum Mörder geworden, es hätte kaum schlimmer sein können.) Mr. Henry habe sich deswegen immer schwere Vorwürfe gemacht.

«Inwiefern war es denn seine Schuld?»

«Nun ja, Sir, Mr. Henrys Frau – meine liebe Herrin, wissen Sie –, die war ja Französin, wie ich schon sagte, Sir, und *sie* war natürlich katholisch. Sie war ja so erzogen und wußte es natürlich nicht besser, und sie war ja noch sehr jung, als sie heiratete. Aber Mr. Henry hat sie bald zu einer Christin gemacht, und sie hat ihren Aberglauben abgelegt und ist in die Gemeindekirche gegangen. Aber Mr. Paul hat sich in eine von ihren Schwestern verliebt, und diese Schwester war dem Glauben geweiht, wie es bei denen heißt, und hat sich in ein Kloster eingeschlossen.» Das habe Mr. Paul das Herz gebrochen, so daß er «zum heidnischen Rom übergelaufen» und – wieder eine Pause und ein erneutes Senken der Stimme – Mönch geworden sei. Das sei eine schreckliche Aufregung gewesen. Und er sei sehr alt geworden – soweit Mrs. Cobling wisse, lebe er immer noch und immer noch in seinem Irrglauben.

«Wenn er noch lebt», flüsterte Parker, «ist er wahrscheinlich der richtige Erbe. Er wäre Agatha Dawsons Onkel und damit ihr nächster Verwandter.»

Wimsey runzelte die Stirn und kam zur Sache zurück.

«Aber es kann nicht Mr. Paul gewesen sein, den ich im Sinn hatte», sagte er, «denn der Verwandte von Miss Agatha Dawson, von dem ich gehört habe, soll ein richtiger Ausländer sein – ein ziemlich dunkelhäutiger Mann sogar – fast schwarz, wie man mir jedenfalls gesagt hat.»

«Schwarz?» rief die alte Frau. «O nein, Sir – das kann nicht sein. Höchstens – lieber Gott, erbarme dich, das kann doch gewiß nicht sein! Ben, denkst du, das könnte möglich sein – der alte Simon, weißt du?»

Ben schüttelte den Kopf. «Von dem habe ich nie viel erzählen hören.»

«Hat auch sonst keiner», entgegnete Mrs. Cobling energisch. «Die Sache ist schon lange her, aber in der Familie *sind* noch

Geschichten über ihn umgegangen. Den ‹schlechten Simon› haben sie ihn genannt. Er ist vor vielen Jahren nach Indien ausgewandert, und keiner weiß, was aus ihm geworden ist. Wäre das nicht vertrackt, was, wenn er dort in dieser Gegend womöglich eine Schwarze geheiratet hätte, und das wäre jetzt sein – großer Gott, es müßte ja schon sein Enkel sein, wenn nicht sogar sein Urenkel, denn er war ja Mr. Henrys Onkel, und das ist schon so lange her.»

Das war enttäuschend. Ein Enkel vom «schlechten Simon» war gewiß ein zu weitläufiger Verwandter, um Mary Whittaker das Erbe streitig zu machen. Dennoch:

«Das ist ja sehr interessant», sagte Wimsey. «War es nun eigentlich Indien oder vielleicht Westindien, wohin er ausgewandert ist?»

Das wußte Mrs. Cobling nicht, aber sie meinte, es habe etwas mit Amerika zu tun.

«So ein Jammer, daß Mr. Probyn nicht mehr in England ist. Der hätte Ihnen mehr über die Familie sagen können als ich. Aber voriges Jahr hat er sich zur Ruhe gesetzt und ist nach Italien oder sonstwohin da unten gezogen.»

«Wer war das?»

«Das war Miss Whittakers Anwalt», sagte Ben, «und er hat natürlich auch Miss Dawsons Angelegenheiten geregelt. Ein netter Herr war er, aber unwahrscheinlich schlau – haha! Der hat nie was hergegeben. Aber so sind nun mal die Rechtsanwälte auf der ganzen Welt», fügte er verschmitzt hinzu. «Nehmen alles und geben nichts.»

«Hat er hier in Crofton gewohnt?»

«Nein, Sir, in Croftover Magna, 20 Kilometer von hier. Sein Büro haben jetzt Pointer und Winkin übernommen, aber das sind zwei junge Männer, über die weiß ich nicht viel.»

Nachdem Wimsey und Parker nun inzwischen alles wußten, was die Coblings ihnen zu erzählen hatten, eisten sie sich nach und nach los und machten sich davon.

«Also, dieser Vetter Hallelujah war ja wohl ein Reinfall», meinte Parker.

«Vielleicht – vielleicht auch nicht. Irgendein Zusammenhang könnte bestehen. Aber auf jeden Fall halte ich den ach so schändlichen und papistischen Mr. Paul für vielversprechender. Der Vogel, den wir jetzt fangen müssen, heißt offenbar Mr. Probyn. Ist dir klar, wer das ist?»

«Der geheimnisvolle Anwalt, nehme ich an.»

«Natürlich ist er das. Er muß wissen, warum Miss Dawson ein Testament hätte machen müssen. Und nun begeben wir uns spornstreichs nach Croftover Magna, um die Gentlemen Pointer und Winkin aufzusuchen und uns anzuhören, was sie uns darüber zu berichten haben.»

Zu ihrem Pech hatten die Gentlemen Pointer und Winkin ihnen überhaupt nichts zu berichten. Miss Dawson hatte Mr. Probyn die Wahrnehmung ihrer Angelegenheiten entzogen und alle Unterlagen ihrem neuen Anwalt übergeben. Die Gentlemen Pointer und Winkin hatten nie auch nur das geringste mit der Familie Dawson zu tun gehabt. Aber sie hatten keine Bedenken, ihnen Mr. Probyns Adresse zu geben – Villa Bianca, Fiesole. Sie bedauerten, Lord Peter Wimsey und Mr. Parker nicht weiter behilflich sein zu können. Guten Morgen.

«Knapp und unfreundlich», kommentierte Seine Lordschaft. «Na schön, na schön – wir gehen jetzt etwas zu Mittag essen und schreiben dann einen Brief an Mr. Probyn und einen zweiten an meinen guten Freund, Bischof Lambert von der Orinoco-Mission, um etwas über Vetter Hallelujah in Erfahrung zu bringen. Immer nur lächeln. Wie Ingoldsby sagt: ‹Die Winde wehn, trara, trara! Die Winde wehn, die Jagd ist da!› Kennst du John Peel? Oder kennst du wenigstens das Land, wo die Zitronen blühn? Nein? Macht auch nichts – dann kannst du dich immer noch darauf freuen, deine Flitterwochen dort zu verbringen.»

Hallelujah

> *Wenn auch unsere Ahnen ganz honette Leute gewesen sein mögen, so möcht' ich doch mit ihnen am allerwenigsten persönlich Bekanntschaft machen.*
>
> Sheridan: Die Nebenbuhler

Seine Exzellenz Bischof Lambert von der Orinoco-Mission war ein ebenso praktischer wie freundlicher Mann. Er kannte Hochwürden Hallelujah Dawson nicht persönlich, meinte aber, er gehöre vielleicht der Tabernakel-Mission an – einer nonkonformistischen Gemeinschaft, die in jenen Teilen der Welt überaus wertvolle Arbeit leiste. Er wolle sich selbst mit der Londoner Zentrale dieser Gemeinschaft in Verbindung setzen und Lord Peter dann Bescheid geben. Zwei Stunden später hatte des Bischofs Sekretär dann auch richtig die Tabernakel-Mission angerufen und die erfreuliche Auskunft erhalten, daß Hochwürden Hallelujah Dawson in England sei und in ihrem Missionshaus in Stepney erreicht werden könne. Er sei ein älterer Pfarrer und lebe in sehr bescheidenen Verhältnissen – soweit der Bischof verstanden habe, handle es sich überhaupt um eine recht traurige Geschichte –, aber nein, ich bitte Sie, überhaupt nichts zu danken, des Bischofs armseliger Sklave, der Sekretär, habe die ganze Arbeit gemacht. Sehr erfreut, von Lord Peter zu hören – wie es ihm denn so gehe? Haha! Und wann werde er noch einmal kommen und mit dem Bischof dinieren?

Lord Peter holte sofort Parker ab und raste mit ihm zur Tabernakel-Mission, vor dessen trister, düsterer Fassade «Mrs. Merdle» mit ihrer schwarzen Karosserie und dem eleganten, kupfernen Auspuff gewaltiges Aufsehen erregte. Noch ehe Wimsey an der Tür geläutet hatte, versammelte sich das ganze junge Gemüse aus der Nachbarschaft um den Wagen und übte Hornsoli. Als Parker ihnen Prügel androhte und sie nebenbei darüber aufklärte, daß er Polizist sei, kreischten sie vor Vergnügen, faßten sich bei den Händen und tanzten, angeführt von einem etwa zwölfjährigen Gör, um ihn herum Ringelreihen. Parker machte ein paar verzweifelte Ausbruchsversuche, aber dann öffnete der Kreis sich nur, um sich unter grölendem Gesang und Gelächter gleich wieder zu schließen. In diesem Augenblick ging die Tür zur Mission auf und enthüllte das würdelose Schauspiel den Blicken eines hoch aufgeschossenen jungen Mannes mit Brille, der mißbilligend einen langen Finger schüttelte und rief: «Aber Kinder, Kinder!», ohne die mindeste Wirkung zu erzielen, womit er aber auch keineswegs gerechnet zu haben schien.

Lord Peter trug ihm sein Anliegen vor.

«Oh, treten Sie doch bitte näher», sagte der junge Mann, einen Finger in einem theologischen Buch. «Ich fürchte, Ihr Freund – äh – es ist eine ziemlich laute Gegend hier.»

Parker, der sich endlich von seinen Peinigern befreit hatte, nahte unter Drohungen und Verwünschungen, die der Feind lediglich mit einem höhnischen Hupkonzert beantwortete.

«Die hupen mir noch die Batterie leer», meinte Wimsey.

«Gegen diese kleinen Teufel ist einfach nichts zu machen», knurrte Parker.

«Warum behandelst du sie nicht einfach wie Menschen?» erwiderte Wimsey. «Kinder sind Wesen mit den gleichen Leidenschaften wie Politiker oder Bankiers. Komm mal her, Esmeralda!» rief er und winkte der Anführerin.

Das Gör streckte ihm nur die Zunge heraus und machte eine unschickliche Gebärde, als es aber die Münze in der ausgestreckten Hand blitzen sah, kam es angesprungen und baute sich herausfordernd vor ihnen auf.

«Schau mal her», sagte Wimsey. «Hier ist eine halbe Krone – du weißt ja, das sind dreißig Pennies. Kannst du die brauchen?»

Das Kind bewies sogleich seine Zugehörigkeit zum Menschengeschlecht. Der Anblick von Reichtum schüchterte es ein, so daß es stumm vor ihnen stand und den einen staubigen Schuh am Strumpf des anderen Beines rieb.

«Du siehst aus», fuhr Lord Peter fort, «als ob du deine jungen Freunde durchaus in Schach halten könntest, wenn du nur willst. Du scheinst mir überhaupt ein charakterstarkes Mädchen zu sein. Also, wenn du es schaffst, daß sie die Finger von meinem Wagen lassen, solange ich im Haus bin, bekommst du diese halbe Krone, verstanden? Wenn du sie aber an die Hupe ranläßt, höre ich es. Und jedesmal, wenn ich die Hupe höre, verlierst du einen Penny, klar? Wenn es also sechsmal hupt, bekommst du nur zwei Shilling. Und wenn ich es dreißigmal hupen höre, bekommst du überhaupt nichts mehr. Ab und zu werde ich auch aus dem Fenster sehen, und wenn dann jemand am Wagen herumfummelt oder darinsitzt, kriegst du auch nichts. Habe ich mich klar ausgedrückt?»

«Ja. Ich paß für 'ne halbe Krone auf Ihre Karre auf. Und für jedes Hupen knapsen Sie mir 'n Roten davon ab.»

«Richtig.»

«Geht in Ordnung, Mister. Ich geb acht, daß keiner drangeht.»

«Braves Mädchen. Also, Sir.»

Der bebrillte junge Mann führte sie in einen düsteren Warteraum, der an einen Bahnhof erinnerte und mit alttestamentarischen Bildern vollgehängt war.

«Ich werde Mr. Dawson sagen, daß Sie hier sind», sagte er und verschwand mit seinem theologischen Band fest in den Händen.

Bald vernahm man schlurfende Schritte auf dem Kokosboden, und Wimsey und Parker wappneten sich, dem schurkischen Erbanwärter zu begegnen.

Doch als die Tür aufging, trat lediglich ein ältlicher Westinder ein, dessen Äußeres so demütig und unaufdringlich war, daß den beiden Detektiven das Herz bis in die Stiefel sank. Etwas weniger Mörderisches konnte man sich kaum vorstellen, wie er so vor einem stand und nervös durch die Stahlrandbrille blinzelte, deren Rahmen schon einmal gebrochen und mit einem Stück Schnur repariert worden war.

Hochwürden Hallelujah Dawson war unbestreitbar ein dunkelhäutiger Mann. Er hatte die angenehmen, adlerhaften Züge und die olivbraune Haut des Polynesiers. Sein Haar war spärlich und angegraut – nicht wollig, aber stark gekräuselt. Die gebeugten Schultern steckten in einem abgewetzten Priesterrock. Er rollte die schwarzen, an den Rändern etwas gelblichen und leicht vorstehenden Augen, und sein liebenswürdiges Lächeln war offen und frei.

«Sie haben nach mir gefragt?» begann er in perfektem Englisch mit nur leichtem Eingeborenentonfall. «Ich habe doch wohl nicht das Vergnügen –?»

«Guten Tag, Mr. Dawson. Ja, wir – äh – treiben gewisse Nachforschungen in Verbindung mit der Familie Dawson aus Crofton in Warwickshire, und man hat uns gesagt, Sie könnten uns womöglich weiterhelfen, was die Verbindungen nach Westindien betrifft – wenn Sie so freundlich sein wollen.»

«Ach so, ja!» Der alte Mann richtete sich ein wenig auf. «Ich selbst bin – sozusagen – ein Abkömmling dieser Familie. Möchten Sie sich nicht setzen?»

«Danke. Das haben wir uns übrigens schon gedacht.»

«Sie kommen nicht von Miss Whittaker?»

Sein Ton war irgendwie drängend und doch abwehrend. Wimsey, der nicht so recht wußte, was dahintersteckte, entschied sich für ein vorsichtiges Taktieren. «O nein. Wir sind – wir arbeiten an einer Abhandlung über alte ländliche Familien. Grabstein und Genealogien und dergleichen.»

«Aha! – nun ja – ich hatte vielleicht gehofft –» Seine sanfte Stimme klang in einem Seufzer aus. «Aber ich würde mich auf jeden Fall freuen, Ihnen helfen zu können.»

«Nun, zur Zeit beschäftigt uns folgende Frage: Was wurde aus Simon Dawson? Wir wissen, daß er seine Familie verlassen hat und nach Westindien ausgewandert ist, und zwar um siebzehn –»

«Achtzehnhundertzehn», verbesserte der Alte erstaunlich prompt. «Ja, er war als junger Bursche von sechzehn Jahren in Schwierigkeiten geraten. Er hatte sich mit schlechten Menschen eingelassen, die älter waren als er selbst, und dadurch hat er sich in eine schlimme Geschichte hineinziehen lassen. Es hatte mit Glücksspiel zu tun, und ein Mann wurde dabei getötet. Nicht im Duell – das wäre in der damaligen Zeit nicht als ehrenrührig empfunden worden – obwohl ja Gewalt stets eine Sünde wider den Herrn ist –, aber dieser Mann wurde meuchlings umgebracht, und Simon Dawson und seine Freunde entzogen sich der Gerechtigkeit durch die Flucht. Simon ist dann einer Preßpatrouille in die Hände gefallen und zur See gegangen. Fünfzehn Jahre hat er gedient, dann wurde er von einem französischen Freibeuter gefangengenommen. Später ist er entkommen und hat sich – um die lange Geschichte abzukürzen – unter falschem Namen bis nach Trinidad durchgeschlagen. Dort waren ein paar Engländer freundlich zu ihm und haben ihn auf ihrer Zuckerplantage arbeiten lassen. Er hat sich dort gut gemacht, und zum Schluß besaß er seine eigene kleine Plantage.»

«Unter welchem Namen hat er dort gelebt?»

«Harkaway. Ich nehme an, er hatte Angst, daß man ihn als desertierten Matrosen ergreifen würde, wenn er unter seinem richtigen Namen aufträte. Sicherlich hätte er sein Entkommen melden müssen. Jedenfalls hat er das Landleben geliebt und war's zufrieden, dort zu bleiben. Ich glaube nicht, daß er Lust hatte, nach Hause zurückzukehren, nicht einmal, um sein Erbe anzutreten. Und dann war ja da auch noch die Geschichte mit dem Mord – obwohl ich annehmen möchte, daß man ihn deswegen nicht behelligt hätte, wo man doch sah, daß er zu der fraglichen Zeit noch so jung gewesen war und die schreckliche Tat auch gar nicht selbst begangen hatte.»

«Sein Erbe? War er denn der älteste Sohn?»

«Das nicht. Aber Barnabas, der älteste, war bei Waterloo gefallen und hatte keine Familie hinterlassen. Und Roger, der zweite Sohn, war als Kind an den Blattern gestorben. Simon war der drittälteste Sohn.»

«Dann hat also der vierte Sohn den Besitz übernommen?»

«Ja, Frederick. Er war Henry Dawsons Vater. Man hat natürlich zu erfahren versucht, was aus Simon geworden war, aber Sie können sich gewiß denken, wie schwierig es zu dieser Zeit war, in fernen Ländern Erkundigungen einzuziehen, und Simon war ja völlig von der Bildfläche verschwunden. So mußte er also übergangen werden.»

«Und was ist aus Simons Kindern geworden?» fragte Parker. «Hat er überhaupt welche gehabt?»

Der Kleriker nickte, und ein tiefes Erröten erschien unter seiner dunklen Haut.

«Ich bin sein Enkel», sagte er schlicht. «Darum bin ich ja auch nach England gekommen. Als mich der Herr dazu berief, bei meinem eigenen Volk seine Lämmer zu weiden, lebte ich noch in recht guten Verhältnissen. Ich besaß eine kleine Zuckerplantage, die ich von meinem Vater geerbt hatte, und ich hatte geheiratet und war sehr glücklich. Aber dann kamen schlechte Zeiten – die Zuckerernte fiel nicht gut aus, und unsere kleine Herde wurde kleiner und ärmer und konnte ihren Hirten nicht mehr so unterstützen. Außerdem wurde ich allmählich zu alt und gebrechlich, um noch meine Arbeit zu tun – dazu habe ich auch noch eine kranke Frau, und der Herr hat uns mit vielen Töchtern gesegnet, für die wir sorgen mußten. Ich befand mich in großer Not. Und dann fielen mir ein paar alte Familienpapiere in die Hände, die meinem Großvater Simon gehört hatten. Aus ihnen erfuhr ich, daß sein Name nicht Harkaway, sondern Dawson gewesen war, und da dachte ich mir, vielleicht habe ich noch eine Familie in England, und Gott deckt mir doch noch seine Tafel in der Wüste. Als dann die Zeit kam, einen Repräsentanten heim zu unserer Londoner Zentrale zu schicken, habe ich folglich darum gebeten, mein Amt dort drüben niederlegen und nach England heimkehren zu dürfen.»

«Haben Sie hier mit jemandem Verbindung aufgenommen?»

«Ja. Ich bin nach Crofton gefahren – das war in den Papieren meines Großvaters erwähnt – und habe dort in der nächsten Stadt einen Anwalt aufgesucht – einen Mr. Probyn aus Croftover. Kennen Sie ihn?»

«Ich habe von ihm gehört.»

«Ja. Er war sehr freundlich, und es hat ihn sehr interessiert, mich zu sehen. Er hat mir auch die Ahnentafel meiner Familie gezeigt, aus der hervorgeht, daß mein Großvater das Anwesen hätte erben müssen.»

«Aber das Anwesen war inzwischen verlorengegangen, nicht wahr?»

«Ja. Und außerdem – als ich ihm die Heiratsurkunde meiner Großmutter zeigte, da – da hat er mir gesagt, das sei gar keine Heiratsurkunde. Ich fürchte, Simon Dawson war ein arger Sünder. Er hat sich meine Großmutter ins Haus geholt – viele Pflanzer haben sich farbige Frauen genommen – und ihr ein Papier in die Hand gedrückt, das angeblich eine vom Gouverneur des Landes unterschriebene Heiratsurkunde war. Als Mr. Probyn sie sich aber näher ansah, stellte er fest, daß alles nur Schwindel war, denn ein Gouverneur dieses Namens hat nie existiert. Für mich als Christ war das natürlich ein herber Schlag – aber da vom Erbe sowieso nichts mehr da war, hat es uns eigentlich nicht soviel ausgemacht.»

«Das war aber wirklich Pech», sagte Lord Peter mitfühlend.

«Ich habe mich in Demut damit abgefunden», sagte der alte Polynesier mit einer würdevollen Verbeugung. «Mr. Probyn war überdies so freundlich, mir einen Brief an Miss Agatha Dawson, die einzige Überlebende unserer Familie, mitzugeben, um mich ihr vorzustellen.»

«Ja, sie hat in Leahampton gewohnt.»

«Sie hat mich überaus reizend empfangen, und als ich ihr sagte, wer ich bin – natürlich in dem Bewußtsein, daß ich nicht die mindesten Ansprüche gegen sie hatte –, war sie so nett, mir eine Zuwendung von 100 Pfund jährlich zu machen, die sie bis zu ihrem Tod bezahlt hat.»

«Haben Sie sie nur dieses eine Mal gesehen?»

«Ja. Ich wollte ihr ja nicht lästig werden. Es konnte ihr nicht sehr angenehm sein, einen Verwandten mit meiner Hautfarbe ständig bei sich zu Hause zu haben», sagte Hochwürden Hallelujah mit einer Art stolzer Demut. «Aber sie hat mich zum Essen eingeladen und sich sehr freundlich mit mir unterhalten.»

«Und – verzeihen Sie mir die Frage, die Sie hoffentlich nicht unverschämt finden – aber zahlt Miss Whittaker Ihnen die Zuwendung weiter?»

«Hm, nein – ich – vielleicht sollte ich es gar nicht von ihr erwarten, aber an unseren Verhältnissen würde es schon sehr viel ändern. Und eigentlich hatte Miss Dawson mir Hoffnung gemacht, daß sie weitergezahlt würde. Sie hat mir gesagt, sie könne sich gar nicht mit dem Gedanken anfreunden, ein Testament zu machen, aber sie hat gesagt: ‹Es ist ja auch nicht nötig, Vetter Hallelujah, denn Mary bekommt mein ganzes Geld, wenn ich nicht mehr bin, und dann kann sie die Zuwendung in meinem Namen weiterzahlen.› Aber vielleicht hat Miss Whittaker das Geld dann doch nicht bekommen.»

«O doch, sie hat. Sehr merkwürdig. Vielleicht hat sie es vergessen?»

«Ich habe mir die Freiheit genommen, ihr nach dem Tod ihrer Tante ein paar Worte des geistlichen Trostes zu schreiben. Vielleicht hat ihr das nicht gefallen. Ich habe natürlich nicht wieder geschrieben. Aber ich wehre mich dagegen, zu glauben, ihr Herz habe sich gegenüber den Unglücklichen verhärtet. Es gibt gewiß eine Erklärung.»

«Sicherlich», sagte Lord Peter. «Ich bin Ihnen jedenfalls sehr dankbar für Ihre freundliche Hilfe. Damit wäre die Sache mit Simon und seiner Nachkommenschaft ziemlich geklärt. Ich notiere mir nur noch rasch die Namen und Daten, wenn Sie gestatten.»

«Aber natürlich. Ich hole Ihnen die Skizze, die Mr. Probyn freundlicherweise für mich angefertigt hat. Auf der können Sie unsere ganze Familie sehen. Entschuldigen Sie mich kurz.»

Im Handumdrehen kam er mit einem nach juristischem Formblatt aussehenden blauen Blatt Papier wieder, auf dem säuberlich eine Ahnentafel aufgezeichnet war.

Wimsey notierte sich die Einzelheiten, soweit sie Simon Dawson, seinen Sohn Bosun und Enkel Hallelujah betrafen. Plötzlich zeigte er mit dem Finger auf eine Eintragung weiter unten.

«Sieh mal, Charles», sagte er. «Da ist ja unser Pater Paul – der böse Bube, der katholisch wurde und ins Kloster ging.»

«Tatsächlich. Aber – er ist tot, Peter – gestorben 1922, drei Jahre vor Agatha Dawson.»

«Nun ja, dann müssen wir ihn eben streichen. Solche kleinen Rückschläge kommen vor.»

Sie vollendeten ihre Notizen, und nachdem sie sich von Hochwürden Hallelujah verabschiedet hatten, traten sie nach draußen, wo «Mrs. Merdle» von Esmeralda tapfer gegen alle Angreifer verteidigt wurde. Lord Peter überreichte ihr die halbe Krone und nahm von ihr den Wagen in Empfang.

«Je mehr ich über Miss Whittaker zu hören bekomme», sagte er, «desto weniger mag ich sie. Sie hätte doch wenigstens dem armen alten Vetter Hallelujah seine 100 Pfund geben können.»

«Ein raffgieriges Weib», pflichtete Parker ihm bei. «Jedenfalls ist Pater Paul aber tot und ausgeschieden, und Vetter Hallelujah ist illegitimen Ursprungs. Somit hat es mit dem lange verschollen gewesenen Erben aus Übersee ein Ende.»

«Verdammt und zugenäht!» rief Wimsey, wobei er die Hände vom Lenkrad nahm und sich zu Parkers großem Entsetzen am Kopf kratzte. «Das kommt mir doch irgendwie bekannt vor. Wo zum Kuckuck habe ich denn diese Worte nur schon einmal gehört?»

14
Juristische Spitzfindigkeiten

> *Tat ohne Vorbild aber ist zu fürchten*
> *In ihrem Ausgang.*
> König Heinrich VIII.

«Murbles kommt heute abend zum Essen, Charles», sagte Wimsey. «Ich fände es gut, wenn du auch kommen und deinen Hunger mit uns stillen könntest. Ich möchte ihm nämlich diese ganze Familiengeschichte unterbreiten.»

«Wo eßt ihr denn?»

«Ach, nur bei mir. Ich habe die Restaurants über. Bunter versteht ein schönes englisches Steak zu machen, und dazu gibt's junge Erbsen, Kartoffeln und echt englischen Spargel. Gerald hat ihn mir extra aus Denver geschickt. Zu kaufen kriegt man ihn nicht. Komm doch. Nach altenglischer Sitte, verstehst du, und dazu eine Flasche ‹Ho Byron›, wie Pepys dazu sagen würde. Wird dir bestimmt gut tun.»

Parker nahm die Einladung an. Ihm fiel aber auf, daß Wimsey selbst bei seinem Lieblingsthema, dem Essen, irgendwie geistesabwesend war. Etwas schien ihn sehr zu beschäftigen, und selbst als Murbles kam und seinen verhaltenen Juristenhumor spielen ließ, hörte Wimsey ihm zwar überaus höflich, aber doch nur mit halber Aufmerksamkeit zu.

Sie waren mit dem Essen halb fertig, als Wimsey aus heiterem Himmel plötzlich die Faust auf den Mahagonitisch krachen ließ, daß sogar Bunter erschrak und beim Zusammenzucken von dem guten Haut Brion verschüttete und einen knallroten Fleck aufs Tischtuch machte.

«Ich hab's», sagte Lord Peter.

Bunter bat Seine Lordschaft mit schreckgedämpfter Stimme um Verzeihung.

«Murbles», sagte Wimsey, ohne Bunter zu beachten, «gibt es nicht ein neues Erbrecht?»

«Doch, ja», sagte Murbles ziemlich überrascht. Er war mitten in einer Anekdote von einem jungen Anwalt und einem jüdischen Pfandleiher unterbrochen worden und fühlte sich ein wenig pikiert.

«Wußte ich doch, daß ich diesen Satz schon irgendwo gelesen hatte – du weißt ja, Charles –, daß es mit dem lange verschollen gewesenen Erben aus Übersee ein Ende haben solle. Das hat vor ein paar Jahren mal in irgendeiner Zeitung gestanden, und zwar handelte es sich dabei um das neue Erbrecht. Natürlich hat es darin auch geheißen, was für ein Schlag das für romantische Romanschreiber sei. Werden durch das Gesetz nicht die Erbansprüche entfernter Verwandter ausgeschaltet, Murbles?»

«In gewissem Sinne ja», antwortete der Jurist. «Natürlich nicht im Falle unveräußerlichen Grundbesitzes – dafür gelten eigene Regeln. Aber ich nehme an, Sie sprechen von normalem persönlichem Besitz oder veräußerlichem Grundbesitz.»

«Genau – was geschieht jetzt damit, wenn der Eigentümer stirbt, ohne ein Testament gemacht zu haben?»

«Das ist eine ziemlich komplizierte Angelegenheit», begann Murbles.

«Nun, passen Sie mal auf. Zuerst – bevor dieses komische Gesetz verabschiedet wurde, bekam doch der nächste lebende Verwandte alles – ganz gleich, ob er nur ein Vetter siebten Grades in fünfzehnter Linie war, stimmt's?»

«Im allgemeinen ist das richtig. Wenn noch ein Ehegatte da war –»

«Lassen wir die Ehegatten mal beiseite. Nehmen wir an, die Person war unverheiratet und hatte keine lebenden nahen Verwandten. Dann ginge das Erbe –»

«An den nächsten Verwandten, wer das auch immer war, sofern er oder sie ermittelt werden konnte.»

«Selbst wenn man bis zu Wilhelm dem Eroberer zurück graben mußte, um die Verwandtschaft nachzuweisen?»

«Immer vorausgesetzt, man konnte die Ahnenreihe so weit in die Vergangenheit zurückverfolgen», antwortete Murbles. «Es ist natürlich in höchstem Maße unwahrscheinlich –»

«Ja, ja, ich weiß. Aber was geschieht denn jetzt in so einem Fall?»

«Das neue Recht vereinfacht die Erbregelung bei Fehlen eines Testaments sehr», sagte Murbles, indem er Messer und Gabel zusammenlegte, beide Ellbogen auf den Tisch pflanzte und den rechten Zeigefinger aufzählend auf den linken Daumen legte.

«Darauf gehe ich jede Wette ein», unterbrach ihn Wimsey.

«Ich kenne diese Gesetze, mit denen etwas vereinfacht werden soll. Die Leute, die sie verfaßt haben, verstehen sie selbst nicht, und die Bedeutung jedes Paragraphen muß erst in einem langen Prozeß geklärt werden. Aber fahren Sie nur fort.»

«Nach dem neuen Recht», nahm Mr. Murbles den Faden wieder auf, «geht die Hälfte des Besitzes zum Nießbrauch an Ehemann oder Ehefrau, sofern noch am Leben, ansonsten zu gleichen Teilen an die Kinder. Sind aber weder Ehegatte noch Kinder da, so erben Vater oder Mutter des Verstorbenen. Wenn beide Eltern tot sind, geht alles an die zur Zeit noch lebenden leiblichen Geschwister beziehungsweise, wenn eines der Geschwister vor dem Erblasser gestorben ist, an dessen Nachkommenschaft. Falls keine Geschwister des –»

«Halt, halt! Weiter brauchen Sie nicht zu gehen. Sind Sie sich dessen absolut sicher? Das Erbe fällt an die Nachkommen der Geschwister?»

«Ja. Das heißt, wenn Sie selbst sterben, ohne ein Testament gemacht zu haben, und Ihr Bruder Gerald und Ihre Schwester Mary sind bereits tot, dann wird Ihr Geld zu gleichen Teilen unter Ihren Nichten und Neffen aufgeteilt.»

«Gut. Aber nehmen wir an, die sind auch schon alle tot – könnte ja sein, daß ich so unverschämt lange lebe, bis von mir nur noch Großneffen und Großnichten übrig sind – würden sie mich dann beerben?»

«Was denn – ja doch, das will ich doch meinen», sagte Mr. Murbles, jetzt allerdings etwas weniger sicher. «Doch, das glaube ich schon.»

«Natürlich erben sie», sagte Parker ein wenig ungeduldig. «Wenn es doch im Gesetz heißt, die Nachkommenschaft eventuell bereits verstorbener Geschwister.»

«Ha! Aber jetzt bitte nicht voreilig werden», stürzte Mr. Murbles sich gleich auf ihn. «Für den Laien mag das Wort ‹Nachkommenschaft› vielleicht ganz eindeutig sein. Aber juristisch –» Mr. Murbles, der bis zu diesem Augenblick den rechten Zeigefinger auf dem linken Ringfinger liegen gehabt hatte, um auf die Erbansprüche eventueller Halbgeschwister abzuheben, legte jetzt die linke Hand auf den Tisch und schüttelte den rechten Zeigefinger warnend in Parkers Richtung – «*juristisch* kann dieses Wort zwei oder sogar noch mehr Bedeutungen haben, je nachdem, in welchem Zusammenhang es auftaucht und von welchem Datum das fragliche Dokument ist.»

«Aber nach dem neuen Recht –» drängte Lord Peter.

«Ich bin nicht direkt Spezialist für Erbrecht», sagte Mr. Murbles, «und möchte mich da in der Interpretation nicht festlegen, um so weniger, als vor Gericht bis zum gegenwärtigen Zeitpunkt die Frage der Nachkommen noch nicht vorgekommen ist – haha! sollte gar kein Wortspiel werden, haha! Aber nach meinem ersten, vorsichtigen Urteil, das Sie jedoch nicht ohne Bestätigung durch eine gewichtigere Autorität übernehmen sollten, bedeutet Nachkommenschaft in diesem Falle – *glaube* ich – Nachkommenschaft *ad infinitum,* wonach die Großneffen und Großnichten also erbberechtigt wären.»

«Aber darüber könnten die Meinungen auseinandergehen?»

«Ja – die Frage ist eben sehr kompliziert –»

«Was habe ich gesagt?» stöhnte Peter. «*Wußte* ich doch, daß dieses Vereinfachungsgesetz nur ein heilloses Durcheinander schaffen würde.»

«Darf ich einmal fragen», erkundigte sich Murbles, «wofür Sie das alles eigentlich wissen wollen?»

«Nun ja, Sir», sagte Wimsey, indem er aus seiner Brieftasche die Ahnentafel der Familie Dawson nahm, die Hallelujah Dawson ihm gegeben hatte, «es geht um das hier. Wir haben von Mary Whittaker immer als von Agatha Dawsons Nichte gesprochen; so wurde sie immer genannt, und sie selbst spricht von der alten Dame als von ihrer Tante. Wenn man sich das hier aber ansieht, stellt man fest, daß sie in Wirklichkeit nur die Großnichte ist; sie ist die Enkelin von Agathas Schwester Harriet.»

«Ganz recht», sagte Murbles. «Trotzdem war sie offenbar die nächste lebende Anverwandte, und da Agatha Dawson 1925 gestorben ist, mußte ihr Geld nach dem alten Erbrecht fraglos an Mary Whittaker fallen. Daran gibt es nichts zu deuten.»

«Nein», sagte Wimsey. «Nicht das mindeste, und darum geht's ja. Aber –»

«Mein Gott!» rief Parker dazwischen. «Jetzt verstehe ich, worauf du hinauswillst. Wann ist das neue Erbrecht in Kraft getreten, Sir?»

«Im Januar 1926», antwortete Mr. Murbles.

«Und Miss Dawson ist – ziemlich unerwartet, wie wir wissen – im November 1925 gestorben», fuhr Peter fort. «Wenn sie aber weitergelebt hätte, wie ihr Arzt es eigentlich erwartet hatte, sagen wir bis Februar oder März 1926 – sind Sie ganz sicher, Sir, daß Mary Whittaker sie dann auch beerbt hätte?»

Mr. Murbles öffnete den Mund, um zu antworten – und schloß ihn wieder. Ganz langsam rieb er seine Hände aneinander. Er nahm die Brille ab und setzte sie sich fester auf die Nase.

«Sie haben vollkommen recht, Lord Peter», sagte er mit feierlicher Stimme. «Das ist eine sehr ernste und wichtige Frage. Viel zu wichtig, als daß ich jetzt ein Urteil darüber abgeben sollte. Wenn ich Sie richtig verstanden habe, meinen Sie, daß jede Zweideutigkeit im neuen Erbrecht für eine interessierte Partei ein ausreichendes Motiv gewesen sein könnte, den Tod der Agatha Dawson zu beschleunigen?»

«Genau das meine ich. Wenn natürlich die Großnichte sowieso erbt, hätte die alte Dame ebensogut unter dem neuen wie unter dem alten Erbrecht sterben können. Aber wenn es daran irgendwelche Zweifel gab – wie verlockend, ihr beim Sterben ein wenig nachzuhelfen, damit sie noch 1925 das Zeitliche segnete, nicht wahr? Besonders, wo sie ohnehin nicht mehr lange zu leben hatte und keine anderen Verwandten dadurch übervorteilt wurden.»

«Da fällt mir etwas ein», meldete sich Parker. «Angenommen, die Großnichte hat keine Erbansprüche, wohin geht dann das Geld?»

«Dann fällt es an das Herzogtum Lancaster – oder anders ausgedrückt an die Krone.»

«Also an niemand Bestimmten», sagte Wimsey. «Wirklich und wahrhaftig, ich kann es beim besten Willen nicht als ein großes Verbrechen ansehen, eine arme alte Frau, die schrecklich zu leiden hat, ein bißchen vor der Zeit sterben zu lassen, um an das Geld zu kommen, das sie einem sowieso vermachen wollte. Teufel auch, warum soll es das Herzogtum Lancaster bekommen? Wen kümmert das Herzogtum Lancaster? Das ist doch dann nichts Schlimmeres als Steuerbetrug.»

«Ethisch gesehen», bemerkte Mr. Murbles, «könnte tatsächlich einiges für Ihren Standpunkt sprechen. Juristisch gesehen muß ich leider sagen, Mord ist Mord, wie gebrechlich auch immer das Opfer und wie vorteilhaft das Ergebnis auch sein mag.»

«Und Agatha Dawson wollte noch nicht sterben», fügte Parker hinzu. «Das hat sie immer gesagt.»

«Stimmt», sagte Wimsey nachdenklich. «Und ich glaube, sie hatte da wohl ein Wörtchen mitzureden.»

«Ich finde», sagte Mr. Murbles, «wir sollten, bevor wir diese Fragen weiter vertiefen, die Meinung eines Spezialisten auf diesem Rechtsgebiet hören. Vielleicht ist Towkington zu Hause. Ich wüßte keine größere Kapazität als ihn zu nennen. Und wenn ich diese neumodische Erfindung namens Telefon auch noch so sehr verabscheue, in diesem Falle würde ich es für ratsam halten, ihn anzurufen.»

Wie sich zeigte, war Mr. Towkington zu Hause und hatte Zeit für sie. Man setzte ihm den Fall mit der Großnichte am Telefon auseinander. Mr. Towkington fühlte sich ohne seine Nachschlagwerke ein wenig überfordert, aber wenn er aus dem Stegreif antworten sollte, würde er es schon für sehr wahrscheinlich halten, daß Großnichten nach dem neuen Erbrecht von der Erbfolge ausgeschlossen seien. Aber es sei eine sehr interessante Frage, und er bekäme gern Gelegenheit, seine Ansichten zu erhärten. Ob Mr. Murbles nicht herüberkommen und den Fall mit ihm diskutieren möchte? Mr. Murbles erklärte ihm, er sitze gerade mit zwei Freunden beim Abendessen, die sich für die Frage interessieren. Ob dann die beiden Freunde nicht gleich mit zu Mr. Towkington kommen wollten?

«Towkington hat einen ganz ausgezeichneten Portwein», flüsterte Mr. Murbles zur Seite, die Hand vorsichtig auf der Sprechmuschel.

«Dann sollten wir hingehen und ihn probieren», meinte Wimsey gutgelaunt.

«Wir brauchen nur bis nach Gray's Inn», fuhr Mr. Murbles fort.

«Um so besser», sagte Lord Peter.

Bei ihrer Ankunft vor Mr. Towkingtons Gemächern fanden sie die Außentür gastlich unverschlossen, und sie hatten kaum angeklopft, da riß Mr. Towkington schon persönlich die Wohnungstür auf und begrüßte sie mit lauter, herzlicher Stimme. Er war ein großer, vierschrötiger Mann mit blühendem Gesicht und rauher Kehle. Vor Gericht war er berühmt für sein «Na bitte», das er stets voranstellte, bevor er einen hartnäckigen Zeugen in ganz kleine Knoten knüpfte, um sie dann mit brillanten Argumenten einzeln durchzuhauen. Er kannte Wimsey vom Sehen und äußerte sich entzückt, Inspektor Parker kennenzulernen; dann scheuchte er seine Gäste leutselig polternd ins Wohnzimmer.

«Ich habe mich mit dieser kleinen Frage etwas näher befaßt, während Sie unterwegs waren», sagte er. «Schwierig, schwierig, wie? Ha! Ganz erstaunlich, daß die Leute beim Formulieren von

Gesetzen nicht sagen können, was sie meinen, was? Ha! Was meinen Sie, Lord Peter, warum das so ist, he? Na bitte!»

«Ich nehme an, weil Gesetze von Juristen formuliert werden», meinte Wimsey grinsend.

«Um sich selbst Arbeit zu verschaffen, wie? Ich sage, recht haben Sie. Auch Rechtsanwälte müssen leben, was? Ha! Sehr gut. Also, Murbles, jetzt schildern Sie den Fall noch einmal, aber etwas genauer bitte, wenn es Ihnen nichts ausmacht.»

Mr. Murbles erklärte den Fall noch einmal. Er legte die Ahnentafel vor und wies auf den Punkt hin, der ein eventuelles Mordmotiv darstellte.

«Aha!» rief Mr. Towkington überaus vergnügt. «Das ist gut – sehr gut – Ihre Idee, Lord Peter? Sehr scharfsinnig. Viel zu scharfsinnig. Auf der Anklagebank im Old Bailey sitzen lauter Leute, die viel zu scharfsinnig sind. Ha! Mit Ihnen wird es demnächst ein schlimmes Ende nehmen, junger Mann. Wie? Ja – also, Murbles, die Frage dreht sich um die Interpretation des Wortes Nachkommenschaft – das haben Sie begriffen, wie? Ha! Ja. Und nun scheinen *Sie* also der Ansicht zu sein, es bedeute Nachkommenschaft *ad infinitum*. Wie kommen Sie denn bloß darauf, wie? Na bitte!»

«Ich habe nicht gesagt, daß ich das glaube», widersprach Mr. Murbles vorsichtig. «Ich habe gesagt, daß ich es für möglich halte. Die allgemeine Absicht des Gesetzes scheint doch die zu sein, entfernte Verwandte, bei denen der gemeinsame Vorfahr weiter zurückliegt als die Großeltern, vom Erbe auszuschließen – aber doch nicht die Nachkommenschaft der Geschwister.»

«Absicht?» fuhr Mr. Towkington auf. «Ich muß mich über Sie wundern, Murbles! Das Gesetz hat nichts mit guten Absichten zu tun. Was *besagt* das Gesetz? Es heißt: ‹An die leiblichen Geschwister und deren Nachkommen.› Und nun würde ich in Ermangelung einer neuen Definition sagen, daß hier das Wort so ausgelegt werden muß, wie es vor dem Gesetz bei Fehlen eines Testaments ausgelegt wurde – jedenfalls insoweit, als es sich auf persönlichen Besitz bezieht, was ja bei dem vorliegenden Problem der Fall ist, wenn ich recht verstehe, wie?»

«Ja», sagte Murbles.

«Dann wüßte ich also nicht, wie Sie und Ihre Großnichte einen Fuß auf den Boden bekommen sollten – na bitte!»

«Entschuldigen Sie», sagte Wimsey, «wenn es Ihnen nichts ausmacht – ich weiß, daß Laien furchtbar lästige Ignoranten sind –, aber wenn Sie die Güte haben und uns bitte erklären möchten, *was* dieses heimtückische Wort nun bedeutet oder einmal bedeutet hat – wissen Sie, das würde uns sehr helfen.»

«Ha! Also, das ist so», begann Mr. Towkington gnädig. «Bis 1837 –»

«Königin Victoria, ich weiß», sagte Peter verstehend.

«Ganz recht. Also, bis zu Victorias Thronbesteigung hatte das Wort ‹Nachkommenschaft› noch keine juristische Bedeutung – nicht die allermindeste juristische Bedeutung.»

«Sie setzen mich in Erstaunen!»

«Sie lassen sich zu leicht in Erstaunen setzen», sagte Mr. Towkington. «Viele Wörter haben keine juristische Bedeutung. Andere haben eine juristische Bedeutung, die sehr von ihrer sonstigen Bedeutung abweicht. Nehmen wir das Wort ‹Schlafmütze› – ein harmloses Kleidungsstück, aber wenn Sie einen Richter so nennen, ist es eine strafbare Verunglimpfung, haha! Ich rate Ihnen dringend, einen Richter nie Schlafmütze zu nennen. Dann gibt es wieder Wörter, die in der Umgangssprache überhaupt nichts bedeuten, aber juristisch eine Bedeutung haben können. Zum Beispiel könnte ich zu einem jungen Mann wie Ihnen sagen: ‹Sie möchten also den oder jenen Besitz dem oder dem vermachen.› Und Sie würden ziemlich sicher antworten: ‹Ja, unbedingt› – was gar nichts weiter zu bedeuten hat. Wenn Sie aber in Ihr Testament schreiben: ‹Ich hinterlasse dem Soundso dies oder das *unbedingt*›, dann hat das Wörtchen ‹unbedingt› eine ganz bestimmte juristische Bedeutung, die Ihr Legat in einer bestimmten Weise qualifiziert und sich sogar sehr unangenehm auswirken kann, indem es Folgen hat, die von Ihren eigentlichen Absichten weit entfernt sind. Ha! Verstanden?»

«Völlig.»

«Sehr schön. Also, bis 1837 bedeutete das Wort ‹Nachkommenschaft› überhaupt nichts. Ein Vermächtnis an ‹A und seine Nachkommenschaft› gab nur dem A ein lebenslanges Besitzrecht. Ha! Aber das wurde durch das Testamentsgesetz von 1837 geändert.»

«Soweit es ein Testament betraf», warf Mr. Murbles ein.

«Genau. Ab 1837 bedeutete ‹Nachkommenschaft› in einem Testament also ‹leibliche Nachfahren› – das heißt, Nachkommenschaft *ad infinitum*. Bei einer Schenkung dagegen behielt das Wort ‹Nachkommenschaft› seine alte Bedeutung – beziehungsweise Bedeutungslosigkeit, wie? Ha! Können Sie folgen?»

«Ja», sagte Mr. Murbles, «und bei der Vererbung persönlichen Besitzes ohne Testament –»

«Darauf komme ich gleich», sagte Mr. Towkington.

«– bedeutete ‹Nachkommenschaft› weiterhin ‹leibliche Nachfahren›, und so blieb es bis 1926.»

«Halt!» rief Mr. Towkington. «Nachkommenschaft des Kindes oder der Kinder des Verstorbenen bedeutete gewiß ‹Nachkommenschaft *ad infinitum*› – aber – Nachkommenschaft anderer Personen als der Kinder des Verstorbenen schloß nur die Kinder dieser Personen ein, nicht aber weitere Nachkommen. *Das* blieb allerdings so bis 1926. Und da das neue Gesetz nichts Gegenteiliges feststellt, müssen wir annehmen, daß diese Bedeutung weiter gültig ist. Ha! Na bitte! Im vorliegenden Falle stellen wir also fest, daß die Erbanwärterin *nicht* das Kind der Verstorbenen und auch nicht das Kind der Schwester der Verstorbenen ist. Sie ist nur die Enkelin der verstorbenen Schwester der Verstorbenen. Folglich bin ich der Meinung, daß sie nach dem neuen Gesetz das Erbe nicht hätte antreten können, wie? Ha!»

«Ich verstehe, was Sie meinen», sagte Mr. Murbles.

«Darüber hinaus», fuhr Mr. Towkington fort, «bedeutet ‹Nachkommenschaft› in einem Testament seit 1926 nicht mehr ‹Nachkommenschaft *ad infinitum*›. Das ist zumindest klar zum Ausdruck gebracht, und in diesem Punkt wurde das Testamentsgesetz von 1837 revidiert. Das hat zwar für unsere Frage keine Bedeutung. Aber es könnte ein Hinweis darauf sein, wie sich das Gesetz heute interpretieren ließe, und möglicherweise könnte es das Gericht bei der Entscheidung darüber beeinflussen, wie das Wort ‹Nachkommenschaft› im Sinne des neuen Gesetzes anzuwenden ist.»

«Nun ja», sagte Mr. Murbles, «ich beuge mich Ihrem überlegenen Wissen.»

«Auf jeden Fall», mischte Parker sich ein, «würde jede Ungewißheit in dieser Frage ein ebenso gutes Mordmotiv abgeben wie die sichere Gewißheit, von der Erbfolge ausgeschlossen zu sein. Wenn Mary Whittaker auch nur *glaubte,* sie könne das Geld verlieren, falls ihre Tante bis ins Jahr 1926 hinein überlebte, könnte das für sie eine unwiderstehliche Versuchung gewesen sein, sie ein wenig früher aus dem Weg zu räumen, um auf Nummer Sicher zu gehen.»

«Das ist allerdings richtig», sagte Mr. Murbles.

«Schlau, sehr schlau, Ha!» fügte Mr. Towkington hinzu.

«Aber wie Sie wissen, beruht diese ganze Theorie von Ihnen auf der Annahme, daß Mary Whittaker über das neue Gesetz und seine möglichen Konsequenzen bereits im Oktober 1925 Bescheid gewußt hat, wie? Ha!»

«Es gibt keinen Grund, das Gegenteil anzunehmen», sagte Wimsey. «Ich erinnere mich, schon ein paar Monate früher einen Artikel darüber gelesen zu haben, ich glaube im *Evening Banner* – also etwa um die Zeit, als das Gesetz gerade in der zweiten Lesung war. Dadurch bin ich überhaupt erst darauf gekommen – den ganzen Abend habe ich mich nämlich zu erinnern versucht, wo ich die Wendung vom ‹Ende des lange verschollen gewesenen Erben› schon einmal gehört hatte. Mary Whittaker kann diesen Artikel doch auch gelesen haben.»

«Nun, in diesem Fall hätte sie sich aber mit Sicherheit beraten lassen», sagte Mr. Murbles. «Wer ist denn für gewöhnlich ihr Anwalt?»

Wimsey schüttelte den Kopf.

«Ich glaube nicht, daß sie den gefragt hätte», wandte er ein. «Jedenfalls nicht, wenn sie klug war. Sehen Sie, wenn sie ihn gefragt und von ihm die Antwort bekommen hätte, sie werde ihr Geld wahrscheinlich verlieren, wenn Miss Dawson kein Testament mache oder nicht vor Januar 1926 verscheide, wären doch dem Rechtsanwalt sicher Zweifel gekommen, wenn daraufhin die alte Dame ziemlich unerwartet im Oktober 1925 gestorben wäre. Sie sehen, das wäre zu gefährlich gewesen. Ich nehme eher an, daß sie zu einem Fremden gegangen ist und sich unter falschem Namen ganz unschuldig erkundigt hat.»

«Wahrscheinlich», sagte Mr. Towkington. «Sie legen ein bemerkenswertes kriminelles Talent an den Tag, mein Lieber, wie?»

«Nun, wenn ich es auf so etwas anlegte, würde ich entsprechende Vorsichtsmaßnahmen ergreifen», antwortete Wimsey. «Es ist natürlich wunderschön, was für dämliche Sachen die Mörder manchmal so machen, aber von Miss Whittakers Intelligenz habe ich die allerhöchste Meinung. Ich wette, sie hat ihre Spuren sehr schön getarnt.»

«Meinst du nicht, Mr. Probyn könnte das Problem erwähnt haben?» meinte Parker. «Damals, als er dort war, um Miss Dawson zu einem Testament zu bewegen.»

«Das glaube ich *nicht*», entgegnete Wimsey mit Nachdruck. «Aber ich bin ziemlich sicher, daß er versucht hat, es der alten

Dame selbst zu erklären, nur hatte sie solche Angst vor dem bloßen Gedanken an ein Testament, daß sie ihn gar nicht erst hat zu Wort kommen lassen. Aber ich denke, der alte Probyn war zu gefuchst, um einer Erbin auf die Nase zu binden, daß sie die Taler nur bekommen konnte, wenn sie dafür sorgte, daß ihre Tante vor Inkrafttreten des neuen Gesetzes aus dem Leben schied. Würden *Sie* das jemandem sagen, Mr. Towkington?»

«Nicht einmal, wenn ich's wüßte», meinte der Anwalt grinsend.

«Es wäre höchst unratsam», pflichtete Murbles ihm bei.

«Jedenfalls können wir das leicht feststellen», sagte Wimsey. «Probyn ist in Italien. Ich hatte eigentlich selbst vor, ihm zu schreiben, aber vielleicht sollten Sie das lieber machen, Murbles. Inzwischen werden Charles und ich uns überlegen, wie wir eventuell feststellen können, wer Miss Whittaker denn nun in dieser Angelegenheit aufgeklärt hat.»

«Du vergißt hoffentlich nicht», bemerkte Parker trocken, «daß man zu einem Mord das dazu gehörige Motiv gewöhnlich erst dann ergründet, wenn man sich zunächst vergewissert hat, daß überhaupt ein Mord begangen wurde. Bisher wissen wir lediglich, daß zwei qualifizierte Ärzte nach einer sehr sorgfältigen Autopsie übereinstimmend festgestellt haben, daß Miss Dawson eines natürlichen Todes gestorben sei.»

«Sag doch nicht immer wieder dasselbe, Charles. Das langweilt mich so. Du bist wie Poes Rabe, rührt sich nimmer, sitzt noch immer, sitzt noch immer, bis man ihm am liebsten die blasse Pallasbüste nachschmeißen möchte, um seine Ruhe zu haben. Warte, bis ich mein epochemachendes Werk erst veröffentlicht habe: *Das Mörder-Vademecum oder 101 Arten einen plötzlichen Tod herbeizuführen*. Dann wirst du sehen, daß mit mir nicht gut Kirschen essen ist.»

«Ja, schon gut!» stöhnte Parker.

Am nächsten Tag aber suchte er den Chef von Scotland Yard auf und teilte ihm mit, daß er den Fall Dawson jetzt doch ernst zu nehmen geneigt sei.

Sankt Peters Versuchung

> *Pierrot: «Scaramel, ich fühle mich versucht.»*
> *Scaramel: «Gib der Versuchung stets nach.»*
> L. Housman: Prunella

Als Parker aus dem Zimmer seines Vorgesetzten kam, fing ein Beamter ihn ab.

«Sie wurden von einer Dame am Telefon verlangt», sagte er. «Ich habe ihr gesagt, sie möchte um halb elf wieder anrufen. Das ist gleich soweit.»

«Der Name?»

«Eine Mrs. Forrest. Worum es geht, wollte sie nicht sagen.»

Seltsam, dachte Parker. Seine Ermittlungen in dieser Sache waren so unergiebig gewesen, daß Mrs. Forrest für ihn aus dem Fall Gotobed schon so gut wie ausgeschieden war – er hatte sie nur noch sozusagen in einer Schublade seines Gedächtnisses abgelegt, um später auf sie zurückzukommen. Voll Unbehagen fiel ihm ein, daß sie womöglich das Abhandenkommen eines ihrer Gläser bemerkt hatte und ihn dienstlich anrief. Mitten aus diesen Überlegungen heraus wurde er ans Telefon gerufen, um Mrs. Forrests Anruf entgegenzunehmen.

«Ist dort Kriminalinspektor Parker? – Entschuldigen Sie bitte die Störung, aber könnten Sie mir vielleicht Mr. Templetons Adresse geben?»

«Templeton?» fragte Parker, momentan nicht ganz im Bilde.

«Hieß er denn nicht Templeton – der Herr, der mit Ihnen bei mir war?»

«Ach ja, natürlich – bitte entschuldigen Sie – ich – das war mir einfach entfallen. Äh – Sie möchten seine Adresse haben?»

«Ich habe Neuigkeiten für ihn, über die er sich wahrscheinlich freuen wird.»

«Aha. Aber Sie können auch mit mir ganz offen sprechen, Mrs. Forrest.»

«Nicht *ganz* offen», schnurrte die Stimme am anderen Ende der Leitung, «denn Sie sind ja immerhin eine Amtsperson. Ich würde lieber an Mr. Templeton persönlich schreiben und es ihm überlassen, sich mit Ihnen auseinanderzusetzen.»

«Verstehe.» Parkers Gehirn arbeitete schnell. Es konnte unangenehm werden, wenn Mrs. Forrest an «Mr. Templeton, 110A Piccadilly» schrieb. Womöglich wurde der Brief nicht zugestellt. Oder wenn es der Dame einfallen sollte, ihn zu besuchen, um festzustellen, daß ein Mr. Templeton dem Hausmeister nicht bekannt war, bekam sie es womöglich mit der Angst und behielt ihre kostbaren Informationen für sich.

«Ich weiß nicht», sagte Parker, «ob ich Ihnen Mr. Templetons Adresse geben darf, ohne ihn erst zu fragen. Aber Sie könnten ihn ja anrufen –»

«O ja, das ginge auch. Steht er im Telefonbuch?»

«Nein – aber ich kann Ihnen seine Privatnummer geben.»

«Vielen Dank. Verzeihen Sie nochmals die Störung.»

«Keine Ursache.» Und er nannte ihr Lord Peters Nummer. Sowie er aufgelegt hatte, wartete er nur eine Sekunde, dann verlangte er die Nummer selbst.

«Aufgepaßt, Wimsey», sagte er. «Ich hatte eben einen Anruf von Mrs. Forrest. Sie wollte dir schreiben, aber ich habe ihr deine Adresse nicht nennen wollen und ihr statt dessen deine Telefonnummer gegeben. Wenn sie also anruft und nach Mr. Templeton fragt, weißt du bitte, wer du bist, ja?»

«Klar wie dicke Tinte. Was nur die schöne Dame will?»

«Vielleicht ist ihr eingefallen, daß sie uns eine bessere Geschichte hätte erzählen können, und jetzt will sie dir ein paar Ergänzungen und Verbesserungen andrehen.»

«Dann verrät sie sich wahrscheinlich. Die erste Rohfassung ist meist viel überzeugender als das ausgefeilte Endprodukt.»

«Ganz recht. Ich habe nichts aus ihr herausbekommen.»

«Klar. Wahrscheinlich hat sie noch einmal darüber nachgedacht und es ein bißchen ungewöhnlich gefunden, daß Scotland Yard sich mit dem Aufspüren entlaufener Ehemänner abgibt. Sie nimmt an, daß irgendwo was im Busch ist, und mich hält sie für den dummen Trottel, den sie in Abwesenheit des amtlichen Zerberus schön ausquetschen kann.»

«So wird es sein. Aber mit so etwas wirst du ja fertig. Ich mache mich mal auf die Sache nach diesem Rechtsanwalt.»

«Da hast du dir aber allerhand vorgenommen.»

«Nun ja, ich habe so eine Idee, die vielleicht klappt. Wenn ich etwas herausbekomme, gebe ich dir Bescheid.»

Mrs. Forrest rief erwartungsgemäß etwa zwanzig Minuten später an. Sie habe es sich anders überlegt. Ob Mr. Templeton sie nicht heute abend besuchen kommen könne – so gegen neun, wäre das recht? Sie habe sich die Sache noch einmal durch den Kopf gehen lassen und wolle ihre Informationen doch lieber nicht schriftlich aus der Hand geben.

Mr. Templeton versicherte ihr, er werde mit dem größten Vergnügen kommen. Er habe nichts anderes vor. Nein, es komme ihm überhaupt nicht ungelegen. Mrs. Forrest brauche sich deswegen gar nicht zu bedanken.

Ob Mr. Templeton so überaus nett sein könnte, niemandem etwas von seinem Besuch bei ihr zu sagen? Mr. Forrest und seine Schnüffler seien unentwegt auf dem Posten, um Mrs. Forrest in Schwierigkeiten zu bringen, und die rechtskräftige Scheidung sei doch erst in einem Monat zu erwarten. Schereien mit dem Staatsanwalt würden sich auf jeden Fall verheerend für sie auswirken. Am besten solle Mr. Templeton mit der U-Bahn bis zur Bond Street fahren und dann zu Fuß zu ihrer Wohnung kommen, damit kein Auto draußen vor der Tür herumstehe oder ein Taxifahrer sich genötigt sehe, etwas gegen Mrs. Forrest auszusagen.

Mr. Templeton versprach ihr ritterlich, diese Anweisungen genau zu befolgen.

Mrs. Forrest sei ihm dafür sehr verbunden und erwarte ihn also um neun.

«Bunter!»

«Mylord?»

«Ich gehe heute abend aus. Da man mich gebeten hat, nicht zu sagen, wohin, sage ich es auch nicht. Andererseits habe ich das dumpfe Gefühl, daß es vielleicht unklug wäre, so einfach auf jede Verbindung zur Mitwelt zu verzichten. Es könnte einem ja was zustoßen, vielleicht bekommt man einen Schlaganfall, nicht wahr? Ich hinterlasse also die Adresse in einem verschlossenen Umschlag. Sollte ich vor morgen früh nicht wieder auftauchen, fühle ich mich an kein Versprechen mehr gebunden. Klar?»

«Sehr wohl, Mylord.»

«Und falls ich bei dieser Adresse nicht zu finden bin, wird es vielleicht nicht schaden, einmal im Eppingforst oder Wimbledonpark nachzusehen.»

«Ganz recht, Mylord.»

«Übrigens, Sie haben doch diese Fingerabdrücke fotografiert, die ich vor einiger Zeit mitgebracht habe?»
«Selbstverständlich, Mylord.»
«Mr. Parker wird sie nämlich demnächst vielleicht haben wollen, um ein paar Ermittlungen anzustellen.»
«Verstehe vollkommen, Mylord.»
«Das hat aber mit meinem Besuch von heute abend nichts zu tun, verstanden?»
«Natürlich nicht, Mylord.»
«Und nun bringen Sie mir mal den Katalog von Christie's. Ich werde dort einer Auktion beiwohnen und zum Lunch in den Club gehen.»

Und damit verdrängte Lord Peter für eine Weile die Verbrecherwelt aus seinen Gedanken und richtete seine intellektuellen und finanziellen Fähigkeiten auf das Ziel, einen Händlerring zu überbieten und aufzubrechen, eine Aufgabe, die für seinen boshaften Charakter wie geschaffen war.

Lord Peter erfüllte gewissenhaft alle ihm gemachten Auflagen und erreichte den Wohnblock in der South Audley Street zu Fuß. Wie beim erstenmal öffnete Mrs. Forrest persönlich die Wohnungstür. Erstaunlich, dachte er, daß eine offenbar so gutsituierte Frau weder Mädchen noch eine Gesellschafterin hat. Aber eine Anstandsdame, überlegte er dann, konnte zwar gut gegen gewisse Verdächtigungen sein, sich andererseits jedoch als bestechlich erweisen. Alles in allem verfolgte Mrs. Forrest ein sehr vernünftiges Prinzip: Keine Mitwisser. So mancher Übeltäter, überlegte er,

hat sich, dieses nicht bedacht,
leichtfertig an den Strick gebracht.

Mrs. Forrest entschuldigte sich artig für die Ungelegenheiten, die sie Mr. Templeton bereitet habe.

«Aber ich weiß eben nie, ob ich nicht vielleicht bespitzelt werde», sagte sie. «Die reine Bosheit ist das, wissen Sie. Wenn ich bedenke, wie sich mein Mann mir gegenüber verhalten hat, finde ich es einfach ungeheuerlich – Sie nicht?»

Ihr Gast pflichtete ihr bei, daß Mr. Forrest bestimmt ein Ungeheuer sei – im stillen jedoch mit dem jesuitischen Vorbehalt, daß es sich bei dem Ungeheuer vielleicht nur um ein Fabeltier handelte.

«Und jetzt werden Sie wissen wollen, weshalb ich Sie hierhergelockt habe», fuhr die Dame fort. «Kommen Sie, machen Sie es sich auf dem Sofa bequem. Möchten Sie Whisky oder Kaffee?»

«Kaffee, bitte.»

«Es ist nämlich so», sagte Mrs. Forrest, «seit Sie hier waren, ist mir ein Gedanke gekommen. Ich – wissen Sie, wo ich doch selbst lange genug in einer solchen Situation gesteckt habe –» hier ein leises Lachen – «hat mir die Frau Ihres Freundes ja *soo* leid getan.»

«Sylvia», half Lord Peter mit lobenswertem Eifer nach. «Ach ja. Schrecklich reizbar und so, aber vielleicht nicht ohne Grund. Doch doch, schon. Armes Ding. Hört förmlich das Gras wachsen – übersensibel – ein Nervenbündel, Sie verstehen.»

«Vollkommen.» Mrs. Forrest nickte mit ihrem malerisch beturbanten Kopf. Bis zu den Augenbrauen hinunter mit Goldlamé umwickelt und mit den beiden halbmondförmigen gelben Locken auf den Wangenknochen wirkte sie in ihrem exotisch bestickten Hausanzug wie ein junger Prinz aus Tausendundeiner Nacht. Ihre dick beringten Hände hantierten mit den Kaffeetassen.

«Also – ich hatte nämlich das Gefühl, daß Ihre Erkundigungen doch wirklich ernster Natur waren, und wenn ich auch, wie gesagt, nichts damit zu tun habe, interessiert hat die Sache mich doch, und deshalb habe ich sie in einem Brief an meinen – meinen Freund erwähnt, Sie verstehen, der an diesem Abend bei mir war.»

«Aha», sagte Wimsey und nahm ihr die Tasse aus der Hand. «Ja – äh – das war sehr – es war sehr nett von Ihnen, sich so dafür zu interessieren.»

«Er – dieser Freund – hält sich zur Zeit im Ausland auf. Mein Brief mußte ihm nachgeschickt werden, deshalb habe ich die Antwort erst heute bekommen.»

Mrs. Forrest trank ein paar Schlückchen Kaffee, wie um ihr Gedächtnis zu klären.

«Sein Brief hat mich ziemlich überrascht. Er erinnert mich daran, wie er nach dem Essen das Zimmer so beengt fand und das Wohnzimmerfenster geöffnet hat – dieses dort –, das auf die South Audley Street hinausschaut. Ihm ist dabei ein Wagen aufgefallen, der dort stand – eine kleine Limousine, schwarz oder dunkelblau oder in einer ähnlichen Farbe. Und während er so vor sich hin sah – wie man eben so gedankenverloren etwas anschaut, Sie wissen schon –, da hat er einen Mann und eine Frau hier aus dem Haus kommen sehen – nicht aus dieser Tür hier, sondern zwei Eingänge weiter links –, die dann in den Wagen stiegen und wegfuhren. Der Mann war im Abendanzug, und er meint, das könnte vielleicht Ihr Freund gewesen sein.»

Lord Peter hielt mit der Kaffeetasse vor den Lippen inne und horchte gespannt auf.

«War die Frau im Abendkleid?»

«Nein – das ist meinem Freund ganz besonders aufgefallen. Sie trug nur ein schlichtes dunkles Kostüm und hatte einen Hut auf.»

Lord Peter versuchte sich so gut wie möglich zu erinnern, was Bertha Gotobed angehabt hatte. Sollte er hier endlich einen wirklichen Hinweis bekommen?

«D-das ist sehr interessant», stotterte er. «Ihr Freund hat die Kleidung der Frau wohl nicht näher beschreiben können?»

«Nein», antwortete Mrs. Forrest bedauernd, «aber er schreibt, der Mann habe den Arm um das Mädchen liegen gehabt, so als ob sie müde oder unwohl gewesen wäre, und er hat ihn sogar sagen hören: ‹Richtig so – die frische Luft wird dir guttun.› Aber Sie trinken ja Ihren Kaffee gar nicht.»

«Bitte um Verzeihung –» Wimsey riß sich mit Gewalt zusammen. «Ich – ich habe geträumt – zwei und zwei zusammengezählt, könnte man sagen. Dann war er also doch die ganze Zeit hier – dieser Schlaufuchs. Ach ja, der Kaffee. Haben Sie was dagegen, wenn ich den hier fortschütte und mir welchen ohne Zucker nehme?»

«Ach, das tut mir leid. Ich bilde mir immer ein, alle Männer trinken den Kaffee schwarz und süß. Geben Sie her – ich gieße ihn weg.»

«Wenn Sie gestatten.» Wimsey stand rasch auf. Es war kein Ausguß in der Nähe, und so goß er den Kaffee in den Blumenkasten vor dem Fenster. «So geht's auch. Und Sie selbst, auch noch eine Tasse?»

«Nein, danke – ich sollte lieber keinen mehr trinken, er hält mich so wach.»

«Nur ein Schlückchen.»

«Na schön, wenn Sie wollen.» Sie füllte beide Tassen und trank schweigend. «Wissen Sie – eigentlich ist das schon alles. Ich dachte eben nur, ich sollte es Ihnen vielleicht lieber sagen.»

«Das war sehr lieb von Ihnen», sagte Wimsey.

Sie saßen noch eine Weile und unterhielten sich – über das Theaterprogramm («Ich gehe sehr wenig aus, wissen Sie, unter solchen Umständen begibt man sich lieber nicht ins Rampenlicht») und Bücher («Ich verehre Michael Arlen»). Ob sie schon *Verliebte junge Männer* gelesen habe? Nein – aber sie habe es in der Bibliothek bestellt. Möchte Mr. Templeton nicht etwas essen oder trinken? Wirklich nicht? Einen Cognac? Likör?

Danke, nein, und außerdem fand Mr. Templeton, er müsse sich allmählich wieder davonmachen.

«Nein – gehen Sie noch nicht – ich fühle mich an diesen langen Abenden immer so einsam.»

In ihrer Stimme lag so etwas verzweifelt Flehentliches, daß Lord Peter sich wieder hinsetzte.

Sie begann ihm eine unzusammenhängende und ziemlich wirre Geschichte über ihren «Freund» zu erzählen. Sie habe ja so viel aufgegeben für ihren Freund, und nun, da ihre Scheidung wirklich bevorstehe, habe sie das schreckliche Gefühl, er sei am Ende nicht mehr so zärtlich wie früher. Er sei sehr schwierig für eine Frau, und das Leben sei doch so hart.

Und so weiter.

Die Minuten vergingen, und Lord Peter bemerkte voll Unbehagen, daß sie ihn beobachtete. Die Worte sprudelten aus ihr heraus – hastig, aber leblos, wie auswendig gelernt, doch ihr Blick war lauernd wie bei einem, der etwas erwartet. Etwas Erschreckendes, wie es ihm vorkam, was sie aber zu bekommen fest entschlossen war. Der Blick erinnerte ihn an einen Mann, der operiert werden soll – schon ganz darauf eingestellt, er weiß, daß es zu seinem Besten ist, und doch fürchtet er sich mit jeder Faser davor.

Er führte seinerseits die alberne Unterhaltung fort, aber hinter dem Sperrfeuer von Belanglosigkeiten huschten seine Gedanken hin und her, sondierten die Zielrichtung, schätzten die Entfernung...

Plötzlich begriff er, was sie vorhatte – hilflos, ungeschickt wie gegen ihren eigenen Willen, versuchte sie ihn zu verführen.

Den Umstand selbst fand Wimsey nicht weiter merkwürdig. Er war reich genug, wohlerzogen genug, anziehend und weltgewandt genug, um in seinen 37 Lebensjahren schon manch ähnliche Einladung erhalten zu haben. Und nicht immer waren es erfahrene Frauen. Es waren welche darunter, die ihrerseits Erfahrung suchten, und eben auch solche, von denen man etwas lernen konnte. Aber dieser derart unbeholfene Annäherungsversuch von seiten einer Frau, die nach eigenem Bekunden bereits einen Ehemann nebst Liebhaber besaß, war ein Phänomen außerhalb seines bisherigen Erfahrungsbereichs.

Obendrein hatte er das dumme Gefühl, die Sache werde unerfreulich. Mrs. Forrest war ja eine durchaus attraktive Frau, aber für ihn besaß sie nicht den mindesten Reiz. Trotz ihrem ganzen Make-up und dem etwas ausgefallenen Kostüm kam sie ihm doch mehr wie eine alte Jungfer vor – fast sogar geschlechtslos. Schon bei ihrer ersten Begegnung hatte ihn das verwirrt. Parker – ein junger Mann von strenger Tugend und begrenzter Welterfahrung – besaß für solche Ausstrahlungen keine Antenne, aber Wimsey war sie schon damals als ein im Grunde ungeschlechtliches Wesen vorgekommen. Und jetzt empfand er das sogar noch stärker. Noch nie war er einer Frau begegnet, der «das große Es», von Mrs. Elinor Glyn so wortreich besungen, derart vollkommen fehlte.

Sie lehnte jetzt ihre bloße Schulter an ihn und machte weiße Puderflecke auf seinen schwarzen Anzug.

Erpressung war das erste, was ihm als Erklärung in den Sinn kam. Als nächstes würde der legendäre Mr. Forrest oder jemand in seiner Vertretung plötzlich vor der Tür stehen, glühend vor Zorn und empörten Empfindungen.

Eine hübsche kleine Falle, dachte Wimsey, um laut hinzuzufügen: «Ich muß jetzt aber wirklich gehen.»

Sie packte ihn am Arm. «Gehen Sie nicht.»

Es lag nichts Liebkosendes in der Berührung – nur so etwas wie Verzweiflung.

Er dachte: Wenn das wirklich eine Angewohnheit von ihr wäre, würde sie's besser machen.

«Wirklich», sagte er, «wenn ich noch länger bliebe, würde es für Sie gefährlich.»

«Darauf lasse ich es ankommen», sagte sie.

Eine leidenschaftliche Frau hätte das leidenschaftlich gesagt. Oder mit fröhlichem Trotz. Oder herausfordernd. Oder verführerisch. Oder geheimnisvoll.

Sie sagte es wild entschlossen. Ihre Finger gruben sich in seinen Arm.

Ach, hol's der Kuckuck, dann lasse *ich* es jetzt darauf ankommen, dachte Wimsey. Ich will und muß wissen, was da eigentlich los ist.

«Arme kleine Frau.» Er versuchte in seine Stimme den heiseren, verspielten Klang zu legen wie jemand, der sich anschickt, einen liebestollen Narren aus sich zu machen.

Er fühlte ihren Körper erstarren, als er den Arm um sie legte, doch sie gab einen leisen Seufzer der Erleichterung von sich.

Plötzlich zog er sie heftig an sich und küßte sie mit geübter, übertriebener Leidenschaftlichkeit auf den Mund.

Dann wußte er Bescheid. Niemand, dem dergleichen je widerfahren ist, kann dieses erschrockene Schaudern verkennen, den unkontrollierbaren Widerwillen des Fleisches gegen eine ihm ekelhafte Liebkosung. Im ersten Augenblick hatte er sogar das Gefühl, sie müsse sich gleich übergeben.

Er ließ sie behutsam los und richtete sich auf – in seinem Kopf drehte es sich, aber er triumphierte. Sein erster Instinkt war doch wieder einmal richtig gewesen.

«Das war sehr ungezogen von mir», sagte er unbekümmert. «Sie haben mich um den Verstand gebracht. Aber Sie verzeihen es mir, ja?»

Sie nickte verzagt.

«Und jetzt muß ich mich wirklich auf die Socken machen. Es wird schrecklich spät und so. Wo ist mein Hut? Ach ja, in der Diele. Also, auf Wiedersehen, Mrs. Forrest, und geben Sie gut auf sich acht. Haben Sie nochmals herzlichen Dank, daß Sie mir erzählt haben, was Ihr Freund gesehen hat.»

«Sie wollen also wirklich gehen?»

Sie sagte es in einem Ton, als gebe sie alle Hoffnung auf.

Um Himmels willen, dachte Wimsey, was will sie eigentlich? Hat sie den Verdacht, daß Mr. Templeton nicht ganz derjenige ist, für den er sich ausgibt? Will sie, daß ich die Nacht bei ihr verbringe, damit sie einen Blick auf das Wäschezeichen in meinem Hemd werfen kann? Soll ich sie vielleicht aus dieser peinlichen Situation retten, indem ich ihr plötzlich Lord Peter Wimseys Visitenkarte überreiche?

Sein Gehirn spielte mit diesem leichtsinnigen Gedanken, während er brabbelnd die Tür erreichte. Sie ließ ihn ohne weitere Worte gehen.

In der Diele drehte er sich noch einmal um und sah sie an. Sie stand mitten im Zimmer und schaute ihm nach, und in ihrem Gesicht stand ein solches Inferno von Angst und Wut, daß ihm das Blut in den Adern gerann.

Ein gußeisernes Alibi

O Sammy, Sammy, warum habt ihr kein Alibi?
Dickens: Die Pickwickier

Miss Whittaker und die jüngste Miss Findlater waren von ihrer Expedition zurück. Miss Climpson als getreuer Spürhund hatte gemäß Lord Peters brieflichen Instruktionen, die sie wie einen Talisman in der Rocktasche trug, die jüngste Miss Findlater zum Tee gebeten.

Im Grunde hatte Miss Climpson sogar ein echtes Interesse an dem Mädchen entwickelt. Alberne Schwärmereien und Gefühlsergüsse sowie das papageienhafte Nachleiern des modernen Pennälerwortschatzes waren Symptome, die sie als erfahrene Jungfer sehr wohl verstand. Ihrer Meinung nach waren das Anzeichen für ein echtes Unglücklichsein, eine tiefe Unzufriedenheit mit der Enge des Lebens in einer ländlichen Kleinstadt. Darüber hinaus war Miss Climpson sicher, daß Vera Findlater sich von der hübschen Mary Whittaker so richtig «einseifen» ließ, wie sie es im stillen nannte. Es wäre ein Segen für das Mädchen, dachte Miss Climpson, wenn es eine ernsthafte Zuneigung zu einem jungen Mann fassen könnte. Für ein Schulmädchen mochte Schwärmerei ja etwas ganz Natürliches sein – bei einer jungen Frau von zweiundzwanzig aber war es durchaus unerwünscht. Und diese Whittaker leistete dem natürlich Vorschub. Es gefiel ihr, wenn jemand sie so bewunderte und für sie das Laufmädchen spielte. Und am liebsten sollte das irgend so ein Dummchen sein, das ihr keine Konkurrenz machte. Wenn Mary Whittaker je heiraten sollte, würde sie gewiß ein Karnickel heiraten. (Miss Climpsons lebhafte Phantasie entwarf rasch ein Bild von diesem Karnickel – blond, mit Bauchansatz und der Angewohnheit, immer «ich will mal meine Frau fragen» zu sagen. Miss Climpson verstand nicht, warum es nur der Vorsehung gefiel, solche Männer zu erschaffen. Männer hatten für Miss Climpson gebieterisch zu sein, auch wenn sie böse oder dumm waren. Sie war zur Jungfer gemacht, nicht geboren – eine ganz und gar frauliche Frau.)

Aber, dachte Miss Climpson, Mary Whittaker ist nicht die Sorte, die heiratet. Sie ist ihrer ganzen Natur nach eine berufstätige Frau. Im übrigen hat sie ja einen Beruf, nur daß sie nicht wieder darin arbeiten möchte. Wahrscheinlich erfordert die Krankenpflege zuviel Anteilnahme – und man ist den Ärzten unterstellt. Da zieht eine Mary Whittaker es doch eher vor, dem Leben von Hühnern zu gebieten. «Ja, besser ist's, Herr der Hölle zu sein, als Sklav' im Himmel.» Mein Gott! Ob es nicht unchristlich ist, einen Mitmenschen mit Satan zu vergleichen? Nur in der Dichtung natürlich – da ist es wohl nicht so schlimm, würde ich sagen. Auf jeden Fall bin ich sicher, daß Mary Whittaker kein guter Umgang für Vera Findlater ist.

Miss Climpsons Gast war nur zu gern bereit, von ihrem Monat auf dem Lande zu erzählen. Zuerst waren sie ein paar Tage nur herumgereist, dann hatten sie von einer wunderhübschen Hühnerfarm gehört, die in Orpington in Kent zum Verkauf stehe. Also waren sie hingefahren, um sie sich anzusehen, hatten aber erfahren, daß die Farm binnen vierzehn Tagen verkauft werden sollte. Nun wäre es natürlich unklug gewesen, die Farm zu übernehmen, ohne sich vorher zu erkundigen, und sie hatten mit allergrößtem Glück ganz in der Nähe ein wunderhübsches möbliertes Häuschen zu mieten gefunden. Dort waren sie also für ein paar Wochen eingezogen, während Miss Whittaker «sich umschaute», sich nach der Situation der Geflügelbranche in dieser Gegend erkundigte und so weiter. Sie hätten es ja *soo* genossen, und es sei *soo* herrlich gewesen, einen gemeinsamen Haushalt zu führen, weit weg von all diesen dummen Leuten zu Hause.

«Ich meine natürlich nicht Sie, Miss Climpson. Sie kommen aus London und sind ja soviel weitherziger. Aber dieses Volk in Leahampton kann ich einfach nicht ertragen, und Mary auch nicht.»

«Es ist sicher sehr schön», sagte Miss Climpson, «einmal *frei* von allen Konventionen zu sein – besonders wenn man mit jemand *Gleichgesinntem* zusammen ist.»

«Ja – und Mary und ich sind natürlich ganz dicke Freundinne, obwohl sie ja soviel klüger ist als ich. Es steht auch jetzt vollkommen fest, daß wir die Hühnerfarm zusammen übernehmen werden. Ist das nicht herrlich?»

«Werden Sie es nicht etwas einsam und langweilig finden –

nur zwei so junge Frauen zusammen? Sie dürfen nicht vergessen, daß Sie es hier in Leahampton gewohnt sind, mit vielen jungen Leuten zusammenzukommen. Werden Sie auch nicht den Tennisclub vermissen, die jungen Männer und so weiter?»

«O nein! Wenn Sie nur wüßten, wie dumm die hier alle sind! Überhaupt kann ich mit Männern gar nichts anfangen!» Miss Findlater warf den Kopf zurück. «Die haben so gar keine Phantasie. Und Frauen sind für sie so etwas wie Schoßtierchen oder Spielzeuge. Dabei ist eine Frau wie Mary so viel wert wie fünfzig von ihnen! Sie hätten neulich diesen Markham hören sollen, wie er mit Mr. Tredgold über Politik geredet hat, daß sonst überhaupt niemand mehr zu Wort gekommen ist, und dann hat er gemeint: ‹Ich fürchte ja, das ist ein sehr langweiliges Unterhaltungsthema für Sie, Miss Whittaker›, so auf seine herablassende Art, und Mary hat darauf in ihrer stillen Art geantwortet: ‹Nun, das *Thema* halte ich für alles andere als langweilig, Mr. Markham.› Aber er ist ja so dumm, daß er das gar nicht begriffen hat und meinte: ‹Na, wissen Sie, man rechnet eben nicht damit, daß eine Dame sich für Politik interessiert. Aber vielleicht gehören Sie zu diesen modernen jungen Damen, die das Stimmrecht für das schöne Geschlecht wollen.› Von wegen schönes Geschlecht! Warum müssen Männer immer so unausstehlich sein, wenn sie von Frauen reden?»

«Ich glaube, Männer neigen dazu, auf Frauen *eifersüchtig* zu sein», antwortete Miss Climpson nachdenklich, «und Eifersucht *macht* die Menschen nun einmal *zänkisch* und *ungezogen*. Ich glaube, wenn jemand eine bestimmte Sorte Menschen gern verachten *möchte,* aber den scheußlichen Verdacht hat, daß er sie nicht wirklich verachten *kann,* dann wird er die Verachtung in seinem Reden extra übertreiben. Und genau aus diesem Grunde, meine Liebe, hüte ich mich *sehr,* abfällig über Männer zu reden – obwohl sie es manchmal wirklich verdienen, wie Sie selbst wissen. Aber wenn ich es täte, würden alle meinen, ich sei eine *mißgünstige alte Jungfer,* nicht wahr?»

«Also, ich habe jedenfalls vor, eine alte Jungfer zu werden», erwiderte Miss Findlater. «Mary und ich sind fest dazu entschlossen. Wir interessieren uns für Dinge, nicht für Männer.»

«Sie haben ja schon einen schönen Vorgeschmack davon bekommen, wie das gehen wird», sagte Miss Climpson. «Mit einem Menschen einen ganzen Monat zusammen zu leben, ist eine *ausgezeichnete* Prüfung. Sie hatten doch sicher jemanden, der

Ihnen den Haushalt führte?»

«Keine Menschenseele. Wir haben jeden Handgriff selbst getan, und es hat riesigen Spaß gemacht. Ich verstehe mich gut aufs Fußbodenscheuern, Feuermachen und so weiter, und Mary ist einfach eine wundervolle Köchin. Es war mal etwas so ganz anderes, als wenn immer das Personal um einen herumschleicht wie zu Hause. Das Häuschen war natürlich auch ganz modern und arbeitsparend eingerichtet – ich glaube, es gehört irgendwelchen Theaterleuten.»

«Und was haben Sie gemacht, wenn Sie sich gerade nicht über die Geflügelzucht informierten?»

«Oh, dann sind wir im Wagen herumgefahren und haben Städte und Märkte besucht. Diese Märkte mit den alten Bauern und all diesen komischen Leuten sind herrlich amüsant. Ich war natürlich früher schon oft auf Märkten gewesen, aber Mary hat es erst richtig interessant gemacht – und dann haben wir auch dort immerzu gute Tips für unser späteres Geschäft aufgeschnappt.»

«Sind Sie überhaupt nie in London gewesen?»

«Nein.»

«Ich hätte gedacht, Sie würden die Gelegenheit zu einer kleinen Spritztour nutzen.»

«Mary haßt London.»

«Aber *Sie* wären doch sicher ab und zu mal gerne hingefahren.»

«Ich bin nicht darauf versessen. Jedenfalls nicht *mehr*. Früher habe ich mir das eingebildet, aber das war wohl nur diese innere Rastlosigkeit, die einen befällt, wenn man kein Ziel im Leben hat. Es lohnt sich alles nicht.»

Miss Findlater sprach mit der Ernüchterung des Lebemannes, der die Orange des Lebens gekostet und festgestellt hat, daß sie ein Sodomsapfel war. Miss Climpson lächelte nicht. Sie war an die Rolle der Vertrauten gewöhnt.

«Dann waren Sie also die ganze Zeit zusammen – nur Sie beide?»

«Jede Sekunde. Und wir sind uns dabei keinen Augenblick auf die Nerven gegangen.»

«Ich wünsche Ihrem Experiment sehr viel Erfolg», sagte Miss Climpson. «Aber wenn Sie nun wirklich Ihr gemeinsames Leben beginnen, würden Sie es nicht für klug halten, auch ein paar kleine Pausen vorzusehen? Ab und zu einmal *andere* Gesellschaft tut *jedem* gut. Ich habe schon so manche *gute* Freundschaft in die Brüche gehen sehen, nur weil die Leute einander einfach zu *oft* sahen.»

«Dann können es keine *richtigen* Freundschaften gewesen sein», versicherte das Mädchen dogmatisch. «Mary und ich sind miteinander *restlos* glücklich.»

«Trotzdem», sagte Miss Climpson, «wenn Sie einer *alten Frau* eine gutgemeinte Warnung nicht verübeln – ich würde raten, den Bogen nicht *unentwegt* gespannt zu lassen. Nehmen wir zum Beispiel einmal an, Miss Whittaker möchte fortfahren und einen Tag für sich allein in London verbringen – oder vielleicht Freunde besuchen –, Sie würden dann lernen müssen, sich nicht daran zu stören.»

«Natürlich würde ich mich nicht daran stören. Schließlich –» sie fing sich rasch – «ich meine, ich bin ganz sicher, daß Mary mir ebenso in *jeder* Beziehung die Treue halten würde wie ich ihr.»

«So ist es recht», sagte Miss Climpson. «Je länger ich nämlich lebe, meine Liebe, desto fester bin ich überzeugt, daß *Eifersucht* von allen Gefühlen am *tödlichsten* ist. Die Bibel nennt sie grausam wie das Grab, und ich glaube, so ist es. *Absolute* Treue *ohne* Eifersucht, darauf kommt es an.»

«Ja, obwohl man sich natürlich nicht gern vorstellen möchte, daß ein Mensch, mit dem man so richtig befreundet ist, einen plötzlich gegen jemand anderen eintauscht... Miss Climpson, glauben Sie eigentlich, daß eine richtige Freundschaft immer ‹Halbe-halbe› sein sollte?»

«Das wäre wohl die ideale Freundschaft», meinte Miss Climpson nachdenklich, «aber ich glaube, so etwas ist *sehr, sehr selten*. Unter Frauen, meine ich. Soviel ich weiß, habe ich dafür noch *nie* ein Beispiel erlebt. *Männer* finden es viel leichter, glaube ich, so gleichermaßen zu geben und zu nehmen – wahrscheinlich weil sie so viele anderweitige Interessen haben.»

«Männerfreundschaften – o ja, ich weiß! Man hört soviel davon. Aber ich glaube ja, daß das zur Hälfte gar keine richtigen *Freundschaften* sind. Männer können jahrelang fort sein und ihre Freunde völlig vergessen. Und sie vertrauen sich einander auch nicht wirklich an. Mary und ich sagen uns alles, was wir denken und empfinden. Männern dagegen scheint es schon zu genügen, wenn einer den andern für einen prima Kerl hält, und um ihr Inneres kümmern sie sich überhaupt nicht.»

«Wahrscheinlich sind ihre Freundschaften deshalb so haltbar», antwortete Miss Climpson. «Sie stellen aneinander nicht so hohe Ansprüche.»

«Aber eine tiefe Freundschaft stellt nun einmal Ansprüche», ereiferte sich Miss Findlater. «Sie muß einem einfach alles bedeuten. Es ist so wunderbar, wie sie alle Gedanken zu beherrschen scheint. Es dreht sich nicht mehr alles um einen selbst, sondern um den andern. Das ist doch auch mit der christlichen Nächstenliebe gemeint – daß man bereit ist, für den anderen Menschen zu sterben.»

«Na, ich weiß nicht», sagte Miss Climpson. «Darüber habe ich einmal einen ganz *hervorragenden* Pfarrer predigen hören – er hat gemeint, daß diese Art von Liebe leicht zum Götzendienst werden kann, wenn man nicht sehr gut aufpaßt. Seiner Meinung nach steht Miltons Bemerkung über Eva – Sie wissen doch: ‹Er für Gott allein und sie für Gott in ihm› – mit der Lehre unserer Kirche nicht im Einklang. Alles müsse im richtigen *Verhältnis* zueinander stehen, und es sei völlig *unverhältnismäßig*, alles durch die Augen eines Mitmenschen zu sehen.»

«Gott muß man natürlich an die erste Stelle setzen», antwortete Miss Findlater ein wenig steif. «Aber wenn eine Freundschaft auf Gegenseitigkeit beruht – und darum ging's ja –, ganz und gar selbstlos auf beiden Seiten, dann *muß* sie doch etwas Gutes sein.»

«Liebe ist immer gut, wenn es die *richtige Art* von Liebe ist», gab Miss Climpson ihr recht, «aber ich finde, sie darf nicht zu *besitzergreifend* sein. Man muß sich dazu *erziehen* –» sie zögerte, doch fuhr dann mutig fort – «und überhaupt, meine Liebe, ich kann mir nicht helfen, aber ich finde es natürlicher – gewissermaßen gehöriger –, wenn ein Mann und eine Frau füreinander alles sind, nicht zwei Personen vom selben Geschlecht. Immerhin ist – äh – diese Liebe – *fruchtbar*», sagte Miss Climpson, bei dieser Vorstellung ein wenig unsicher, «und – und so weiter, Sie wissen schon, und ich bin sicher, wenn Ihnen erst der *richtige Mann* begegnet –»

«Der richtige Mann kann mir gestohlen bleiben!» rief Miss Findlater verstimmt. «Ich hasse solche Redensarten. Man kommt sich so scheußlich dabei vor – wie eine Preiskuh oder so ähnlich. Über diesen Standpunkt sind wir heutzutage doch längst hinaus.»

Miss Climpson sah, daß sie in ihrem ehrlichen Eifer ihre detektivische Vorsicht ganz vergessen hatte. Sie hatte die Gutwilligkeit ihrer Informantin verloren und wechselte jetzt besser das Thema. Immerhin konnte sie Lord Peter aber eines jetzt versichern: Wer immer die Frau gewesen sein mochte, die Mrs. Cropper in Liverpool gesehen haben wollte, es war nicht Miss Whittaker. Die anhängliche Miss Findlater, die ihrer Freundin nie von der Seite gewichen war, bot dafür ausreichend Garantie.

Ein Anwalt vom Lande berichtet

> *Und der uns dieser Tage neue Herren gibt,*
> *möge er uns auch neue Gesetze geben.*
> Wither: Contented Man's Morrice

Brief von Mr. Probyn, Rechtsanwalt in Ruhe, Villa Bianca, Fiesole, an Mr. Murbles, Rechtsanwalt, Staple Inn:

Persönlich und vertraulich.

Hochgeehrter Herr Kollege!
Ihr Brief bezüglich des Todes der Miss Agatha Dawson, zuletzt Leahampton, war für mich von großem Interesse, und ich will mein möglichstes tun, Ihre Fragen so kurz wie möglich zu beantworten, natürlich unter der stillschweigenden Voraussetzung, daß alle Informationen, soweit sie meine verstorbene Klientin betreffen, streng vertraulich behandelt werden. Hiervon ausgenommen möge selbstverständlich der von Ihnen erwähnte Polizeibeamte sein, der mit dieser Angelegenheit befaßt ist.

Sie möchten wissen, 1. ob Miss Agatha Dawson wußte, daß es auf Grund der Bestimmungen des neuen Erbrechts notwendig hätte sein können, eine testamentarische Verfügung zu erlassen, um sicherzustellen, daß ihre Großnichte, Miss Mary Whittaker, ihr persönliches Eigentum erbte; 2. ob ich sie je zur Abfassung einer solchen testamentarischen Verfügung gedrängt habe und wie ihre Antwort darauf war; 3. ob ich Miss Whittaker je darüber aufgeklärt habe, in welche Situation sie geraten könne, falls ihre Großtante nach dem 31. Dezember 1925 stürbe, ohne ein Testament gemacht zu haben.

Im Verlaufe des Frühjahres 1925 wurde ich von einem Kollegen auf die Zweideutigkeit der Formulierung gewisser Absätze in dem neuen Gesetz aufmerksam gemacht, insbesondere auf das Fehlen einer genauen Interpretation des Wortes ‹Nachkommenschaft›. Ich habe daraufhin sofort die Unterlagen meiner verschiedenen Klienten durchgesehen und mich davon überzeugt, ob auch in jedem Falle die notwendigen Vorkehrungen getroffen waren, um bei einem Ableben ohne Abfassung eines Testaments jegliche Mißverständnisse und Rechtsstreite zu vermeiden. Ich sah sofort, daß es einzig und allein von der Interpretation der fraglichen Absätze abhing, ob Miss Whittaker Miss Dawson beerben konnte. Ich kannte Miss Dawsons extreme Abneigung gegenüber einem Testament, beruhend auf einer abergläubischen Todesfurcht, der wir in unserem Beruf so oft begegnen. Dennoch hielt ich es für meine Pflicht, sie auf die Problematik hinzuweisen und nach Kräften zu versuchen, sie zur Abfassung eines Testaments zu bewegen. Infolgedessen habe ich mich nach Leahampton begeben und ihr diese Angelegenheit erklärt. Das war um den 14. März – ich kann mich nicht ganz genau an das Datum erinnern.

Leider kam ich zu Miss Dawson in einem Augenblick, als ihr Widerstand gegen die verhaßte Idee, ein Testament zu machen, gerade am stärksten war. Ihr Arzt hatte ihr eben eröffnet, daß sie sich im Laufe der nächsten Wochen einer erneuten Operation unterziehen müsse, und da hätte ich keinen ungeeigneteren Zeitpunkt wählen können, um sie an die Möglichkeit ihres Ablebens zu erinnern. Sie wollte überhaupt nichts davon wissen und erklärte, es handle sich um eine Verschwörung, um sie während der Operation vor lauter Angst sterben zu lassen. Es scheint, als ob ihr überaus taktloser Hausarzt sie bereits anläßlich der vorausgegangenen Operation mit einem ähnlichen Rat erschreckt habe. Sie aber habe die erste Operation überstanden und gedenke auch die zweite zu überstehen, wenn nur die Leute sie nicht so ärgern und ängstigen wollten.

Natürlich hätte sich die ganze Angelegenheit von selbst erledigt, wenn sie wirklich bei der Operation gestorben wäre, und ein Testament wäre dann gar nicht notwendig gewesen. Ich versuchte ihr klarzumachen, daß ich ja eben deshalb so auf die Abfassung eines Testaments drängte, weil ich voll mit ihrem Weiterleben bis ins nächste Jahr hinein rechnete, und ich erklärte ihr erneut die Bestimmungen des neuen Gesetzes so ausführlich ich konnte. Sie erwiderte, dann hätte ich erst recht nicht zu ihr zu kommen und sie mit dieser Sache zu belästigen brauchen. Es habe ja Zeit bis zur Verabschiedung des Gesetzes.

Natürlich hatte dieser alberne Arzt verboten, sie über die Art ihrer Krankheit aufzuklären – das machen sie immer so –, weshalb sie überzeugt war, daß die nächste Operation alles in Ordnung bringen und sie noch Jahre leben werde. Als ich auf meinem Standpunkt zu beharren wagte – mit der Begründung, wir Rechtskundigen zögen es stets vor, auf Sicherheit zu gehen –, wurde sie ausgesprochen böse und wies mich praktisch aus dem Haus. Wenige Tage später bekam ich einen Brief von ihr, in dem sie sich über meine Unverschämtheit beklagte und mir mitteilte, sie könne ihr Vertrauen nicht länger einem Menschen schenken, der sie so rücksichtslos und rüde behandle. Auf ihr Verlangen schickte ich alle ihre in meinem Gewahrsam befindlichen Unterlagen an Mr. Hodgson in Leahampton, und seit diesem Tage habe ich von keinem Mitglied der Familie mehr etwas gehört.

Damit wären Ihre Fragen Nummer eins und zwei beantwortet. Nun zur dritten: Ich habe es ganz gewiß nicht für angezeigt gehalten, Miss Whittaker darauf hinzuweisen, daß ihr Erbe davon abhängen könnte, ob ihre Großtante ein Testament machte oder aber vor dem 31. Dezember 1925 verschied. Obwohl mir über die junge Dame nichts Nachteiliges bekannt war, habe ich es noch nie für ratsam gehalten, einer Person zu genau zu erklären, was sie durch den unerwarteten Tod einer anderen Person zu gewinnen habe. Im Falle unvorhergesehener Ereignisse könnten sich die Erben in einer zweifelhaften Situation wiederfinden, da die Tatsache, daß sie über dieses Wissen verfügten, sich – falls sie bekannt würde – für ihre Interessen als sehr schädlich erweisen könnte. Ich habe mir lediglich zu sagen erlaubt, daß man, falls Miss Dawson mich je zu sprechen wünsche, unverzüglich nach mir schicken solle. Aber nachdem Miss Dawson mir die Wahrnehmung ihrer Angelegenheiten entzogen hatte, stand es natürlich nicht mehr in meiner Macht, weiterhin einzugreifen.

Im Oktober 1925 habe ich mich, da meine Gesundheit nicht mehr so war wie früher, aus dem Berufsleben zurückgezogen und mich in Italien niedergelassen. In diesem Land treffen die englischen Zeitungen nicht immer regelmäßig ein, so daß die Bekanntgabe von Miss Dawsons Tod mir entgangen ist. Daß der Tod so plötzlich und unter doch irgendwie merkwürdigen Umständen eintrat, ist sicherlich interessant.

Sie sagen ferner, daß Sie gern meine Meinung über Miss Agatha Dawsons Geisteszustand zum Zeitpunkt meiner letzten Begegnung mit ihr wüßten. Sie war vollkommen bei klarem Ver-

stand und geschäftsfähig – soweit sie überhaupt je in der Lage
war, Geschäftliches zu erledigen. Sie hatte in keiner Weise die
Gabe, sich mit rechtlichen Fragen auseinanderzusetzen, und es
war für mich überaus schwierig, ihr begreiflich zu machen, welcher Art die Probleme des neuen Erbrechts seien. Sie war von
Kindesbeinen an mit der Vorstellung aufgewachsen, daß Besitz
ganz selbstverständlich auf den jeweils nächsten Anverwandten
übergehe, und es war ihr unvorstellbar, daß sich an diesem Zustand jemals etwas ändern könnte. Sie versicherte mir, die Gesetze würden es einer Regierung nie erlauben, eine solche Vorschrift zu erlassen. Nachdem ich ihr mit Mühe klargemacht hatte, daß dies durchaus der Fall sei, war sie wiederum vollkommen
sicher, kein Gericht werde doch so böse sein und dieses Gesetz
dahingehend auslegen, daß ihr Geld an jemand anderen als Miss
Whittaker gehe, wo sie doch eindeutig diejenige sei, der es zustehe. ‹Wieso soll denn das Herzogtum Lancaster ein Anrecht
darauf haben?› fragte sie immer wieder. ‹Ich kenne doch den
Herzog von Lancaster nicht einmal.› Sie war nicht eben eine besonders einsichtige Person, und am Ende war ich mir gar nicht
sicher, ob ich ihr die Situation überhaupt begreiflich gemacht
hatte – ganz abgesehen von dem Widerwillen, den sie gegen das
Thema an sich hegte. Dennoch kann kein Zweifel daran bestehen, daß sie zu dem fraglichen Zeitpunkt völlig *compos mentis*
war – bei klarem Verstand. Daß ich sie so sehr drängte, vor ihrer letzten Operation ein Testament zu machen, hatte natürlich
den Grund, daß ich fürchtete, sie könne danach vielleicht ihre
Verstandeskräfte verlieren oder – was juristisch gesehen dasselbe gewesen wäre – ständig unter dem Einfluß betäubender Drogen stehen müssen.

Ich hoffe, Ihnen hiermit alle gewünschten Informationen gegeben zu haben, und verbleibe

mit vorzüglicher Hochachtung
Ihr sehr ergebener
Thos. Probyn

Mr. Murbles las diesen Brief zweimal sehr bedächtig durch.
Selbst nach seinem vorsichtigen Urteil begann die Angelegenheit
sich zu einem Fall auszuweiten. Er setzte in seiner sauberen, altmodischen Handschrift eine kurze Mitteilung an Kriminalinspektor Parker auf und bat ihn, nach Staple Inn zu kommen, sobald es ihm passe.

Mr. Parker hinwiederum paßte in diesem Augenblick überhaupt nichts. Seit zwei ganzen Tagen lief er nun schon von einem Rechtsanwalt zum andern, und mittlerweile sank ihm schon das Herz, wenn er nur ein Messingschild von weitem sah. Er besah sich die lange Liste in seiner Hand und zählte mutlos die endlos vielen Namen, die noch nicht abgehakt waren.

Parker gehörte zu jenen methodischen, ordnungsliebenden Menschen, auf die die Welt so schlecht verzichten kann. Wenn er mit Wimsey zusammen an einem Fall arbeitete, galt es als ausgemacht, daß Parker alles das erledigte, was mit langwieriger, verzwickter, eintöniger und nervtötender Arbeit verbunden war. Manchmal ärgerte er sich richtig über Wimsey, weil er das als so selbstverständlich annahm. So auch jetzt.

Der Tag war heiß, die Straßen staubig. Papierfetzen wehten über das Pflaster. In den Bussen war es zum Ersticken schwül. In dem Schnellimbiß, wo Parker einen eiligen Lunch zu sich nahm, war die Luft schwer von den Düften gebackener Scholle und brodelnder Teemaschinen. Er wußte, daß Wimsey jetzt in seinem Club speiste, bevor er mit Freddy Arbuthnot losfuhr, um sich da oder dort die Neuseeländer anzusehen. Er hatte ihn – ein Traumbild in Hellgrau – gemächlich die Pall Mall entlangspazieren sehen. Hol der Teufel Wimsey! Warum hatte er Miss Dawson nicht friedlich in ihrem Grab ruhen lassen können? Da lag sie und tat niemandem etwas zuleide – bis Wimsey unbedingt seine Nase in ihre Angelegenheiten stecken und die Ermittlungen an einen Punkt bringen mußte, wo Parker einfach nicht mehr anders konnte, als offiziell Kenntnis davon zu nehmen. Ach ja! Er würde wohl weiter diesen teuflischen Rechtsanwälten nachrennen müssen.

Er ging dabei nach einem eigenen System vor, das sich als fruchtbringend erweisen mochte oder auch nicht. Er hatte sich die Sache mit dem neuen Erbrecht noch einmal durch den Kopf gehen lassen und war zu dem Schluß gekommen, daß Miss Whittaker, falls sie auf dessen Auswirkungen für ihre eigenen Erberwartungen aufmerksam geworden war, sich sofort um juristischen Rat bemüht haben würde.

Dabei hatte sie bestimmt zuerst daran gedacht, einen Anwalt in Leahampton aufzusuchen, und sofern sie nicht von vornherein ein unsauberes Spiel im Sinn gehabt hatte, konnte nichts sie davon abgehalten haben. Infolgedessen war Parker als erstes nach Leahampton gefahren und hatte die drei dort ansässigen

Rechtsanwaltspraxen besucht. Alle drei Anwälte konnten ihm mit Bestimmtheit versichern, daß eine solche Anfrage im Jahre 1925 nicht an sie herangetragen worden war, weder von Miss Whittaker noch sonst jemandem. Der Seniorpartner des Anwaltsbüros Hodgson & Hodgson, dem Miss Dawson nach ihrem Streit mit Mr. Probyn die Wahrnehmung ihrer Interessen übertragen hatte, sah Parker sogar ein wenig merkwürdig an, als er dessen Frage vernahm.

«Ich versichere Ihnen, Inspektor», sagte er, «wenn das Problem mir in dieser Weise zur Kenntnis gebracht worden wäre, hätte ich mich im Licht der darauffolgenden Ereignisse ganz bestimmt daran erinnert.»

«Die Frage ist Ihnen wohl nie in den Sinn gekommen», sagte Parker, «als Sie vor der Aufgabe standen, die Erbmasse zu ordnen und Miss Whittakers Ansprüche zu prüfen?»

«Das kann ich nicht gut behaupten. Wäre es zu irgendeinem Augenblick um die Suche nach dem nächsten Anverwandten gegangen, so wäre ich vielleicht – ich sage nicht bestimmt – darauf gestoßen. Aber ich hatte von Mr. Probyn einen sehr klaren Familienstammbaum erhalten, der Sterbefall ereignete sich fast zwei Monate vor Inkrafttreten des neuen Gesetzes, und so liefen die Formalitäten alle mehr oder weniger automatisch ab. Ich muß zugeben, daß ich in diesem Zusammenhang überhaupt nicht an das neue Gesetz gedacht habe.»

Parker sagte, das überrasche ihn nicht, und er beehrte Mr. Hodgson mit Mr. Towkingtons gelehrter Ansicht zu dieser Frage, was Mr. Hodgson sehr interessant fand. Und das war alles, was er in Leahampton erreichen konnte, außer daß er Miss Climpson in arge Aufregung versetzte, indem er sie besuchte und sich über ihre Unterhaltung mit Vera Findlater berichten ließ. Miss Climpson begleitete ihn zum Bahnhof, da sie hoffte, sie könnten Miss Whittaker begegnen – «es würde Sie bestimmt *sehr* interessieren, sie zu *sehen*» –, aber sie hatten Pech. Alles in allem, dachte Parker, ist das vielleicht ganz gut so. Denn so gern er einerseits Miss Whittaker einmal gesehen hätte, so wenig war er andererseits darauf versessen, von ihr gesehen zu werden, schon gar nicht in Miss Climpsons Begleitung. «Übrigens», sagte er zu Miss Climpson, «Sie sollten sich für Mrs. Budge eine Erklärung für mein Erscheinen ausdenken, damit sie nicht neugierig wird.»

«Aber das *habe* ich schon», entgegnete Miss Climpson mit einem gewinnenden Kichern. «Als Mrs. Budge mir melden kam, da sei ein Mr. Parker für mich, habe ich natürlich *sofort* begriffen, daß sie nicht wissen darf, wer Sie *wirklich* sind, und da habe ich ganz schnell zu ihr gesagt: ‹Mr. Parker! Ach, das muß mein Neffe Adolphus sein.› Es stört Sie doch nicht, Adolphus zu heißen, nicht wahr? Komisch, aber das war der *einzige* Name, der mir im Augenblick in den Sinn kam. Ich begreife gar nicht, warum, denn ich habe nie einen Adolphus gekannt.»

«Miss Climpson», sagte Parker feierlich, «Sie sind eine wundervolle Frau, und meinetwegen hätten Sie mich sogar Marmaduke nennen dürfen.»

Ja, und nun war Parker hier, um den zweiten Teil seiner Ermittlungen durchzuführen. Wenn Miss Whittaker nicht zu einem der Anwälte in Leahampton gegangen war, zu wem würde sie dann gehen? Natürlich wäre da noch Mr. Probyn gewesen, aber daß sie sich ihn ausgesucht haben würde, glaubte er nicht. Gewiß hatte sie ihn in Crofton nie kennengelernt – sie hatte ja nie wirklich bei ihren Großtanten gewohnt. Zum erstenmal begegnet war sie ihm an dem Tag, an dem er nach Leahampton gekommen war, um Miss Dawson zu besuchen. Damals hatte er ihr den Zweck seines Besuchs nicht anvertraut, aber sie mußte aus dem, was ihre Tante danach gesagt hatte, geschlossen haben, daß es um die Abfassung eines Testaments gegangen war. Im Lichte dessen, was sie seit neuestem wußte, mußte sie sich gedacht haben, daß Mr. Probyn dabei das neue Erbrecht im Sinn gehabt, sich aber außerstande gesehen hatte, ihr dies anzuvertrauen. Hätte sie ihn jetzt gefragt, wäre seine Antwort wahrscheinlich gewesen, Miss Dawsons Angelegenheiten seien nicht mehr in seiner Hand und sie solle sich an Mr. Hodgson wenden. Außerdem hatte sie sich wahrscheinlich überlegt, wenn sie Mr. Probyn diese Frage stellte, und es passierte dann etwas, würde er sich womöglich daran erinnern. Nein, nein, zu Mr. Probyn war sie sicher nicht gegangen.

Zu wem dann?

Für den, der etwas zu verbergen hat – der seine Identität verlieren will wie ein Blatt unter den Blättern eines Waldes –, der nichts weiter verlangt, als vorüberzugehen und vergessen zu werden, für den gibt es vor allem anderen einen Namen, der einen Hafen der Geborgenheit und des Vergessens verheißt: London. Wo keiner seinen Nachbarn kennt. Wo die Geschäfte ihre Kunden nicht kennen. Wo Ärzte plötzlich zu Patienten gerufen werden, die sie nie gesehen haben und nie wiedersehen werden. Wo man monatelang tot in seinem Haus liegen kann und niemand einen vermißt oder findet, bis der Gasmann kommt und den Zähler ablesen will. Wo Fremde freundlich und Freunde flüchtig sind. London, das an seinem reichlich unsauberen und verlotterten Busen so manches Geheimnis birgt. Verschwiegenes, gleichgültiges, alles umhüllendes London.

Nicht daß Parker sich das so gesagt hätte. Er dachte nur: Zehn zu eins, daß sie es in London versucht hat. Dort glauben die meisten sicher zu sein.

Miss Whittaker kannte natürlich London. Sie hatte am Royal Free Hospital gelernt. Das hieß, daß sie von allen Stadtteilen wahrscheinlich Bloomsbury am besten kannte. Denn niemand wußte besser als Parker, wie selten ein Londoner seinen angestammten kleinen Lebenskreis verläßt. Falls man ihr während ihrer Zeit am Krankenhaus nicht irgendwann einmal einen Anwalt in einem anderen Londoner Stadtteil empfohlen hatte, bestand die größte Wahrscheinlichkeit, daß sie zu einem Anwalt in Bloomsbury oder Holborn gegangen war.

Zu Parkers Unglück wimmelte es gerade in dieser Gegend nur so von Anwaltsbüros. Ob Gray's Inn Road, Gray's Inn selbst, Bedford Row, Holborn, Lincoln's Inn – überall wucherten die Messingschilder wie die Brombeeren.

Das war's, warum Parker an diesem Juninachmittag so erhitzt und müde war und so die Nase voll hatte.

Mit lustlosem Knurren schob er seinen eigelbbeschmierten Teller von sich, ging «Bitte an der Kasse zahlen» und überquerte die Straße in Richtung Bedford Row, die er sich als sein Pensum für den Nachmittag vorgenommen hatte.

Er begann mit der ersten Praxis, an der er vorbeikam. Es handelte sich um das Büro eines Mr. J. F. Trigg, und Parker hatte Glück. Der junge Mann im Vorzimmer teilte ihm mit, Mr. Trigg sei soeben vom Mittagessen zurück und habe Zeit für ihn. Ob er nicht bitte nähertreten möchte?

Mr. Trigg war ein angenehmer Mensch von Anfang Vierzig mit jugendlichem Gesicht. Er bot Mr. Parker einen Platz an und fragte, was er für ihn tun könne.

Und Parker begann zum siebenunddreißigstenmale mit der Einleitung, die er sich für seine Erkundigungen zurechtgelegt hatte.

«Ich bin nur vorübergehend in London, Mr. Trigg, und da ich

juristischen Rat brauche, wurden Sie mir von einem Mann empfohlen, den ich zufällig in einem Restaurant kennengelernt habe. Er hat mir auch seinen Namen genannt, aber der ist mir leider entfallen, und er tut ja auch nichts zur Sache, wie? Es geht um folgendes: Meine Frau und ich sind nach London gekommen, um eine Großtante meiner Frau zu besuchen, der es sehr schlecht geht. Genauer gesagt, sie wird sicher nicht mehr lange leben.

Nun ist es so, daß die alte Dame meiner Frau immer sehr zugetan war, verstehen Sie, und es war immer sozusagen ausgemacht, daß meine Frau sie einmal beerben sollte. Es handelt sich um ein recht ansehnliches Sümmchen, und wir haben uns schon – ich will nicht sagen, darauf gefreut, aber doch ein wenig darauf verlassen, uns später einmal damit zur Ruhe zu setzen. Sie verstehen das. Andere lebende Verwandte gibt es nicht, und so haben wir uns, obwohl die Tante oft davon gesprochen hat, ein Testament zu machen, nie so richtige Sorgen gemacht, weil wir glaubten, meine Frau werde ganz selbstverständlich alles bekommen, was da war. Nun haben wir aber gestern mit einem Freund darüber gesprochen, der uns einen ziemlichen Schrekken eingejagt hat, indem er meinte, es gebe da ein neues Gesetz, und wenn die Großtante meiner Frau kein Testament mache, bekämen wir überhaupt nichts. Ich glaube, er hat gesagt, dann falle alles an die Krone. Ich hab mir gedacht, das kann doch nicht sein, und das habe ich auch gesagt, aber meine Frau ist doch ein bißchen nervös geworden – wir müssen ja auch an die Kinder denken, nicht wahr? – und hat mich bedrängt, den Rat eines Juristen einzuholen, denn ihre Großtante kann jeden Augenblick sterben, und wir wissen nicht, ob ein Testament vorhanden ist oder nicht. Also, wie ist die rechtliche Stellung einer Großnichte nach dem neuen Gesetz?»

«Diese Frage ist nicht eindeutig geregelt», sagte Mr. Trigg, «aber ich würde Ihnen dringend raten, festzustellen, ob ein Testament vorhanden ist, und wenn nicht, dafür zu sorgen, daß so schnell wie möglich eines gemacht wird, sofern die Erblasserin dazu noch in der Lage ist. Ansonsten besteht meiner Ansicht nach die Gefahr, daß Ihre Frau ihr Erbe verliert.»

«Sie scheinen mit dem Problem ja gut vertraut zu sein», meinte Parker lächelnd. «Ich nehme an, daß Sie danach ziemlich oft gefragt werden, seit das neue Gesetz da ist?»

«Ich würde nicht sagen oft. Es kommt verhältnismäßig selten

vor, daß eine Großnichte als nächste Anverwandte zurückbleibt.»

«So? Na ja, man sollte es meinen. Können Sie sich erinnern, ob Ihnen diese Frage schon einmal im Sommer 1925 gestellt worden ist, Mr. Trigg?»

Ein sonderbarer Ausdruck erschien auf dem Gesicht des Anwalts – man konnte es fast für Erschrecken halten.

«Wie kommen Sie zu dieser Frage?»

«Sie brauchen keine Hemmungen zu haben, mir zu antworten», sagte Parker, indem er seinen Dienstausweis zückte. «Ich bin Kriminalbeamter und habe gute Gründe für diese Frage. Ich habe Ihnen das rechtliche Problem zunächst nur als mein eigenes dargelegt, um zuerst einmal Ihre sachkundige Meinung zu hören.»

«Ich verstehe. Nun gut, Inspektor, in diesem Fall darf ich es Ihnen ja wohl erzählen. Es stimmt, die Frage *ist* im Juni 1925 an mich gerichtet worden.»

«Können Sie sich an die näheren Umstände erinnern?»

«Sehr genau. Ich werde sie so leicht nicht vergessen – oder vielmehr das, was darauf folgte.»

«Das hört sich interessant an. Würden Sie mir die Geschichte mit Ihren Worten erzählen, mit allen Details, an die Sie sich erinnern?»

«Gern. Nur einen Augenblick.» Mr. Trigg steckte den Kopf durch die Tür zum Vorzimmer. «Badcock, ich bin mit Mr. Parker beschäftigt und für niemanden zu sprechen. So, Mr. Parker, ich stehe zu Ihren Diensten. Rauchen Sie?»

Parker nahm die Einladung an und entzündete seine gut eingerauchte Bruyère, während Mr. Trigg, hastig eine Zigarette nach der andern rauchend, ihm seine bemerkenswerte Geschichte erzählte.

18

Ein Londoner Anwalt berichtet

> *Ich, der ich gern Romane lese, wie oft bin ich mit dem Doktor hinausgegangen, wenn der Fremde ihn rief, den unbekannten Kranken im einsamen Haus zu besuchen ... Dieses merkwürdige Abenteuer könnte – in einem späteren Kapitel – zur Aufdeckung eines mysteriösen Verbrechens führen.*
>
> The Londoner

«Ich glaube», sagte Mr. Trigg, «es war am 15. oder 16. Juni 1925, als eine Dame zu mir kam und mir genau die gleiche Frage stellte wie Sie vorhin – nur behauptete sie, sich im Namen einer Freundin zu erkundigen, deren Namen sie nicht nannte. Doch – ich glaube, ich kann sie recht gut beschreiben. Sie war groß und hübsch, mit sehr heller Haut, dunklen Haaren und blauen Augen – eine attraktive Frau. Ich erinnere mich, daß sie sehr schöne Brauen hatte, ziemlich gerade, und nicht viel Farbe im Gesicht. Sie war sommerlich gekleidet, aber sehr adrett. Ich glaube, man würde es ein besticktes Leinenkleid nennen – ich bin kein Experte in solchen Dingen –, und dazu hatte sie einen breiten weißen Hut aus Panama-Stroh auf.»

«Sie scheinen sich sehr deutlich zu erinnern», sagte Parker.

«Stimmt; ich habe ein ziemlich gutes Gedächtnis; außerdem habe ich die Dame noch bei anderen Gelegenheiten gesehen, wie Sie gleich hören werden.

Bei ihrem ersten Besuch erzählte sie mir – etwa wie Sie –, sie sei nur vorübergehend in London und ich sei ihr zufällig empfohlen worden. Ich sagte ihr, daß ich die Frage nicht gern aus dem Stegreif beantworten möchte. Sie erinnern sich vielleicht, das Gesetz hatte soeben erst die dritte und letzte Lesung passiert, und ich war noch keineswegs damit vertraut. Außerdem hatte ich schon beim ersten Überfliegen gesehen, daß es noch einige wichtige Fragen aufwerfen würde.

Ich sagte der Dame also – sie hatte sich als Miss Grant vorgestellt –, daß ich ein Expertengutachten einholen möchte, bevor ich ihr da einen Rat gebe, und fragte sie, ob sie am nächsten Tag wiederkommen könne. Sie sagte, das gehe, stand auf und bedankte sich, wobei sie mir die Hand reichte. Dabei fiel mir die recht sonderbare Narbe auf, die quer über alle ihre Fingerrücken verlief, fast als ob ihr irgendwann einmal ein scharfer Gegenstand ausgerutscht war. Das habe ich natürlich nur so ganz nebenbei bemerkt, aber es war mein Glück. Am nächsten Tag kam Miss Grant auch richtig wieder. Ich hatte inzwischen einen sehr kompetenten Kollegen aufgesucht und gab ihr den gleichen Rat, den ich vorhin Ihnen gegeben habe. Sie machte ein recht besorgtes Gesicht deswegen – oder eigentlich mehr verärgert als besorgt.

‹Es erscheint einem doch ziemlich unfair›, sagte sie, ‹daß der Krone auf diese Weise das Geld einer Familie zufallen soll. Schließlich ist eine Großnichte doch noch eine ziemlich nahe Verwandte.›

Ich antwortete ihr, wenn die Großnichte Zeugen aufbieten könne, die bestätigten, daß die Verstorbene stets die Absicht gehabt habe, sie als Erbin ihres Vermögens einzusetzen, dann werde die Krone über die Erbmasse, zumindest aber über einen angemessenen Teil derselben, sehr wahrscheinlich nach den Wünschen der Verstorbenen verfügen. Es liege jedoch gänzlich im Ermessen des Gerichts, so zu verfahren, und falls es irgendwann einmal zu einem Streit oder Disput in dieser Angelegenheit gekommen sei, könnte der Richter dem Begehren der Großnichte weniger wohlwollend gegenüberstehen.

‹Auf alle Fälle›, fügte ich hinzu, ‹kann ich nicht mit *Bestimmtheit* sagen, ob eine Großnichte nach dem neuen Gesetz von der Erbfolge ausgeschlossen ist – meines Wissens *könnte* das lediglich der Fall sein. Aber es sind ja noch sechs Monate bis zum Inkrafttreten des Gesetzes, und bis dahin kann vieles geschehen.›

‹Sie meinen, Tantchen könnte sterben?› meinte sie. ‹Aber so schwerkrank ist sie eigentlich gar nicht – nur etwas wirr im Kopf, wie die Schwester es nennt.›

Sie ist dann jedenfalls gegangen, nachdem sie mir mein Honorar bezahlt hatte, und mir war aufgefallen, daß aus der ‹Großtante der Freundin› plötzlich ‹Tantchen› geworden war, woraus ich schloß, daß meine Klientin ein gewisses persönliches Interesse an dem Fall haben mußte.»

«Das kann ich mir vorstellen», sagte Parker. «Wann haben Sie die Dame wiedergesehen?»

«Es ist merkwürdig, aber im Dezember darauf bin ich ihr wieder begegnet. Ich wollte in einem Lokal in Soho gerade rasch etwas zu Abend essen, um danach ins Theater zu gehen. Das kleine Lokal, das ich für gewöhnlich aufsuche, war recht voll, und ich mußte an einem Tisch Platz nehmen, an dem schon eine Dame saß. Ich stellte die übliche Frage, ob der Platz noch frei sei und so, da sah sie plötzlich auf, und ich erkannte prompt meine Klientin.

‹Nanu, guten Abend, Miss Grant›, sagte ich.

‹Entschuldigung›, antwortete sie steif, ‹aber ich glaube, Sie verwechseln mich.›

‹Entschuldigen *Sie*›, sagte ich noch steifer, ‹aber mein Name ist Trigg, und Sie waren vergangenen Juni zu einer Beratung bei mir in der Bedford Row. Wenn ich aber störe, bitte ich um Verzeihung und werde mich zurückziehen.›

Da lächelte sie und meinte: ‹Tut mir leid, ich hatte Sie im ersten Augenblick nicht erkannt.›

Ich durfte also an ihrem Tisch Platz nehmen.

Um eine Unterhaltung in Gang zu bringen, habe ich sie gefragt, ob sie sich in der Erbschaftsangelegenheit noch weiter habe beraten lassen. Sie verneinte und sagte, sie sei mit meiner Auskunft völlig zufrieden gewesen. Ich erkundigte mich weiter, ob die Großtante nun doch noch ein Testament gemacht habe. Sie antwortete kurz angebunden, das habe sich erübrigt, denn die alte Dame sei gestorben. Da ich sah, daß sie in Schwarz war, fühlte ich mich in meiner Ansicht bestätigt, daß es sich bei der betroffenen Großnichte um sie selbst gehandelt haben mußte.

Wir haben uns dann noch eine Weile unterhalten, Inspektor, und ich will Ihnen nicht verhehlen, daß Miss Grant mich als Persönlichkeit zu interessieren begann. Sie hatte fast die Auffassungsgabe eines Mannes. Ich darf sagen, daß ich nicht zu den Männern gehöre, die hirnlose Frauen bevorzugen. Nein, in dieser Beziehung bin ich eher modern eingestellt. Wenn ich jemals eine Frau nehmen sollte, Inspektor, würde ich mir schon eine intelligente Gefährtin wünschen.»

Parker versicherte Mr. Trigg, daß diese Einstellung ihm zur Ehre gereiche. Im stillen merkte er an, daß Mr. Trigg wohl nichts dagegen haben würde, eine junge Frau zu heiraten, die soeben eine Erbschaft gemacht und keine Verwandten am Hals hatte.

«Eine Frau mit juristischem Verständnis findet man selten»,

fuhr Mr. Trigg fort. «Miss Grant war in dieser Beziehung ungewöhnlich. Sie verfolgte mit großem Interesse irgendeinen Fall, der damals durch die Presse ging – ich weiß im Moment nicht mehr, worum es sich handelte –, und stellte mir einige erstaunlich verständige und kluge Fragen. Ich muß sagen, daß ich unsere Unterhaltung sehr genossen habe. Im Verlauf des Essens kamen wir dann auch auf persönlichere Themen, und ich bemerkte am Rande, daß ich in Golder's Green wohnte.»

«Hat sie Ihnen ebenfalls ihre Adresse gegeben?»

«Sie sagte, sie wohne im *Peveril Hotel* in Bloomsbury und suche ein Haus in der Stadt. Ich sagte ihr, ich würde möglicherweise demnächst Genaueres über ein Projekt in Richtung Hampstead erfahren, und bot ihr meine juristischen Dienste an, falls sie welche brauche. Nach dem Essen habe ich sie dann zu ihrem Hotel begleitet und mich in der Halle von ihr verabschiedet.»

«Sie wohnte also wirklich dort?»

«Offenbar ja. Aber vierzehn Tage später hörte ich zufällig von einem Haus in Golder's Green, das plötzlich frei geworden sei. Das heißt, es gehörte einem Klienten von mir. Meinem Versprechen gemäß schrieb ich an Miss Grant im Peveril. Als ich keine Antwort bekam, erkundigte ich mich dort nach ihr und erfuhr, daß sie am Tag nach unserer Begegnung abgereist sei, ohne eine Adresse zu hinterlassen. Im Gästebuch hatte sie nur ‹Manchester› als Adresse angegeben. Ich war gewissermaßen enttäuscht, aber dann habe ich nicht mehr an die Sache gedacht. Etwa einen Monat später – genauer gesagt am 26. Januar – saß ich gerade zu Hause und las in einem Buch, sozusagen als Abschluß vor dem Zubettgehen. Ich sollte noch sagen, daß ich eine Wohnung oder, besser gesagt, eine Maisonette in einem kleinen Haus bewohne, das so aufgeteilt wurde, daß zwei Wohnungen dabei herauskamen. Die Leute im Parterre waren um diese Zeit verreist, so daß ich mich ganz allein im Haus befand. Meine Haushälterin kommt nur tagsüber. Da klingelte das Telefon – ich habe mir die Zeit notiert. Es war Viertel vor elf. Als ich abhob, meldete sich eine Frauenstimme und bat mich inständig, zu einer bestimmten Adresse in Hampstead Heath zu kommen, um für eine Sterbende ein Testament aufzusetzen.»

«Haben Sie die Stimme erkannt?»

«Nein. Sie klang wie die Stimme eines Hausmädchens. Jedenfalls hatte sie einen starken Londoner Akzent. Ich fragte, ob nicht Zeit bis morgen sei, aber die Stimme flehte mich an, ich solle mich beeilen, sonst könnte es zu spät sein. Ziemlich verstimmt habe ich mir also etwas übergezogen und mich auf den Weg gemacht. Es war eine unangenehme Nacht, so kalt und neblig. Ich konnte von Glück reden, daß ich am nächsten Standplatz ein Taxi fand. Wir fuhren zu der angegebenen Adresse, die wir nur unter Schwierigkeiten fanden, denn die Nacht war pechschwarz. Wie sich zeigte, handelte es sich um ein ziemlich kleines Haus auf dem Heath, sehr abgelegen – es gab nicht einmal eine richtige Zufahrt dahin. Ich habe das Taxi ein paar hundert Meter entfernt an der Straße verlassen und den Fahrer gebeten, auf mich zu warten, denn ich glaubte nicht, daß ich an diesem Ort und zu dieser nächtlichen Stunde ein anderes Taxi finden würde. Er hat ein wenig herumgeknurrt, sich dann aber doch bereit erklärt zu warten, wenn ich ihm versprach, mich nicht zu lange aufzuhalten.

Dann habe ich mich zu dem Haus begeben. Zuerst dachte ich, es sei völlig dunkel, aber dann sah ich aus einem der Zimmer im Parterre einen schwachen Lichtschein schimmern. Ich läutete. Keine Antwort, obwohl ich es sehr laut hatte klingeln hören. Ich läutete noch einmal und klopfte. Immer noch keine Antwort. Es war bitterkalt. Ich zündete ein Streichholz an, um mich zu vergewissern, daß ich auch zum richtigen Haus gekommen war, und da sah ich dann, daß die Haustür nur angelehnt war.

Ich dachte, das Mädchen, das mich angerufen hatte, sei sicher so sehr mit der kranken gnädigen Frau beschäftigt, daß es nicht von ihr fortgehen konnte, um die Tür zu öffnen. Ich dachte, daß ich ihr in diesem Fall vielleicht behilflich sein könne, weshalb ich die Tür aufstieß und hineinging. Im Flur war es stockdunkel, und beim Eintreten stieß ich gegen den Schirmständer. Dann glaubte ich ein schwaches Rufen oder Stöhnen zu hören, und nachdem meine Augen sich an die Dunkelheit gewöhnt hatten, tastete ich mich weiter, und dann sah ich unter einer Tür zur Linken ein schwaches Licht.»

«War es dasselbe Zimmer, das Sie von außen beleuchtet gesehen hatten?»

«Ich glaube, ja. Ich rief: ‹Kann ich hereinkommen?› – und eine sehr leise, schwache Stimme antwortete: ‹Ja, bitte!› Ich öffnete die Tür und trat in einen als Wohnzimmer möblierten Raum. In einer Ecke stand eine Couch, auf der anscheinend in aller Eile ein paar Leintücher ausgebreitet worden waren, um ein Bett daraus zu machen. Auf der Couch lag eine Frau. Sie war ganz allein.

Ich konnte sie nur ganz schwach erkennen. Das einzige Licht im Zimmer stammte von einer kleinen Öllampe mit grünem Schirm, der so geneigt war, daß der Kranken das Licht nicht in die Augen schien. Im Kamin glomm ein ziemlich heruntergebranntes Feuer. Ich sah jedoch, daß die Frau ihren Kopf und das Gesicht mit dicken weißen Verbänden umwickelt hatte. Ich streckte gerade die Hand nach dem elektrischen Schalter aus, da rief sie:

‹Bitte kein Licht – es tut mir weh!›»

«Wie konnte sie sehen, daß Sie nach dem Lichtschalter faßten?»

«Also», sagte Mr. Trigg, «das war eine ganz komische Sache. Sie rief eigentlich erst, nachdem ich den Schalter schon gedrückt hatte, aber es passierte nichts. Das Licht ging gar nicht an.»

«Ach nein!»

«Wirklich. Ich dachte mir, man hat vielleicht die Birne herausgenommen, oder sie ist durchgebrannt. Ich sagte aber nichts, sondern trat ans Bett. Sie fragte fast im Flüsterton: ‹Sind Sie der Rechtsanwalt?›

Ich bejahte und fragte sie, was ich für sie tun könne.

Sie sagte: ‹Ich habe einen furchtbaren Unfall gehabt. Ich muß sterben. Jetzt will ich noch schnell mein Testament machen.› Ich fragte, ob niemand bei ihr sei. ‹Doch, doch›, antwortete sie eilig, ‹mein Mädchen muß jeden Augenblick wiederkommen. Sie ist einen Arzt suchen gegangen.› – ‹Aber›, sagte ich, ‹hätte sie ihn denn nicht anrufen können? In diesem Zustand darf man Sie doch nicht allein lassen.› Darauf antwortete sie: ‹Wir haben keinen erreichen können, aber es geht schon so. Sie wird bald zurück sein. Verlieren wir keine Zeit. Ich muß mein Testament machen.› Sie sprach mit entsetzlich keuchender Stimme, und ich dachte mir, das beste wird sein, ich tue, was sie will, damit sie sich nicht aufregt. Ich zog mir also einen Stuhl zum Tisch, wo die Lampe war, nahm meinen Füllfederhalter und einen Testamentsvordruck, den ich mir eingesteckt hatte, und sagte, ich sei bereit, ihre Instruktionen entgegenzunehmen.

Bevor wir anfingen, bat sie mich, ihr einen kleinen Cognac mit Wasser aus einer Karaffe zu geben, die auf dem Tisch stand. Ich tat es, und sie trank einen kleinen Schluck, der sie zu beleben schien. Ich stellte das Glas nah bei ihrer Hand ab und schenkte mir auf ihre Aufforderung hin selbst ein Glas ein. Ich war sehr dankbar dafür, denn es war, wie gesagt, eine scheußliche Nacht, und im Zimmer war's kalt. Ich sah mich nach Kohlen um, die ich noch aufs Feuer hätte legen können, fand aber keine.»

«Das ist äußerst interessant und aufschlußreich», sagte Parker.

«Damals habe ich es nur sonderbar gefunden. Aber sonderbar war schließlich die ganze Geschichte. Jedenfalls sagte ich dann, wir könnten von mir aus anfangen. Sie sagte: ‹Sie glauben vielleicht, ich sei ein wenig verrückt, weil ich eine so schwere Kopfverletzung habe. Aber ich bin völlig bei klarem Verstand. Und er soll von dem Geld keinen Penny bekommen.› Ich fragte, ob jemand sie angegriffen habe. ‹Ja, mein Mann›, antwortete sie. ‹Er denkt, er hat mich umgebracht, aber ich lebe noch lange genug, um das Geld an andere zu vererben.› Sie sagte, ihr Name sei Marion Mead, und dann diktierte sie mir ihren Letzten Willen. Ihr Vermögen, das sich auf etwa 10 000 Pfund belief, vermachte sie verschiedenen Leuten, darunter einer Tochter und drei oder vier Schwestern. Es war ein ziemlich kompliziertes Testament, denn es mußten Vorkehrungen getroffen werden, um das Geld der Tochter treuhänderisch so festzulegen, daß sie ihrem Vater nichts davon abgeben konnte.»

«Haben Sie sich die Namen und Adressen der Beteiligten notiert?»

«Das habe ich, aber wie Sie später sehen werden, konnte ich nichts damit anfangen. Die Erblasserin war offenbar klar genug bei Verstand, um zu wissen, was sie wollte, obwohl sie sehr schwach wirkte und nie mehr lauter als im Flüsterton sprach, nachdem sie mir beim Eintreten zugerufen hatte, ich solle kein Licht machen.

Schließlich hatte ich alle Notizen für das Testament beisammen und machte mich daran, sie in die richtige Form zu bringen. Von einem zurückkehrenden Mädchen war nichts zu merken, und mir wurde allmählich richtig bange. Außerdem wurde ich durch die bittere Kälte – oder etwas anderes, und die Zeit, zu der ich normalerweise ins Bett gehe, war ja auch längst überschritten – mit einemmal entsetzlich müde. Ich goß mir noch einen kräftigen Schluck ein, um mich zu wärmen, und schrieb weiter an dem Testament. Als ich fertig war, sagte ich:

‹Wie steht es nun mit der Unterschrift? Wir brauchen einen zweiten Zeugen, damit das Testament rechtskräftig wird.›

Sie sagte: ‹Mein Mädchen muß jeden Augenblick zurück sein. Ich kann mir gar nicht vorstellen, was ihr nur dazwischengekommen ist.›

‹Vielleicht hat sie sich im Nebel verlaufen›, sagte ich. ‹Jedenfalls warte ich noch ein wenig. Ich kann ja nicht einfach fortgehen und Sie hier allein lassen.›

Sie dankte mir mit schwacher Stimme, und wir saßen eine Weile stumm beieinander. Die Zeit verging, und mir wurde die Lage immer weniger geheuer. Die Kranke atmete schwer und stöhnte hin und wieder auf. Mein Schlafbedürfnis übermannte mich mehr und mehr. Ich verstand das gar nicht.

Mit einemmal fiel mir trotz meiner Benommenheit ein, daß es doch das Vernünftigste sei, den Taxifahrer – falls er noch da war – hereinzubitten, um das Testament zusammen mit mir zu bezeugen, und dann selbst auf die Suche nach einem Arzt zu gehen. Da saß ich nun, der Gedanke kreiste in meinem schläfrigen Kopf, und ich versuchte die Energie zum Sprechen aufzubringen. Mir war, als lastete ein schweres Gewicht auf mir. Jede Form von körperlicher Anstrengung schien über meine Kräfte zu gehen.

Da geschah plötzlich etwas, was mich wieder zu mir brachte. Mrs. Mead drehte sich auf ihrer Couch ein wenig herum und schien mich im Schein der Lampe aufmerksam zu betrachten. Dabei stützte sie sich mit beiden Händen auf die Tischkante. Mit dem dumpfen Gefühl, etwas Unerwartetem zu begegnen, sah ich, daß sie keinen Ehering trug. Und dann sah ich noch etwas anderes.

Quer über die Fingerrücken ihrer rechten Hand verlief eine sonderbare Narbe – als ob sie mit irgendeinem scharfen Gegenstand ausgeglitten wäre und sich dabei verletzt hätte.»

Parker richtete sich mit einem Ruck auf seinem Stuhl auf.

«Ja», sagte Mr. Trigg, «das interessiert Sie. Mich hat es erschreckt. Erschreckt ist dabei nicht einmal der richtige Ausdruck. In meinem beklagenswerten Zustand erlebte ich das Ganze mehr wie einen Alptraum. Ich richtete mich mühsam auf meinem Stuhl wieder auf, und die Frau ließ sich ins Kissen zurückfallen.

In diesem Augenblick läutete es an der Tür Sturm.»

«Das Mädchen?»

«Nein – Gott sei Dank, es war mein Taxifahrer, dem das Warten zu lang geworden war. Ich dachte – ich weiß gar nicht genau, was ich gedacht habe, jedenfalls war mir angst. Ich muß irgendwie geschrien oder gestöhnt haben, und der Mann kam geradewegs herein. Zum Glück hatte ich die Tür offengelassen, wie ich sie vorgefunden hatte.

Ich riß mich so weit zusammen, daß ich ihn bitten konnte, das Testament als Zeuge zu unterschreiben. Ich muß komisch ausgesehen und komisch gesprochen haben, denn ich erinnere mich, wie sein Blick von mir zur Cognacflasche ging. Jedenfalls unterschrieb er das Testament nach Mrs. Mead, die ihren Namen mühsam mit schwacher Hand darunter setzte, während sie auf dem Rücken lag. ‹Was'n jetzt, Chef?› fragte der Fahrer, nachdem das erledigt war.

Mir war inzwischen furchtbar elend. Ich konnte nur noch sagen: ‹Bringen Sie mich nach Hause.›

Er sah zu Mrs. Mead und dann zu mir und sagte: ‹Is'n da keiner, der sich um die Dame kümmert, Chef?›

Ich sagte: ‹Holen Sie einen Arzt, aber bringen Sie mich zuerst nach Hause.›

Ich taumelte, auf seinen Arm gestützt, aus dem Haus. Ich hörte ihn noch etwas brummeln, was das bloß für eine Bescherung sei. An die Heimfahrt kann ich mich nicht erinnern. Als ich wieder zum Leben erwachte, lag ich in meinem Bett, und ein Arzt aus der Gegend stand über mich gebeugt.

Ich fürchte, die Geschichte wird jetzt lang und uninteressant. Um es kurz zu machen: Es scheint, daß der Taxifahrer, ein sehr anständiger und intelligenter Bursche, mich am Ende der Fahrt völlig unansprechbar gefunden hat. Er wußte nicht, wer ich war, aber bei einer Durchsuchung meiner Taschen fand er meine Visitenkarte und meinen Hausschlüssel. Er fuhr mich nach Hause und brachte mich nach oben, und da er mich für betrunken hielt, und zwar betrunkener, als es ihm nach seiner Erfahrung je untergekommen war, machte er sich als mitfühlender Mensch auf den Weg, einen Arzt zu holen.

Der Doktor war der Ansicht, ich sei betäubt worden – mit Veronal oder dergleichen. Falls man die Absicht gehabt hatte, mich zu ermorden, war die Dosis zum Glück viel zu gering bemessen worden. Wir haben die Sache gründlich untersucht, mit dem Ergebnis, daß ich etwa zwei Gramm davon eingenommen haben muß. Das Medikament ist in der Analyse anscheinend sehr schwer nachzuweisen, aber der Arzt kam nun einmal zu diesem Befund, nachdem er den Fall von allen Seiten untersucht hatte. Zweifellos war der Cognac damit versetzt gewesen.

Natürlich sind wir am nächsten Tag gleich hingefahren, um uns das Haus anzusehen. Es war abgeschlossen, und der Milchmann erklärte uns, die Bewohner seien schon seit einer Woche fort und würden frühestens in zehn Tagen zurückerwartet. Wir haben mit ihnen Verbindung aufgenommen, aber es schienen ganz ehrliche, normale Leute zu sein, die uns versicherten, von der Sache nichts zu wissen. Sie hatten die Angewohnheit, öfter einmal fortzufahren und das Haus einfach nur abzuschließen, ohne sich die Mühe zu machen, jemanden zu beauftragen, daß er es im Auge behielt. Der Mann ist natürlich sofort nach Hause gekommen, um der Sache nachzugehen, aber es war offenbar nichts gestohlen oder auch nur angerührt worden, bis auf ein paar Laken und Kissen, die offensichtlich benutzt worden waren, und im Wohnzimmer waren ein paar Handvoll Kohlen verfeuert worden. Der Kohlenkeller, in dem sich auch der Stromzähler befand, war von der Familie, bevor sie das Haus verließ, abgeschlossen und die Hauptsicherung ausgeschaltet worden – so viel Verstand hatten sie immerhin –, und das war wohl auch der Grund für die Kälte und Dunkelheit im Haus, als ich es betrat. Offensichtlich hatte die Besucherin das Fenster zur Vorratskammer geöffnet – diese Dinger werden ja so gut wie nie gesichert – und die Lampe nebst Cognac und Karaffe selbst mitgebracht. Ein frecher Trick, aber nicht schwierig.

Ich brauche wohl nicht zu sagen, daß von einer Mrs. Mead oder Miss Grant nirgends etwas zu hören oder zu sehen war. Den Hausbewohnern lag nicht sehr daran, kostspielige Nachforschungen anzustellen – schließlich hatten sie nichts weiter als für ein paar Shilling Kohlen eingebüßt – oder gar ein Gerichtsverfahren anzustrengen, und da ich ja auch nicht wirklich ermordet worden war, hielt ich es für das beste, die Sache auf sich beruhen zu lassen. Aber es war ein höchst unerfreuliches Erlebnis.»

«Das kann man wohl sagen. Haben Sie je wieder etwas von Miss Grant gehört?»

«In der Tat, ja. Sie hat mich zweimal angerufen – einmal drei Monate später und dann erst wieder jetzt vor vierzehn Tagen, um sich mit mir zu treffen. Sie dürfen mich gern für feige halten, Mr. Parker, aber ich habe sie jedesmal abgewiesen. Ich wußte nicht recht, was da passieren könnte. Schließlich habe ich mir folgende Erklärung zusammengereimt, daß ich wahrscheinlich über Nacht in dem Haus gehalten werden sollte, um mich hinterher zu erpressen. Eine andere Erklärung konnte ich für das Schlafmittel nicht finden. Jedenfalls hielt ich Vorsicht für den besseren Teil der Tapferkeit und habe meine Angestellten und die Haushälterin angewiesen, falls Miss Grant je wieder anrufen sollte, sei ich außer Haus und würde auch so bald nicht zurückerwartet.»

«Hm. Meinen Sie, sie hat gemerkt, daß Sie die Narbe an ihrer Hand wiedererkannten?»

«Das glaube ich sicher nicht. Sonst wäre sie wohl kaum unter ihrem richtigen Namen wieder an mich herangetreten.»

«Da haben Sie wahrscheinlich recht. Also, Mr. Trigg, ich bin Ihnen für diese Informationen sehr dankbar; sie könnten sich einmal als ungeheuer wertvoll entpuppen. Und sollte Miss Grant Sie je wieder anrufen – von wo hat sie übrigens angerufen?»

«Jedesmal aus einer öffentlichen Fernsprechzelle. Das weiß ich, weil die Vermittlung einem immer sagt, wenn jemand aus einer Zelle anruft. Ich habe die Anrufe nicht zurückverfolgen lassen.»

«Natürlich nicht. Also, wenn sie wieder anrufen sollte, würden Sie dann bitte einen Termin mit ihr vereinbaren und mich sofort verständigen? Wenn Sie bei Scotland Yard anrufen, erreichen Sie mich immer.»

Mr. Trigg versprach, dies zu tun, und Parker verabschiedete sich.

Nun wissen wir also, dachte er auf dem Heimweg, daß jemand – und zwar ein recht skrupelloser Jemand – sich 1925 in Sachen Großnichten erkundigt hat. Ich glaube, ein Wort an Miss Climpson wäre angezeigt – nur um festzustellen, ob Mary Whittaker eine Narbe an der rechten Hand hat oder ob ich noch mehr Rechtsanwälten meine Aufwartung machen muß.

Die heißen Straßen erschienen ihm nicht mehr so bedrückend und glühend wie vorher. Das Gespräch mit dem Anwalt hatte Parkers Laune sogar so gehoben, daß er dem nächsten Straßenbengel, der ihn anhaute, ein Zigarettenbildchen spendierte.

III

Das medizinisch-rechtliche Problem

*Und keine Tat,
Die nicht der Taten mehr gebiert,
Wenn sie erst ruchbar wird.*
E. B. Browning: Aurora Leigh

19

Auf und davon

Nichts ist schlecht oder gut, außer dem Willen.
Epiktet

«Du wirst doch gewiß nicht abstreiten wollen», bemerkte Lord Peter, «daß denen, die über die letzten Tage der Agatha Dawson vielleicht Auskunft geben könnten, recht merkwürdige Dinge zustoßen. Bertha Gotobed stirbt plötzlich und unter verdächtigen Umständen; ihre Schwester meint, am Hafen von Liverpool habe Miss Whittaker ihr aufgelauert; Mr. Trigg wird in ein geheimnisvolles Haus gelockt umd betäubt. Ich frage mich, was Mr. Probyn wohl zugestoßen wäre, wenn er die Unvorsichtigkeit begangen hätte, in England zu bleiben.»

«Ich streite ja gar nichts ab», antwortete Parker. «Ich möchte dich nur darauf hinweisen, daß der Gegenstand deines Verdachts, sich während des ganzen Monats, in dem die Familie Gotobed von diesen Katastrophen heimgesucht wurde, mit Miss Vera Findlater, die ihr nie von der Seite wich, in Kent aufgehalten hat.»

«Da liegt zweifellos der Haken», entgegnete Wimsey. «Dem wieder möchte ich einen Brief von Miss Climpson entgegenhalten, in dem sie uns – zwischen ellenlangem Geschwätz, mit dem ich dich nicht belästigen will – davon in Kenntnis setzt, daß Miss Whittaker an der rechten Hand eine Narbe hat, auf die Mr. Triggs Beschreibung haargenau paßt.»

«So? Dann wäre Miss Whittaker ja mit ziemlicher Sicherheit in die Geschichte mit Trigg verwickelt. Aber gehst du wirklich davon aus, daß sie alle Leute aus dem Weg zu räumen versucht, die irgend etwas über Miss Dawson wissen? Ziemlich happig für eine Frau allein, findest du nicht? Und wenn es so ist, warum ist dann Dr. Carr verschont geblieben? Und Schwester Philliter? Und Schwester Forbes? Und der andere Medizinmann? Und die übrige Einwohnerschaft Leahamptons, wenn wir gerade dabei sind?»

«Ein interessanter Punkt, an den ich auch schon gedacht habe. Aber ich glaube den Grund zu kennen. Bis jetzt stellt uns der

Fall Dawson vor zwei schwierige Probleme – ein juristisches und ein medizinisches, oder das Motiv und die Mittel, wenn dir das lieber ist. Was die Gelegenheit betrifft, kommen nur zwei Menschen in Frage – Miss Whittaker und Schwester Forbes. Die Forbes hatte durch die Ermordung einer guten Patientin nichts zu gewinnen, folglich können wir sie vorerst noch ausklammern.

Nehmen wir uns also jetzt einmal das medizinische Problem vor – die Mittel. Ich muß zugeben, daß mir diese Frage im Augenblick unlösbar erscheint. Ich stehe vor einem Rätsel, Watson (sagte er, unter den halb geschlossenen Lidern Zornesblitze aus seinen adlergleichen Augen hervorschießend). Selbst ich stehe vor einem Rätsel. Aber nicht lange mehr! (rief er mit einemmale die Zuversicht selbst). Unsere Ehre (Pluralis majestatis) erfordert, daß Wir (mit großem W) diesem Feind der Menschheit bis an seinen verborgenen Ursprung nachgehen, wenn er Uns gleich dabei zermalme! Tosender Applaus. Sein Kinn sank grübelnd auf den Morgenmantel, und er hauchte ein paar rauhe Töne in sein Baßsaxophon, den treuen Gefährten seiner einsamen Stunden im Badezimmer.»

Parker nahm demonstrativ das Buch zur Hand, das er bei Wimseys Eintreten weggelegt hatte.

«Sag mir Bescheid, wenn du fertig bist», meinte er bissig.

«Ich habe noch nicht mal angefangen. Die Mittel, ich wiederhole, stellen uns vor ein unlösbares Rätsel – das glaubt offenbar auch unser Bösewicht. Unter Ärzten und Krankenschwestern ist die Sterblichkeit nicht auffällig angestiegen. Von dieser Seite her fühlt die Dame sich also sicher. Nein, der schwache Punkt ist das Motiv – daher die Eile, alle die zum Schweigen zu bringen, die über die juristische Seite des Problems Bescheid wissen.»

«Aha, ich verstehe. Übrigens ist Mrs. Cropper wieder unterwegs nach Kanada. Sie scheint in keiner Weise belästigt worden zu sein.»

«Eben – genau deshalb bin ich nach wie vor überzeugt, daß ihr in Liverpool jemand aufgelauert hat. Es lohnte sich nur, Mrs. Cropper den Mund zu stopfen, solange sie ihre Geschichte noch niemandem erzählt hatte. Aus diesem Grund lag mir so sehr daran, sie abzuholen und demonstrativ nach London zu begleiten.»

«So ein Quatsch, Peter! Selbst wenn Miss Whittaker da gewesen wäre – was gar nicht sein kann, wie wir wissen –, wie hätte sie wissen sollen, daß du dich nach der Dawson-Geschichte erkundigen wolltest? Sie kennt dich nicht schon seit Adam und Eva.»

«Sie könnte aber erfahren haben, wer Mr. Murbles ist. Du weißt ja, das Inserat, mit dem alles angefangen hat, lief unter seinem Namen.»

«Warum hat sie dann nicht Mr. Murbles oder dich aufs Korn genommen?»

«Murbles ist von allen Hunden gehetzt. Dem legst du so leicht keine Schlinge. Er empfängt keine weiblichen Klienten, nimmt keine Einladungen an und geht nie ohne Begleitung aus.»

«Ich wußte gar nicht, daß er die Sache so ernst nimmt.»

«Und wie. Murbles ist alt genug, daß er inzwischen weiß, was seine Haut wert ist. Was mich betrifft – ist dir nicht die bemerkenswerte Ähnlichkeit zwischen Mr. Triggs Abenteuer und meinem – nun ja, kleinen Abenteuerchen in der South Audley Street aufgefallen?»

«Wie, das mit Mrs. Forrest?»

«Ja. Das heimliche Treffen. Die Bewirtung. Das Bemühen, einen um jeden Preis für die Nacht dazubehalten. Verlaß dich darauf, Charles, in diesem Zucker war etwas, was im Zucker nichts zu suchen hat – siehe Gesetz über die Lebensmittelreinheit unter dem Punkt ‹Verschiedenes›.»

«Du meinst, Mrs. Forrest ist eine Komplicin?»

«Genau. Ich weiß nicht, was für sie dabei herausspringt – wahrscheinlich Geld. Aber eine Verbindung besteht mit Sicherheit. Teils wegen Bertha Gotobeds Fünf-Pfund-Note, teils wegen Mrs. Forrests Geschichte, die ein aufgelegter Schwindel war – diese Frau hat ganz gewiß noch nie einen Geliebten gehabt, geschweige einen Ehemann – wirkliche Unerfahrenheit läßt sich nicht verkennen; und hauptsächlich wegen der Ähnlichkeit des Vorgehens. Verbrecher haben stets die Neigung, ihre Tricks zu wiederholen. Denk an George Joseph Smith und seine Bräute. Denk an Neill Cream oder an Armstrong und seine Teeparties.»

«Nun, wenn sie eine Komplicin hat, um so besser. Komplicen verraten am Ende gewöhnlich alles.»

«Wie wahr! Und wir sind insofern in einer günstigen Position, als sie bisher wahrscheinlich nicht wissen, daß wir eine Verbindung zwischen ihnen vermuten.»

«Ich bin trotzdem noch immer der Meinung, wir sollten zuerst einmal beweisen, daß überhaupt Verbrechen stattgefunden haben. Nenn mich meinetwegen pingelig, aber wenn du mir wirklich eine Methode nennen könntest, diese Leute zu beseitigen, ohne eine Spur zu hinterlassen, wäre mir wesentlich wohler dabei.»

«Nun, etwas wissen wir immerhin schon darüber.»

«Und das wäre?»

«Also – nimm mal die beiden Opfer –»

«Die mutmaßlichen Opfer.»

«Meinetwegen, alter Wortklauber. Die beiden mutmaßlichen Opfer und die beiden (mutmaßlich) beabsichtigten Opfer. Miss Dawson war krank und hilflos; Bertha Gotobed war vermutlich durch eine schwere Mahlzeit und eine ungewohnte Menge Alkohol benebelt; Mr. Trigg wurde durch eine ausreichende Menge Veronal ins Reich der Träume geschickt, und mir sollte wahrscheinlich etwas in der gleichen Art verabreicht werden – hätte ich doch nur den Rest von diesem Kaffee irgendwie mitnehmen können! Und aus alldem schließen wir nun – was?»

«Daß es sich wahrscheinlich um eine Tötungsart handelt, bei der das Opfer mehr oder weniger hilflos oder gar betäubt sein muß.»

«Genau. Wie zum Beispiel bei einer Injektion – nur daß anscheinend nichts injiziert worden ist. Oder irgendein komplizierter Eingriff – wenn uns doch nur einer einfiele, der hier in Frage kommen könnte. Oder man gibt dem Opfer etwas zum Einatmen – etwa Chloroform –, aber es deutet ja auch nichts auf Ersticken hin.»

«Eben. Viel weiter bringt uns das also nicht.»

«Aber es ist immerhin etwas. Andererseits könnte es auch durchaus etwas sein, was eine ausgebildete Krankenschwester einmal gelernt oder gehört hat. Du weißt, daß Miss Whittaker ausgebildete Krankenschwester ist – was es ihr übrigens so leicht gemacht hat, sich selbst den Kopf zu verbinden und dem dummen Mr. Trigg ein unkenntliches Bild des Jammers zu präsentieren.»

«Es müßte nicht einmal etwas besonders Ausgefallenes sein – ich meine etwas, was nur ein ausgebildeter Chirurg machen könnte oder wozu man besondere Spezialkenntnisse brauchte.»

«Ganz und gar nicht. Wahrscheinlich könnte sie es im Gespräch mit Ärzten oder anderen Schwestern aufgeschnappt haben. Paß mal auf, wie wär's, wenn wir uns mal wieder an diesen Dr. Carr heranmachten? Oder nein – der hätte es längst ausgequasselt, wenn er irgend etwas in dieser Richtung vermutet hätte. Ich weiß! Ich frage Lubbock. Der ist Analytiker, das tut's auch. Gleich morgen werde ich mich mit ihm in Verbindung setzen.»

«Und inzwischen», sagte Parker, «sitzen wir wahrscheinlich herum und warten, daß noch jemand ermordet wird.»

«Scheußlich, was? Ich fühle sozusagen immer noch Bertha Gotobeds Blut an mir kleben. Hör mal!»

«Ja?»

«Für die Sache mit Trigg haben wir doch so gut wie eindeutige Beweise. Könntest du die Dame nicht wegen Einbruchs ins Loch stecken, solange wir uns über die restliche Geschichte noch klarwerden? Das wird doch oft gemacht. Schließlich *war* es Einbruch. Sie hat sich nach Anbruch der Dunkelheit gewaltsamen Zutritt in ein Haus verschafft und eine Schaufel Kohlen zum Zweck des eigenen Verbrauchs entwendet. Trigg könnte sie identifizieren – er scheint ja der Dame bei mehr als einer Gelegenheit seine Aufwartung gemacht zu haben. Und die weiteren Details könnten wir aus diesem Taxifahrer herausholen.»

Parker sog eine Weile an seiner Pfeife.

«Das bringt nichts ein», sagte er schließlich. «Ich meine, es könnte sich schon lohnen, den Fall vor Gericht zu bringen, aber damit sollten wir es nicht allzu eilig haben. Wären wir doch nur mit unseren anderen Beweisen schon weiter! Es gibt da nämlich so etwas wie die Habeaskorpusakte, weißt du – man kann einen nicht wegen ein paar geklauter Kohlen unbegrenzt lange festhalten –»

«Vergiß das gewaltsame Eindringen ins Haus nicht. Immerhin ist das Einbruch. Für Einbruch kann man lebenslänglich Zuchthaus bekommen.»

«Das hängt aber ganz davon ab, wie das Gericht sich zu der Kohle stellt. Vielleicht entscheidet es, daß ursprünglich gar nicht die Absicht bestand, Kohle zu stehlen, und dann wäre es nur noch leichter Hausfriedensbruch und Mundraub. Im übrigen *wollen* wir ja gar keine Verurteilung fürs Kohleklauen. Aber ich erkundige mich mal, wie man bei uns im Yard darüber denkt, und inzwischen knöpfe ich mir diesen Trigg noch einmal vor und versuche den Taxifahrer zu finden. Und Triggs Hausarzt. Vielleicht bringen wir das als Mordversuch an Trigg durch, oder wenigstens als Giftbeibringung mit der Absicht der Körperverletzung. Aber ich hätte schon gern ein paar Beweise mehr für –»

«Menschenskind! Ich auch. Aber ich kann doch die Beweise nicht aus dem Hut zaubern. Nun bleib mal schön auf dem Teppich. Ich habe dir aus dem schieren Nichts einen Fall aufgebaut. Ist das nicht auch schon etwas? Die nackte Undankbarkeit in Person – das bist du.»

Parkers Nachforschungen erforderten Zeit, und der Juni nahte sich seinen längsten Tagen.

Chamberlin und Levine flogen über den Atlantik, und Segrave nahm Abschied vom Rennsport. Der *Daily Yell* schrieb antisozialistische Leitartikel und deckte eine Verschwörung auf. Jemand erhob Anspruch auf ein Marquisat, und ein Tschechoslowake maßte sich an, den Ärmelkanal zu durchschwimmen. Hammond verstieß Grace, in Moskau setzte ein großes Morden ein, Foxlaw gewann den Goldpokal, und bei Oxhey öffnete sich die Erde und verschluckte irgend jemandes Vorgarten. Oxford entschied, daß Frauen gefährlich seien, und beim White City-Rennen ließ sich der elektrische Hase herab, zu laufen. In Wimbledon geriet Englands Vorherrschaft ins Wanken, und das Oberhaus fand sich zu einem Kompromiß bereit.

Inzwischen war Lord Peters *magnum opus* über hundertundeine Möglichkeit, jemanden eines plötzlichen Todes sterben zu lassen, durch die Ansammlung einer Unmenge Notizen weitergekommen, die seine ganze Bibliothek überfluteten und Bunter, der die Aufgabe hatte, sie systematisch zu ordnen und im weitesten Sinne aus Chaos Ordnung zu schaffen, zu ersticken drohten. Orientalische Forscher und Gelehrte wurden in Clubs beim Schlafittchen gepackt und gründlich nach abstrusen Eingeborenengiften ausgequetscht; unleserliche Dokumente berichteten von schauerlichen Experimenten in deutschen Labors, und Sir James Lubbock, der das Pech hatte, ein guter Freund von Lord Peter zu sein, verlor mehr und mehr die Lust am Leben, denn kein Tag verging, an dem er nicht nach postmortalen Spuren von so verschiedenen Substanzen wie Chloroform, Curare, Blausäure und Diäthylsulfonmethyläthylmethan gefragt wurde.

«Aber es muß *doch* irgend etwas geben, das tödlich ist und keine Spuren hinterläßt», bettelte Lord Peter, nachdem man ihm zu guter Letzt zu verstehen gegeben hatte, daß diese Plage aufzuhören habe. «Etwas, wofür eine solch weltweite Nachfrage besteht – es kann doch nicht die Phantasie der Wissenschaftler übersteigen, so etwas zu erfinden. Das muß es geben. Warum wird so etwas nicht annonciert? Irgendeine Firma gibt es doch bestimmt, die daraus Kapital schlägt. Einfach lächerlich ist das. Schließlich handelt es sich um einen Artikel, den man eines Tages vielleicht selbst verwenden möchte.»

«Sie verstehen das falsch», sagte Sir James Lubbock. «Viele Gifte hinterlassen keine bestimmten postmortalen Erscheinungen. Und davon sind wiederum viele – besonders die Pflanzengifte – in der Analyse schwer nachweisbar, wenn man nicht schon weiß, wonach man sucht. Wenn man zum Beispiel nach Arsen sucht, sagt der Test einem nichts darüber, ob vielleicht Strychnin im Spiel ist. Und wenn man nach Strychnin sucht, findet man kein Morphium. Man muß einen Test nach dem andern machen, bis man den richtigen erwischt. Und es gibt natürlich auch bestimmte Gifte, für die überhaupt kein Nachweisverfahren bekannt ist.»

«Das weiß ich alles», sagte Wimsey. «Solche Tests habe ich schon selbst vorgenommen. Aber diese Gifte ohne bekannte Nachweismöglichkeiten – wie kann man ihr Vorhandensein trotzdem feststellen?»

«Na ja, da muß man sich natürlich die Symptome ansehen und so weiter. Man muß sich mit der Vorgeschichte des Falles befassen.»

«Ja – aber ich suche ein Gift, das eben keine Symptome hervorruft. Außer dem Tod natürlich – sofern man den ein Symptom nennen kann. Gibt es denn kein Gift ohne Symptome und ohne Nachweis? Etwas, wovon man einfach abkratzt – pfft und weg.»

«Ganz gewiß nicht», sagte der Wissenschaftler leicht verärgert – denn Analytiker leben von Symptomen und Tests, und niemand hört sich gerne Ansichten an, die an den Grundpfeilern seines Berufs rütteln –, «nicht einmal Altersschwäche oder geistiger Verfall. Symptome gibt es immer.»

Zum Glück blies Parker das Signal zum Handeln, bevor die Symptome geistigen Verfalls bei Lord Peter allzu sichtbar wurden.

«Ich fahre mit einem Haftbefehl nach Leahampton», sagte er. «Vielleicht mache ich gar keinen Gebrauch davon, aber der Chef meint, eine Untersuchung könne nichts schaden. Nach dem geheimnisvollen Fall von Battersea, der Daniels-Geschichte und jetzt noch Bertha Gotobed scheint allgemein das Gefühl zu herrschen, daß es dieses Jahr schon ein paar ungeklärte Tragödien zuviel gegeben hat, und die vermaledeite Presse fängt auch schon wieder an zu kläffen. Im *John Citizen* steht diese Woche ein Artikel mit dem Riesenaufmacher: ‹96 Mörder laufen frei herum.› Und die *Evening Views* beginnen ihre Berichte mit Sätzen wie: ‹Sechs Wochen sind nun vergangen, und die Polizei ist der Lösung immer noch nicht näher› – du kennst dergleichen ja. Wir müssen jetzt einfach etwas unternehmen. Kommst du mit?»

«Klar – eine Nase voll frischer Landluft würde mir wahrscheinlich nur guttun. Um die Spinnweben wegzupusten, weißt du? Vielleicht lasse ich mich sogar inspirieren und erfinde eine schöne neue Art zu morden. ‹O Inspiration, einsames Kind, trällerst dein kunstloses Liedchen im Wind –› Hat das jemand geschrieben, oder hab ich's gerade erfunden? Irgendwie kommt es mir bekannt vor.»

Parker, der nicht gerade bester Laune war, antwortete knapp, der Polizeiwagen werde in einer Stunde nach Leahampton aufbrechen.

«Ich werde zur Stelle sein», sagte Wimsey, «obwohl du ja weißt, wie ungern ich mich von einem anderen fahren lasse. Das gibt einem so ein unsicheres Gefühl. Aber macht nichts. Sei blutig, kühn und frech, wie schon Königin Victoria zum Erzbischof von Canterbury sagte.»

Sie erreichten Leahampton, ohne daß irgendein Zwischenfall Lord Peters Ängste gerechtfertigt hätte. Parker hatte einen zweiten Beamten bei sich, und unterwegs nahmen sie noch den Polizeipräsidenten der Grafschaft mit, der dem Zweck ihrer Reise sehr mißtrauisch gegenüberstand. Bei Betrachtung dieses Aufgebots von fünf kräftigen Männern zwecks Ergreifung einer jungen Frau fühlte Lord Peter sich an die Marquise von Brinvilliers erinnert («Was! Dieses viele Wasser für eine kleine Person wie mich?»), aber damit war er wieder beim Gift und grübelte versunken vor sich hin, bis das Auto vor dem Haus in der Wellington Avenue anhielt.

Parker stieg aus und ging mit dem Polizeipräsidenten auf die Haustür zu. Sie wurde von einem verängstigt dreinblickenden Mädchen geöffnet, das bei ihrem Anblick einen kleinen Schrei von sich gab.

«Oh, Sir! Sie sind doch nicht gekommen, um zu sagen, daß Miss Whittaker etwas zugestoßen ist?»

«Ist Miss Whittaker denn nicht zu Hause?»

«Nein, Sir, sie ist mit Miss Vera Findlater im Auto fortgefahren – am Montag, also vor vier Tagen, Sir, und ist noch nicht wieder zurückgekommen, Miss Findlater auch nicht, und jetzt habe ich Angst, daß ihnen etwas passiert sein könnte. Als ich Sie sah, hab ich gedacht, jetzt kommt die Polizei uns sagen, daß sie einen Unfall gehabt haben. Ich hab nicht gewußt, was ich machen sollte, Sir.»

Entwischt, beim Teufel auch! war Parkers erster Gedanke, aber er schluckte seinen Ärger hinunter und fragte:

«Wissen Sie, wohin sie gefahren sind?»

«Nach Crown's Beach, hat Miss Whittaker gesagt, Sir.»

«Das sind gut 50 Meilen», erklärte der Polizeipräsident. «Wahrscheinlich haben sie sich nur entschlossen, dort ein oder zwei Tage zu bleiben.»

Noch wahrscheinlicher sind sie genau in die entgegengesetzte Richtung gefahren, dachte Parker.

«Sie haben aber nichts für die Nacht mitgenommen, Sir. Gegen zehn Uhr morgens sind sie abgefahren und haben gesagt, sie wollten dort zu Mittag essen und abends wieder nach Hause kommen. Und Miss Whittaker hat nicht geschrieben und gar nichts. Wo sie doch immer so genau ist. Die Köchin und ich, wir haben gar nicht gewußt, was –»

«Nun gut, es wird schon seine Ordnung haben», sagte der Polizeipräsident. «Wie schade, denn wir wollten Miss Whittaker gerade sprechen. Wenn Sie etwas von ihr hören, können Sie ihr ausrichten, Sir Charles Pillington sei mit einem Freund da gewesen.»

«Ja, Sir. Aber bitte, Sir – was sollen wir nun tun?»

«Nichts. Machen Sie sich keine Sorgen. Ich lasse nachforschen. Wissen Sie, ich bin nämlich der Polizeipräsident und kann ganz schnell feststellen, ob es irgendwo einen Unfall gegeben hat oder nicht. Aber wenn etwas passiert wäre, verlassen Sie sich darauf, wir hätten schon davon gehört. Nun kommen Sie, Mädchen, reißen Sie sich zusammen, da gibt es gar nichts zu weinen. Wir geben Ihnen Bescheid, sobald wir etwas hören.»

Aber Sir Charles machte ein besorgtes Gesicht. Im Zusammenhang mit Parkers Ankunft in seinem Distrikt hatte diese Sache etwas Unerfreuliches an sich.

Lord Peter jedoch nahm die Neuigkeit gutgelaunt auf.

«Gut», sagte er. «Man muß sie aufscheuchen. In Bewegung halten. So ist es richtig. Freut mich immer, wenn sich etwas tut. Meine schlimmsten Verdächtigungen werden sich bald bestätigen. Da kommt man sich immer so bedeutend und rechtschaffen vor, nicht wahr? Aber wozu hat sie nur das Mädchen mitgenommen? Übrigens sollten wir lieber einmal bei den Findlaters reinschauen. Vielleicht haben die etwas gehört.»

Man folgte diesem naheliegenden Vorschlag sofort. Aber bei den Findlaters zogen sie eine Niete. Die Familie sei an der See, außer Miss Vera, die bei Miss Whittaker in der Wellington Avenue sei. Das Hausmädchen gab sich in keiner Weise besorgt und schien es auch nicht zu sein. Die Detektive gaben sich die größte Mühe, keine Unruhe zu erzeugen, und zogen sich, nachdem Sir Charles eine ebenso höfliche wie nichtssagende Nachricht hinterlassen hatte, zur Beratung zurück.

«Soweit ich sehen kann», sagte Parker, «bleibt uns da nichts anderes übrig als ein Anruf an alle Polizeidienststellen, sich nach dem Wagen und den Damen umzusehen. Und natürlich müssen wir in allen Häfen nachfragen. Mit vier Tagen Vorsprung können sie jetzt Gott weiß wo sein. Himmel, hätte ich nur etwas mehr riskiert und früher zugepackt, mit oder ohne Genehmigung. Was ist diese Findlater eigentlich für ein Mädchen? Vielleicht sollte ich noch einmal zurückgehen und mir ein Foto von ihr und der Whittaker besorgen. Und du, Wimsey, könntest mal bei Miss Climpson reinschauen und hören, ob sie etwas für uns weiß.»

«Und du könntest beim Yard Bescheid sagen, sie sollen Mrs. Forrests Wohnung im Auge behalten», sagte Wimsey. «Wenn bei einem Verbrecher etwas Ungewöhnliches eintritt, ist man immer gut beraten, seinem Komplicen auf die Finger zu sehen.»

«Ich bin überzeugt, daß Sie beide da fürchterlich im Irrtum sind!», sagte Sir Charles Pillington beschwörend. «Verbrecher – Komplice – mein Gott! Ich habe mir im Laufe eines langen Lebens – und ich lebe schon ein Weilchen länger als Sie beide – einen beträchtlichen Erfahrungsschatz erworben und bin überzeugt, daß Miss Whittaker, die ich übrigens gut kenne, eine so liebe und nette junge Dame ist, wie man es sich nur wünschen kann. Aber irgendeinen Zwischenfall hat es zweifellos gegeben, und es ist unsere Pflicht, der Sache auf den Grund zu gehen. Ich werde mich sofort mit der Polizei von Crown's Beach in Verbindung setzen, sowie ich eine Beschreibung des Wagens habe.»

«Es ist ein Austin Sieben mit der Nummer XX 9917», sagte Wimsey prompt und sehr zur Überraschung des Polizeipräsidenten. «Aber ich bezweifle sehr, daß Sie ihn in Crown's Beach oder sonst irgendwo in der Nähe finden.»

«Jedenfalls sollten wir uns jetzt ein bißchen beeilen», sagte Parker ungehalten. «Am besten trennen wir uns. Können wir dann in einer Stunde im *George* einen Happen essen?»

Wimsey hatte Pech. Miss Climpson war nicht zu finden. Sie hatte heute schon zeitig zu Mittag gegessen und war mit den Worten fortgegangen, eine ausgedehnte Wanderung übers Land werde ihr sicher guttun. Mrs. Budge fürchtete aber eher, sie habe vielleicht schlechte Nachrichten bekommen. Sie habe seit gestern abend so unruhig und besorgt gewirkt.

«Aber einen Moment, Sir», fügte sie hinzu, «wenn Sie sich beeilen, finden Sie sie vielleicht noch in der Kirche. Da geht sie oft noch schnell auf ein Gebet hinein. Nicht gerade die respektvollste Art, finden Sie nicht, Sir, einen heiligen Ort zu besuchen. An einem Wochentag einfach so mal eben rein und raus, als wenn sie Freunde besuchen ginge. Und wenn sie von der Kommunion kommt, ist sie fröhlich und guter Dinge und lacht und macht Scherze. Ich weiß nicht, ob wir die Religion wirklich zu so etwas Gewöhnlichem machen dürfen – so völlig respektlos und gar nichts Erbauliches dabei. Aber – na ja! Wir haben wohl alle unsere Fehler, und eigentlich ist Miss Climpson eine ganz nette Frau, das muß ich schon sagen, auch wenn sie böhmisch-katholisch oder wenigstens so etwas Ähnliches ist.»

Lord Peter fand die Bezeichnung «böhmisch-katholisch» recht passend für den päpstlicheren Ableger der Hochkirche. Aber im Augenblick hatte er nicht das Gefühl, auch noch Zeit für eine religiöse Diskussion erübrigen zu können, weshalb er sich schnell auf den Weg zur Kirche und die Suche nach Mrs. Climpson machte.

Die Türen von St. Onesimus standen gastlich weit offen, und das Ewige Licht verbreitete einen einladenden roten Schimmer in dem ansonsten ziemlich düsteren Raum. Wimsey, der aus der Junisonne kam, mußte erst ein wenig blinzeln, bevor er irgend etwas sonst erkennen konnte. Bald sah er eine dunkle, gebeugte Gestalt vor dem Ewigen Licht knien. Im ersten Augenblick hoffte er, es sei Miss Climpson, aber schon kurz darauf erkannte er zu seiner Enttäuschung, daß es nur eine Nonne in ihrer schwarzen Tracht war, die wahrscheinlich bei der Hostie Wache hielt. Sonst sah er in der Kirche nur noch einen Geistlichen in Soutane, der gerade den Hochaltar schmückte. Es war ja das Fest des heiligen Johannes, fiel Wimsey plötzlich ein. Er ging den Mittelgang hinauf, um sein Opfer vielleicht irgendwo in einer finsteren Ecke zu finden. Seine Schuhe quietschten. Das ärgerte ihn. So etwas würde Bunter nie durchgehen lassen. Unwillkürlich beschlich ihn der Gedanke, das Quietschen könne von dem Teufel in ihm stammen, der gegen die fromme Atmosphäre protestierte. Die Vorstellung gefiel ihm so, daß er jetzt zuversichtlicher weiterging.

Das Quietschen machte den Geistlichen auf ihn aufmerksam. Er drehte sich um und kam dem Eindringling entgegen. Zweifellos, dachte Wimsey, um mir seine geistlichen Dienste bei der Austreibung des bösen Geistes anzubieten.

«Suchen Sie vielleicht jemand?» erkundigte sich der Geistliche höflich.

«Ja, ich suche eine Dame», begann Wimsey. Dann fiel ihm ein, daß dieses Ansinnen den Umständen gemäß vielleicht ein bißchen merkwürdig klang, weshalb er sich beeilte, mit gedämpfter Stimme, die er der geheiligten Umgebung für angemessen hielt, sein Begehren näher zu erläutern.

«Ach so», sagte der Geistliche gänzlich unbekümmert. «Ja, Miss Climpson war vor einer kleinen Weile noch hier, aber ich glaube, jetzt ist sie nicht mehr da. Ich führe zwar gewöhnlich nicht Buch über meine Herde», fügte er lachend hinzu, «aber sie hat noch mit mir gesprochen, bevor sie ging. Ist es etwas Dringendes? Schade, daß Sie sie verpaßt haben. Kann ich ihr etwas ausrichten oder Ihnen sonst irgendwie behilflich sein?»

«Nein, danke», sagte Wimsey. «Entschuldigen Sie die Störung. Es schickt sich wohl nicht ganz, einfach hier hereinzukommen und Leute aus der Kirche schleppen zu wollen, aber – doch, es war schon einigermaßen wichtig. Ich werde eine Nachricht in ihrer Pension hinterlassen. Haben Sie allerbesten Dank.»

Er wandte sich zum Gehen, doch dann hielt er inne und kam noch einmal zurück.

«Sagen Sie, bitte», begann er, «Sie beraten doch manchmal Leute in moralischen Fragen und so, nicht wahr?»

«Nun ja, wir sollten es zumindest versuchen», antwortete der Geistliche. «Haben Sie etwas Bestimmtes auf dem Herzen?»

«J-a-a», meinte Wimsey. «Nichts Religiöses – ich meine, mit der Unfehlbarkeit oder der Jungfrau Maria oder dergleichen hat es nichts zu tun. Es geht um eine Sache, bei der mir nicht recht wohl ist.»

Der Geistliche – es handelte sich um Mr. Tredgold, den Vikar – erklärte ihm, daß er Lord Peter ganz zu Diensten stehe.

«Sehr freundlich von Ihnen. Aber könnten wir irgendwohin gehen, wo ich nicht so flüstern muß? Ich kann niemals etwas richtig erklären, wenn ich flüstern muß. Irgendwie lähmt mich das, verstehen Sie?»

«Gehen wir doch nach draußen», sagte Mr. Tredgold.

Sie gingen hinaus und setzten sich auf eine niedere Tumba.

«Die Sache ist die», begann Wimsey. «Ein hypothetischer Fall, Sie verstehen, nicht wahr? Angenommen, man kennt jemanden, der sehr, sehr krank ist und sowieso nicht mehr lange zu leben hat. Der Betreffende hat schreckliche Schmerzen und muß immerzu Morphium bekommen – im Grunde ist er also für die Welt schon tot, nicht wahr? Und angenommen, dieser Kranke könnte dadurch, daß er gleich stirbt, noch etwas bewirken, was er sowieso möchte, was aber nicht geschehen kann, wenn er noch ein Weilchen länger lebt – ich kann jetzt nicht so genau erklären, warum das so ist, sonst müßte ich persönliche Details verraten und so weiter –, Sie verstehen? Gut, also angenommen, jemand weiß das und gibt der betreffenden Person sozusagen einen kleinen Schubs – beschleunigt ein wenig den Gang der Dinge –, warum sollte das so ein schweres Verbrechen sein?»

«Das Gesetz –» begann Mr. Tredgold.

«Na klar, nach dem Gesetz ist es ein Verbrechen», sagte Wimsey. «Aber halten Sie es, ehrlich, für sehr schlimm? Ich weiß, für Sie ist es natürlich eine Sünde, aber warum soll es eine so furchtbar schwere Sünde sein? Schließlich tut man dem Menschen doch nichts Böses, oder?»

«Das können wir nicht beurteilen», sagte Mr. Tredgold, «wenn wir nicht wissen, was Gott mit dieser Seele vorhat. In den Wochen oder Stunden des Schmerzes und der Bewußtlosigkeit legt vielleicht die Seele einen notwendigen Teil ihrer irdischen Wanderung zurück. Es ist nicht unsere Aufgabe, diesen Weg abzukürzen. Wer sind wir denn, daß wir Leben und Tod in unsere Hände nehmen dürften?»

«Nun, auf die eine oder andere Art tun wir das doch alle Tage. Richter – Soldaten – Ärzte – sie alle. Trotzdem kommt es mir in diesem Fall irgendwie nicht richtig vor. Aber dann wieder könnte man durch seine Einmischung – durch das Herumstöbern in dem Fall – noch viel größeren Schaden anrichten. Wer weiß, was man damit alles in Gang setzt.»

«Ich glaube», sagte Mr. Tredgold, «daß die Sünde – nein, ich will dieses Wort nicht gebrauchen –, daß der Schaden für die Gesellschaft, das Unrecht, mehr in dem Nachteil für den Tötenden selbst liegt als in irgendeinem eventuellen Schaden für den Getöteten. Das gilt natürlich besonders, wenn der Tötende von seiner Tat einen Vorteil hat. Sie erwähnten vorhin eine Konsequenz, die dem Willen des Kranken entsprechen würde – darf ich fragen, ob diese Konsequenz zum Vorteil der anderen Person wäre?»

«Ja. Genauso ist es. Er – sie – hat den Nutzen davon.»

«Das stellt die Frage allerdings auf eine ganz andere Ebene als bei einer Beschleunigung des Todes aus Mitleid. Die Sünde liegt in der Absicht, nicht in der Tat. Darin unterscheidet sich göttliches von menschlichem Recht. Es ist schlimm, wenn ein Mensch irgendein Recht zu haben glaubt, über das Leben eines anderen Menschen zu seinem Vorteil zu verfügen. Das verführt ihn dazu, sich als über allen Gesetzen stehend zu betrachten – und nie kann sich die Gesellschaft vor einem Menschen sicher fühlen, der wissentlich und ungestraft gemordet hat. Das ist der Grund – oder vielmehr einer der Gründe –, warum Gott die persönliche Rache verbietet.»

«Sie meinen, ein Mord führt zum nächsten.»

«Sehr oft. Auf jeden Fall führt er zu einer erhöhten Bereitschaft, weitere zu begehen.»

«So war es. Das ist ja mein Kummer. Aber es wäre nicht so gekommen, wenn ich nicht angefangen hätte, in der Sache herumzuwühlen. Hätte ich wohl die Finger davon lassen sollen?»

«Ich verstehe. Das ist eine schwierige Frage. Schrecklich für Sie. Jetzt fühlen Sie sich verantwortlich.»

«Ja.»

«Und Sie selbst haben keine persönliche Rache im Sinn?»

«Aber nein. Ich habe eigentlich gar nichts damit zu tun. Ich bin in die Sache hineingeschlittert, weil ich jemandem helfen wollte, der dadurch in Schwierigkeiten geraten war, daß er seinerseits einen Verdacht hatte. Und durch meine verdammte Einmischung haben die ganzen Verbrechen wieder von vorn angefangen.»

«Dann sollten Sie sich nicht zu sehr quälen. Wahrscheinlich wäre der Mörder durch seine eigenen Schuldgefühle und Ängste zu neuen Verbrechen getrieben worden, auch ohne Ihr Eingreifen.»

«Das stimmt», sagte Wimsey, der an Mr. Trigg dachte.

«Ich rate Ihnen, tun Sie, was Sie für das richtige halten, und zwar in Übereinstimmung mit den Gesetzen, die zu respektieren wir erzogen wurden. Alles Weitere überlassen Sie Gott. Und versuchen Sie Nachsicht zu üben, auch mit bösen Menschen. Sie verstehen, was ich meine. Übergeben Sie den Missetäter der Gerechtigkeit, aber vergessen Sie nie dabei, daß auch Sie und ich nicht davonkommen würden, wenn uns allen Recht geschähe.»

«Ich weiß. Den Mann niederschlagen, aber nicht auf der Leiche tanzen. Ganz recht. Verzeihen Sie die Belästigung, und entschuldigen Sie jetzt bitte meinen eiligen Aufbruch, ich bin nämlich mit einem Freund verabredet. Ich danke Ihnen sehr. Mir ist nicht mehr ganz so elend deswegen zumute. Aber allmählich waren mir doch Bedenken gekommen.»

Mr. Tredgold sah ihm nach, wie er zwischen den Gräbern davoneilte. «Ach Gott», sagte er bei sich, «wie nett sie doch eigentlich sind. So freundlich und gewissenhaft, und dann wieder so unsicher, wenn etwas über ihre Schulweisheiten hinausgeht. Und viel empfindsamer und schüchterner, als die Leute glauben. Eine Klasse, an die man schwer herankommt. Morgen sollte ich in der Messe eigens seiner gedenken.»

Und als praktisch denkender Mensch macht Mr. Tredgold sich sogleich einen Knoten ins Taschentuch, der ihn an diesen frommen Entschluß erinnern sollte.

«Dieses Problem – eingreifen oder nicht – Gottes Gesetz oder des Kaisers. Polizisten – nein, für die ist das kein Problem. Aber für gewöhnliche Sterbliche – wie schwierig, die eigenen Motive zu ergründen! Was mag ihn nur hierhergeführt haben? Könnte es am Ende – nein!» sagte der Vikar schnell, bevor er weiterdenken konnte. «Ich habe kein Recht, Mutmaßungen anzustellen.» Er zog noch einmal sein Taschentuch heraus und machte einen zweiten Knoten hinein, der ihn für die nächste Beichte daran erinnern sollte, daß er der Sünde der Neugier verfallen war.

20

Mord

Siegfried: «Was hat das zu bedeuten?»
Isbrand: «Nur eine kleine Entführung,
weiter nichts.»
  Beddoes: Das Schwankbuch des Todes

Auch Parker hatte eine enttäuschende halbe Stunde hinter sich. Miss Whittaker schien sich nicht nur ungern fotografieren zu lassen, sondern auch alle existierenden Bilder, die sie in die Finger bekommen konnte, kurz nach Miss Dawsons Tod vernichtet zu haben. Natürlich waren gewiß viele von ihren Freunden im Besitz eines Bildes – vor allem selbstverständlich Miss Findlater. Aber Parker war sich nicht sicher, ob er wirklich diesen Sturm im Wasserglas entfachen sollte. Miss Climpson würde natürlich eines beschaffen können. Er ging in die Nelson Avenue. Miss Climpson sei ausgegangen, und vorhin habe schon ein anderer Herr nach ihr gefragt. Mrs. Budges Augen traten vor Neugier fast aus ihren Höhlen – Miss Climpsons «Neffe» und seine Freunde wurden ihr offenbar langsam verdächtig. Dann suchte Parker nacheinander alle Fotografen im Ort auf. Es gab ihrer fünf. Zwei von ihnen waren im Besitz von Gruppenaufnahmen, die jeweils ein unkenntliches Konterfei von Miss Whittaker bei allen möglichen Lokalereignissen zeigten. Offenbar hatte sie sich in Leahampton nie porträtieren lassen.

Von Miss Findlater erhielt er dagegen mehrere sehr gut erkennbare Porträts. Sie war ein unscheinbares Ding mit blonden Haaren und reichlich sentimentalem Blick – etwas pummelig und halbwegs hübsch. Parker schickte die Bilder mit der Anweisung nach London, sie zusammen mit einer Beschreibung der Kleider, in denen Vera Findlater zuletzt gesehen worden war, an alle Polizeidienststellen zu verteilen.

Die einzigen fröhlichen Menschen am Tisch im *George* waren der zweite Polizist, der sich nett mit ein paar Garagenbesitzern und Wirten unterhalten hatte, von denen er vielleicht ein paar Informationen zu erhalten hoffte, und der Polizeipräsident, der sich in seiner Ansicht bestätigt sah und triumphierte. Er hatte mit verschiedenen Polizeistationen telefoniert und dabei erfahren, daß der Wagen mit dem Kennzeichen XX 9917 tatsächlich letzten Montag von einem Straßenwachtfahrer an der Straße nach Crown's Beach gesehen worden war. Da er schon immer behauptet hatte, an dem Ausflug nach Crown's Beach sei bestimmt nichts faul, glaubte er jetzt über den Mann von Scotland Yard frohlocken zu können. Mißmutig mußten Wimsey und Parker zustimmen, daß es das beste sei, nach Crown's Beach zu fahren und dort weitere Nachforschungen anzustellen.

Inzwischen hatte einer der Fotografen, dessen Vetter in der Redaktion des *Leahampton Mercury* arbeitete, bei dieser stets aktuellen Zeitung angerufen, die gerade in Druck gehen sollte. Einer Vorankündigung unter «Letzte Meldungen» folgte daraufhin eine Sonderausgabe; jemand hatte die Londoner *Evening News* angerufen, die es prompt aufs Titelblatt brachte; damit war das Öl im Feuer, und am folgenden Morgen erschienen der *Daily Yell*, die *Daily Views*, der *Daily Wire* und die *Daily Tidings*, die allesamt unter Mangel an aufregenden Neuigkeiten litten, mit kühnen Schlagzeilen über verschwundene junge Frauen.

In Crown's Beach allerdings, einem hübschen, wohlanständigen Seebad, war von einer Miss Whittaker, Miss Findlater oder einem Wagen mit der Nummer XX 9917 nichts bekannt. Kein Hotel hatte sie beherbergt, keine Garage ihren Wagen aufgetankt oder repariert; kein Polizist hatte sie beobachtet. Der Polizeipräsident hielt an seiner Unfalltheorie fest, und es wurden Suchtrupps ausgeschickt. Aus ganz England trafen Telegramme bei Scotland Yard ein. Man wollte sie bei Dover, Newcastle, Sheffield, Winchester und Rugby gesehen haben. In Folkstone hatten zwei junge Damen auf sehr verdächtige Weise Tee getrunken; am Montagabend war ein Wagen zu später Stunde sehr geräuschvoll durch Dorchester gefahren; in Alresford war eine dunkelhaarige junge Frau kurz vor der Polizeistunde «ganz aufgeregt» in ein Lokal getreten und hatte sich nach dem Weg nach Hazelmere erkundigt. Aus all diesen Meldungen pickte Parker den Bericht eines jungen Pfadfinders heraus, der am Samstagmorgen meldete, er habe vergangenen Montag zwei junge Damen mit Wagen in den Dünen nicht weit von Shelly Head beim Picknick beobachtet. Der Wagen sei ein Austin VII gewesen – das wisse er, weil er sich für Autos interessiere (bei einem Jungen in seinem Alter eine unanfechtbare Begründung), und er habe gesehen, daß er eine Londoner Nummer hatte, wenn er auch nicht mit Bestimmtheit sagen könne, wie die Nummer gelautet habe.

Shelly Head liegt etwa zehn Meilen von Crown's Beach entfernt an der Küste und ist in Anbetracht der Nähe dieses Seebades ungewöhnlich einsam. Unterhalb der Klippen erstreckt sich ein langer, heller Sandstrand, den nie jemand aufsucht, den kein Haus überblickt. Die Klippen selbst sind kalkweiß und von kurzem Gras bedeckt, das sich in eine weite Dünenlandschaft hinein erstreckt, in der Ginster und Heide wachsen. Dahinter kommt ein Streifen Nadelwald, hinter dem ein schmaler, steiler, zerfahrener Weg schließlich zu der Schnellstraße von Ramborough nach Ryder's Head führt. Die Dünen sind kaum besucht, obwohl es zwischen ihnen genügend Wege gibt, die man durchaus mit dem Wagen befahren kann, wenn man seine Bequemlichkeit oder die Federung des Wagens nicht über alles liebt.

Unter Führung des Pfadfinders holperte das Polizeiauto kläglich über diese unschönen Wege. Nach älteren Wagenspuren suchen zu wollen war hoffnungslos, denn der Kalkstein war trocken und hart, und das Gras- und Ginstergestrüpp hielt keine Spuren fest. Überall waren Vertiefungen und Mulden – alle gleich, und viele von ihnen tief genug, um einen kleinen Wagen zu verstecken, von den Überbleibseln eines Picknicks neueren Datums ganz zu schweigen. Als sie an die Stelle kamen, von der ihr Führer annahm, hier seien sie ungefähr richtig, hielten sie an und stiegen aus. Parker teilte das Gelände zwischen den fünfen auf, und ein jeder machte sich auf die Suche.

Wimsey lernte an diesem Tag Stechginster hassen. Die Büsche waren so zahlreich und dicht, und jeder konnte ein Zigarettenpäckchen, ein Butterbrotpapier, ein Stückchen Stoff oder sonst einen Anhaltspunkt verbergen. Mißmutig trottete er dahin, den Rücken gebeugt und den Blick am Boden, über eine Erhebung und hinein ins nächste Loch – dann in Kreisen nach rechts und links, sich stets am Polizeiwagen orientierend; und über die nächste Welle und in die nächste Mulde; die nächste Erhebung –

Halt. Dort in der Senke war etwas.

Zuerst sah er es hinter einem Ginsterbusch hervorlugen. Es war von heller Farbe und spitz, etwa wie ein Fuß.

Er fühlte eine leichte Übelkeit.

«Da hat sich jemand zum Schlafen hingelegt», sagte er laut. Dann dachte er: Komisch – immer sind's die Füße, die sie herausschauen lassen.

Er stieg zwischen den Büschen hinunter, halb schlitternd auf dem kurzen Gras. Fast wäre er hinuntergekullert. Er fluchte ärgerlich.

Schon merkwürdig, wie diese Person da schlief. Die vielen Fliegen auf ihrem Kopf mußten sie doch stören.

Er fand, daß es für Fliegen noch verhältnismäßig früh im Jahr war. In den Zeitungen hatte ein gereimter Aufruf gestanden, etwa so: «Für jede Fliege, die du heute kannst erschlagen, werden dreihundert weniger im September dich plagen.» Oder waren es tausend? Das Metrum stimmte sowieso nicht.

Er riß sich zusammen und ging weiter. Die Fliegen erhoben sich in einer kleinen Wolke.

Es muß ein schwerer Schlag gewesen sein, dachte er, daß der Hinterkopf derart zertrümmert ist. Das kurze Haar war blond. Das Gesicht lag zwischen den nackten Armen.

Er drehte die Leiche auf den Rücken.

Natürlich konnte er – wollte er – ohne das Foto nicht mit Sicherheit sagen, daß es Vera Findlater war.

Das Ganze hatte vielleicht dreißig Sekunden gedauert.

Er kraxelte auf den Rand der Mulde und rief.

In einiger Entfernung blieb eine schwarze Gestalt stehen und drehte sich um. Er sah das Gesicht als einen weißen Fleck ohne jeden Ausdruck darin. Er rief noch einmal und fuchtelte erklärend mit den Armen durch die Luft. Die Gestalt setzte sich in Bewegung; langsam und schwerfällig schlurfend kam sie durch das Heidekraut angelaufen. Es war der Polizist – er war von schwerer Statur, zum Laufen in dieser Hitze nicht gebaut. Wimsey rief wieder, und der Polizist antwortete. Wimsey sah auch die anderen aus allen Richtungen herannahen. Über einem Muldenrand erschien, mit seinem Stock winkend, die komische Gestalt des Pfadfinders und verschwand wieder. Der Polizist war schon ganz nahe. Er hatte seine Melone in den Nacken geschoben, und an seiner Uhrkette blinkte etwas in der Sonne, während er lief. Wimsey lief ihm unwillkürlich entgegen, hörte sich rufen – ihm alles lang und breit erklären. Die Entfernung war noch viel zu groß, um sich verständlich zu machen, aber er erklärte, wortreich, aufgeregt, mit wilden Gesten. Er war ganz außer Atem, als er mit dem Polizisten zusammentraf. Beide waren außer Atem. Sie schüttelten die Köpfe und keuchten. Es war ein lächerlicher Anblick. Er rannte wieder los, der Polizist hinterdrein. Bald waren alle da. Sie gestikulierten und maßen, machten sich Notizen und stöberten unter dem Ginsterstrauch herum. Wimsey setzte sich. Er war entsetzlich müde.

«Peter», rief Parkers Stimme, «komm mal her und sieh dir das an!»

Müde erhob er sich.

Etwas weiter unten in der Mulde fanden sich Überreste eines Picknicks. Der Polizist hielt ein Täschchen in der Hand – er hatte es unter der Toten hervorgezogen und kramte in seinem belanglosen Inhalt herum. Auf dem Boden, gleich neben dem Kopf der Toten, lag ein schwerer Schraubenschlüssel – er war häßlich verfärbt, und an seiner Klaue klebten ein paar blonde Haare. Es waren aber nicht diese Dinge, auf die Parker ihn aufmerksam machte, sondern eine violettgraue Männermütze.

«Wo hast du sie gefunden?» fragte Wimsey.

«Unser Freund Alf hat sie oben am Rand der Mulde aufgehoben», sagte Parker.

«In den Ginster war sie geflogen», ergänzte der Pfadfinder. «Gleich da oben; und verkehrtherum lag sie, als wenn sie jemandem vom Kopf gefallen wäre.»

«Sind Fußspuren zu sehen?»

«Unwahrscheinlich. Aber an einer Stelle ist das Gestrüpp ganz zertrampelt und niedergedrückt. Sieht aus, als ob es da einen Kampf gegeben hätte. Was ist nur aus dem Austin geworden? He! Rühr mir den Schraubenschlüssel nicht an, Junge, da könnten Fingerabdrücke daran sein. Sieht ganz nach einem Überfall durch eine Bande aus. Ist in dieser Tasche noch Geld? Eine Zehn-Shilling-Note, ein Sixpence und ein paar Kupfermünzen – na ja, die andere hat vielleicht mehr bei sich gehabt. Die ist nämlich gut betucht. Sollte mich nicht wundern, wenn sie wegen eines Lösegelds entführt worden wäre.» Parker bückte sich und wickelte den Schraubenschlüssel rasch in ein seidenes Taschentuch, das er an den vier Zipfeln zusammenknotete. «So, und jetzt sollten wir uns wieder aufteilen und nach dem Auto suchen. Vielleicht nehmen wir uns mal da drüben den Waldstreifen vor. Er scheint ein geeignetes Versteck zu sein. Ach ja, Hopkins – Sie fahren am besten mit dem Wagen nach Crown's Beach zurück, sagen auf der Polizeistation Bescheid und bringen einen Fotografen mit. Und dieses Telegramm hier schicken Sie an den Chef von Scotland Yard, und dann treiben Sie noch einen Arzt auf und bringen ihn auch mit hierher. Bei der Gelegenheit mieten Sie sich einen zweiten Wagen, denn falls wir den Austin nicht finden – für den einen Wagen dürften wir ein paar Leute zuviel sein. Nehmen Sie Alf mit, wenn Sie nicht sicher sind, ob Sie wieder hierherfinden. Ach ja, Hopkins! – bringen Sie auch gleich etwas zu essen und zu trinken mit, es könnte hier draußen spät werden. Hier haben Sie Geld – ist das genug?»

«Jawohl, Sir, danke.»

Der Polizist entfernte sich mit Alf, der sichtlich mit sich kämpfte, ob er lieber dableiben sollte, um vielleicht noch mehr zu entdecken, oder ob es sein Ansehen mehr hob, wenn er als erster mit der Neuigkeit zurückkam. Parker äußerte ein paar Worte des Lobes für seine unschätzbare Hilfe, die ihn mit Freude erfüllten. Dann wandte er sich an den Polizeipräsidenten.

«Offenbar sind sie in dieser Richtung fortgefahren. Würden Sie sich bitte nach links begeben und von dort in den Wald hineingehen, Sir? Und du, Peter, gehst bitte nach rechts und suchst den Wald von dieser Seite ab. Ich selbst nehme mir die Mitte vor.»

Der Polizeipräsident, sichtlich erschüttert durch den Fund der Leiche, gehorchte wortlos. Wimsey nahm Parker beim Arm.

«Hör mal», sagte er, «hast du dir die Wunde angesehen? Da stimmt doch etwas nicht, meinst du nicht auch? Sie müßte irgendwie noch schlimmer aussehen. Was meinst du?»

«Im Augenblick meine ich überhaupt nichts», sagte Parker leicht verbittert. «Warten wir ab, was der Arzt sagt. Kommen Sie, Steve! Wir wollen den Wagen suchen gehen.»

«Sehen wir uns doch mal die Mütze an. Aha. Gekauft bei einem Herrn mosaischen Bekenntnisses, wohnhaft in Stepney. Fast neu. Riecht stark nach Haaröl – scheint ein ziemlich vornehmer Gangster zu sein. So eine Art Salonlöwe.»

«Ja – damit müßten wir schon etwas anfangen können. Gott sei Dank übersehen sie ja immer etwas. So, aber jetzt sollten wir lieber losgehen.»

Mit der Suche nach dem Wagen gab es keine Schwierigkeiten. Parker stolperte fast darüber, kaum daß er in den Schatten der Bäume getreten war. Er kam auf eine Lichtung, durch die ein kleines Rinnsal lief, und gleich daneben stand der vermißte Austin. Hier standen neben Fichten auch noch andere Bäume, und der Bach, der an dieser Stelle einen Knick machte, war verbreitert und bildete eine seichte Pfütze mit schlammigen Ufern.

Der Wagen hatte das Verdeck auf, und Parker näherte sich ihm mit dem unbehaglichen Gefühl, etwas Unangenehmes darin zu finden, aber er war leer. Er probierte die Gangschaltung. Sie stand auf Leerlauf, und die Handbremse war angezogen. Auf dem Sitz lag ein großes leinenes Taschentuch, sehr schmutzig und ohne Monogramm oder Wäschezeichen. Parker brummte etwas über die Angewohnheit des Verbrechers, seine Sachen so unachtsam herumliegen zu lassen. Dann ging er um die Wagenfront herum und fand gleich weitere Beweise dieser Achtlosigkeit. Im Schlamm waren nämlich Fußspuren – zwei von Männern und eine von einer Frau, wie es aussah.

Die Frau war als erste aus dem Wagen gestiegen – er sah den tiefen Eindruck ihres linken Schuhs, wo sie sich aus dem niedrigen Sitz hochgestemmt hatte. Dann der rechte Fuß – weniger tief –, und dann war sie ein wenig getaumelt und hatte zu laufen begonnen. Aber sogleich war einer der Männer da gewesen und hatte sie wieder eingefangen. Er kam aus dem Farngestrüpp und hatte neue Gummiabsätze an den Schuhen, und ein paar Schleifspuren schienen darauf hinzudeuten, daß er sie festgehalten und sie versucht hatte, sich loszureißen. Schließlich war der zweite Mann – er schien ziemlich schmale Füße zu haben und spitze Schuhe zu bevorzugen, die sich bei Jünglingen von der geräuschvolleren Sorte großer Beliebtheit erfreuen – ihr vom Wagen her gefolgt. Deutlich überlagerten seine Fußspuren die ihren. Alle drei hatten dann kurz beieinander gestanden. Dann entfernten sich die Spuren, die von der Frau in der Mitte, und führten zu einer Stelle, wo man deutlich den Abdruck eines Michelin-Ballonreifens sah. Der Austin hatte gewöhnliche Dunlops an den Rädern – außerdem schien das hier ein größerer Wagen zu sein. Er hatte dort offenbar eine ganze Weile gestanden, denn unter dem Motor hatte sich ein dicker Ölfleck gebildet. Dann war er über eine Art Reitweg, der zwischen den Bäumen hindurchführte, weggefahren. Parker folgte der Spur ein kurzes Stück, aber sie verlor sich bald auf dem dicken Nadelteppich. Einen anderen Weg gab es jedoch nicht, den der Wagen hätte nehmen können. Er kehrte zum Austin zurück, um ihn weiter zu untersuchen. Rufe meldeten ihm wenig später, daß die beiden anderen sich dem Mittelabschnitt des Waldstreifens näherten. Er rief zurück, und es dauerte nicht lange, da kamen Wimsey und Sir Charles Pillington geräuschvoll durch den Farn, der die Fichten säumte, auf ihn zugerannt.

«Na», sagte Wimsey, «diesen eleganten purpurnen Kopfputz hier können wir wohl dem Herrn mit den schlanken Schuhen zuordnen, denke ich. Wahrscheinlich knallgelb, mit Druckknöpfen. Sicher weint er jetzt seiner schönen Mütze nach. Die weiblichen Fußspuren gehören wohl Miss Whittaker, denke ich.»

«Anzunehmen. Ich kann mir nicht vorstellen, daß sie der Findlater gehören. Diese Frau hier ist oder wurde mit dem Wagen weggefahren.»

«Vera Findlaters Spuren sind es bestimmt nicht – an ihren Schuhen war kein Schmutz, als wir sie fanden.»

«Ach, du hast also doch aufgepaßt. Ich hatte den Eindruck, du seist der Welt ein wenig überdrüssig gewesen.»

«War ich auch, mein Lieber, aber ich kann selbst auf dem Sterbebett nicht anders als die Augen offenhalten. Hoppla! Was ist denn das?»

Er schob die Hand hinter die Wagenpolster und holte eine amerikanische Illustrierte hervor – so ein monatliches Sammelsurium von Merkwürdigkeiten und Sensationsgeschichten, das unter dem Titel *Schwarze Maske* erschien.

«Leichte Lektüre für die Massen», sagte Parker.

«Vielleicht hat der Herr mit den gelben Schuhen das Ding angeschleppt», meinte der Polizeipräsident.

«Wohl eher Miss Findlater», sagte Wimsey.

«Das ist doch kaum etwas für Damen», widersprach Sir Charles gequält.

«Na, ich weiß nicht. Soweit man hört, hielt Miss Whittaker überhaupt nichts von Sentimentalität und Rosenromantik, und das arme Mädchen hat sie ja in allem kopiert. Vielleicht hatten beide einen jungenhaften Geschmack an Räuberpistölchen.»

«Das ist ja nicht so wichtig», meinte Parker.

«Warte mal. Sieh dir das an. Da hat doch jemand etwas angestrichen.»

Wimsey hielt ihnen das Titelblatt unter die Nase. Das erste Wort des Zeitungsnamens war dick mit Bleistift unterstrichen.

«Meinst du, das könnte eine Art Botschaft sein? Vielleicht hat das Heft auf dem Sitz gelegen, und sie hat unbemerkt den Strich machen können und dann das Heft hier versteckt, bevor man sie zu dem anderen Wagen schleppte.»

«Genial», fand Sir Charles, «aber was hat es zu bedeuten? Schwarze. Mir sagt das nichts.»

«Vielleicht war der Spitzschuh ein Neger», mutmaßte Parker. «Neger finden Gefallen an solchen Schuhen und Brillantine. Oder vielleicht ein Hindu oder Parse.»

«Gott steh mir bei!» rief Sir Charles entsetzt. «Ein englisches Mädchen in den Händen eines Niggers. Wie abscheulich!»

«Na ja, hoffen wir, daß es nicht so ist. Sollen wir der Straße folgen oder auf den Arzt warten?»

«Ich denke, wir gehen besser zu der Toten zurück», sagte Parker. «Die haben einen so großen Vorsprung, da macht es jetzt auch nichts mehr aus, ob wir eine halbe Stunde später oder früher die Verfolgung aufnehmen.»

Sie verließen also das durchscheinende, kühle Grün des Waldes und gingen in die Dünen zurück. Der Bach plätscherte munter über die Kiesel dahin und wandte sich nach Süden, dem Fluß und dem Meer entgegen.

«Du hast gut plätschern», sagte Wimsey zu dem Bach. «Könntest du uns nicht lieber sagen, was du gesehen hast?»

Aber wie?

Der Tod hat so viele Ausgänge für das Leben.
Beaumont und Fletcher:
Custom of the Country

Der Doktor war ein dicklicher, zappeliger Mensch – ein «Greiner», wie Wimsey diese Sorte wenig liebevoll nannte. Er greinte über den eingeschlagenen Schädel der armen Vera Findlater wie über eine Maserninfektion nach einem Kindergeburtstag oder eine selbstverschuldete Gicht.

«Ts-ts-ts. Ein furchtbarer Schlag. Wie sind wir nur dazu gekommen, frage ich mich. Ts-ts. Exitus? Nun ja, so vor ein paar Tagen. Ts-ts. Das macht es natürlich noch unangenehmer. Mein Gott, wie schrecklich für die armen Eltern. Und ihre Schwestern. Lauter so nette Mädchen. Sie kennen sie ja, Sir Charles. Ach ja. Ts-ts-ts.»

«Es besteht dann wohl kein Zweifel», sagte Parker, «daß dies Miss Findlater ist?»

«Nicht der mindeste», sagte Sir Charles.

«Nun, wenn Sie das Mädchen also identifizieren können, ist es vielleicht möglich, den Angehörigen diesen schrecklichen Anblick zu ersparen. Einen Augenblick, Doktor – der Fotograf möchte noch die Lage der Leiche festhalten, bevor Sie etwas verändern. Bitte, Mr. – Andrews? – ja – haben Sie solche Aufnahmen schon einmal gemacht? Nein? Nun, Sie dürfen sich nicht soviel daraus machen! Ich weiß, schön ist das nicht. Eines von hier aus, bitte, damit man die Lage der Leiche erkennt – jetzt eines von oben – ja, so ist es gut – und nun noch die Wunde selbst – bitte in Nahaufnahme. So. Danke. Bitte, Doktor, jetzt dürfen Sie sie umdrehen – tut mir leid, Mr. Andrews – ich kann mir denken, wie Ihnen zumute ist – aber das muß nun einmal sein. Hoppla! Sieh mal einer an, wie ihre Arme zerkratzt sind. Sieht aus, als ob sie sich noch kräftig gewehrt hätte. Rechtes Handgelenk und linker Ellbogen – als wenn jemand versucht hätte, sie am Boden zu halten. Das müssen wir fotografieren,

Mr. Andrews – es könnte wichtig sein. Sagen Sie, Doktor, was halten Sie von diesem Gesicht?»

Der Doktor sah aus, als wollte er sich das Gesicht lieber gar nicht erst anschauen. Nach vielem Gegreine aber rang er sich dann doch dazu durch, seine Meinung zum besten zu geben.

«Soweit man sagen kann – denn nach dem Tod sind viele Veränderungen eingetreten –» meinte er zögernd, «ist das Gesicht um Nase und Lippen aufgerauht oder versengt worden. An Nasenrücken, Hals oder Stirn ist davon aber nichts zu sehen – ts-ts –, sonst hätte ich es für einen starken Sonnenbrand gehalten.»

«Könnte es eine Chloroform-Verätzung sein?» schlug Parker vor.

«Ts-ts-ts», machte der Arzt verärgert, weil er nicht selbst auf diesen Gedanken gekommen war. «Ich wollte, die Herren von der Polizei hätten es nicht immer so eilig. Sie wollen immer alles auf einmal wissen. Ich wollte gerade sagen – wenn Sie mir nicht zuvorgekommen wären –, daß ich dieses Aussehen, wie gesagt, eben *nicht* einem Sonnenbrand zuschreiben kann und deshalb eine Möglichkeit wie die von Ihnen genannte in Betracht kommt. Ich kann nicht sagen, daß es Chloroform *war* – medizinische Urteile dieser Art darf man nicht vorschnell und ohne eingehende Untersuchung abgeben –, aber ich wollte eben gerade sagen, daß es so sein *könnte*.»

«Könnte sie in diesem Falle», mischte Wimsey sich ein, «an der Wirkung des Chloroforms gestorben sein? Angenommen, man hat ihr zuviel gegeben oder sie hatte ein schwaches Herz?»

«Mein lieber Herr», sagte der Arzt, diesmal zutiefst gekränkt, «sehen Sie sich doch einmal diesen Schlag auf den Kopf an, und dann fragen Sie sich bitte selbst, ob man da noch nach einer anderen Todesursache suchen muß. Außerdem, wenn sie am Chloroform gestorben wäre, wozu wäre dann der Schlag noch notwendig gewesen?»

«Eben darüber habe ich gerade nachgedacht», sagte Wimsey.

«Ich nehme doch nicht an», fuhr der Arzt fort, «daß Sie meine fachlichen Kenntnisse anzweifeln wollen?»

«Aber gewiß nicht», sagte Wimsey, «nur wäre es, wie Sie selbst sagen, unklug, ohne eingehende Untersuchung ein medizinisches Urteil abzugeben.»

«Und hier ist dafür nicht der Ort», warf Parker hastig ein. «Ich glaube, wir haben hier getan, was zu tun war. Würden Sie die Leiche jetzt bitte ins Leichenhaus begleiten, Doktor? Und Ihnen, Mr. Andrews, wäre ich dankbar, wenn Sie mitkommen und oben im Wald ein paar Fußspuren fotografieren würden. Die Lichtverhältnisse sind schlecht, fürchte ich, aber wir müssen unser Bestes tun.»

Er nahm Wimsey beiseite.

«Der Doktor ist natürlich ein Narr», sagte er, «aber wir können jederzeit ein zweites Gutachten einholen. Inzwischen sollten wir es lieber so aussehen lassen, als ob wir die augenfällige Erklärung für das Geschehen hier azeptierten.»

«Was gibt es für Schwierigkeiten?» fragte Sir Charles neugierig.

«Ach, keine besonderen», antwortete Parker. «Aller Anschein spricht dafür, daß die beiden Mädchen von ein paar Banditen überfallen worden sind, die dann Miss Whittaker in der Hoffnung auf ein Lösegeld verschleppten, nachdem sie Miss Findlater brutal erschlagen hatten, als sie sich wehrte. Wahrscheinlich ist das die richtige Erklärung. Kleine Widersprüche werden sich mit der Zeit gewiß von selbst aufklären. Genaueres können wir erst sagen, nachdem eine gründliche ärztliche Untersuchung stattgefunden hat.»

Sie gingen zum Wald zurück, wo sie die Fußspuren fotografierten und sorgfältig vermaßen. Der Polizeipräsident verfolgte ihr Tun mit größtem Interesse und schaute Parker über die Schultern, wenn er sich die Einzelheiten in seinem Buch notierte.

«Hören Sie mal», sagte er plötzlich, «ist es nicht ziemlich merkwürdig –?»

«Da kommt jemand», unterbrach ihn Parker.

Das Knattern eines Motorrads, das sich im zweiten Gang durch das unwegsame Gelände quälte, kündigte die Ankunft eines mit einer Kamera bewaffneten jungen Mannes an.

«O Gott!» stöhnte Parker. «Da kommt schon die verdammte Presse.»

Er empfing den Reporter aber durchaus höflich und zeigte ihm die Rad- und Fußspuren, und während sie sich zur Fundstelle der Leiche begaben, erläuterte er ihm die Entführungstheorie.

«Können Sie uns etwas über das Aussehen der beiden gesuchten Männer sagen, Inspektor?»

«Nun ja», sagte Parker, «einer von ihnen scheint so eine Art

Stutzer zu sein; er trägt eine abscheuliche lila Mütze und schmale, spitze Schuhe, und falls die Unterstreichung hier auf diesem Illustriertenblatt etwas bedeutet, könnte einer der beiden Männer womöglich ein Farbiger sein. Von dem zweiten können wir lediglich sagen, daß er Schuhgröße 44 mit Gummiabsätzen trägt.»

«Apropos Schuhe», begann Pillington, «ich wollte eben sagen, daß es doch ziemlich merkwürdig ist –»

«Und hier haben wir Miss Findlaters Leiche gefunden», fuhr Parker rücksichtslos fort und beschrieb die Verletzungen und die Lage des Körpers. Der Journalist war dankbar damit beschäftigt, Fotos zu machen, darunter ein Gruppenbild von Wimsey, Parker und dem Polizeipräsidenten mitten im Ginster, wobei letzterer majestätisch mit seinem Spazierstock auf die verhängnisvolle Stelle zeigte.

«So, mein Bester», sagte Parker wohlwollend, «und nachdem Sie nun haben, was Sie wollen, schwirren Sie ab und erzählen es allen anderen bitte auch. Sie haben alles gehört, was wir Ihnen sagen können, und jetzt haben wir Wichtigeres zu tun als Sonderinterviews zu geben.»

Etwas Besseres konnte der Reporter sich nicht wünschen. Das war ja so gut wie ein Exklusivbericht, und keine viktorianische Grande Dame hätte die Vorzüge der Exklusivität besser zu schätzen gewußt als ein moderner Zeitungsmann.

«Also nun, Sir Charles», sagte Parker, nachdem der Journalist vergnügt von dannen geknattert war, «was wollten Sie zu den Fußspuren bemerken?»

Aber Sir Charles war beleidigt. Der Mann von Scotland Yard war ihm über den Mund gefahren und hatte Zweifel an seiner Klugheit aufkommen lassen.

«Nichts», antwortete er. «Ich bin überzeugt, daß meine Schlüsse für Sie etwas vollkommen Selbstverständliches sind.»

Und auf der ganzen Rückfahrt hüllte er sich in würdevolles Schweigen.

Der Fall Whittaker hatte fast unbemerkt in einem Restaurant in Soho mit einer zufällig mitgehörten, nebensächlichen Bemerkung begonnen; er endete mit einem Knall von Publizität, der ganz England von einem Ende bis zum anderen erschütterte und sogar Wimbledon auf den zweiten Platz verwies. Die nackten Tatsachen über den Mord und die Entführung erschienen am Abend exklusiv in einer späten Sonderausgabe der *Evening Views*. Am nächsten Morgen kamen die Sonntagszeitungen mit Fotos und sämtlichen Details, echten wie erfundenen. Der Gedanke an die beiden jungen Mädchen – das eine brutal ermordet, das andere zu irgendwelchen unaussprechlichen finsteren Zwecken von einem schwarzen Mann entführt – weckte alle Abstufungen von Abscheu und Entrüstung, deren das britische Temperament fähig ist. Reporter schwärmten wie Heuschrecken nach Crown's Beach – die Dünen bei Shelly Head glichen einem Jahrmarkt, so viele Autos, Fahrräder und Fußgängergruppen strömten hinaus, um vor der blutigen Kulisse des Verbrechens ein fröhliches Wochenende zu verbringen. Parker, der mit Wimsey im *Green Lion* Quartier genommen hatte, konnte kaum noch alle die Anrufe, Briefe und Telegramme in Empfang nehmen, die von allen Seiten auf ihn herabregneten, während ein kräftiger Polizist am Ende des Flurs auf Wache stand und Eindringlinge fernhielt.

Wimsey lief nervös im Zimmer auf und ab und rauchte in seiner Aufregung eine Zigarette nach der andern. «Diesmal haben wir sie. Diesmal haben sie sich gottlob übernommen.»

«Ja, aber hab doch ein bißchen Geduld, alter Junge. Verlieren können wir sie jetzt nicht mehr – aber zuerst brauchen wir mal alle Fakten.»

«Bist du sicher, daß Mrs. Forrest deinen Leuten nicht durch die Lappen geht?»

«Aber ja. Sie ist Montag abend in ihre Wohnung zurückgekehrt – so sagt wenigstens der Tankwart. Unsere Männer beschatten sie ständig und geben uns Bescheid, sobald jemand ihre Wohnung betritt.»

«Montag abend!»

«Ja. Aber das ist an sich noch kein Beweis. Montag abend ist für die Heimkehr von Wochenendurlaubern eine durchaus übliche Zeit. Außerdem will ich sie noch nicht aufschrecken, bevor wir wissen, ob sie die Chefin oder nur eine Komplicin ist. Sieh mal, Peter, ich habe hier eine Mitteilung von einem anderen unserer Männer. Er hat sich mit Miss Whittakers und Mrs. Forrests Finanzen beschäftigt. Miss Whittaker hat sich seit vorigen Dezember einen großen Scheck nach dem anderen bar auszahlen lassen, und die Summen stimmen Stück um Stück fast haargenau mit denen überein, die Mrs. Forrest auf ihr Konto eingezahlt hat. Diese Frau hat Miss Whittaker seit Miss Dawsons

Tod ganz schön in der Hand. Sie steckt bis zum Kragen in der Geschichte, Peter.»

«Hab ich doch gewußt. Sie hat die Arbeit gemacht, während die Whittaker sich in Kent ein felsenfestes Alibi verschaffte. Um Gottes willen, Charles, begeh jetzt keinen Fehler. Niemand ist noch eine Sekunde seines Lebens sicher, solange eine von den beiden frei herumläuft.»

«Eine böse und skrupellose Frau», dozierte Parker, «ist die grausamste Verbrecherin der Welt – fünfzigmal gefährlicher als ein Mann, weil sie so viel zielstrebiger vorgeht.»

«Das liegt daran, daß sie sich nicht von Sentimentalität plagen läßt», sagte Wimsey. «Und wir Männer, wir armen Tröpfe, bilden uns ein, Frauen wären romantisch veranlagt und gefühlsbeherrscht. Alles Quatsch, mein Lieber! Hol doch der Henker dieses Telefon!»

Parker riß den Hörer hoch.

«Ja – ja – am Apparat. Heiliger Strohsack, das darf nicht wahr sein! Gut. Ja, ja, natürlich müssen Sie ihn festhalten. Ich halte das ja auch für gedreht, aber festgehalten und vernommen werden muß er. Und sorgen Sie dafür, daß alle Zeitungen das bringen. Sagen Sie ihnen, Sie seien sicher, daß er der Mann ist. Verstanden? Trichtern Sie ihnen gut ein, daß dies die offizielle Version ist. Und – Moment – ich möchte Fotos von dem Scheck und allen eventuellen Fingerabdrücken darauf haben. Sofort per Sonderkurier hierherschicken. Der Scheck ist doch wohl echt? Die Bank sagt, er ist? Gut! Was sagt er denn? ... Ach! ... Existiert der Umschlag noch? – Vernichtet? Armer Teufel. Gut. Gut. Wiederhören.»

Er wandte sich ziemlich aufgeregt an Wimsey.

«Hallelujah Dawson ist gestern in die Lloyds-Bank in Stepney gekommen und hat einen Scheck von Mary Whittaker über 10 000 Pfund präsentiert, bezogen auf die Leahamptoner Filiale und auf den Überbringer ausgestellt, mit Datum von Freitag, dem 24. Juni. Da es sich um eine so große Summe handelte und die Zeitungen von Freitag abend Miss Whittakers Verschwinden gemeldet hatten, wurde er gebeten, wiederzukommen. Inzwischen hat man sich mit Leahampton in Verbindung gesetzt. Als gestern abend der Mord gemeldet wurde, hat der Direktor der Leahamptoner Filiale sich daran erinnert und Scotland Yard angerufen, mit dem Ergebnis, daß man Hallelujah heute früh zur Vernehmung abgeholt hat. Er sagt, der Scheck sei am Samstagmorgen per Post gekommen, in einem Umschlag und ohne jeden Kommentar. Natürlich haben diese Trottel den Umschlag gleich weggeworfen, so daß wir diese Geschichte nicht nachprüfen oder dem Poststempel nachgehen könnten. Unsere Leute haben die Sache jedenfalls ein bißchen merkwürdig gefunden, und Hallelujah wird jetzt für die Dauer weiterer Ermittlungen festgehalten – mit anderen Worten, er ist wegen Verdachts auf Mord und kriminelle Verschwörung verhaftet!»

«Der arme Hallelujah! Charles, das ist einfach teuflisch. Dieser unschuldige, nette alte Knabe, der keiner Fliege etwas zuleide tun könnte!»

«Ich weiß. Aber er steckt nun einmal drin und muß das durchstehen. Für uns ist es nur um so besser. Da ist jemand an der Tür. Herein, wenn's kein Schneider ist!»

«Dr. Faulkner ist da und möchte Sie sprechen, Sir», meldete der Polizist, indem er den Kopf zur Tür hereinsteckte.

«Ach ja, gut. Treten Sie näher, Doktor. Haben Sie die Untersuchung gemacht?»

«Habe ich, Inspektor. Sehr interessant. Sie hatten völlig recht. Das will ich Ihnen gleich von vornherein sagen.»

«Freut mich zu hören. Nehmen Sie Platz und erzählen Sie.»

«Ich werde mich so kurz wie möglich fassen», sagte der Arzt. Er war aus London, von Scotland Yard geschickt und an Polizeiarbeit gewöhnt – ein hagerer grauer Dachs, sachlich, scharfäugig und das gerade Gegenteil des «Greiners», der Parker am Nachmittag zuvor so geärgert hatte.

«Also, zunächst einmal, der Schlag auf den Kopf hatte natürlich mit dem Tod überhaupt nichts zu tun. Sie haben ja selbst gesehen, daß so gut wie kein Blut da war. Die Wunde ist der Leiche einige Zeit nach dem Tod beigebracht worden – zweifellos, um den Eindruck eines Überfalls durch eine Räuberbande zu erwecken. So ähnlich ist es auch mit den Schnitten und Kratzern an den Armen. Sie dienen einzig der Tarnung.»

«Genau. Aber Ihr Kollege –»

«Mein Kollege, wie Sie ihn nennen, ist ein Dummkopf», schnaubte der Arzt. «Wenn so seine Diagnosen aussehen, dürfte Crown's Beach eine ziemlich hohe Sterblichkeitsrate haben. Das nur nebenbei. Wollen Sie die Todesursache wissen?»

«Chloroform?»

«Vielleicht. Ich habe die Leiche geöffnet, aber keine typischen Hinweise auf Gift oder dergleichen gefunden. Dann habe ich, wie Sie geraten haben, die notwendigen Organe entnommen und zur Analyse an Sir James Lubbock geschickt, aber ehrlich gesagt, davon erhoffe ich mir nicht viel. Chloroformgeruch war beim Öffnen des Brustkorbes nicht festzustellen. Entweder war seit dem Tod zuviel Zeit verstrichen, was bei diesem flüchtigen Zeug sehr gut möglich ist, oder aber die Dosis war zu gering. Für Herzschwäche habe ich keine Hinweise gefunden, und um ein gesundes junges Mädchen umzubringen, müßte man ihr das Chloroform schon über eine beträchtliche Zeit geben.»

«Meinen Sie, daß ihr überhaupt Chloroform gegeben wurde?»

«Doch, das glaube ich schon. Die Verätzungen im Gesicht legen die Vermutung nahe.»

«Das würde auch das im Wagen gefundene Taschentuch erklären», sagte Wimsey.

«Ich könnte mir vorstellen», überlegte Parker laut, «daß man erhebliche Kraft und Entschlossenheit aufwenden muß, um einem kräftigen jungen Mädchen Chloroform unter die Nase zu halten. Sie hätte sich bestimmt nach Kräften gewehrt.»

«Allerdings», sagte der Doktor ingrimmig, «aber das Komische ist, sie hat sich nicht gewehrt. Wie ich schon sagte, die ganzen Spuren von Gewaltanwendung wurden ihr nach dem Tod beigebracht.»

«Wenn sie nun geschlafen hätte», meinte Wimsey, «hätte man es dann heimlich machen können?»

«O ja – mit Leichtigkeit! Nach ein paar tiefen Zügen von dem Zeug wäre sie halb bewußtlos gewesen, und dann hätte man schon etwas härter zupacken können. Ich halte es durchaus für möglich, daß sie in der Sonne eingeschlafen ist, während ihre Freundin einen Spaziergang machte und entführt wurde, und dann sind die Entführer wiedergekommen und haben Miss Findlater erledigt.»

«Das kommt mir ziemlich überflüssig vor», sagte Parker. «Warum hätten sie überhaupt zu ihr zurückgehen sollen?»

«Wollen Sie sagen, daß beide eingeschlafen waren und zur gleichen Zeit überfallen und chloroformiert wurden? Das klingt doch reichlich unwahrscheinlich.»

«Das sage ich auch nicht. Hören Sie zu, Doktor – aber behalten Sie das bitte für sich.»

Er erklärte kurz, welchen Verdacht sie gegen Mary Whittaker hegten, und der Arzt hörte mit entsetztem Staunen zu.

«Nach unserer Ansicht», sagte Parker, «ist dann folgendes passiert: Wir nehmen an, daß Miss Whittaker aus irgendeinem Grund beschlossen hat, das arme Mädchen loszuwerden, das so an ihr hing. Sie hat deshalb dafür gesorgt, daß sie zusammen zu einem Picknick fuhren und alle Welt wußte, wohin die Reise ging. Als Vera Findlater dann in der Sonne eingeschlafen war, hat Mary Whittaker sie nach unserer Theorie ermordet – entweder mit Chloroform oder – was für mich wahrscheinlicher ist – auf dieselbe Art, auf die sie auch ihre anderen Opfer umgebracht hat, weiß der Himmel, wie. Anschließend hat sie ihr einen Schlag über den Kopf gegeben und die anderen falschen Kampfspuren gelegt, woraufhin sie die Mütze in den Ginster warf, die sie zuvor gekauft und mit Brillantine eingeschmiert hatte. Natürlich lasse ich die Herkunft der Mütze prüfen. Miss Whittaker ist eine große, kräftige Frau – ich glaube nicht, daß es ihre Kräfte überstieg, diesen Schlag gegen eine wehrlose Leiche zu führen.»

«Aber was sollen dann die Fußspuren im Wald?»

«Darauf komme ich gerade. Daran ist einiges ziemlich faul. Erstens, wenn hier eine geheime Bande am Werk war, warum sollte sie sich extra bemüht und die einzige nasse, schlammige Stelle in zwanzig Meilen Umkreis ausgewählt haben, um ihre Fußspuren zu hinterlassen, während sie sonst so ziemlich überall hätte kommen und gehen können, ohne die mindesten erkennbaren Spuren zurückzulassen?»

«Eine gute Überlegung», sagte der Arzt. «Und dem möchte ich hinzufügen, daß sie doch den Verlust der Mütze bemerkt haben müßten. Warum sind sie nicht zurückgegangen, um sie zu holen?»

«Ganz recht. Und weiter: Beide Paar Schuhe haben Abdrücke hinterlassen, an denen nicht der allermindeste Verschleiß festzustellen war. Ich meine, es war nichts davon zu sehen, daß diese Schuhe jemals getragen worden wären, und die Gummiabsätze an dem größeren Paar waren sogar ganz offensichtlich frisch aus dem Schuhgeschäft. Die Bilder davon müssen jeden Augenblick eintreffen, dann können Sie es selbst sehen. Natürlich ist es nicht unmöglich, daß beide Männer nagelneue Schuhe anhatten, aber ein bißchen unwahrscheinlich ist es doch.»

«Stimmt», pflichtete der Arzt bei.

«Und nun kommen wir zum merkwürdigsten Umstand. Einer der angeblichen Männer hatte viel größere Füße als der andere, so daß man sich darunter einen größeren, vielleicht auch schwereren Mann mit längeren Schritten vorstellen sollte. Aber als wir die Spuren nachmaßen, was fanden wir da? Bei allen dreien – dem großen Mann, dem kleinen Mann und der Frau – sind die Schritte genau gleich lang. Die anderen Unstimmigkeiten können ja nun vielleicht noch durchgehen, aber das ist eindeutig kein Zufall mehr.»

Dr. Faulkner ließ sich das eine Weile durch den Kopf gehen. «Das haben Sie gut kombiniert», sagte er schließlich. «Für mich klingt das absolut überzeugend.»

«Es ist sogar Sir Charles Pillington aufgefallen, der nicht der Klügsten einer ist», sagte Parker. «Ich habe ihn nur mit größter Mühe daran hindern können, die ungewöhnliche Ähnlichkeit der Meßergebnisse vor dem Reporter von den *Evening Views* auszuposaunen.»

«Sie meinen also, Miss Whittaker hatte diese Schuhe bei sich, als sie kam, und hat die Spuren selbst gelegt?»

«Ja. Wobei sie jedesmal durch den Farn zurückgegangen ist. Schlau angestellt. Sie hat keinen Fehler gemacht und sogar darauf geachtet, daß die Spuren sich überdeckten. Alles wunderhübsch arrangiert – jede Spur jeweils unter und über den beiden anderen, um den Eindruck zu erwecken, daß da drei Leute gleichzeitig gegangen waren. Ich würde sagen, sie hat Austin Freemans Werke aufmerksam studiert.»

«Und was nun?»

«Nun, vermutlich werden wir feststellen, daß Mrs. Forrest, von der wir annehmen, daß sie schon die ganze Zeit ihre Komplicin war, mit ihrem Wagen hingefahren ist – ich meine den großen Wagen – und dort auf sie gewartet hat. Vielleicht hat sie auch die Fußspuren gelegt, während Mary Whittaker den Überfall inszenierte. Jedenfalls dürfte sie wohl erst gekommen sein, nachdem Mary Whittaker und Vera Findlater aus dem Austin ausgestiegen und zu der Mulde in den Dünen gegangen waren. Nachdem Mary Whittaker dann ihren Teil der Arbeit erledigt hatte, haben sie das Taschentuch und die Illustrierte, die *Schwarze Maske*, in den Austin getan und sind mit Mrs. Forrests Auto fortgefahren. Ich lasse natürlich prüfen, wo der Wagen überall gewesen ist. Es ist ein dunkelblauer Renault Viersitzer mit Michelin-Ballonreifen und der Nummer XO 4247. Wir wissen, daß er am Montagabend mit Mrs. Forrest am Steuer in die Garage zurückgekehrt ist.»

«Aber wo ist Miss Whittaker?»

«Irgendwo versteckt. Wir kriegen sie schon noch. An ihr Geld kommt sie nicht heran – die Bank ist gewarnt. Wenn Mrs. Forrest versucht, Geld für sie zu beschaffen, werden wir ihr folgen. Im allerschlimmsten Falle könnten wir sie also mit ein bißchen Glück regelrecht aushungern. Aber wir haben noch einen anderen Hinweis. Es hat einen sehr zielstrebigen Versuch gegeben, den Verdacht auf einen unglückseligen Verwandten Miss Whittakers zu lenken – einen farbigen nonkonformistischen Geistlichen mit dem bemerkenswerten Namen Hallelujah Dawson. Er hat gewisse finanzielle Ansprüche an Miss Whittaker – keine rechtlichen Ansprüche, aber eben doch solche, die ein anständiger, mitfühlender Mensch respektieren würde. Sie hat sie nicht respektiert, und man könnte durchaus erwarten, daß der arme alte Mann einen Groll gegen sie hegt. Gestern morgen hat er nun versucht, einen von ihr ausgeschriebenen Barscheck über 10 000 Pfund einzulösen, und dabei hat er die lahme Geschichte von sich gegeben, der Scheck sei ohne jede weitere Erklärung in einem Briefumschlag mit der ersten Post gekommen. Daraufhin mußte er als einer der mutmaßlichen Entführer festgenommen werden.»

«Aber das wäre doch sehr ungeschickt. Der Mann hat sicher ein Alibi.»

«Dann wird man es vermutlich so darstellen, daß er ein paar Gangster angeheuert hat, die es für ihn machten. Er gehört zu einer Mission in Stepney – von da stammt die lila Mütze –, und in dieser Gegend laufen so einige unangenehme Burschen herum. Natürlich werden wir eingehende Ermittlungen anstellen und die Ergebnisse in allen Einzelheiten in den Zeitungen veröffentlichen lassen.»

«Und dann?»

«Ich stelle mir das so vor, daß Miss Whittaker dann irgendwo, völlig mit den Nerven fertig, auftaucht und eine Geschichte von Überfall und Lösegeldforderung erzählt, die genau ins Bild paßt. Hat Vetter Hallelujah kein befriedigendes Alibi beibringen können, so werden wir wahrscheinlich zu hören bekommen, er sei selbst dabei gewesen und habe die Mörder angeleitet. Sollte er aber mit Bestimmtheit nachgewiesen haben, daß er nicht dabei war, dann ist eben nur sein Name gefallen oder er ist zwischendurch einmal zu einem Zeitpunkt aufgekreuzt, den das arme Mädchen nicht so genau angeben kann, und zwar irgendwo in einem fürchterlichen Loch an einem Ort, an den man sie verschleppt hat und den sie natürlich nicht identifizieren kann.»

«Was für ein teuflisches Komplott!»

«Allerdings. Miss Whittaker ist doch wirklich eine sehr charmante junge Dame. Ich wüßte nicht, wovor sie haltmachen würde. Und die liebenswürdige Mrs. Forrest scheint ein zweites Exemplar aus dem gleichen Holz zu sein. Das alles erzählen wir Ihnen natürlich ganz im Vertrauen, Doktor. Sie verstehen, daß wir Miss Whittaker wahrscheinlich nur kriegen, wenn sie glaubt, wir hätten diese ganzen falschen Indizien geschluckt, mit denen sie uns ködert.»

«Ich bin keine Klatschtante», sagte der Arzt. «Sie sagen, es war eine Bande, also war es, soweit es mich angeht, eine Bande. Und Miss Findlater hat einen Schlag auf den Schädel bekommen und ist daran gestorben. Ich hoffe nur, daß mein Kollege und der Polizeipräsident ebenso verschwiegen sind. Natürlich habe ich sie gewarnt, nach allem, was Sie mir gestern schon gesagt haben.»

«Das ist ja alles schön und gut», meinte Wimsey, «aber was für konkrete Beweise haben wir schließlich gegen diese Frau? Ein geschickter Verteidiger reißt uns den ganzen Fall in Fetzen. Das einzige, was wir ihr mit Sicherheit nachweisen können, ist der Einbruch in das Haus in der Hampstead Heath und der Kohlediebstahl. Die anderen Todesfälle wurden bei den Untersuchungen als natürlich bezeichnet. Und was Miss Findlater betrifft – selbst wenn wir beweisen könnten, daß es Chloroform war – an Chloroform ist nicht schwer heranzukommen –, es ist schließlich kein Arsen oder Zyanid. Und selbst wenn auf dem Schraubenschlüssel Fingerabdrücke wären –»

«Es sind keine darauf», sagte Parker finster. «Diese Frau weiß, was sie will.»

«Weswegen wollte sie denn Vera Findlater überhaupt umbringen?» fragte der Arzt plötzlich. «Nach allem, was Sie mir erzählt haben, war doch das Mädchen ihre wertvollste Zeugin. Sie war die einzige, die bestätigen konnte, daß Miss Whittaker für die anderen Verbrechen – falls es Verbrechen waren – ein Alibi hatte.»

«Sie könnte zuviel über die Beziehungen zwischen Miss Whittaker und Mrs. Forrest herausbekommen haben. Mein Eindruck ist, daß sie ihren Zweck erfüllt hatte und jetzt gefährlich wurde. Nun hoffen wir die Forrest und die Whittaker überraschen zu können, sobald sie Verbindung aufnehmen. Wenn uns das erst gelungen ist –»

«Autsch!» sagte Dr. Faulkner. Er war ans Fenster getreten. «Ich will Sie ja nicht unnötig erschrecken, aber soeben sehe ich Sir Charles Pillington im Gespräch mit dem Sonderkorrespondenten des *Wire*. Der *Yell* hat heute morgen auf einer ganzen Seite die Banditenversion gebracht, nebst einem patriotischen Artikel über die Gefährlichkeit, farbige Ausländer zu hofieren. Ich brauche Ihnen nicht zu sagen, daß der *Wire* nicht zögern würde, Erzengel Gabriel persönlich zu bestechen, um die Geschichte des *Yell* zu übertrumpfen.»

«O verdammt!» rief Parker, schon auf dem Weg zum Fenster.

«Zu spät», sagte der Arzt. «Der *Wire*-Mensch ist schon im Postamt verschwunden. Sie können natürlich noch anrufen und versuchen, das Schlimmste zu verhindern.»

Dies tat Parker und wurde vom *Wire*-Redakteur höflich dahingehend beruhigt, daß die Geschichte nicht bei ihm angekommen sei, und falls sie noch komme, werde er sich Inspektor Parkers Instruktionen zu Herzen nehmen.

Der Redakteur des *Wire* hatte die reine Wahrheit gesagt. Die Geschichte war vom Redakteur des *Evening Banner* entgegengenommen worden, der Schwesterzeitung des *Wire*. In Krisenzeiten ist es eben manchmal ganz natürlich, wenn die rechte Hand nicht weiß, was die linke tut. Schließlich handelte es sich um einen Exklusivbericht.

Eine Gewissensfrage

Ich weiß, du hältst auf Religion,
Glaubst an das Ding, das man Gewissen nennt,
Und an der Pfaffen Brauch und Observanz,
Die ich dich sorgsam hab erfüllen sehn.
Titus Andronicus

Donnerstag, der 23. Juni, war der Vorabend von Johanni. Das schlichtgrüne Werktagskleid, in dem die Kirche sich nach der hochzeitlichen Verzückung der Pfingsttage ihren Alltagsaufgaben widmete, war abgelegt, und wieder strahlte der Altar in Weiß. In der Jungfrauenkapelle von St. Onesimus war die Vesper aus – ein feiner Weihrauchdunst schwebte wie ein Wölkchen unter dem düsteren Dachgebälk. Ein sehr kurzer Altardiener erstickte mit einem sehr langen Löschhütchen aus Messing die Kerzen und mischte in den Wohlgeruch den unangenehmen, wenngleich geheiligten Geruch von heißem Wachs. Die kleine Gemeinde älterer Damen erwachte zögernd aus ihrer Andacht und verzog sich unter einer Serie tiefer Kniefälle. Miss Climpson sammelte einen Stapel kleiner Gesangbüchlein ein und suchte ihre Handschuhe. Dabei ließ sie ihr Gebetbuch fallen, und es fiel zu ihrem Verdruß hinter die lange Kniebank, wobei ein kleiner Pfingstregen von Osterkärtchen, Lesezeichen, Heiligenbildchen, getrockneten Palmen und Ave Marias in die dunkle Ecke hinter dem Beichtstuhl flatterte.

Miss Climpson entfuhr ein unwirsches «Ach!», während sie hinterhertauchte – doch sogleich bereute sie diesen ungebührlichen Zornesausbruch an heiligem Ort. «Disziplin», murmelte sie, als sie das letzte verlorene Schäflein unter einem Kniekissen hervorzog. «Disziplin. Ich muß mich beherrschen lernen.» Sie stopfte die Blättchen wieder ins Gebetbuch, nahm Handschuhe und Handtasche, verneigte sich zum Allerheiligsten hin und ließ die Tasche fallen, um sie aber diesmal im Glanz der Märtyrerin wieder aufzuheben. Dann eilte sie durchs Mittelschiff zum Südausgang, wo der Küster bereits mit dem Schlüssel in der Hand wartete, um sie hinauszulassen. Im Gehen blickte sie noch einmal zum Hochaltar zurück. Unerhellt und einsam stand er da, und seine hohen Kerzen wirkten im Zwielicht der Apsis wie undeutliche Gespenster. Das Ganze sah so streng und erhaben aus, fand sie plötzlich.

«Gute Nacht, Mr. Stanniforth», sagte sie rasch.

«Gute Nacht, Miss Climpson, gute Nacht.»

Sie war froh, aus dem Schatten des Kirchenportals in das grünlich schimmernde Licht des Juniabends hinauszutreten. Sie hatte sich bedroht gefühlt. War es der Gedanke an den strengen Täufer mit seinem Aufruf zur Buße? Das Gebet um die Gnade, die Wahrheit zu sprechen und dem Bösen kühn zu trotzen? Miss Climpson nahm sich vor, jetzt schnell nach Hause zu gehen und dort noch einmal Brief und Evangelium zu lesen – sie waren so sonderbar zart und tröstlich für das Fest eines so harten und kompromißlosen Heiligen. Und dabei, dachte sie, kann ich auch gleich die Blätter wieder ordnen.

Nach den lieblichen Düften des Heimwegs kam ihr das Vorderzimmer in Mrs. Budges Obergeschoß richtig muffig vor. Miss Climpson riß das Fenster auf und nahm davor Platz, um Ordnung in ihre frommen Habseligkeiten zu bringen. Das Kärtchen vom letzten Abendmahl gehörte zwischen die Weihegebete; die Verkündigung von Fra Angelico war aus der Messe für den 25. März herausgerutscht und fand sich beim Sonntag nach Trinitatis wieder; das Herz Jesu mit dem französischen Text gehörte zu Fronleichnam; das... «Mein Gott!» sagte Miss Climpson. «Das muß ich in der Kirche mit aufgelesen haben.»

Auf jeden Fall trug das kleine Blatt Papier nicht ihre Handschrift. Jemand muß es also verloren haben. Es war nur natürlich, einen Blick darauf zu werfen, um zu sehen, ob es vielleicht von Wichtigkeit war.

Miss Climpson war eine von denen, die immer sagen: «Ich gehöre nicht zu denen, die anderer Leute Post lesen.» Das ist für alle eine deutliche Warnung, daß sie zu eben dieser Sorte gehören. Dabei sagen sie nicht einmal die Unwahrheit; es ist der reine Selbstbetrug. Die Vorsehung hat sie lediglich wie die Klapperschlangen mit einer Warnrassel ausgestattet. Wer nach dieser Warnung immer noch dumm genug ist, seine Korrespondenz in ihrer Reichweite liegenzulassen, ist eben selbst schuld.

Miss Climpson warf einen raschen Blick auf das Blatt.

In den Anleitungen zur Gewissenserforschung, wie sie an Rechtgläubige manchmal ausgegeben werden, ist oft ein sehr unkluges Absätzchen enthalten, das für die unschuldige Weltfremdheit seiner Verfasser Bände spricht. Da bekommt man zum Beispiel den Rat, zur Vorbereitung auf die Beichte seine Missetaten in einer Liste zusammenzufassen, damit einem nicht die eine oder andere kleine Schlechtigkeit durch die Lappen geht. Natürlich heißt es, man solle nicht die Namen anderer Leute daraufschreiben, den Zettel weder seinen Freunden zeigen` noch irgendwo herumliegen lassen. Aber solche Mißgeschicke passieren nun einmal – und dann könnte dieses Verzeichnis der Sünden das Gegenteil dessen bewirken, was die Kirche im Sinn hat, wenn sie den Gläubigen bittet, dem Priester seine Sünden ins Ohr zu flüstern, und vom Priester verlangt, sie im selben Augenblick zu vergessen, da er den Beichtenden losspricht – als wären sie nie ausgesprochen worden.

Jedenfalls war kürzlich jemand von den auf diesem Blatt Papier verzeichneten Sünden reingewaschen worden – wahrscheinlich letzten Samstag –, und dann war der Zettel unbemerkt zwischen Kniekissen und Beichtstuhl geflattert und dort den Augen der Reinemachefrau entgangen. Da lag er nun, dieser Bericht, der für Gottes Ohr allein bestimmt gewesen war – hier lag er offen auf Mrs. Budges rundem Mahagonitisch vor den Augen eines sterblichen Mitmenschen.

Um Miss Climpson nicht unrecht zu tun: Sicherlich hätte sie den Zettel sofort ungelesen vernichtet, wenn ein bestimmter Satz ihr nicht ins Auge gefallen wäre:

«Was ich für M. W. gelogen habe.»

Im selben Augenblick erkannte sie, daß dies Vera Findlaters Handschrift war, und es «kam über sie wie ein Blitz» – wie sie hinterher erklärte –, was diese Worte eigentlich bedeuteten.

Eine geschlagene halbe Stunde saß Miss Climpson für sich allein und kämpfte mit ihrem Gewissen. Ihre angeborene Neugier sagte: «Lies.» Ihre religiöse Erziehung sagte: «Du darfst nicht lesen.» Ihr Pflichtgefühl gegenüber ihrem Auftraggeber Wimsey befahl: «Überzeuge dich.» Ihr Gefühl für Anstand sagte: «Laß das bleiben.» Und eine schrecklich ungehaltene Stimme grollte finster: «Es geht um Mord. Willst du zur Komplicin eines Mörders werden?» Sie kam sich vor wie Lancelot Gobbo zwischen Gewissen und Versucher – aber welche Stimme gehörte dem Versucher und welche dem Gewissen?

«Die Wahrheit zu sprechen und dem Bösen kühn zu trotzen.»

Mord.

Hier bot sich nun eine echte Möglichkeit.

Aber *war* es eine Möglichkeit? Vielleicht hatte sie mehr in den Satz hineingelesen, als er enthielt.

War es denn in diesem Fall nicht – fast – ihre Pflicht, weiterzulesen und ihre Gedanken von diesem furchtbaren Verdacht zu reinigen?

Wie gern wäre sie zu Mr. Tredgold gegangen und hätte ihn um Rat gefragt. Wahrscheinlich würde er ihr antworten, sie solle den Zettel sogleich verbrennen und mit Gebet und Fasten den Argwohn aus ihrem Herzen vertreiben.

Sie stand auf und machte sich auf die Suche nach der Zündholzschachtel. Besser war's, das Ding so schnell wie möglich loszuwerden.

Aber was hatte sie da eigentlich vor? – Wollte sie wirklich den Schlüssel zur Aufdeckung eines Mordes vernichten?

Sooft ihr dieses Wort in den Sinn kam, brannte es sich in Großbuchstaben und dick unterstrichen in ihr Gehirn ein. MORD – wie auf einem polizeilichen Fahndungsaufruf.

Jetzt kam ihr eine Idee. Parker war doch Polizist – und wahrscheinlich wußte er mit dem heiligen Beichtgeheimnis nicht viel anzufangen. Er sah so protestantisch aus – oder womöglich hielt er von Religion so oder so nichts. Jedenfalls würde er seine beruflichen Pflichten über alles andere stellen. Warum nicht ihm den Zettel schicken, ohne ihn selbst zu lesen, und ihm nur kurz erklären, wie sie darangekommen war? Dann lag die Verantwortung bei ihm.

Bei näherer Betrachtung jedoch erkannte Miss Climpsons angeborene Ehrlichkeit diesen Plan als jesuitisch. Die Vertraulichkeit wurde durch diese Art Veröffentlichung ebenso gebrochen, als hätte sie das Ding selbst gelesen – vielleicht sogar noch mehr. Und sogleich hob an dieser Stelle auch der alte Adam den Kopf und meinte, wenn diesen Beichtzettel überhaupt jemand zu lesen bekomme, könne sie auch gleich ihre eigene wohlbegründete Neugier befriedigen. Außerdem – wenn sie sich nun ganz und gar irrte? Die «Lügen» mußten schließlich nicht das mindeste mit Mary Whittakers Alibi zu tun haben. In diesem Falle würde sie leichtfertig die Geheimnisse eines Mitmenschen preisgeben, und das noch ohne Sinn. Wenn sie sich also zur Herausgabe entschloß, *mußte* sie den Zettel zuerst selbst lesen – das war sie allen Beteiligten schuldig.

Vielleicht – wenn sie nur noch einen kurzen Blick auf das eine oder andere Wort warf – würde sie sehen, daß es mit MORD nichts zu tun hatte, und dann konnte sie den Zettel vernichten und vergessen. Wenn sie ihn aber ungelesen vernichtete, wußte sie, daß sie ihn nie vergessen würde, nicht bis an ihr Lebensende. Sie würde auf immer diesen fürchterlichen Verdacht mit sich herumschleppen. Immer würde sie denken müssen, daß Mary Whittaker – vielleicht – eine Mörderin war. Immer, wenn sie in diese harten blauen Augen blickte, würde sie sich fragen, welchen Ausdruck sie wohl haben würden, wenn die Seele dahinter MORD plante. Natürlich war der Verdacht schon vorher da gewesen, gesät von Wimsey, aber jetzt war es ihr eigener.

Der Verdacht kristallisierte sich – wurde für sie zur Wirklichkeit.

«Was mache ich nur?»

Sie warf erneut einen raschen, verschämten Blick auf den Zettel. Diesmal las sie das Wort «London».

Im ersten Augenblick stockte Miss Climpson der Atem wie jemandem, der unter eine kalte Dusche tritt.

«Nun gut», sagte Miss Climpson, «wenn es Sünde ist, so will ich sie begehen, und möge sie mir vergeben werden.»

Mit rotglühenden Wangen, als ob sie daranginge, jemanden nackt auszuziehen, richtete sie ihre Aufmerksamkeit auf das Blatt Papier.

Die Notizen waren kurz und zweideutig. Ein Mann wie Parker hätte vielleicht nicht viel damit anzufangen gewußt, aber für eine in dieser Art frommer Kurzschrift geübte Miss Climpson war die Geschichte so klar wie gedruckt.

«Eifersucht» – dieses Wort war groß geschrieben und unterstrichen. Dann war von einem Streit die Rede, von bösen Anschuldigungen, zornigen Worten und einer Entfremdung der Seele der Sünderin von Gott. Das Wort «Idol» – und dann ein langer Gedankenstrich.

Aus diesem dürftigen Gerippe vermochte Miss Climpson mühelos eine jener haßerfüllten, leidenschaftlichen «Szenen» gekränkter Eifersucht zu rekonstruieren, die sie aus ihrem unter Frauen verbrachten Leben allzugut kannte. «Ich tue alles für dich – dir liegt kein bißchen an mir – du behandelst mich grausam – ich bin dir einfach über, das ist es!» Und – «Sei doch nicht albern. Ehrlich, ich halte das nicht aus. Ach, nun hör doch auf, Vera! Ich kann es nicht leiden, so abgeschleckt zu werden.» Demütigende, erniedrigende, ermüdende, häßliche Szenen, bekannt aus Mädchenschulen, Pensionaten, Gemeinschaftswohnungen in Bloomsbury. Schnöder Egoismus, der seines Opfers überdrüssig wurde. Alberne Schwärmerei, die jede Selbstachtung ertränkte. Dumme Streitereien, die in Beschämung und Haß endeten.

«So eine gemeine Blutsaugerin», sagte Miss Climpson erbost. «Es ist zu arg. Sie nutzt das Mädchen nur aus.»

Doch nun plagte die Gewissensforscherin ein schwierigeres Problem. Aus den Andeutungen konnte Miss Climpson es sich mit Leichtigkeit zusammenreimen. Sie hatte gelogen – das war unrecht, auch wenn sie damit nur einer Freundin hatte helfen wollen. Sie hatte falsche Beichten abgelegt, indem sie diese Lügen verschwieg. Das mußte von neuem gebeichtet und in Ordnung gebracht werden. Aber (fragte sich das Mädchen) war sie aus Haß gegen die Lüge zu diesem Schluß gekommen oder nur aus Groll gegen die Freundin? Schwierig, so eine Gewissenserforschung. Und sollte sie, anstatt sich damit zu begnügen, die Lügen dem Priester zu beichten, nicht auch der Welt die Wahrheit sagen?

Miss Climpson hatte hier keinerlei Zweifel, wie der Priester entscheiden würde. «Du brauchst nicht eigens herzugehen und das Vertrauen der Freundin zu verraten. Bewahre Stillschweigen, wenn du kannst, aber wenn du sprichst, mußt du die Wahrheit sagen. Du mußt deiner Freundin sagen, daß sie keine weiteren Lügen von dir erwarten darf. Sie hat ein Recht auf dein Schweigen – mehr nicht.»

Soweit, so gut. Aber dann gab es da noch ein Problem.

«Muß ich zusehen, wie sie Unrecht tut?» – und sozusagen als erklärende Randbemerkung: «Der Mann in der South Audley Street.»

Das war allerdings ein bißchen rätselhaft... Aber nein! Im Gegenteil, es klärte das ganze Rätsel von Eifersucht und Streiterei auf!

In diesen ganzen April- und Maiwochen, in denen Mary Whittaker angeblich mit Vera Findlater in Kent gewesen war, hatte sie Ausflüge nach London gemacht. Und Vera hatte ihr versprochen, zu Hause zu erzählen, Mary sei die ganze Zeit mit ihr zusammen gewesen. Und die Fahrten nach London hatten mit einem Mann in der South Audley Street zu tun, und daran mußte irgend etwas Sündiges sein. Wahrscheinlich eine Liebesaffäre. Miss Climpson spitzte tugendhaft die Lippen, aber eigentlich war sie mehr überrascht als schockiert. Mary Whittaker! Der hätte sie das eigentlich nie zugetraut. Aber es war so eine gute Erklärung für die Eifersucht und den Streit – das Gefühl des Betrogenseins. Aber wie hatte Vera es herausbekommen? Hatte Mary Whittaker es ihr anvertraut? Nein – noch einmal dieser Satz unter der Überschrift «Eifersucht» – was stand da? «M. W. nach London gefolgt.» Sie war ihr also nachgefahren und hatte es gesehen. Und irgendwann war sie dann mit ihrem Wissen herausgeplatzt und hatte der Freundin Vorwürfe gemacht. Diese Expedition nach London mußte allerdings vor Miss Climpsons Unterredung mit Vera Findlater stattgefunden haben, und dennoch war sich das Mädchen da der Zuneigung Mary Whittakers so sicher gewesen. Oder hatte sie womöglich nur versucht, die Augen fest zu schließen und sich beharrlich einzureden, an der Geschichte mit dem Mann sei «nichts dran»? Wahrscheinlich. Und wahrscheinlich hatte dann irgendeine Gemeinheit von Marys Seite die ganzen bösen Verdächtigungen an die Oberfläche kochen lassen, laut, vorwurfsvoll, wütend. Und so war es zum Krach und dann zum Bruch gekommen.

Sonderbar, dachte Miss Climpson, daß Vera nie zu mir gekommen ist und mir von ihrem Kummer berichtet hat. Aber vielleicht schämt es sich, das arme Kind. Ich habe sie jetzt seit fast einer Woche nicht mehr gesehen. Ich sollte sie einmal besuchen gehen, vielleicht erzählt sie mir dann alles. «Und in diesem Falle», rief Miss Climpsons Gewissen, plötzlich mit strahlendem Lächeln über die Schläge des Widersachers triumphierend, «würde ich die Geschichte ganz legitim erfahren und könnte sie *ehrlichen Gewissens* an Lord Peter weiterberichten.»

Am folgenden Tag – es war ein Freitag – erwachte sie jedoch mit unangenehm schmerzendem Gewissen. Der Zettel – er steckte immer noch in ihrem Gebetbuch – machte ihr Kummer. Sie ging in aller Frühe zu den Findlaters, erfuhr dort aber nur, daß Vera bei Miss Whittaker sei. «Dann darf ich wohl annehmen, daß sie die Sache bereinigt haben», sagte sie bei sich. Mary Whittaker wollte sie jetzt nicht sehen, ob ihr Geheimnis nun Mord oder bloße Unmoral hieß; aber sie spürte den bohrenden Drang in sich, für Lord Peter die Frage nach dem Alibi zu klären.

In der Wellington Avenue sagte man ihr, die beiden jungen Damen seien am Montag weggefahren und noch nicht zurückgekommen. Sie versuchte das Hausmädchen zu beruhigen, aber ihr eigenes Herz verriet sie. Ohne eigentlichen Grund hatte sie ein ungutes Gefühl. Sie ging in die Kirche, um ein Gebet zu sprechen, aber sie war nicht mit den Gedanken bei dem, was sie sagte. Einer Eingebung folgend, griff sie sich Mr. Tredgold, der sich gerade um die Sakristei herum zu schaffen machte, und fragte ihn, ob sie am nächsten Abend zu ihm kommen und ihn mit einer Gewissensfrage belästigen dürfe. Soweit, so gut, und nun hatte sie das Gefühl, ein «ordentlicher Spaziergang» könne ihr helfen, die Spinnweben aus ihren Gedanken zu wehen.

Also zog sie los, wodurch sie Lord Peter um eine Viertelstunde verpaßte, und nahm den Zug nach Guildford, ging dort spazieren, aß in einer Teestube am Weg eine Kleinigkeit zu Mittag, wanderte nach Guildford zurück und fuhr wieder nach Hause, wo sie erfuhr, daß «Mr. Parker und jede Menge Herren den ganzen Tag nach Ihnen gefragt haben, Miss, und was für eine furchtbare Geschichte, Miss, denn Miss Whittaker und Miss Findlater sind verschwunden, und die Polizei sucht sie schon, und sind diese Autos nicht schrecklich gefährliche Dinger, Miss? Da kann man doch nur hoffen, daß sie keinen Unfall gehabt haben.»

Und in Miss Climpsons Kopf ertönten, einer Inspiration gleich, die Worte: «South Audley Street.»

Miss Climpson hatte natürlich keine Ahnung, daß Lord Peter in Crown's Beach war. Sie hoffte, ihn in der Stadt anzutreffen. Denn sie verspürte das für sie selbst kaum erklärliche Verlangen hinzufahren und in der South Audley Street einmal nach dem Rechten zu sehen. Was sie eigentlich machen wollte, wenn sie erst dort war, wußte sie selbst nicht so genau, aber hinfahren mußte sie. Sie hatte eben immer noch Hemmungen, von dem Beichtzettel offen Gebrauch zu machen. Vera Findlaters Geschichte aus deren eigenem Mund zu hören – das war es, woran sie sich unbewußt klammerte. Sie nahm also den ersten Zug nach Waterloo. Für den Fall, daß Wimsey oder Parker sie aufsuchen sollten, hinterließ sie einen Brief, der so von dunklen Andeutungen und dicken Unterstreichungen strotzte, daß es für das seelische Gleichgewicht der beiden Männer vielleicht das beste war, wenn sie ihn nie zu Gesicht bekamen.

Am Piccadilly traf sie nur Bunter an und erfuhr von ihm, Seine Lordschaft und Mr. Parker befänden sich in Crown's Beach, wohin er, Bunter, ihnen in diesem Augenblick folgen solle. Miss

Climpson trug ihm sogleich eine Nachricht für seinen Brötchengeber auf, die vielleicht noch ein wenig komplizierter und geheimnisvoller war als ihr Brief, dann machte sie sich auf den Weg zur South Audley Street. Und erst als sie dort war, wurde ihr bewußt, wie unklar ihr Anliegen eigentlich war und wie wenig Informationen man durch bloßes Aufundabgehen in einer Straße sammeln kann. Außerdem, fiel ihr plötzlich ein, wenn Miss Whittaker hier in der South Audley Street wirklich etwas trieb, was sie verheimlichen wollte, würde sie sofort wachsam werden, wenn sie eine Bekannte hier herumpatrouillieren sähe. Der Gedanke bestürzte Miss Climpson so, daß sie abrupt in die nächste Apotheke trat und eine Zahnbürste kaufte, um ihr Tun zu tarnen und Zeit zu gewinnen. Mit Zahnbürsten kann man so manche Minute vertun, wenn man erst anfängt, Formen, Größen und Borstenhärten zu vergleichen, und manchmal ist so ein Apotheker ein netter und redseliger Mensch.

Während sie sich noch im Laden umsah und auf eine Eingebung hoffte, erblickte Miss Climpson plötzlich ein Döschen mit Nasenpulver, auf dem der Name des Apothekers stand.

«Und dann möchte ich davon auch noch ein Döschen», sagte sie. «Das Zeug ist wirklich *ausgezeichnet* – einfach *wunderbar*. Ich nehme es seit *Jahren* und bin einfach *begeistert*. Und allen meinen Freundinnen empfehle ich es auch, besonders gegen *Heuschnupfen*. Eine von ihnen kommt übrigens oft hier an Ihrer Apotheke vorbei, und sie hat mir erst *gestern* erzählt, was sie mit ihrem Heuschnupfen immer *durchzustehen* hat. ‹Meine Liebe›, hab ich zu ihr gesagt, ‹du brauchst dir nur mal ein Döschen von diesem *hervorragenden* Zeug zu kaufen, dann hast du den *ganzen* Sommer *nichts* mehr damit zu tun.› Sie war mir ja so *dankbar,* daß ich ihr das gesagt habe. War sie wohl schon hier?» Und damit beschrieb sie Mary Whittaker, so gut sie konnte.

Man wird inzwischen schon festgestellt haben, daß im Kampf zwischen Miss Climpsons Gewissen und dem, was Wilkie Collins das «Detektivfieber» nennt, das Gewissen auf der Strecke blieb und bei den ungeheuerlichsten Lügen, die es früher sofort auf den Plan gerufen hätten, nur noch Augen und Ohren verschloß.

Der Apotheker aber hatte Miss Climpsons Freundin noch nie zu Gesicht bekommen. Folglich blieb ihr nichts anderes übrig, als das Feld zu räumen und darüber nachzudenken, was sie als nächstes tun wollte. Miss Climpson verließ den Laden, doch vor dem Hinausgehen ließ sie heimlich ihren Hausschlüssel in einen großen Korb mit Badeschwämmen fallen, der neben ihr stand. Vielleicht, so überlegte sie, brauchte sie einen Vorwand, um die South Audley Street noch einmal aufzusuchen.

Ihr Gewissen seufzte tief, und ihrem Schutzengel tropfte eine Träne auf die Badeschwämme.

Miss Climpson ging in die nächste Teestube am Weg, bestellte eine Tasse Kaffee und versuchte, sich einen Plan zurechtzulegen, wie sie die South Audley Street am besten durchkämmen könnte. Sie brauchte dazu erstens einen Vorwand – und zweitens Verkleidung. Wagemut wallte auf in ihrem welken Busen, und so fiel ihr erstes Dutzend Ideen denn auch mehr abenteuerlich als praktisch aus.

Zu guter Letzt aber kam ihr doch noch ein wirklich blendender Gedanke. Sie war (das versuchte sie gar nicht vor sich selbst zu verbergen) genau der Typ, den man sich ohne weiteres mit einer Sammelbüchse in der Hand vorstellen kann. Überdies konnte sie sogar mit einem guten Zweck aufwarten. Die Kirchengemeinde, der sie in London angehörte, unterhielt eine Mission für die Elendsviertel, die dringend Geld benötigte, und Miss Climpson besaß noch eine Anzahl Spendenkarten mit dem Vermerk, daß sie uneingeschränkt berechtigt war, Spenden für besagte Mission entgegenzunehmen. Was war natürlicher, als hier in dieser vornehmen Wohngegend eine Haussammlung zu versuchen?

Die Frage der Verkleidung war auch nicht so schwierig, wie man hätte meinen mögen. Miss Whittaker kannte sie nur gut gekleidet und von wohlhabendem Aussehen. Klobige Schuhe, ein Hut von ebensolcher Häßlichkeit und ein schlecht sitzender Mantel nebst Sonnenbrille würden sie von weitem völlig unkenntlich machen. Ob sie von nahem erkannt würde, spielte keine Rolle, denn wenn sie Mary Whittaker erst Auge in Auge gegenüberstand, war ihre Aufgabe erfüllt – dann hatte sie das Haus gefunden, das sie suchte.

Miss Climpson stand auf und bezahlte. Dann eilte sie, die Sonnenbrille zu kaufen, denn ihr fiel ein, daß Samstag war. Nachdem sie eine gefunden hatte, die ihre Augen genügend verbarg, ohne gleich allzu geheimnisvoll zu wirken, kehrte sie in ihre Wohnung am St. George's Square zurück, um für ihr Abenteuer die geeignete Kleidung auszuwählen. Daß sie mit ihrer Arbeit nicht vor Montag beginnen konnte, wußte sie natürlich –

der Samstagnachmittag und Sonntag sind aus der Sicht des Spendensammlers einfach hoffnungslos.

Mit der Auswahl der Kleidung und sonstigen Zutaten war sie den größten Teil des Nachmittags beschäftigt. Als sie endlich mit sich zufrieden war, ging sie hinunter zu ihrer Hauswirtin, um sie um etwas Tee zu bitten.

«Aber natürlich, Miss», sagte die gute Frau. «Aber ist das nicht schrecklich, Miss, mit diesem Mord?»

«Was für ein Mord?» fragte Miss Climpson uninteressiert.

Die Wirtin reichte ihr die *Evening Views*, und dort las sie den Bericht über Vera Findlaters Tod.

Der Sonntag war der schlimmste Tag, den Miss Climpson je erlebt hatte. Sie, die aktive Frau, war zur Untätigkeit verdammt und hatte ausgiebig Zeit, über die Tragödie nachzudenken. Da sie nicht wußte, was Wimsey und Parker insgeheim wußten, nahm sie die Entführungsgeschichte für bare Münze. In gewissem Sinne fand sie darin sogar ein wenig Trost, denn nun konnte sie Mary Whittaker von jeder Beteiligung an diesem oder den früheren Morden freisprechen. Sie konnte sie – abgesehen von Miss Dawsons Tod, der aber gar kein Mord zu sein brauchte – diesem geheimnisvollen Mann in der South Audley Street zur Last legen. Im Geiste entwarf sie sein schreckliches Konterfei – blutbespritzt, düster und, was das Schlimmste war, mit verkommenen schwarzhäutigen Meuchelmördern unter einer Decke, sogar ihr Auftraggeber. Zu Miss Climpsons Ehre sei gesagt, daß ihr Entschluß, dieses Ungeheuer in seiner Höhle aufzuspüren, keinen Augenblick wankte.

Sie schrieb einen langen Brief an Lord Peter und setzte ihm darin ihren Plan auseinander. Da sie wußte, daß Bunter nicht mehr am Piccadilly 110 A war, adressierte sie den Brief nach längerem Nachdenken an Lord Peter Wimsey, c/o Inspektor Parker, Polizeistation Crown's Beach. Natürlich ging sonntags keine Post aus der Stadt, aber mit der Mitternachtspost würde der Brief schon noch abgehen.

Am Montag früh brach sie zeitig in ihren alten Kleidern und der Sonnenbrille zur South Audley Street auf. Ihre natürliche Wißbegierde und die harte Schule drittklassiger Mietshäuser waren ihr nie besser zustatten gekommen. Sie hatte gelernt, Fragen zu stellen, Abfuhren einzustecken – hartnäckig zu sein, dickfellig und wachsam. In jeder Wohnung, an der sie klingelte, spielte sie nur sich selbst mit solcher Hingabe und zäher Beharrlichkeit, daß sie selten ohne Spende wieder herauskam, und fast nie ohne Informationen über die Häuser und ihre Bewohner.

Um die Teestunde hatte sie eine Straßenseite ganz und die andere fast zur Hälfte geschafft, jedoch ohne Ergebnis. Eben faßte sie den Gedanken, rasch etwas essen zu gehen, als sie eine Frau erblickte, die etwa hundert Schritte vor ihr eiligen Schrittes in dieselbe Richtung ging wie sie.

Nun kann man sich ja bei Gesichtern leicht vertun, aber es ist fast unmöglich, sich in einem Rücken zu irren. Miss Climpson schlug das Herz bis zum Hals. «Mary Whittaker!» sagte sie laut und nahm schon die Verfolgung auf.

Die Frau blieb stehen und sah in ein Schaufenster. Miss Climpson mochte nicht näher herangehen. Wenn Mary Whittaker frei herumlief, dann – ja, dann war diese Entführung mit ihrem Einverständnis geschehen! Verwirrt beschloß Miss Climpson, sich abwartend zu verhalten. Die Frau ging in ein Geschäft. Der freundliche Apotheker war fast genau gegenüber. Miss Climpson sah, daß dies der rechte Augenblick war, ihren Schlüssel zurückzufordern. Sie trat ein und fragte danach. Man hatte ihn schon für sie zurückgelegt, und der Verkäufer gab ihn ihr sofort. Die Frau war aber noch immer in dem Laden gegenüber. Miss Climpson nahm Zuflucht zu endlos langen Entschuldigungen und umständlichen Beispielen ihrer Vergeßlichkeit. Jetzt kam die Frau heraus. Miss Climpson ließ ihr einen angemessenen Vorsprung, dann beendete sie die Unterhaltung und verließ umständlich die Apotheke, wobei sie die Brille wieder aufsetzte, die sie für den Apotheker abgenommen hatte.

Die Frau ging jetzt ohne Aufenthalt weiter, blickte aber hin und wieder in ein Schaufenster. Ein Mann mit einem Obstkarren nahm seine Mütze ab, als sie vorbeiging, und kratzte sich am Kopf. Fast im selben Augenblick machte die Frau auf dem Absatz kehrt und kam zurück. Der Obstverkäufer packte seinen Karren an der Stange und schob ihn in eine Nebenstraße. Die Frau kam ihr direkt entgegen, so daß Miss Climpson gezwungen war, rasch in einen Hauseingang zu verschwinden und so zu tun, als ob sie einen Schuh binden müßte, sonst wäre eine Begegnung von Angesicht zu Angesicht unvermeidlich gewesen.

Die Frau hatte offenbar nur vergessen, Zigaretten zu kaufen, denn sie ging in einen Tabakladen, aus dem sie schon bald wieder herauskam. Wieder begegnete sie Miss Climpson, die diesmal ihre Handtasche fallen gelassen hatte und emsig mit dem Einsammeln ihrer Habseligkeiten beschäftigt war. Die Frau ging ohne einen Blick an ihr vorbei und weiter. Miss Climpson, noch rot vom Bücken, folgte ihr wieder. Jetzt wandte die Frau sich auf den Eingang eines Wohngebäudes zu, gleich neben einem Blumenladen. Miss Climpson war ihr hart auf den Fersen, um sie nur ja nicht zu verlieren.

Mary Whittaker – falls sie es war – ging durch den Eingangsflur direkt zum Lift, einem von der Sorte, die der Fahrgast selbst bedienen muß. Sie stieg ein und fuhr nach oben. Miss Climpson betrachtete die Orchideen und Rosen im Blumengeschäft und beobachtete dabei den Lift, bis er außer Sicht war. Dann trat sie ins Haus, den Sammelausweis sichtbar in der Hand.

In einer kleinen Glaskabine saß der Portier. Er erkannte Miss Climpson sofort als Fremde und fragte höflich, ob er ihr behilflich sein könne. Miss Climpson wählte von dem Bewohnerverzeichnis am Eingang aufs Geratewohl einen Namen und fragte nach Mrs. Forrest. Der Mann sagte, Mrs. Forrest wohne im vierten Stock, und kam aus seiner Kabine, um den Lift für sie herunterzuholen. Ein anderer Mann, mit dem er sich unterhalten hatte, kam ebenfalls heraus und bezog am Eingang Stellung. Als der Lift herunterkam, sah Miss Climpson, daß der Obsthändler inzwischen wieder zurückgekommen war. Sein Schubkarren stand jetzt direkt vor dem Haus.

Der Portier begleitete sie nach oben und zeigte ihr die Tür zu Mrs. Forrests Wohnung. Seine Gegenwart war beruhigend. Sie wünschte, er bliebe in Rufweite, bis sie das Haus fertig abgesucht hatte. Aber da sie nun einmal nach Mrs. Forrest gefragt hatte, mußte sie auch dort beginnen. Sie drückte auf den Klingelknopf.

Zuerst glaubte sie, die Wohnung sei leer, doch nachdem sie ein zweites Mal geklingelt hatte, hörte sie Schritte. Die Tür ging auf, und eine furchtbar aufgedonnerte wasserstoffblonde Dame stand vor ihr, die Lord Peter sofort – und peinlich berührt – erkannt hätte.

«Ich bin gekommen», sagte Miss Climpson, indem sie sich mit dem Geschick eines routinierten Hausierers schnell in die Tür zwängte, «um Sie zu fragen, ob ich Sie vielleicht zur Unterstützung unserer Mission gewinnen kann. Darf ich eintreten? Ich bin gewiß, Sie –»

«Danke, nein», sagte Mrs. Forrest kurz angebunden und sehr

eilig, etwas atemlos, als stünde jemand hinter ihr, den sie nicht mithören lassen wollte. «Missionen interessieren mich nicht.»

Sie versuchte die Tür zu schließen, aber Miss Climpson hatte genug gesehen und gehört.

«Großer Gott!» rief sie mit aufgerissenen Augen. «Also, das ist doch –»

«Kommen Sie herein.» Mrs. Forrest packte sie fast grob am Arm, zog sie über die Schwelle und schlug die Tür hinter ihnen zu.

«Na, so eine Überraschung!» sagte Miss Climpson. «Ich hätte Sie beinahe nicht erkannt, Miss Whittaker, mit diesen Haaren.»

«Sie!» sagte Miss Whittaker. «Ausgerechnet Sie!» Sie nahmen in den geschmacklosen rosa Seidenkissen des Wohnzimmers einander gegenüber Platz. «Ich hab doch gewußt, daß Sie eine Schnüfflerin sind. Wie sind Sie hierhergekommen? Ist noch jemand bei Ihnen?»

«Nein – doch – ich bin nur zufällig...» begann Miss Climpson ausweichend. Ein Gedanke beherrschte sie vor allem anderen. «Wie sind Sie freigekommen? Was ist passiert? Wer hat Vera umgebracht?» Sie wußte, daß ihre Fragen ungeschickt und dumm waren. «Warum sind Sie so verkleidet?»

«Wer hat Sie geschickt?» fragte Mary Whittaker zurück.

«Wer ist der Mann bei Ihnen?» fuhr Miss Climpson unbeirrt fort. «Ist er hier? Hat er den Mord begangen?»

«Was für ein Mann?»

«Der Mann, den Vera aus Ihrer Wohnung hat kommen sehen. Hat er –?»

«So ist das also. Vera hat geplaudert. So eine Lügnerin. Ich hatte geglaubt, ich wäre schnell genug gewesen.»

Etwas, das Miss Climpson schon seit Wochen beschäftigte, nahm mit einemmal deutliche Gestalt an. Dieser Blick in Mary Whittakers Augen. Vor langer Zeit hatte Miss Climpson einmal bei einer Verwandten ausgeholfen, die eine Pension führte, und dort war ein junger Mann gewesen, der seine Rechnung mit einem Scheck bezahlte. Sie hatte wegen dieser Rechnung ziemlich energisch werden müssen, und er hatte den Scheck widerwillig ausgeschrieben, während er an dem kleinen Tischchen mit der Plüschdecke im Salon saß und sie ihn nicht aus den Augen ließ. Dann war er fortgegangen – hatte sich mit seinem Koffer davongeschlichen, als gerade niemand in der Nähe war. Der Scheck war zurückgekommen wie der sprichwörtlich falsche

Fuffziger. Gefälscht. Miss Climpson hatte vor Gericht aussagen müssen. Und nun erinnerte sie sich an diesen merkwürdig trotzigen Blick, mit dem der junge Mann seinen Füller in die Hand genommen hatte, um sein erstes Verbrechen zu begehen. Heute sah sie diesen Blick wieder – eine unschöne Mischung von Verwegenheit und Berechnung. Es war der Blick, der Wimsey bereits gewarnt hatte und sie hätte warnen müssen. Ihr Atem ging schneller.

«Wer war der Mann?»

«Der Mann?» Plötzlich lachte Mary Whittaker. «Ein Mann namens Templeton – kein Freund von mir. Wirklich komisch, daß Sie ihn für einen Freund von mir gehalten haben. Umgebracht hätte ich ihn, wenn ich gekonnt hätte.»

«Aber wo ist er? Was machen Sie? Wissen Sie nicht, daß alle Welt nach Ihnen sucht? Warum gehen Sie nicht...?»

«Darum!»

Mary Whittaker warf ihr die Zehn-Uhr-Ausgabe des *Evening Banner* zu, die auf dem Sofa gelegen hatte. Miss Climpson las die knalligen Schlagzeilen:

ÜBERRASCHENDE WENDE IM MORDFALL CROWN'S BEACH
WUNDEN AN DER LEICHE NACHTRÄGLICH VORGETÄUSCHT
GEFÄLSCHTE SPUREN

Miss Climpson schnappte erschrocken nach Luft, dann beugte sie sich über den kleiner gedruckten Text. «Na so etwas!» rief sie, indem sie schnell nach oben blickte.

Nicht schnell genug. Die schwere Messinglampe verfehlte zwar um Haaresbreite ihren Kopf, traf sie aber dafür schmerzhaft an der Schulter. Mit einem lauten Schrei sprang sie auf, gerade als Mary Whittakers kräftige weiße Hände sich um ihren Hals legten.

Und traf ihn – so!

> *Nicht so tief wie ein Brunnen, noch so weit*
> *wie eine Kirchtüre; aber es reicht eben hin!*
> Romeo und Julia

Lord Peter verpaßte beide Mitteilungen Miss Climpsons. Er war so in die polizeilichen Ermittlungen eingespannt, daß er gar nicht auf die Idee kam, noch einmal nach Leahampton zu fahren. Bunter war am Samstagabend zuverlässig mit «Mrs. Merdle» eingetroffen. Ein riesiges Polizeiaufgebot machte die Dünen sowie die Gegend um Southampton und Portsmouth unsicher, um weiter den Eindruck aufrechtzuerhalten, die Polizei vermute die «Bande» in dieser Umgebung. Dabei lag Parker nichts ferner als das. «Wenn sie glaubt, sie sei sicher», sagte er, «kommt sie zurück. Wir spielen das alte Katz-und-Maus-Spiel, mein Bester.» Wimsey war unruhig. Er wünschte, die Analyse der Leiche sei endlich abgeschlossen, und scheute den Gedanken an die langen Tage, die er zu warten haben würde. Vom Ergebnis der Analyse erwartete er sowieso nicht viel.

«Es ist ja alles schön und gut, dazusitzen mit deinen verkleideten Polizeibütteln vor Mrs. Forrests Wohnung», sagte er ärgerlich, als sie am Montagmorgen beim Frühstück mit Speck und Ei saßen, «aber dir ist doch klar, daß wir noch immer keinen Beweis für Mord haben, nicht in einem einzigen Fall.»

«Ganz recht», antwortete Parker gelassen.

«Ja, macht dich denn das nicht verrückt?» fragte Wimsey.

«Kaum», erwiderte Parker. «Dazu kommt so etwas viel zu oft vor. Wenn ich jedesmal auf die Palme gehen wollte, nur weil ein paar Beweise auf sich warten lassen, käme ich von da oben überhaupt nicht mehr herunter. Wozu die Aufregung? Vielleicht ist es das perfekte Verbrechen, von dem du so gern redest – das Verbrechen, das keine Spuren hinterläßt. Du solltest dich darüber freuen.»

«Menschenskind noch einmal! O Niedertracht, wo ist dein Charme, den Weise schauten in deinem Gesicht? Im Alten Ganoven verlöscht das Licht, und den Zecher dürstet, daß Gott erbarm. Wimseys Gebrauchslyrik, bearbeitet von Thingummy. Ich bin mir in der Tat nicht so sicher, ob Miss Dawsons Tod nicht das perfekte Verbrechen war – wenn diese Whittaker dann nur Schluß gemacht und nicht versucht hätte, ihn zu vertuschen. Wie du siehst, werden die Morde immer gewalttätiger, komplizierter und unwahrscheinlicher. Schon wieder das Telefon. Wenn die Post dieses Jahr auf dem Fernsprechsektor keinen dikken Gewinn macht, kann man dir nicht die Schuld geben.»

«Die Mütze und die Schuhe», sagte Parker sanft. «Man hat ihre Herkunft ermittelt. Sie wurden in einem Bekleidungshaus in Stepney bestellt und sollten an Reverend H. Dawson, *Peveril Hotel*, Bloomsbury, geschickt werden, wo sie zur Abholung bereitliegen sollten.»

«Wieder das *Peveril*.»

«Ja. Ich erkenne die Handschrift von Mr. Triggs geheimnisvoller Verführerin. Am nächsten Tag kam ein Bote mit einer Visitenkarte von Reverend Hallelujah Dawson und dem Vermerk: ‹Paket bitte an Überbringer aushändigen.› Der Bote erklärte dazu, sein Auftraggeber habe nun doch nicht selbst in die Stadt kommen können. Seinen telefonischen Instruktionen gemäß hat der Bote das Paket dann einer Dame in Krankenschwesterntracht auf dem Bahnsteig von Charing Cross übergeben. Als er diese Dame beschreiben sollte, hat er nur gemeint, sie sei groß gewesen, mit blaugetönter Brille und der üblichen Schwesterntracht mit Häubchen. Das wär's.»

«Wie wurden die Sachen bezahlt?»

«Per Postanweisung, eingezahlt zur geschäftigsten Tageszeit im Postamt West Central.»

«Und wann ist das alles gewesen?»

«Das ist das Interessanteste daran. Vorigen Monat, kurz bevor Miss Whittaker und Miss Findlater aus Kent zurückkehrten. Dieses Ding war von langer Hand vorbereitet.»

«Stimmt. Also noch etwas, was du Mrs. Forrest anhängen kannst. Könnte ein Beweis für eine kriminelle Verschwörung sein, aber ob es ein Beweis für Mord ist –»

«Wahrscheinlich *soll* es nach einer kriminellen Verschwörung von seiten Vetter Hallelujahs aussehen. Jetzt werden wir wohl die Briefe und die dazugehörige Schreibmaschine finden und dann diese ganzen Leute vernehmen müssen. O Gott, was für eine Plackerei! Hallo! Herein! Ach, Sie sind's, Doktor.»

«Entschuldigen Sie, wenn ich Sie beim Frühstück störe», sagte Dr. Faulkner, «aber als ich heute morgen wach im Bett lag, ist mir eine glänzende Idee gekommen, die mußte ich einfach bei Ihnen loswerden, solange sie noch frisch war. Es geht um den Schlag auf den Kopf und die Kratzwunden an den Armen. Meinen Sie, daß sie einem doppelten Zweck dienen könnten? Zum einen lassen sie das Ganze nach einem Überfall aussehen, zum andern könnten sie eine kleinere Wunde tarnen. Zum Beispiel könnte man ihr Gift injiziert und dann, als sie tot war, den Einstich durch die Kratzer und Schnitte überdeckt haben.»

«Ehrlich gesagt», meinte Parker, «ich wollte, ich könnte das glauben. Die Idee ist gut und vielleicht sogar richtig, aber unser Pech ist, daß in beiden vorherigen Todesfällen, die wir untersucht haben und eigentlich zur selben Serie zählen wie diesen hier, durch kein der Wissenschaft bekanntes Verfahren auch nur die geringsten Symptome oder Spuren von Gift festgestellt worden sind. Und nicht nur kein Gift wurde gefunden, sondern rein gar nichts, außer einem natürlichen Tod.»

Und er beschrieb alle Fälle ausführlicher.

«Merkwürdig», sagte der Arzt. «Und Sie meinen, hierbei könne das gleiche herauskommen? Aber in diesem Fall kann es ja nicht gut ein natürlicher Tod gewesen sein – oder wozu die ganzen sorgsamen Bemühungen, ihn zu tarnen?»

«Es war kein natürlicher Tod», sagte Parker, «was dadurch bewiesen ist, daß er, wie wir jetzt wissen, schon vor zwei Monaten geplant und vorbereitet wurde.»

«Aber die Methode!» rief Wimsey. «Die Methode! Hol's doch der Henker, da stehen wir nun alle hier herum mit unseren klugen Köpfen und guten Namen – und dieses halbgebildete Ding aus einem Krankenhaus gibt uns allesamt das Nachsehen. *Wie* hat sie's gemacht?»

«Wahrscheinlich ist die Methode so einfach und naheliegend, daß wir gar nicht darauf kommen», sagte Parker. «Wie irgendein Naturgesetz, das man in der vierten Schulklasse lernt und nie mehr irgendwo anwendet. Denk an diesen Motorradheini, dem wir bei Crofton begegnet sind, wie er im Regen saß und um Hilfe bitten mußte, weil er noch nie von einer Luftblase in der Benzinleitung gehört hatte. Nun würde ich sagen, der Junge hat etwas gelernt – Was ist denn mit dir los?»

«Mein Gott!» rief Wimsey. Er ließ die Hand derart auf den Frühstückstisch krachen, daß die Tassen hochsprangen. «Mein

Gott! Aber das ist es doch! Du hast es gefunden – du hast es geschafft – Naheliegend? Allmächtiger Gott – dazu braucht man nicht einmal einen Arzt. Ein Automechaniker hätte es uns sagen können. Alle Tage sterben Leute an so etwas. Aber natürlich, es war eine Luftblase in der Leitung.»

«Tragen Sie's mit Fassung, Doktor», sagte Parker. «So ist er immer, wenn er eine Idee hat. Das vergeht wieder. Würde es dir etwas ausmachen, dich näher zu erklären, altes Haus?»

Wimseys bläßliches Gesicht war gerötet. Er wandte sich an den Arzt. «Hören Sie», sagte er, «der Körper ist doch ein Pumpwerk, nicht wahr? Das liebe gute Herz pumpt das Blut durch die Arterien und durch die Venen wieder zurück und so weiter, richtig? Das hält den ganzen Laden in Betrieb, nicht? Einmal rund und in zwei Minuten wieder daheim – so ungefähr?»

«Gewiß.»

«Hier ist ein kleines Ventil, wo das Blut hereinkommt, und dort ein anderes Ventil, wo es wieder hinausfließt – ungefähr wie bei einem Verbrennungsmotor, was ja eigentlich dasselbe ist.»

«Stimmt.»

«Und wenn die Pumpe stehenbleibt?»

«Dann stirbt man.»

«Eben. Und nun passen Sie auf. Angenommen, Sie nehmen eine schöne große Spritze, leer, stechen sie in eine der großen Arterien und drücken hinten drauf – was passiert? Na, was würde da passieren, Doktor? Sie würden eine dicke Luftblase in die Leitung pumpen, nicht wahr? Und was würde daraufhin mit dem Kreislauf passieren, na?»

«Er bricht zusammen», antwortete der Arzt, ohne zu zögern. «Das ist es ja, warum die Schwestern so sehr darauf achten müssen, daß sie die Spritze richtig füllen, besonders bei intravenösen Injektionen.»

«Wußte ich doch, daß es etwas war, was man in der Klippschule lernt. Also weiter. Der Kreislauf bricht zusammen – und die Wirkung wäre etwa wie bei einer Embolie, nicht wahr?»

«Natürlich nur, wenn das in einer Hauptader passiert. In einer der kleineren Venen würde das Blut seinen Weg drumherum finden. Das ist es ja, warum –» diese Formulierung schien es dem Doktor angetan zu haben – «es so wichtig ist, daß Embolien – sprich Blutgerinnsel – so bald wie möglich aufgelöst werden und man sie nicht im Kreislauf herumwandern lassen darf.»

«Ja – schon – aber diese Luftblase, Doktor – in einer der Hauptadern – nehmen wir die Oberschenkelarterie oder die große Vene in der Ellbogenbeuge – die würde doch den Kreislauf zum Erliegen bringen, nicht? In welcher Zeit?»

«Nun ja, sofort. Das Herz würde zu schlagen aufhören.»

«Und dann?»

«Ist man tot.»

«Mit welchen Symptomen?»

«Keinen nennenswerten. Ein paar kleine Seufzer. Die Lungen würden verzweifelt arbeiten, damit die Sache weiterläuft. Und dann wäre es einfach aus. Wie bei einem Herzversagen. Das heißt, es *ist* ein Herzversagen.»

«Wie gut ich das doch weiß ... dieses Durchpusten des Ventils – ein Seufzer, wie Sie sagen. Und wie würde sich das nach dem Tod äußern?»

«Überhaupt nicht. Es sieht nur nach Herzversagen aus. Den Einstich würde man natürlich finden, wenn man danach sucht.»

«Wissen Sie das alles ganz genau, Doktor?» fragte Parker.

«Es ist schließlich ganz einfach, nicht wahr? Eine simple Frage der Mechanik. Natürlich würde es so kommen. Es muß.»

«Wäre es nachzuweisen?» fragte Parker weiter.

«Das ist schon schwieriger.»

«Wir müssen es versuchen», sagte Parker. «Es ist genial und erklärt so einiges. Doktor, würden Sie noch einmal ins Leichenhaus gehen und nachschauen, ob Sie irgendwelche Einstiche an der Leiche finden können? Ich glaube, du hast wirklich des Rätsels Lösung gefunden, Peter. Meine Güte, wer ist denn da schon wieder am Telefon? ... Wie? *Was?* – O verdammt! – Damit ist alles kaputt. Jetzt läßt sie sich nie wieder blicken. Warnung an alle Häfen – Fahndungsaufrufe an alle Polizeidienststellen – Eisenbahnen überwachen und ganz Bloomsbury mit dem Staubkamm durchkämmen – in dieser Gegend kennt sie sich am besten aus. Ich komme sofort in die Stadt – ja, unverzüglich. Wie recht Sie haben!» Er legte mit ein paar knappen, unfeinen Bemerkungen den Hörer auf.

«Pillington, dieser Obertrottel, hat alles ausgequatscht. Die ganze Geschichte steht in der Frühausgabe des *Banner*. Wir haben hier nichts mehr verloren. Mary Whittaker weiß jetzt, daß die Jagd auf ist und wird Hals über Kopf außer Landes verschwinden, wenn sie nicht schon weg ist. Kommst du mit zurück nach London, Peter?»

«Natürlich. Ich nehme dich im Wagen mit. Nur keine Zeit mehr verlieren. Läute mal bitte nach Bunter. Ah, Bunter, wir fahren in die Stadt. Wann können wir aufbrechen?»

«Sofort, Mylord. Ich habe Eurer Lordschaft und Mr. Parkers Sachen schon vorsorglich gepackt, falls wir eiligst verreisen müßten.»

«Gut gemacht.»

«Und hier ist ein Brief für Mr. Parker, Sir.»

«O ja, danke. Ach, die Fingerabdrücke von dem Scheck. Hm. Nur zwei verschiedene Arten – außer denen des Kassierers in der Bank natürlich. Die einen von Vetter Hallelujah und die anderen von einer Frau, vermutlich Mary Whittaker. Ja, ganz offensichtlich – hier sind die vier Finger der linken Hand, wie man sie auf den Scheck legen würde, um ihn beim Unterschreiben festzuhalten.»

«Verzeihung, Sir – dürfte ich mir das Bild wohl einmal ansehen?»

«Natürlich. Nehmen Sie sich einen Abzug. Ich weiß ja, daß Sie sich als Fotograf für so etwas interessieren. Also, leben Sie wohl, Doktor. Wir sehen uns irgendwann in London. Komm, Peter.»

Lord Peter kam. Und das, wie Dr. Faulkner sagen würde, war es ja, warum Miss Climpsons zweiter Brief zu spät von der Polizeistation herübergebracht wurde und ihn nicht mehr erreichte.

Sie kamen – dank Wimseys forscher Fahrweise – um zwölf in London an und begaben sich sofort zu Scotland Yard, nachdem sie Bunter, der so schnell wie möglich nach Hause wollte, unterwegs abgesetzt hatten. Sie trafen Parkers Chef in ziemlich gereizter Stimmung an – wütend auf den *Banner* und böse auf Parker, weil er Pillington den Mund nicht hatte stopfen können.

«Weiß der Himmel, wo sie als nächstes wieder auftaucht. Wahrscheinlich hatte sie sich schon früher eine Verkleidung beschafft und ihre Flucht vorbereitet.»

«Sie dürfte schon weg sein», sagte Wimsey. «Sie könnte mit Leichtigkeit schon am Montag oder Dienstag England verlassen haben, und wir wären kein bißchen klüger. Sobald dann die Luft rein gewesen wäre, hätte sie die Rückreise angetreten und ihr Vermögen an sich gebracht. Jetzt bleibt sie eben, wo sie ist.»

«Es ist sehr zu befürchten, daß du recht hast», stimmte Parker düster zu.

«Was macht inzwischen Mrs. Forrest?»

«Benimmt sich völlig normal. Sie wird natürlich pausenlos beschattet, aber in keiner Weise belästigt. Wir haben jetzt drei Mann draußen bei ihr – einen als Obsthändler, einen als guten Freund des Portiers, der ihm immerzu Renntips bringt, und einen, der sich im Hinterhof mit allerlei Arbeiten nützlich macht. Die drei melden, daß sie immer wieder mal kurz zum Einkaufen und dergleichen ausgeht, ihre Mahlzeiten aber meist zu Hause einnimmt. Die Leute, die sie unterwegs beschatten sollen, geben gut acht, ob sie mit Leuten spricht oder jemandem Geld zusteckt. Wir sind ziemlich sicher, daß die beiden noch keine Verbindung aufgenommen haben.»

«Verzeihung, Sir.» Ein Beamter steckte den Kopf zur Tür herein. «Hier ist der Diener von Lord Peter Wimsey, Sir, mit einer wichtigen Nachricht.»

Bunter trat ein, tadellos korrekt im Auftreten, aber mit einem Glitzern in den Augen. Er legte zwei Fotos auf den Tisch.

«Verzeihung, Mylord, meine Herren, aber würden Sie so freundlich sein und einen Blick auf diese beiden Fotos werfen?»

«Fingerabdrücke?» fragte der Chef.

«Das eine ist unser amtliches Foto von den Fingerabdrücken auf dem Zehntausend-Pfund-Scheck», erklärte Parker. «Das andere – wo haben Sie denn das her, Bunter? Die Fingerabdrücke sehen genau gleich aus, aber das Bild stammt nicht von uns.»

«Sie kamen meinem geübten Auge auch sehr ähnlich vor, Sir. Deshalb hielt ich es für angezeigt, Sie davon in Kenntnis zu setzen.»

«Rufen Sie Dewsby», sagte der Chef.

Dewsby war der Leiter des Erkennungsdienstes. Er hatte nicht den leisesten Zweifel. «Die Abdrücke stammen zweifellos von ein und derselben Person», sagte er.

Jetzt ging Wimsey allmählich ein Licht auf.

«Bunter – stammen diese Abdrücke hier von dem Glas?»

«Jawohl, Mylord.»

«Aber die sind doch von Mrs. Forrest!»

«So hatte ich Sie auch verstanden, Mylord, und unter diesem Namen habe ich sie abgelegt.»

«Das heißt also, wenn die Unterschrift auf diesem Scheck echt ist –»

«– brauchen wir unser Vögelchen nicht weit zu suchen!» rief Parker ingrimmig. «Ein Doppelleben! Dieses Weibsstück hat uns ja ganz schön lange an der Nase herumgeführt. Aber jetzt haben wir sie, zumindest wegen des Mordes an der Findlater, vielleicht auch wegen der Gotobed-Geschichte.»

«Aber ich denke, dafür hat sie ein Alibi?» sagte der Chef.

«Hatte sie», sagte Parker bitter, «aber ihre Zeugin war das Mädchen, das jetzt ermordet worden ist. Sieht ganz so aus, als ob es sich durchgerungen hätte, die Wahrheit zu sagen, und da hat man es eben beseitigt.»

«Es scheint, als ob so einige Leute gerade noch einmal mit dem Leben davongekommen wären», sagte Wimsey.

«Dich eingeschlossen. Die gelben Haare waren demnach eine Perücke.»

«Wahrscheinlich. So richtig echt sind sie mir ja nie vorgekommen. Als ich an dem einen Abend da war, hatte sie so einen enggewickelten Turban auf – darunter hätte sie auch kahl sein können, wie es aussah.»

«Hast du die Narbe an den Fingern ihrer rechten Hand nicht gesehen?»

«Nein – aus dem ganz einfachen Grund nicht, weil ihre Finger bis zu den Knöcheln mit Ringen vollgesteckt waren. Hinter dem abscheulichen Geschmack steckte also eine sehr vernünftige Überlegung. Ich nehme an, daß sie mich betäuben oder – falls das nicht geklappt hätte – mit Liebkosungen in Schlaf wiegen wollte, um mir dann mit Hilfe einer Nadel das Lebenslicht auszublasen. Furchtbar peinliche Geschichte. Liebesbedürftiger Clubmensch stirbt in Privatwohnung. Angehörige sehr besorgt, die Sache zu vertuschen. Wahrscheinlich war die Wahl auf mich gefallen, weil man mich in Liverpool mit Evelyn Cropper gesehen hatte. Bertha Gotobed dürfte eine ähnliche Behandlung widerfahren sein. Zufällig auf dem Weg zur Arbeit alter Herrschaft begegnet – Fünf-Pfund-Note in die Hand gedrückt und nobles Abendessen spendiert – jede Menge Champagner – das arme Ding war voll wie eine Strandhaubitze – in den Wagen gepackt, dort abserviert und in Begleitung eines Schinkensandwichs nebst einer Flasche Bier in den Eppingforst kutschiert. Ganz leicht, nicht wahr – wenn man weiß, wie's geht.»

«Wenn das so ist», sagte der Yard-Chef, «sollten wir uns die Dame greifen, je eher, desto besser. Sie brechen am besten sofort auf, Inspektor; lassen Sie sich einen Haftbefehl auf Namen Whittaker oder Forrest ausstellen – und nehmen Sie an Hilfe mit, was Sie brauchen.»

«Darf ich mit?» fragte Wimsey, als sie aus dem Gebäude kamen.

«Warum nicht? Du kannst dich vielleicht nützlich machen. Mit den Leuten, die wir schon dort haben, werden wir keine weitere Hilfe brauchen.»

Der Wagen sauste durch Pall Mall dahin, die St. James Street hinauf und am Piccadilly vorbei. Etwa in der Mitte der South Audley Street passierten sie den Obstverkäufer, dem Parker ein fast unmerkliches Zeichen gab. Ein paar Eingänge vor der gesuchten Tür stiegen sie aus und bekamen fast augenblicklich Gesellschaft von dem wettbegeisterten Freund des Portiers.

«Ich wollte Sie eben anrufen», sagte dieser. «Sie ist da.»

«Wer, die Whittaker?»

«Ja. Vor zwei Minuten ist sie hinaufgegangen.»

«Ist die Forrest auch da?»

«Ja. Sie war kurz vor der anderen nach Hause gekommen.»

«Komisch», sagte Parker. «Schon wieder eine schöne Theorie baden gegangen. Sind Sie ganz sicher, daß es die Whittaker ist?»

«Nun ja, sie war verkleidet, mit alten Sachen, grauen Haaren und so. Aber sie hat die richtige Größe und das ungefähre Aussehen. Sie versucht außerdem wieder den Trick mit der blaugetönten Brille. Ich glaube schon, sie ist die richtige – aber ich habe mich natürlich an Ihre Anweisung gehalten und mich nicht zu nah an sie herangemacht.»

«Nun gut, wir müssen uns das sowieso mal ansehen. Kommen Sie mit.»

Auch der Obsthändler hatte sich ihnen inzwischen angeschlossen, und alle zusammen traten sie ins Haus.

«Und die Tante ist direkt zur Wohnung der Forrest gegangen?» fragte der dritte Detektiv den Portier.

«Genau. Hingegangen ist sie und hat was von Spendensammeln oder so gesagt. Dann hat Mrs. Forrest sie schnell hineingezogen und die Tür zugeschlagen. Herausgekommen ist seitdem niemand mehr.»

«Gut. Wir gehen jetzt nach oben – und Sie passen auf, daß uns niemand über die Treppe entwischt. Also, Wimsey, dich kennt sie als Templeton, aber sie weiß vielleicht noch nicht sicher, daß du mit uns zusammenarbeitest. Du klingelst, und wenn die Tür aufgeht, stellst du den Fuß dazwischen. Wir stehen gleich hier um die Ecke bereit, um loszustürmen.»

Das Manöver wurde ausgeführt. Sie hörten laut die Glocke schrillen. Es kam aber niemand öffnen. Wimsey klingelte noch einmal und hielt das Ohr an die Tür.

«Charles», rief er auf einmal, «da ist was los da drinnen.» Sein Gesicht war weiß. «Mach schnell! Ich könnte nicht *noch* einen...»

Parker kam herbeigeeilt und horchte. Dann ergriff er Peters Stock und hämmerte gegen die Tür, daß es laut im leeren Lichthof widerhallte.

«Hallo, öffnen Sie – hier ist die Polizei!»

Und die ganze Zeit hörten sie von drinnen ein dumpfes Klopfen und Röcheln – ein Schleifen, als ob etwas Schweres geschleppt würde. Dann ein lautes Krachen, wie wenn ein Möbelstück umgefallen wäre – und dann ein lauter, heiserer Schrei, der mittendrin brutal erstickt wurde.

«Brecht die Tür auf!» sagte Wimsey. Der Schweiß lief ihm vom Gesicht.

Parker gab dem kräftigeren der beiden Polizisten ein Zeichen. Dieser kam mit der Schulter voran angestürmt und warf sich gegen die Tür, die krachte und zitterte. Parker kam ihm mit seinem Körpergewicht zu Hilfe, wobei er den leichten Wimsey einfach in die Ecke schleuderte. Stampfend und keuchend mühten sie sich auf dem engen Raum.

Die Tür gab nach, und sie taumelten in die Diele. Es war bedrohlich still.

«Schnell! Schnell!» schluchzte Peter.

Eine Tür zur Rechten stand offen. Ein Blick belehrte sie, daß dort niemand war. Sie rannten zur Wohnzimmertür und stießen sie auf. Sie öffnete sich nur einen Fußbreit. Etwas Schweres lag im Weg. Sie stießen kräftig nach, und das Hindernis wich. Wimsey sprang darüber – es war ein großer Schrank, der umgekippt war. Porzellanscherben übersäten den Fußboden. Das Zimmer zeigte Spuren eines heftigen Kampfes – umgeworfene Tische, ein zerbrochener Stuhl, eine zerschmetterte Lampe. Wimsey sprang zur Schlafzimmertür, Parker ihm dicht auf den Fersen.

Auf dem Bett lag der reglose Körper einer Frau. Ihre grauen Haare bedeckten in feuchten Strähnen das Kissen, und an ihrem Kopf und Hals klebte Blut. Aber noch mehr Blut strömte nach, und Wimsey hätte vor Freude laut aufschreien mögen, denn Tote pflegen nicht zu bluten.

Parker warf nur einen kurzen Blick auf die verletzte Frau. Mit einem Satz war er im angrenzenden Ankleideraum. Ein Schuß pfiff dicht an seinem Kopf vorbei – dann ein Fauchen und Kreischen – und der Spuk war vorüber. Der Polizist stand da und schüttelte seine gebissene Hand, während Parker die Frau in den Polizeigriff nahm. Er erkannte sie sogleich, obwohl ihre wasserstoffblonde Perücke verrutscht war und Schreck und Wut ihre blauen Augen verfinsterten.

«So, das wär's», sagte Parker ruhig. «Das Spiel ist aus. Jetzt kann Ihnen nichts mehr helfen. Kommen Sie, seien Sie vernünftig. Sie wollen doch nicht, daß wir Ihnen Handschellen anlegen, oder? Mary Whittaker alias Forrest, ich verhafte Sie wegen –» Er zögerte eine Sekunde, und sie bemerkte es.

«Weswegen? Was können Sie mir denn vorwerfen?»

«Für den Anfang genügt der Mordversuch an dieser Dame dort», sagte Parker.

«Diese Idiotin!» sagte sie verächtlich. «Drängt sich hier herein und greift mich an. Ist das alles?»

«Höchstwahrscheinlich nicht», sagte Parker. «Ich muß Sie darüber belehren, daß alles, was Sie sagen, protokolliert wird und vor Gericht gegen Sie verwendet werden kann.»

Tatsächlich hatte der dritte Beamte bereits sein Notizbuch gezückt und schrieb gleichmütig: «Nach Mitteilung des Verhaftungsgrundes fragte die Gefangene: ‹Ist das alles?›» Die Bemerkung mußte ihm höchst unüberlegt vorkommen, denn er leckte mit zufriedener Miene seinen Bleistift an.

«Ist mit dieser Frau alles in Ordnung – wer ist sie überhaupt?» fragte Parker, um sich wieder einen Überblick über die Situation zu verschaffen.

«Es ist Miss Climpson – weiß der Himmel, wie sie hierhergekommen ist. Ich glaube nicht, daß ihr etwas fehlt, aber sie muß Schreckliches durchgemacht haben.»

Während er sprach, wusch er ihr behutsam mit einem Schwamm den Kopf ab, und in diesem Augenblick schlug sie die Augen auf.

«Hilfe!» sagte Miss Climpson verwirrt. «Die Spritze – Sie dürfen das nicht – oh!» Sie versuchte sich schwach zu wehren, dann erkannte sie Wimseys besorgtes Gesicht. «Ach du meine Güte!» rief sie. «Lord Peter! So ein Theater. Haben Sie meinen Brief bekommen? Ist alles in Ordnung? ... O mein Gott! Wie sehe ich aus! Ich – diese Frau –»

«Nur nicht aufregen, Miss Climpson», sagte Wimsey voller

Erleichterung, «alles ist wieder gut, aber Sie dürfen jetzt nicht reden. Sie müssen uns später alles erzählen.»

«Was habe ich da gehört, von wegen Spritze?» fragte Parker, der sich nicht von seinem Fall abbringen ließ.

«Sie hatte eine Spritze in der Hand», keuchte Miss Climpson, indem sie sich aufzusetzen versuchte und mit den Händen übers Bett tastete. «Ich bin in Ohnmacht gefallen, glaube ich – dieser Kampf! –, und mich hat etwas am Kopf getroffen. Dann ist sie mit dem Ding auf mich zugekommen – ich hab's ihr aus der Hand geschlagen, und was dann passiert ist, weiß ich nicht mehr. Aber ich bin doch *erstaunlich* zäh, nicht?» meinte sie fröhlich. «Wie mein lieber Vater immer gesagt hat, die Climpsons sind so leicht nicht umzubringen!»

Parker suchte auf dem Fußboden herum. «Da haben wir sie ja», sagte er. In der Hand hielt er eine Injektionsspritze.

«Die Frau ist verrückt, das ist alles», sagte die Gefangene. «Das ist nur die Spritze, die ich immer benutze, wenn ich meine Neuralgie bekomme. Da ist doch überhaupt nichts darin.»

«Völlig richtig», sagte Parker, wobei er Wimsey bedeutungsvoll zunickte. «Es ist – überhaupt nichts darin.»

Am Dienstagabend, nachdem gegen die Gefangene Anzeige wegen Mordes an Bertha Gotobed und Vera Findlater und wegen versuchten Mordes an Alexandra Climpson erstattet war, saßen Wimsey und Parker zusammen beim Abendessen. Ersterer war bedrückt und unruhig.

«Die ganze Geschichte war widerlich», knurrte er. Sie hatten noch bis in die frühen Morgenstunden dagesessen und den Fall besprochen.

«Interessant», sagte Parker, «interessant. Ich schulde dir übrigens siebeneinhalb Shilling. Wir hätten die Forrest-Geschichte eigentlich früher durchschauen müssen, aber aus welchem Grund hätten wir das Alibi aus dem Mund der Findlater anzweifeln sollen? Diese falsch verstandenen Loyalitäten schaffen immer eine Menge Ärger.

Ich glaube, wir sind vor allem dadurch irregeführt worden, daß alles so früh anfing. Es gab scheinbar keinen Grund dafür, aber wenn man an die Sache mit Trigg zurückdenkt, ist es sonnenklar. Sie hat mit diesem leeren Haus ein enormes Risiko auf sich genommen, und sie konnte nicht immer damit rechnen, ein leeres Haus zur Verfügung zu haben, in dem sie die Leute beseitigen konnte. Ich nehme an, die Doppelidentität hat sie sich zugelegt, um sich im Falle, daß Mary Whittaker je in Verdacht geraten sollte, in aller Ruhe zurückziehen und zur schwachen, sonst aber völlig unschuldigen Mrs. Forrest werden zu können. Ihr eigentlicher Fehler war, daß sie vergessen hat, Bertha Gotobed diese Fünf-Pfund-Note wieder abzunehmen. Wenn die nicht gewesen wäre, hätten wir von einer Mrs. Forrest vielleicht nie etwas gehört. Es muß sie schwer erschüttert haben, als wir dort aufkreuzten. Danach war sie der Polizei in beiden Gestalten bekannt. Der Mord an der Findlater war ein verzweifelter Versuch, ihre Spuren zu verwischen – er mußte schiefgehen, weil alles viel zu kompliziert war.»

«Schon. Aber der Mord an der Dawson war in seiner Schlichtheit und Eleganz einfach schön.»

«Wenn sie dabei geblieben wäre und die Finger davon gelassen hätte, wir hätten ihr nie etwas nachweisen können. Diesen Mord können wir ihr auch jetzt noch nicht nachweisen, deshalb habe ich ihn gar nicht erst in die Anzeige aufgenommen. Ich glaube, einer habgierigeren und herzloseren Mörderin bin ich noch nie begegnet. Sie schien wirklich der Meinung zu sein, wer ihr im Wege sei, habe keine Existenzberechtigung mehr.»

«Habgierig und bösartig. Wenn man bedenkt, daß sie dann auch noch die ganze Geschichte dem armen Hallelujah in die Schuhe schieben wollte! Ich vermute, er hat die unverzeihliche Sünde begangen, sie um Geld zu bitten.»

«Nun, das bekommt er jetzt, das ist die eine gute Seite der Geschichte. Die Grube, die sie Vetter Hallelujah gegraben hatte, ist für ihn zur Goldmine geworden. Der Zehntausend-Pfund-Scheck ist ausgezahlt worden. Dafür habe ich gleich als erstes gesorgt, bevor die Whittaker sich wieder daran erinnerte und versuchen konnte, ihn zu sperren. Wahrscheinlich hätte sie ihn sowieso nicht mehr sperren können, weil er ja schon am Samstag zuvor präsentiert worden war.»

«Gehört das Geld eigentlich rechtlich ihr?»

«Natürlich. Wir wissen zwar, daß sie durch ein Verbrechen darangekommen ist, aber dieses Verbrechen haben wir nie zur Anzeige gebracht, so daß es juristisch gesehen nie begangen wurde. Ich habe Vetter Hallelujah natürlich nichts davon gesagt, sonst hätte er es womöglich nicht angenommen. Er glaubt, es sei ihm in einem Anfall von Reue geschickt worden – der arme alte Knabe.»

«Dann sind also Vetter Hallelujah und alle kleinen Hallelujahs jetzt reich. Wie schön. Wie steht's mit dem restlichen Geld? Geht das nun doch noch an die Krone?»

«Nein. Sofern sie nicht testamentarisch anders darüber verfügt, bekommt es der nächstverwandte Whittaker – ein Vetter ersten Grades, soviel ich weiß, mit Namen Allcock. Sehr anständiger Bursche. Das heißt», fügte er, von plötzlichen Zweifeln geplagt, hinzu, «falls nach diesem verflixten neuen Erbrecht Vettern ersten Grades erbberechtigt sind.»

«Oh, ich glaube nicht, daß Vettern ersten Grades etwas zu fürchten haben», sagte Wimsey, «obwohl, sicher scheint ja heutzutage gar nichts mehr zu sein. Aber zum Kuckuck, *einige* Verwandte müssen doch noch eine Chance haben, was würde sonst aus dem geheiligten Familienleben? Jedenfalls ist das dann wohl das Erfreulichste an der ganzen scheußlichen Geschichte. Weißt du, als ich diesen Carr noch einmal besucht und ihm alles erzählt habe, hat er sich kein bißchen dafür interessiert, geschweige sich bedankt. Er habe die ganze Zeit so etwas vermutet, meint er, und wir würden doch hoffentlich die alte Geschichte nicht wieder aufwärmen, denn er sei inzwischen an das Geld gekommen, von dem er uns erzählt habe, und wolle sich in der Harley Street eine Praxis einrichten. Da könne er keinen Skandal brauchen.»

«Ich habe den Kerl ja nie gemocht. Tut mir leid für Schwester Philliter.»

«Nicht nötig. Da bin ich auch wieder mal ins Fettnäpfchen getreten. Carr ist jetzt zu fein heraus, um eine kleine Krankenschwester zu heiraten – das dürfte meiner Ansicht nach jedenfalls der Grund sein. Die Verlobung ist nämlich gelöst. Und ich hatte mich so an dem Gedanken gefreut, für zwei junge Menschen, die es verdienten, ein bißchen Vorsehung spielen zu dürfen», fügte Wimsey pathetisch hinzu.

«Ach ja! Das Mädchen ist jedenfalls noch einmal davongekommen. Hoppla, das Telefon! Wer in aller Welt...? Da muß etwas im Yard los sein. Um drei Uhr in der Frühe! Polizist müßte man sein! – Ja? Ach! – Gut, ich komme. Der Fall ist im Eimer, Peter.»

«Wie denn das?»

«Selbstmord. Sie hat sich an einem Bettlaken erhängt. Ich glaube, ich sollte mal hingehen.»

«Ich komme mit.»

«Wenn es je ein böses Weib gab, dann war sie es», sagte Parker leise, als sie vor dem starren Körper standen und das geschwollene Gesicht und den tiefroten Ring um den Hals ansahen.

Wimsey sagte nichts. Er fror, und ihm war elend zumute. Während Parker und der Gefängnisdirektor die notwendigen Formalitäten erledigten und noch über den Fall sprachen, saß er zusammengesunken wie ein Häuflein Unglück auf seinem Stuhl. Endlos tönten ihre Stimmen an ihm vorbei. Es hatte längst sechs geschlagen, als sie endlich gingen. Es erinnerte ihn an die acht Schläge der Uhr, die das Hissen der unseligen schwarzen Flagge ankündigten.

Das Tor öffnete sich geräuschvoll, um sie hinauszulassen, und sie traten in eine trübe, beängstigende Dunkelheit. Der Junitag war schon lange angebrochen, doch nur ein bleicher, gelblicher Schimmer drang in die halbverlassenen Straßen. Es war bitterkalt, und es regnete.

«Was ist das nur für ein Tag?» meinte Wimsey. «Weltuntergang?»

«Nein», sagte Parker. «Nur eine Sonnenfinsternis.»

Über Dorothy L. Sayers (1893–1957)

Ich bin in Oxford geboren, im vierten Jahr vor Queen Victorias diamantenem Jubiläum. Mein Vater war damals Headmaster der Schule des Domchors, wo es zu seinen Pflichten gehörte, kleine Teufel mit Engelsstimmen in den Grundlagen des Lateinischen zu unterrichten. Als ich viereinhalb Jahre alt war, erhielt er die Pfarre von Bluntishamcum-Earith, in Huntingdonshire – eine einsame Landgemeinde, die einer der alten Häfen oder Brücken der Isle of Ely war und zu der bis heute die Wälle eines römischen Lagers gehören. Ich erinnere mich sehr gut an die Ankunft im Pfarrhaus, ich hatte einen langen braunen Mantel und eine mit Federn besetzte Mütze an und war vom Kindermädchen und einer unverheirateten Tante begleitet, die einen Papagei im Käfig trug. Das Kind, dessen gelehrter Vater der Sechsjährigen den ersten Lateinunterricht erteilt, hieß Dorothy L. Sayers. Das L. steht für Leigh, den Mädchennamen der Mutter, und war ihr ein wichtiger Teil des Namens, der millionenfach auf Buchtiteln verbreitet werden sollte. Sie war nicht die erste berühmte Schriftstellerin, die in einem englischen Pfarrhaus heranwuchs, dessen Fortwirken in den Eigenheiten ihrer Person ebenso wahrnehmbar ist wie in ihrer Bildung, ihren Interessen und ihren Büchern.

Vielleicht ist der milde Pfarrer Venables in *The Nine Tailors* (1934) ein Abbild des Vaters, gewiß aber ist die weite Landschaft, die das Buch schildert, die Landschaft ihrer Kindheit, so wie das Frauencollege in *Gaudy Night* (1935) die Züge des Somerville College zu Oxford trägt, in das Dorothy L. Sayers 1912 eintrat. Sie war wohlgerüstet, vortrefflich im Lateinischen und Französischen, gut im Deutschen, musikalisch und mit poetischem Sinn begabt, von dem frühe, jetzt rar gewordene Gedichte zeugen; sie haben eine theologische Substanz, die lebenslang wirksam bleibt. Die Aneignung des damals noch geforderten Griechischen machte ihr keine Schwierigkeiten, das durch ein Stipendium ermöglichte Studium galt der Romanistik; sie schloß es als eine der ersten Frauen mit einem akademischen Grad ab. Damit war die Grundlage einer beständig bewahrten Neigung zur Literatur und zu den philologischen und historischen Wissenschaften gelegt, von denen nicht nur Essay-Bände wie *Unpopular Opinions* (1946) und *The Poetry of Search and the Poetry of*

Statement (postum 1963) Zeugnis geben, sondern auch ihre Untersuchungen über Dante (1954 und 1957), Seitenflügel des Riesenbauwerkes ihrer Dante-Übersetzung (1949–1963). Die schönsten Zeugnisse ihres literarischen Sinnes aber finden sich als Anspielung und Zitat versteckt in ihren Erzählungen.

Eine gelehrte Frau also, deren Ruhm sich allerdings auf ganz anderen Hervorbringungen gründen sollte. Nach einem kurzen Zwischenspiel als Lehrerin an einer Mädchenschule (1915) und einer Gastrolle in der berühmten Oxforder Buchhandlung Blackwell's verließ Dorothy L. Sayers den akademischen Bereich und arbeitete für zehn Jahre in einer Londoner Werbeagentur, deren Atmosphäre und Tätigkeiten in *Murder Must Advertise* (1933) aufgehoben sind. Es war eine Detektivgeschichte mit Lord Peter Wimsey, der mit seinem Dienter Bunter zum erstenmal in *Whose Body?* (1923) aufgetreten war. Mit ihr hatte eine der großen Detektiv-Figuren das Licht der Welt erblickt, aber nichts wäre falscher als die Reduktion der Romane auf ein solches Muster. Wimsey ist der Held in *Clouds of Witness* (1926), *Unnatural Death* (1927), *The Unpleasantness at the Bellona Club* (1928), *Strong Poison* (1930), *Five Red Herrings* (1930), *Hangman's Holiday* (1932), bis zu den drei letzten, *The Nine Tailors* (1934), *Gaudy Night* (1935) und *Busman's Honeymoon* (1938). Die Aufzählung der Titel verbirgt die Vielfalt der Lebensbereiche und Handlungen, die sich zu einer Art Wimsey-Saga verflechten. Eine solche Folge von Erzählungen, verknüpft durch die Gestalt des (bei Miss Sayers keineswegs heldischen) Helden war seit Conan Doyle nichts Ungewöhnliches. Ungewöhnlich ist die meisterliche Vereinigung der besten Traditionen des angelsächsischen Romans mit den Bedingungen der Detektivgeschichte. Das Rätsel, mit dem sich Detektiv und Leser gleichermaßen konfrontiert sehen und das der Detektiv stellvertretend für den Leser löst, geht hervor aus den Umständen täglichen Lebens, die mit so viel Scharfsinn wie Menschenfreundlichkeit lebendig vorgestellt werden. Derjenige wird am meisten Freude an der Sayers-Lektüre haben, für den sich Unterhaltung und Ernst so wenig ausschließen wie Ironie und Problematik.

Das gewichtigste aller Probleme bleibt dabei das allen Menschen gemeinsame: der Tod. *Jeder Tod ist unwiderruflich, deshalb empfinden wir seine Gewalt als kränkend* – dieser Satz der Autorin steht unausgesprochen auch hinter ihren Romanen, unter deren Gestalten man manchen Freund gewinnen kann. Er steht nicht minder hinter ihren um Glaubensdinge bemühten, immer weltoffenen Werken. Die Verbindung zwischen Schöpfung und schöpferischer Tätigkeit, über die sie in *The Mind of the Maker* (1942) nachgedacht hat, liegt auch ihren religiösen Dramen zugrunde; die Folge von Hörspielen, die das Leben Jesu darstellen, *The Man Born to be King* (1941), hat keine geringere Verbreitung gefunden als ihre Erzählungen. Von ihren vorzüglichsten Werken gilt, was sie in einem Vortrag bemerkt hat: *Ein Werk der Erzählkunst besitzt poetische Wahrheit, vorausgesetzt, der Autor habe recht erkannt, welche Dinge so miteinander in Beziehung gesetzt werden können, daß sie sich zu einer überzeugenden Einheit verbinden – vorausgesetzt weiter, das Werk sei ein Akt folgerechter Phantasie.* Diese konsequente, aber durchaus menschliche Phantasie war Dorothy L. Sayers eigen. Der Tod, über den sie soviel nachgedacht hat und ohne den es ihre Bücher, auch die unterhaltendsten und lebendigsten, nicht gäbe, überraschte die berühmte Autorin, Ehrendoktor der Universität Durham, in ihrem Haus, im Alter von 64 Jahren, kurz vor Weihnachten 1957. *Ich bin ein Autor und kann mein Handwerk* hat sie mit Stolz gesagt und sagen dürfen.

Walther Killy

ROGER DAWSON
Geb. 1710, Schmied. Familie unbekannt. 1749 Heirat m. Susan Pethik für £ 500 nach deren Verführung durch Lord Hatherford; aus dieser Ehe:

BARNABAS DAWSON
Kaufmann. Geb. 1760. Gest. 1840

BARNABAS DAWSON
Geb. 1786. Bei Waterloo gef. 1815.
Keine Nachkommen

ROGER DAWSON
Geb. 1789, an Blattern gest. 1801.
Keine Nachkommen

JOHN WHITTAKER
Geb. 1824, Heir. 1848. Nachk.:

Anmerkung: Nachkommen d. Tante Sophie Desmoulins noch am Leben. Verwandte 6. Grades

HENRY DAWSON
Geb. 1830. Heir. 18.. mit Sophie Desmoulins (deren 2 Schwestern ins Kloster gingen und unverh. starben). Gest. 1884

---

2 TÖCHTER
im Kleinkindalter gestorben

CLARA WHITTAKER
Geb. 1850, gest. 1922, unverh., keine Nachkommen

JAMES WHITTAKER
Geb. 1852. Heir. 1873, gest. 1913

= HARRIET DAWSON
Geb. 1854, Heir. 1873, gest. 1910

Anmerkung: Alberta A. hinterließ als einzigen Verw. einen verwaisten Neffen, Vetter 1. Grades von Mary Whittaker und deren einziger Erbe

REV. CHARLES WHITTAKER
Geb. 1875, Heir. 1896 mit Alberta Allcock; 1924 mit Frau bei Autounfall umgekommen

MARY WHITTAKER
Geb. 1898, einzige überlebende Verwandte im 4. Grad

RUPERT DANBY
Yeoman. Einziger Überlebender von
4 Brüdern; die anderen kamen nach
1745 um oder verließen das Land, ohne
Nachkommen zu hinterlassen

HENRIETTA DANBY
Geb. 1752, Heir.
1785, gest. 1822

ELIZABETH DANBY
Geb. 1754, Heir.
1779 mit Stephen
Armstrong; Nachkommen der 4. Generation noch am
Leben

AGATHA DAWSON
Geb. 1791. Gest.
1801 an Blattern.
Keine Nachkommen

FREDERICK DAWSON
Geb. 1798. Verh. m.
Lucy, Tochter v. Geo.
Marston, Waise ohne
Verw. Gest. 1833
nach Sturz vom Pferd

SIMON DAWSON
Geb. 1794, nach
Westindien ausgewandert. Keine legitimen Nachkommen

MARY ANN DAWSON
Geb. 1831. Gest. 1848
an Krankh. Unverh.
Keine Nachkommen

PAUL DAWSON
Geb. 1832. Zum Katholizismus übergetreten und ins Kloster
gegangen. Keine
Nachkommen

BOSUN DAWSON
Unehel. Sohn von
Simon und Westinderin. Geb. 1842.
Heir. 1887 Gloria
aus dem Volk seiner
Mutter

ZWILLINGE
Geb. 1858.
⋯ge gelebt
⋯ur 2

AGATHA DAWSON
Geb. 1852. Unverh.
Gest. 1925

STEPHEN DAWSON
Geb. 1859. Heirat
1891 mit Rose,
unehel. Tochter des
J. Fairbanks. Gest.
1917

REVEREND
HALLELUJAH DAWSON
Geb. 1869

JOHN DAWSON
Geb. 1893. 1916 im
Weltkrieg gefallen.
Unverheiratet

Dorothy L. Sayers

Starkes Gift

Roman

«Where gat ye your dinner, Lord Rendal, my son?
Where gat ye your dinner, my handsome young man?»
«– O I dined with my sweetheart, Mother; make my bed soon,
For I'm sick to the heart, and I fain wad lie down.»

«O that was strong poison, Lord Rendal, my son,
O that was strong poison, my handsome young man.»
«– O yes, I am poisoned, Mother; make my bed soon,
For I'm sick to the heart, and I fain wad lie down.»

ALTE BALLADE

· 1 ·

AUF DEM RICHTERTISCH STANDEN ROTE Rosen. Sie sahen aus wie Blutspritzer.

Der Richter war ein alter Mann; so alt, daß man meinen sollte, er habe Zeit und Wandel und Tod überlebt. Sein Papageiengesicht und seine Papageienstimme waren trocken, wie seine alten, dickgeäderten Hände. Das Purpur seines Talars biß sich schmerzhaft mit dem Blutrot der Rosen. Drei Tage saß er nun schon in diesem muffigen Gerichtssaal und ließ noch immer kein Anzeichen von Müdigkeit erkennen.

Er sah die Angeklagte nicht an, als er seine Aufzeichnungen säuberlich aufeinanderlegte und sich an die Geschworenenbank wandte, aber die Angeklagte sah ihn an. Ihre Augen, dunkle Flecken unter den dichten, eckigen Brauen, blickten ebenso ohne Furcht wie ohne Hoffnung. Sie warteten.

«Meine Damen und Herren Geschworenen –»

Die geduldigen alten Augen schienen sie alle auf einmal zu begutachten, wie um die Summe ihrer Intelligenz zu erfassen. Drei biedere Gewerbetreibende – ein großer, redseliger, ein untersetzter, verlegener mit hängendem Schnurrbart und ein trauriger mit einer bösen Erkältung; ein Direktor einer großen Firma, der seiner kostbaren Zeit nachtrauerte; ein unpassend gutgelaunter Wirt; zwei jüngere Männer aus dem Handwerkerstand; ein unscheinbarer älterer Mann, der gebildet wirkte und alles mögliche sein mochte; ein Künstler mit rotem Bart, unter dem sich ein fliehendes Kinn verbarg; drei Frauen – eine alte Jungfer, eine robuste, tüchtige Besitzerin eines Süßwarenladens und eine gehetzte Hausfrau und Mutter, deren Gedanken unentwegt zu ihrem verwaisten Herd zurückzuirren schienen.

«Meine Damen und Herren Geschworenen, Sie sind mit großer Geduld und Aufmerksamkeit der Beweisaufnahme in diesem sehr erschütternden Prozeß gefolgt, und nun ist es meine Pflicht, die Tatsachen und Argumente, die Ihnen der Anwalt der Krone sowie der Herr Verteidiger vorgetragen haben, zusammenzufassen und so klar wie möglich zu ordnen, um Ihnen die Entscheidung, die Sie fällen müssen, zu erleichtern.

Zuerst aber sollte ich wohl noch ein paar Worte zu dieser Entscheidung selbst sagen. Sie wissen sicher, daß nach einem ehernen Grundsatz des englischen Rechts jeder Angeklagte als unschuldig zu gelten hat, solange ihm keine Schuld nachgewiesen wurde. Er oder sie braucht seine oder ihre Unschuld nicht zu beweisen. Es ist vielmehr Sache der Krone, die Schuld zu beweisen, und solange Sie nicht vollkommen überzeugt sind, daß dies der Anklage jenseits allen vernünftigen Zweifels gelungen ist, haben Sie die Pflicht, auf ‹Nicht schuldig› zu erkennen. Das muß nicht heißen, daß es der Angeklagten gelungen sei, ihre Unschuld zu beweisen; es bedeutet nur, daß der Ankläger es nicht vermocht hat, Sie restlos von ihrer Schuld zu überzeugen.»

Salcombe Hardy wandte kurz die veilchenblauen Augen vom Notizblock, kritzelte zwei Wörter auf einen Zettel und schob ihn seinem Reporterkollegen Waffles Newton zu. «Richter übelgesinnt.» Waffles nickte. Sie waren zwei alte Hunde auf dieser Blutspur.

Der Richter krächzte weiter.

«Sie möchten vielleicht auch von mir hören, was mit den Worten ‹vernünftiger Zweifel› genau gemeint ist. Sie bedeuten nicht mehr und nicht weniger Zweifel, als Sie in einer ganz alltäglichen Situation haben würden. Es handelt sich hier zwar um einen Mordfall, und es wäre nur natürlich, wenn Sie glaubten, in so einem Fall müsse man mehr hinter diesen Worten vermuten, aber das ist nicht so. Keineswegs sollen Sie hier krampfhaft nach phantastischen Erklärungen für etwas suchen, was Ihnen klar und einfach erscheint. Gemeint sind nicht jene alptraumhaften Zweifel, wie sie uns manchmal quälen, wenn wir um vier Uhr morgens aus unruhigem Schlaf erwachen. Gemeint ist nur, daß die Beweise so überzeugend sein müssen, wie Sie es zum Beispiel bei einem Geschäftsabschluß oder einer sonstigen alltäglichen Besorgung verlangen würden. Sie dürfen ebensowenig Ihre Gutgläubigkeit zugunsten der Angeklagten strapazieren, wie Sie natürlich umgekehrt auch keinen Beweis für ihre Schuld akzeptieren dürfen, ohne ihn sorgfältig geprüft zu haben.

Nachdem ich diese wenigen Worte vorausgeschickt habe, damit Sie sich nicht erdrückt fühlen unter der schweren Verantwortung, die Ihre staatsbürgerliche Pflicht Ihnen auferlegt, will ich nun von vorn beginnen und versuchen, die Geschichte, die wir gehört haben, so klar wie möglich vor Ihnen auszubreiten.

Die Krone bezichtigt die Angeklagte, Harriet Vane, des Mordes an Philip Boyes durch Vergiftung mit Arsen. Ich brauche Sie nicht mit einer nochmaligen Aufzählung der Beweise aufzuhalten, die Sir James Lubbock und die anderen Sachverständigen uns hinsichtlich der Todesursache vorgetragen haben. Laut Anklage starb Philip Boyes an Arsenvergiftung, und das wird von der Verteidigung nicht bestritten. Es kann daher als sicher gelten, daß der Tod durch Arsen herbeigeführt wurde, so daß Sie dies als Tatsache akzeptieren müssen. Die Frage, die Sie entscheiden sollen, ist nur, ob das Arsen dem Opfer von der Angeklagten vorsätzlich und mit der Absicht, ihn zu ermorden, verabreicht wurde.

Der Verstorbene, Philip Boyes, war, wie Sie gehört haben, Schriftsteller. Er war sechsunddreißig Jahre alt und hatte fünf Romane sowie zahlreiche Essays und Artikel veröffentlicht. Alle diese literarischen Arbeiten waren ‹fortschrittlich›, wie man das manchmal nennt. Sie verbreiteten Lehren, die manchem von uns unmoralisch und aufwieglerisch vorkommen mögen, wie Atheismus und Anarchie und das, was man als ‹freie Liebe› bezeichnet. Sein Privatleben scheint, wenigstens eine Zeitlang, diesen Lehren entsprochen zu haben.

Jedenfalls lernte er irgendwann im Jahre 1927 Harriet Vane kennen. Sie begegneten sich in einem dieser Künstler- und Literatenkreise, in denen man ‹fortschrittliche› Gedanken diskutiert, und nach einiger Zeit freundeten sie sich eng miteinander an. Die Angeklagte ist von Beruf ebenfalls Schriftstellerin, und es ist hier wichtig zu wissen, daß sie sogenannte Kriminal- oder Detektivgeschichten schreibt, die sich meist mit verschiedenerlei raffinierten Methoden für Mord und andere Verbrechen befassen.

Sie haben die Angeklagte selbst im Zeugenstand gehört, und Sie haben die verschiedensten Leute Zeugnis über ihren Charakter ablegen hören. Sie haben vernommen, daß sie eine nach streng religiösen Prinzipien erzogene junge Frau von großer Begabung sei, die ohne eigenes Verschulden bereits mit dreiundzwanzig Jahren in die Lage kam, sich in der Welt allein behaupten zu müssen. Seit dieser Zeit – sie ist jetzt neunundzwanzig Jahre alt – hat sie sich ihren Lebensunterhalt mit fleißiger Arbeit verdient, und es spricht sehr für sie, daß sie es vermocht hat, sich aus eigener Anstrengung und auf legitime Weise unabhängig zu machen, sich niemandem zu verpflichten und von keiner Seite Hilfe in Anspruch zu nehmen.

Sie hat uns mit großer Offenheit berichtet, wie sie eine tiefe Zuneigung zu Philip Boyes faßte und sich lange seinen Überredungsversuchen widersetzte, mit ihm in irregulärer Weise zusammenzuleben. Es gab ja auch wirklich keinen Grund, warum er sie nicht in allen Ehren hätte heiraten sollen; aber offenbar hat er sich ihr als einen Menschen hingestellt, der aus Gewissensgründen gegen jede formelle Bindung sei. Sie haben die Aussagen von Sybil Marriott und Eiluned Price gehört, wonach die Angeklagte sehr unglücklich über diese seine Einstellung gewesen sei, und Sie haben ebenfalls gehört, daß er ein sehr gutaussehender, attraktiver Mann war, dem vielleicht keine Frau so leicht widerstanden hätte.

Jedenfalls hat die Angeklagte im März 1928, von seinem unaufhörlichen Drängen zermürbt, wie sie sagt, schließlich doch nachgegeben und in ein intimes Zusammenleben ohne eheliche Bande eingewilligt.

Nun mögen Sie mit Recht der Meinung sein, daß dies sehr falsch von ihr war. Sie mögen diese junge Frau, selbst unter Berücksichtigung ihrer Schutzlosigkeit, als eine Person von fragwürdiger Moral ansehen. Sie werden sich nicht von dem falschen Glanz blenden lassen, mit dem gewisse Schriftsteller die ‹freie Liebe› zu umgeben trachten, und Sie werden nichts anderes darin erblicken als ein gewöhnliches, schändliches Fehlverhalten. Sir Impey Biggs hat, was sein gutes Recht ist, seine große Beredsamkeit zugunsten der Angeklagten in die Waagschale zu werfen versucht und uns die Handlungsweise seiner Mandantin in den rosigsten Farben ausgemalt; er hat von selbstloser Hingabe und Selbstaufopferung gesprochen und Sie daran erinnert, daß in einer solchen Situation die Frau stets den höheren Preis zu zahlen habe als der Mann. Ich bin sicher, Sie werden dem keine allzu große Beachtung schenken. Sie kennen sehr wohl den Unterschied zwischen Recht und Unrecht in solchen Dingen und werden finden, daß Harriet Vane, wenn sie nicht in gewissem Maße von den ungesunden Einflüssen, zwischen denen sie lebte, korrumpiert gewesen wäre, ein wahreres Heldentum an den Tag gelegt und allen Umgang mit Philip Boyes abgebrochen hätte.

Andererseits dürfen Sie diesem Fehltritt aber auch kein falsches Gewicht beimessen. Von einem unmoralischen Lebenswandel bis zum Mord ist immer noch ein weiter Weg. Sie mögen denken, daß der erste Schritt auf dem Pfade der Untugend stets den nächsten leichter macht, aber Sie dürfen diesen Gesichtspunkt auch nicht zu schwer bewerten. Sie sollen ihn zwar mit berücksichtigen, sich aber nicht zu sehr davon beeinflussen lassen.»

Der Richter machte eine kurze Pause, und Freddy Arbuthnot stieß Lord Peter Wimsey, der in Schwermut versunken schien, seinen Ellbogen in die Rippen.

«Das will ich auch hoffen. Himmel, wenn jedes kleine Abenteuer gleich mit Mord und Totschlag endete, müßte man ja die eine Hälfte der Menschheit dafür aufhängen, daß sie die andere abgemurkst hat.»

«Und zu welcher Hälfte würdest *du* gehören?» fragte Seine Lordschaft, indem er ihn kurz aus kalten Augen ansah und seinen Blick gleich wieder der Anklagebank zuwandte.

«Zu den Opfern», sagte der Ehrenwerte Freddy, «zu den Opfern. Als Leiche in der Bibliothek.»

«Philip Boyes und die Angeklagte lebten also in dieser Weise zusammen», fuhr der Richter fort, «fast ein Jahr lang. Einige Freunde haben bezeugt, daß sie offenbar in größter gegenseitiger Zuneigung dahinlebten. Miss Price hat hier gesagt, daß Harriet Vane, obwohl sie ihre unglückliche Situation anscheinend sehr schmerzlich verspürte – sie sonderte sich von ihrer Familie ab und mied es, in Gesellschaft zu gehen, wo ihr ungesetzlicher Status Anstoß erregen könnte und so weiter –, dennoch ihrem Geliebten sehr ergeben war.

Trotzdem kam es im Februar 1929 zum Streit, und das Paar trennte sich. Daß es Streit gegeben hat, wird nicht bestritten. Mr. und Mrs. Dyer, die eine Wohnung unmittelbar über der von Philip Boyes haben, geben an, daß sie laute, zornige Stimmen gehört hätten. Der Mann habe geflucht und die Frau geweint, und am Tag darauf habe Harriet Vane ihre Sachen gepackt und das Haus für immer verlassen. Das Merkwürdige an diesem Fall, was Sie besonders beachten sollten, ist der Grund, der für diesen Streit angegeben wird. Hierzu haben wir allerdings nur die Aussage der Angeklagten selbst. Laut Miss Marriott, bei der Harriet Vane nach der Trennung Zuflucht nahm, hat die Angeklagte sich beharrlich geweigert, zu diesem Thema etwas zu sagen; sie äußerte nur, daß sie von Boyes schmerzlich getäuscht worden sei und nie wieder seinen Namen hören wolle.

Nun könnte man daraus schließen, Boyes habe der Angeklagten Anlaß zum Groll gegen ihn gegeben, etwa durch Untreue oder Lieblosigkeit, oder einfach durch die fortgesetze Weigerung, die Situation vor den Augen der Welt in Ordnung zu bringen. Aber das streitet die Angeklagte entschieden ab. Nach ihrer Aussage – und in diesem Punkt werden ihre Worte durch einen Brief bestätigt, den Philip Boyes an seinen Vater schrieb – hat Boyes ihr zu guter Letzt doch noch die ordnungsgemäße Heirat angeboten, und ebendies soll der Grund für den Streit gewesen sein. Sie mögen diese Behauptung erstaunlich finden, aber die Angeklagte selbst hat sie hier unter Eid aufgestellt.

Sie können nun natürlich glauben, dieser Heiratsantrag entziehe jeglicher Annahme den Boden, die Angeklagte habe einen Groll gegen Boyes gehegt. Jeder würde doch sagen, sie könne unter diesen Umständen gar keinen Grund gehabt haben, ihn ermorden zu wollen – im Gegenteil! Es bleibt aber die

Tatsache des Streites sowie die Aussage der Angeklagten selbst, daß dieser ehrenhafte, wenn auch verspätete Antrag ihr unwillkommen war. Sie sagt nicht – wie sie sehr plausibel hätte sagen können und wie ihr Verteidiger es sehr wortgewandt und eindrucksvoll an ihrer Stelle gesagt hat –, daß der Heiratsantrag die Vermutung widerlege, sie habe etwas gegen Philip Boyes gehabt. Das sagt Sir Impey Biggs, die Angeklagte aber sagt es nicht. Sie sagt vielmehr – und Sie müssen versuchen, sich an ihre Stelle zu denken und ihren Standpunkt zu verstehen, wenn Sie das können –, sie sagt, sie sei sehr böse auf Boyes gewesen, weil er sie dadurch, daß er sie zuerst gegen ihren Willen überredet habe, seine Verhaltensgrundsätze zu übernehmen, dann aber von diesen Grundsätzen selbst abgewichen sei, ‹zum Narren gehalten› habe, wie sie es nennt.

Die Frage, die sich Ihnen stellt, ist folgende: Kann dieser Antrag, der tatsächlich gemacht wurde, vernünftigerweise als Mordmotiv angesehen werden? Und ich muß Sie nachdrücklich darauf hinweisen, daß in der Beweisaufnahme kein anderes Motiv genannt wurde.»

An diesem Punkt sah man die alte Jungfer auf der Geschworenenbank sich etwas notieren – sehr entschieden, nach den Bewegungen ihres Bleistifts übers Papier zu urteilen. Lord Peter schüttelte ein paarmal langsam den Kopf und brummelte etwas Unverständliches vor sich hin.

«Danach», sagte der Richter, «scheint sich zwischen den beiden etwa drei Monate lang nichts Besonderes ereignet zu haben, außer daß Harriet Vane bei Miss Marriott wieder auszog und sich eine eigene kleine Wohnung in der Doughty Street nahm, während Philip Boyes, der ganz im Gegensatz zu ihr sein einsames Leben sehr bedrückend fand, die Einladung seines Vetters Norman Urquhart annahm, zu ihm in sein Haus am Woburn Square zu ziehen. Obwohl nun beide im selben Londoner Stadtteil wohnten, scheinen sich Boyes und die Angeklagte nach ihrer Trennung nicht häufig begegnet zu sein. Das eine oder andere Mal haben sie sich zufällig bei Freunden getroffen. Die Daten dieser Zusammentreffen sind nicht mit Sicherheit festzustellen – es waren formlose Einladungen –, aber es gibt Hinweise, wonach eines gegen Ende März stattgefunden hat, ein anderes in der zweiten Aprilwoche und ein drittes irgendwann im Mai. Diese Zeiten sind es wert, festgehalten zu werden, wenn ihnen auch, da sich der jeweils genaue Tag nicht feststellen läßt, keine allzu große Bedeutung zukommt.

Nun aber kommen wir zu einem Tag von allergrößter Bedeutung. Am 10. April trat eine junge Frau, die als Harriet Vane identifiziert wurde, in Mr. Browns Apotheke in der Southampton Row und kaufte zwei Unzen handelsüblichen Arsens, um angeblich Ratten damit zu vernichten. Im Giftbuch unterschrieb sie mit dem Namen Mary Slater, und die Handschrift wurde als die der Angeklagten identifiziert. Darüber hinaus gibt die Angeklagte selbst zu, diesen Kauf aus bestimmten Gründen getätigt zu haben. Es ist darum vergleichsweise unerheblich – aber Sie möchten es sich vielleicht doch merken –, daß der Hausmeister des Wohnblocks, in dem Harriet Vane wohnt, hier als Zeuge aufgetreten ist und Ihnen gesagt hat, daß es in dem ganzen Viertel keine Ratten gibt und, seit sie dort wohnt, auch nie gegeben hat.

Wir wissen dann von einem weiteren Arsenkauf am 5. Mai. Damals kaufte die Angeklagte nach eigenen Angaben eine Dose mit einem arsenhaltigen Unkrautvertilger von derselben Marke, wie sie im Kidwelly-Giftmordprozeß erwähnt wird. Diesmal nannte sie sich Edith Waters. Zu ihrer Wohnung gehört aber kein Garten, und in der ganzen Umgebung besteht kein denkbarer Anlaß für den Einsatz eines Unkrautvertilgers.

Bei mehreren Gelegenheiten kaufte die Angeklagte in der

Zeit von Mitte März bis Anfang Mai noch andere Gifte, darunter Blausäure (angeblich für fotografische Zwecke) und Strychnin. Ferner versuchte sie, allerdings erfolglos, Aconitin zu kaufen. Jedesmal wurde ein anderes Geschäft aufgesucht und ein anderer Name angegeben. Das Arsen ist das einzige Gift, das diesen Fall direkt berührt, aber die anderen Käufe sind doch auch nicht unwichtig, da sie das Tun und Lassen der Angeklagten in dieser Zeit beleuchten.

Die Angeklagte hat uns für diese Giftkäufe eine Erklärung gegeben, über deren Stichhaltigkeit Sie selbst entscheiden müssen. Sie sagt, sie habe damals gerade an einem Roman über einen Giftmord gearbeitet und die Gifte gekauft, um experimentell zu beweisen, wie leicht ein normaler Mensch an tödliche Gifte heranzukommen vermag. Zum Beweis dafür hat ihr Verleger, Mr. Trufoot, das Manuskript dieses Buches vorgelegt. Sie haben das Manuskript in Händen gehabt und können es auf Wunsch noch einmal bekommen, wenn ich mit meiner Zusammenfassung fertig bin, damit Sie es sich im Beratungszimmer ansehen können. Es wurden Ihnen Auszüge daraus vorgelesen, die zeigten, daß der Roman von einem Mord mit Arsen handelt, und darin wird auch geschildert, wie eine junge Frau in eine Apotheke geht und eine erhebliche Menge von diesem tödlichen Stoff kauft. Ich muß hier noch etwas anmerken, was ich schon eher hätte erwähnen sollen, nämlich daß es sich bei dem bei Mr. Brown gekauften Arsen um die handelsübliche Version handelt, die, wie das Gesetz es vorschreibt, mit Holzkohle oder Indigo gefärbt ist, um Verwechslungen mit Zucker oder anderen harmlosen Substanzen auszuschließen.»

Salcombe Hardy stöhnte: «Wie lange, o Herr, wie lange müssen wir uns diesen Quatsch mit dem kommerziellen Arsen noch anhören? Das lernen Mörder doch heutzutage schon in der Wiege.»

«Ganz besonders möchte ich Ihnen die Daten ans Herz legen – ich nenne sie Ihnen noch einmal –, den 10. April und den 5. Mai.» (Die Geschworenen schrieben die Daten auf, und Lord Peter knurrte: «Die Schöffen schrieben alle auf ihre Täfelchen: ‹Ihrer Meinung nach ist darin keine Spur von Sinn.›» Der Ehrenwerte Freddy meinte: «Wie? Was?» und der Richter blätterte in seinen Aufzeichnungen eine Seite weiter.)

«Ungefähr um diese Zeit begannen bei Philip Boyes wieder die Magenbeschwerden, unter denen er schon öfter im Laufe seines Lebens gelitten hatte. Sie haben das Gutachten von Dr. Green gelesen, bei dem er während seines Studiums damit in Behandlung war. Dies liegt nun schon einige Zeit zurück; aber 1925 hat ihn Dr. Weare wegen einer ähnlichen Attacke behandelt. Es waren keine schweren Erkrankungen, aber schmerzhaft und kräftezehrend, verbunden mit Erbrechen, Gliederschmerzen und so weiter. Viele Leute haben solche Beschwerden von Zeit zu Zeit. Aber es findet sich hier eine Übereinstimmung von Daten, die sehr wichtig sein könnte. Wir wissen von diesen Anfällen aus Dr. Weares Aufzeichnungen: einer ereignete sich am 31. März, einer am 15. April und einer am 12. Mai. Drei zufällige Zusammentreffen – wenn Sie es für Zufall halten –: Harriet Vane und Philip Boyes begegnen sich ‹gegen Ende März›, und am 31. März hat Boyes einen Gastritisanfall; am 10. April kauft Harriet Vane zwei Unzen Arsen – sie treffen sich wieder ‹in der zweiten Aprilwoche›, und am 15. April hat er einen erneuten Anfall; am 5. Mai wird das Unkrautvernichtungsmittel gekauft – ‹irgendwann im Mai› findet eine erneute Begegnung statt, und am 12. Mai wird er zum drittenmal krank. Sie mögen das ziemlich merkwürdig finden, aber Sie dürfen nicht vergessen, daß es der Anklage nicht gelungen ist, einen Arsenkauf vor der Begegnung im März nachzuweisen. Das müssen Sie bei der Beurteilung dieses Punktes berücksichtigen.

Nach dem dritten Anfall – dem im Mai – bekommt Boyes von seinem Arzt den Rat zu einer Luftveränderung, und er entscheidet sich für den Nordwesten von Wales. Er reist nach Harlech, wo er eine schöne Zeit verbringt und sich gut erholt. Aber er wurde von einem Freund begleitet, Mr. Ryland Vaughan, den Sie hier gesehen haben, und dieser Freund sagt, daß ‹Philip nicht glücklich gewesen› sei. Mr. Vaughan äußerte sogar die Meinung, Boyes habe sich nach Harriet Vane verzehrt. Sein körperlicher Zustand habe sich gebessert, aber seelisch sei er immer bedrückter geworden. Und so sehen wir ihn am 16. Juni einen Brief an Miss Vane schreiben. Da dies ein wichtiger Brief ist, lese ich ihn Ihnen noch einmal vor:

‹Liebe Harriet,
das Leben ist ein einziger Schlamassel. Ich halte es hier nicht mehr aus, und darum habe ich beschlossen, meine Zelte abzubrechen und über den Teich zu gehen. Vorher aber möchte ich Dich noch einmal sehen, um festzustellen, ob es denn wirklich nicht möglich ist, die Sache zwischen uns wieder in Ordnung zu bringen. Du mußt natürlich tun, was Du willst, aber ich kann Deine Einstellung noch immer nicht begreifen. Wenn ich es diesmal nicht schaffe, Dich die Dinge im richtigen Licht sehen zu lassen, gebe ich endgültig auf. Ich werde am 20. in London sein. Schreib mir eine Zeile und laß mich wissen, wann ich bei Dir vorbeikommen kann.
Dein P.›

Wie Sie gemerkt haben, ist das ein sehr zweideutiger Brief. Sir Impey Biggs hat mit sehr gewichtigen Argumenten die Ansicht vertreten, daß der Briefschreiber mit Ausdrücken wie ‹Zelte abbrechen und über den Teich gehen›, ‹ich halte es hier nicht mehr aus› und ‹ich gebe endgültig auf› seine Absicht habe kundtun wollen, sich das Leben zu nehmen, falls es ihm nicht gelänge, eine Versöhnung mit der Angeklagten herbeizuführen. Er weist darauf hin, daß die Redewendung ‹über den Teich gehen› durchaus eine Umschreibung für ‹Sterben› sein könne. Dies mag für Sie natürlich überzeugend klingen. Mr. Urquhart dagegen sagte auf Befragung durch den Staatsanwalt, seiner Meinung nach beziehe dieser Satz sich auf ein Vorhaben, das er selbst dem Verstorbenen angeraten habe, nämlich eine Reise über den Atlantik nach Barbados, um sich einmal anderen Wind um die Nase wehen zu lassen. Und der Herr Anklagevertreter weist ferner darauf hin, daß der Briefschreiber mit dem Satz: ‹Ich halte es *hier* nicht mehr aus›, gemeint haben muß, ‹hier in Großbritannien›, vielleicht auch nur ‹hier in Harlech›, und daß der Satz, wenn er sich auf Selbstmord bezöge, einfach heißen würde: ‹Ich halte es nicht mehr aus.›

Zweifellos haben Sie sich zu diesem Punkt schon Ihre eigene Meinung gebildet. Wichtig ist, sich zu merken, daß der Verstorbene um ein Treffen am 20. gebeten hat. Die Antwort auf diesen Brief liegt uns vor. Sie lautet:

‹Lieber Phil,
Du kannst am 20. gegen halb zehn kommen, wenn Du magst, aber Du wirst mich mit Sicherheit nicht umstimmen.›

Unterzeichnet ist dieser Brief einfach mit ‹M.› Ein sehr kalter Brief, werden Sie vielleicht denken – im Ton fast feindselig. Trotzdem wird die Verabredung für halb zehn getroffen.

Ich werde Ihre Aufmerksamkeit nun nicht mehr lange in Anspruch nehmen müssen, aber gerade jetzt muß ich noch einmal ausdrücklich darum bitten – obwohl Sie die ganze Zeit sehr geduldig bei der Sache waren –, denn wir kommen zum eigentlichen Todestag.»

Der alte Mann legte die Hände auf den Stapel Notizen, eine über die andere, und beugte sich ein wenig vor. Er hatte es alles im Kopf, obwohl er vor drei Tagen noch gar nichts davon gewußt hatte. Er war noch nicht soweit, von grünen Feldern und der Kinderzeit zu faseln; er stand noch mit beiden Beinen in der Gegenwart und hielt sie in seinen knorrigen Händen fest, die grauen, kalkigen Nägel tief hineingekrallt.

«Philip Boyes und Mr. Vaughan kamen am Abend des 19. zusammen wieder nach London zurück, und es gibt nicht den kleinsten Zweifel daran, daß Boyes sich da der besten Gesundheit erfreute. Boyes verbrachte die Nacht bei Mr. Vaughan, und zum Frühstück nahmen sie wie gewöhnlich Speck und Ei, Toast, Marmelade und Kaffee zu sich. Um elf Uhr trank Boyes ein Glas Guinness, wobei er, auf eine Reklame anspielend, bemerkte, daß es ‹dem Besten zum Besten› sei. Um ein Uhr nahm er einen kräftigen Lunch in seinem Club zu sich, und nachmittags spielte er mit Mr. Vaughan und ein paar anderen Freunden ein paar Sätze Tennis. Während des Spiels kam von einem der Spieler die Bemerkung, Harlech habe Boyes gutgetan, worauf er antwortete, er fühle sich so gesund wie schon seit Monaten nicht mehr.

Um halb acht ging er zum Abendessen zu seinem Vetter, Mr. Norman Urquhart. Dabei wurde weder an seinem Aussehen noch an seinem Verhalten etwas Ungewöhnliches bemerkt, nicht von Mr. Urquhart und auch nicht von dem Mädchen, das bei Tisch bediente. Das Abendessen wurde um Punkt acht Uhr aufgetragen, und ich fände es gut, wenn Sie sich diese Zeit aufschrieben (falls Sie es nicht schon getan haben), ebenso wie die Liste der verzehren Speisen und Getränke.

Die beiden Vettern speisten allein miteinander, und vorweg trank jeder von ihnen als Aperitif ein Glas Sherry. Es handelte sich um einen guten Oleroso des Jahrgangs 1847, und das Mädchen hatte ihn aus einer frischen Flasche abgefüllt und in die Gläser geschenkt, als sie in der Bibliothek saßen. Mr. Urquhart hält an dem schönen alten Brauch fest, daß Mädchen während des ganzen Mahls zur Bedienung am Tisch zu haben, was für uns hier von Vorteil ist, denn dadurch haben wir für diesen Teil des Abends stets zwei Zeugen. Sie haben das Mädchen, Hannah Westlock, im Zeugenstand gesehen, und ich glaube, auch Sie werden sagen, daß sie den Eindruck einer vernünftigen und aufmerksamen Zeugin macht.

Soviel zum Sherry. Dann kam eine kalte Bouillon aus einer Terrine auf der Anrichte von Hannah Westlock aufgetragen. Es war eine sehr kräftige, gute Suppe, die sich zu einer klaren Gallerte gesetzt hatte. Beide Männer nahmen davon, und nach dem Essen wurde die restliche Bouillon in der Küche von Miss Westlock und der Köchin aufgegessen.

Danach gab es Steinbutt mit Sauce. Wieder wurden die Portionen auf der Anrichte geschnitten, die Saucenschüssel wurde vom einen zum andern gereicht, und wieder wurden anschließend in der Küche die Reste verzehrt.

Der nächste Gang war ein *Poulet en casserole* – das ist ein zerlegtes, langsam mit den Gemüsen in einem feuerfesten Geschirr gegartes Huhn. Auch davon nahmen beide etwas, und die Dienstboten aßen den Rest in der Küche.

Der letzte Gang war ein süßes Omelett, das Philip Boyes selbst bei Tisch auf einem Tischkocher zubereitete. Sowohl Mr. Urquhart als auch sein Vetter legten großen Wert darauf, ein Omelett nur ganz frisch aus der Pfanne zu essen – ein guter Grundsatz, und ich würde Ihnen allen empfehlen, mit Omeletts nur auf diese Weise zu verfahren und sie nie stehen zu lassen, sonst werden sie zäh. Vier Eier wurden in ihren Schalen an den Tisch gebracht, und Mr. Urquhart schlug sie nacheinander in eine Schüssel und gab Zucker aus einem Streuer hinzu. Dann reichte er die Schüssel Mr. Boyes und sagte: ‹Du bist hier der Experte für Omeletts, Philip – das überlasse ich dir.› Philip Boyes rührte dann Eier und Zucker untereinander, bereitete das Omelett in der Tischpfanne zu, füllte es mit heißer Marmelade, die von Hannah Westlock gebracht wurde, teilte es schließlich in zwei Teile und gab den einen Mr. Urquhart, den anderen nahm er selbst.

Ich habe Ihnen alle diese Dinge besonders sorgfältig ins Gedächtnis zurückgerufen, weil sie ein guter Beweis dafür sind, daß von allen bei diesem Essen servierten Gängen mindestens zwei, meist sogar vier Personen gekostet haben. Das Omelett – das einzige Gericht, von dem nichts mehr in die Küche hinausging – wurde von Philip Boyes zubereitet und von ihm und seinem Vetter gemeinsam verzehrt. Weder Mr. Urquhart noch Miss Westlock noch Mrs. Pettican, die Köchin, hatten von diesem Abendessen irgendwelche Beschwerden.

Ich sollte noch erwähnen, daß sich unter den angebotenen Nahrungs- und Genußmitteln eines befand, von dem Philip Boyes als einziger nahm, und zwar eine Flasche Burgunder. Es war ein guter alter Corton, aufgetischt in der Originalflasche. Mr. Urquhart entkorkte sie und reichte sie Philip Boyes, wobei er anmerkte, daß er selbst nichts davon nehmen wolle, da ihm geraten worden sei, zum Essen nichts zu trinken. Philip Boyes trank zwei Gläser, und der restliche Flascheninhalt wurde glücklicherweise aufbewahrt. Wie Sie bereits gehört haben, wurde der Wein später analysiert und für gänzlich harmlos befunden.

Inzwischen ist es neun Uhr. Nach dem Essen wird Kaffee angeboten, aber Boyes entschuldigt sich mit der Begründung, daß ihm an türkischem Kaffee nichts liege und er außerdem wahrscheinlich bei Harriet Vane noch Kaffe angeboten bekomme. Um 21.15 Uhr verläßt Boyes Mr. Urquharts Haus am Woburn

Square und läßt sich von einem Taxi zur Doughty Street Nr. 100 fahren, wo Miss Vane ihre Wohnung hat – eine Strecke von ungefähr einer halben Meile. Wir wissen von Harriet Vane selbst sowie von Mrs. Bright, der Inhaberin der Erdgeschoßwohnung, und von Polizeikonstabler D. 1234, der um diese Zeit gerade durch die Straße ging, daß er um fünfundzwanzig Minuten nach neun an der Haustür stand und bei der Angeklagten klingelte. Sie hatte ihn schon erwartet und ließ ihn unverzüglich ein.

Da das nun folgende Gespräch unter vier Augen stattfand, wissen wir über seinen Verlauf natürlich nur das, was die Angeklagte uns darüber berichtet hat. Sie sagt, sie habe ihm gleich nach seinem Eintreten eine Tasse Kaffee angeboten, ‹die auf dem Gaskocher bereitstand›. Als der Herr Staatsanwalt die Angeklagte dies sagen hörte, fragte er sie sofort, wo denn der Kaffee bereitgestanden habe. Die Angeklagte verstand offenbar nicht sogleich, worauf die Frage hinauslief, und antwortete: ‹Nun, hinterm Schutzblech, zum Warmhalten.› Als die Frage dann präziser wiederholt wurde, erklärte sie, daß sie den Kaffee in einem Topf zubereitet und diesen hinter das Schutzblech des Gasbrenners gestellt habe. Der Staatsanwalt wies darauf die Angeklagte auf ihre frühere Aussage vor der Polizei hin, in der es geheißen hatte: ‹Als er kam, hatte ich eine Tasse Kaffee für ihn bereitstehen.› Sie werden sogleich die Bedeutung verstehen. Wenn der Kaffee sich bereits vor der Ankunft des Verstorbenen in den Tassen befand, war es ohne weiteres möglich gewesen, in die eine Tasse Gift zu tun und diese dann Philip Boyes anzubieten; wenn aber der Kaffee erst in Anwesenheit des Verstorbenen in die Tassen geschenkt wurde, so war diese Möglichkeit eingeschränkt, wenn auch keineswegs ausgeschlossen, denn das Gift konnte auch noch in einem Augenblick beigemischt werden, in dem Boyes' Aufmerksamkeit gerade abgelenkt war. Die Angeklagte erklärt, sie habe in ihrer ersten Aussage von einer ‹Tasse Kaffee› gesprochen, um damit ‹eine bestimmte Menge Kaffee› zu bezeichnen. Sie werden selbst beurteilen können, inwieweit eine solche Ausdrucksweise üblich und normal ist. Der Verstorbene hat laut ihrer Aussage weder Milch noch Zucker zu seinem Kaffee genommen, und Sie haben Mr. Urquharts und Mr. Vaughans Aussagen gehört, wonach er seinen Kaffee nach dem Essen immer schwarz und ungesüßt trank.

Laut Aussage der Angeklagten verlief das Gespräch nicht erfreulich. Auf beiden Seiten wurden Vorwürfe erhoben, und gegen zehn Uhr äußerte Boyes die Absicht, nach Hause zu gehen. Sie sagt, er habe unruhig gewirkt und gemeint, er fühle sich nicht recht wohl, was er darauf schob, daß ihr Verhalten ihn sehr erregt habe.

Um zehn Minuten nach zehn – und ich möchte, daß Sie sich die Zeiten sehr genau merken – wurde der Taxifahrer Burke, der in der Guilford Street in der Reihe stand, von Philip Boyes angesprochen und gebeten, ihn zum Woburn Square zu fahren. Er sagt, Boyes habe schnell und abgehackt gesprochen, wie jemand, der seelisch oder körperlich leidet. Als das Taxi vor Mr. Urquharts Haus anhielt, stieg Boyes nicht aus, und Burke öffnete die Tür, um nachzusehen, was los war. Er fand Boyes in einer Ecke zusammengekauert, die Hand auf den Bauch gepreßt, blaß im Gesicht und schweißbedeckt. Er fragte ihn, ob er krank sei, und Boyes antwortete: ‹Ja, scheußlich.› Burke half ihm aus dem Wagen, läutete und stützte ihn mit einem Arm, während sie vor der Tür standen. Hannah Westlock öffnete. Philip Boyes schien kaum noch aus eigener Kraft gehen zu können; sein Körper war fast zu einer Kugel gekrümmt, und er ließ sich stöhnend auf einen Stuhl in der Diele sinken und bat um einen Cognac. Sie brachte ihm einen kräftigen Schluck mit

Soda aus dem Eßzimmer, und nachdem Boyes den getrunken hatte, kam er soweit wieder zu sich, daß er Geld aus der Tasche nehmen und den Taxifahrer bezahlen konnte.

Da er aber noch immer einen sehr kranken Eindruck machte, rief Hannah Westlock Mr. Urquhart aus der Bibliothek. Er sagte zu Boyes: ‹He, Alter – was ist denn mit dir los?› Boyes antwortete: ‹Weiß der Himmel! Ich fühle mich entsetzlich. Aber das Huhn kann's doch nicht gewesen sein.› Mr. Urquhart sagte, das wolle er gewiß nicht hoffen, ihm sei jedenfalls nichts daran aufgefallen, und Boyes antwortete, nein, es sei wahrscheinlich einer seiner üblichen Anfälle, aber so schrecklich habe er sich noch nie gefühlt. Man brachte ihn zu Bett und rief telefonisch Dr. Grainger als den nächsten erreichbaren Arzt herbei.

Ehe der Arzt kam, übergab der Patient sich heftig, und von da an übergab er sich immer wieder. Dr. Grainger schloß auf eine schwere Gastritis. Der Patient hatte hohes Fieber, jagenden Puls und einen sehr druckempfindlichen Leib, aber der Arzt fand nichts, was auf eine Blinddarm- oder Bauchfellentzündung hingewiesen hätte. Er kehrte darum in seine Praxis zurück und bereitete ein Mittel zu, das den Magen beruhigen und das Erbrechen unter Kontrolle bringen sollte – ein Gemisch aus Kaliumkarbonat, Orangenextrakt und Chloroform – keine sonstigen Medikamente.

Am Tag darauf ging das Erbrechen weiter, und Dr. Weare wurde herbeigezogen, um sich mit Dr. Grainger zu beraten, da er mit der Konstitution des Patienten vertraut war.»

Hier hielt der Richter inne und schaute auf die Uhr.

«Die Zeit schreitet voran, und da wir die ärztlichen Gutachten noch zu behandeln haben, vertage ich die Sitzung bis nach dem Mittagessen.»

«Sieht ihm ählich», meinte der Ehrenwerte Freddy. «Gerade

jetzt, nachdem allen gründlich der Appetit vergangen ist. Komm, Wimsey, wir schieben uns ein Kotelett zwischen die Rippen. – He!»

Wimsey hatte sich an ihm vorbeigeschoben, ohne ihn zu beachten, und ging weiter ins Innere des Gerichtsgebäudes, wo Sir Impey Biggs stand und sich mit seinen Kollegen beriet.

«Steht wieder mal ganz schön unter Dampf», meinte Mr. Arbuthnot nachdenklich. «Sicher hat er wieder eine alternative Theorie zu dem Fall. Wieso bin ich mir dieses blöde Theater überhaupt ansehen gekommen? So was von langweilig, und die Frau ist nicht mal hübsch. Ob ich nach der Fütterung wiederkomme, weiß ich noch nicht.»

Er drängte sich hinaus und sah sich Aug in Auge mit der Herzoginwitwe von Denver.

«Kommen Sie mit mir essen, Herzogin?» fragte Freddy hoffnungsvoll. Er mochte die Herzogin.

«Danke, Freddy, aber ich warte auf Peter. So ein interessanter Fall, und so interessante Leute dazu, meinen Sie nicht? Was die Geschworenen allerdings daraus machen werden, weiß man nicht – lauter Schafsgesichter, die meisten, bis auf diesen Künstler, der ohne die schreckliche Krawatte und den Bart wahrscheinlich gar kein Gesicht hätte – sieht aus wie Jesus, aber nicht wie der richtige, sondern ein italienischer mit rosa Jäckchen und so einem blauen Ding auf dem Kopf. Ist das nicht Peters Miss Climpson, da bei den Geschworenen? Ich frage mich ja nur, wie sie hierher kommt.»

«Er hat sie, glaub ich, hier in der Nähe in ein Haus gesetzt», meinte Freddy, «mit einem Schreibbüro, um das sie sich kümmern soll, und darüber wohnt sie und macht diesen ganzen Wohltätigkeitskram für ihn. Eine ulkige Nudel, nicht? Wie aus einem Modejournal der Neunziger. Aber für seine Zwecke scheint sie genau richtig zu sein.»

«Ja – und so eine gute Sache, auf alle diese zwielichtigen Anzeigen zu antworten und die Leute dann auffliegen zu lassen, und so mutig, wo das doch zum Teil die schmierigsten Typen sind, womöglich sogar Mörder, mit Pistolen und Totschlägern in allen Taschen, und daheim einen Gasofen voller Knochen wie dieser Landru, der war ja schlau, nicht wahr? Und *solche* Frauen auch noch – geborene Mordopfer, wie einer mal ganz schamlos gesagt hat, obwohl sie das natürlich nicht verdient hatten, und wahrscheinlich wurden ihnen nicht einmal die Fotos gerecht, den armen Dingern.»

Freddy fand, daß die Herzogin heute noch ärger schwafelte als sonst, und dabei wanderte ihr Blick mit einer Besorgnis, die ungewöhnlich an ihr wahr, immer wieder zu ihrem Sohn.

«Richtig prima, den alten Wimsey wieder in seinem Fahrwasser zu sehen, wie?» meinte er, nur um etwas Nettes zu sagen. «Ist doch wunderbar, wie er hinter so was her ist. Kaum ist er wieder daheim, schon stampft er los wie ein altes Schlachtroß, das Pulverdampf riecht. Er steckt schon wieder bis über beide Ohren drin.»

«Nun ja, es ist einer von Chefinspektor Parkers Fällen, und die beiden sind doch so gute Freunde, ganz wie David und Beerseba – oder meine ich Daniel?»

In diesem kniffligen Moment kam Wimsey zu ihnen und nahm den Arm seiner Mutter zärtlich unter den seinen.

«Tut mir schrecklich leid, daß ich dich habe warten lassen, Mater, aber ich mußte ein Wörtchen mit Biggy reden. Er hat einen denkbar schlechten Stand, und dieser alte Jeffreys von einem Richter macht ein Gesicht, als wenn er sich doch noch die schwarze Kappe anmessen lassen wollte. Ich geh nach Hause und verbrenne meine sämtlichen Bücher. Es ist gefährlich, allzuviel über Gifte zu wissen, nicht? Sei so keusch wie Eis, so rein wie Schnee, du wirst aber Old Bailey nicht entgehen.»

«Die junge Frau scheint dieses Rezept nicht ausprobiert zu haben», bemerkte Freddy.

«Du solltest auf der Geschworenenbank sitzen», gab Wimsey ungewohnt bissig zurück. «Ich wette, das sagen sie alle in dieser Sekunde auch. Dieser Vorsitzende ist garantiert Temperenzler – eben habe ich gesehen, wie man Ingwerbier ins Geschworenenzimmer gebracht hat; kann nur hoffen, daß das Zeug explodiert und ihm die Eingeweide durch die Schädeldecke jagt.»

«Schon gut, schon gut», versuchte Mr. Arbuthnot ihn zu beschwichtigen. «Was du brauchst, ist was zu trinken.»

· 2 ·

DAS GERANGEL UM PLÄTZE FLAUTE AB; die Geschworenen kehrten zurück; plötzlich war auch die Angeklagte wieder da, wie aus dem Kasten gezaubert; der Richter nahm wieder seinen Sitz ein. Von den roten Rosen waren ein paar Blütenblätter abgefallen. Die alte Stimme nahm den Faden wieder da auf, wo sie geendet hatte.

«Meine Damen und Herren Geschworenen – ich glaube, ich brauche Ihnen den Verlauf von Philip Boyes' Krankheit nicht in allen Einzelheiten ins Gedächtnis zurückzurufen. Am 21. Juni wurde die Krankenschwester gerufen, und im Verlaufe dieses Tages besuchten die Ärzte den Patienten dreimal. Sein Zustand verschlimmerte sich stetig. Erbrechen und Durchfall waren so hartnäckig, daß er weder Speisen noch Medikamente bei sich behielt. Am Tage darauf, dem 22. Juni, wurde sein Zustand noch schlimmer – er hatte starke Schmerzen, sein Puls wurde schwächer, und um den Mund begann seine Haut auszutrocknen und sich abzuschälen. Die Ärzte bemühten sich sehr um ihn, aber sie konnten nichts für ihn tun. Sein Vater wurde gerufen, und als er kam, traf er seinen Sohn bei Bewußtsein an, aber außerstande, sich zu erheben. Er konnte jedoch sprechen, und in Gegenwart seines Vaters und Schwester Williams' sagte er die Worte: ‹Es geht zu Ende mit mir, Vater, und ich bin froh, daß ich es hinter mir habe. Harriet ist mich jetzt los – ich wußte nicht, daß sie mich so sehr haßt.› Diese Worte geben zu denken, und es wurden uns zwei grundverschiedene Deutungen dafür angeboten. An Ihnen ist nun, es zu entscheiden, ob er Ihrer Ansicht nach gemeint hat: ‹Sie hat es endlich geschafft, mich loszuwerden; ich wußte nicht, daß ihr Haß so weit ging, mich zu vergiften›, oder ob er meinte: ‹Als ich erkannte, daß sie mich so sehr haßte, habe ich beschlossen, nicht länger am Leben zu bleiben› – oder ob er vielleicht keines von beiden gemeint hat. Wenn ein Mensch sehr krank ist, kommt er machmal auf die aberwitzigsten Ideen, und machmal redet er geradezu irre; vielleicht halten Sie es hier nicht für ratsam, allzu vieles als gegeben hinzunehmen. Trotzdem sind diese Worte Bestandteil der Beweisaufnahme, und es ist Ihr gutes Recht, sie in Betracht zu ziehen.

Während der Nacht wurde er zunehmend schwächer und verlor das Bewußtsein, und um drei Uhr morgens starb er, ohne es wiedererlangt zu haben. Das war am 23. Juni.

Nun war bis zu diesem Zeitpunkt noch keinerlei Verdacht aufgekommen. Dr. Grainger und Dr. Weare stimmten in der Ansicht überein, daß eine akute Gastritis die Todesursache gewesen sei, und wir brauchen ihnen diese Fehldiagnose nicht vorzuhalten, denn sie stand im Einklang sowohl mit den Symptomen der Krankheit als auch mit der vorherigen Krankengeschichte des Patienten. Die Todesurkunde wurde ganz normal ausgestellt, und am 28. fand die Beerdigung statt.

Dann aber geschah etwas, was in Fällen dieser Art häufig geschieht, nämlich daß jemand zu reden anfängt. In diesem speziellen Fall war es Schwester Williams, die redete, und wenn Sie wahrscheinlich auch der Meinung sind, daß dies von ihr als Krankenschwester falsch und indiskret war, so erwies es sich doch als gut, daß sie es tat. Natürlich hätte sie seinerzeit Dr. Weare oder Grainger ihren Verdacht mitteilen sollen, aber das hat sie nun einmal nicht getan, und wir können zumindest froh sein, daß nach Ansicht der Ärzte das Leben dieses unglücklichen Menschen auch dann nicht mehr zu retten gewesen wäre, wenn sie es ihnen gesagt hätte und sie daraufhin festgestellt hätten, daß die Krankheit eine Arsenvergiftung war. Es ergab sich jedenfalls, daß Schwester Williams in der letzten Juniwoche zu einem anderen Patienten von Dr. Weare geschickt wurde, der demselben literarischen Kreis in Bloomsbury angehörte wie Philip Boyes und Harriet Vane, und während sie diesen Patienten pflegte, erzählte sie von Philip Boyes und sagte, die Krankheit habe in ihren Augen sehr nach einer Vergiftung ausgesehen, ja, sie erwähnte sogar das Wort Arsen. Einer erzählte es dem andern, man sprach darüber beim Tee oder auf Cocktailparties, wie man so etwas meines Wissens nennt, und schon bald hatte die Geschichte sich verbreitet, es wurden Namen genannt, und man ergriff Partei. Miss Marriott und Miss Price erfuhren davon, und es kam auch Mr. Vaughan zu Ohren. Nun hatte Philip Boyes' Tod Mr. Vaughan sehr überrascht und bestürzt, vor allem nachdem er doch mit ihm in Wales gewesen war und wußte, wie sehr sein Gesundheitszustand sich in diesem Urlaub gebessert hatte, und Mr. Vaughan hatte ja auch das starke Gefühl, daß Harriet Vane sich in der Liebesaffäre schlecht benommen habe. Er fand also, daß da etwas unternommen werden müsse, und ging zu Mr. Urquhart, um ihm die Geschichte zu unterbreiten. Nun ist Mr. Urquhart Rechtsanwalt und von Berufs wegen eher geneigt, Gerüchten und Verdächtigungen mit Vorsicht zu begegnen, weshalb der Mr. Vaughan ermahnte, daß es unklug sei, herumzulaufen und Vorwürfe gegen Leute zu erheben, denn das könne ihn leicht wegen übler Nachrede vor Gericht bringen. Gleichzeitig erfüllte es ihn natürlich mit Unbehagen, daß so etwas über einen Verwandten von ihm gesagt wurde, der in seinem Haus gestorben war. Er wählte den Weg – den sehr vernünftigen Weg –, Dr. Weare zu konsultieren, dem er den Rat gab, wenn er vollkommen sicher sei, daß die Krankheit eine Gastritis und nichts anderes gewesen sei, solle er Schwester Williams rügen und dem Gerede ein Ende machen. Dr. Weare war natürlich sehr erstaunt und betroffen, als er hörte, was da erzählt wurde, aber da der Verdacht nun einmal geäußert war, konnte er nicht leugnen, daß – unter Berücksichtigung der Symptome allein – eine derartige Möglichkeit nicht völlig auszuschließen war, zumal, wie Sie bereits im ärztlichen Gutachten gehört haben, die Symptome einer Arsenvergiftung und die einer akuten Gastritis kaum voneinander zu unterscheiden sind.

Als dies Mr. Vaughan mitgeteilt wurde, fühlte er sich in seinem Verdacht bestätigt und schrieb an Mr. Boyes senior, damit dieser der Sache nachgehe. Mr. Boyes war natürlich schockiert und sagte sofort, der Fall müsse untersucht werden. Er hatte von der Liaison mit Harriet Vane gewußt, und ihm war aufgefallen, daß sie sich gar nicht nach Philip Boyes erkundigt hatte und nicht einmal zur Beerdigung gekommen war, was ihm herzlos erschien. Am Ende wurde die Polizei eingeschaltet und eine Exhumierung verfügt.

Sie haben das Ergebnis der Analyse vernommen, die von Sir James Lubbock und Mr. Stephen Fordyce gemacht wurde. Es wurde hier sehr viel über Analysemethoden und das Verhalten von Arsen im Körper und so weiter diskutiert, aber ich glaube, mit diesen Details brauchen wir uns nicht allzusehr abzugeben. Die Hauptpunkte des Gutachtens scheinen mir folgende zu sein, die Sie sich, wenn Sie wollen, notieren mögen.

Die Analytiker entnahmen der Leiche bestimmte Organe – Magen, Därme, Nieren, Leber und so weiter –, analysierten Teile davon und stellten fest, daß sie alle Arsen enthielten. Sie konnten das in diesen verschiedenen Teilen gefundene Arsen wiegen und daraus die Menge berechnen, die sich im ganzen

Körper befand. Dann mußten sie die Menge Arsen berücksichtigen, die bereits aus dem Körper ausgeschieden worden war, infolge Erbrechens und Durchfalls, und auch durch die Nieren, denn die Nieren spielen beim Abbau gerade dieses Giftes eine sehr große Rolle. Unter Berücksichtigung aller dieser Faktoren kamen sie zu dem Schluß, daß Philip Boyes etwa drei Tage vor seinem Tod eine große, tödliche Dosis Arsen – etwa ein viertel bis ein drittel Gramm – zu sich genommen hatte.

Ich weiß nicht, ob Sie allen technischen Argumenten in dieser Frage ganz folgen konnten. Ich will versuchen, Ihnen die wichtigsten Punkte so wiederzugeben, wie ich sie verstanden habe. Es liegt in der Natur des Arsens, daß es den Körper sehr schnell passiert, besonders wenn es während oder unmittelbar nach einer Mahlzeit eingenommen wird, da es die Schleimhäute der inneren Organe reizt und den Prozeß des Ausscheidens beschleunigt. Noch schneller ginge es, wenn das Arsen in flüssiger Form und nicht als Pulver eingenommen würde. Wird Arsen beim oder unmittelbar nach dem Essen genommen, so scheidet es der Körper binnen vierundzwanzig Stunden nach Beginn der Krankheit nahezu vollständig aus. Die bloße Tatsache, daß nach drei Tagen ständigen Durchfalls und Erbrechens überhaupt noch Arsen im Körper gefunden wurde, auch wenn die Menge Ihnen und mir noch so klein vorkommen mag, zeigt also, daß zum fraglichen Zeitpunkt eine große Dosis davon eingenommen worden sein muß.

Nun wurde sehr viel über den Zeitpunkt des Beginns der ersten Symptome gesprochen. Von der Verteidigung wird angeführt, daß Philip Boyes das Gift selbst eingenommen haben könne, nachdem er Harriet Vanes Wohnung verlassen und bevor er in der Guilford Street das Taxi genommen habe; es wurden uns Bücher vorgelegt, aus denen hervorgeht, daß in vielen

Fällen die Symptome sehr kurz nach Einnahme des Arsens einsetzen – eine Viertelstunde war, glaube ich, die kürzeste genannte Zeit, wenn das Arsen in flüssiger Form genommen wurde. Nun hat Philip Boyes nach Aussage der Angeklagten – und eine andere haben wir nicht – ihre Wohnung um zehn Uhr verlassen, und um zehn nach zehn war er in der Guilford Street. Da sah er bereits krank aus. Lange kann die Fahrt zum Woburn Square um diese Abendstunde nicht gedauert haben, und als er dort ankam, hatte er schon akute Schmerzen und war kaum noch fähig, zu stehen. Nun befindet sich die Guilford Street sehr nah bei der Doughty Street – es sind vielleicht drei Minuten zu gehen –, und Sie müssen sich fragen, was er, wenn die Aussage der Angeklagten stimmt, in diesen zehn Minuten gemacht hat. Hat er die Zeit damit verbracht, ein stilles Plätzchen aufzusuchen und Arsen zu nehmen, das er in diesem Falle in Vorahnung eines unerfreulichen Ausgangs des Gesprächs mit der Angeklagten bereits bei sich gehabt haben müßte? Und ich darf Sie hier daran erinnern, daß die Verteidigung keinen Beweis vorgebracht hat, wonach Philip Boyes jemals Arsen gekauft oder Zugang dazu gehabt hätte. Das soll nicht heißen, daß er sich keines habe beschaffen können – die Käufe, die Harriet Vane getätigt hat, zeigen, daß unsere Gesetze über den Verkauf von Giften nicht immer den Erfolg haben, den man sich wünschen möchte –, aber es bleibt die Tatsache, daß die Verteidigung keinen Beweis für Arsen im Besitz des Verstorbenen erbringen konnte. Und da wir einmal bei diesem Thema sind, will ich noch erwähnen, daß die Chemiker, so sonderbar es klingt, keine Spur von Holzkohle oder dem Indigo nachweisen konnten, mit dem handelsübliches Arsen versetzt sein sollte. Ob es von der Angeklagten oder dem Verstorbenen selbst gekauft wurde, man hätte in jedem Falle Spuren des Färbungsmittels erwarten müssen. Aber Sie können annehmen, daß alle derartigen Spuren durch das Erbrechen und die anderen Ausscheidungsarten beseitigt wurden.

Hinsichtlich des eventuellen Selbstmordes müssen Sie sich nun mit diesen zehn Minuten befassen – ob Boyes in dieser Zeit das Arsen zu sich genommen hat oder ob er, was auch möglich ist, sich nicht wohl fühlte und sich irgendwo hinsetzte, um wieder zu sich zu kommen, oder ob er vielleicht ziellos in der Gegend umhergelaufen ist, wie wir es ja machmal tun, wenn wir erregt und unglücklich sind. Vielleicht glauben Sie aber auch, daß die Angeklagte sich hinsichtlich des Zeitpunkts, wann er ihre Wohnung verließ, geirrt oder die Unwahrheit gesagt hat.

Die Angeklagte hat auch ausgesagt, Boyes habe vor dem Weggehen erwähnt, daß ihm nicht gut sei. Wenn Sie annehmen, daß dies etwas mit dem Arsen zu tun hatte, ist die Vermutung, er habe das Gift erst nach dem Weggehen genommen, natürlich gegenstandslos.

Bei genauem Hinsehen bleibt die Frage nach dem Einsetzen der Symptome recht unklar. Mehrere Ärzte sind hier vorgetreten und haben Ihnen über ihre eigenen Erfahrungen sowie über Fälle berichtet, die von medizinischen Kapazitäten in Fachbüchern angeführt wurden, und Sie werden gemerkt haben, daß es über den Zeitpunkt, wann mit dem Auftreten von Symptomen zu rechnen ist, keine verläßlichen Auskünfte gibt. Manchmal ist das eine viertel oder eine halbe Stunde, manchmal zwei Stunden, manchmal fünf oder sechs, ja, ich glaube, in einem Falle war es sogar sieben Stunden nach Einnahme des Gifts.»

Hier erhob sich der Ankläger ehrerbietig und sagte: «In diesem Falle, Mylord, glaube ich recht in der Annahme zu gehen, daß das Gift auf leeren Magen genommen wurde.»

«Danke, ich bin Ihnen für diese Gedächtnishilfe sehr verbunden. Es handelt sich tatsächlich um einen Fall, in dem das Gift auf leeren Magen genommen wurde. Ich erwähne diese Fälle auch nur, um aufzuzeigen, daß wir es hier mit sehr ungewissen Erscheinungen zu tun haben, und darum rufe ich Ihnen so peinlich genau alle Gelegenheiten ins Gedächtnis, zu denen Philip Boyes an diesem Tage – dem 20. Juni – irgendwelche Speisen zu sich nahm, denn es besteht immer die Möglichkeit, daß Sie diese in Betracht ziehen müssen.»

«Eine Bestie, aber eine gerechte Bestie», knurrte Lord Peter Wimsey.

«Ich habe bisher einen weiteren Punkt, der sich aus der Analyse ergab, bewußt außer acht gelassen, und zwar das Vorhandensein von Arsen in den Haaren des Toten. Der Verstorbene hatte lockiges Haar, das er ziemlich lang trug; vorne maß es stellenweise, wenn man es auseinanderzog, bis zu fünfzehn oder gar achtzehn Zentimeter. In diesen Haaren wurde nun Arsen nachgewiesen, und zwar in der Nähe der Kopfhaut. Es reichte nicht bis in die Spitzen der längsten Haare, sondern es befand sich in der Nähe der Wurzeln, und zwar in einer Menge, von der Sir James Lubbock sagt, daß es dafür keine natürliche Erklärung gebe. Gelegentlich findet man auch bei ganz normalen Menschen winzige Spuren von Arsen in Haaren und Haut und so weiter, aber nicht in den hier festgestellten Mengen. Das ist Sir James' Meinung.

Nun hat man Ihnen erklärt – und hierin stimmen die ärztlichen Gutachter alle überein –, daß ein gewisser Teil des Arsens, das ein Mensch zu sich nimmt, in der Haut, den Nägeln und den Haaren abgelagert wird. Es setzt sich in den Haarwurzeln ab, und wenn das Haar wächst, wandert das Arsen im Haar mit, so daß man anhand der Stelle, an der sich das Arsen im Haar befindet, ungefähr errechnen kann, seit wann es verabreicht wurde. Hierüber wurde des langen und breiten diskutiert, aber ich glaube, es herrschte allgemeines Einverständnis darüber, daß man nach Einnahme einer Dosis Arsen damit rechnen kann, Spuren davon etwa zehn Wochen später in den Haaren nahe der Kopfhaut zu finden. Haare wachsen ungefähr fünfzehn Zentimeter im Jahr, und das Arsen wandert mit dem Wachsen der Haare nach auswärts, bis es in die Spitzen gelangt und mit ihnen abgeschnitten wird. Sicher werden die Damen unter den Geschworenen das sehr gut verstehen, denn ich glaube, so etwas Ähnliches geschieht auch im Falle der sogenannten Dauerwelle. Die Welle wird in einem bestimmten Haarabschnitt gemacht, und nach einer Weile wächst sie aus; von der Wurzel her kommt neues, glattes Haar und muß wieder gewellt werden. Die Stelle, an der die Welle sitzt, zeigt an, vor wie langer Zeit sie gemacht wurde. Auch wenn man sich auf einen Fingernagel schlägt, wandert die Verfärbung nach und nach den Nagel entlang, bis sie mit der Schere abgeschnitten werden kann.

Nun wurde gesagt, daß Vorhandensein von Arsen in und um Philip Boyes' Haarwurzeln weise darauf hin, daß er schon mindestens drei Monate vor seinem Tod Arsen zu sich genommen haben müsse. Daraufhin müssen Sie sich fragen, welche Bedeutung das im Zusammenhang mit den Arsenkäufen der Angeklagten im April und Mai und den Gastritisanfällen des Verstorbenen im März, April und Mai hat. Der Streit mit der Angeklagten ereignete sich im Februar; im März wurde er krank, und im Juni starb er. Fünf Monate liegen zwischen dem Streit und dem Tod, vier Monate zwischen seiner ersten Erkrankung und seinem Tod; diesen Daten mögen Sie eine gewisse Bedeutung beimessen.

Wir kommen nun zu den polizeilichen Ermittlungen. Als der Verdacht laut wurde, überprüfte die Kriminalpolizei Harriet Vanes Schritte und begab sich anschließend zu ihr, um ihre Aussage aufzunehmen. Als man ihr mitteilte, man habe festgestellt, daß Philip Boyes an Arsenvergiftung gestorben sei, wirkte sie sehr überrascht und sagte: ‹Arsen? Das ist doch nicht zu fassen!› Und dann lachte sie und sagte: ‹Wissen Sie, ich schreibe gerade ein Buch über einen Giftmord mit Arsen.› Man fragte sie nach ihren Arsen- und sonstigen Giftkäufen, die sie ganz bereitwillig zugab und spontan mit derselben Erklärung begründete, die sie uns hier vor Gericht gegeben hat. Man fragte sie, was sie mit den Giften gemacht habe, und sie antwortete, sie habe sie verbrannt, weil es gefährlich sei, so etwas herumstehen zu haben. Die Wohnung wurde durchsucht, aber es wurde keinerlei Gift gefunden, nur Dinge wie Aspirin und sonstige gewöhnliche Medikamente. Sie leugnete strikt, Philip Boyes Arsen oder irgendein anderes Gift verabreicht zu haben. Gefragt, ob das Arsen vielleicht versehentlich in seinen Kaffee geraten sein könne, antwortete sie, das sei völlig unmöglich, denn sie habe die Gifte alle vor Ende Mai vernichtet.»

Hier griff Sir Impey Biggs ein und bat mit freundlicher Erlaubnis, Seine Lordschaft möge den Geschworenen doch auch noch einmal die Aussage von Mr. Challoner wiederholen.

«Gewiß, Sir Impey, ich bin Ihnen sehr verbunden. Mr. Challoner ist, wie Sie sich erinnern, Harriet Vanes literarischer Agent. Er war hier, um uns zu sagen, daß er bereits im vorigen Dezember mit ihr über das Thema ihres nächsten Buches gesprochen habe und daß sie ihm dabei sagte, es handle sich um Arsen. Sie mögen es also als einen Punkt zugunsten der Angeklagten werten, daß sie schon einige Zeit vor dem Streit mit Philip Boyes die Absicht hatte, sich mit dem Arsen näher zu befassen. Sie hat dieses Thema offenbar sehr genau studiert, denn auf ihren Bücherregalen standen etliche Werke über Gerichtsmedizin und Toxikologie sowie Berichte über einige berühmte

Giftmordprozesse, darunter die Fälle Madeleine Smith, Seddon und Armstrong – lauter Fälle, in denen es um Arsen ging.

Dies ist nun, glaube ich, das Ergebnis der Beweisaufnahme, wie sie Ihnen vorgetragen wurde. Diese Frau ist angeklagt, ihren früheren Geliebten mit Arsen vergiftet zu haben. Zweifellos hat er Arsen zu sich genommen, und wenn Sie überzeugt sind, daß sie es ihm mit der Absicht gegeben hat, ihn zu verletzen oder zu töten, und daß er daran gestorben ist, dann ist es Ihre Pflicht, sie des Mordes schuldig zu sprechen.

Sir Impey Biggs hat Ihnen in seiner glänzenden Rede dargelegt, daß sie für einen solchen Mord kaum ein Motiv gehabt habe, aber ich muß Ihnen sagen, daß Morde sehr oft aus scheinbar höchst unzureichenden Motiven begangen werden – falls man überhaupt ein Motiv als zureichend für ein solches Verbrechen bezeichnen kann. Besonders wenn die Beteiligten Mann und Frau sind oder als Mann und Frau zusammengelebt haben, sind oft Leidenschaften im Spiel, die sich bei Menschen mit ungenügendem moralischem Halt und unausgeglichenem Gemüt in Form von Gewaltverbrechen äußern können.

Die Angeklagte hatte die Mittel – das Arsen –, sie hatte das Fachwissen, und sie hatte die Gelegenheit, ihm das Gift zu verabreichen. Die Verteidigung ist der Meinung, dies sei nicht genug. Sie sagt, die Krone müsse ein weiteres tun und beweisen, daß das Gift nicht auf irgendeine andere Weise eingenommen wurde – aus Versehen oder in selbstmörderischer Absicht. Das zu entscheiden ist an Ihnen. Wenn Sie vernünftige Zweifel haben, daß die Angeklagte Philip Boyes das Gift vorsätzlich verabreicht hat, so muß Ihr Spruch ‹Nicht schuldig› lauten. Sie sind verpflichtet, zu entscheiden, auf welche Weise es verabreicht wurde, wenn es nicht von ihr verabreicht wurde. Betrachten Sie die Umstände dieses Falles als ein Ganzes, und sagen Sie dann, zu welchem Schluß Sie gekommen sind.»

· 3 ·

«LANGE BLEIBEN DIE SICHER NICHT», meinte Waffles Newton. «Die Sache ist ja ziemlich klar. Weißt du was, ich gebe schon mal meinen Bericht durch. Sagst du mir nachher, was passiert ist?»

«Klar», sagte Salcombe Hardy, «wenn es dir nichts ausmacht, unterwegs auch gleich meinen abzugeben. Du könntest mir nicht telefonisch was zu trinken bestellen? Mein Mund ist so trocken wie der Boden eines Papageienkäfigs.» Er sah auf die Uhr. «Die Halbsieben-Ausgabe werden wir wohl nicht mehr schaffen, fürchte ich, wenn die sich nicht beeilen. Dieser Alte ist sehr genau, aber auch unverschämt langsam.»

«Sie müssen ja anstandshalber so tun, als wenn sie was zu beraten hätten», sagte Newton. «Ich gebe ihnen zwanzig Minuten. Und eine Zigarette werden sie rauchen wollen. Ich auch. Um zehn vor bin ich wieder hier, für alle Fälle.»

Er schlängelte sich hinaus. Cuthbert Logan, der für eine Morgenzeitung berichtete, war ein Mann von mehr Muße. Er schickte sich gerade an, eine bildhafte Darstellung des Prozesses anzufertigen. Er war phlegmatisch und nüchtern und konnte im Gerichtssaal ebenso bequem schreiben wie anderswo. Er war gern an Ort und Stelle, wenn etwas geschah, und hielt mit Vorliebe Blicke, Tonfälle, Farbeffekte und dergleichen fest. Seine Berichte waren stets unterhaltsam und manchmal sogar ausgezeichnet.

Freddy Arbuthnot, der nach dem Mittagessen doch nicht nach Hause gegangen war, fand es jetzt an der Zeit, dies zu tun.

Er rutschte unruhig hin und her, was ihm ein Stirnrunzeln Wimseys eintrug. Die Herzoginwitwe bahnte sich einen Weg durch die Bänke und ließ sich neben Lord Peter nieder. Sir Impey Biggs, der bis zuletzt über die Interessen seiner Mandantin gewacht hatte, zog sich im angeregten Gespräch mit dem Staatsanwalt zurück, gefolgt von den geringeren juristischen Chargen. Die Anklagebank war leer. Auf dem Richtertisch standen einsam die roten Rosen und verloren ihre Blütenblätter.

Chefinspektor Parker löste sich aus einer Gruppe von Freunden, näherte sich langsam durch die Menge und begrüßte die Herzoginwitwe. «Und was sagst du dazu, Peter?» wandte er sich an Wimsey. «Saubere Arbeit, was?»

«Charles», sagte Wimsey, «dich dürfte man ohne mich nicht frei herumlaufen lassen. Du hast dich geirrt, alter Freund.»

«Geirrt?»

«Ja, sie war's nicht.»

«Na hör mal!»

«Sie war es nicht. Es klingt ja alles sehr überzeugend und wasserdicht, und trotzdem stimmt es nicht.»

«Das ist doch nicht dein Ernst.»

«Doch.»

Parker machte ein bestürztes Gesicht. Er vertraute Wimseys Urteil und fühlte sich, trotz seiner eigenen inneren Überzeugung, aus dem Lot gebracht.

«Mein lieber Mann, dann sag mir mal, wo der Fehler stecken soll.»

«Nirgends. Es ist alles hieb- und stichfest. Kein Fehler weit und breit – nur daß die Frau unschuldig ist.»

«Du versuchst dich wohl neuerdings als Wald-und-Wiesen-Psychologe, wie?» meinte Parker mit unsicherem Lachen.

«Hab ich nicht recht, Herzogin?»

«Ich wollte, ich hätte das Mädchen einmal kennengelernt», antwortete die Herzoginwitwe in ihrer indirekten Art. «Sehr interessant, und ein wirklich ungewöhnliches Gesicht, wenn auch nicht schön im eigentlichen Sinn, aber das macht sie nur um so interessanter, denn gutaussehende Leute sind ja oft die reinsten Esel. Ich habe eines von ihren Büchern gelesen, wirklich ganz ordentlich, und so gut geschrieben; ich habe den Mörder erst auf Seite 200 erraten, was sehr für sie spricht, denn sonst kenne ich ihn immer schon auf Seite 15. Schon eigenartig, wenn jemand Bücher über Verbrechen schreibt und dann selbst eines Verbrechens angeklagt wird, da sagen sicher manche Leute, das sei ausgleichende Gerechtigkeit. Ich wüßte nur gern, wenn sie's nicht war, ob sie den Mörder selbst entdeckt hätte. Kriminalschriftsteller sind im Leben keine guten Detektive, glaube ich, außer natürlich Edgar Wallace, der ja überall gleichzeitig zu sein scheint, und der gute Conan Doyle und dieser schwarze Mann, wie hieß er noch gleich? Und natürlich dieser Slater – so ein Skandal, obwohl, wenn ich mir's recht überlege, war das in Schottland, wo sie ja so komische Gesetze für alles haben, besonders fürs Heiraten. Nun ja, wir werden es wohl bald wissen – nicht unbedingt die Wahrheit, aber was die Geschworenen daraus gemacht haben.»

«Richtig, und die sind schon länger draußen, als ich erwartet hatte. Aber hör mal, Wimsey, könntest du mir nicht sagen –»

«Zu spät, zu spät, ihr könnt jetzt nicht hinein. Ich habe mein Herz in ein silbernes Kästchen eingeschlossen und mit einer goldenen Nadel festgesteckt. Meinungen zählen jetzt nicht mehr, nur noch die der Geschworenen. Wahrscheinlich sagt –ihnen Miss Climpson gerade die Meinung. Wenn sie einmal anfängt, hört sie vor zwei Stunden nicht mehr auf.»

«Jetzt ist es gerade eine halbe Stunde», sagte Parker.

«Immer noch warten?» fragte Salcombe Hardy, als er an den Pressetisch zurückkam.

«Ja – und das nennst du zwanzig Minuten! Nach meiner Uhr ist es schon eine Dreiviertelstunde.»

«Jetzt sind sie anderthalb Stunden draußen», sagte hinter Wimsey ein junges Mädchen zu seinem Verlobten. «Worüber reden die nur so lange?»

«Vielleicht glauben sie nicht, daß sie's getan hat.»

«So ein Quatsch! Natürlich war sie's. Das sieht man ihr doch schon am Gesicht an. Hart wie Stein, sag ich dir, und nicht ein einziges Mal hat sie geweint.»

«Na, ich weiß nicht», meinte der junge Mann.

«Du willst doch nicht sagen, daß sie Eindruck auf dich macht, Frank?»

«Na, ich weiß eben nicht. Sie sieht mir nicht aus wie eine Mörderin.»

«Und woher willst du wissen, wie Mörderinnen aussehen? Bist du schon mal einer begegnet?»

«Bei Madame Tussaud hab ich mal eine gesehen.»

«Ach ja, Wachsfiguren. Die sehen doch alle wie Mörder aus.»

«Kann sein. Magst du ein Stück Schokolade?»

«Zweieinviertel Stunden», meinte Waffles Newton ungehalten. «Die müssen sich schlafen gelegt haben. Wir werden noch eine Sonderausgabe daraus machen müssen. Und wenn sie nun die ganze Nacht brauchen?»

«Dann sitzen wir hier eben die ganze Nacht.»

«Na schön, aber jetzt bin ich dran, einen trinken zu gehen. Sag mir Bescheid, ja?»

«Schon recht.»

«Ich habe mit einem der Gerichtsdiener gesprochen», erklärte der Mann-der-sich-auskennt wichtigtuerisch einem Freund. «Der Richter hat eben zu den Geschworenen geschickt und fragen lassen, ob er ihnen behilflich sein kann.»

«So? Und was haben sie geantwortet?»

«Das weiß ich nicht.»

«Jetzt sind sie dreieinhalb Stunden draußen», flüsterte das Mädchen hinter Wimsey. «Ich hab solchen Hunger.»

«Sollen wir gehen, Schatz?»

«Nein – ich will das Urteil hören. Jetzt haben wir so lange gewartet, da können wir auch noch etwas bleiben.»

«Gut, dann hole ich uns ein paar Sandwichs.»

«Oh, das wäre lieb von dir. Aber bleib nicht zu lange, denn ich weiß schon, wenn ich das Urteil höre, falle ich bestimmt in Ohnmacht.»

«Ich beeile mich, so sehr ich kann. Sei froh, daß du keine Geschworene bist – die kriegen nämlich nichts.»

«Was, nichts zu essen und zu trinken?»

«Kein bißchen. Ich weiß nicht einmal, ob sie Licht oder Feuer haben dürfen.»

«Die Ärmsten! Aber das Zimmer hat doch sicher Zentralheizung!»

«Hier ist es jedenfalls heiß genug. Bin froh, wenn ich ein bißchen frische Luft schnappen kann.»

Fünf Stunden.

«Auf der Straße hat sich ein Menschenauflauf gebildet», sagte der Mann-der-sich-auskennt bei der Rückkehr von einem Erkundungsgang. «Ein paar Leute haben Sprechchöre gegen die Angeklagte angestimmt, und eine Horde Männer hat sie angegriffen; einer mußte im Krankenwagen fortgebracht werden.»

«Nein, wie lustig! Sehen Sie mal, da ist Mr. Urquhart; er ist wiedergekommen. Mir tut er ja leid, Ihnen nicht? Muß schrecklich sein, wenn einem jemand im Haus stirbt.»

«Jetzt spricht er mit dem Staatsanwalt. Die haben natürlich alle ein anständiges Abendessen gehabt.»

«Der Staatsanwalt sieht nicht so gut aus wie Sir Impey Biggs. Stimmt es eigentlich, daß er Kanarienvögel züchtet?»

«Wer, der Staatsanwalt?»

«Nein, Sir Impey.»

«Doch, das stimmt. Er hat sogar schon Preise gewonnen.»

«So was Verrücktes!»

«Trags's mit Fassung, Freddy», sagte Lord Peter Wimsey. «Ich spüre Bewegung. Sie kommen, die Meinen, die Süßen, leicht wie der Wind, auf sanften Füßen.»

Das Gericht erhob sich. Der Richter nahm seinen Platz ein. Die Angeklagte, sehr blaß im elektrischen Licht, erschien wieder in der Anklagebank. Die Tür zum Geschworenenzimmer öffnete sich.

«Du mußt dir ihre Gesichter ansehen», sagte die Verlobte. «Es heißt, wenn sie einen schuldig sprechen, sehen sie den Angeklagten nie an. Bitte, Archie, halt meine Hand!»

Der Gerichtssekretär wandte sich an die Geschworenen. In seiner Stimme kämpften Förmlichkeit und Vorwurf miteinander.

«Meine Damen und Herren Geschworenen, sind Sie einmütig zu einem Urteil gekommen?»

Der Obmann erhob sich mit gekränkter, verärgerter Miene.

«Ich bedaure, sagen zu müssen, daß es uns nicht möglich war, Einmütigkeit zu erzielen.»

Ein langes Raunen und Atemholen ging durch den Gerichtssaal. Der Richter beugte sich vor, die Höflichkeit selbst und ohne eine Spur von Müdigkeit.

«Glauben Sie, daß Sie sich noch einigen können, wenn wir Ihnen mehr Zeit lassen?»

«Ich fürchte nein, Mylord.» Der Obmann warf einen wütenden Blick in die äußerste Ecke der Geschworenenbank, wo die alte Jungfer mit gesenktem Kopf und fest verschlungenen Händen saß. «Ich sehe keine Möglichkeit, daß wir uns jemals einig werden.»

«Kann ich Ihnen irgendwie behilflich sein?»

«Nein, Mylord, vielen Dank. Wir verstehen die Beweislage durchaus, aber wir können zu keiner einheitlichen Auslegung kommen.»

«Das ist bedauerlich. Ich meine, Sie sollten es vielleicht doch noch einmal versuchen, und wenn Sie dann noch immer keine Entscheidung getroffen haben, sagen Sie es mir. Sollten Ihnen in der Zwischenzeit meine Gesetzeskenntnisse von Nutzen sein, stehe ich Ihnen selbstverständlich zur Verfügung.»

Die Geschworenen stolperten verdrießlich hinaus. Der Richter verließ mit nachschleppender roter Robe die Richterbank. Das Gemurmel im Gerichtssaal schwoll zum Grollen an.

«Himmel noch mal, Wimsey», sagte Freddy Arbuthnot, «ich glaube, das ist deine Miss Climpson, die da so den Betrieb aufhält. Hast du gesehen, wie der Obmann sie angefunkelt hat?»

«Eine gute Seele», sagte Wimsey. «Großartig, einfach hervorragend! Die Frau hat ein furchterregend zähes Gewissen – vielleicht hält sie sogar durch.»

«Ich glaube, du hast die Geschworenen bestochen, Wimsey. Hast du ihr heimlich Zeichen gemacht?»

«Nichts dergleichen», antwortete Wimsey. «Ob du's glaubst oder nicht, ich hab ihr nicht einmal zugewinkert.»

«Und er selber hat's gesagt», deklamierte Freddy. «Wollen wir's dir mal glauben. Aber es ist schon hart für Leute, die noch nicht zu Abend gegessen haben.»

Sechs Stunden. Sechseinhalb Stunden.

«Endlich!»
Als die Geschworenen zum zweitenmal einmarschierten, zeigten sie deutliche Verschleißerscheinungen. Die gehetzte Hausfrau hatte geweint und schluchzte noch immer in ihr Taschentuch. Der Mann mit der Erkältung schien dem Tode nahe zu sein. Des Künstlers Haare waren zerwühlt und struppig wie ein ungemähter Rasen. Der Firmendirektor und der Obmann sahen aus, als hätten sie die größte Lust, jemanden zu erwürgen, und die alte Jungfer hielt die Augen fest geschlossen und bewegte die Lippen wie im Gebet.

«Meine Damen und Herren Geschworenen, sind Sie einmütig zu einem Urteil gekommen?»

«Nein; und wir sind überzeugt, daß wir niemals Einmütigkeit erzielen werden.»

«Sind Sie dessen ganz sicher?» fragte der Richter. «Ich möchte Sie in keiner Weise drängen und bin meinerseits bereit, so lange zu warten, wie Sie es für nötig halten.»

Das Schnauben des Firmendirektors war noch auf der Galerie zu hören. Der Obmann beherrschte sich und antwortete mit einer vor Wut und Erschöpfung krächzenden Stimme:

«Wir werden uns nie einigen Mylord – und wenn wir bis zum Jüngsten Tag zusammensitzen.»

«Das ist sehr bedauerlich», sagte der Richter, «aber in diesem Falle bleibt natürlich nichts anderes übrig, als Sie zu entlassen und einen neuen Prozeß anzusetzen. Ich bin überzeugt, daß Sie alle Ihr Bestes gegeben und diesem Fall, dem Sie mit so großer Geduld und hingebungsvoller Aufmerksamkeit gefolgt sind, Ihre ganze Intelligenz und Gewissenhaftigkeit gewidmet haben. Sie sind von Ihrer Pflicht entbunden und haben das Recht, zwölf Jahre lang keine weitere Berufung als Geschworene mehr anzunehmen.»

Fast noch ehe die weiteren Formalitäten erledigt waren und die Richterrobe durch den dunklen Gang entschwand, hatte Wimsey sich bereits nach vorn gedrängt. Er bekam den Verteidiger gerade noch an seinem Talar zu fassen.

«Biggy – gut gemacht! Jetzt haben Sie noch eine Chance. Lassen Sie mich mitmachen, dann kriegen wir die Sache schon hin.»

«Meinen Sie, Wimsey? Ich gestehe freimütig, daß wir besser davongekommen sind, als ich es je erwartet hätte.»

«Nächstes Mal wird's noch besser. Passen Sie auf, Biggy. Stellen Sie mich als Sekretär oder so etwas an. Ich will mit ihr sprechen.»

«Mit wem? Meiner Mandantin?»

«Ja. Ich habe in dem Fall so ein ganz bestimmtes Gefühl. Wir müssen sie rauspauken, und ich weiß, daß es geht.»

«Gut, kommen Sie morgen mal zu mir. Ich muß jetzt selbst zu ihr und mit ihr reden. Um zehn bin ich zu Hause. Gute Nacht.»

Wimsey stürzte davon und eilte zum Nebenausgang, wo soeben die Geschworenen herauskamen. Als letzte erschien, den Hut schief auf dem Kopf und den Regenmantel ungeschickt um die Schultern gelegt, die alte Jungfer. Wimsey schoß auf sie zu und ergriff ihre Hand.

«Miss Climpson!»

«Oh, Lord Peter! Meine Güte, war das ein schrecklicher Tag! Wissen Sie, das war nämlich hauptsächlich ich, die diese ganzen Scherereien verursacht hat, obwohl mich zwei von ihnen tapfer unterstützt haben, und ich hoffe wirklich, Lord Peter, daß ich nicht falsch gehandelt habe, aber ich konnte nicht, nein, ich *konnte* einfach nicht guten Gewissens sagen, daß sie es war, wo ich doch überzeugt bin, daß sie es nicht war, das ging doch nicht, oder? Ach du meine Güte!»

«Sie haben vollkommen richtig gehandelt. Sie war's nämlich nicht, und Gott sei Dank haben Sie's ihnen gezeigt und ihr noch eine Chance gegeben. Ich werde beweisen, daß sie es nicht getan hat. Und jetzt lade ich Sie zum Essen ein – ach, übrigens, Miss Climpson!»

«Ja?»

«Es stört Sie hoffentlich nicht, daß ich mich seit heute früh nicht mehr rasiert habe, denn ich werde Sie jetzt in ein stilles Eckchen führen und Ihnen einen Kuß geben.»

· 4 ·

DER NÄCHSTE TAG WAR EIN SONNTAG, aber Sir Impey Biggs sagte eine Verbredung zum Golf ab (nicht so ungern, da es in Strömen goß) und hielt statt dessen einen außerordentlichen Kriegsrat ab.

«Also, Wimsey», sagte der Anwalt, «was haben Sie für Vorstellungen? Darf ich Ihnen übrigens Mr. Crofts von Crofts & Cooper, den Anwälten der Angeklagten, vorstellen?»

«Meine Vorstellung ist, daß Miss Vane es nicht getan hat», sagte Wimsey. «Ich möchte zwar annehmen, daß Ihnen dieser Gedanke auch schon gekommen ist, aber wenn ein Kopf wie der meine dahintersteckt, bekommt so eine Idee doch zweifellos ein ganz anderes Gewicht.»

Mr. Crofts, der nicht recht wußte, ob das einfältig oder scherzhaft gemeint war, lächelte nachsichtig.

«Durchaus», meinte Sir Impey, «aber mich würde interessieren, wie viele von den Geschworenen es in diesem Licht gesehen haben.»

«Nun, das kann ich Ihnen wenigstens sagen, weil ich eine von ihnen kenne. Eine Frau und noch eine halbe Frau und ein dreiviertel Mann.»

«Und was heißt das bei näherem Hinsehen?»

«Also, die Frau, die ich kenne, hat sich darauf versteift, daß Miss Vane nicht der Mensch für so etwas sei. Man hat ihr natürlich arg zugesetzt, weil sie ja keinen einzigen schwachen Punkt in der Beweiskette aufzeigen konnte, aber sie hat gemeint, das Verhalten der Angeklagten gehöre auch zu den Indizien, und sie habe das Recht, es mit zu berücksichtigen. Zum Glück ist sie ein zähes altes Mädchen mit guter Verdauung, einem militanten anglikanischen Gewissen und erstaunlichem Stehvermögen, und so leicht gibt sie nicht auf. Sie hat gewartet, bis die andern sich verausgabt hatten, und dann gemeint, sie sei eben nicht überzeugt und werde auch nichts anderes sagen.»

«Wie praktisch», sagte Sir Impey. «Wer alle Glaubensartikel der christlichen Kirche glauben kann, wird sich an gegenteiligen Beweisen und derlei Kinkerlitzchen nicht stören. Leider können wir nicht hoffen, eine ganze Geschworenenbank voll frommer Dickschädel zu haben. Wie steht's mit der andern Frau und dem Mann?»

«Mit der Frau war eigentlich nicht zu rechnen. Das war diese kernige Erfolgsfrau mit dem Süßwarenladen. Sie fand, der Fall sei nicht bewiesen, und es sei durchaus möglich, daß Boyes das Zeug selbst genommen oder von seinem Vetter bekommen habe. Das schönste ist, sie hatte schon dem einen oder anderen Arsenprozeß beigewohnt und war in ein paar Fällen nicht mit dem Urteil einverstanden – vor allem im Seddon-Prozeß. Von Männern hält sie generell nichts (sie hat ihren dritten unter die Erde gebracht), und Expertengutachten mißtraut sie aus Prinzip. Sie hat gemeint, Miss Vane könne es ihrem persönlichen Eindruck nach schon getan haben, aber aufgrund eines medizinischen Gutachtens würde sie nicht einmal einen Hund an den Galgen bringen. Anfangs war sie noch bereit, sich der Mehrheit anzuschließen, aber dann hat sich der Obmann bei ihr unbeliebt gemacht, indem er seine männliche Autorität gegen sie ausspielen wollte, und zuletzt hat sie sich dann entschlossen, meiner Freundin Miss Climpson den Rücken zu stärken.»

Sir Impey lachte.

«Hochinteressant. Wenn wir solche internen Informationen über die Geschworenen nur immer bekämen! Wir placken uns mit der Aufbereitung der Beweise ab, und dann setzt sich einer etwas in den Kopf, was mit Beweisen überhaupt nichts zu tun hat, und ein anderer unterstützt ihn, weil er findet, daß man sich auf Beweise sowieso nicht verlassen kann. Und wie steht's mit dem Mann?»

«Das war der Künstler. Der einzige übrigens, der das Leben, das diese Leute führten, wirklich verstand. Er hat Ihrer Mandantin den Streit, wie sie ihn geschildert hat, ohne weiteres abgenommen und gemeint, wenn sie zu dem Mann wirklich so gestanden habe, wäre es für sie das letzte gewesen, ihn umbringen zu wollen. Dann hätte sie sich lieber ruhig hingesetzt und ihn leiden sehen, wie der Mann mit dem hohlen Zahn in dem ulkigen Lied. Er konnte sich auch die Geschichte mit den Giftkäufen sehr gut vorstellen, die den andern natürlich äußerst schwach erschien. Außerdem hat er gemeint, daß Boyes nach allem, was er gehört habe, ein eingebildeter Pinsel gewesen sei und man den, der ihn um die Ecke gebracht habe, als öffentlichen Wohltäter feiern müsse. Er habe das Pech gehabt, einige von seinen Büchern zu lesen, und halte den Mann für einen Parasiten und ein öffentliches Ärgernis. Er halte es im Grunde für mehr als wahrscheinlich, daß er Selbstmord verübt habe, und wenn jemand dieser Meinung sei, wolle er ihn gern unterstützen. Dann hat er den Geschworenen noch einen Schrecken eingejagt, indem er meinte, er sei es gewohnt, nächtelang in schlechter Luft zu sitzen, und seinetwegen könnten sie die ganze Nacht weitertagen. Miss Climpson meinte ebenfalls, daß man im Dienste einer gerechten Sache ruhig ein paar kleine Unbequemlichkeiten in Kauf nehmen müsse, und fügte hinzu, daß ihr Glaube sie fürs Fasten gerüstet habe. An dieser Stelle bekam die dritte Frau einen hysterischen Anfall, und ein anderer

Mann, der am nächsten Tag ein wichtiges Geschäft abschließen wollte, verlor die Beherrschung, so daß der Obmann, um Gewalttätigkeiten zu verhindern, den Vorschlag machte, man solle sich darauf einigen, daß keine Einigung möglich sei. So war's»

«Na ja, immerhin haben sie uns noch eine Chance gegeben», sagte Mr. Crofts. «Der Fall kann erst in der nächsten Sitzungsperiode wieder verhandelt werden, so daß wir ungefähr einen Monat Zeit haben, und wahrscheinlich bekommen wir dann Bancroft als Richter, der nicht so scharf ist wie Crossley. Die Frage ist nur, können wir etwas tun, um unsere Prozeßaussichten zu verbessern?»

«Ich werde mich jedenfalls kräftig ins Zeug legen», sagte Wimsey. «Es *muß* nämlich irgendwo Beweise geben. Ich weiß, daß Sie alle emsig waren wie die Biber, aber ich werde arbeiten wie ein Biberkönig. Außerdem habe ich Ihnen allen gegenüber einen ganz großen Vorteil.»

«Mehr Verstand?» meinte Sir Impey grinsend.

«Nein – so etwas würde ich nicht laut sagen, Biggy. Aber ich glaube an Miss Vanes Unschuld.»

«Hol's der Kuckuck, Wimsey, haben meine beredten Ausführungen Sie etwa nicht überzeugt?»

«Doch, natürlich. Mir sind fast die Tränen gekommen. Da steht der gute alte Biggy, habe ich zu mir selbst gesagt, und ist fest entschlossen, sich aus dem Anwaltsgeschäft zurückzuziehen und sich die Kehle durchzuschneiden, wenn das Urteil gegen ihn ausfällt, weil er nicht mehr an die britische Gerechtigkeit glauben kann. Nein, mein Lieber – Ihr Triumph über den unentschiedenen Spruch der Geschworenen verrät Sie. Mehr als Sie erwartet hätten. Das haben Sie selbst gesagt. Übrigens, wenn es keine ungezogene Frage ist – wer bezahlt Sie eigentlich, Biggy?»

«Crofts & Cooper», antwortete Sir Impey schlau.

«Und die arbeiten für Gottes Lohn, ja?»

«Nein, Lord Peter. Die Kosten werden in diesem Falle, genau gesagt, von Miss Vanes Verleger getragen – und von einer gewissen Zeitung, die ihr neues Buch in Fortsetzungen bringt. Sie versprechen sich davon das Geschäft ihres Lebens. Aber ehrlich gesagt, ich weiß nicht, was sie zu den Kosten eines erneuten Prozesses sagen werden. Ich nehme an, ich werde heute morgen von ihnen hören.»

«Diese Geier», sagte Wimsey. «Jedenfalls täten sie besser daran, weiterzumachen; aber sagen Sie ihnen ruhig, daß ich für jede Summe garantiere. Nur bringen Sie meinen Namen nicht ins Spiel.»

«Das ist sehr großzügig von Ihnen –»

«Kein bißchen. Ich würde mir diesen Spaß für nichts auf der Welt entgehen lassen. Solche Fälle sind mein Lebenselixier. Aber dafür müssen Sie mir auch einen Gefallen tun. Ich möchte Miss Vane sprechen. Sie müssen mich als Mitarbeiter Ihres Büros einschleusen, damit ich mir ihre Version der Geschichte in Ruhe anhören kann. Verstanden?»

«Ich glaube, daß läßt sich machen», sagte Sir Impey. «Haben Sie inzwischen schon mal einen Vorschlag?»

«Dazu hatte ich noch keine Zeit. Aber ich finde schon etwas, keine Bange. Ich habe auch schon angefangen, das Selbstvertrauen der Polizei zu unterhöhlen. Chefinspektor Parker ist nach Hause gegangen, um aus Trauerweiden einen Kranz für sein eigenes Grabmal zu flechten.»

«Seien Sie aber vorsichtig», sagte Sir Impey. «Alles, was wir herausfinden könne, kommt um so besser zur Geltung, je weniger die Anklagevertretung im voraus davon weiß.»

«Ich werde wie auf Eierschalen gehen. Aber wenn ich den richtigen Mörder finde (falls es ihn gibt), haben Sie doch sicher nichts dagegen, wenn ich ihn oder sie verhaften lasse?»

«Nein, dagegen hätte ich nichts. Höchstens die Polizei. Nun, meine Herren, wenn es im Augenblick nichts weiter gibt, sollten wir unsere Sitzung vertagen. Sie werden Lord Peter alles besorgen, was er braucht, Mr. Crofts?»

Mr. Crofts wuchs über sich selbst hinaus vor Tatendrang, und am nächsten Morgen meldete Lord Peter sich mit seinem Beglaubigungsschreiben am Tor zum Halloway-Gefängnis.
«Sehr wohl, Mylord. Sie erhalten die gleichen Rechte wie der Anwalt der Gefangenen. Jawohl, wir haben unabhängig davon eine Anweisung von der Polizei bekommen; es geht alles völlig in Ordnung, Mylord. Der Wärter wird Sie hinführen und Ihnen alle Vorschriften erkären.»
Wimsey wurde durch eine Reihe trister Korridore zu einem kleinen Raum mit Glastür geführt. Dort stand ein langer Tisch aus rohem Holz mit je einem wenig einladenden Stuhl an beiden Enden.
«Hier, Mylord. Sie sitzen an einem Ende und die Untersuchungsgefangene am anderen, und Sie dürfen sich beide weder von Ihren Plätzen entfernen noch sich irgendwelche Gegenstände über den Tisch zureichen. Ich werde draußen sein und Sie durch die Glastür sehen, Mylord, aber hören kann ich nichts. Wenn Sie schon Platz nehmen möchten, die Untersuchungsgefangene wird gleich gebracht, Mylord.»
Wimsey setzte sich und wartete, von seltsamen Gefühlen bewegt. Bald erklangen Schritte, und die Gefangene wurde, begleitet von einer Wärterin, hereingeführt. Sie nahm auf dem Stuhl gegenüber Platz, die Wärterin zog sich zurück, und die Tür wurde geschlossen. Wimsey, der aufgestanden war, räusperte sich.
«Guten Morgen, Miss Vane», sagte er schlicht.
Die Gefangene sah ihn an.

«Bitte, nehmen Sie doch Platz», sagte sie mit dieser eigenartig tiefen Stimme, die ihn im Gerichtssaal so beeindruckt hatte. «Sie sind Lord Peter Wimsey, soviel ich weiß.»

«Ja», sagte Wimsey. Ihr fester Blick machte ihn unsicher. «Ja. Ich – äh – habe Ihren Fall verfolgt und so weiter, und – äh – ich dachte, ich könnte vielleicht etwas für Sie tun.»

«Das ist sehr freundlich von Ihnen», sagte die Gefangene.

«Überhaupt nicht, nein, zum Teufel! Ich meine, mir macht es Spaß, meine Nase überall hineinzustecken, wenn Sie wissen, was ich meine.»

«Ich weiß. Als Kriminalschriftstellerin habe ich Ihre Karriere natürlich mit Interesse verfolgt.»

Sie lächelte ihn plötzlich an, und sein Herz schmolz dahin.

«Nun, das ist auf eine Art gut so, denn dann werden Sie wissen, daß ich in Wirklichkeit nicht so ein Esel bin, wie ich im Augenblick wohl aussehe.»

Darüber mußte sie lachen.

«Sie sehen nicht aus wie ein Esel – zumindest nicht mehr als jeder andere Mann unter solchen Umständen. Die Umgebung entspricht nicht ganz Ihrem Stil, aber Sie sind ein sehr erfrischender Anblick. Ich bin Ihnen wirklich sehr dankbar, obwohl ich fürchte, daß ich ein ziemlich hoffnungsloser Fall bin.»

«Sagen Sie das nicht. Hoffnungslos ist der Fall nur, wenn Sie es wirklich waren, und ich weiß, daß Sie es nicht getan haben.»

«Nein, ich habe es nicht getan. Aber ich habe das Gefühl, es ist genau wie in einem Buch, das ich geschrieben habe; da hatte ich ein so vollkommenes Verbrechen erfunden, daß ich hinterher selbst nicht mehr wußte, wie mein Detektiv es beweisen sollte, so daß ich schließlich auf das Geständnis des Mörders zurückgreifen mußte.»

«Notfalls tun wir das auch. Sie wissen nicht zufällig, wer der Mörder ist, nein?»

«Ich glaube nicht, daß es überhaupt einen gibt. Ich bin wirklich überzeugt, daß Philip das Zeug selbst genommen hat. Er war im Grunde ein Defätist.»

«Er hat sich wohl die Trennung von Ihnen sehr zu Herzen genommen?»

«Ich glaube schon, daß das mit ein Grund war. Aber vor allem hatte er immer das Gefühl, nicht richtig anerkannt zu werden. Er bildete sich gern ein, alle Welt habe sich gegen ihn verschworen, um seinen Durchbruch zu verhindern.»

«Und, stimmte das?»

«Nein, das glaube ich nicht. Ich glaube allerdings, daß er recht vielen Leuten auf die Füße getreten hat. Er hatte so eine Art, alles mögliche als sein gutes Recht zu verlangen – und damit stößt man Leute vor den Kopf, nicht wahr?»

«Ja, ich verstehe. Ist er mit seinem Vetter gut ausgekommen?»

«Doch, ja; obwohl er natürlich immer sagte, es sei nichts als Mr. Urquharts Pflicht, für ihn zu sorgen. Mr. Urquhart ist recht wohlhabend und hat ausgezeichnete geschäftliche Verbindungen, aber Philip hatte nun wirklich keine Ansprüche an ihn zu stellen, denn es handelte sich nicht um Familienvermögen oder so etwas. Seine Ansicht war, es sei das Vorrecht großer Künstler, sich auf Kosten gewöhnlicher Sterblicher durchfüttern zu lassen.»

Wimsey war mit dieser Spielart künstlerischen Temperaments recht vertraut. Was ihn aufhorchen ließ, war jedoch der Ton dieser Antwort, in dem, wie er fand, so etwas wie Bitterkeit, ja Verachtung mitschwang. Er stellte seine nächste Frage erst nach einigem Zögern.

«Verzeihen Sie mir die Frage, aber – haben sie Philip Boyes sehr gern gehabt?»

«Muß ich wohl – in Anbetracht der Umstände, nicht?»

«Nicht unbedingt», antwortete Wimsey kühn. «Vielleicht hatten Sie auch nur Mitleid mit ihm oder waren von ihm verhext, oder er hat Ihnen einfach keine Ruhe gelassen.»

«Von allem etwas.»

Wimsey überlegte einen Augenblick.

«Waren Sie Freunde?»

«Nein.» Das Wort brach wie mit unterdrückter Wut aus ihr hervor, die ihn bestürzte. «Philip war nicht der Mann, der einer Frau ein Freund hätte sein können. Er wollte Ergebenheit. Die habe ich ihm gegeben. Das wissen Sie ja. Aber ich konnte es nicht ertragen, zum Narren gemacht zu werden. Ich konnte es nicht ertragen, auf die Probe gestellt zu werden wie ein Lehrjunge, um zu sehen, ob ich seiner Herablassung würdig war. Ich hatte geglaubt, er meinte es ehrlich, als er sagte, er halte nichts von der Ehe – und dann zeigte sich, daß es nur eine Prüfung war, um festzustellen, ob meine Ergebenheit demütig genug war. Sie war es nicht. Ein Heiratsantrag als Lohn für schlechtes Benehmen, das war nicht nach meinem Geschmack.»

«Ich kann's Ihnen nicht verdenken.»

«Nein?»

«Nein. Ich habe den Eindruck, daß er ein ziemlich eingebildeter Affe war. Wie dieser schreckliche Mensch, der sich als Landschaftsmaler ausgab und dann die unselige junge Frau mit der Last einer Ehre beglückte, für die sie nicht geboren war. Ich zweifle nicht, daß er ihr mit seinen Eichenmöbeln und dem Familiensilber und dem dienernden Gesinde und so weiter das Leben zur Hölle gemacht hat.»

Harriet Vane mußte wieder lachen.

«Ja – es ist lächerlich – aber auch demütigend. Na ja, so war's. Ich hatte den Eindruck, daß Philip sich und mich lächerlich gemacht hatte, und in dem Augenblick, als ich das sah – da war's mit einemmal vorbei – aus!»

Sie unterstrich die Worte mit einer abschließenden Geste.

«Das kann ich mir gut vorstellen», sagte Wimsey. «Was für ein viktorianisches Gehabe aber auch, für einen Mann mit so fortschrittlichen Ansichten! Er für Gott allein, sie für Gott in ihm – und so weiter. Ich bin jedenfalls froh, daß Sie so darüber denken.»

«So? Unserem momentanen Problem ist das aber nicht gerade dienlich.»

«Das nicht; ich hatte nur schon weitergedacht. Was ich sagen wollte – wenn das überstanden ist, möchte ich Sie heiraten, falls Sie glauben, daß Sie es mit mir aushalten und so.»

Harriet Vane, die ihn angelächelt hatte, runzelte nun die Stirn, und in ihren Blick trat ein undefinierbarer Ausdruck des Widerwillens.

«Ach, noch so einer? Das macht siebenundvierzig.»

«Siebenundvierzig was?» fragte Wimsey bestürzt.

«Heiratsanträge. Mit jeder Post kommen welche. Anscheinend gibt es Schwachsinnige in großer Zahl, die jeden heiraten würden, wenn er nur Schlagzeilen macht.»

«Oh», sagte Wimsey. «Mein Gott, wie peinlich! Wissen Sie, ich habe nämlich diese Art Berühmtheit nicht nötig. Ich kann ganz ohne fremde Hilfe in die Zeitungen kommen. Für mich ist das nichts Erstrebenswertes. Vielleicht sollte ich lieber nicht mehr davon sprechen.»

Seine Stimme klang verletzt, und die Frau sah ihn fast reuig an.

«Es tut mir leid – aber in meiner Lage wird man wohl etwas empfindlich. Ich habe so viele Gemeinheiten erlebt.»

«Ich weiß», sagte Lord Peter. «Es war dumm von mir –»

«Nein, ich glaube, es war dumm von mir. Aber wieso –?»

«Wieso? Ganz einfach – ich finde, Sie sind eine attraktive Frau – zum Heiraten. Das ist alles. Ich meine, Sie haben es mir irgendwie angetan. Warum, kann ich Ihnen auch nicht sagen. Da gibt's keine Regeln.»

«Aha. Es ist jedenfalls sehr nett von Ihnen.»

«Ich wollte, Sie würden nicht so reden, als ob Sie das alles komisch fänden. Ich weiß, daß ich ein dämliches Gesicht habe, aber dafür kann ich doch nichts. Kurz gesagt, ich wünsche mir eine Frau, mit der ich vernünftig reden kann, die das Leben interessant macht. Und ich könnte Ihnen eine Menge Tips für Ihre Bücher geben, falls das ein Anreiz ist.»

«Aber Sie würden keine Frau haben wollen, die Bücher schreibt, oder?»

«Aber ja doch; das wäre sogar sehr lustig. Und soviel interessanter als mit einer normalen Frau, die sich nur für Kleider und andere Leute interessiert. Nichts gegen Kleider und andere Leute – mit Maßen. Ich würde nicht behaupten, daß ich etwas gegen Kleider hätte.»

«Und wie steht's mit den Eichenmöbeln und dem Familiensilber?»

«Oh, damit hätten Sie nichts zu tun. Dafür ist mein Bruder zuständig. Ich sammle Erstausgaben und Inkunabeln, was eine etwas langweilige Angewohnheit von mir ist, aber darum brauchen Sie sich auch nicht zu kümmern, höchstens, wenn Sie wollen.»

«Das meine ich nicht. Was würde Ihre Familie sagen?»

«Meine Mutter ist die einzige, auf die es ankommt, und was sie bisher von Ihnen gesehen hat, gefällt ihr.»

«Sie haben mich also schon begutachten lassen?»

«Nein – Himmel noch mal, anscheinend sage ich heute immer das Verkehrte. Ich war einfach nach dem ersten Prozeßtag so aus dem Häuschen, daß ich zu meiner Mutter gelaufen bin, die ein absoluter Schatz ist und zu denen gehört, die wirklich hinter die Dinge schauen, und ich habe zur ihr gesagt: ‹Hör zu, ich bin der absolut einen und einzigen Frau begegnet, und mit der veranstalten sie gerade eine furchtbare Gemeinheit. Komm um Gottes willen mit und halt meine Hand!› Sie können sich einfach nicht vorstellen, wie entsetzlich das alles war.»

«Klingt wirklich schlimm. Es tut mir leid, daß ich so grob war. Übrigens, Sie sind sich doch darüber im klaren, da ich einen Liebhaber hatte?»

«O ja. Mit so etwas kann ich auch aufwarten. Mit mehreren sogar. Das kann jedem passieren. Ich kann sogar recht gute Referenzen bringen. Angeblich bin ich ein guter Liebhaber – nur im Augenblick bin ich ein wenig behindert. Man kann seine Liebe nicht sehr überzeugend zeigen, wenn man am andern Ende eines Tisches sitzt und so ein Kerl einen durch die Glastür beobachtet.»

«Ich will's Ihnen auch so glauben. Doch ‹wie sehr es auch entzücken mag, so ungehemmt durch einen Garten herrlicher Bilder zu wandeln, locken wir Euern Geist nicht fort von einem anderen Gegenstand, der kaum minder wichtig ist?› Aller Wahrscheinlichkeit nach –»

«Und wenn Sie sogar *Kai Lung* zitieren können, kommen wir bestimmt gut miteinander aus.»

«Aller Wahrscheinlichkeit nach werde ich nicht mehr lange genug leben, um die Probe aufs Exempel zu machen.»

«Seien Sie doch nicht so pessimistisch», sagte Wimsey. «Ich habe Ihnen vorhin erst lang und breit erklärt, daß *ich* mich jetzt um die Geschichte kümmern werde. Man könnte glauben, Sie hätten gar kein Vertrauen zu mir.»

«Es sind auch schon Unschuldige gehängt worden.»

«Stimmt; nur weil ich nicht zur Stelle war.»

«So habe ich es nie gesehen.»

«Sehen Sie es jetzt so. Sie werden den Gedanken sehr schön und anregend finden. Vielleicht hilft es sogar, mich ein wenig über die anderen sechsundvierzig hinauszuheben, falls mein Gesicht kein ausreichendes Unterscheidungsmerkmal ist. Übrigens – ich stoße Sie nicht etwa ab, oder? Dann würde ich nämlich meinen Namen unverzüglich von der Warteliste nehmen.»

«Nein», sagte Harriet Vane in freundlichem und ein wenig traurigem Ton. «Nein, Sie stoßen mich nicht ab.»

«Ich erinnere Sie nicht an weiße Maden, mein Anblick macht Ihnen keine Gänsehaut?»

«Bestimmt nicht.»

«Das freut mich. Ein paar unbedeutende Veränderungen wie Mittelscheitel oder Schnurrbart oder einen Verzicht auf das Monokel würde ich gern auf mich nehmen, wenn ich damit Ihren Vorstellungen entgegenkäme.»

«Bitte nicht», sagte Miss Vane, «ändern Sie nichts.»

«Ist das Ihr Ernst?» Wimsey wurde ein wenig rot. «Hoffentlich bedeutet es nicht, daß ich sowieso nichts tun könnte, um mich wenigstens einigermaßen passabel zu machen. Ich werde jedesmal in einer anderen Aufmachung kommen, damit Sie einen möglichst umfassenden Eindruck von dem Objekt gewinne können. Bunter – das ist mein Diener – wird dafür sorgen. Er hat in puncto Krawatten, Socken und dergleichen einen ausgezeichneten Geschmack. Na ja, ich glaube, ich sollte jetzt gehen. Sie – äh – werden darüber nachdenken, wenn Sie eine Minute Zeit haben? Es hat keine Eile. Nur sagen Sie mir ohne Hemmungen, wenn Sie finden, daß Sie mich um keinen Preis ertragen könnten. Ich will Sie nämlich nicht zur Ehe erpressen, verstehen Sie? Ich meine, ich nehme Ihren Fall so oder so in die Hand, schon aus reiner Neugier.»

«Das ist sehr nett von Ihnen –»

«Nein, nein, ganz und gar nicht. Das ist mein Steckenpferd. Nicht Heiratsanträge zu machen, das meine ich nicht, sondern

Detektiv zu spielen. Also, Kopf hoch und Ohren steif und so weiter. Ich besuche Sie wieder, wenn ich darf.»

«Ich werde den Diener anweisen, Sie vorzulassen», sagte die Untersuchungsgefangene würdevoll. «Sie treffen mich jederzeit zu Hause an.»

Wimsey ging, fast benommen, die schmutzige Straße hinunter.

«Ich glaube, ich kann es schaffen – sie ist natürlich zutiefst verletzt – kein Wunder, nach diesem Ekel – aber sie fühlt sich nicht abgestoßen – damit könnte man sich nicht abfinden, jemanden abzustoßen – eine Haut wie Honig hat sie – sie sollte Dunkelrot tragen – und Granat – und viele Ringe, eher altmodische – ich könnte uns natürlich ein Haus mieten – armes Kind, ich würde mir wirklich alle Mühe geben, sie zu entschädigen – Humor hat sie auch – und Verstand – langweilig wäre es nicht – man würde aufwachen und hätte einen ganzen Tag vor sich, an dem lauter schöne Dinge passieren könnten – und dann würde man nach Hause kommen und zu Bett gehen – das wäre auch schön – und während sie schreibt, könnte ich mich in der Weltgeschichte herumtreiben, so würde es uns beiden nicht langweilig – ob Bunter mit diesem Anzug wirklich den richtigen Griff getan hat? – ein bißchen dunkel, finde ich immer, aber der Schnitt ist gut –»

Er blieb vor einem Schaufenster stehen, um heimlich sein Spiegelbild zu betrachten. Sein Blick fiel auf eine große bunte Reklame:

RIESEN-SONDERANGEBOT
GILT NUR EINEN MONAT

«O Gott», sagte er leise, plötzlich ernüchtert. «Ein Monat – vier Wochen – einunddreißig Tage. Das ist nicht viel Zeit. Und ich weiß noch nicht einmal, wo ich anfangen soll.»

· 5 ·

«ALSO», SAGTE WIMSEY, «WAS BRINGT Menschen dazu, Menschen zu töten?»

Er saß in Miss Katherine Climpsons Privatbüro. Nach außen war das Ganze ein Schreibkontor, und es gab hier auch drei sehr tüchtige Schreibkräfte, die gelegentlich ausgezeichnete Arbeiten für Schriftsteller oder Wissenschaftler leisteten. Scheinbar war es ein großes und blühendes Unternehmen, denn oft mußten Aufträge mit der Begründung abgelehnt werden, daß die Belegschaft bereits mehr als ausgelastet sei. Aber auf den übrigen Etagen des Gebäudes spielten sich andere Aktivitäten ab. Alle Beschäftigten waren Frauen – meist ältere, aber es waren auch ein paar junge, hübsche darunter –, und wenn man einen Blick in die im Stahlschrank aufbewahrten Personalakten hätte tun können, wäre einem aufgefallen, daß diese Frauen allesamt in eine Kategorie fielen, die man so lieblos als «überflüssig» zu bezeichnen pflegt. Es waren alte Fräuleins mit kleinen oder gar keinem Einkommen; Witwen ohne Anhang; von flatterhaften Ehemännern verlassene Frauen, die von winzigen Unterhaltszahlungen lebten und, bevor Miss Climpson sie anstellte, in ihrem Leben nichts hatten als Bridge und den Klatsch der Pensionen, in denen sie lebten. Pensionierte und vom Leben enttäuschte Lehrerinnen waren darunter; arbeitslose Schauspielerinnen; couragierte Frauen, die mit Hutsalons und Teestuben gescheitert waren; sogar verwöhnte Backfische aus gehobenen Kreisen, denen die Cocktailparties und Nachtclubs zu langweilig geworden waren. Alle diese Frauen schienen den lieben langen Tag nichts anderes zu tun zu haben, als auf Annoncen zu antworten. Unverheiratete Herren, die (spätere Heirat nicht ausgeschlossen) die Bekanntschaft vermögender Damen suchten; rüstige Sechziger auf der Suche nach Haushälterin in abgelegener ländlicher Gegend; Finanzgenies, die sich für große Projekte zahlungskräftige Partnerin wünschten; literarisch ambitioniere Herren mit Interesse an weiblicher Mitarbeit; seriöse Talentsucher für die Provinz; Wohltäter, die einem verraten wollten, wie man in seiner Freizeit zu Geld komme – sie alle bekamen über kurz oder lang Bewerbungen von Miss Climpsons Damen. Es mag Zufall sein, daß diese Herren oft das Mißgeschick hatten, wenig später wegen Heiratsschwindel, Erpressung oder versuchter Kuppelei vor den Kadi zitiert zu werden, aber Tatsache ist, daß Miss Climpsons Büro sich einer eigenen direkten Telefonleitung zu Scotland Yard rühmen konnte und daß ihre Damen selten so schutzlos waren, wie sie erschienen. Tatsache ist auch, daß die Zahlungen für Miete und Unterhalt dieser Einrichtung sich bei einiger Mühe mit Lord Peter Wimseys Bankkonto in Verbindung bringen ließen. Seine Lordschaft war bezüglich dieses Unternehmens ziemlich verschwiegen, nur wenn er mit Chefinspektor Parker oder anderen engen Freunden allein war, sprach er gelegentlich von seinem «Katzenhaus».

Miss Climpson schenkte ihm eine Tasse Tee ein, bevor sie antwortete. Sie trug an ihren mageren, spitzenverhüllten Handgelenken lauter kleine Armringe, die bei jeder Bewegung angriffslustig klimperten.

«Ich weiß es wirklich nicht», sagte sie, offenbar das Problem von der psychologischen Seite betrachtend. «Es ist so *gefährlich* und so schrecklich *gemein*, daß man sich fragt, wie einer überhaupt die *Unverfrorenheit* für so etwas haben kann. Und oft haben sie so *wenig* dabei zu gewinnen.»

«Das meine ich ja», sagte Wimsey, «was hoffen sie damit zu gewinnen? Manche tun es natürlich aus bloßem Spaß, wie diese Deutsche, deren Name mir entfallen ist, aber die hatte einfach Freude daran, Leute sterben zu sehen.»

«Was für ein *eigenartiger* Geschmack», sagte Miss Climpson. «Kein Zucker, glaube ich? – Wissen Sie, mein lieber Lord Peter, ich hatte schon oft die *traurige* Pflicht, an einem Sterbebett zu stehen, und obwohl viele von ihnen – wie mein lieber Vater – einen sehr *christlichen* und *schönen* Tod hatten, kann ich wirklich nicht behaupten, daß es mir *Spaß* gemacht hätte. Die Menschen haben natürlich sehr *verschiedene* Vorstellungen von Spaß, ich persöhnlich habe zum Beispiel nie viel für George Robey übriggehabt, obwohl ich bei Charlie Chaplin immer lachen muß – trotzdem, wissen Sie, an jedem Totenbett gibt es doch so manche *unerfreuliche* Erscheinung, und ich *kann* mir nicht vorstellen, wie jemand daran *Geschmack* finden soll, selbst wenn er *noch* so pervers ist.»

«Da gebe ich Ihnen völlig recht», sagte Wimsey. «Aber es muß in gewissem Sinne eben doch Spaß machen – dieses Gefühl, wissen Sie, Herr über Leben und Tod zu sein.»

«Das ist ein *Eingriff* in die Vorrechte des Schöpfers», sagte Miss Climpson.

«Aber es muß doch ganz nett sein, sich sozusagen als Gott zu fühlen. Hoch über der Welt zu schweben und so. Ich verstehe schon die Faszination. Aber für praktische Zwecke steckt in dieser Theorie der Teufel – ich bitte um Verzeihung, Miss Climpson, keine Mißachtung geheiligter Persönlichkeiten – ich meine, dafür ist sie nicht zu gebrauchen, da sie für einen Menschen ebenso anwendbar ist wie auf jeden andern. Wenn ich hier nach einem Triebmörder suchen müßte, könnte ich mir gleich die Kehle durchschneiden.»

«Sagen Sie nicht so etwas», flehte Miss Climpson, «nicht

einmal im Scherz. Ihre Arbeit hier – so gut, so wertvoll – ist es allein schon wert, daß Sie am Leben bleiben, auch wenn Sie persönlich *noch* so eine *herbe* Enttäuschung hinnehmen müßten. Und ich habe schon erlebt, wie solche Scherze sehr böse ausgegangen sind, auf die *erstaunlichste* Weise. Da war einmal ein junger Mann in unserer Bekanntschaft, der immer so *lose* dahergeredet hat – das ist schon lange her, lieber Lord Peter, da waren Sie noch ein kleines Kind, aber auch damals waren die jungen Männer schon liederlich, da kann man heute über die Achtziger sagen, was man will – also, und dieser junge Mann, der sagte eines Tages zu meiner armen Mutter: ‹Mrs. Climpson, wenn ich heute keine gute Beute mache, erschieße ich mich› (er war nämlich ein begeisterter Jäger), und dann zog er los mit seinem Gewehr, und wie er über einen Zauntritt steigt, bleibt er mit dem Abzug in der Hecke hängen, und das Gewehr geht los und *zerreißt* ihm den ganzen Kopf. Ich war da noch ein junges Mädchen, und es hat mich *furchtbar* aufgeregt, denn er war so ein *hübscher* junger Mann, mit einem Backenbart, den wir alle *bewundert* haben, obwohl man heute eher darüber lächeln würde, und der war durch den Schuß ganz abgesengt, und im Kopf hat er ein schrecklich großes Loch gehabt, wie man mir erzählt hat, denn hingehen und ihn mir ansehen durfte ich natürlich nicht.»

«Der arme Kerl», sagte Seine Lordschaft. «Nun gut, vergessen wir fürs erste den Triebmörder. Aus welchen Gründen töten Menschen sonst noch?»

«Aus – Leidenschaft», sagte Miss Climpson mit einem leichten Zögern vor diesem Wort, «denn *Liebe* möchte ich es nicht gern nennen, wenn sie so zügellos ist.»

«Dieser Erklärung neigt auch die Anklage zu», sagte Wimsey. «Aber die akzeptiere ich nicht.»

«Auf keinen Fall. Aber – es könnte auch möglich sein, nicht

wahr, daß noch eine andere unglückliche junge Frau diesem Mr. Boyes zugetan war und Rachegefühle gegen ihn hegte?»

«Ja, oder ein Mann war eifersüchtig. Aber das Problem ist hier die Zeit. Man braucht schon einen plausiblen Vorwand, um jemandem Arsen geben zu können. Man kann einen Menschen nicht einfach auf der Straße ansprechen und sagen: ‹Hier, trink mal einen Schluck davon.›»

«Aber da waren doch die zehn Minuten, über die wir nichts wissen», wandte Miss Climpson listig ein. «Könnte er da nicht in ein Wirtshaus gegangen sein, um eine kleine Erfrischung zu sich zu nehmen, und dort einen Feind getroffen haben?»

«Menschenskind, das wäre möglich.» Wimsey notierte sich das, dann schüttelte er zweifelnd den Kopf. «Aber das wäre ein erstaunlicher Zufall. Es sei denn, er hätte sich dort mit ihm verabredet. Immerhin, nachprüfen kann man es mal. Fest steht jedenfalls, daß Mr. Urquharts Haus und Miss Vanes Wohnung nicht die einzigen vorstellbaren Orte sind, an denen Boyes an diesem Abend zwischen sieben und zehn nach zehn etwas gegessen oder getrunken haben könne. Also, unter der Überschrift LEIDENSCHAFT finden wir: 1. Miss Vane (kommt *ex hypothesi* nicht in Frage); 2. eifersüchtige Geliebte; 3. dito Rivale. Ort: Wirtshaus (Fragezeichen). Nun kommen wir zum nächsten Motiv, und das ist GELD. Ein gutes Motiv, um jemanden zu ermorden, der welches hat, aber ein schlechtes Motiv im Falle Boyes. Trotzdem, Geld. Darunter könnte ich mir drei verschiedene Untertitel vorstellen: 1. Raubmord (sehr unwahrscheinlich); 2. Versicherung; 3. Erbschaft.»

«Was für einen klaren Verstand Sie haben», sagte Miss Climpson.

«Wenn ich dereinst sterbe, werden Sie das Wort ‹Gründlichkeit› auf meinem Herzen geschrieben finden. Ich weiß nicht, wieviel Geld Boyes bei sich hatte, aber viel wird es nicht gewesen sein. Urquhart und Vaughan könnten es wissen; aber das ist auch nicht so wichtig, denn Arsen ist keine sehr geeignete Waffe für einen Raubmord. Es dauert verhältnismäßig lange, bis man an die Arbeit gehen kann, und das Opfer ist nicht hilflos genug. Wir könnten höchstens unterstellen, daß der Taxifahrer ihn vergiftet und ausgeraubt hat, aber sonst wüßte ich niemanden, der von so einem dämlichen Verbrechen hätte profitieren können.»

Miss Climpson pflichtete ihm bei und bestrich ein zweites Stück Teekuchen.

«Zweitens, Versicherung. Jetzt kommen wir in die Gefilde des Möglichen. War Boyes versichert? Anscheinend ist niemand auf die Idee gekommen, danach zu fragen. Wahrscheinlich war er es nicht. Diese Literaten haben selten einen ausgeprägten Vorsorgetrieb und noch weniger Sinn für Versicherungsprämien und derlei Nebensächlichkeiten. Aber nachfragen sollte man. Wer könnte ein versicherbares Interesse haben? Sein Vater, sein Vetter (möglicherweise), andere Verwandte (falls vorhanden), seine Kinder (falls vorhanden) und – wie ich annehme – Miss Vane, sofern er die Versicherung erst abschloß, als er schon mit ihr zusammenlebte. Außerdem jeder, der ihm aufgrund einer solchen Versicherung Geld geliehen hätte. Da gibt es der Möglichkeiten viele. Mir wird schon viel wohler, Miss Climpson, ich spüre Aufwind in jeder Beziehung. Entweder bekomme ich die Geschichte allmählich in den Griff, oder es liegt an Ihrem Tee. Das ist eine schöne, gehaltvoll aussehende Kanne. Ist da noch etwas drin?»

«O ja!» rief Miss Climpson eifrig. «Mein lieber Vater hat immer gesagt, ich verstünde es wie keine zweite, das *Letzte* aus einer Teekanne herauszuholen. Das Geheimnis ist, daß man nach dem Einschenken immer wieder nachfüllt und die Kanne *nie* ganz leer werden läßt.»

«Erbschaft», fuhr Lord Peter fort. «Hatte er etwas zu vererben? Nicht viel, könnte ich mir vorstellen. Am besten schau ich mal eben bei seinem Verleger rein. Oder ist er in letzter Zeit vielleicht zu Geld gekommen? Das müßten sein Vater oder sein Vetter wissen. Der Vater ist Pfarrer – ‹toller Beruf, das›, wie der ungezogene Klassenflegel seinem neuen Mitschüler in einem von Dean Farrars Büchern erklärt. Wirkt ziemlich abgerissen. Ich kann mir nicht denken, daß in der Familie viel Geld steckt. Aber man weiß nie. Vielleicht hat jemand Boyes um seiner schönen blauen Augen willen oder aus Bewunderung für seine Bücher ein Vermögen vermacht. Wenn ja, wem hat Boyes es hinterlassen? Frage: Hat er ein Testament gemacht? Aber an solche Dinge hat doch sicher die Verteidigung schon gedacht. Mir sinkt schon wieder der Mut.»

«Essen Sie ein Sandwich», riet Miss Climpson.

«Danke», sagte Wimsey, «oder eine Handvoll Heu. Bei einem Schwächeanfall hilft nichts wie Heu, wie der Weiße König so richtig bemerkte. Also, damit ist das Motiv Geld mehr oder weniger erledigt. Bleibt Erpressung.»

Miss Climpson, deren berufliche Verbindung mit dem «Katzenhaus» sie so einiges über Erpressung gelehrt hatte, stimmte ihm seufzend zu.

«Was war dieser Boyes für einer?» fragte Wimsey rhetorisch. «Ich weiß nichts über ihn. Er könnte ein Lump von der schwärzesten Sorte sein. Womöglich hat er von all seinen Freunden die unaussprechlichsten Dinge gewußt. Warum nicht? Oder er schrieb ein Buch, in dem er jemanden bloßstellte, so daß er um jeden Preis kaltgestellt werden mußte. Hol's der Kuckuck, sein Vetter ist Rechtsanwalt. Wenn der nun Mündelgelder veruntreut hat oder so etwas, und Boyes hat gedroht, ihn auffliegen zu lassen? Er wohnte in Urquharts Haus und hatte jede Möglichkeit, so was herauszubekommen. Urquhart rührt ihm ein bißchen Arsen in die Suppe und – ah, da steckt der Haken. Tut Arsen in die Suppe und ißt sie selbst. Das ist schwierig. Ich fürchte, Hannah Westlocks Aussage schlägt diese Theorie mausetot. Wir werden wieder auf den geheimnisvollen Fremden im Wirtshaus zurückgreifen müssen.»

Er dachte eine Weile nach, dann meinte er:

«Und dann bliebe natürlich auch noch Selbstmord, an den ich noch am ehesten zu glauben geneigt bin. Selbstmord mit Arsen ist zwar so ungefähr das Dümmste, aber es ist schon vorgekommen. Da hatten wir zum Beispiel den Duc de Praslin – *wenn* das Selbstmord war. Aber wo ist dann die Flasche?»

«Die Flasche?»

«Irgendwo muß er das Zeug ja dringehabt haben. Könnte auch ein Schächtelchen gewesen sein, wenn er es in Pulverform genommen hat, obwohl das schwierig gewesen wäre. Hat mal jemand nach einem Fläschchen oder Päckchen gesucht?»

«Wo hätte man suchen sollen?» fragte Miss Climpson.

«Das ist es ja. Wenn er es nicht bei sich hatte, muß es irgendwo in oder nahe bei der Doughty Street gelegen haben, und es dürfte eine ganz schöne Arbeit sein, nach einem Fläschchen oder Schächtelchen zu suchen, das vor einem halben Jahr weggeworfen wurde. Wie ich Selbstmorde hasse – sie sind so schwer zu beweisen. Na ja, zages Herz gewann nie auch nur einen Fetzen Pappe. Nun passen Sie mal auf, Miss Climpson. Wir haben ungefähr einen Monat Zeit für diesen Fall. Die jetzige Sitzungsperiode endet am einundzwanzigsten. Heute ist der fünfzehnte. Bis dahin können sie den Prozeß nicht gut neu ansetzen. Die nächste Periode beginnt am zwölften Januar. Sie werden den Fall wahrscheinlich früh ansetzen, falls wir keine Gründe für einen Aufschub bringen. Vier Wochen, um neue Beweise zu sammeln. Wollen Sie mir Ihre allerbesten Kräfte, auch Ihre eigenen Talente, dafür reservieren? Ich weiß noch nicht, wofür ich sie brauchen werde, aber brauchen werde ich sie bestimmt.»

«Selbstverständlich, Lord Peter. Sie wissen doch, daß es uns immer ein nur *zu* großes Vergnügen ist, für Sie etwas zu tun – selbst wenn das ganze Büro *nicht* Ihnen gehörte, was es aber tut. Sie brauchen es mir *nur* zu sagen, zu *jeder* Tages- oder Nachtzeit, und ich werde mein *Bestes* tun, um Ihnen zu helfen.»

Wimsey dankte ihr, erkundigte sich noch nach dieser und jener Arbeit im Büro und verabschiedete sich. Er rief ein Taxi herbei und ließ sich ohne Umwege zum Scotland Yard fahren.

Chefinspektor Parker war, wie immer, hocherfreut, Lord Peter zu sehen, aber seine unscheinbaren, wiewohl angenehmen Züge verrieten eine gewisse Besorgnis, als er seinen Besucher begrüßte.

«Was gibt's, Peter? Wieder der Fall Vane?»

«Ja. Den hast du ganz schön vermurkst, alter Freund, aber wirklich.»

«Na, ich weiß nicht. Uns erschien er völlig klar.»

«Charles, mein Herzblatt, mißtraue dem klaren Fall, dem Mann, der dir fest in die Augen sieht, und dem Renntip frisch aus dem Maul des Pferdes. Nur der gerissenste Betrüger kann es sich leisten, so betont geradeheraus zu sein. Sogar die Pfade des Lichts sind krumm – erzählt man uns wenigstens. Um Himmels willen, Mann, tu alles, was in deiner Kraft steht, um die Sache vor der nächsten Sitzungsperiode in Ordnung zu bringen. Ich würde es dir sonst nie verzeihen. Mein Gott, du wirst doch selbst keinen Unschuldigen an den Galgen bringen wollen – schon gar keine Frau, oder?»

«Nimm eine Zigarette», sagte Parker. «Du wirkst ja richtig verstört. Was hast du angestellt? Es täte mir leid, wenn wir das falsche Schwein bei den Ohren erwischt haben, aber es ist ja

Aufgabe der Verteidigung, aufzuzeigen, wo wir uns geirrt haben, und ich kann nicht behaupten, daß die sehr überzeugend gewesen wäre.»

«Nein, hol sie der Henker, Biggy hat getan, was er konnte, aber dieser dämliche, widerliche Crofts hat ihm so gut wie kein Material gegeben. Daß ihm die häßlichen Augen aus dem Kopf fallen! Ich weiß, das Ekel hält sie für schuldig. Hoffentlich wird er dafür in der Hölle gebraten und auf einem rotglühenden Tablett mit Cayennepfeffer serviert!»

«Welcher Wortschwall!» meinte Parker unbeeindruckt. «Man sollte meinen, du hast dich in die Kleine vergafft.»

«Du bist mal wieder die Freundlichkeit selbst», sagte Wimsey bitter. «Als du dich in meine Schwester verguckt hast, war ich vielleicht nicht sehr feinfühlig – ich geb's ja zu –, aber ich schwöre dir, ich habe nicht auf deinen zartesten Gefühlen herumgetrampelt und nicht gesagt, du wärst ‹in die Kleine vergafft›. Ich weiß überhaupt nicht, woher du solche Ausdrücke hast, wie die Pfarrersfrau zum Papagei sagte: Vergafft! So was Vulgäres hat mir noch keiner gesagt.»

«Großer Gott», rief Parker, «du willst doch nicht im Ernst sagen –»

«O nein», versetzte Wimsey gekränkt. «Ernst wird von mir nicht erwartet. Ich bin ein Hanswurst. Jedenfalls weiß ich jetzt genau, wie Jack Point zumute war. Ich habe den *Yeoman* immer für sentimentalen Kitsch gehalten, aber es ist alles nur zu wahr. Möchtest du mich im Narrenkostüm tanzen sehen?»

«Entschuldige», sagte Parker, dem der Ton mehr als die Worte sagte, was es geschlagen hatte. «Wenn es so steht, tut es mir furchtbar leid. Aber was kann ich tun?»

«Jetzt redest du wie ein Mensch. Hör zu – am wahrscheinlichsten dürfte dieser nichtsnutzige Boyes sich selbst umgebracht haben. Die unaussprechliche Verteidigung war nicht fähig, ihm den Besitz von Arsen nachzuweisen – aber die würde auch am hellichten Tag mit dem Mikroskop keine schwarze Rinderherde auf einer schneebedeckten Wiese finden. Ich möchte gern, daß deine Leute das in die Hand nehmen.»

«Boyes – Frage Arsen», sagte Parker, während er sich das notierte. «Noch was?»

«Ja. Versuch festzustellen, ob Boyes am 20. Juni zwischen 21.50 Uhr und 22.10 Uhr in der Nähe der Doughty Street in eine Kneipe gegangen ist – ob er dort jemand getroffen hat und was er zu trinken hatte.»

«Wird gemacht. Boyes – Frage Kneipe.» Parker machte sich wieder eine Notiz. «Und?»

«Drittens, ob in der Gegend ein Fläschchen oder Schächtelchen gefunden wurde, in dem sich Arsen befunden haben könnte.»

«Ist das alles? Soll ich nicht auch noch nach einer Busfahrkarte suchen, die Mrs. Brown in der Vorweihnachtszeit vor dem Kaufhaus Selfridge verloren hat? Du brauchst es mir nicht zu leichtzumachen.»

«Ein Fläschchen ist wahrscheinlicher als ein Schächtelchen», fuhr Wimsey fort, ohne ihn zu beachten, «weil ich glaube, daß das Arsen in flüssiger Form genommen wurde, sonst hätte es nicht so schnell gewirkt.»

Parker erhob keinen weiteren Einspruch, sondern notierte brav: «Boyes – Doughty Street – Frage Fläschchen», dann sah er erwartungsvoll auf.

«Und?»

«Das ist im Augenblick alles. Übrigens, ich würd's mal im Park am Mecklenburgh Square versuchen. Da kann etwas monatelang im Gebüsch herumliegen.»

«Schön. Ich werde tun, was ich kann. Und wenn du etwas herausfindest, was wirklich beweist, daß wir auf dem Holzweg waren, sagst du's uns, ja? Wir machen auch nicht gern vor aller Öffentlichkeit verhängnisvolle Fehler.»

«Na ja – ich habe gerade erst der Verteidigung feierlich versprochen, genau das nicht zu tun. Aber wenn ich den Täter finde, lasse ich dich ihn verhaften.»

«Wir sind auch für kleine Gaben dankbar. Also, viel Glück! Ein komisches Gefühl, wir beide auf entgegengesetzten Seiten, was?»

«Und wie», sagte Wimsey. «Mir tut es auch leid, aber du bist selbst dran schuld.»

«Du hättest England nicht verlassen sollen. Übrigens –»

«Ja?»

«Wahrscheinlich wird sich nur herausstellen, daß unser junger Freund in den fraglichen zehn Minuten in der Theobalds Road gestanden und auf ein Taxi gewartet hat, das ist dir doch klar?»

«Ach, sei still», sagte Wimsey ärgerlich und ging.

· 6 ·

DER NÄCHSTE TAG VERHIESS SCHÖN UND strahlend zu werden, und Wimsey konnte sich auf dem Wege nach Tweedling Parva einer gewissen Ausgelassenheit nicht entziehen. «Mrs. Merdle», sein Auto, so genannt, weil es wie die berühmte Figur von Dickens etwas gegen «Krach» hatte, schnurrte munter mit seinen zwölf Zylindern durch die frische Luft dahin, in der ein Hauch von Frost lag. Derlei ist dazu angetan, die Stimmung zu heben.

Wimsey erreichte sein Reiseziel gegen zehn Uhr und ließ sich den Weg zum Pfarrhaus erklären, einem dieser großen, weiträumigen und unnötigen Gebäude, die das Einkommen ihres Bewohners zu dessen Lebzeiten aufzehren und seine Nachfahren, kaum daß er tot ist, mit hohen Reparaturrechnungen belasten.

Pfarrer Arthur Boyes war zu Hause und gern bereit, Lord Peter Wimsey zu empfangen.

Der Geistliche war ein hochgewachsener, blasser Mensch mit tief in das Gesicht geschnittenen Sorgenfalten und sanften blauen Augen, die etwas ratlos dreinblickten ob der enttäuschenden Schwierigkeit der Dinge im allgemeinen. Sein schwarzer Rock war alt und hing ihm in traurigen Falten um die schmalen, gebeugten Schultern. Er reichte Wimsey eine magere Hand und bat ihn, Platz zu nehmen.

Es fiel Lord Peter nicht ganz leicht, sein Anliegen zu erklären. Sein Name weckte bei dem freundlichen, weltentrückten Seelenhirten offenbar keinerlei Assoziationen. Er entschied sich, von seinem kriminalistischen Steckenpferd nichts zu erwähnen und sich lediglich als ein Freund der Angeklagten vorzustellen, was ja auch stimmte. Das mochte ebenso peinlich sein, aber es war zumindest verständlich. Also begann er nach einigem Zögern: «Es tut mir unendlich leid, Sie belästigen zu müssen, zumal das alles so traurig ist, aber es handelt sich um den Tod Ihres Sohnes und den Prozeß und so weiter. Bitte glauben Sie nicht, daß ich Ihnen lästig werden möchte, aber ich habe ein großes Interesse – ein persönliches Interesse daran. Sehen Sie, ich kenne Miss Vane – ich – genauer gesagt, ich mag sie sehr gern, und ich kann mir nicht helfen, aber ich bin sicher, daß da irgendwo ein Irrtum vorliegt, und – und den möchte ich gern aufklären, wenn es irgend geht.»

«Ach so – ja!» sagte Mr. Boyes. Er putzte hingebungsvoll seinen Kneifer und klemmte ihn sich auf die Nase, wo er ziemlich schief saß. Dann musterte er Wimsey ausgiebig, und was er sah, schien ihm nicht zu mißfallen, denn er fuhr fort:

«Das arme, fehlgeleitete Mädchen! Ich versichere Ihnen, daß ich keine Rachegefühle gegen sie hege – das soll heißen, niemand wäre froher als ich, wenn ich wüßte, daß sie dieser schrecklichen Tat nicht schuldig ist. Ja, Lord Peter, sogar wenn sie schuldig wäre, würde es mir sehr weh tun, sie dafür sterben sehen zu müssen. Was immer wir tun, wir können die Toten ja doch nicht wieder zum Leben erwecken, und es wäre ungleich besser, wir würden alle Vergeltung dem Herrn überlassen, denn in seine Hände allein gehört sie. Auf jeden Fall gäbe es nichts Furchtbareres, als einem unschuldigen Menschen das Leben zu nehmen. Es würde mich bis ans Ende meiner Tage verfolgen, wenn auch nur die geringste Möglichkeit bestünde. Und ich gestehe, daß ich, als ich Miss Vane vor Gericht sah, schwere Zweifel hatte, ob es richtig von der Polizei war, sie auf die Anklagebank zu setzen.»

«Danke sehr», sagte Wimsey, «es ist sehr freundlich von Ihnen, daß Sie das sagen. Es erleichtert mir meine Aufgabe sehr. Aber entschuldigen Sie, Sie sagen: ‹Als ich sie vor Gericht sah.› Kannten Sie sie da noch nicht?»

«Nein. Ich wußte natürlich, daß mein unglücklicher Sohn eine ungesetzliche Verbindung mit einer jungen Frau eingegangen war, aber ich konnte es nicht über mich bringen, sie kennenzulernen – und ich glaube sogar, daß sie selbst es Philip aus reinem Taktgefühl nicht erlaubt hat, sie seiner Familie vorzustellen. Sie sind jünger als ich, Lord Peter, Sie gehören der Generation meines Sohnes an und werden vielleicht verstehen, daß zwischen uns – obwohl er nicht schlecht war, nicht verdorben, das werde ich niemals glauben – nicht dieses unbedingte Vertrauen bestand, das zwischen Vater und Sohn herrschen sollte. Zweifellos ist das weitgehend meine Schuld. Wenn nur seine Mutter noch gelebt hätte –»

«Aber lieber Herr Pfarrer», sagte Wimsey leise, «ich verstehe vollkommen. Das geschieht häufig. Ich würde sogar sagen, es geschieht immerzu. Nachkriegsgeneration und so. Viele kommen da ein wenig aus dem Tritt – ohne eigentlich Böses zu wollen oder zu tun. Können eben nur den Älteren nicht ins Auge sehen. Meist gibt sich das mit der Zeit. Vorwürfe kann man im Grunde niemandem machen. Wilder Hafer und – äh – dergleichen eben.»

«Ich konnte», sagte Mr. Boyes traurig, «seine Ansichten nicht billigen, die so gegen Religion und Sitte gingen – vielleicht habe ich meine Meinung zu deutlich gesagt. Wenn ich mehr Verständnis aufgebracht hätte –»

«Das führt zu nichts», sagte Wimsey. «Jeder muß damit für sich allein fertig werden. Und wenn einer Bücher schreibt und gerät in diese Kreise, dann neigt er meist dazu, sich ziemlich lautstark auszudrücken, wenn Sie verstehen, was ich meine.»

«Kann sein, kann sein. Aber ich mache mir Vorwürfe. Das hilft Ihnen natürlich überhaupt nicht weiter. Verzeihen Sie mir. Wenn ein Fehler gemacht wurde – und die Geschworenen waren ja offenbar nicht zufrieden –, müssen wir alle Kraft daransetzen, ihn zu berichtigen. Wie kann ich Ihnen behilflich sein?»

«Nun, erstens –» sagte Wimsey, «ich stelle diese Frage wirklich ungern – hat Ihr Sohn jemals etwas zu Ihnen gesagt oder Ihnen geschrieben, was es Ihnen als möglich erscheinen lassen könnte, daß er – des Lebens überdrüssig war oder so etwas? Entschuldigen Sie.»

«Nein – wirklich nicht. Diese Frage wurde mir natürlich auch schon von der Polizei und der Verteidigung gestellt, und ich kann aufrichtig sagen, daß ein solcher Gedanke mir nie gekommen ist. Dazu hatte ich keinerlei Anlaß.»

«Auch nicht, nachdem er sich von Miss Vane getrennt hatte?»

«Auch dann nicht. Ich hatte den Eindruck, daß er darüber mehr wütend als verzweifelt war. Ich muß auch sagen, ich war sehr überrascht, zu hören, daß sie nach allem, was zwischen ihnen gewesen war, nicht seine Frau werden wollte. Das begreife ich noch immer nicht. Ihre Weigerung muß für ihn ein schwerer Schock gewesen sein. Er hatte mir zuvor so gutgelaunt darüber geschrieben. Vielleicht erinnern Sie sich noch an den Brief?» Er suchte in einer unaufgeräumten Schublade herum. «Ich habe ihn hier, wenn Sie ihn sich ansehen möchten.»

«Vielleicht lesen Sie mir nur den betreffenden Absatz vor, Sir», schlug Wimsey vor.

«Ja, gewiß. Lassen Sie mich mal sehen. Ja. ‹Deinem Moralempfinden wird es sicher guttun, Vater, wenn Du hörst, daß ich mich entschlossen habe, unsere Beziehung zu legalisieren, wie die braven Leute sagen.› Er hatte manchmal so eine frivole Art, zu reden und zu schreiben, der Junge. Mein Gott. ‹Harriet ist eine gute Seele, und so habe ich mich durchgerungen, der Wohlanständigkeit Genüge zu tun. Sie verdient es wirklich, und ich hoffe, wenn erst alles seine Ordnung hat, wirst auch Du ihr Deine väterliche Anerkennung nicht versagen. Ich bitte Dich nicht, die Brautmesse zu lesen – wie Du weißt, liegt das Standesamt mehr auf meiner Linie, und obwohl sie, wie ich, im Wohlgeruch der Heiligkeit aufgewachsen ist, glaube ich nicht, daß sie großen Wert auf die ‹Stimme, die über Eden wehte› legt. Ich gebe Dir Bescheid, wenn es soweit ist, damit Du kommen und uns Deinen Segen geben kannst (als Vater, wenn schon nicht als Seelenhirte), falls Du Dich dazu geneigt siehst.› Sie sehen, Lord Peter, er wollte durchaus das Richtige tun, und es hat mich gerührt, daß er mich dabeihaben wollte.»

«Ganz recht», sagte Lord Peter und dachte: «Wenn der Schnösel nur noch lebte, ich würde ihm so gern einen Tritt in den Hintern geben.»

«Nun, und dann kam ein zweiter Brief, in dem er mir mitteilte, daß aus der Heirat nichts wurde. Hier ist er. ‹Lieber Vater, es tut mir leid, aber ich muß Deine Glückwünsche mit Dank zurückschicken. Die Hochzeit fällt ins Wasser, die Braut ist durchgebrannt. Ich brauche nicht ins einzelne zu gehen. Harriet hat es geschafft, sich und mich zum Gespött zu machen. Weiter gibt es nichts zu sagen.› Später hörte ich dann, daß es ihm gesundheitlich nicht gut ging – aber das wissen Sie ja schon alles.»

«Hat er für seine Krankheitsanfälle einen Grund vermutet?»

«Nein, nein – wir sind alle davon ausgegangen, daß es sich um ein Wiederauftreten seiner früheren Magenbeschwerden handelte. Er war nie ein robuster Junge gewesen. Aus Harlech hat er mir in sehr hoffnungsvoller Stimmung geschrieben und gemeint, es ginge ihm viel besser; dabei hat er auch seine geplante Reise nach Barbados erwähnt.»

«So?»

«Ja. Ich dachte, das würde ihm sehr guttun und ihn von anderen Dingen ablenken. Er hat es aber als ein noch unbestimmtes Vorhaben geschildert, nicht als ob schon etwas abgemacht gewesen wäre.»

«Hat er noch einmal etwas über Miss Vane geschrieben?»

«Er hat mir gegenüber den Namen nie mehr erwähnt, bis er im Sterben lag.»

«So – und wie haben Sie das verstanden, was er da gesagt hat?»

«Ich wußte nicht, was ich davon halten sollte. Damals hatten wir natürlich alle noch keine Ahnung, daß Gift im Spiel war, und ich dachte, er meinte den Streit, der zu ihrer Trennung führte.»

«Aha. Nun, Mr. Boyes, wenn wir also annehmen, daß es keine Selbsttötung war –»

«Das halte ich wirklich nicht für denkbar.»

«Gibt es sonst irgendeinen Menschen, der ein Interesse an seinem Tod gehabt haben könnte?»

«Wer sollte das sein?»

«Keine – andere Frau, zum Beispiel?»

«Ich habe nie von einer gehört. Und das hätte ich sicher. Er war in solchen Dingen kein Heimlichtuer, Lord Peter. Er war bemerkenswert offen und geradeheraus.»

«O ja», kommentierte Wimsey bei sich, «wahrscheinlich hätte er auch noch damit angegeben. Wenn er nur jemandem weh tun konnte, der Lump.» Laut sagte er nur: «Es gäbe noch andere Möglichkeiten. Hat er zum Beispiel ein Testament gemacht?»

«Das hat er. Nicht daß er viel zu vererben gehabt hätte, der arme Junge. Seine Bücher waren sehr klug geschrieben – er hatte einen scharfen Verstand, Lord Peter – aber viel Geld haben sie ihm nie eingebracht. Ich habe ihn mit kleinen Zuwendungen unterstützt, und zusammen mit dem, was er durch Zeitschriftenartikel verdiente, reichte es ihm gerade zum Leben.»

«Aber er hat doch sicher jemandem seine Urheberrechte vermacht?»

«Ja. Er wollte sie mir übertragen, aber ich habe ihm sagen müssen, daß ich dieses Erbe nicht antreten könne. Sie verstehen, ich war mit seinen Ansichten nicht einverstanden und hätte es nicht für rechtens gehalten, Nutzen daraus zu ziehen. Nein, er hat sie seinem Freund, Mr. Vaughan, hinterlassen.»

«Oh! Darf ich fragen, wann dieses Testament gemacht wurde?»

«Es ist datiert in der Zeit, als er in Wales war. Ich glaube, daß er zuvor schon ein anderes gemacht hatte, in dem er alles Miss Vane überschrieb.»

«Das ist ja interessant!» sagte Wimsey. «Davon wird sie wohl gewußt haben.» Er ließ sich eine Reihe einander widersprechender Möglichkeiten durch den Kopf gehen, dann sagte er: «Aber so oder so wird die Summe nicht groß gewesen sein, oder?»

«O nein. Wenn mein Sohn an seinen Büchern fünfzig Pfund im Jahr verdient hat, war es viel. Obwohl», fügte der alte Herr mit traurigem Lächeln hinzu, «sein neuestes Buch jetzt besser gehen wird, wie man sagt.»

«Sehr wahrscheinlich», sagte Wimsey. «Wenn man nur in die Zeitung kommt, fragen die verehrten Leser nicht nach dem Wie. Aber – na, lassen wir das. Irgendwelches Vermögen wird er wohl nicht zu vererben gehabt haben?»

«Nichts dergleichen. In unserer Familie hat es nie Geld gegeben, Lord Peter, auch nicht seitens meiner Frau. Wir sind ganz die sprichwörtlichen Kirchenmäuse.» Er lächelte milde über seinen kleinen Klerikerwitz. «Vielleicht mit Ausnahme von Cremorna Garden.»

«Von – wem bitte?»

«Eine Tante meiner Frau, die berüchtigte Cremorna Garden aus den Sechzigern.»

«Großer Gott, ja – die Schauspielerin?»

«Ja. Aber von ihr wurde natürlich nie gesprochen. Man wollte nicht wissen, auf welche Weise sie an ihr Geld kam. Nicht schlimmer als andere, würde ich sagen, aber in jenen Tagen waren wir noch sehr leicht zu schockieren. Wir haben seit über fünfzig Jahren nichts mehr von ihr gesehen oder gehört. Ich glaube, sie ist inzwischen ganz kindisch.»

«Beim Zeus! Ich wußte gar nicht, daß sie überhaupt noch lebt!»

«Doch, ich glaube, sie lebt noch, obwohl sie jetzt schon weit über Neunzig sein muß. Jedenfalls hat Philip von ihr bestimmt nie einen Penny erhalten.»

«Damit schiede Geld also aus. War vielleicht das Leben Ihres Sohnes versichert?»

«Nicht daß ich wüßte. Wir haben unter seinen Papieren keine Police gefunden, und soviel ich weiß, hat auch noch niemand irgendwelche Ansprüche erhoben.»

«Hat er keine Schulden hinterlassen?»

«Unbedeutende – im Laden anschreiben lassen und dergleichen. Alles in allem vielleicht fünfzig Pfund.»

«Ich bin Ihnen so dankbar», sagte Wimsey im Aufstehen. «Das hat viele Fragen geklärt.»

«Leider hat es Sie nicht viel weiter gebracht.»

«Es hat mir immerhin gezeigt, in welcher Richtung ich nicht weiter zu suchen brauche», sagte Wimsey, «und das bedeutet Zeitersparnis. Es war sehr liebenswürdig von Ihnen, sich mit mir abzugeben.»

«Nicht doch. Fragen Sie mich alles, was Sie wissen möchten. Niemand würde sich mehr freuen als ich, wenn der Verdacht von dieser unglücklichen jungen Frau genommen würde.»

Wimsey dankte ihm noch einmal und verabschiedete sich. Er war schon eine Meile weit gefahren, als ihn ein reuiger Gedanke einholte. Er wendete Mrs. Merdle, sauste zur Kirche zurück, stopfte eine Handvoll Banknoten mit einigen Schwierigkeiten in den Schlitz eines Kastens mit der Aufschrift «Für die Kirche» und fuhr dann endgültig in die Stadt zurück.

Während er seinen Wagen durch die City lenkte, kam ihm plötzlich ein Gedanke, und statt in den Piccadilly zu fahren, wo er wohnte, bog er in eine Straße südlich der Strand ab, in der sich das Verlagshaus Grimsby & Cole befand, das die Werke Philip Boyes' verlegte. Nach kurzem Warten wurde er zu Mr. Cole vorgelassen.

Mr. Cole war ein beleibter, freundlicher Herr, der mit großem Interesse vernahm, daß der berühmte Lord Peter Wimsey sich mit den Angelegenheiten des ebenso berühmten Mr. Boyes befaßte. Wimsey beteuerte, daß er als Sammler von Erstausgaben großes Interesse daran habe, sich Philip Boyes' gesammelte Werke zu sichern. Mr. Cole bedauerte außerordentlich, ihm damit nicht dienen zu können, und wurde dann unter dem Einfluß einer teuren Zigarre recht zutraulich.

«Ich will ja nicht frivol erscheinen, mein lieber Lord Peter», sagte er, indem er sich in seinen Sessel zurückwarf und bei dieser Gelegenheit aus seinen drei Kinnen sechs oder sieben machte, «aber unter uns, Mr. Boyes hätte sich selbst keinen größeren Gefallen tun können, als sich auf diese Weise ermorden zu lassen. Eine Woche nach Bekanntwerden des Obduktionsbefundes waren seine sämtlichen Bücher vergriffen, zwei hohe Auflagen seines letzten Buchs waren noch vor Prozeßbeginn an den Mann gebracht – zum Originalpreis von siebeneinhalb Shilling –, und die Bibliotheken schrien so nach seinen Erstwerken, daß wir sie alle neu auflegen mußten. Leider hatten wir den Satz nicht stehen lassen, so daß die Setzerei Tag und Nacht arbeiten mußte, aber wir haben es geschafft. Soeben werden die Dreieinhalb-Shilling-Ausgaben aufgebunden, und eine Ausgabe für einen Shilling ist in Vorbereitung. Wirklich, ich kann mir nicht vorstellen, daß Sie in ganz London noch eine Erstausgabe auftreiben, nicht für Geld und gute Worte. Wir selbst haben auch nur noch unsere Belegexemplare hier, aber wir legen jetzt eine besondere Gedenkausgabe auf, mit Fotos, auf handgeschöpftem Papier und in limitierter Auflage für eine Guinee das Stück. Es ist natürlich nicht dasselbe, aber –»

Wimsey bat, für einen kompletten Satz dieser Luxusausgabe vorgemerkt zu werden, und fügte hinzu:

«Traurige Sache, nicht, daß der Autor selbst nichts mehr davon hat?»

«Überaus betrüblich», pflichtete Mr. Cole ihm bei und preßte dabei zwei Längsfalten von dem Nasenflügel bis zu den Mundwinkeln in die dicken Wangen. «Und noch trauriger ist, daß nun kein weiteres Werk mehr von ihm kommen kann. Ein sehr talentierter junger Mann, Lord Peter. Es wird Mr. Grimsby und mich immer mit melancholischem Stolz erfüllen, daß wir seine Gabe schon entdeckt haben, als noch lange nicht mit einem finanziellen Erfolg zu rechnen war. Ein Achtungserfolg, das war alles, bis zu diesem überaus traurigen Ereignis. Aber wenn eine Arbeit gut ist, pflegen wir uns nicht über den Gewinn den Kopf zu zerbrechen.»

«Nun ja!» meinte Wimsey. «Manchmal zahlt es sich eben aus, sein Brot aufs Wasser zu streuen. Ganz im christlichen Sinne – Sie wissen ja – ‹thut wohl und leihet, daß ihr nichts dafür hoffet, so wird euer Lohn groß sein›. Lukas.»

«Sehr richtig», meinte Mr. Cole nicht sehr begeistert, vielleicht, weil er nicht so bibelfest war, vielleicht aber auch, weil er einen spöttischen Unterton bei seinem Gesprächspartner herausgehört hatte. «Also, unsere Unterhaltung hat mich sehr gefreut. Es tut mir leid, daß ich Ihnen mit den Erstausgaben nicht helfen kann.»

Wimsey versicherte ihm, das sei nicht der Rede wert, und rannte nach einem hastigen Lebewohl schnell die Treppe hinunter.

Sein nächster Besuch galt Mr. Challoner, Harriet Vanes Agenten. Challoner war ein hitziger, dunkler, streitsüchtig aussehender kleiner Mann mit unordentlicher Frisur und dicken Brillengläsern.

«Geschäftsaufschwung?» meinte er, nachdem Wimsey sich vorgestellt und sein Interesse an Miss Vane erwähnt hatte. «Ja, natürlich haben ihre Bücher reißenden Absatz: Ziemlich widerlich, das Ganze, aber was will man machen? Man muß für seinen Klienten das Beste rausholen, unter welchen Umständen auch immer. Miss Vanes Bücher haben sich immer ganz gut verkauft – jeweils zwischen drei- und viertausend allein in England –, aber natürlich hat diese Geschichte das Geschäft enorm angekurbelt. Das letzte Buch hatte drei Neuauflagen, und von ihrem allerneuesten sind schon siebentausend verkauft, bevor es überhaupt erschienen ist.»

«Was ja finanziell nur von Vorteil ist, oder?»

«O ja – aber wenn ich ehrlich sein soll, ich weiß nicht, ob solche künstlichen Auflagensteigerungen dem Ruf des Autors nicht auf lange Sicht schaden. Rauf wie eine Rakete, runter wie ein Stein, nicht wahr? Wenn Miss Vane erst wieder frei ist –»

«Ich freue mich, daß Sie nicht gesagt haben, ‹falls sie wieder freikommt›.»

«Die andere Möglichkeit ziehe ich gar nicht erst in Betracht.

Aber sowie sie raus ist, wird das Interesse der Öffentlichkeit wahrscheinlich sehr schnell nachlassen. Ich ziehe natürlich jetzt die vorteilhaftesten Verträge an Land, die ich irgend kriegen kann, um die nächsten drei, vier Bücher schon im voraus abzusichern, aber ich habe natürlich nur auf die Vorschüsse Einfluß. Die eigentlichen Einnahmen hängen dann vom tatsächlichen Verkauf ab, und da befürchte ich einen Reinfall. Natürlich verkaufe ich zur Zeit ganz schön Abdruckrechte an Zeitungen, was insofern wichtig ist, als es sofort Geld bringt.»

«Das heißt also, Sie sind als Geschäftsmann nicht rundum glücklich über diese Entwicklung?»

«Langfristig gesehen, nein. Daß ich persönlich zutiefst betroffen bin, brauche ich wohl nicht zu sagen, und ich bin vollkommen überzeugt, daß ein Irrtum vorliegt.»

«Das ist auch meine Ansicht», sagte Wimsey.

«Nach allem, was ich von Eurer Lordschaft gehört habe, glaube ich sagen zu können, daß Ihr Interesse an dem Fall das größte Glück ist, das Miss Vane widerfahren konnte.»

«Oh, danke – vielen Dank. Sagen Sie – dieses Arsenbuch – könnten Sie mich da mal einen Blick hineinwerfen lassen, ja?»

«Selbstverständlich, wenn es Ihnen hilft.» Er drückte auf einen Klingelknopf. «Miss Warburton, bringen Sie mir bitte einen Satz Fahnen von *Der Tod im Kochtopf*. Trufoot peitscht die Veröffentlichung mit Volldampf durch. Das Buch war noch nicht fertig geschrieben, als sie verhaftet wurde. Mit einer seltenen Energie und Entschlossenheit hat Miss Vane es noch vollendet und sogar selbst Korrektur gelesen. Natürlich mußte alles über die Gefängnisverwaltung laufen. Aber wir waren ja selbst darauf bedacht, nichts zu verheimlichen. Über Arsen weiß sie jedenfalls genau Bescheid, die Ärmste. Ist dieser Satz komplett, Miss Warburton? Hier, bitte. Kann ich noch etwas für Sie tun?»

«Noch eine Frage. Was halten Sie vom Verlagshaus Grimsby & Cole?»

«Die kommen für mich überhaupt nie in Frage», sagte Mr. Challoner. «Sie haben nicht etwa die Absicht, dort etwas zu veröffentlichen, Lord Peter?»

«Nicht daß ich wüßte – ernsthaft nicht.»

«Falls doch, lesen Sie Ihren Vertrag sehr genau. Ich will nicht sagen, bringen Sie ihn zu uns –»

«Wenn ich je etwas für Grimsby & Cole schreibe», sagte Lord Peter, «verspreche ich, es nur über Sie zu tun.»

· 7 ·

LORD PETER WIMSEY HÜPFTE ANDERN Morgens förmlich ins Holloway-Gefängnis. Harriet Vane begrüßte ihn mit fast reumütigem Lächeln.

«Sie sind also wiedergekommen?»

«Meine Güte, ja doch! Sie haben doch hoffentlich mit mir gerechnet? Ich hatte mir eingebildet, diesen Eindruck hinterlassen zu haben. Passen Sie mal auf – ich habe mir eine gute Handlung für einen Kriminalroman ausgedacht.»

«So?»

«Allererste Klasse! Wissen Sie, so etwas, wobei die Leute sagen: ‹Das hab ich schon immer mal selbst schreiben wollen, wenn ich nur die Zeit hätte, mich dafür hinzusetzen.› Mir scheint, das Hinsetzen ist das einzige, was man braucht, um Meisterwerke zu produzieren. Aber einen Moment noch. Zuerst das Geschäftliche. Mal sehen –» Er blätterte zum Schein in einem Notizbuch. «Aha, ja. Wissen Sie zufällig, ob Philip Boyes ein Testament gemacht hat?»

«Ich glaube, ja; als wir noch zusammenlebten.»

«Zu wessen Gunsten?»

«Zu meinen. Nicht daß er viel zu vererben gehabt hätte, der Arme. Hauptsächlich war es ihm um einen literarischen Nachlaßverwalter zu tun.»

«Dann sind Sie jetzt *de facto* seine Nachlaßverwalterin?»

«Ach, du lieber Himmel! Daran habe ich überhaupt noch nicht gedacht. Ich habe als selbstverständlich angenommen, daß er bei unserer Trennung das Testament geändert hat. Das muß er wohl auch, sonst hätte ich doch nach seinem Tode schon irgendwas gehört, oder?»

Sie sah ihn mit offenem Blick an, und Wimsey fühlte ein leises Unbehagen.

«Sie *wußten* also nicht, daß er es geändert hatte? Bevor er starb, meine ich?»

«Ich muß wirklich sagen, ich habe nicht einen Gedanken daran verschwendet. Wenn ich daran gedacht hätte – natürlich hätte ich es dann angenommen. Warum?»

«Nichts», sagte Wimsey. «Ich bin nur ziemlich froh, daß von dem Testament nicht bei diesem Dingsda die Rede war.»

«Sie meinen den Prozeß? Sie brauchen das Wort nicht so zartfühlend zu umgehen. Sie meinen, wenn ich geglaubt hätte, noch immer seine Erbin zu sein, hätte ich ihn vielleicht seines Geldes wegen umbringen können? Aber so große Schätze waren das auch wieder nicht. Ich habe viermal soviel verdient wie er.»

«Das schon. Ich dachte nur an diese Krimihandlung, die ich mir ausgedacht habe. Wenn ich länger darüber nachdenke, ist sie eigentlich ziemlich einfältig.»

«Erzählen Sie mal.»

«Ach, wissen Sie –» Wimsey schluckte ein wenig, dann rasselte er betont unbekümmert seine Idee herunter.

«Also – es geht um eine Frau (ein Mann täte es genauso, aber bleiben wir mal bei der Frau), die Bücher schreibt – Kriminalromane, genauer gesagt. Sie hat einen Freund – der auch schreibt. Sie sind beide keine Bestsellerautoren – eben ganz normale Schriftsteller.»

«Ja? So was kann durchaus vorkommen.»

«Der Freund macht ein Testament und vermacht sein Geld – die Tantiemen seiner Bücher und so – der Frau.»

«Aha.»

«Bisher haben Sie mir aber nichts weiter als ein sehr überzeugendes Mordmotiv geliefert. Ich kann mir nicht vorstellen, daß uns das sehr weiterhelfen wird.»

«Ich habe etwas anderes getan», sagte Wimsey, «und zwar bewiesen, daß dies jedenfalls nicht Ihr Motiv war.»

«Wieso?»

«Sie hätten es mir nicht erzählt, wenn es Ihr Motiv gewesen wäre. Sie hätten mich behutsam vom Thema abgebracht. Und außerdem –»

«Ja?»

«Nun, ich war bei Mr. Cole von Grimsby & Cole und weiß, wer an Philip Boyes' Büchern den Löwenanteil verdienen wird. Und ich kann mir nicht recht vorstellen, daß er der Gegenstand Ihrer Liebe ist.»

«Nein?» fragte Miss Vane. «Und warum nicht? Wissen Sie nicht, daß ich unsterblich in jedes einzelne Kinn an seinem Hals verliebt bin?»

«Wenn Sie Kinne lieben», meinte Wimsey, «werde ich versuchen, mir ein paar wachsen zu lassen, obwohl das nicht ganz leicht sein wird. Aber – behalten Sie Ihr Lächeln; es steht Ihnen.»

«Das ist ja alles gut und schön», dachte er bei sich, als das Tor sich hinter ihm schloß. «Geistreiche Wortgefechte halten die Patientin bei Laune, aber sie bringen uns nicht weiter. Wie steht's mit diesem Urquhart? Vor Gericht sah er ganz in Ordnung aus, aber das weiß man nie. Ich finde, ich sollte ihm mal eine Stippvisite abstatten.»

Mit dieser Absicht fuhr er zum Woburn Square, aber dort erwartete ihn eine Enttäuschung. Mr. Urquhart war zu einer kranken Verwandten gerufen worden. Es war nicht Hannah Westlock, die ihm öffnete, sondern eine rundliche ältere Frau, in der Wimsey die Köchin vermutete. Er hätte sie gern ausgefragt, hatte aber das Gefühl, daß Mr. Urquhart ihn nicht sehr freundlich empfangen würde, wenn er erfuhr, daß sein Personal hinter seinem Rücken ausgequetscht worden war. Er begnügte sich daher mit der Frage, wie lange Mr. Urquhart vermutlich fort sein werde.

«Das könnte ich Ihnen nicht guten Gewissens sagen, Sir. Soviel ich weiß, hängt das davon ab, wie es der Kranken geht. Wenn sie's übersteht, kommt er bestimmt gleich wieder zurück, denn daß er gerade sehr viel Arbeit hat, das weiß ich. Wenn sie aber stirbt, hat er eine Zeitlang zu tun, bis er ihren Nachlaß geregelt hat.»

«Aha», sagte Wimsey. «Das ist ein bißchen unangenehm, weil ich ihn eigentlich ziemlich dringend sprechen müßte. Sie könnten mir nicht zufällig seine Adresse geben?»

«Also, Sir, ich weiß nicht recht, ob Mr. Urquhart damit einverstanden wäre. Wenn es um etwas Geschäftliches geht, Sir, kann man Sie vielleicht in seinem Büro in der Bedford Row beraten.»

«Vielen Dank», sagte Wimsey und notierte sich noch die Hausnummer. «Da fahre ich hin. Vielleicht kann man dort etwas für mich tun, ohne daß ich ihn belästigen muß.»

«Ja, Sir. Und was soll ich ihm sagen, wer hier war?»

Wimsey überreichte ihr seine Karte und schrieb obendrauf: «*In re Rex contra Vane*», dann meinte er:

«Aber es besteht Aussicht, daß er recht bald wieder da ist?»

«O ja, Sir. Letztes Mal war er nur ein paar Tage fort, und was für eine gnädige Fügung das war, wo der arme Mr. Boyes so schrecklich sterben mußte.»

«Das kann man wohl sagen», meinte Wimsey, hocherfreut, daß sich das Thema geradezu von selbst zur Sprache brachte. «Das muß ja für Sie alle ein schwerer Schlag gewesen sein.»

«Allerdings», sagte die Köchin. «Ich kann jetzt noch kaum daran denken. Daß ein Mensch auf diese Art im Haus stirbt, und vergiftet auch noch, wenn man ihm sein Abendessen gekocht hat – das kann einem schon ganz schön zusetzen, nicht?»

«Am Essen hat es jedenfalls nicht gelegen», sagte Wimsey leutselig.

«Um Gottes willen, nein, Sir – das haben wir aber auch ganz klar bewiesen. Nicht daß in meiner Küche überhaupt so ein Unglück passieren könnte – das möchte ich erst sehen! Aber die Leute reden gern so was, wenn man ihnen eine Möglichkeit gibt. Jedenfalls ist nichts auf den Tisch gekommen, wovon der gnädige Herr und Hannah und ich nicht auch gegessen haben, und wie froh wir darüber waren, das brauche ich Ihnen nicht zu sagen.»

«Ich kann es mir wirklich vorstellen», sagte Wimsey und wollte schon die nächste Frage anbringen, als es am Dienstboteneingang energisch läutete.

«Das ist der Fleischer», sagte die Köchin. «Sie müssen mich entschuldigen, Sir. Das Mädchen liegt mit der Grippe im Bett, und ich bin heute morgen ohne Hilfe. Ich werde Mr. Urquhart sagen, daß Sie da waren.»

Sie schloß die Tür, und Wimsey machte sich auf den Weg in die Bedford Row, wo er von einem ältlichen Sekretär empfangen wurde, der ihm ohne Umstände Mr. Urquharts Adresse gab.

«Bitte sehr, Mylord. Bei Mrs. Wrayburn, Applefold, Windle, Westmoreland. Aber ich glaube nicht, daß er lange fortbleiben wird. Könnten wir inzwischen schon etwas für Sie tun?»

«Danke, nein. Ich wollte ihn persönlich sprechen, verstehen Sie? Es geht, genauer gesagt, um den überaus traurigen Tod seines Vetters, Mr. Boyes.»

«Ach so, Mylord? Schockierend das alles. Mr. Urquhart war

außer sich, daß so etwas in seinem eigenen Haus geschehen konnte. Ein feiner junger Mensch, dieser Mr. Boyes. Er und Mr. Urquhart waren sehr gute Freunde, und er hat es sich sehr zu Herzen genommen. Haben Sie dem Prozeß beigewohnt, Mylord?»

«Ja. Was sagen Sie zum Ausgang?»

Der Sekretär spitzte die Lippen.

«Ich will nicht verhehlen, daß ich sehr erstaunt war. Mir erschien der Fall völlig klar. Aber auf Geschworene kann man sich nie verlassen, schon gar nicht heute, wo man auch noch Frauen dafür nimmt. Wir bekommen in unserem Beruf so einiges vom schönen Geschlecht zu sehen», sagte der Sekretär mit pfiffigem Lächeln, «und die allerwenigsten von ihnen tun sich durch juristischen Sachverstand hervor.»

«Wie wahr», sagte Wimsey. «Wenn die Frauen nicht wären, gäbe es viel weniger Streit, und somit ist doch alles gut fürs Geschäft.»

«Haha! Sehr gut, Mylord. Na ja, wir müssen die Dinge nehmen, wie sie kommen, aber in meinen Augen – und ich bin da altmodisch – wären die Damen viel liebenswerter, wenn sie sich darauf beschränkten, uns mit ihrer Schönheit zu inspirieren, anstatt sich in alles einzumischen. Nehmen Sie zum Beispiel unsere junge Sekretärin – ich sage nicht, daß sie nicht zu arbeiten verstünde – aber auf einmal packt sie die Laune und sie heiratet und läßt mich hier mit der Arbeit sitzen, gerade jetzt, wo Mr. Urquhart fort ist. Mit einem jungen Mann wäre das anders, den festigt die Ehe und bindet ihn stärker an seinen Beruf, aber bei den jungen Frauen ist es genau umgekehrt. Es ist ja recht, daß sie heiratet, aber es kommt doch sehr ungelegen, und in einem Anwaltsbüro kann man nicht gut Aushilfskräfte beschäftigen. Ein Teil der Arbeit ist eben vertraulich, und in jedem Fall ist eine Atmosphäre der Beständigkeit wünschenswert.»

Wimsey drückte dem Bürovorsteher geziemendes Mitgefühl für seinen Kummer aus und wünschte ihm freundlich einen guten Morgen. In der Bedford Row befand sich ein Telefonhäuschen, und er huschte hinein und rief sofort Miss Climpson an.

«Hier Lord Peter Wimsey – ah, Miss Climpson! Wie geht's, wie steht's? Alles zum Besten? Gut! – Ja, und nun hören Sie zu. In Mr. Norman Urquharts Anwaltsbüro ist eine Vertrauensstelle für eine Sekretärin frei. Haben Sie jemanden? – Ah, gut! – Ja, schicken Sie sie alle her – gerade da möchte ich jemanden hineinbringen. – O nein! Kein besonderer Auftrag – nur die Ohren spitzen und hören, was so über den Fall Vane geredet wird. O ja, suchen Sie die vertrauenerweckendsten aus. Nicht zuviel Puder im Gesicht, und achten Sie darauf, daß die Röcke die vorgeschriebenen zehn Zentimeter unterhalb des Knies enden – der Bürovorsteher hat das Sagen, und die letzte Sekretärin ist ihm gerade weggeheiratet worden, daher hat er etwas gegen Sex-Appeal. Richtig! Bringen Sie sie da unter, und ich gebe ihr alle notwendigen Instruktionen. Gott mit Ihnen – möge Ihr Schatten nie in die Breite gehen!»

· 8 ·

«BUNTER!»

«Mylord?»

Wimsey trommelte mit den Fingern auf einem Brief herum, den er eben erhalten hatte.

«Fühlen Sie sich zu großen Taten aufgelegt und unwiderstehlich? Leuchtet eine strahlendere Iris, dem winterlichen Wetter zum Trotz, in Bunters sonnengebräuntem Gesicht? Sind Sie so recht in Erobererstimmung? Spüren Sie sozusagen den Don Juan in sich?»

Bunter, das Frühstückstablett auf den Fingerspitzen, hüstelte tadelnd.

«Sie sind eine imposante, aufrechte Erscheinung, wenn ich so sagen darf», fuhr Wimsey fort. «Sie haben einen kühnen Abenteurerblick – außer Dienst, versteht sich – und eine flinke Zunge, Bunter, und ich habe den starken Eindruck, daß Ihnen auch das gewisse Etwas nicht fehlt. Was könnte eine Köchin oder ein Dienstmädchen sich noch mehr wünschen?»

«Es macht mich immer glücklich», erwiderte Bunter, «wenn ich Eurer Lordschaft nach besten Kräften dienen kann.»

«Das weiß ich wohl», pflichtete Seine Lordschaft ihm bei. «Ich sage mir ja auch wieder und wieder: ‹Wimsey, das kann auf die Dauer nicht gutgehen. Eines schönen Tages wirft dieser verdiente Mann das Joch der Knechtschaft ab und macht sich als Gastwirt oder so was in der Art selbständig›, aber nichts geschieht. Allmorgendlich wird mir der Kaffee gebracht, das Bad bereitet, das Rasierzeug zurechtgelegt, die Krawatte herausgesucht und auf die Socken abgestimmt und ein herrliches Frühstück mit Speck und Ei serviert. Komme, was da will. Diesmal aber bitte ich Sie um einen gefährlicheren Liebesdienst – gefährlich für uns beide, mein lieber Bunter, denn wenn Sie mir weggeschnappt würden, als hilfloser Märtyrer in den Ehestand geschleppt, wer soll mir dann den Kaffee bringen, das Bad bereiten und alle die anderen Opferriten vollziehen? Dennoch –»

«Wer ist die Dame, Mylord?»

«Es sind gleich zwei, Bunter. Zwei Damen wohnten in der Laube, Binnorie, o Binnorie! Das Dienstmädchen haben Sie schon gesehen. Hannah Westlock heißt sie. Eine Frau in den Dreißigern, schätze ich, und nicht übel anzusehen. Die andere, die Köchin – ich kann Ihnen leider die zarten Silben ihres Namens nicht säuseln, weil ich ihn nicht kenne, aber bestimmt heißt sie Gertrude, Cecily, Magdalen, Margaret, Rosalys oder sonst etwas, was süß und symphonisch klingt –, eine stattliche Frau, Bunter, vielleicht etwas reif, aber deswegen nicht schlechter.»

«Gewiß nicht, Mylord. Wenn ich so sagen darf, die Frau von reifen Jahren und königlicher Gestalt ist für zärtliche Aufmerksamkeiten oft empfänglicher als die flatterhafte und gedankenlose junge Schönheit.»

«Sie sagen es. Nun nehmen wir einmal an, Bunter, Sie wären der Bote eines höflichen Schreibens an einen gewissen Mr. Norman Urquhart am Woburn Square. Könnten Sie sich in der kurzen Zeit, die Ihnen zur Verfügung stünde, gewissermaßen schlangengleich in des Haushalts Busen einschleichen?»

«Wenn Sie es wünschen Mylord, werde ich bestrebt sein, mich zu Eurer Lordschaft Zufriedenheit einzuschleichen.»

«Edler Geselle. Etwaige Prozeßkosten wegen Verlöbnisbruchs, und was in diese Richtung geht, trägt selbstverständlich die Direktion.»

«Ich bin Eurer Lordschaft sehr verbunden. Wann wünschen Eure Lordschaft, daß ich den Auftrag in Angriff nehme?»

«Sowie ich einen Brief an Mr. Urquhart geschrieben habe, werde ich läuten.»

«Sehr wohl, Mylord.»

Wimsey begab sich an den Schreibtisch. Wenig später sah er leicht irritiert wieder auf.

«Bunter, ich habe das Gefühl, Sie gucken mir über die Schulter. Das kann ich nicht leiden. Ich bin es nicht gewohnt, und das macht mich nervös. Ich bitte Sie, mir nicht über die Schulter zu gucken. Geht Ihnen der Auftrag gegen den Strich, oder wollen Sie, daß ich mir einen neuen Hut zulege? Was lastet auf Ihrer Seele?»

«Ich bitte Eure Lordschaft um Vergebung. Mir ist nur der Gedanke gekommen, Eure Lordschaft mit untertänigstem Respekt zu fragen –»

«Mein Gott, Bunter, bringen Sie mir's nicht so schonend bei. Ich ertrag's nicht. Geben Sie dem Untier den Gnadenstoß – hinein bis zum Heft! Was ist es?»

«Ich möchte fragen, ob Eure Lordschaft sich mit dem Gedanken an eine Veränderung in Ihren Lebensumständen tragen.»

Wimsey legte die Feder weg und starrte seinen Diener an.

«Veränderung, Bunter? Nachdem ich Ihnen eben erst so beredt meine unsterbliche Liebe zum gewohnten Kaffee, Bad, Rasierzeug, Socken, Speck und Ei und den altvertrauten Gesichtern erklärt habe? Sie wollen doch nicht etwa kündigen?»

«Beileibe nicht, Mylord. Es würde mir sehr leid tun, aus Eurer Lordschaft Diensten zu scheiden. Aber ich hatte an die Möglichkeit gedacht, falls Eure Lordschaft im Begriff stehen, neue –»

«Neue was? Neue Krawatten zu kaufen? Unbedingt, Bunter,

wenn Sie es für notwendig halten. Hatten Sie an ein bestimmtes Muster gedacht?»

«Eure Lordschaft mißverstehen mich. Ich meinte, daß Eure Lordschaft vielleicht im Begriff stehen, neue Bande zu knüpfen. Wenn ein Herr seinen Haushalt auf ehelicher Basis reorganisiert, kann es nämlich sein, daß die Dame bei der Wahl seines persönlichen Bediensteten mitreden möchte, und in diesem Falle –»

«Bunter!» sagte Wimsey, nicht wenig erschrocken. «Darf ich fragen, wie Sie auf die Idee kommen?»

«Ich habe mir erlaubt, gewisse Schlüsse zu ziehen, Mylord.»

«Das hat man davon, wenn man seine Leute zu Detektiven erzieht. Habe ich einen Spitzel am eigenen Busen genährt? Darf ich fragen, ob Sie der Dame schon einen Namen gegeben haben?»

«Ja, Mylord.»

Es war einen Augenblick still. «Nun?» meinte Wimsey ein wenig kleinlaut. «Was sagen Sie dazu, Bunter?»

«Eine sehr sympathische Dame, wenn ich mir das Urteil erlauben darf, Mylord.»

«So, finden Sie? Die Umstände sind natürlich etwas ungewöhnlich.»

«Ja, Mylord. Ich würde vielleicht sogar noch weiter gehen und sie romantisch nennen.»

«Sie dürfen sie sogar widerwärtig nennen, Bunter.»

«Sehr wohl, Mylord», erwiderte Bunter mitfühlend.

«Sie verlassen nicht das Schiff, Bunter?»

«Um keinen Preis, Mylord.»

«Dann jagen Sie mir bitte nicht noch einmal so einen Schrecken ein. Meine Nerven sind nicht mehr, was sie mal waren. Hier ist der Brief. Bringen Sie ihn hin und tun Sie, was Sie können.»

«Sehr wohl, Mylord.»

«Ach, noch etwas, Bunter!»

«Mylord?»

«Offenbar lasse ich mir meine Gefühle anmerken. Das ist gar nicht in meinem Sinne. Wenn Sie so etwas feststellen, geben Sie mir einen kleinen Wink?»

«Selbstverständlich, Mylord.» Bunter zog sich diskret zurück, und Wimsey trat rasch zum Spiegel.

«Ich sehe nichts», beruhigte er sich selbst. «Keine Lilien auf meiner Wange aus Seelenpein und Fiebertau. Aber es dürfte aussichtslos sein, Bunter täuschen zu wollen. Macht nichts. Das Geschäft geht vor. Ich habe vier Löcher zugestopft. Was kommt jetzt? Na, wie wär's denn mal mit diesem Vaughan?»

Wenn Wimsey etwas in der Boheme auszukundschaften hatte, pflegte er sich Miss Marjorie Phelps' Hilfe zu versichern. Sie verdiente sich ihren Lebensunterhalt mit der Herstellung von Porzellanfigurinen und war daher meist in ihrem oder in jemand anderes Atelier anzutreffen. Ein Anruf um zehn Uhr morgens erwischte sie höchstwahrscheinlich vor einer Pfanne mit Rührei auf dem Gasherd. Gewiß, es gab da zwischen ihr und Lord Peter ein paar Episoden, etwa um die Zeit der Bellona-Affäre, die es ein wenig peinlich und auch rücksichtslos erscheinen ließen, sie für die Angelegenheit Harriet Vane einzuspannen, aber Wimsey hatte keine Zeit, bei der Wahl seiner Werkzeuge auch noch wählerisch zu sein, und konnte sich an chevaleresken Skrupeln nicht aufhalten. Er meldete das Gespräch an und war sehr erleichtert, als er ihr «Hallo?» hörte.

«Hallo, Marjorie! Hier ist Peter Wimsey. Wie geht's?»

«Oh, danke, gut. Wie schön, mal wieder deine melodische Stimme zu hören. Womit kann ich Seiner Majestät Oberfahnder dienen?»

«Kennst du einen gewissen Vaughan, der in die Mordgeschichte Philip Boyes verwickelt ist?»

«Ach Gott, Peter! Hast du das in die Hand genommen? Wie köstlich! Auf welcher Seite stehst du?»

«Verteidigung.»

«Hurra!»

«Woher diese Begeisterung?»

«Einfach, weil's viel aufregender und schwieriger ist, oder?»

«Das fürchte ich auch. Kennst du übrigens Miss Vane?»

«Ja und nein. Ich habe sie in der Boyes-Vaughan-Clique mal gesehen.»

«Gefällt sie dir?»

«So-so.»

«Gefiel *er* dir? Ich meine, Boyes?»

«Hat mich kaltgelassen.»

«Ich will ja auch nur wissen, ob er dir gefiel!»

«So einer *gefällt* einem nicht. Entweder man verliebt sich in ihn oder nicht. Er war nicht der Typ des blauäugigen Goldjungen, verstehst du?»

«Aha. Was ist mit Vaughan?»

«Anhängsel.»

«So?»

«Das treue Hündchen. Niemand unterstehe sich, meinem Freund, dem Genie, am Zeug zu flicken. So einer.»

«Aha!»

«Sag nicht immer ‹Aha›. Möchtest du diesen Vaughan kennenlernen?»

«Wenn es nicht zu viele Umstände macht.»

«Na ja, dann komm mal heute abend mit einem Taxi vorbei, damit wir die Runde machen können. Irgendwo treffen wir ihn bestimmt an. Auch die Gegenseite, wenn du Wert darauf legst – ich meine, die hinter Harriet Vane stehen.»

«Die Frauen, die als Zeugen aufgetreten sind?»

«Ja. Eiluned Price wird dir gefallen, glaube ich. Sie hat etwas gegen alles, was Hosen trägt, aber wenn man einen Freund braucht, ist sie da.»

«Ich komme, Marjorie. Gehst du mit mir essen?»

«Täte ich schrecklich gern, Peter, aber ich glaube, es geht nicht. Ich habe so furchtbar viel zu tun.»

«Alles klar. Dann komme ich gegen neun Uhr angerollt.»

Wie vereinbart saß Wimsey um neun mit Marjorie Phelps in einem Taxi, um die Runde durch die Ateliers zu machen.

«Ich habe ein bißchen herumtelefoniert», sagte Marjorie, «und glaube, daß wir ihn bei den Kropotkys antreffen. Sie sind Boyes-Anhänger, Bolschewisten und große Musikfreunde. Ihre Getränke sind schlecht, aber ihr russischer Tee ist halbwegs genießbar. Soll das Taxi warten?»

«Ja. So wie sich's anhört, brauchen wir hier vielleicht noch eine schnelle Rückzugsmöglichkeit.»

«Schön, wenn man so reich ist. Wir müssen dort rechts über den Hof, dann ist es über dem Stall der Petrovitchs. Laß mich mal lieber voranstolpern.»

Sie tasteten sich eine schmale, verwinkelte Treppe hinauf. Oben angekommen, verriet ihnen ein apartes Gemisch aus Klaviergeklimper, Geigengekrächze und dem Klappern von Küchenutensilien, daß irgendeine Geselligkeit im Gange war.

Marjorie hämmerte laut an eine Tür, wartete nicht erst auf Antwort und stieß sie gleich auf. Wimsey, der ihr auf den Fersen folgte, fühlte die Welle von Lärm, Hitze, Qualm und Kochdünsten, die ihm entgegenschlug, wie eine Ohrfeige.

Das Zimmer war sehr klein und von einer einzigen elektrischen Birne, deren Licht auch noch von einer Kugel aus buntem Glas gedämpft wurde, schwach erhellt. Es war zum Bersten gefüllt mit Menschen, deren seidenbestrumpfte Beine, nackte

Arme und bleiche Gesichter ihm wie Glühwürmchen aus der Finsternis entgegenschimmerten. In der Mitte wogten dicke Schwaden Tabakrauch hin und her. In einer Ecke bullerte ein rotglühender Anthrazitofen mit einem röhrenden Gasofen in der anderen Ecke um die Wette und brachte den Raum auf Backofentemperaturen. Auf dem Ofen stand ein großer, zischender Wasserkessel; auf einem Beistelltischchen dampfte ein riesiger Samowar; vor dem Gasofen stand eine undeutliche Gestalt und drehte mit einer Gabel Würstchen in einer Pfanne um, während jemand anders auf irgend etwas in der Backröhre aufpaßte, das Wimseys feine Nase unter den anderen Gerüchen in dieser Mischatmosphäre sogleich als Räucherhering identifizierte. Am Klavier, das gleich hinter der Tür stand, saß ein junger Mann mit buschigem rotem Haarschopf und spielte irgend etwas Slawisches zum Violinobligato einer unvorstellbar schlaksigen Person undefinierbaren Geschlechts mit buntem Pullover. Niemand beachtete ihr Eintreten. Marjorie stieg über das Gewirr von Armen und Beinen auf dem Boden hinweg, griff sich eine magere junge Frau in Rot und brüllte ihr etwas ins Ohr. Die junge Frau nickte und winkte Wimsey heran. Er bahnte sich einen Weg und wurde der mageren jungen Frau mit den schlichten Worten vorgestellt: «Das ist Peter – Nina Kropotky.»

«Sehr erfreut», schrie Madame Kropotky durch den Lärm. «Setzen Sie sich zu mir. Wanja bringt uns etwas zu trinken. Schön, nicht? Das ist Stanislaus – so ein Genie – sein neues Werk über die U-Bahn-Station Piccadilly – herrlich, *n'est-ce pas?* Fünf Tage lang ist er auf der Rolltreppe rauf und runter gefahren, um die Tonwerte in sich aufzunehmen.»

«Kolossal!» brüllte Wimsey.

«So – finden Sie? Ah, Sie verstehen etwas davon! Wissen Sie, eigentlich ist das für großes Orchester gedacht. Auf dem Klavier klingt es nach nichts. Da müssen Blechbläser her, die Effekte, die Crescendi – trrrr! – So! Aber man bekommt den Gesamteindruck mit, die Umrisse. Ah, jetzt geht es zu Ende! Großartig! Superb!»

Der gewaltige Lärm verebbte. Der Pianist trocknete sich das Gesicht und sah sich mit wildem Blick um. Der Geiger legte seine Geige hin, stand auf und entpuppte sich, den Beinen nach zu urteilen, als Geigerin. Das Publikum begann schlagartig durcheinanderzureden. Madame Kropotky sprang über die am Boden sitzenden Gäste und küßte den schwitzenden Stanislaus auf beide Wangen. Die brutzelnde, fettspritzende Bratpfanne wurde vom Gasofen genommen, ein allgemeiner Ruf nach Wanja ertönte, und bald wurde ein totenblasser Mann zu Wimsey dirigiert, und eine tiefe, kehlige Stimme bellte: «Was wollen Sie trinken?», während zugleich ein Teller mit Räucherheringen bedenklich schwankend über seiner Schulter erschien.

«Danke», sagte Wimsey, «ich habe erst gegessen – *eben erst gegessen*», schrie er verzweifelt. «Satt – *complet*!»

Marjorie eilte ihm mit schriller tönender Stimme und entschiedener vorgebrachter Ablehnung zu Hilfe.

«Nimm die entsetzlichen Dinger weg, Wanja. Mir wird ganz schlecht davon. Bring uns einen Tee – Tee – Tee!»

«Tee!» echote der totenblasse Mann. «Tee wollen Sie haben! Was haltet ihr von Stanislaus' Tondichtung? Kraftvoll und modern, wie? Die Seele der Rebellion in den Massen – der Zusammenprall, die Revolte im Herzen der Maschinerie. Das wird der Bourgeoisie etwas zu denken geben, jawohl!»

«Pah!» sagte eine Stimme in Wimseys Ohr, als der Totenblasse sich abwandte. «Das ist doch gar nichts. Bourgeoise Musik. Programmusik. Hübsch! – Da solltet ihr mal Wrilowitschs ‹Ekstase über den Buchstaben Z› hören. Das ist reine Vibration, ohne jeden antiquierten Formalismus. Stanislaus – er hält ja sehr viel von sich, aber das ist doch alles uralt. Man spürt die Auflösung hinter jeder seiner Dissonanzen. Reine Harmonik, nur verschleiert. Nichts dahinter. Aber er wickelt sie alle ein, bloß weil er rote Haare hat und seinen knochigen Körperbau so zur Schau stellt.»

Diesbezüglich irrte der Sprecher sicher nicht, denn er war kahl und rund wie eine Billardkugel. Wimsey erwiderte beschwichtigend:

«Nun ja, aber was soll man mit den erbärmlichen, antiquierten Instrumenten unserer Orchester schon anfangen? Eine diatonische Tonleiter, bah! Dreizehn jämmerliche bourgeoise Halbtöne, puh! Um die unendliche Komplexität moderner Emotionen auszudrücken, brauchte man zweiunddreißig Töne für jede Oktave.»

«Aber wozu überhaupt an der Oktave kleben?» antwortete der Dicke. «Solange man die Oktave und ihre sentimentalen Assoziationen nicht abwirft, bewegt man sich in den Fesseln der Konvention.»

«Das ist der richtige Geist!» rief Wimsey. «Ich würde überhaupt mit allen festgelegten Tönen aufräumen. Schließlich braucht sie der Kater auch nicht für seine ausdrucksvollen mitternächtlichen Melodien. Der Liebeshunger des Hengstes kümmert sich nicht um Oktaven und Intervalle, wenn er den Schrei der Leidenschaft hervorbringt. Nur der Mensch ist so in seinen verdummenden Konventionen gefangen – oh, Marjorie, entschuldige – was ist?»

«Komm mal mit und unterhalte dich mit Ryland Vaughan», sagte Marjorie. «Ich habe ihm gesagt, daß du ein großer Bewunderer von Philip Boyes' Büchern bist. Hast du sie überhaupt gelesen?»

«Ein paar. Aber ich glaube, mir wird schwindlig.»

«Das wird in einer Stunde noch schlimmer. Komm also lieber gleich mit.» Sie bugsierte ihn in ein etwas entlegenes Eckchen beim Gasofen, wo ein übertrieben langer, dünner Mann auf einem Kissen auf dem Boden saß und mit einer Vorlegegabel Kaviar aus einem Glas aß. Er begrüßte Wimsey mit einer Art von traurigem Enthusiasmus.

«Widerwärtig hier», sagte er. «Alles ist widerwärtig. Der Ofen ist viel zu heiß. Trinken Sie was. Was soll man in drei Teufels Namen sonst schon tun. Ich komme nur hierher, weil Philip immer hierherkam. Reine Gewohnheit. Es widert mich an, aber sonst kann man ja nirgends hin.»

«Sie haben ihn natürlich gut gekannt», meinte Wimsey, indem er auf einem Papierkorb Platz nahm und sich wünschte, er wäre in der Badehose gekommen.

«Ich war sein einziger wirklicher Freund», sagte Ryland Vaughan mit Trauerstimme. «Die anderen haben alle nur von ihm schmarotzt. Affen! Papageien, alle miteinander.»

«Ich habe seine Bücher gelesen und finde sie sehr gut», sagte Wimsey nicht ganz unaufrichtig. «Aber mir scheint er ein unglücklicher Mensch gewesen zu sein.»

«Keiner hat ihn verstanden», sagte Vaughan. «Schwierig hat man ihn genannt – aber wer wäre nicht schwierig, wenn er gegen so vieles zu kämpfen hat? Das Blut haben sie ihm ausgesaugt, und seine Verleger, diese Diebe, haben jeden Penny genommen, den sie in die Finger kriegten. Und dann hat diese Hexe von einer Frau ihn auch noch vergiftet. Mein Gott, was für ein Leben!»

«Ja, aber warum hat sie das getan – wenn sie es getan hat?»

«Ach, natürlich hat sie es getan! Nichts als gemeine Bosheit und Eifersucht, das war der ganze Grund. Bloß weil sie selbst nur Kitsch schreiben konnte. Harriet Vane hat sich dasselbe eingebildet wie alle diese Weiber – sie glauben, sie können was. Sie hassen den Mann und hassen seine Arbeit. Man meint doch, es hätte ihr genügen müssen, einem Genie wie Phil zu dienen und zur Hand zu gehen, oder? Meine Güte, er hat sie bei seiner Arbeit sogar um Rat gefragt – um *ihren* Rat! Großer Gott!»

«Hat er auf den Rat gehört?»

«Darauf gehört? Sie hat ihm keinen gegeben. Sie äußere sich nicht über die Arbeit eines Kollegen, hat sie gesagt. Eines *Kollegen*! So eine Unverfrorenheit! Natürlich hatte sie bei uns allen nichts zu melden, aber wieso konnte sie den Unterschied zwischen seinem Geist und dem ihren nicht begreifen? Natürlich war es für Philip von Anfang an aussichtslos, sich mit so einer Sorte Frau überhaupt einzulassen. Einem Genie muß man dienen, nicht widersprechen. Ich habe ihn seinerzeit gewarnt, aber er war ihr verfallen. Und sie dann auch noch heiraten zu wollen –!»

«Warum wollte er das?» fragte Wimsey.

«Reste seiner frommen Erziehung, nehme ich an. Es war wirklich ein Bild des Jammers. Außerdem hat wohl auch dieser Urquhart einiges Unheil angerichtet. So ein aalglatter Advokat – kennen Sie ihn?»

«Nein.»

«Er hat ihn sich geschnappt – ich kann mir vorstellen, daß die Familie ihn darauf angesetzt hatte. Ich habe seinen Einfluß auf Phil schon bemerkt, lange bevor der eigentliche Ärger anfing. Vielleicht ist es ganz gut, daß er tot ist. Es wäre gespenstisch gewesen, ihn verspießern und seßhaft werden zu sehen.»

«Wann hat er denn angefangen, sich an Boyes heranzumachen?»

«Hm – so vor zwei Jahren – etwas früher vielleicht. Hat ihn zum Essen eingeladen und so weiter. Ich habe ihm auf den ersten Blick angesehen, daß er darauf aus war, Phil zu ruinieren, und zwar an Leib und Seele. Was er brauchte – was Phil brauchte, meine ich –, war Freiheit und Bewegungsraum, aber mit dieser Frau und dem Vetter und seinem Vater im Hintergrund – na ja! Jetzt nützt es auch nichts mehr, darüber zu weinen. Sein Werk ist uns geblieben, und das war das Beste an ihm. Wenigstens hat er es mir anvertraut. In seinem literarischen Nachlaß kann Harriet Vane jedenfalls nicht herumpfuschen.»

«In Ihren Händen ist er bestimmt gut aufgehoben», sagte Wimsey.

«Aber wenn man bedenkt, was noch hätte werden können», sagte Vaughan, indem er die blutunterlaufenen Augen todtraurig auf Lord Peter richtete, «könnte man sich doch glatt die Kehle durchschneiden, nicht wahr?»

Wimsey äußerte sich zustimmend.

«Übrigens», sagte er, «Sie waren den ganzen letzten Tag mit ihm zusammen, bevor er zu seinem Vetter ging. Sie glauben nicht, daß er etwas bei sich hatte – ich meine Gift oder so etwas? Ich will nicht herzlos erscheinen – aber er war ja ein unglücklicher Mensch – es wäre eine schreckliche Vorstellung, daß er –»

«Nein», sagte Vaughan, «nein. Das hätte er nie getan, das kann ich beschwören. Er hätte es mir gesagt – er hat mir in den letzten Tagen alles anvertraut. Ich hatte Zugang zu allen seinen Gedanken. Er war von diesem Weibstück schwer gekränkt worden, aber er wäre nicht abgetreten, ohne es mir zu sagen oder sich wenigstens zu verabschieden. Außerdem – er hätte nicht gerade diesen Weg gewählt. Warum auch? Ich hätte ihm doch –»

Er besann sich und warf einen Blick zu Wimsey, doch als er nichts als mitfühlende Aufmerksamkeit sah, fuhr er fort:

«Wir haben einmal über derartige Mittel gesprochen, das weiß ich noch. Hyoscin – Veronal – lauter solche Sachen. Er hat gesagt: ‹Wenn ich je Schluß machen will, Ryland, zeigst du mir den Weg dazu.› Und das hätte ich getan – wenn er es wirklich gewollt hätte. Aber Arsen! Philip, der die Schönheit so liebte – glauben Sie, daß er ausgerechnet Arsen gewählt hätte? Das Gift des kleinen Mannes? Absolut unmöglich.»

«Es ist gewiß nichts Schönes», sagte Wimsey.

«Sehen Sie», sagte Vaughan heiser und mit großer Geste – er hatte auf den Kaviar einen Cognac nach dem andern gekippt und ging allmählich aus sich heraus –, «sehen Sie das!» Er holte ein kleines Fläschchen aus seiner Brusttasche. «Das wartet nur, bis ich die Herausgabe von Phils Büchern vollendet habe. Es ist ein Trost, das bei sich zu haben und ansehen zu können. Friedlich. Hinausgehen durch das elfenbeinerne Tor – das ist klassisch – ich bin nämlich mit den Klassikern aufgewachsen. Die Leute hier würden einen auslachen, aber Sie brauchen ihnen nicht zu sagen, daß ich es gesagt habe – komisch, wie das hängenbleibt – ‹tendebantque manus ripae ulterioris amore, ulterioris amore› – wie ging das noch mit den Seelen, die so dicht gedrängt waren wie die Blätter in Vallombrosa – nein, das ist Milton – *amorioris ultore* – *ultoriore* – hol's der Henker – armer Phil!»

Hier brach Mr. Vaughan in Tränen aus und streichelte das Fläschchen.

Wimsey, dessen Kopf und Ohren hämmerten, als säße er in einem Maschinenraum, erhob sich leise und verzog sich. Jemand hatte ein ungarisches Lied zu singen angefangen, und der Ofen war inzwischen weißglühend. Er machte Marjorie, die mit ein paar Männern in einer Ecke saß, verzweifelte Zeichen. Einer von ihnen schien ihr seine Gedichte vorzutragen, den Mund fast in ihrem Ohr, und ein anderer malte etwas auf die Rückseite eines Umschlags, während die andern dazu juchzten und lachten. Der Krach, den sie machten, irritierte die Sängerin, die mitten im Ton abbrach und zornig rief:

«Menschenskinder, dieser Lärm! Diese Störungen! Unerträglich! Ich komme raus! Hört doch auf! Ich fange noch einmal von vorn an, ganz von vorn.»

Marjorie sprang auf und entschuldigte sich.

«Ich bin ein Trampel – ich halte dir deine Menagerie nicht in Ordnung, Nina. Wir sind die reinsten Nervtöter. Verzeih mir, Marya, ich bin heute schlecht aufgelegt. Am besten greife ich mir jetzt Peter und ziehe wieder ab. Komm doch ein andermal zu mir singen, wenn ich in besserer Stimmung bin und mehr Platz zur Ausdehnung meiner Gefühle habe. Gute Nacht, Nina – es war riesig nett – und Boris, dieses Gedicht ist das beste, das du bisher geschrieben hast, ich konnte nur nicht richtig zuhören. Peter, sag ihnen, wie schlecht gelaunt ich heute schon den ganzen Abend bin, und bring mich nach Hause.»

«Stimmt», sagte Wimsey, «die Nerven, wißt ihr – wirkt sich auf die Manieren aus und so.»

«Manieren», sagte ein bärtiger Herr plötzlich und laut, «sind etwas für die Bourgeoisie.»

«Vollkommen richtig», sagte Wimsey. «Richtig schlechte Angewohnheit – sorgt nur für Repressionen im Dingsda. Komm, Marjorie, sonst werden wir noch alle miteinander höflich.»

«Ich fange noch einmal an», sagte die Sängerin, «ganz von vorn.»

«Puh!» machte Wimsey auf der Treppe.

«Ja, ich weiß. Ich komme mir manchmal wie eine richtige Märtyrerin vor, daß ich so was auf mich nehme. Jedenfalls hast du Vaughan kennengelernt. Ein richtig armes Würstchen, findest du nicht?»

«Doch, aber ich glaube nicht, daß er Philip Boyes ermordet hat. Du vielleicht? Ich mußte ihn erst sehen, um sicher zu sein. Wohin jetzt?»

«Wir versuchen's mal bei Joey Trimbles. Das ist die Festung des gegnerischen Lagers.»

Joey Trimbles hatte sein Atelier über einem Pferdestall. Hier herrschten das gleiche Gedränge, der gleiche Mief, noch mehr Räucherheringe, noch mehr Schnaps, noch mehr Hitze und Stimmengewirr. Hinzu kamen hier grelles elektrisches Licht, ein Grammophon, fünf Hunde und ein starker Ölfarbengeruch. Sylvia Marriott wurde erwartet. Wimsey fand sich bald in eine Diskussion über freie Liebe, D. H. Lawrence, die Lüsternheit der Prüderie und die unmoralische Bedeutung langer Röcke verwickelt. Nach einer Weile wurde er jedoch durch die Ankunft einer maskulin aussehenden Frau mittleren Alters erlöst, die ein düsteres Lächeln im Gesicht und ein Päckchen Karten in der Hand hatte und jedem der Reihe nach die Zukunft weissagte. Man versammelte sich eben um sie, als ein Mädchen kam und Bescheid sagte, daß Sylvia sich einen Fuß verstaucht habe und nicht kommen könne. Alle sagten mitfühlend: «Wie gräßlich, das arme Ding», um das Thema sofort wieder zu vergessen.

«Komm, wir hauen ab», sagte Marjorie. «Du brauchst nicht auf Wiedersehen zu sagen. Das hört sowieso keiner. Glück für uns, die Sache mit Sylvia. Jetzt ist sie wenigstens zu Hause und kann uns nicht entwischen. Manchmal wär's mir ganz recht, die würden sich alle die Füße verstauchen. Und trotzdem muß man sagen, daß diese Leute fast alle sehr gut arbeiten. Sogar bei den Kropotkys. Früher habe ich solche Zusammenkünfte selbst genossen.»

«Wir werden eben alt, wir beide», sagte Wimsey. «Entschuldigung, das war nicht nett. Aber weißt du, Marjorie, ich gehe auf die Vierzig zu.»

«Du hältst dich gut. Aber heute abend siehst du ein bißchen mitgenommen aus, Peter. Was ist los mit dir?»

«Nichts als Alterserscheinungen.»

«Wenn du nicht aufpaßt, wirst du noch seßhaft.»

«Oh, das bin ich schon seit Jahren.»

«Bei Bunter und deinen Büchern. Manchmal beneide ich dich, Peter.»

Wimsey sagte nichts darauf. Marjorie sah ihn fast erschrokken an und schob ihren Arm unter den seinen.

«Peter – sei bitte fröhlich. Ich meine, du warst immer so ein Mensch, dem nichts etwas anhaben konnte. Werde nicht anders, bitte!»

Das war nun das zweitemal, daß Wimsey gebeten wurde, sich nicht zu ändern; das erstemal hatte die Bitte ihn über die Maßen gefreut; diesmal machte sie ihm Angst. Während das Taxi das regennasse Embankment entlangfuhr, fühlte er zum erstenmal jene dumpfe, zornige Hilflosigkeit, die das erste Warnsignal für den Triumph der Veränderung ist. Wie der vergiftete Athulf in der *Narrentragödie* hätte er schreien mögen: «Oh, ich wandle mich, wandle mich, wandle mich so schrecklich.» Ob sein derzeitiges Unternehmen fehlschlug oder gelang, nichts würde danach mehr so sein wie vorher. Nicht daß eine unglückliche Liebe ihm das Herz brechen würde – er hatte die schwelgerischen Leiden der Jugend hinter sich, und gerade in dieser Freiheit von Illusionen erblickte er nun einen Verlust. Von nun an würde jede unbeschwerte Stunde kein Vorrecht mehr sein, sondern eine Errungenschaft – noch eine Axt, eine Korbflasche oder eine Schrotflinte nach Crusoe-Art von einem sinkenden Schiff gerettet.

Zum erstenmal zweifelte er auch an sich und wußte nicht, ob er das, was er sich vorgenommen hatte, auch schaffen würde. Schon in früheren Fällen waren seine persönlichen Gefühle beteiligt gewesen, aber sie hatten ihm noch nie den Verstand vernebelt. Er tappte im dunkeln, griff unsicher hierhin und dorthin nach flüchtigen, absurden Möglichkeiten. Er stellte Fragen ohne bestimmtes Ziel, und die Kürze der Zeit, die ihn früher angeregt hätte, ängstigte und verwirrte ihn jetzt.

«Entschuldige, Marjorie», sagte er, indem er sich hochrappelte, «ich glaube, ich bin heute ein richtiger Langweiler. Wahrscheinlich Sauerstoffmangel. Stört es dich, wenn wir das Fenster ein wenig öffnen? So ist es besser. Man braucht mir nur gut zu essen und ein bißchen frische Luft zum Atmen zu geben, und ich werde bis in ein schändliches hohes Alter herumtollen wie ein Zicklein. Die Leute werden mit Fingern auf mich zeigen, wenn ich kahl und vergilbt und von einem diskreten Korsett gestützt in die Nachtclubs meiner Enkel schleiche, und sagen: ‹Schaut mal, das ist der schlimme Lord Peter, der dafür bekannt ist, daß er die letzten sechsundneunzig Jahre kein einziges vernünftiges Wort von sich gegeben hat. Er ist der einzige Aristokrat, der bei der Revolution von 1960 der Guillotine entkommen ist. Wir halten ihn uns zur Belustigung unserer Kinder.› Und ich werde mit dem Kopf wackeln und meine nagelneuen falschen Zähne zeigen und sagen: ‹Ach ja! Solchen Spaß wie wir früher haben die auch nicht mehr, die armen, ordentlichen Kinder!›»

«Du wirst keinen Nachtclub mehr finden, in den du schleichen kannst, wenn sie dann alle so ordentlich sind.»

«O doch – die Natur wird sich rächen. Sie werden sich von den staatlichen Gemeinschaftsspielen davonstehlen, um in Katakomben bei einer Schale unsterilisierter Vollmilch Solitaire zu spielen. Sind wir da?»

«Ja, hoffentlich kann uns unten einer die Tür aufmachen, wenn Sylvia sich den Fuß vertreten hat. O ja – ich höre Schritte. Ah, du bist das, Eiluned; wie geht's Sylvia?»

«Ganz gut, nur ziemlich geschwollen – der Knöchel, meine ich. Kommt ihr rauf?»

«Kann man sie besuchen?»

«Ja, sie ist vollständig angezogen.»

«Gut, denn ich bringe Lord Peter Wimsey mit.»

«Oh», sagte die junge Frau. «Guten Tag. Sie sind ein Detektiv, nicht wahr? Kommen Sie wegen der Leiche oder so?»

«Lord Peter kümmert sich um Harriet Vanes Fall, auf ihrer Seite.»

«So? Das ist gut. Freut mich, daß da mal endlich einer was unternimmt.» Sie war klein und kräftig gebaut und hatte eine streitsüchtige Nase und ein Blitzen in den Augen. «Was meinen Sie, wie es war? Ich sage, er war's selbst. Er war so ein Selbstbemitleider. Hallo, Syl – hier ist Marjorie, und sie hat einen mitgebracht, der Harriet aus dem Kittchen holen will.»

«Herein mit ihm, aber sofort!» ertönte es von drinnen zur Antwort. Die Tür öffnete sich auf ein kleines, mit strengster Einfachheit möbliertes Wohnschlafzimmer, in dem eine blasse, bebrillte junge Frau in einem Lehnstuhl saß, den bandagierten Fuß auf einer Kiste.

«Aufstehen kann ich nicht, denn, wie Jenny Wren sagte, mein Rücken ist krank und meine Beine wacklig. Wer ist der tapfere Ritter, Marjorie?»

Wimsey wurde vorgestellt, und Eiluned Price erkundigte sich sofort ziemlich barsch:

«Trinkt er Kaffee, Marjorie? Oder braucht er männliche Stärkung?»

«Er ist ein gottesfürchtiger, rechtschaffener und vollkommen nüchterner Mensch und trinkt alles außer Kakao und Brause.»

«Aha! Ich frage ja nur, weil manche deiner männlichen Mitbringsel immer etwas Anregendes brauchen und wir die Zutaten dafür nicht im Haus haben und die Kneipe eben zumacht.»

Sie stapfte zu einem Schrank, und Sylvia sagte:

«Machen Sie sich nichts aus Eiluned; sie ist gern ein bißchen ruppig. Sagen Sie, haben Sie schon irgendwelche Anhaltspunkte, Lord Peter?»

«Ich weiß nicht», sagte Wimsey. «Ich habe ein paar Frettchen in die Kaninchenlöcher geschickt und kann nur hoffen, daß sie was herausholen.»

«Haben Sie den Vetter schon kennengelernt – diesen unausstehlichen Urquhart?»

«Ich bin für morgen mit ihm verabredet. Warum?»

«Nach Sylvias Theorie war's der nämlich», sagte Eiluned.

«Interessant. Warum?»

«Weibliche Intuition», meinte Eiluned freiheraus. «Ihr gefällt seine Frisur nicht.»

«Ich habe nur gesagt, daß er mir zu geleckt ist, um echt zu sein», protestierte Sylvia. «Und wer sollte es sonst gewesen sein? Ryland Vaughan bestimmt nicht; er ist zwar ein Esel, wie er im Buche steht, aber die Geschichte hat ihn wirklich völlig geknickt.»

Eiluned schnaubte verächtlich und ging den Wasserkessel aus dem Hahn im Flur füllen.

«Und Eiluned kann denken, was sie will, aber ich glaube einfach nicht, daß Phil Boyes sich selbst umgebracht hat.»

«Warum nicht?» fragte Wimsey.

«Er hat so viel geredet», sagte Sylvia. «Und er hatte eine viel zu hohe Meinung von sich selbst. Ich kann mir nicht vorstellen, daß er aus freien Stücken die Welt um die Ehre betrogen hätte, seine Bücher lesen zu dürfen.»

«Und ob», widersprach Eiluned. «Schon allein aus Trotz, damit es den Erwachsenen leid tut. Nein danke», fuhr sie fort, als Wimsey ihr den Kessel tragen wollte, «ich schaffe es gerade noch, drei Liter Wasser zu tragen.»

«Schon wieder abgeblitzt», meinte Wimsey.

«Eiluned pfeift auf die konventionelle Höflichkeit zwischen den Geschlechtern», erklärte Marjorie.

«Auch gut», antwortete Wimsey liebenswürdig. «Dann werde ich mich auf die Rolle passiver Dekoration beschränken. Haben Sie auch eine Theorie, Miss Marriott, warum dieser allzu geleckte Advokat den Wunsch gehabt haben soll, seinen Vetter aus dem Weg zu räumen?»

«Keine Ahnung. Ich halte mich nur an den alten Grundsatz von Sherlock Holmes, wonach, wenn man alles Unmögliche ausgeschieden hat, das, was übrig bleibt, und sei es noch so unwahrscheinlich, die Wahrheit sein muß.»

«Das hat Dupin schon vor Sherlock gesagt. Ich akzeptiere die Schlußfolgerung, aber ich stelle die Prämisse in Frage. Danke, keinen Zucker.»

«Ich dachte, euch Männern schmeckt der Kaffee nur in Form von Sirup.»

«Stimmt, aber ich bin eine Ausnahmeerscheinung. Haben Sie das noch nicht gemerkt?»

«Ich hatte noch nicht viel Zeit, Sie mir anzusehen, aber den Kaffee rechne ich Ihnen schon einmal als Pluspunkt an.»

«Heißen Dank. Übrigens – könnten Sie mir vielleicht einmal schildern, wie Miss Vane auf den Mord reagiert hat?»

«Nun ja –» Sylvia überlegte kurz. «Als er starb – war sie natürlich sehr betroffen.»

«Sie war erschrocken», sagte Miss Price, «aber nach meinem Eindruck war sie froh, ihn los zu sein. Kein Wunder auch. So ein gräßlicher Egoist! Ein Jahr lang hat er sie ausgenutzt und zu Tode geplagt, und dann hat er sie auch noch beleidigt. Er war so einer von den Unersättlichen, die nichts loslassen, was sie einmal haben. Sie *war* froh, Sylvia – wozu sollte man das abstreiten?»

«Na ja, vielleicht. Es war eine Erlösung, zu wissen, daß er

hinüber war. Aber sie wußte damals nicht, daß er ermordet worden war.»

«Nein. Der Mord hat den Spaß ein bißchen verdorben – wenn es ein Mord war, was ich nicht glaube. Philip Boyes wollte schon immer gern ein Opfer sein, und daß es ihm am Ende sogar noch gelungen ist, war sehr ärgerlich. Und ich glaube, das war der Grund, warum er's gemacht hat.»

«So etwas kommt ja vor», meinte Wimsey bedächtig. «Es ist nur schwer zu beweisen. Ich meine, die Geschworenen halten sich lieber an etwas Greifbares – zum Beispiel Geld. Aber ich kann in dieser Geschichte nirgends Geld finden.»

Eiluned lachte. «Nein, von viel Geld war da nie die Rede, abgesehen von dem, was Harriet verdiente. Die alberne Öffentlichkeit hat Phil Boyes nicht zu würdigen gewußt. Das konnte er Harriet nicht verzeihen, verstehen Sie?»

«Kam es ihm denn nicht sehr gelegen?»

«Doch, natürlich, aber übelgenommen hat er's doch. Sie hätte seinem Werk dienen, nicht mit ihrem eigenen minderwertigen Geschreibsel das Geld für sie beide verdienen sollen. Aber das ist ja typisch Mann.»

«Sie haben keine besonders hohe Meinung von uns, wie?»

«Ich habe einfach schon zu viele Schnorrer kennengelernt», sagte Eiluned Price, «und zu viele, die nur das Händchen gehalten haben wollten. Aber die Frauen sind auch nicht besser, sonst würden sie sich das nicht bieten lassen. Ich habe Gott sei Dank noch nie von jemandem etwas genommen und auch noch nie etwas gegeben – außer an Frauen, und die zahlen's zurück.»

«Ich vermute, daß Leute, die hart arbeiten, immer zurückzahlen», sagte Wimsey, «ausgenommen Genies.»

«Weibliche Genies verhätschelt man nicht», sagte Miss Price verbittert. «Dadurch lernen sie erst gar nicht, es zu erwarten.»

«Kommen wir nicht ein bißchen vom Thema ab?» meinte Marjorie.

«O nein», erwiderte Wimsey. «Das alles wirft ein gewisses Licht auf die Zentralfiguren des Problems – die Protagonisten, wie es in der Journalistensprache heißt.» Um seinen Mund zuckte ein schmerzliches kleines Lächeln. «Im grellen Licht, das aufs Schafott fällt, findet mancher die Erleuchtung.»

«Sagen Sie bitte so was nicht», flehte Sylvia.

Irgendwo draußen klingelte ein Telefon, und Eiluned Price ging hin.

«Eiluned ist eine Männerfeindin», sagte Sylvia, «aber man kann sich sehr auf sie verlassen.»

Wimsey nickte.

«Aber wegen Phil hat sie unrecht – sie konnte ihn natürlich nicht ausstehen und ist daher geneigt –»

«Für Sie, Lord Peter», sagte Eiluned, die soeben wiederkam. «Fliehen Sie sofort – alles ist heraus. Scotland Yard ist hinter Ihnen her.»

Wimsey eilte nach draußen.

«Bist du das, Peter? Ich habe ganz London nach dir abgesucht. Wir haben die Kneipe gefunden.»

«Das gibt's doch nicht!»

«Doch. Und wir sind einem Päckchen mit weißem Pulver auf der Spur.»

«Großer Gott!»

«Kannst du morgen früh gleich herkommen? Vielleicht haben wir es bis dahin schon.»

«Ich werde springen wie ein Hammel und hüpfen wie der höchste Berg. Wir werden's euch schon zeigen, mein lieber Herr Chefinspektor Parker!»

«Hoffentlich», sagte Parker liebenswürdig und legte auf.

Wimsey stolzierte ins Zimmer zurück.

«Miss Price, Ihre Aktien steigen ins Unermeßliche», sagte er. «Es steht fünfzig gegen eins, daß es Selbstmord war. Ich werde grinsen wie ein Hund und in der ganzen Stadt herumlaufen.»

«Schade, daß ich nicht mitkann», sagte Sylvia Marriott, «aber es soll mich freuen, wenn ich unrecht habe.»

«Und ich bin froh, daß ich recht habe», sagte Eiluned Price ungerührt.

«Du hast recht und ich hab recht und überhaupt ist alles recht», sang Wimsey.

Marjorie Phelps sah ihn an und sagte nichts. Sie hatte plötzlich ein Gefühl, als ob etwas in ihr durch eine Mangel gedreht worden wäre.

· 9 ·

MIT WELCH NIEDERTRÄCHTIGEN MITTELN Mr. Bunter es geschafft hatte, sich bei der Überbringung des Briefes gleich zum Tee einladen zu lassen, war ihm allein bekannt. Um halb fünf Uhr an demselben Tag, der für Lord Peter so erfreulich endete, saß er in Mr. Urquharts Haus in der Küche und toastete Crumpets. Er hatte es in der Zubereitung dieses Gebäcks zu großer Meisterschaft gebracht, und wenn er mit der Butter ein wenig verschwenderisch umging, so tat das außer Mr. Urquhart niemandem weh. Daß man auf den Mord zu sprechen kam, war nur natürlich. Nichts paßt so schön zu einem knisternden Feuer und gebutterten Crumpets wie ein Regentag draußen und ein angenehm grusliges Gespräch drinnen. Je heftiger der Regen und je grusliger das Thema, desto besser schmeckt es. Im gegebenen Falle waren die Voraussetzungen für einen angenehmen Nachmittag bestens erfüllt.

«Schrecklich blaß war er, wie er reinkam», sagte Mrs. Pettican, die Köchin. «Ich hab ihn gesehen, wie sie mich gerufen haben, daß ich die Wärmflaschen raufbringen soll. Drei Stück, eine für die Füße, ein unterm Rücken und die große aus Gummi auf dem Bauch. Ganz weiß war er und hat gebibbert, und wie elend er war, davon machen Sie sich gar keine Vorstellung. Und gestöhnt hat er, daß es einen jammern konnte.»

«Für mich sah er grün aus, Mrs. Pettican», sagte Hannah Westlock, «oder grünlich-gelb könnte man vielleicht auch sagen. Ich hab schon gedacht, er kriegt die Gelbsucht – so was wie diese Anfälle, die er im Frühjahr schon mal hatte.»

«Da hat er ja auch ausgesehen», pflichtete die Köchin ihr bei, «aber gar nichts gegen dieses letzte Mal. Und die Schmerzen und die Krämpfte in den Beinen, das war schon grausig. Das ist ja auch Schwester Williams gleich aufgefallen – eine nette junge Frau war das, nicht so hochnäsig wie manche andere, die ich beim Namen nennen könnte. ‹Mrs. Pettican›, sagt sie zu mir, und das finde ich ja schon viel wohlerzogener, als wenn sie einen einfach ‹Köchin› nennen, wie die meisten, als ob sie einem das Gehalt zahlten für das Recht, einen nicht mehr mit Namen zu rufen – ‹Mrs. Pettican›, sagt sie, ‹so was wie diese Krämpfe hab ich noch nie gesehen, nur einmal›, sagt sie, ‹da war's haargenau wie hier, und denken Sie an meine Worte, Mrs. Pettican, diese Krämpfe sind nicht umsonst da.› Ach ja, und ich hab damals gar nicht begriffen, was sie damit gemeint hat!»

«Das kommt bei Arsenvergiftung häufig vor – wenigstens sagt das Seine Lordschaft», antwortete Bunter. «Ein sehr unschönes Symptom. Hatte er so etwas früher schon einmal?»

«Nicht direkt Krämpfe», sagte Hannah, «obwohl ich mich noch erinnern kann, wie er im Frühjahr krank war, da hatte er auch so Zuckungen in den Händen und Füßen und ein Gefühl, als wenn lauter Nadeln drinsteckten, soweit ich ihn verstanden habe. Das war so unangenehm für ihn, denn er mußte doch gerade so einen eiligen Artikel fertig schreiben, und wo obendrein noch seine Augen so schlecht waren, da muß das eine richtige Qual für ihn gewesen sein. Der Arme!»

«Soweit ich dem Gespräch des Anklagevertreters mit Sir James Lubbock entnehmen konnte», sagte Mr. Bunter, «scheint dieses Nadelkissengefühl in Verbindung mit den schlechten Augen ein Zeichen dafür zu sein, daß er regelmäßig Arsen verabreicht bekam, wenn ich es einmal so ausdrücken darf.»

«Eine grundschlechte Frau muß das gewesen sein», sagte Mrs. Pettican, «– nehmen Sie doch noch ein Crumpet, Mr. Bunter, doch, bitte – die arme Seele so langsam zu Tode zu quälen. Wenn man einem in der Wut eins über den Schädel gibt oder zum Küchenmesser greift, das kann ich ja noch verstehen, aber einen Menschen so schrecklich langsam vergiften, das kann nur ein Teufel in Menschengestalt tun, sage ich.»

«Teufel ist das richtige Wort, Mrs. Pettican», gab der Besucher ihr recht.

«Und so eine Gemeinheit», sagte Hannah. «Mal ganz abgesehen davon, daß sie den armen Menschen so qualvoll umgebracht hat, können wir alle nur einer gütigen Vorsehung danken, daß der Verdacht nicht auf uns fiel.»

«Und wie», bestätigte Mrs. Pettican. «Wissen Sie, als Mr. Urquhart uns gesagt hat, daß sie den armen Mr. Boyes ausgegraben haben und er ganz voll von diesem schrecklichen Arsen war, da hat mich so der Schlag getroffen, daß sich das ganze Zimmer um mich herum gedreht hat wie ein Karussell. ‹Sir!› sag ich. ‹So was in unserem Haus!› Das hab ich gesagt, und er hat geantwortet: ‹Ich will es wirklich nicht hoffen, Mrs. Pettican.›»

Mrs. Pettican war mit der Macbeth-Atmosphäre, die sie der Geschichte gegeben hatte, hochzufrieden und fuhr fort:

«Jawohl, das hab ich zu ihm gesagt. ‹In unserm Haus›, hab ich gesagt, und ich kann Ihnen versichern, ich hab drei Nächte darauf kein Auge zugetan, vor lauter Polizei und Angst und was weiß ich.»

«Aber Sie hatten ja nun gar keine Schwierigkeiten, zu beweisen, daß es nicht in diesem Haus passiert war», half Bunter nach. «Miss Westlock hat doch beim Prozeß so fabelhaft ausgesagt, daß es dem Richter und den Geschworenen gar nicht mehr klarer werden konnte. Der Richter hat Ihnen sogar noch gratuliert, Miss Westlock, und nach meiner Überzeugung hat er viel zu wenig gesagt – so klar und sicher, wie Sie da vor dem ganzen Gericht gesprochen haben!»

«Na ja, zu den Schüchternen hab ich noch nie gehört», gestand Hannah, «und dann waren wir ja alles so genau durchgegangen, mit Mr. Urquhart und mit der Polizei, da wußte ich doch schon, was sie mich fragen würden, und war sozusagen bestens vorbereitet.»

«Ich habe mich wirklich gewundert, wie Sie noch jede kleinste Einzelheit wußten, wo doch alles schon so lange zurücklag», sagte Bunter voll Bewunderung.

«Ach ja, sehen Sie, Mr. Bunter, gleich am nächsten Morgen, nachdem Mr. Boyes krank geworden war, ist doch Mr. Urquhart hier zu uns heruntergekommen, und da auf diesem Stuhl hat er gesessen und so freundlich gesagt, als ob Sie es selbst wären: ‹Ich fürchte, Mr. Boyes ist sehr krank›, sagt er. ‹Er meint, er muß was gegessen haben, was ihm nicht bekommen ist›, sagt er, ‹und es könnte vielleicht das Hühnchen gewesen sein. Und darum›, sagt er, ‹möchte ich, daß Sie, Mrs. Pettican, mit mir zusammen noch einmal alles durchgehen, was wir gestern abend gegessen haben, dann kommen wir vielleicht darauf, was es gewesen sein kann.› – ‹Also, Sir›, sag ich, ‹ich kann mir nicht vorstellen, daß Mr. Boyes hier etwas Unbekömmliches gegessen hat, denn die Köchin und ich haben genau dasselbe gegessen, von Ihnen mal ganz abgesehen, Sir, und es war alles so gut, daß es gar nicht besser hätte sein können›, hab ich gesagt.»

«Und dasselbe hab ich auch gesagt», fiel die Köchin ein. «Es war doch auch ein so einfaches, schlichtes Essen – keine Austern oder Muscheln oder so was, denn das ist ja für manche Leute Gift, das weiß man; nein, nur eine gute, kräftige Suppe, ein bißchen Fisch und ein geschmortes Hühnchen, mit Rüben und Karotten im eigenen Saft gegart, und ein Omelett hinterher – was hätte leichter und besser sein können? Natürlich gibt es Leute, die können Eier in gar keiner Form vertragen, so war's bei meiner Mutter auch, der brauchte man nur ein Stück Kuchen zu geben, der mit Eiern gemacht war, schon wurde sie krank und kriegte Ausschlag, wie bei Nesselfieber, da konnte man nur staunen. Aber Mr. Boyes liebte Eier über alles, und Omeletts waren sein besonderes Lieblingsgericht.»

«Ach ja, er hat doch an dem Abend das Omelett sogar selbst zubereitet, nicht?»

«Hat er», sagte Hannah, «das weiß ich noch genau, denn Mr. Urquhart hat noch extra gefragt, ob die Eier auch ganz frisch sind, und ich hab ihn daran erinnert, daß er sie selbst am Nachmittag aus dem Laden an der Ecke Lamb's und Conduit Street mitgebracht hat, wo sie die Eier immer frisch vom Bauern bekommen, und ich hab ihm gesagt, daß eins davon ein bißchen angeknackst war, worauf er noch gesagt hat: ‹Dann nehmen wir das heute abend fürs Omelett, Hannah›, und ich hab eine frische Schüssel aus der Küche geholt und sie sofort hineingelegt, das angeschlagene und drei andere, und danach hab ich sie nicht mehr angerührt, bis ich sie abends an den Tisch brachte. ‹Und außerdem, Sir›, hab ich gesagt, ‹sind die restlichen acht von dem Dutzend noch da, und Sie können sich selbst überzeugen, daß sie alle gut und vollkommen frisch sind.› Hab ich das nicht gesagt, Köchin?»

«Stimmt, Hannah. Und das Hühnchen, das war wirklich ein Gedicht. So jung und zart, daß ich damals zu Hannah gesagt habe, es ist eigentlich zu schade zum Schmoren, das wäre gebraten viel besser. Aber Mr. Urquhart ist nun mal ganz versessen auf geschmortes Hühnchen; er sagt, so hat es ein viel besseres Aroma, und ich muß zugeben, daß da was Wahres dran ist.»

«In einer guten Rinderbrühe gegart», erklärte Mr. Bunter sachkundig, «die Gemüse in Schichten übereinander, als Grundlage nicht zu fetten Speck und das Ganze gut gewürzt mit Salz, Pfeffer und Paprika, dann geht kaum etwas über ein geschmortes Hühnchen. Ich persönlich empfehle noch ein ganz klein wenig Knoblauch, aber das ist natürlich nicht jedermanns Geschmack, das weiß ich.»

«Ich kann das Zeug nicht sehen oder riechen», gestand Mrs. Pettican ehrlich, «aber ansonsten bin ich ganz Ihrer Meinung, und in die Brühe müssen unbedingt die Innereien mit rein, und ich persönlich bin außerdem auch noch für Pilze, je nach Jahreszeit, aber keinesfalls aus Dosen, denn die sehen zwar hübsch aus, aber sie haben nicht mehr Geschmack als Stiefelknöpfe, wenn überhaupt soviel. Aber das Geheimnis liegt in der Zubereitung, wie Sie ja auch wissen, Mr. Bunter: den Deckel schön fest zu, um das Aroma zu halten, und langsam garen, damit die Säfte schön ineinanderlaufen und sich gut vermischen können. Ich will nicht leugnen, daß so was eine Köstlichkeit ist, wie Hannah und ich auch festgestellt haben, obwohl ich Brathühnchen ja auch sehr gern mag, wenn es eine gute Füllung hat, damit es nicht so trocken ist. Aber von Braten wollte Mr. Urquhart nun mal absolut nichts wissen, und da er schließlich alles bezahlt, hat er auch das Recht, zu bestimmen.»

«Eins steht jedenfalls fest», sagte Bunter, «wenn an dem Hühnchen etwas nicht gestimmt hätte, wären Sie und Miss Westlock bestimmt nicht so davongekommen.»

«Allerdings», sagte Hannah. «Ich will nämlich nicht verschweigen, daß wir beide mit einem guten Appetit gesegnet sind und alles restlos aufgegessen haben, bis auf ein kleines Stückchen, das ich der Katze gegeben habe. Mr. Urquhart wollte am nächsten Tag die Reste sehen und war anscheinend ganz schön ärgerlich, daß nichts mehr davon da war, und das

Geschirr war auch schon gespült – als ob in *dieser* Küche jemals das Geschirr über Nacht gestanden hätte!»

«Ich könnte mich ja selbst nicht ertragen, wenn ich den Tag mit schmutzigem Geschirr anfangen müßte», erklärte Mrs. Pettican. «Ein paar Tropfen Suppe waren noch übrig – nicht viel, nur ein Löffelvoll, und damit ist Mr. Urquhart nach oben gegangen, um sie dem Doktor zu zeigen, und der hat davon gekostet und gesagt, daß sie sehr gut ist; das hat uns Schwester Williams gesagt, obwohl sie selber nicht davon gekostet hat.»

«Und der Burgunder», sagte Hannah Westlock, «der war ja das einzige, von dem Mr. Boyes allein was genommen hat, und da hat mir Mr. Urquhart gesagt, ich soll ihn wieder fest verkorken und aufheben. Wie gut, daß wir das getan haben, denn die Polizei wollte ihn dann natürlich sehen.»

«Das war aber sehr weitblickend von Mr. Urquhart, solche Vorsichtsmaßnahmen zu ergreifen», meinte Bunter, «wo doch um diese Zeit noch alle geglaubt haben, daß der arme Kerl eines natürlichen Todes gestorben ist.»

«Das hat auch Schwester Williams gesagt», erwiderte Hannah, «aber wir haben es uns damit erklärt, daß er doch Rechtsanwalt ist und weiß, was zu tun ist, wenn jemand plötzlich stirbt. Und wie genau er's genommen hat – ich mußte sogar ein Stück Heftpflaster drüberkleben und meine Anfangssbuchstaben draufschreiben, damit sie keiner versehentlich öffnete. Schwester Williams hat immer gesagt, er hat von vornherein mit einer Untersuchung gerechnet, aber nachdem Dr. Weare ja auch da war und gesagt hat, daß Mr. Boyes solche Anfälle schon sein ganzes Leben lang gehabt hat, war es natürlich keine Frage, daß der Totenschein ausgestellt wurde.»

«Natürlich nicht», sagte Bunter, «und dann hat sich ja gezeigt, was für ein Glück es war, daß Mr. Urquhart so genau wußte, was er zu tun hatte. Wie oft hat Seine Lordschaft schon erlebt, daß ein Unschuldiger fast an den Galgen gekommen wäre, nur weil er solche einfachen kleinen Vorsichtsmaßnahmen nicht ergriffen hatte.»

«Und wenn ich mir vorstelle, wie wenig gefehlt hätte, und Mr. Urquhart wäre um die Zeit gar nicht zu Hause gewesen, kriege ich jetzt noch Zustände», sagte Mrs. Pettican. «Er war nämlich weggerufen worden, zu dieser lästigen alten Frau, die immerzu im Sterben liegt und doch nie stirbt. Jetzt ist er ja auch wieder dort – bei Mrs. Wrayburn oben in Windle. Stinkreich soll sie sein, und niemandem mehr zu etwas nütze, weil sie schon ganz kindisch ist, wie es heißt. Und als junge Frau soll sie überhaupt nichts getaugt haben, so daß alle anderen Verwandten nichts mit ihr zu tun haben wollten, nur Mr. Urquhart, und ich glaube, er würde sich auch nicht mit ihr abgeben, wenn er nicht ihr Anwalt wäre, und da hat er nun mal die Pflicht.»

«Ja ja, Pflicht und Neigung passen nicht immer zusammen, wie Sie und ich am besten wissen, Mrs. Pettican», bemerkte Mr. Bunter.

«Die Reichen», sagte Hannah Westlock, «finden immer welche, die ihre Pflicht für sie tun. Ich gehe soweit, zu behaupten, daß Mrs. Wrayburn auch keinen gefunden hätte, wenn sie arm wäre, Großtante hin, Großtante her; ich kenne doch Mr. Urquhart.»

«Aha!» machte Bunter.

«Ich will ja nichts gesagt haben», fuhr Miss Westlock fort, «aber Sie und ich, Mr. Bunter, wissen doch, wie es auf der Welt zugeht.»

«Dann darf ich wohl annehmen, daß Mr. Urquhart nicht schlecht dabei fahren wird, wenn die alte Dame sich aus dem Staub macht», mutmaßte Bunter.

«Das mag sein, wie es will; er redet ja nicht viel», sagte Hannah, «aber man kann sicher sagen, daß er nicht immer seine Zeit opfern und nach Westmoreland reisen würde, wenn für ihn nichts dabei herauskäme. Obwohl ich mir ja nicht die Finger an Geld schmutzig machen würde, das einer nicht sauber verdient hat. Da liegt kein Segen drauf, Mr. Bunter.»

«Du hast gut reden, Mädchen, solange du nicht damit rechnen kannst, in Versuchung geführt zu werden», sagte Mrs. Pettican. «Es gibt so manche große Familie im Königreich, von der man nie was gehört hätte, wenn da nicht mal einer es etwas weniger genau genommen hätte, als unsere Erziehung es erlaubt. Wenn man die Wahrheit wüßte, hätte da noch so mancher eine Leiche im Schrank.»

«O ja», sagte Bunter, «das glaube ich Ihnen gern. Ich habe schon Diamantkolliers und Pelzmäntel gesehen, da hätte ‹Sündenlohn› draufstehen müssen, wenn das, was im Dunkeln geschah, von den Dächern gerufen worden wäre, Mrs. Pettican. Und da gibt es Familien, die tragen den Kopf Gott weiß wie hoch, obwohl es sie gar nicht gäbe, wenn nicht der eine oder andere König sich im falschen Bett amüsiert hätte, wie man so sagt.»

«Es heißt auch, daß mancher von den feinen Herrschaften sich nicht zu fein war, ein Auge auf Mrs. Wrayburn zu werfen, als sie noch jung war», ergänzte Hannah düster. «Königin Victoria hat ihr nie erlaubt, vor der königlichen Familie aufzutreten – sie wußte zuviel über ihren Lebenswandel.»

«Ach, war sie Schauspielerin?»

«Ja, und sehr schön soll sie gewesen sein; mir fällt nur nicht mehr ein, wie sie mit Künstlernamen hieß», überlegte Mrs. Pettican. «Er war komisch, das weiß ich noch – so was Ähnliches wie Hyde Park. Dieser Mr. Wrayburn, den sie geheiratet hat, war ein Niemand – den hat sie sowieso nur geheiratet, um einen Skandal zu vertuschen. Zwei Kinder hatte sie – aber von wem, das würde ich mich nicht zu sagen trauen –, und die sind beide an der Cholera gestorben, was jedenfalls eine Strafe Gottes war.»

«So hat Mr. Boyes es nicht ausgedrückt», sagte Hannah mit selbstgerechtem Schnauben. «Der Teufel sorgt für die Seinen, hat er gesagt.»

«Na ja, er hat so leichtsinnig dahergeredet», sagte Mrs. Pettican, «was ja kein Wunder war, wenn man sich seinen Umgang ansieht. Aber er wäre schon noch ruhiger geworden, wenn er am Leben geblieben wäre. Er konnte sehr nett sein, wenn er wollte. Manchmal kam er hier zu uns rein und unterhielt sich über dies und das – richtig lustig war das.»

«Sie haben ein viel zu weiches Herz für die Herren der Schöpfung, Mrs. Pettican», sagte Hannah. «Wenn einer nur nett und nicht gut bei Gesundheit ist, bemuttern Sie ihn gleich.»

«Dann wußte Mr. Boyes also über Mrs. Wrayburn gut Bescheid?»

«O ja – es war ja eine Familienangelegenheit, und sicher hat Mr. Urquhart ihm auch mehr erzählt als uns. Was hat Mr. Urquhart gesagt, mit welchem Zug er kommt, Hannah?»

«Wir sollten das Essen für halb acht richten, dann kommt er sicher mit dem Zug um halb sieben.»

Mrs. Pettican warf einen Blick zur Uhr, und Bunter verstand dies als Wink und stand auf, um sich zu verabschieden.

«Ich hoffe aber, Sie kommen mal wieder, Mr. Bunter», sagte die Köchin gnädig. «Mr. Urquhart hat nichts gegen seriösen Herrenbesuch zum Tee. Und Mittwoch ist mein freier Tag.»

«Und meiner Freitag», fügte Hannah rasch hinzu, «und jeder zweite Sonntag. Wenn Sie zufällig evangelisch sind, Mr. Bunter – Pfarrer Crawford in der Judd Street ist ein wunderbarer Prediger. Aber vielleicht sind Sie über Weihnachten nicht in der Stadt.»

Mr. Bunter erwiderte, man werde die diesjährige Weihnachtszeit mit Sicherheit in Duke's Denver verbringen, und schied im Abglanz der geborgten Würde.

· 10 ·

«DA BIST DU JA, PETER», SAGTE CHEFinspektor Parker, «und hier ist die Dame, die du so gern kennenlernen möchtest. Mrs. Bulfinch, darf ich Ihnen Lord Peter Wimsey vorstellen?»

«Überaus angenehm», sagte Mrs. Bulfinch. Sie kicherte und betupfte sich ihr großes, helles Gesicht mit Puder.

«Mrs. Bulfinch war vor ihrer Verehelichung mit Mr. Bulfinch die Seele der Bar in den Neun Ringen in der Gray's Inn Road», sagte Mr. Parker, «und weithin bekannt für ihren Charme und Witz.»

«Na ja, Sie sind mir aber einer», sagte Mrs. Bulfinch. «Hören Sie nur nicht auf ihn, Eure Lordschaft. Sie wissen doch, wie diese Burschen von der Polizei sind.»

«Verkommene Subjekte», meinte Wimsey kopfschüttelnd. «Aber ich bin auf seine Meinung gar nicht angewiesen. Schließlich habe ich selbst Augen und Ohren, Mrs. Bulfinch, und ich kann nur sagen, wenn ich das Glück gehabt hätte, Sie kennenzulernen, bevor es zu spät war, wäre es der Wunsch meines Lebens gewesen, Mr. Bulfinch auszustechen.»

«Sie sind kein bißchen besser als er», sagte Mrs. Bulfinch hochzufrieden, «und was Bulfinch zu Ihnen sagen würde, *das* weiß ich nicht. Ganz außer sich war er, als der Polizist kam und mich bat, mit ihm zum Yard zu kommen. ‹Das gefällt mir nicht, Gracie›, hat er gesagt, ‹wir hatten hier immer ein anständiges Haus, und es hat noch nie Ärger mit Randalierern oder mit der Polizeistunde gegeben, aber wenn die dich einmal in den Fingern haben, weißt du nie, was sie dir alles für Fragen stellen.› – ‹Hab nicht solche Angst›, habe ich zu ihm gesagt, ‹die Jungs kennen mich doch alle und haben nichts gegen mich, und wenn es doch nur darum geht, ihnen die Sache mit dem Herrn zu erzählen, der das Päckchen in den Neun Ringen liegengelassen hat, kann ich ihnen das ruhig erzählen, denn ich hab mir nichts vorzuwerfen. Was sollen die denken›, hab ich gesagt, ‹wenn ich mich weigere, mitzukommen? Zehn zu eins, daß sie denken, da ist was faul?› – ‹Na gut›, sagt er, ‹dann komme ich aber mit.› – ‹So, du kommst mit?› sag ich. ‹Und was ist mit dem neuen Barkellner, den du heute morgen einstellen wolltest? Denn hinterm Tresen stehen, das mach ich nicht, sag ich, das bin ich nicht gewohnt. Mach also, was du für richtig hältst.› Also bin ich gekommen und hab ihn dagelassen. Wissen Sie, das gefällt mir an ihm. Ich sage kein Wort gegen Bulfinch, aber Polizei hin und her, ich denke, ich kann selber auf mich aufpassen.»

«Sehr richtig», sagte Parker geduldig. «Mr. Bulfinch braucht sich keine Sorgen zu machen. Wir wollen ja nur, daß Sie uns, so gut Sie sich erinnern, von dem jungen Mann erzählen, von dem Sie gesprochen haben, und uns helfen, das weiße Päckchen zu finden. Vielleicht retten Sie damit einen unschuldigen Menschen vor dem Galgen, und dagegen hat auch Ihr Mann ganz sicher nichts.»

«Das arme Ding!» sagte Mrs. Bulfinch. «Ich sag Ihnen, wie ich den Bericht über den Prozeß gelesen habe, da hab ich zu Bulfinch gesagt –»

«Einen Augenblick. Wenn es Ihnen nichts ausmacht, von Anfang an zu erzählen, Mrs. Bulfinch, versteht Lord Peter besser, was Sie uns zu sagen haben.»

«Ja, natürlich. Also, Mylord, vor meiner Heirat war ich Bardame in den Neun Ringen, wie der Herr Chefinspektor sagt. Da hieß ich noch Miss Montague, ein viel schönerer Name als Bulfinch, es hat mir fast leid getan, ihm Lebwohl zu sagen, aber na ja! Eine Frau muß viele Opfer bringen, wenn sie heiratet, da macht eines mehr oder weniger auch nichts mehr aus. Ich hab dort immer nur in der Bar gearbeitet, denn an den Bierausschank hätte ich mich nie gestellt, denn das ist dort keine vornehme Gegend, aber in die Bar, da kommen abends viele nette Herren aus Anwaltsbüros und so. Also, wie ich schon sagte, dort hab ich bis zu meiner Heirat gearbeitet, und die war vorigen August am Bankfeiertag, und ich weiß noch, daß da eines Abends ein Herr hereinkam –»

«Erinnern Sie sich noch ans Datum?»

«Nicht auf den Tag genau, da müßte ich lügen, aber es muß um den Sommeranfang herum gewesen sein, denn ich hab zu dem Herrn noch eine Bemerkung darüber gemacht, nur um was zu sagen, verstehen Sie?»

«Das ist schon recht genau», sagte Parker. «Also etwa um den zwanzigsten, einundzwanzigsten Juni, ja?»

«Soweit ich sagen kann, ja. Aber die Uhrzeit, die kann ich Ihnen nun wieder ganz genau sagen – ich weiß doch, wie pingelig ihr Kriminaler immer mit dem Minutenzeiger seid.» Mrs. Bulfinch kicherte erneut und blickte sich applausheischend um. «Da saß nämlich ein Herr – ich kannte ihn nicht, er war fremd in der Gegend –, und der hat gefragt, wann wir zumachen, und ich hab ihm gesagt, um elf Uhr, und er hat gemeint: ‹Gott sei Dank, ich dachte schon, ich würde um halb elf rausgeschmissen›, und ich hab auf die Uhr geschaut und gesagt: ‹Ach, da haben Sie schon noch Zeit, Sir; wir stellen die Uhr nämlich immer eine Viertelstunde vor.› Auf der Uhr war's zwanzig nach zehn, und daher weiß ich eben, daß es in Wirklichkeit fünf nach zehn gewesen sein muß. Und da kamen wir ins Gespräch über die Prohibitionisten und wie sie wieder mal versuchten, die Polizeistunde auf halb elf vorzuverlegen, aber wir hatten ja in Mr. Judkins einen guten Freund im Parlament, und während wir darüber sprachen, das weiß ich noch genau, da wurde die Tür heftig aufgestoßen, und ein junger Mann kam rein, fiel fast rein, könnte man sagen, und rief: ‹Einen doppelten Cognac, bitte, schnell.› Na ja, ich mochte ihn nicht gleich bedienen, der sah mir so weiß und komisch aus, daß ich dachte, er hätte schon einen über den Durst, und in solchen Dingen nahm der Chef es sehr genau. Aber er sprach ganz normal – völlig klar, ohne sich zu wiederholen oder so was, und seine Augen, die sahen zwar ein bißchen komisch aus, aber glasig waren sie nicht, wenn Sie mich verstehen. In unserem Beruf lernt man die Leute ziemlich schnell beurteilen. Irgendwie hielt er sich an der Theke fest und stand ganz gekrümmt und sagte: ‹Einen kräftigen bitte, seien Sie so gut. Ich fühle mich elend.› Da sagt der Herr, mit dem ich mich unterhalten hatte, zu ihm: ‹Immer mit der Ruhe›, sagt er, ‹was ist denn los?› und der Herr sagt: ‹Mir ist so schlecht.› Und damit preßt er die Hände auf den Bauch, so!»

Mrs. Bulfinch umspannte ihre Taille und verdrehte dramatisch die großen blauen Augen.

«Na ja, da hab ich gesehen, daß er nicht betrunken war, und hab ihm einen doppelten Martell eingeschenkt, mit nur einem ganz kleinen Spritzer Soda drin, und er hat ihn auf einmal hintergekippt und gesagt: ‹Jetzt ist es besser.› Und der andere Herr hat ihn um die Schulter gefaßt und ihm auf einen Hocker geholfen. Es waren noch viele andere Leute in der Bar, aber die haben nicht viel davon mitbekommen, weil sie alle vom Rennen redeten. Dann hat der Herr mich um ein Glas Wasser gebeten, und ich hab's ihm gegeben, und er hat gesagt: ‹Entschuldigen Sie, wenn ich Sie vorhin erschreckt habe, aber ich habe eben einen bösen Schock erlebt, und der muß mir auf den Magen geschlagen sein. Ich hab's nämlich leicht mit dem Magen›, sagt er, ‹und sowie ich Kummer oder Ärger habe, geht es los. Aber›, sagt er, ‹vielleicht hilft mir das.› Damit nimmt er ein weißes Päckchen aus der Tasche, wo ein weißes Pulver drin ist, und das schüttet er in das Glas Wasser, rührt es mit einem Füllfederhalter um und trinkt es leer.»

«Hat das Pulver vielleicht geschäumt?» fragte Wimsey.

«Nein; es war ein ganz einfaches Pulver und hat sich gar nicht gleich aufgelöst. Er hat das Glas ausgetrunken und gesagt: ‹So, jetzt ist Schluß damit›, oder: ‹So, jetzt ist es vorbei.› Irgendwas in der Art jedenfalls. Und dann hat er gesagt: ‹Vielen Dank, jetzt geht's mir besser, und ich geh jetzt lieber nach Haus für den Fall, daß es wiederkommt.› Und damit lüftete er den Hut – er war wirklich ein Herr –, und weg war er.»

«Was schätzen Sie, wieviel von dem Pulver er ins Glas getan hat?»

«Oh, das war 'ne ganze Menge. Er hat es nicht abgemessen oder so was, sondern einfach aus dem Päckchen geschüttet. Es könnte fast ein Teelöffel voll gewesen sein.»

«Und was ist mit dem Päckchen passiert?» half Parker nach.

«Ja, jetzt kommt's!» Mrs. Bulfinch warf einen Blick in Wimseys Gesicht und schien mit der Wirkung, die sie erzielt hatte, zufrieden zu sein.

«Wir hatten gerade den letzten Gast rausgelassen – das muß so gegen fünf nach elf gewesen sein –, und George schloß eben die Tür ab, da sehe ich was Weißes auf dem Schemel liegen. Erst dachte ich, da hat einer sein Taschentuch verloren, aber wie ich es aufhebe, sehe ich, daß es ein Papierpäckchen ist. Ich sage zu George: ‹Du, da hat dieser Herr seine Medizin vergessen.› George fragt, welcher Herr, und ich sag's ihm, worauf er fragt: ‹Was ist es denn?› Ich wollte nachsehen, aber das Etikett war abgerissen. Es war so eines von diesen Apothekerpäckchen, wissen Sie, wo die Enden hochgeklappt sind und das Etikett darübergeklebt wird, aber von dem Etikett war kein Fetzen mehr übrig.»

«Konnten Sie nicht einmal feststellen, ob es schwarz oder rot beschriftet war?»

«Hm – nein.» Mrs. Bulfinch überlegte. «Nein, das könnte ich nicht sagen. Jetzt, wo Sie danach fragen, kommt es mir so vor, als ob an dem Päckchen etwas Rotes gewesen wäre, irgendwo, aber mit Sicherheit kann ich mich da nicht erinnern. Ich könnte es nicht beschwören. Ein Name oder sonst etwas Gedrucktes war jedenfalls nicht drauf, denn ich hab ja versucht, nachzusehen, was es war.»

«Sie haben wohl nicht gekostet?»

«Ich nicht! Das hätte doch Gift oder so was sein können. Ich sage Ihnen nämlich, das war schon ein komischer Kunde.» (Parker und Wimsey wechselten einen Blick.)

«Haben Sie das damals gleich gedacht?» erkundigte sich Wimsey. «Oder ist Ihnen der Gedanke erst später gekommen – nachdem Sie über den Fall gelesen hatten, verstehen Sie?»

«Ich hab es natürlich gleich damals gedacht», versetzte Mrs. Bulfinch ein wenig schnippisch. «Hab ich Ihnen nicht eben erst gesagt, daß ich deshalb nicht davon gekostet habe? Außerdem hab ich's auch noch zu George gesagt. Und schließlich, wenn es kein Gift war, könnte es ja auch ‹Schnee› gewesen sein. ‹Rühr das Zeug besser nicht an›, hab ich zu George gesagt, und er hat gemeint: ‹Wirf's doch ins Feuer.› Aber davon hab ich wieder nichts gehalten. Der Herr hätte ja wiederkommen können, um es zu holen. Also hab ich's auf das Regal hinter der Bar gelegt, wo die Spirituosen stehen, und hab dann nicht mehr dran gedacht, bis gestern, als Ihr Polizist deswegen kam.»

«Man hat dort schon nachgesehen», sagte Parker, «aber anscheinend ist es nirgends zu finden.»

«Dazu kann ich nichts sagen. Ich hab's dahin getan, und im August bin ich von den Neun Ringen weg, daher weiß ich natürlich nicht, was daraus geworden ist. Wahrscheinlich haben sie's beim Aufräumen weggeworfen. Moment mal – ganz stimmt das nicht, daß ich seitdem nicht mehr daran gedacht habe. Ich hab mal kurz daran gedacht, als ich in den *News of the World* über den Prozeß gelesen habe, und ich hab zu George gesagt: ‹Es würde mich nicht wundern, wenn das der Herr wäre, der da eines Abends in die Neun Ringe gekommen ist und so elend aussah – stell dir das nur mal vor!› hab ich gesagt – nur so. Und George hat gemeint: ‹Phantasier dir nichts zusammen, Gracie. Du willst doch sicher nichts mit der Polizei zu tun haben, oder?› Sehen Sie, George hat sich immer aus allem herausgehalten.»

«Es war aber schade, daß Sie sich nicht gemeldet haben», sagte Parker streng.

«Na ja, woher sollte ich denn wissen, daß es wichtig war? Der Taxifahrer hat ihn ja kurz darauf gesehen, und da war er schon so krank, also kann es mit dem Pulver gar nichts zu tun gehabt haben, wenn es der überhaupt war, was ich ja auch nicht einmal sicher wußte. Und außerdem hab ich sowieso erst davon gehört, als der Prozeß schon vorbei war.»

«Es wird einen neuen Prozeß geben, und dort müssen Sie wahrscheinlich aussagen», sagte Parker.

«Sie wissen ja, wo Sie mich finden», antwortete Mrs. Bulfinch tapfer. «Ich laufe schon nicht weg.»

«Jedenfalls sind wir Ihnen sehr verbunden, daß Sie jetzt gekommen sind», fügte Wimsey liebenswürdig hinzu.

«Keine Ursache», antwortete die Dame. «War das alles, was Sie wollten, Herr Chefinspektor?»

«Im Augenblick ja. Wenn wir das Päckchen finden, werden wir Sie vielleicht bitten, es zu identifizieren. Außerdem würde ich Ihnen raten, über die Angelegenheit nicht mit Ihren Freundinnen zu sprechen, Mrs. Bulfinch. Wenn Frauen erst zu reden anfangen, kommt eins zum andern, und nachher erinnern sie sich an Vorfälle, die es gar nicht gegeben hat. Sie verstehen, ja?»

«Ich war noch nie eine Klatschbase», antwortete Mrs. Bulfinch beleidigt. «Und wenn es darum geht, aus zwei und zwei fünf zu machen, können die Frauen den Männern nicht das Wasser reichen, das ist meine Meinung.»

«Ich nehme doch an, daß ich dies den Anwälten der Verteidigung weitersagen darf?» fragte Wimsey, nachdem Mrs. Bulfinch gegangen war.

«Natürlich», sagte Parker. «Darum habe ich dich ja gebeten, herzukommen und dir das anzuhören – soweit es was nützt. Wir werden derweil natürlich tüchtig nach dem Päckchen suchen.»

«Ja», sagte Wimsey nachdenklich. «Doch – das wirst du tun müssen – natürlich.»

Mr. Crofts machte nicht gerade ein hocherfreutes Gesicht, als ihm diese Geschichte zu Ohren kam.

«Ich habe Sie davor gewarnt, Lord Peter», sagte er, «was dabei herauskommen kann, wenn wir der Polizei unsere Karten zeigen. Nachdem sie die Sache jetzt in den Händen hat, kann sie ungehindert ihren eigenen Vorteil daraus ziehen. Warum haben Sie die Nachforschungen nicht uns überlassen?»

«Hol's der Kuckuck», sagte Wimsey ärgerlich, «Sie haben drei Monate Zeit gehabt und absolut nichts erreicht. Die Polizei hat ganze drei Tage gebraucht. Zeit ist in diesem Fall nämlich wichtig.»

«Schon, aber Sie müssen doch sehen, daß die Polizei jetzt nicht ruhen wird, bis sie dieses kostbare Päckchen gefunden hat.»

«Und?»

«Na, und wenn nun gar kein Arsen drin ist? Wenn Sie das uns überlassen hätten, wären wir im allerletzten Moment damit herausgerückt, wenn es für weitere Nachforschungen zu spät gewesen wäre, und dann hätte die Anklagevertretung ganz schön dumm dagestanden. Präsentieren Sie den Geschworenen Mrs. Bulfinchs Geschichte, wie sie dasteht, und sie werden daraus schließen, daß Boyes sich doch selbst vergiftet haben könnte. Aber jetzt wird die Polizei natürlich etwas finden oder erfinden, um zu beweisen, daß es ein harmloses Pulver war.»

«Und wenn sie es findet, und es *ist* Arsen darin?»

«In *diesem* Falle», sagte Mr. Crofts, «bekämen wir natürlich einen Freispruch. Aber glauben Sie an die Möglichkeit, Mylord?»

«Jedenfalls sehe ich, daß *Sie* nicht daran glauben», antwortete Wimsey hitzig. «Sie scheinen Ihre Mandantin überhaupt für schuldig zu halten. Ich aber nicht.»

Mr. Crofts zuckte mit den Schultern.

«Im Interesse unserer Mandantin», sagte er, «müssen wir auch die negative Seite aller Beweismittel sehen, um auf alles vorbereitet zu sein, was die Anklage daraus macht. Ich wiederhole, Mylord, daß Sie unbedacht gehandelt haben.»

«Hören Sie», sagte Wimsey, «ich bin nicht auf einen Freispruch aus Mangel an Beweisen aus. Für Miss Vanes Ehre und Glück läuft es nämlich auf eins hinaus, ob sie verurteilt oder auf Grund bloßer Zweifel an ihrer Schuld freigesprochen wird. Ich will sie von jedem Verdacht gereinigt sehen und die Wahrheit an den Tag bringen. Ich will nicht, daß auch nur der Schatten eines Zweifels zurückbleibt.»

«Höchst erstrebenswert, Mylord», räumte der Anwalt ein, «aber Sie werden mir gestatten, darauf hinzuweisen, daß es nicht nur um Ehre und Glück geht, sondern darum, Miss Vanes Hals aus der Schlinge zu ziehen.»

«Und ich sage», entgegnete Wimsey, «daß es besser für sie wäre, gehängt zu werden, als weiterzuleben und vor aller Welt als Mörderin zu gelten, die nur mit Glück davongekommen ist.»

«So?» meinte Mr. Crofts. «Ich fürchte, diese Einstellung kann die Verteidigung nicht teilen. Darf ich fragen, ob Miss Vane selbst sie teilt?»

«Mich würde das jedenfalls nicht überraschen», sagte Wimsey. «Aber sie ist unschuldig, und ich werde schon dafür sorgen, daß auch Sie es glauben.»

«Ausgezeichnet», sagte Mr. Crofts verbindlich. «Niemand wäre darüber glücklicher als ich. Aber ich darf wiederholen, daß nach meiner bescheidenen Meinung Eure Lordschaft klüger daran täten, Chefinspektor Parker künftig nicht allzusehr ins Vertrauen zu ziehen.»

Wimsey kochte noch innerlich von dieser Konfrontation, als er Mr. Urquharts Kanzlei in der Bedford Row betrat. Der Bürovorsteher erinnerte sich seiner und begrüßte ihn mit der Ehrerbietung, die einem hochgestellten und erwarteten Besucher zukommt. Er bat Seine Lordschaft, einen Augenblick Platz zu nehmen, und verschwand nach hinten.

Eine Büroangestellte mit hartem, häßlichem, fast maskulinem Gesicht blickte von ihrer Schreibmaschine auf, als die Tür sich schloß, und nickte Lord Peter ganz kurz zu. Wimsey erkannte sie als eine aus seinem «Katzenhaus» und spendete Miss Climpson im Geiste ein Lob für schnelle und gute Organisation. Kein Wort wurde jedoch zwischen ihnen gewechselt, und im nächsten Moment erschien auch schon wieder der Bürovorsteher und bat Lord Peter, einzutreten.

Norman Urquhart erhob sich hinter seinem Schreibtisch und streckte freundlich die Hand zum Gruß aus. Wimsey hatte ihn beim Prozeß gesehen, und dabei waren ihm seine gutsitzende Kleidung, sein dichtes, glattes dunkles Haar und die energische, geschäftmäßige Art aufgefallen, mit der er einen durch und durch seriösen Eindruck erweckte. Jetzt bemerkte er, daß Urquhart etwas älter war, als er aus der Ferne wirkte. Er schätzte ihn auf etwa Mitte Vierzig. Seine Haut war blaß und sonderbar durchscheinend, abgesehen von einer Anzahl kleiner Flecken, wie Sommersprossen, die man um diese Jahreszeit nicht erwartete, schon gar nicht bei einem Mann, der nicht aussah, als hielte er sich viel im Freien auf. Seine dunklen, verschlagenen Augen blickten ein wenig müde drein und hatten braune Ränder, als ob ihnen Sorge nicht fremd wäre.

Der Anwalt hieß seinen Gast mit einer hohen, angenehmen Stimme willkommen und fragte, womit er ihm dienen könne.

Wimsey erklärte, er interessierte sich für den Giftmordprozeß Vane und sei von der Kanzlei Crofts & Cooper ermächtigt, Mr. Urquhart mit Fragen zu belästigen, nicht ohne hinzuzufügen, wie sehr er es bedauere, ihn von der Arbeit abzuhalten.

«Aber nicht doch, Lord Peter. Ich bin nur zu gern bereit, Ihnen in jeder Hinsicht zu helfen, obwohl ich fürchte, daß Sie schon alles gehört haben, was ich weiß. Natürlich war ich entsetzt über das Ergebnis der Autopsie, und dann, wie ich zugeben muß, doch recht erleichtert, daß unter den etwas heiklen Umständen kein Verdacht auf mich selbst fiel.»

«Schrecklich unangenehm für Sie», gab Wimsey ihm recht. «Aber offenbar haben Sie ja zum fraglichen Zeitpunkt geradezu bewundernswerte Vorsorge getroffen.»

«Na ja, wissen Sie, ich glaube, so etwas wird bei uns Anwälten schon zur Gewohnheit. Ich habe natürlich damals noch nichts von Gift geahnt – sonst hätte ich selbstredend sofort auf einer Untersuchung bestanden. Ich hatte damals vielmehr an so eine Art Lebensmittelvergiftung gedacht – nicht Botulismus, dafür stimmten die Symptome ganz und gar nicht – oder an eine Kontaminierung der Speisen durch Kochgerätschaften oder eine Verseuchung der Zutaten durch irgendwelche Bazillen. Ich bin froh, daß sich das nicht bestätigt hat, obwohl die Wahrheit dann auf eine Art noch viel schrecklicher war. Ich finde wirklich, daß in allen Fällen plötzlicher und unerklärlicher Krankheit eine Analyse der Ausscheidungen selbstverständlich sein sollte, aber Dr. Weare schien sich seiner Sache so sicher zu sein, daß ich ganz auf sein Urteil vertraut habe.»

«Offensichtlich», sagte Wimsey. «Man denkt ja auch nicht immer gleich daran, daß einer ermordet worden sein könnte – obwohl ich behaupten möchte, daß es öfter vorkommt, als man sich im allgemeinen vorstellt.»

«Sehr wahrscheinlich, und wenn ich je etwas mit Strafrecht zu tun gehabt hätte, wäre der Verdacht mir vielleicht gekommen, aber ich befasse mich beruflich fast ausschließlich mit Grundeigentumsrecht und dergleichen – und Erb- und Scheidungsrecht und so weiter.»

«Da wir vom Erbrecht sprechen», meinte Wimsey obenhin, «hatte Mr. Boyes irgendwelche Aussichten?»

«Nicht daß ich wüßte. Sein Vater war keineswegs wohlhabend – der übliche kleine Landpfarrer mit kleinem Einkommen, großem Pfarrhaus und baufälliger Kirche. Eigentlich gehört die ganze Familie zum unglückseligen akademischen Mittelstand – mit hohen Steuern belastet und sehr geringem finanziellem Rückhalt. Ich glaube nicht, daß Philip Boyes mehr als ein paar hundert Pfund zu erwarten gehabt hätte, selbst wenn er sie alle überlebt hätte.»

«Ich dachte, irgendwo lebte noch eine reiche Tante.»

«O nein – oder denken Sie etwa an Cremorna Garden? Sie ist

eine Großtante mütterlicherseits. Aber sie hat schon seit vielen Jahren keine Verbindung mehr mit der Familie.»

In diesem Augenblick hatte Lord Peter eine dieser plötzlichen Erleuchtungen, wie man sie mitunter hat, wenn zwei an sich voneinander unabhängige Fakten im Gehirn plötzlich miteinander in Berührung kommen. In der Aufregung über Parkers Mitteilung wegen des weißen Päckchens hatte er Bunters Bericht über sein Teekränzchen mit Hannah Westlock und Mrs. Pettican nicht mit der gebührenden Aufmerksamkeit angehört, aber jetzt fiel ihm etwas ein, was mit einer Schauspielerin zu tun hatte, deren Name so komisch war, «wie Hyde Park oder so was Ähnliches». Jetzt knüpfte sich die Verbindung in seinem Gehirn so glatt und mechanisch, daß seine nächste Frage fast ohne Überlegungspause folgte.

«Ist das nicht Mrs. Wrayburn aus Windle in Westmoreland?»

«Ja», sagte Mr. Urquhart. «Ich war übrigens gerade erst oben, um nach ihr zu sehen. Natürlich, ja, Sie haben mir dorthin geschrieben. Die arme alte Frau ist schon seit fünf Jahren ganz kindisch. Ein elendes Leben – so dahinzuvegetieren, sich selbst und anderen zur Last. Mir will es immer grausam vorkommen, daß man diese armen alten Leute nicht einfach einschläfern darf, wie man es mit seinem Lieblingstier tun würde – aber das Gesetz erlaubt uns solche Barmherzigkeit nicht.»

«Ja, der Tierschutzverein würde uns auf glühenden Kohlen rösten, wenn wir eine Katze leiden ließen», sagte Wimsey. «Geradezu widersinnig, nicht? Aber es ist immer dasselbe. Da schreiben Leute empört an die Zeitungen, wenn einer einen Hund in einem zugigen Zwinger hält, und geben keinen Pfifferling darum, wenn Hausbesitzer dreizehnköpfige Familien in einen Kellerraum pferchen, der kein Glas in den Fenstern und nicht einmal Fenster hat, in die man das Glas einsetzen könnte. Das macht mich manchmal ganz rasend, obwohl ich sonst ein ziemlich friedlicher Zeitgenosse bin. Die arme alte Cremorna Garden – aber es muß ja jetzt mit ihr zu Ende gehen. Lange kann es bestimmt nicht mehr dauern.»

«Ja, wir haben neulich schon alle gedacht, es ist aus mit ihr. Ihr Herz macht nicht mehr mit – sie ist schon über Neunzig, die arme Seele, und bekommt von Zeit zu Zeit diese Anfälle. Aber in diesen alten Damen steckt manchmal eine erstaunliche Lebenskraft.»

«Dann sind Sie jetzt wohl ihr einziger lebender Verwandter.»

«Ich glaube, ja. Abgesehen von einem Onkel von mir in Australien.» Mr. Urquhart fragte nicht einmal, woher Wimsey das mit der Verwandtschaft wußte. «Nicht daß ich ihr irgendwie helfen könnte, wenn ich da bin, aber ich bin ja auch ihr geschäftlicher Bevollmächtigter, und da ist es schon besser, wenn ich im Falle eines Falles an Ort und Stelle bin.»

«Sehr richtig, sehr richtig. Und als ihr Bevollmächtigter wissen Sie natürlich auch, wie sie über ihr Vermögen verfügt hat?»

«Aber natürlich. Obwohl ich im Augenblick – verzeihen Sie – nicht ganz verstehe, was das mit unserem augenblicklichen Problem zu tun hat.»

«Nun, sehen Sie», sagte Wimsey, «mir ist der Gedanke gekommen, daß Philip Boyes irgendwie in eine finanzielle Bedrängnis gekommen sein könnte – das kommt in den besten Familien vor – und, sagen wir, den kürzesten Ausweg genommen hat. Wenn er aber etwas von Mrs. Wrayburn zu erwarten hatte und das alte Mädchen – ich meine die arme alte Dame – so nah daran war, dieses irdische Jammertal zu verlassen, nicht wahr, dann hätte er doch damit gewartet oder sich mit einem nach ihrem Tod fälligen Wechsel über Wasser gehalten oder dergleichen. Verstehen Sie jetzt?»

«Ach so, ja – Sie wollen auf Selbstmord hinaus. Nun, ich muß sagen, daß dies die aussichtsreichste Verteidigung ist, die Miss Vanes Freunde konstruieren können, und was das betrifft, kann ich Sie sogar unterstützen. Das heißt insofern, als Mrs. Wrayburn Philip keinen Penny zugedacht hat. Und soviel ich weiß, hatte er auch nicht den mindesten Grund, etwas von ihr zu erwarten.»

«Sind Sie dessen sicher?»

«Vollkommen. Genauer gesagt» – Mr. Urquhart zögerte –, «nun ja, ich kann Ihnen wohl auch sagen, daß er mich eines Tages danach gefragt hat und ich ihm sagen mußte, daß er nicht die mindeste Aussicht hatte, etwas von ihr zu bekommen.»

«Oh – er hat also gefragt?»

«Ja.»

«Das ist doch ziemlich wichtig, nicht? Wann war denn das ungefähr?»

«Hm – vor anderthalb Jahren, glaube ich. Ganz genau weiß ich es nicht.»

«Und da Mrs. Wrayburn inzwischen so kindisch ist, wie Sie sagen, konnte er wohl auch nicht darauf hoffen, daß sie ihr Testament noch ändern würde, oder?»

«Auf keinen Fall.»

«Verstehe. Nun, ich glaube, damit läßt sich etwas anfangen. Große Enttäuschung – man kann ja davon ausgehen, daß er doch sehr damit gerechnet hatte. Ist es übrigens viel?»

«Ganz ordentlich – etwa siebzig- bis achtzigtausend.»

«Zum Krankwerden – die Vorstellung, daß all dieses schöne Geld flöten geht und man selbst es nicht einmal zu riechen bekommt. Übrigens, wie steht's mit Ihnen? Bekommen Sie auch nichts? Verzeihung, schrecklich neugierig von mir, aber ich meine nur, wo Sie sich doch seit Jahren um sie kümmern und ihr einziger erreichbarer Verwandter sind, wäre das doch sozusagen ein starkes Stück, wie?»

Der Anwalt runzelte die Stirn, und Wimsey entschuldigte sich.

«Ich weiß – eine unverschämte Frage, eine Schwäche von mir. Außerdem wird es sowieso in der Zeitung stehen, wenn die alte Dame erst den Löffel hinlegt, also weiß ich gar nicht, wozu ich Sie so ausquetschen soll. Vergessen Sie's – es tut mir leid.»

«Eigentlich gibt es keinen Grund, warum Sie es nicht wissen sollten», sagte Mr. Urquhart langsam. «Man zögert eben nur von Berufs wegen, über die Angelegenheiten seiner Klienten zu sprechen. Es ist so, daß ich selbst der Erbe bin.»

«Oho!» machte Wimsey mit enttäuschter Stimme. «In diesem Falle – das erschüttert doch unsere Theorie ein wenig, oder? Ich meine, Ihr Vetter könnte doch dann gehofft haben, sich an Sie wenden zu können – das heißt – ich weiß natürlich nicht, wie Sie selbst darüber gedacht hätten –»

Mr. Urquhart schüttelte den Kopf.

«Ich weiß, worauf Sie hinauswollen, und der Gedanke liegt ja auch nahe. Aber in Wahrheit hätte eine solche Verwendung des Geldes im direkten Widerspruch zum ausdrücklichen Wunsch der Erblasserin gestanden. Selbst wenn ich das Geld auf legale Weise hätte weitergeben können, wäre ich moralisch gebunden gewesen, es nicht zu tun, und das habe ich Philip auch erklärt. Natürlich hätte ich ihm dann und wann mit einer kleinen Zuwendung unter die Arme greifen können, aber ehrlich gesagt, große Lust hätte ich auch dazu nicht gehabt. In meinen Augen konnte Philip nur dann hoffen, aus seinen Schwierigkeiten herauszukommen, wenn er es mit eigener Arbeit zu etwas brachte. Er neigte ein wenig dazu – obwohl ich nicht schlecht über einen Toten reden möchte –, sich gern, äh, auf andere zu verlassen.»

«Ach so. Und daran hat gewiß auch Mrs. Wrayburn gedacht.»

«Nicht unbedingt. Nein. Dahinter steckte mehr. Sie war der Meinung, von ihrer Familie schlecht behandelt worden zu sein. Mit einem Wort – ach was, wenn ich Ihnen schon soviel gesagt habe, kann ich Ihnen auch gleich ihre *ipsissima verba* vorlesen.»

Er läutete mit der Glocke auf seinem Schreibtisch.

«Das Testament selbst habe ich nicht hier, wohl aber den Entwurf. Oh, Miss Murchison, könnten Sie so nett sein und mir die Dokumentenkassette mit der Aufschrift ‹Wrayburn› bringen? Mr. Pond zeigt sie Ihnen. Sie ist nicht schwer.»

Die Dame aus dem «Katzenhaus» zog sich stumm zurück, um die Kassette zu holen.

«Das ist alles höchst irregulär, Lord Peter», fuhr Mr. Urquhart fort, «aber es gibt Momente, da ist zuviel Korrektheit ebenso schlecht wie zuwenig, und ich möchte schon, daß Sie genau verstehen, warum ich gezwungen war, diese kompromißlose Haltung gegenüber meinem Vetter einzunehmen. Ah, danke, Miss Murchison.»

Er öffnete die Kassette mit Hilfe eines Schlüssels, den er mit einem ganzen Bund aus der Hosentasche zog, und blätterte etliche Papiere durch. Wimsey beobachtete ihn mit dem Gesichtsausdruck eines nicht sehr intelligenten Terriers, der einen Leckerbissen erwartet.

«Ach Gott, ach Gott!» entfuhr es dem Anwalt. «Es scheint überhaupt nicht – ja natürlich, wie kann man nur so vergeßlich sein! Entschuldigen Sie vielmals. Ich habe den Entwurf zu Hause in meinem Safe. Ich hatte ihn im letzten Juni, als Mrs. Wrayburns Gesundheitszustand wieder Anlaß zur Sorge gab, aus der Kassette genommen, um etwas nachzusehen, und in der Aufregung um den Tod meines Vetters habe ich ganz vergessen, ihn wieder herzubringen. Nun, der Inhalt ist im wesentlichen –»

«Lassen Sie nur», sagte Wimsey, «das hat keine Eile. Wenn ich Sie morgen zu Hause aufsuchte, vielleicht könnte ich es dann sehen?»

«Auf jeden Fall, wenn Sie es für wichtig halten. Ich muß mich für meine Vergeßlichkeit entschuldigen. Gibt es inzwischen noch etwas, womit ich Ihnen in dieser Angelegenheit dienen könnte?»

Wimsey stellte noch ein paar Fragen in der Richtung, die auch Bunter bei seinem Erkundungstee schon erforscht hatte, und verabschiedete sich dann. Miss Murchison saß im Vorzimmer wieder bei ihrer Arbeit. Sie sah nicht auf, als er hinausging.

«Merkwürdig», dachte Wimsey, während er durch die Bedford Row eilte, «alle sind in diesem Fall so erstaunlich hilfsbereit. Sie beantworten einem bereitwillig Fragen, die zu stellen man gar kein Recht hat, und ergehen sich völlig unnötig in ausführlichen Erklärungen. Keiner scheint irgend etwas zu verbergen zu haben. Man muß sich einfach wundern. Vielleicht hat der Bursche wirklich Selbstmord begangen. Hoffentlich! Wenn ich ihn doch nur selbst verhören könnte! Ich würde ihn schon durch die Mangel drehen, hol's der Kuckuck! Jetzt habe ich schon mindestens fünfzehn Aussagen über seinen Charakter – und alle verschieden ... Es ist doch wirklich nicht die feine Art, Selbstmord zu begehen, ohne einen Zettel zu hinterlassen, auf dem steht, daß man es selbst war – damit kann man andere Leute in die größten Schwierigkeiten bringen. Wenn ich mir einmal eine Kugel durch den Kopf jage –»

Er hielt inne.

«Hoffentlich werde ich das nie wollen», sagte er. «Hoffentlich brauche ich es nie zu wollen. Mutter würde das nicht mögen, und es ist auch so unappetitlich. Aber allmählich macht es mir keinen Spaß mehr, Leute an den Galgen zu bringen. Es ist so häßlich für ihre Freunde ... Ich sollte lieber nicht ans Aufhängen denken. Das ist nicht gut für die Nerven.»

· 11 ·

WIMSEY FAND SICH AM NÄCHSTEN MOR-
gen um neun Uhr in Mr. Urquharts Haus ein und traf diesen Herrn beim Frühstück an.

«Ich habe mir gedacht, ich erreiche Sie vielleicht noch, bevor Sie ins Büro gehen», entschuldigte sich Seine Lordschaft. «Herzlichen Dank, aber ich habe die Morgenfütterung schon hinter mir. Nein, wirklich, danke – ich trinke nie etwas vor elf. Schlecht für die Eingeweide.»

«Also, ich habe den Entwurf für Sie gefunden», sagte Mr. Urquhart freundlich. «Sie können einen Blick darauf werfen, während ich meinen Kaffee trinke, wenn Sie entschuldigen wollen, daß ich weiter frühstücke. Die Familie wird darin ein wenig auseinandergenommen, aber schließlich gehört das alles schon längst der Vergangenheit an.»

Er holte ein maschinenbeschriebenes Blatt Papier von einem Beistelltischchen und reichte es Wimsey, der ganz nebenbei bemerkte, daß es auf einer Woodstock-Maschine mit einem leicht beschädigten kleinen p und einem etwas aus der Zeile gerutschten großen A geschrieben worden war.

«Am besten erkläre ich Ihnen zuerst genau die familiären Verbindungen zwischen den Boyes und den Urquharts», fuhr er fort, indem er zum Frühstückstisch zurückkehrte, «dann verstehen Sie das Testament besser. Der gemeinsame Ahne ist der alte John Hubbard, ein hochachtbarer Bankier zu Anfang des vorigen Jahrhunderts. Er lebte in Nottingham, und die Bank war, wie in jenen Tagen üblich, ein privates Familienunternehmen. Er hatte drei Töchter, Jane, Mary und Rosanna. Er gab ihnen eine gute Erziehung, und die drei jungen Damen wären ganz gute Partien gewesen, wenn der alte Knabe nicht die üblichen Fehler gemacht hätte – gewagte Spekulationen, zu nachsichtig mit den Kunden, die alte Geschichte. Die Bank ging pleite, und die drei Töchter blieben mittellos zurück. Jane, die älteste, heiratete einen gewissen Henry Brown, einen Schulmeister. Er war sehr arm und geradezu abstoßend moralisch. Sie hatten eine Tochter namens Julia, die schließlich einen Priester heiratete, den Pfarrer Arthur Boyes. Mary, die zweite Tochter, machte finanziell eine bessere Partie, obwohl sie gesellschaftlich unter ihrem Stand heiratete. Sie gab ihre Hand einem gewissen Josiah Urquhart, einem Handelsvertreter, was für die Familie ein schwerer Schlag war. Aber Josiah entstammte einer ursprünglich sehr geachteten Familie und war ein hochanständiger Mann, und so fanden sie sich damit ab. Mary hatte einen Sohn, Charles Urquhart, der sich aus dem entehrenden Geruch des reisenden Gewerbes befreien konnte. Er trat in eine Anwaltskanzlei ein, machte sich sehr gut und wurde schließlich Partner in der Firma. Er war mein Vater, und ich habe in der Juristerei seine Nachfolge angetreten.

Die dritte Tochter, Rosanna, war von ganz anderem Holz. Sie war sehr schön, eine überaus gute Sängerin und anmutige Tänzerin und alles in allem ein besonders anziehendes und verwöhntes junges Mädchen. Zum Entsetzen ihrer Eltern lief sie davon und ging zur Bühne. Man tilgte ihren Namen in der Familienbibel. Sie setzte sich in den Kopf, die schlimmsten Befürchtungen ihrer Eltern zu bestätigen, und wurde zum umschwärmten Liebling der Londoner Lebewelt. Unter dem Künstlernamen Cremorna Garden eilte sie von einem anstößigen Triumph zum nächsten. Und sie hatte Köpfchen, wohlgemerkt – keine zweite Nell Gwynne. Sie hielt fest, was sie bekam, und sie nahm alles – Geld, Juwelen, Luxusapartments, Pferde, Kutschen und was es so alles gab, und das machte sie zu Geld und legte es sicher an. Verschwenderisch war sie nie, nur mit ihrer eigenen Person, und das hielt sie für eine ausreichende Gegenleistung für alles, was sie bekam; meines Erachtens war es das auch. Ich habe sie zum erstenmal gesehen, als sie schon eine alte Frau war, aber vor dem Schlaganfall, der Geist und Körper zerstörte, sah man immer noch die Spuren bemerkenswerter Schönheit. Sie war auf ihre Art eine ebenso schlaue wie knauserige alte Frau. Sie hatte diese festen kleinen Hände, schmal und gedrungen, die nichts wieder hergeben – außer gegen Bezahlung. Sie werden den Typ ja kennen.

Nun, kurz gesagt: Jane, die älteste Schwester – die mit dem Schulmeister verheiratet war –, wollte mit dem schwarzen Schaf der Familie nichts zu tun haben. Sie und ihr Mann hüllten sich in ihre Tugend und schauderten schon, wenn sie den Schandnamen Cremorna Garden auf den Anzeigetafeln des Olympic- oder Adelphi-Theaters lasen. Ihre Briefe schickten sie ihr ungeöffnet zurück und verbaten ihr das Haus, und zu guter Letzt versuchte Henry Brown sie beim Begräbnis seiner Frau sogar aus der Kirche werfen zu lassen.

Meine Großeltern waren nicht ganz so sittenstreng. Sie besuchten sie zwar nicht und luden sie auch nicht zu sich ein, aber sie kauften sich ab und zu eine Eintrittskarte zu ihren Vorstellungn und schickten ihr eine Anzeige, als ihr Sohn heiratete. Sie hielten Abstand, aber blieben höflich. Folglich hielt sie ihrerseits eine förmliche Verbindung mit meinem Vater aufrecht und übergab ihm schließlich ihre geschäftlichen Angelegenheiten. Besitz war für ihn Besitz, unabhängig von der Art des Erwerbs; er pflegte zu sagen, wenn ein Anwalt mit unsauberem Geld nichts zu tun haben wolle, müsse er der Hälfte seiner Klienten die Tür weisen.

Die alte Dame vergaß und vergab nie etwas. Sie schäumte schon bei der bloßen Erwähnung des Boyes-Zweiges ihrer Familie. Darum fügte sie, als sie ihr Testament machte, diesen Absatz ein, den Sie jetzt vor sich liegen haben. Ich habe sie darauf hingewiesen, daß Philip Boyes mit ihrer Verfemung schließlich nichts zu tun habe, ebenso wie Arthur Boyes, aber die alte Wunde schmerzte noch, und sie mochte kein Wort zu seinen Gunsten hören. Also habe ich das Testament nach ihren Wünschen aufgesetzt; hätte ich es nämlich nicht getan, wäre sie damit zu einem andern gegangen.»

Wimsey nickte und wandte seine Aufmerksamkeit nun dem Testament zu, das acht Jahre früher datiert war. Norman Urquhart wurde darin zum alleinigen Testamentsvollstrecker ernannt, und nach einigen Legaten an Dienstboten und Wohlfahrtseinrichtungen für Theaterleute ging es folgendermaßen weiter:

«Mein gesamtes übriges Vermögen hinterlasse ich meinem Großneffen Norman Urquhart, Rechtsanwalt zu London, zum lebenslangen Nießbrauch; nach seinem Tode soll es zu gleichen Teilen auf seine legitimen Nachkommen übergehen; sollte besagter Norman Urquhart ohne legitime Nachkommen sterben, geht besagtes Vermögen an (hier folgen die Namen der zuvor schon erwähnten Wohltätigkeitseinrichtungen). Ich treffe diese Verfügung über mein Eigentum zum Zeichen der Dankbarkeit für die Achtung, die besagter Großneffe Norman Urquhart sowie sein Vater, der verstorbene Charles Urquhart, mir ihr Leben lang entgegengebracht haben, und um sicherzustellen, daß kein Teil meines Vermögens in die Hände meines Großneffen Philip Boyes oder seiner Nachkommen gelangt. Zu diesem Zweck und um meine Meinung über die Unmenschlichkeit darzutun, mit der die Familie besagten Philip Boyes' mich stets behandelt hat, erlege ich besagtem Norman Urquhart als meinen letzten Wunsch auf, besagtem Philip Boyes von den Einnahmen aus besagtem, von ihm lebenslang genutztem Vermögen nichts zu überlassen oder zu leihen oder besagten Philip Boyes in irgendeiner Weise damit zu unterstützen.»

«Hm!» machte Wimsey. «Das ist deutlich. Und ganz schön rachsüchtig.»

«Ja, das kann man wohl sagen – aber was macht man mit einer alten Frau, die vor der Vernunft die Ohren verschließt? Sie hat mir scharf auf die Finger geguckt, damit ich es nur ja ganz hart und eindeutig formuliere, bevor sie ihren Namen daruntersetzte.»

«Das muß wirklich niederschmetternd für Philip Boyes gewesen sein», sagte Wimsey. «Vielen Dank – ich bin froh, daß ich das zu sehen bekommen habe; es macht die Selbstmordtheorie ein gutes Stück wahrscheinlicher.»

Theoretisch mochte das durchaus der Fall sein, aber leider paßten die Theorie und das, was Wimsey bisher alles über Philip Boyes' Charakter gehört hatte, nicht so gut zusammen, wie er es sich gewünscht hätte. Er persönlich war eher geneigt, den entscheidenden Grund für den Selbstmord in dem letzten Gespräch mit Harriet Vane zu sehen. Aber auch das war nicht ganz überzeugend. Er konnte sich nicht vorstellen, daß Philips Gefühle für Harriet Vane so geartet waren. Vielleicht sträubte er sich aber auch nur, gut von diesem Mann zu denken. Vielleicht, so fürchtete er, trübten hier seine eigenen Empfindungen ein wenig sein Urteil.

Er fuhr nach Hause zurück und las die Fahnen von Harriets Roman. Kein Zweifel, sie konnte schreiben, aber es war auch nicht zu bezweifeln, daß sie allzuviel über Arsen und seine

Wirkung wußte. Zu allem Überfluß handelte die Geschichte von zwei Künstlern, die in Bloomsbury wohnten und ein ideales Leben führten, voller Liebe, Lachen und Armut, bis jemand unfreundlicherweise den jungen Mann vergiftete und die untröstliche junge Frau nur noch dem Ziel lebte, ihn zu rächen. Wimsey knirschte mit den Zähnen und fuhr zum Halloway-Gefängnis, wo er sich beinahe als eifersüchtiger Trottel gebärdete. Glücklicherweise kam ihm sein Humor zu Hilfe, nachdem er seinen Schützling bis an den Rand der Erschöpfung und Tränen verhört hatte.

«Entschuldigung», sagte er. «Ich bin auf diesen Boyes einfach eifersüchtig. Das sollte ich nicht sein, aber ich bin's.»

«Das ist es eben», antwortete Harriet. «Und Sie würden es immer sein.»

«Und wenn, dann könnte ich nicht damit leben, meinen Sie das?»

«Sie würden sehr unglücklich sein. Ganz abgesehen von allen anderen Nachteilen.»

«Aber sehen Sie», sagte Wimsey, «wenn Sie mich heiraten, würde ich doch nicht mehr eifersüchtig sein, denn dann wüßte ich ja, daß Sie mich wirklich gern hätten und alles.»

«Das glauben Sie. Aber Sie wären es doch.»

«So? O nein, bestimmt nicht. Wieso sollte ich? Es wäre doch genauso, als ob ich eine Witwe heiratete. Sind alle zweiten Ehemänner eifersüchtig?»

«Das weiß ich nicht. Aber es ist eben nicht ganz dasselbe. Sie würden mir niemals wirklich vertrauen, und wir wären todunglücklich.»

«Aber zum Kuckuck!» rief Wimsey. «Wenn Sie nur ein einziges Mal sagten, daß Ihnen ein ganz klein wenig an mir liegt, wäre schon alles in Ordnung. Ich würde es glauben. Nur weil Sie es nicht sagen, bilde ich mir alles mögliche ein.»

«Und Sie würden es sich gegen Ihren Willen weiter einbilden. Sie könnten mir gegenüber nicht unbefangen sein. Das kann kein Mann.»

«Keiner?»

«Nun, kaum einer.»

«Das wäre gräßlich», sagte Wimsey in vollem Ernst. «Wenn ich mich als so ein Idiot entpuppte, wären die Dinge natürlich hoffnungslos. Ich verstehe, was Sie meinen. Ich hab mal einen gekannt, der von der Eifersucht infiziert war. Wenn seine Frau ihm nicht ständig am Hals hing, zeigte es seiner Meinung nach, daß er ihr nichts bedeute, und wenn sie ihm ihre Zuneigung zeigte, nannte er sie eine Heuchlerin. Es wurde einfach unerträglich, und schließlich rannte sie mit einem auf und davon, an dem ihr nicht für zwei Penny lag, worauf er hinging und sagte, er habe sie die ganze Zeit eben doch richtig eingeschätzt. Alle anderen sagten jedoch, daß es nichts als seine eigene Dämlichkeit war. Das ist alles sehr kompliziert. Anscheinend ist der im Vorteil, der zuerst eifersüchtig wird. Vielleicht könnten Sie es fertigbringen, eifersüchtig auf mich zu sein. Ich wollte, Sie wären es, denn das würde beweisen, daß Sie sich für mich interessieren. Soll ich Ihnen Einzelheiten aus meiner finsteren Vergangenheit erzählen?»

«Bitte nicht.»

«Warum nicht?»

«Ich mag von all diesen anderen nichts hören.»

«Ha, wirklich nicht? Das klingt schon ziemlich hoffnungsvoll. Ich meine, wenn Sie wie eine Mutter für mich fühlten, würden Sie mir um jeden Preis helfen und mich verstehen wollen. Ich hasse es, wenn man mich verstehen und mir helfen will. Und schließlich war es nie etwas Ernstes – außer natürlich bei Barbara.»

«Wer war Barbara?» fragte Harriet rasch.

«Ach, ein Mädchen. Im Grunde habe ich ihr sehr viel zu verdanken», antwortete Wimsey nachdenklich. «Als sie diesen andern Kerl heiratete, habe ich mich zum Trost der Kriminalistik zugewandt, und das hat mir alles in allem schon viel Spaß bereitet. Meine Güte, ja – ich war damals wirklich sehr am Boden zerstört. Ich habe ihretwegen sogar einen Sonderkurs in Logik absolviert.»

«Großer Gott!»

«Nur um immer wieder sagen zu dürfen: ‹Barbara celarent darii ferio baralipton.› Das hatte irgendwie so einen romantischen Unterton, der Leidenschaft ausdrückte. In so mancher Mondnacht habe ich es den Nachtigallen vorgeflüstert, die im Garten von St. John's College ihr Unwesen trieben – ich selbst war natürlich am Balliol, aber die Gebäude liegen nebeneinander.»

«Wenn je eine Frau Sie heiratet, dann nur, um Sie blödeln zu hören», sagte Harriet heftig.

»Ein wenig schmeichelhafter Grund, aber besser als gar keiner.»

«Ich habe selbst immer gern geblödelt», sagte Harriet mit Tränen in den Augen, «aber das hat man mir abgewöhnt. Wissen Sie – ich bin von Natur aus wirklich ein fröhlicher Mensch – so schwermütig und mißtrauisch bin ich in Wirklichkeit gar nicht. Aber irgendwie sind mir die Nerven abhanden gekommen.»

«Kein Wunder, armes Kind. Aber darüber werden Sie hinwegkommen. Lächeln Sie nur, und lassen Sie Onkel Peter machen.»

Als Wimsey nach Hause kam, erwartete ihn ein Brief.

«Sehr geehrter Lord Peter – Wie Sie sehen konnten, habe ich die Stelle bekommen. Miss Climpson hat sechs von uns hingeschickt, alle natürlich mit verschiedenen Lebensläufen und Referenzen, und Mr. Pond (der Bürovorsteher) hat mich vorbehaltlich Mr. Urquharts Zustimmung eingestellt.

Ich bin erst ein paar Tage hier und kann daher noch nicht viel über meinen Arbeitgeber persönlich sagen, außer daß er eine Naschkatze ist und heimliche Vorräte an Schokolade und Pralinen in seinem Schreibtisch hat, die er sich beim Diktieren verstohlen in den Mund stopft. Im übrigen scheint er ganz angenehm zu sein.

Aber auf eines bin ich gestoßen. Ich glaube, es würde sich lohnen, sich einmal mit seinen Finanzen zu beschäftigen. Ich habe nämlich schon ziemlich viel mit Börsengeschäften zu tun gehabt, und gestern mußte ich in seiner Abwesenheit einen Anruf entgegennehmen, der nicht für meine Ohren bestimmt war. Einem anderen hätte der Anruf sicher nichts gesagt, wohl aber mir, da mir über den Anrufer einiges bekannt ist. Versuchen Sie festzustellen, ob Mr. U. jemals etwas mit dem Megatherium Trust zu tun hatte, vor dem großen Krach.

Ich melde mich wieder, wenn etwas vorliegt.

Hochachtungsvoll

Joan Murchison.»

«Megatherium Trust?» sagte Wimsey. «Mit so was sollte ein respektabler Anwalt sich aber eigentlich nicht abgeben. Ich werde mal Freddy Arbuthnot fragen. Er ist zwar sonst ein Esel, aber aus irgendeinem unerfindlichen Grunde versteht er etwas von Aktien und Börsengeschäften.»

Er las den Brief noch einmal und registrierte ganz mechanisch, daß er auf einer Woodstock-Maschine mit einem beschädigten kleinen p und einem aus der Zeile gerutschten großen A geschrieben war.

Plötzlich wachte er auf, las den Brief ein drittes Mal und bemerkte plötzlich gar nicht mehr mechanisch das beschädigte p und das verrutschte A.

Dann setzte er sich hin, schrieb ein paar Zeilen auf einen Briefbogen, faltete ihn zusammen, adressierte ihn an Miss Murchison und schickte Bunter, ihn zur Post zu bringen.

Zum erstenmal in diesem ganzen ärgerlichen Fall fühlte er eine unbestimmte Regung, während sich in seinem tiefsten Innern ein sehr bestimmter Gedanke langsam und düster zu formen begann.

· 12 ·

ALS WIMSEY EIN ALTER MANN WAR UND noch redseliger denn je, pflegte er zu sagen, daß die Erinnerung an jene Weihnacht in Duke's Denver ihn die nächsten zwanzig Jahre Nacht für Nacht im Traum verfolgt habe. Es kann aber sein, daß seine Erinnerung hier übertrieb. Fest steht allerdings, daß seine gute Erziehung auf eine harte Probe gestellt wurde. Es begann ganz unverfänglich beim Tee, als Mrs. Dimsworthy, die «Grille», mit ihrer hohen, durchdringenden Stimme heraustrompetete: «Stimmt es denn, Lord Peter, daß Sie diese schreckliche Giftmischerin verteidigen?» Die Frage hatte die Wirkung eines plötzlich aus der Flasche schießenden Sektpfropfens. Die ganze unterdrückte Neugier der Weihnachtsgesellschaft in bezug auf den Fall Vane sprudelte mit einem Schlag empor und schäumte über.

«Für mich steht fest, daß sie's war, und ich kann's ihr nicht verdenken», sagte Hauptmann Tommy Bates. «Ein absoluter Widerling. Hat sogar sein Foto auf den Schutzumschlägen seiner Bücher – so einer war das. Man kann sich nur wundern, wie diese intellektuellen Frauen auf solche Schmierfinken fliegen. Diese ganze Bande gehört vergiftet wie die Ratten. Wenn man nur sieht, welchen Schaden die im Land anrichten.»

«Aber er war ein sehr guter Schriftsteller», protestierte Mrs. Featherstone, eine Dame in den Dreißigern, deren enggeschnürte Figur verriet, daß sie unablässig darum kämpfte, ihr Körpergewicht mehr der Feder im ersten Teil ihres Namens anzupassen als dem Stein im letzten. «Seine Bücher sind von ausgesprochen gallischer Kühnheit und Strenge. Kühnheit ist ja nichst Seltenes – aber diese vollendete Knappheit im Stil ist eine Gabe, die –»

«Na ja, wenn man für Schmutz was übrig hat», unterbrach der Offizier sie ziemlich ungezogen.

«So würde ich das nicht nennen», sagte Mrs. Featherstone. «Gewiß, er ist ziemlich frei, und das verzeihen ihm die Leute hierzulande nicht – typisch englische Heuchelei. Aber die Schönheit seiner Sprache hebt doch alles auf eine höhere Ebene.»

«Ich möchte diesen Schund jedenfalls nicht im Haus haben», sagte der Hauptmann bestimmt. «Ich habe Hilda einmal damit erwischt und ihr gleich gesagt: ‹Dieses Buch schickst du sofort in die Bücherei zurück!› Ich mische mich ja selten ein, aber irgendwo muß man eine Grenze ziehen.»

«Woher wußten Sie, was es für ein Buch war?» erkundigte Wimsey sich unschuldig.

«Also, James Douglas' Besprechung im *Express* hat mir gereicht», sagte Hauptmann Bates. «Die Passagen, die er zitiert hat – Dreck, sage ich, absoluter Dreck.»

«Wie gut, daß wir sie alle gelesen haben», meinte Wimsey. «Wer gewarnt ist, ist gewappnet.»

«Wir müssen der Presse ja wirklich sehr dankbar sein», sagte die Herzoginwitwe. «Es ist so lieb von den Zeitungsleuten, für uns die Rosinen herauszupicken und uns die Mühe zu ersparen, die Bücher selbst zu lesen, nicht wahr, und wie gut für die lieben Armen, die sich die siebeneinhalb Shilling nicht leisten können oder nicht einmal die Gebühren für eine Leihbücherei, obwohl die ja sehr niedrig sind, besonders wenn einer ein schneller Leser ist. Die billigen Büchereien haben solche Bücher allerdings nicht, ich habe nämlich mein Mädchen danach gefragt, so ein kluges Geschöpf, und immer bestrebt, etwas dazuzulernen, was ich von den meisten meiner Bekannten nicht sagen kann, aber ohne Zweifel ist das alles auf die kostenlose Schulbildung für das Volk zurückzuführen, und ich habe sie insgeheim im Verdacht, daß sie Labour wählt, obwohl ich sie nie danach gefragt habe, weil ich das nicht fair fände, und selbst wenn ich es wüßte, dürfte ich ja nicht einmal etwas dazu sagen, nicht wahr?»

«Ich glaube aber nicht, daß die junge Frau ihn deswegen ermordet hat», erklärte ihre Schwiegertochter. «Nach allem, was man so hört, war sie genauso schlecht wie er.»

«Ich bitte dich, Helen», sagte Wimsey, «so darfst du wirklich nicht denken. Mein Gott, sie schreibt Detektivgeschichten, und in Detektivgeschichten siegt immer das Gute. Das ist die sauberste Literatur, die wir haben.»

«Der Teufel ist immer schnell mit einem Bibelspruch bei der Hand, wenn er ihm in den Kram paßt», erwiderte die junge Herzogin, «und wie man hört, gehen die Bücher dieses schlechten Frauenzimmers weg wie warme Semmeln.»

«In meinen Augen», sagte Mr. Harringay, «ist das Ganze ein Werbetrick, der schiefgegangen ist.» Er war ein großer Mann, leutselig, ungeheuer reich und mit der Londoner Geschäftswelt auf gutem Fuß. «Man weiß nie, auf was diese Werbeleute so alles kommen.»

«Na, aber diesmal wird die Gans, die die goldenen Eier legt, aufgehängt», meinte Hauptmann Bates mit lautem Lachen. «Falls Wimsey nicht wieder mit einem seiner Taschenspielertricks aufwartet.»

«Hoffentlich tut er's», ließ sich Miss Titterton vernehmen. «Ich liebe Kriminalromane ja so. Wenn es nach mir ginge, würde die Todesstrafe in ‹lebenslänglich› umgewandelt, aber unter der Bedingung, daß sie jedes halbe Jahr ein neues Buch schreibt. Das wäre doch eine viel nützlichere Beschäftigung als

Tütenkleben und Postsäcke nähen, die dann doch immerzu verlorengehen.»

«Sind Sie nicht ein bißchen voreilig?» fragte Wimsey nachsichtig. «Noch ist sie nicht verurteilt.»

«Sie wird's aber das nächstemal. Gegen Tatsachen kommen auch Sie nicht an, Peter.»

«Natürlich nicht», sagte Hauptmann Bates. «Die Polizei weiß schon, was sie tut. Die verhaftet keinen, wenn er nicht wirklich Dreck am Stecken hat.»

Das war nun allerdings ein sehr geschickter Tritt ins Fettnäpfchen, denn es war noch nicht gar so lange her, daß der Herzog von Denver selbst, irrtümlich des Mordes angeklagt, vor Gericht gestanden hatte. Es wurde gespenstisch still, bis die Herzogin eisig sagte: «Ich darf doch bitten, Hauptmann Bates.»

«Was? Wie? Oh, natürlich, ich wollte auch sagen, ich weiß ja, daß Fehler vorkommen, manchmal, aber das ist ja ganz was anderes. Ich wollte sagen, diese Frau, ohne jede Moral, das heißt, ich meine –»

«Trinken Sie einen Schluck, Tommy», sagte Lord Peter freundlich, «Sie sind heute nicht ganz auf der Höhe Ihres gewohnten Taktes!»

«Aber erzählen Sie doch mal, Lord Peter», rief Mrs. Dimsworthy, «was das eigentlich für eine ist. Haben Sie schon mit ihr gesprochen? Ich fand ihre Stimme ja ganz nett, obwohl sie sonst aussieht wie ein Pfannkuchen.»

«Nette Stimme, Grillchen? Aber nein», sagte Mrs. Featherstone. «Ich würde sie eher unheimlich nennen. Mir ist sie durch Mark und Bein gegangen, ein Schauer ist mir den Rücken hinuntergelaufen. Und ich finde, sie könnte ganz hübsch sein mit diesen sonderbaren verschleierten Augen, wenn sie nur richtig angezogen wäre. So was wie eine *femme fatale*, nicht wahr? Versucht sie Sie zu hypnotisieren, Peter?»

«In der Zeitung habe ich gelesen», sagte Miss Titterton, «daß sie Hunderte von Heiratsanträgen bekommen haben soll.»

«Von einer Schlinge in die nächste», meinte Harringay mit dröhnendem Lachen.

«Ich könnte mir das nicht vorstellen, eine Mörderin heiraten zu wollen», sagte Miss Titterton. «Schon gar nicht, wenn sie soviel von Kriminalromanen versteht. Man hätte immerzu das Gefühl, daß der Kaffee irgendwie komisch schmeckt.»

«Ach, diese Leute sind doch alle verrückt», fand Mrs. Dimsworthy. «Sie wollen nur um jeden Preis auffallen. Wie diese Irren, die falsche Geständnisse ablegen und sich der Polizei für Verbrechen stellen, die sie nie begangen haben.»

«Eine Mörderin kann eine recht gute Ehefrau abgeben», meinte Harringay. «Ihr wißt doch alle, diese Madeleine Smith – sie hat übrigens auch Arsen benutzt – hat danach jemanden geheiratet und war glücklich bis ins hohe Alter.»

«Aber hat ihr Mann auch ein glückliches hohes Alter erreicht?» fragte Miss Titterton. «Das ist doch hier die Frage, oder?»

«Einmal Giftmischerin, immer Giftmischerin, das ist *meine* Meinung», erklärte Mrs. Featherstone. «Das wird nach und nach zur Sucht, wie Alkohol oder Rauschgift.»

«Es ist wohl dieses berauschende Gefühl der Macht», stellte Mrs. Dimsworthy fest. «Aber nun *erzählen* Sie doch schon, Lord Peter –»

«Peter!» sagte seine Mutter. «Könntest du nicht mal nachschauen gehen, wo Gerald bleibt? Sag ihm, sein Tee wird kalt. Ich glaube, er ist mit Freddy bei den Pferden und fachsimpelt über Strahlfäule und gesprungene Hufe oder Ähnliches, was diese Tiere sich immer so unpassend zuziehen. Du hast Gerald nicht richtig erzogen, Helen, denn als Junge war er immer die Pünktlichkeit selbst. Peter war derjenige, mit dem wir unsere liebe Not hatten, aber jetzt mit zunehmendem Alter wird er fast menschlich. Das liegt an diesem großartigen Diener, den er hat, der hält ihn in Ordnung, ein wirklich erstaunlicher Mensch, und so intelligent, so richtig einer von der alten Schule, ein vollkommener Autokrat, und dabei noch so hervorragende Manieren. Ein amerikanischer Millionär würde Tausende für ihn bezahlen, eine imposante Persönlichkeit, und ich wüßte manchmal gern, ob Peter keine Angst hat, daß er ihm eines Tages kündigt, aber ich glaube, er hängt wirklich an ihm, Bunter an Peter, meine ich, obwohl das sicher auch umgekehrt der Fall ist, jedenfalls glaube ich, daß Peter auf seine Meinung mehr hört als auf meine.»

Wimsey hatte das Weite gesucht und war schon auf dem Weg zum Stall. Gerald Herzog von Denver kam gerade heraus, Freddy Arbuthnot in seinem Schlepptau. Ersterer nahm die Botschaft der Herzoginwitwe grinsend entgegen.

«Muß mich natürlich mal wieder blicken lassen», sagte er. «Wenn nur der Tee nie erfunden worden wäre! Ruiniert die Nerven und verdirbt einem den Appetit fürs Abendessen.»

«Widerlich schlabbriges Zeug», pflichtete der Ehrenwerte Freddy ihm bei. «Hör mal, Peter, dich suche ich schon die ganze Zeit.»

«Geht mir genauso», antwortete Wimsey prompt. «Mir wird die Konversation da drinnen langsam lästig. Gehen wir ein bißchen ins Billardzimmer und erholen uns, bevor wir uns wieder dem Trommelfeuer aussetzen.»

«Das ist die Idee des Tages», stimmte Freddy begeistert zu. Er trippelte fröhlich hinter Wimsey her ins Billardzimmer und ließ sich in einen großen Sessel fallen. «Langweilige Sache, dieses Weihnachten, wie? Sämtliche Leute, die man überhaupt nicht leiden kann, im Namen der Liebe und des guten Willens an einem Platz versammelt.»

«Bringen Sie uns je einen Whisky», sagte Wimsey zum Diener, «und, James, wenn jemand nach Mr. Arbuthnot oder mir fragt, dann glauben Sie, wir seien nach draußen gegangen. Prost, Freddy! Ist was durchgesickert, wie die Journalisten immer sagen?»

«Ich habe wie ein Spürhund auf den Fährten deines Opfers herumgeschnüffelt», sagte Mr. Arbuthnot. «Wirklich, ich glaube, ich kann dir bald in deinem Gewerbe Konkurrenz machen. Unsere Finanzkolumne – ‹Fragen Sie Onkel Freddy› – etwas in der Art. Freund Urquhart war jedenfalls sehr vorsichtig. Mußte er ja – angesehener Familienanwalt und so. Trotzdem habe ich gestern einen getroffen, der einen kennt, der von einem Freund gehört hat, daß Urquhart sich ein bißchen weit vorgewagt hat.»

«Bist du sicher, Freddy?»

«Nun ja, sicher wäre zuviel gesagt. Aber dieser Mann, weißt du, ist mir sozusagen noch was schuldig, weil ich ihn vor dem Megatherium Trust gewarnt habe, bevor die Musik aufspielte, und er meint, wenn er an diesen Kerl herankommt, der es weiß – nicht derselbe, der es ihm gesagt hat, verstanden, sondern dessen Freund –, könnte er vielleicht etwas aus ihm herausholen, besonders wenn ich ihn dafür irgendwo gut unterbringen kann, nicht wahr?»

«Und du hast zweifellos Geheimtips zu verkaufen, wie?»

«Nun, man darf sagen, ich könnte dem Burschen schon einen gewissen Anreiz bieten, denn ich habe über den anderen, den mein Freund kennt, irgendwas läuten hören, daß der Junge ziemlich in der Klemme sitzt, nachdem er mit irgendwelchen Fluggesellschaftsaktien baden gegangen ist, und wenn ich ihn mit Goldberg in Verbindung bringen könnte, wäre das vielleicht seine Rettung und so weiter. Und Goldberg macht das schon, denn weißt du, er ist verwandt mit dem alten Levy, der ermordet worden ist, wie du ja weißt, und diese alten Juden halten doch alle zusammen wie Pech und Schwefel, und das finde ich eigentlich ganz prima von ihnen.»

«Aber was hat denn der alte Levy damit zu tun?» fragte Wimsey, der in Gedanken noch einmal die Ereignisse dieser halb vergessenen Episode durchging.

«Na ja, das ist so», sagte der Ehrenwerte Freddy ein wenig verlegen, «ich – äh – bin am Ziel meiner Wünsche, wie du sagen würdest. Rachel Levy wird – äh – also – sie wird demnächst Mrs. Freddy und so weiter und so fort.»

«Das kann doch nicht wahr sein!» rief Wimsey und läutete. «Meinen herzlichsten Glückwunsch, alter Junge. Das muß sich aber lange zusammengebraut haben, wie?»

«Hm», machte Freddy. «Doch, ja. Weißt du, die Schwierigkeit war, daß ich Christ bin – zumindest bin ich getauft und so –, aber ich hab ihnen klargemacht, daß ich gar kein guter Christ bin, außer daß man natürlich seine Familienbank in der Kirche in Ehren hält und sich zu Weihnachten dort sehen läßt und so. Aber anscheinend hat sie das weniger gestört als daß ich eben der Abstammung nach kein Jude bin, und dagegen kann man ja nun nichts machen. Und dann war da noch das Problem mit den Kindern, falls wir welche bekommen. Ich hab ihnen aber erklärt, daß es mir gleich ist, als was sie gelten – das ist es mir nämlich, denn, wie ich schon sagte, es wäre für die Bürschchen nur von Vorteil, zu der Levy-Goldberg-Clique zu gehören, besonders wenn sie eines Tages in die Finanzwelt einsteigen sollten. Und dann hab ich Lady Levy schließlich herumgekriegt, indem ich gemeint habe, jetzt hätte ich fast sieben Jahre um Rachel gedient – das war doch ziemlich raffiniert von mir, findest du nicht?»

«Noch zwei Whisky, James», sagte Lord Peter. «Das war ein genialer Einfall, Freddy. Wie bist du darauf gekommen?»

«In der Kirche», sagte Freddy, «bei Diana Rigbys Hochzeit. Die Braut kam fünfzig Minuten zu spät, und ich brauchte was zu tun, und da hatte jemand seine Bibel in der Bank liegengelassen. Da hab ich das gelesen – dieser Laban war schon ein übler Kerl, nicht? – und hab mir gesagt: ‹Das bringe ich an, wenn ich das nächstemal hingehe›, und das hab ich getan, und die alte Dame war darüber maßlos gerührt.»

«Und der langen Rede kurzer Sinn ist, daß du an der Kette liegst», sagte Wimsey. «Also, auf euer Wohl. Darf ich Brautführer sein, Freddy, oder macht ihr's in der Synagoge?»

«Also, ja – es soll schon in der Synagoge sein – damit mußte ich mich einverstanden erklären», sagte Freddy, «aber ich glaube, irgendwas mit einem Freund des Bräutigams machen die auch. Du wirst an meiner Seite stehen, altes Haus, ja? Aber vergiß nicht, daß du den Hut aufbehalten mußt.»

«Ich werd's mir merken», sagte Wimsey, «und Bunter wird mir die ganze Prozedur erklären. Er weiß sicher darüber Bescheid. Er weiß alles. Aber paß auf, Freddy, das mit der kleinen Erkundigung wirst du mir nicht vergessen, klar?»

«Keine Angst, alter Junge – ich gebe dir mein Wort darauf. Sobald ich etwas höre, kriegst du Bescheid. Aber ich glaube, du kannst wirklich schon mal davon ausgehen, daß da was faul ist.»

Das tröstete Wimsey ein wenig. Auf jeden Fall schaffte er es, sich so weit zusammenzureißen, daß er etwas Leben in die reichlich unterkühlte Festlichkeit in Duke's Denver brachte. Herzogin Helen indessen bemerkte ziemlich bissig zum Herzog, daß Peter für die Rolle des Clowns doch allmählich zu alt sei und daß es Zeit für ihn wäre, das Leben ernst zu nehmen und seßhaft zu werden.

«Ach, ich weiß nicht», sagte der Herzog. «Peter ist ein komischer Vogel – man weiß nie, was er gerade im Schilde führt. Jedenfalls hat er mir einmal aus der Klemme geholfen, und ich werde ihm nicht dreinreden. Laß ihn in Ruhe, Helen.»

Lady Mary Wimsey, die erst spät am Heiligabend gekommen war, sah die Sache noch aus einem ganz anderen Blickwinkel. Am zweiten Weihnachtstag ging sie nachts um zwei zu ihrem Bruder ins Zimmer. Nach dem Diner hatte man getanzt und Scharaden gespielt und war ziemlich erschöpft. Wimsey saß im Morgenmantel vorm Feuer und grübelte.

«Sag mal, Peter», sagte Lady Mary. «du kommst mir etwas fiebrig vor. Ist was los mit dir?»

«Zuviel Plumpudding», sagte Wimsey, «und zuviel liebe Nachbarn. Ich bin ein Märtyrer – mit Cognac flambiert, um das Fest der Familie zu verschönern.»

«Ja, das ist gräßlich, nicht? Aber wie geht's denn so? Ich habe dich seit Ewigkeiten nicht gesehen. Du warst lange fort.»

«Ja – und du scheinst ganz in deinem Dekorationsgeschäft aufzugehen.»

«Der Mensch muß schließlich was zu tun haben. Ich bin es ziemlich leid, so nutzlos in den Tag zu leben.»

«Richtig. Sag mal, Mary, siehst du manchmal noch unsern guten alten Pauker?»

Lady Mary starrte ins Feuer.

«Ich bin ein paarmal mit ihm essen gegangen, als ich in London war.»

«Wirklich? Er ist ein feiner Kerl. Zuverlässig, häuslich, solide. Nicht direkt amüsant.»

«Ein bißchen zu solide.»

«Du sagst es – zu solide.» Wimsey zündete sich eine Zigarette an. «Ich möchte nicht, daß ihm etwas Häßliches widerfährt. Er würde es sich sehr zu Herzen nehmen. Ich will sagen, es wäre nicht nett, mit seinen Gefühlen zu spielen und so.»

Mary lachte.

«Machst du dir Sorgen, Peter?»

«N-nein. Aber ich möchte, daß er fair behandelt wird.»

«Nun, Peter – ich kann nicht gut ja oder nein sagen, bevor er mich fragt, oder?»

«Kannst du nicht?»

«Jedenfalls nicht bei ihm. Meinst du nicht, das liefe seinen Vorstellungen von Etikette zuwider?»

«Wahrscheinlich ja. Aber es erginge ihm sicher nicht anders, wenn er dich fragen müßte. Für ihn hat die bloße Vorstellung, ein Butler würde euch als ‹Kriminal-Chefinspektor und Lady Mary Parker› anmelden, schon etwas Ungehöriges.»

«Eine echte Pattsituation also?»

«Du brauchtest nicht mehr mit ihm auszugehen.»

«Das wäre natürlich eine Möglichkeit.»

«Und die bloße Tatsache, daß du von dieser Möglichkeit keinen Gebrauch machst – verstehe schon. Würde es was nützen, wenn ich ihn auf echt viktorianische Weise nach seinen Absichten fragte?»

«Warum hast du's plötzlich so eilig, dir deine Familie vom Hals zu schaffen, Peter? Man behandelt dich doch nicht etwas schlecht?»

«Nein, nein. Ich fühle mich nur gerade ein bißchen als gütiger Onkel. Das macht das Alter. Dieser Drang, sich nützlich zu machen, der auch die Besten von uns befällt, wenn wir die Blüte überschritten haben.»

«Wie ich mit meinem Dekorationsgeschäft. Dieser Pyjama ist übrigens ein Entwurf von mir. Findest du ihn nicht lustig? Aber ich fürchte, Chefinspektor Parker zieht altmodische Nachthemden vor, wie dieser Dr. Spooner oder wer das war.»

«Das wäre ein harter Schlag», meinte Wimsey.

«Nicht so schlimm. Ich werde mich tapfer fügen. Hier und jetzt werfe ich meinen Pyjama für immer ab!»

«Nein nein!» rief Wimsey. «Nicht hier und jetzt. Nimm ein bißchen Rücksicht auf die Gefühle deines Bruders. Also gut. Ich soll meinem Freund Charles Parker ausrichten, wenn er seine angeborene Bescheidenheit über Bord wirft und dir einen Antrag macht, wirst du deine Pyjamas über Bord werfen und ja sagen.»

«Es wird ein schwerer Schock für Helen sein, Peter.»

«Bleib mir bloß mit Helen vom Leibe! Ich sage dir, das ist noch nicht der größte Schock, den sie erlebt.»

«Peter, du führst etwas Teuflisches im Schilde. Na schön, wenn du meinst, ich soll ihr den ersten Schlag versetzen, damit sie sich nach und nach daran gewöhnt – ich tu's.»

«Abgemacht!» sagte Wimsey gleichmütig.

Lady Mary schlang ihm einen Arm um den Hals und bedachte ihn mit einer ihrer seltenen schwesterlichen Liebkosungen.

«Du bist eigentlich ein ganz anständiger alter Idiot», sagte sie, «aber du siehst sehr mitgenommen aus. Geh zu Bett.»

«Raus mit dir», sagte Lord Peter liebenswürdig.

· 13 ·

MISS MURCHISON FÜHLTE EINE LEICHTE Erregung in ihrem wohlgeordneten Herzen, als sie an Lord Peters Wohnungstür läutete. Das lag nicht etwa an seinem Titel oder seinem Reichtum oder seinem Junggesellenstand, denn Miss Murchison war ihr Lebtag berufstätig gewesen und hatte schon Junggesellen jeder Art besucht, ohne sich irgend etwas dabei zu denken. Aber Lord Peters Briefchen war doch recht aufregend gewesen.

Miss Murchison war achtunddreißig Jahre alt und nicht gerade hübsch. Sie hatte zwölf Jahre lang bei ein und demselben Finanzmakler gearbeitet. Es waren alles in allem ganz gute Jahre gewesen, und erst in den letzten beiden hatte sie zu ahnen begonnen, daß dieser brillante Finanzmann, der mit mancherlei spektakulären Unternehmungen jonglierte, unter immer schwierigeren Umständen um sein Leben jonglierte. Je schärfer das Tempo wurde, desto mehr Eifer warf er denen, die schon in der Luft wirbelten, noch nach. Doch die Zahl der Eier, mit denen menschliche Hände jonglieren können, ist begrenzt. Eines Tages entglitt ihm eines und zerbrach – dann ein zweites – und dann war alles nur noch Rührei. Der Jongleur verließ fluchtartig die Bühne und setzte sich ins Ausland ab, sein Assistent jagte sich eine Kugel in den Kopf, das Publikum buhte, der Vorhang fiel, und Miss Murchison war mit siebenunddreißig Jahren arbeitslos.

Sie hatte eine Anzeige in die Zeitung gesetzt und auf viele andere geantwortet. Die meisten Stellenanbieter schienen jedoch junge und billige Sekretärinnen zu suchen. Es war entmutigend. Dann bekam sie auf ihre eigene Anzeige eine Zuschrift von einer Miss Climpson, die ein Schreibbüro leitete.

Es war nicht unbedingt das, was sie suchte, aber sie ging hin. Und dann stellte sie fest, daß dies eigentlich gar kein Schreibbüro war, sondern etwas sehr viel Interessanteres.

Lord Peter Wimsey, der geheimnisvolle Mann im Hintergrund, hatte sich gerade im Ausland befunden, als Miss Murchison in das «Katzenhaus» eintrat, und bis vor ein paar Wochen hatte sie ihn nie zu Gesicht bekommen. Jetzt würde sie zum erstenmal mit ihm sprechen. Er sah komisch aus, fand sie, aber es hieß, er habe Köpfchen. Jedenfalls –

Die Tür wurde von Bunter geöffnet, der sie schon erwartet zu haben schien und sie unverzüglich in ein mit Bücherregalen ausgekleidetes Wohnzimmer führte. An den Wänden hingen ein paar schöne Drucke, auf dem Boden lag ein Aubusson-Teppich, darauf standen ein Flügel, ein großes Chesterfield-Sofa und einige tiefe, gemütliche, mit braunem Leder bezogene Sessel. Die Vorhänge waren zugezogen, im Kamin prasselte ein Holzfeuer, und davor stand ein Tisch mit einem silbernen Teeservice, dessen hübsche Formen das Auge erfreuten.

Als sie eintrat, ringelte ihr Arbeitgeber sich aus den Tiefen eines Sessels empor, legte einen alten Folianten weg, in dem er gelesen hatte, und begrüßte sie mit dieser kühlen, etwas heiseren und träge klingenden Stimme, die sie schon in Mr. Urquharts Büro gehört hatte.

«Furchtbar nett von Ihnen, daß Sie gekommen sind, Miss Murchison. Scheußlicher Tag, was? Sie können gewiß eine Tasse Tee vertragen. Essen Sie Crumpets? Oder möchten Sie lieber etwas Moderneres?»

«Danke», sagte Miss Murchison, während Bunter untertänig neben ihr wartete, «ich esse Crumpets sehr gern.»

«Sehr gut! Bunter, wir werden allein mit der Teekanne fertig. Bringen Sie Miss Murchison noch ein Kissen, dann können Sie sich trollen. Wieder bei der Arbeit, ja? Wie geht's unserm Mr. Urquhart?»

«Ganz gut.» Miss Murchison war noch nie sehr gesprächig gewesen. «Aber eins möchte ich Ihnen gern erzählen –»

«Wir haben Zeit», sagte Wimsey. «Lassen Sie Ihren Tee nicht kalt werden.» Er bediente sie mit einer Aufmerksamkeit, die ihr gefiel. Sie äußerte sich bewundernd über die goldenen Chrysanthemen, die in allen Ecken das Zimmer schmückten.

«Oh ja! Freut mich, daß sie Ihnen gefallen. Meine Freunde sagen immer, die Wohnung bekäme dadurch etwas Feminines, aber eigentlich ist Bunter derjenige, der dafür sorgt. Sie bringen hier ein wenig Farbe hinein, finden Sie nicht?»

«Die Bücher sehen ja auch maskulin genug aus.»

«Oh ja – die sind mein Steckenpferd. Bücher – und natürlich Verbrechen. Aber Verbrechen sind nicht so dekorativ. Ich würde nicht gern Henkerseile und Mördermäntel sammeln. Was sollte man damit anfangen? Ist der Tee gut so? Eigentlich hätte ich Sie bitten müssen, einzuschenken, aber es kommt mir immer etwas unfair vor, jemanden einzuladen und ihn dann für sich arbeiten zu lassen. Was machen Sie übrigens, wenn Sie nicht arbeiten? Haben Sie auch eine heimliche Leidenschaft?»

«Ich besuche Konzerte», sagte Miss Murchison. «Und wenn es gerade kein Konzert gibt, lege ich mir eine Schallplatte auf.»

«Musikerin?»

«Nein – ich konnte mir nie leisten, es richtig zu lernen. Ich glaube schon, daß ich eine hätte werden sollen. Aber als Sekretärin konnte ich mehr verdienen.»

«Vermutlich.»

«Sofern man nicht erstklassig ist, und das wäre ich nie geworden. Drittklassige Musiker sind eine Plage.»

«Die haben auch kein schönes Leben», sagte Wimsey. «Mir ist es gräßlich, wenn ich sie in den Kinos spielen sehe, die armen Kreaturen, den größten Kitsch mit ein paar Happen Mendelssohn und ein paar zusammenhanglosen Takten aus der ‹Unvollendeten›. Möchten Sie ein Häppchen? Mögen Sie Bach? Oder nur die Modernen?»

Er begab sich an den Flügel.

«Das überlasse ich Ihnen», sagte Miss Murchison nicht wenig überrascht.

«Mir ist heute abend mehr nach dem Italienischen Konzert. Es klingt besser auf dem Cembalo, aber ich habe keins hier. Ich finde Bach gut für den Kopf. Stabilisierender Einfluß und so.»

Er spielte das Konzert von Anfang bis Ende und ließ nach ein paar Sekunden Pause noch ein Stück aus dem Wohltemperierten Klavier folgen. Er spielte gut und vermittelte einen merkwürdigen Eindruck von beherrschter Kraft, die bei einem so schmächtigen Mann mit so bizarrem Benehmen ein wenig unerwartet kam, ja beunruhigend wirkte. Als er fertig war, fragte er, immer noch am Flügel sitzend: «Haben Sie sich um die Sache mit der Schreibmaschine gekümmert?»

«Ja. Sie wurde vor drei Jahren fabrikneu gekauft.»

«Gut. Übrigens scheint es, als ob Sie mit Mr. Urquharts Beziehungen zum Megatherium Trust recht hätten. Da haben Sie eine sehr nützliche Beobachtung gemacht. Betrachten Sie das als ein hohes Lob.»

«Danke.»

«Sonst noch was Neues?»

«Nein – außer daß Mr. Urquhart an dem Abend, nachdem Sie ihn im Büro besucht hatten, noch lange nach Dienstschluß dageblieben ist und etwas auf der Maschine geschrieben hat.»

Wimsey schlug mit der rechten Hand ein Arpeggio an und fragte:

«Woher wissen Sie, wie lange er dageblieben ist und was er gemacht hat, wenn Sie alle fort waren?»

«Sie haben gesagt, Sie möchten alles wissen, auch die unbedeutendste Kleinigkeit, wenn sie nur im mindesten ungewöhnlich sei. Ich hielt es für ungewöhnlich, daß er ganz allein dablieb, darum bin ich bis halb acht in der Princeton Street und um den Red Lion Square herum auf und ab gegangen. Dann sah ich ihn das Licht löschen und nach Hause gehen. Am anderen Morgen bemerkte ich dann, daß ein paar Blatt Papier, die ich unter der Hülle meiner Schreibmaschine hatte liegenlassen, durcheinandergebracht waren. Daraus habe ich geschlossen, daß er auf der Maschine geschrieben haben muß.»

«Vielleicht hat die Putzfrau die Papiere durcheinandergebracht?»

«Bestimmt nicht. Die rührt nicht einmal den Staub an, geschweige die Hülle.»

Wimsey nickte.

«Sie haben das Zeug zu einer erstklassigen Detektivin, Miss Murchison. Sehr schön. In diesem Fall müssen wir es tun. Also – sagen Sie, Ihnen ist doch klar, daß ich Sie bitte, etwas Ungesetzliches zu tun?»

«Ja, das ist mir klar.»

«Und es stört Sie nicht?»

«Nein. Ich nehme an, wenn ich dabei erwischt werde, übernehmen Sie alle anfallenden Kosten.»

«Natürlich.»

«Und wenn ich ins Gefängnis muß?»

«Ich glaube nicht, daß es dazu kommt. Zugegeben, es besteht ein kleines Risiko – das heißt, wenn das, was ich glaube, nicht zutrifft –, daß Sie wegen versuchten Diebstahls und Besitz von Einbruchswerkzeug angezeigt werden, aber das ist das Äußerste, was Ihnen passieren kann.»

«Nun, das gehört wohl dazu.»

«Ist das wirklich Ihre Meinung?»

«Ja.»

«Ausgezeichnet. Nun – Sie kennen ja die Dokumentenkassette, die Sie an dem Tag, an dem ich da war, in Mr. Urquharts Zimmer gebracht haben?»

«Ja. Die mit der Aufschrift ‹Wrayburn›.»

«Wo steht sie? Im Vorzimmer, wo Sie herankommen können?»

«Ja – auf einem Regal, mit etlichen anderen.»

«Gut. Wäre es Ihnen möglich, an irgendeinem Tag für – sagen wir – eine halbe Stunde allein im Büro zu sein?»

«Na ja – zur Mittagszeit gehe ich immer um halb eins weg und komme um halb zwei wieder. Danach geht Mr. Pond essen, aber Mr. Urquhart kommt manchmal zurück. Da könnte ich nicht sicher sein, daß er mich nicht überrascht. Und wenn ich abends nach halb fünf noch länger dabliebe, sähe es wahrscheinlich komisch aus. Ich könnte höchstens so tun, als ob ich einen Fehler gemacht hätte und ihn noch korrigieren wollte. Das ginge. Ich könnte morgens früher kommen, wenn die Putzfrau da ist – oder stört es, wenn sie mich sieht?»

«Nicht sehr», sagte Wimsey bedächtig. «Sie würde wahrscheinlich glauben, Sie brauchten etwas aus der Kassette für Ihre Arbeit. Ich überlasse die Wahl des Zeitpunkts Ihnen.»

«Aber was habe ich zu tun? Soll ich die Kassette stehlen?»

«Nicht ganz. Können Sie ein Schloß knacken?»

«Ich fürchte, davon verstehe ich nichts.»

«Manchmal frage ich mich, wozu wir zur Schule gehen», meinte Wimsey. «Wir lernen dort nie etwas wirklich Nützliches. Ich bin selbst ganz gut im Schlösserknacken, aber da die Zeit knapp ist und Sie eine intensive Ausbildung brauchen, nehme ich Sie wohl besser mit zu einem Experten. Würde es

Ihnen etwas ausmachen, sich Ihren Mantel wieder anzuziehen und mit mir einen Freund zu besuchen?»

«Nicht das mindeste. Es wäre mir ein Vergnügen.»

«Er wohnt in der Whitechapel Road, ist aber ein sehr netter Kerl, wenn Sie über seine religiösen Ansichten hinwegsehen. Ich persönlich finde sie ziemlich erfrischend. Bunter! Rufen Sie uns bitte ein Taxi.»

Auf dem Weg in den Osten der Stadt sprach Wimsey von nichts anderem als von Musik – sehr zu Miss Murchisons Beunruhigung; allmählich witterte sie hinter seiner beharrlichen Weigerung, mit ihr über den Zweck ihrer Fahrt zu sprechen, gefährliche Hintergedanken.

«Übrigens», unterbrach sie Wimsey, der ihr gerade etwas über die Fugenform erzählte, «hat diese Person, die wir besuchen wollen, auch einen Namen?»

«Jetzt, wo Sie danach fragen – doch, ich glaube, er hat einen, aber so nennt ihn niemand – Rumm. Aber er benutzt den Namen nie mehr, seit er Abstinenzler ist.»

«Wie soll ich ihn denn nennen?»

«*Ich* nenne ihn Bill», sagte Wimsey, als das Taxi vor einem schmalen Hof anhielt, «aber als er noch aktiv war, nannte man ihn Blindekuh-Bill. Er war zu seiner Zeit ein großer Mann.»

Nachdem er den Taxifahrer bezahlt hatte (der sie offenbar für Fürsorgebeamte hielt, bis er die Höhe des Trinkgelds sah und von diesem Augenblick an nicht mehr wußte, was er von ihnen halten sollte), steuerte Wimsey seine Begleiterin durch einen schmutzigen Eingangsweg. Am Ende wartete ein kleines Haus, aus dessen erhellten Fenstern lauter Chorgesang erscholl, begleitet von einem Harmonium und anderen Instrumenten.

«O Gott!» sagte Wimsey. «Wir platzen ausgerechnet in eine Versammlung. Da kann man nichts machen. Hier lang.»

Sie warteten, bis die letzten Töne auf die Worte «Gloria, Gloria, Gloria», gefolgt von inbrünstigem Gebet, verklungen waren, dann hämmerte er laut an die Tür. Bald erschien ein kleines Mädchen und stieß, als sie Wimsey sah, einen hellen Entzückensschrei aus.

«Tag, Esmeralda Hyacinth!» sagte Wimsey. «Ist dein Vater da?»

«Ja, Sir, bitte, Sir, da freuen die sich aber, kommen Sie rein, ja, und bitte –»

«Ja?»

«Bitte, Sir, singen Sie wieder ‹Nazareth›?»

«Nein, ich singe heute um keinen Preis ‹Nazareth›, Esmeralda; ich muß mich aber sehr über dich wundern.»

«Daddy hat gesagt, ‹Nazareth› ist nicht weltlich, und Sie singen es so schön», schmollte Esmeralda.

Wimsey hielt sich die Hände vors Gesicht.

«Das kommt davon, wenn man einmal eine Dummheit macht», sagte er. «Das verfolgt einen dann ewig. Ich verspreche dir nichts, Esmeralda, aber wir werden sehen. Wenn die Versammlung vorbei ist, möchte ich erst einmal mit deinem Vater etwas Geschäftliches besprechen.»

Das Kind nickte; im selben Moment verstummte die betende Stimme drinnen inmitten von lauter Halleluja-Rufen, und Esmeralda nutzte die kurze Pause, stieß die Tür auf und sagte:

«Da ist Mr. Peter und eine Dame.»

Das Zimmer war sehr klein, sehr heiß und voller Menschen. In einer Ecke stand das Harmonium, um das sich die Musiker gruppierten. In der Mitte stand neben einem mit einem roten Tuch bedeckten Tisch ein kräftiger, vierschrötiger Mann mit einem Gesicht wie eine Bulldogge. Er hielt ein Buch in der Hand und schien gerade wieder ein Lied ansagen zu wollen, doch als er Wimsey und Miss Murchison sah, trat er vor und streckte ihnen herzlich eine große Hand entgegen.

«Willkommen der eine, willkommen alle!» sagte er. «Brüder, das ist unser lieber Bruder und unsere liebe Schwester im Herrn, die gekommen sind aus den Pfühlen der Reichen und dem süßen Leben des Westends, um mit uns die Lieder Zions zu singen. Lasset uns singen und lobpreisen, halleluja! Wir wissen, daß viele kommen werden aus Osten *und* Westen, um Platz zu nehmen an der Festtafel des Herrn, während viele, die sich auserwählt dünken, hinausgeworfen werden in die Finsternis. Darum laßt uns nicht sagen, daß dieser Mann, weil er ein glänzendes Augenglas trägt, kein auserwähltes Gefäß sei, und daß jene Frau, weil sie ein Diamantkollier trägt und einen Rolls-Royce fährt, deshalb nicht im neuen Jerusalem ein weißes Gewand und eine goldene Krone tragen wird, oder daß Leute, nur weil sie mit dem Blauen Expreß an die Riviera fahren, darum ihre goldenen Kronen nicht am Ufer des Wassers des Lebens von sich werfen sollen. Wir hören solche Reden manchmal sonntags im Hyde Park, aber die Reden sind schlecht und dumm und führen zu Zank und Neid und nicht zu Nächstenliebe. Wir alle haben uns verirrt wie Schafe – ich darf das wohl sagen, wo ich doch selbst ein schwarzes Schaf und ein böser Sünder war, bis dieser Herr hier wahrhaftig seine Hände auf mich legte, als ich gerade seinen Safe knacken wollte, und als ein Werkzeug Gottes mich abbrachte von der breiten Straße, die in den Untergang führt. O Brüder, welch unermeßlicher Segen fiel auf mich durch die Gnade des Herrn! Lasset uns nun dem Himmel Dank sagen für seine Barmherzigkeit, und einstimmen in das Lied Nummer einhundertundzwei. (Esmeralda, gib unseren lieben Freunden ein Gesangbuch.)»

«Tut mir leid», sagte Wimsey zu Miss Murchison. «Können Sie's noch ertragen? Ich denke, das ist der letzte Ausbruch.»

Harmonium, Harfe, Zugposaune, Hackbrett, Sackpfeife und alle die andern Musikinstrumente legten mit einem Getöse los, daß einem fast die Trommelfelle platzten, die Versammlung hob vereint die Stimmen, und Miss Murchison bemerkte verwundert, daß auch sie sang – verlegen zuerst, dann fast mit Inbrunst:

> «*Strömen durch das Tor,*
> *Strömen durch das Tor des neuen Jerusalems,*
> *Gereinigt im Blut des Lammes.*»

Wimsey, der das alles für einen großen Spaß zu halten schien, schmetterte ohne die mindeste Verlegenheit fröhlich vor sich hin; ob er nun an solche Übungen gewöhnt war oder ob er sich, wie es bei Leuten mit unerschütterlichem Selbstbewußtsein oft der Fall ist, nur nicht vorstellen konnte, daß er auch einmal irgendwie fehl am Platz war, hätte Miss Murchison nicht zu sagen vermocht.

Zu ihrer Erleichterung endete die religiöse Handlung mit diesem Lied, und die Gesellschaft ging unter viel Händeschütteln auseinander. Die Musiker leerten das Kondenswasser aus ihren Blasinstrumenten diskret ins Feuer, und die Dame am Harmonium deckte die Tasten zu und kam die Gäste begrüßen. Sie wurde einfach als Bella vorgestellt, und Miss Murchison schloß ganz richtig, daß sie Mr. Bill Rumms Frau und Esmeraldas Mutter war.

«Also dann», sagte Bill, «das Predigen und Singen ist eine trockene Angelegenheit – Sie trinken doch eine Tasse Tee oder Kaffee mit?»

Wimsey erklärte, daß sie eben erst Tee getrunken hätten, aber die Familie solle sich bitte nicht stören lassen.

«Es ist ja noch nicht Abendessenszeit», sagte Mrs. Rumm.

«Wenn du erst mal das Geschäftliche mit der Dame und dem Herrn erledigst, Bill, nehmen sie vielleicht später mit uns einen Happen zu sich. Es gibt Eisbein», fügte sie hoffnungsvoll hinzu.

«Das ist sehr freundlich von Ihnen», meinte Miss Murchison zögernd.

«Eisbein braucht eine Weile», sagte Wimsey, «und da unsere Geschäfte auch einige Zeit in Anspruch nehmen, werden wir gern annehmen.»

«Ganz und gar nicht», versicherte Mrs. Rumm herzlich. «Wir haben acht schöne Eisbeine da, und mit ein bißchen Käse reichen sie allemal. Komm mit, Esmeralda – dein Vater hat zu tun.»

«Mr. Peter wird nachher singen», sagte das Kind und fixierte Wimsey mit vorwurfsvollem Blick.

«Nun werde du Seiner Lordschaft nicht lästig», schalt Mrs. Rumm. «Ich muß sagen, ich schäme mich für dich.»

«Ich singe nach dem Essen, Esmeralda», sagte Wimsey. «Und nun sei lieb und hau ab, sonst schneide ich dir Grimassen. Bill, ich bringe Ihnen eine neue Schülerin.»

«Ich bin immer glücklich, Ihnen dienen zu können, Sir, weil ich weiß, es ist das Werk des Herrn. Ehre sei Ihm.»

«Danke», sagte Wimsey bescheiden. «Es ist eine leichte Aufgabe, Bill, aber da die junge Dame mit Schlössern und dergleichen keine Erfahrung hat, habe ich sie für eine Nachhilfestunde zu Ihnen gebracht. Sehen Sie, Miss Murchison, bevor unser Bill das Licht sah –»

«Lob sei Gott!» warf Bill dazwischen.

«– war er der beste Einbrecher und Safeknacker in den drei Königreichen. Er hat nichts dagegen, wenn ich Ihnen das erzähle, denn er hat seine Medizin geschluckt und Schluß gemacht mit allem, und jetzt ist er ein grundehrlicher und hervorragender Schlosser von der gewöhnlichen Art.»

«Dank sei Ihm, der den Sieg schenkt!»

«Aber ab und zu, wenn ich für eine gerechte Sache eine kleine Hilfe brauche, stellt Bill mir seine große Erfahrung zur Verfügung.»

«Oh, und was für ein Glücksgefühl das ist, Miss, diese Gaben, die ich so sündig mißbraucht habe, in die Dienste des Herrn zu stellen! Gesegnet sei Sein heiliger Name, der Böses zu Gutem wendet!»

«Ganz recht», meinte Wimsey kopfnickend. «Also, Bill, ich habe mein Auge auf die Dokumentenkassette eines Anwalts geworfen, in der sich vielleicht etwas befindet, womit wir einen unschuldigen Menschen aus großen Schwierigkeiten befreien können. Diese junge Dame hier hat Zugang zu der Kassette, Bill, wenn Sie ihr zeigen können, wie sie hineinkommt.»

«*Wenn?*» knurrte Bill voll souveräner Verachtung. «Und ob ich kann! Eine Kassette ist doch gar nichts. Das ist keine Aufgabe für einen Könner. So leicht zu knacken wie das Sparschwein eines Kindes, so eine lumpige Kassette. In der ganzen Stadt gibt es keine Dokumentenkassette, die ich nicht mit verbundenen Augen und Boxhandschuhen mit einer gekochten Makkaroni öffnen könnte.»

«Das weiß ich, Bill; aber Sie sollen die Kassette ja nicht selbst öffnen. Könnten Sie der jungen Dame zeigen, wie man's macht?»

«Klar kann ich. Was für'n Schloß ist denn da dran, Miss?»

«Das weiß ich nicht», sagte Miss Murchison. «Ein ganz gewöhnliches Schloß, glaube ich. Ich meine, es hat einen ganz gewöhnlichen Schlüssel, keinen Sicherheitsschlüssel oder so etwas. Mr. – ich meine, dieser Anwalt – hat einen Satz Schlüssel, und Mr. Pond hat einen zweiten – ganz einfache Schlüssel mit Stiel und Bart.»

«Oho!» rief Bill. «Dann wissen Sie in einer halben Stunde alles, was Sie brauchen, Miss.» Er ging zu einem Schrank und holte ein halbes Dutzend Schloßbleche und einen Bund merkwürdiger Drahthaken heraus, die wie Schlüssel an einem Ring hingen.

«Sind das Dietriche?» fragte Miss Murchison neugierig.

«Genau das, Miss. Werkzeuge Satans!» Er schüttelte den Kopf, während er liebevoll den glänzenden Stahl befingert. «So manches Mal haben solche Schlüssel einen armen Sünder durch die Hintertür in die Hölle eingelassen.»

«Diesmal», sagte Wimsey, «werden sie einen armen Unschuldigen aus dem Gefängnis hinaus in die Sonne lassen – wenn sie mal scheint in diesem widerlichen Klima.»

«Lob sei Ihm für Seine vielfache Gnade! Also, Miss, das erste, was Sie begreifen müssen, ist der Aufbau eines Schlosses. Sehen Sie mal her.»

Er nahm eines der Schlösser in die Hand und zeigte ihr, wie man durch Hochhalten der Feder den Riegel zurückschieben konnte.

«Diese ganzen Bartzapfen braucht man überhaupt nicht, Miss. Stiel und Feder – das ist alles. Versuchen Sie's mal.»

Miss Murchison tat wie geheißen und öffnete mehrere Schlösser mit einer Leichtigkeit, die sie selbst in Erstaunen setzte.

«Na also, Miss. Die Schwierigkeit ist nur, daß Sie Ihre Augen nicht gebrauchen können, wenn das Schloß an seinem Platz ist. Aber dafür hat die Vorsehung (gepriesen sei ihr Name) Ihnen ja Ohren und ein Gefühl in den Fingern gegeben. Sie müssen also jetzt mal die Augen zumachen und sozusagen mit den Fingern sehen, wann Sie die Feder weit genug hochgedrückt haben, daß der Riegel vorbei kann.»

«Ich fürchte, ich stelle mich sehr ungeschickt an», sagte Miss Murchison nach dem fünften oder sechsten Versuch.

«Nur nicht nervös werden, Miss. Immer die Ruhe bewahren, und Sie werden sehen, auf einmal haben Sie's begriffen. Einfach fühlen, wann es leicht geht, und die Hände unabhängig gebrauchen. Wollen Sie sich mal an einem Kombinationsschloß versuchen, Sir, solange Sie hier sind? Ich hab hier schon eines. Das hat mir Sam gegeben, Sie wissen schon, wen ich meine. Wie oft habe ich schon versucht, ihm zu zeigen, daß er den falschen Weg geht! ‹Nein, Bill›, sagt er, ‹ich kann mit Religion nichts anfangen›, sagt er, das arme verirrte Schaf, ‹aber ich will keinen Streit mit dir haben, Bill›, sagt er, ‹und darum hab ich dir das kleine Souvenir hier mitgebracht.›»

«Bill, Bill», sagte Wimsey und drohte ihm vorwurfsvoll mit dem Finger, «ich fürchte, das wurde nicht ehrlich erworben.»

«Nun ja, Sir, wenn ich ja wüßte, wem es gehört, würde ich es ihm mit dem größten Vergnügen zurückgeben. Ein gutes Schloß, wie Sie sehen. Sam hat den Sprengstoff an den Scharnieren angebracht, und es hat die ganze Tür herausgerissen, mit Schloß und allem. Es ist klein, aber fein – für mich ein neues Modell! Aber ich hab's aufgekriegt», sagte Bill mit unverhohlenem Stolz. «In ein bis zwei Stunden.»

«Da hätte ich aber was zu tun, wenn ich Sie schlagen wollte, Bill.» Wimsey stellte das Schloß vor sich hin und begann vorsichtig, mikrometerweise, den Knopf zu drehen, das Ohr dicht darüber, um die Zuhaltungen fallen zu hören.

«Mein Gott!» rief Bill – diesmal ohne fromme Absichten. «Was für ein Schränker Sie geworden wären, wenn Sie es darauf angelegt hätten – was der Herr in seiner Gnade nicht zugelassen hat!»

«Ich habe in diesem Leben schon zuviel zu tun, Bill», sagte Wimsey. «Himmel! Jetzt hab ich's verpaßt.»

Er drehte den Knopf zurück und begann von neuem.

Bis das Eisbein auf dem Tisch kam, hatte Miss Murchison bei

den einfacheren Schlössern schon eine beachtliche Fertigkeit erworben und höchste Achtung vor dem Beruf eines Einbrechers bekommen.

«Und lassen Sie sich nicht hetzen, Miss», lautete Bills letzter Rat, «sonst hinterlassen Sie Kratzer am Schloß, und damit legen Sie keine Ehre ein. Ein schönes Stück Arbeit, nicht wahr, Lord Peter, Sir?»

«Ich fürchte, das übersteigt meine Fähigkeiten», lachte Wimsey.

«Nichts als Übung», sagte Bill. «Wenn Sie früh genug damit angefangen hätten, wären Sie ein Meister geworden.» Er seufzte. «Echte Künstler in diesem Fach gibt es heutzutage kaum noch – Dank sei Ihm! –, und es greift einem richtig ans Herz, so ein schönes Stück wie das hier mit Gelignit kaputtgemacht zu sehen. Was ist schon Gelignit? Damit kann jeder Trottel arbeiten, wenn ihn der Krach nicht stört. Ich nenne diese Methode brutal.»

«Na, jetzt fang du nicht an, alten Zeiten nachzutrauern, Bill», tadelte Mrs. Rumm. «Komm her und iß dein Abendessen. Wenn einer hingeht und so was Schlechtes tut wie einen Safe knacken, was ist es dann schon für ein Unterschied, ob er es kunstvoll oder nicht kunstvoll macht?»

«Ist das nicht wieder typisch Frau? – Entschuldigung, Miss.»

«Du weißt jedenfalls genau, daß es stimmt», sagte Mrs. Rumm.

«Und ich weiß, daß dieses Eisbein sehr kunstvoll aussieht», meinte Wimsey, «und das genügt mir.»

Nachdem das Eisbein gegessen und zum großen Ergötzen der Familie Rumm «Nazareth» pflichtschuldigst gesungen war, klang der Abend mit einem frommen Lied harmonisch aus, und Miss Murchison hatte sich noch immer nicht wieder ganz gefaßt, als sie mit einem Satz Dietriche in der Tasche und einigen erstaunlichen neuen Kenntnissen im Kopf die Whitechapel Road hinaufging.

«Sie haben aber ulkige Bekannte, Lord Peter.»

«Ja – lustig, nicht? Aber Blindekuh-Bill ist einer von den besten. Ich habe ihn eines Nachts in meinem Haus erwischt und eine Art Pakt mit ihm geschlossen. Unterricht bei ihm genommen und so. Zuerst war er etwas schüchtern, aber dann hat ihn ein anderer Freund von mir bekehrt – das ist eine lange Geschichte – na ja, um es kurz zu machen, er hat sich dann diese Schlosserei zugelegt und macht sich ganz gut. Fühlen Sie sich jetzt allen Schlössern gewachsen?»

«Ich glaube, ja. Wonach soll ich eigentlich suchen, wenn ich die Kassette auf habe?»

«Also, die Sache ist die», sagte Wimsey. «Mr. Urquhart hat mir den angeblichen Entwurf eines vor acht Jahren von Mrs. Wrayburn gemachten Testaments gezeigt. Ich habe Ihnen den wesentlichen Inhalt hier aufgeschrieben. Da ist der Zettel. Der Haken daran ist nun aber, daß der Entwurf auf einer Maschine getippt worden ist, die, wie Sie mir sagen, erst vor drei Jahren fabrikneu gekauft wurde.»

«Sie meinen also, daß er diesen Entwurf getippt hat, als er neulich abends noch im Büro war?»

«Sieht so aus. Die Frage ist, warum? Wenn er den Originalentwurf hatte, warum hat er mir den nicht gezeigt? Eigentlich hätte er mir überhaupt nichts zu zeigen brauchen, höchstens um mich irrezuführen. Dann hat er so getan, als suchte er den Entwurf in Mrs. Wrayburns Dokumentenkassette, obwohl er ihn angeblich zu Hause hatte und sogar wußte, daß er ihn dort hatte. Wieder stellt sich die Frage, warum? Damit ich glauben solle, der Entwurf habe längst existiert, als ich ihn aufsuchte? Daraus schließe ich, daß im richtigen Testament, falls es eins gibt, nicht dasselbe steht wie in dem, das er mir gezeigt hat.»

«Ja, so sieht es aus.»

«Ich möchte also, daß Sie nach dem echten Testament suchen – entweder das Original oder eine Kopie müßte es sein. Nehmen Sie es nicht heraus, sondern versuchen Sie, sich das Wichtigste, was drinsteht, zu merken, besonders die Namen des oder der Hauptbegünstigten und des Nachvermächtnisnehmers. Bedenken Sie, daß der Nachvermächtnisnehmer alles bekommt, was nicht ausdrücklich jemand anderem zugedacht ist, auch das, was jemandem zugedacht war, der dann aber vor der Erblasserin gestorben ist. Ich will vor allem wissen, ob Philip Boyes etwas zugedacht wurde oder ob die Familie Boyes überhaupt in dem Testament erwähnt ist. Sollte kein Testament da sein, so finden sich vielleicht ein paar andere interessante Dokumente, etwa eine geheime Anweisung an den Testamentsvollstrecker, über das Geld auf eine ganz bestimmte Weise zu verfügen. Mit einem Wort, ich wüßte gern Einzelheiten über jedes Dokument, das irgendwie interessant sein könnte. Vertun Sie keine Zeit mit Notizen. Merken Sie sich, soviel Sie können, und schreiben Sie's dann später außerhalb des Büros auf. Und achten Sie ja darauf, daß Sie diese Dietriche nirgends herumliegen lassen, wo sie einer finden kann.»

Miss Murchison versprach, diesen Anordnungen Folge zu leisten, und da soeben ein Taxi kam, setzte Wimsey sie hinein und ließ sie auf dem schnellsten Wege nach Hause bringen.

· 14 ·

MR. NORMAN URQUHART SAH AUF DIE
Uhr, deren Zeiger auf Viertel nach vier standen, und rief durch die offene Tür:

«Sind diese eidesstattlichen Erklärungen bald fertig, Miss Murchinson?»

«Ich bin gerade bei der letzten Seite, Mr. Urquhart.»

«Bringen Sie sie mir, sobald sie fertig sind. Sie müssen heute abend noch zu Hansons.»

«Ja, Mr. Urquhart.»

Miss Murchison galoppierte über die Tasten und warf den Zeilenschalter so heftig herum, daß Mr. Pond wieder einmal Grund hatte, den Vormarsch weiblicher Angestellter zu bedauern. Sie schrieb die Seite zu Ende, versah sie unten mit einer rasselnden Reihe willkürlicher Striche und Punkte, stieß den Auslösehebel zurück, wirbelte die Walze herum, riß hastig die Blätter heraus, warf die Kohlepapiere in den Papierkorb, legte die Kopien zusammen, stieß sie lautstark mit allen vier Kanten auf den Tisch, um sie ordentlich übereinanderzuschichten, und eilte damit in Mr. Urquharts Büro.

«Ich hatte noch keine Zeit, sie durchzulesen», sagte sie.

«Schon gut», sagte Mr. Urquhart.

Miss Murchison zog sich zurück und machte die Tür hinter sich zu. Sie packte ihre Sachen zusammen, nahm einen Handspiegel, um sich ungeniert die ziemlich große Nase zu pudern, stopfte allerlei Krimskrams in die schon überquellende Handtasche, legte ein paar Blatt Papier für den nächsten Tag unter der Staubhülle bereit, riß den Hut vom Haken und setzte ihn sich auf den Kopf und stopfte mit ungeduldigen Fingern die unbotmäßigen Haarsträhnen darunter. Mr. Urquhart läutete – zweimal.

«Das auch noch!» sagte Miss Murchison und lief rot an.

«Miss Murchison», sagte Mr. Urquhart deutlich ungehalten, «wissen Sie, daß Sie auf der ersten Seite einen ganzen Absatz vergessen haben?»

Miss Murchison wurde noch röter.

«Was? Das tut mir aber leid!»

Mr. Urquhart hielt ein Schriftstück in die Höhe, das in seiner Größe jenem berühmten Dokument glich, von dem es hieß, es gebe nicht Wahrheit genug auf der Welt, um so eine lange eidesstattliche Erklärung zu füllen.

«Das ist sehr ärgerlich», sagte er. «Ausgerechnet die längste und wichtigste von den dreien, und sie wird gleich morgen früh dringend benötigt.»

«Ich weiß nicht, wie mir so ein dummer Fehler passieren konnte», schimpfte Miss Murchison. «Ich bleibe heute abend hier und schreibe es neu.»

«Ich fürchte, es wird Ihnen nichts anderes übrigbleiben. Sehr unerfreulich, denn nun kann ich es nicht mehr selbst durchsehen, aber da ist nichts zu machen. Bitte passen Sie diesmal ganz genau auf, und sorgen Sie dafür, daß es morgen früh um zehn Uhr bei Hansons ist.»

«Ja, Mr. Urquhart. Ich werde aufpassen wie ein Luchs. Es tut mir wirklich sehr leid. Und ich werde dafür sorgen, daß alles seine Richtigkeit hat, und es dann selbst zu Hansons bringen.»

«Na schön», sagte Mr. Urquhart. «Aber daß mir das ja nicht noch einmal passiert!»

Miss Murchison nahm die Papiere und ging hinaus. Mit wütendem Gesicht riß sie die Staubhülle von der Schreibmaschine, zog die Schreibtischschubladen heraus, daß sie gegen die Anschläge knallten, schüttelte Originalblatt, Kohle- und Durchschlagpapiere zurecht wie ein Terrier eine Ratte und stürzte sich wie ein Ungewitter auf die Schreibmaschine.

Mr. Pond, der eben seinen Schreibtisch abgeschlossen hatte und sich einen Seidenschal um den Hals legte, sah sie in mildem Erstaunen an.

«Haben Sie heute abend noch etwas zu schreiben, Miss Murchison?»

«Ich muß den ganzen Quatsch noch mal neu tippen», sagte Miss Murchison. «Hab einen Absatz auf Seite eins ausgelassen – es mußte natürlich ausgerechnet Seite eins sein –, und er sagt, das Zeug muß morgen früh um zehn bei den Hansons sein.»

Mr. Pond stöhnte leise auf und schüttelte den Kopf.

«Diese Maschinen verführen zur Nachlässigkeit», tadelte er sie. «Früher haben die Schreiber es sich zweimal überlegt, bevor sie solche dummen Fehler machten, denn es hieß, daß sie das ganze Dokument noch einmal mit der Hand abschreiben mußten.»

«Bin ich froh, daß ich da noch nicht gelebt habe», antwortete Miss Murchison kurz. «Das hätte man ja ebensogut als Galeerensklave arbeiten können.»

«Und wir haben auch nicht um halb fünf Feierabend gemacht», sagte Mr. Pond. «Damals wurde noch gearbeitet.»

«Sie haben vielleicht länger gearbeitet», sagte Miss Murchison, «aber geschafft haben Sie in dieser Zeit auch nicht mehr.»

«Wir waren sauber und ordentlich», betonte Mr. Pond, als Miss Murchison wütend zwei Typen entwirrte, die sich beim hastigen Schreiben ineinander verheddert hatten.

Mr. Urquharts Tür ging auf, und die Erwiderung auf Miss Murchisons Lippen erstarb. Er sagte guten Abend und ging hinaus. Mr. Pond folgte ihm.

«Ich nehme an, daß Sie fertig sind, bevor die Putzfrau geht, Miss Murchison», sagte er. «Wenn nicht, vergessen Sie bitte nicht, das Licht zu löschen und die Schlüssel bei Mrs. Hodges im Erdgeschoß abzugeben.»

«Ja, Mr. Pond. Gute Nacht.»

«Gute Nacht.»

Seine Schritte hallten durch den Flur, wurden noch einmal lauter, als er unterm Fenster vorbeiging, und entfernten sich in Richtung Brownslow Street. Miss Murchison tippte weiter, bis er nach ihrer Berechnung sicher in der U-Bahn nach Chancery Lane sitzen mußte. Dann erhob sie sich, blickte sich rasch nach allen Seiten um und ging auf ein hohes Regal zu, auf dem lauter schwarze Dokumentenkassetten standen, jede in auffallenden weißen Lettern mit dem Namen eines Klienten beschriftet.

Die Kassette WRAYBURN war da, aber sie hatte auf geheimnisvolle Weise den Platz gewechselt. Das war ein Rätsel an sich. Sie erinnerte sich genau, vor Weihnachten die Kassette auf den Stapel MORTIMER – SCROGGINS – LORD COOTE – DOLBY BROS. – WINGFIELD gestellt zu haben; nun aber, am ersten Tag nach Weihnachten, stand sie zuunterst in einem Stapel, und auf ihr türmten sich die Kassetten BODGERS – SIR J. PENKRIDGE – FLATSBY & COATEN – TRUBODY LTD. und UNIVERSAL BONE TRUST. Jemand hatte hier offenbar über die Feiertage einen Frühjahrsputz veranstaltet, und Miss Murchison hielt es nicht für sehr wahrscheinlich, daß es Mrs. Hodges gewesen war.

Das war ärgerlich, denn die Regale waren alle voll, und sie würde darum sämtliche Kassetten herunternehmen und irgendwo abstellen müssen, bevor sie an die Kassette WRAYBURN herankam. Und bald würde Mrs. Hodges kommen, und obwohl Mrs. Hodges eigentlich nicht wichtig war, könnte es doch komisch aussehen …

Miss Murchison zog den Stuhl von ihrem Schreibtisch zu den Regalen (denn das Gestell war ziemlich hoch), stellte sich darauf und nahm die Kassette UNIVERSAL BONE TRUST herunter. Sie war ziemlich schwer, und der Stuhl (ein drehbares Modell, aber nicht von der modernen Sorte, mit einem spindeldürren Bein und einer hart gefederten Rückenlehne, die sich einem ins Kreuz bohrte und dafür sorgte, daß man bei der Arbeit nicht einschlief) wackelte bedenklich, als sie die Kassette herunternahm und sie vorsichtig auf den schmalen Schrank bugsierte. Wieder griff sie nach oben, nahm TRUBODY LTD. herunter und stellte sie auf BONE TRUST. Zum drittenmal griff sie hinauf und packte FLATSBY & COATEN. Als sie sich damit bückte, erklangen Schritte an der Tür, und eine erstaunte Stimme hinter ihr sagte:

«Suchen Sie etwas, Miss Murchison?»

Miss Murchison erschrak so heftig, daß der tückische Stuhl eine viertel Drehung vollführte und sie beinahe in Mr. Ponds Arme katapultiert hätte. Unbeholfen stieg sie hinunter, die schwarze Kassette noch immer fest in den Händen.

«Wie haben Sie mich erschreckt, Mr. Pond! Ich dachte, Sie wären schon fort.»

«War ich auch», sagte Mr. Pond, «aber in der U-Bahn-Station habe ich gemerkt, daß ich hier ein kleines Päckchen liegengelassen habe. Wie ärgerlich – deswegen mußte ich noch mal zurückkommen. Haben Sie es vielleicht gesehen? Ein kleines rundes Glasgefäß, mit braunem Papier umwickelt.»

Miss Murchison stellte FLATSBY & COATEN auf den Stuhl und sah sich um.

«In meinem Schreibtisch ist es anscheinend nicht», sagte Mr. Pond. «Mein Gott, werde ich mich verspäten! Aber ohne das Ding kann ich auch nicht nach Hause kommen – wir brauchen es zum Abendessen – es ist nämlich ein Gläschen Kaviar.

Wir haben heute abend Gäste. Wo könnte ich es denn nur hingetan haben?»

«Vielleicht haben Sie es zum Händewaschen abgestellt», riet Miss Murchison hilfsbereit.

«Hm, ja, das könnte sein.» Mr. Pond rauschte hinaus, und sie hörte die Tür zu dem kleinen Waschraum auf dem Flur mit lautem Quietschen aufgehen. Plötzlich fiel ihr ein, daß sie ihre Handtasche offen auf dem Schreibtisch hatte stehenlassen. Wenn nun die Dietriche herausschauten? Sie wollte eben zum Schreibtisch stürzen, als Mr. Pond triumphierend zurückkehrte.

«Vielen Dank für Ihren Tip, Miss Murchison. Da war es wirklich. Meine Frau hätte sich ja so geärgert. Also nochmals, gute Nacht.» Er wandte sich zur Tür. «Ach ja, haben Sie eigentlich vorhin etwas gesucht?»

«Ja, eine Maus», antwortete Miss Murchison mit nervösem Kichern. «Ich saß da und schrieb, und da lief sie auf einmal hier oben auf dem Schrank entlang und –äh – die Wand hinauf und hinter die Kassetten.»

«Diese gemeinen kleinen Biester», sagte Mr. Pond. «Das Haus wimmelt von ihnen. Ich habe schon oft gesagt, wir brauchen hier mal eine Katze. Aber jetzt kriegen Sie sie nicht mehr. Anscheinend haben Sie keine Angst vor Mäusen?»

«Nein», sagte Miss Murchison, indem sie mit einer bewußten körperlichen Anstrengung den Blick fest auf Mr. Ponds Gesicht gerichtet hielt. Falls die Dietriche – und sie war jetzt fast davon überzeugt – auf ihrem Schreibtisch unzüchtig ihre Spinnenbeine zur Schau stellten, wäre es Wahnsinn gewesen, in diese Richtung zu sehen. «Zu Ihrer Zeit hatten wohl alle Frauen Angst vor Mäusen?»

«Ja, das stimmt», gab Mr. Pond zu. «Aber damals trugen sie natürlich auch noch längere Kleider.»

«Wie unbequem», sagte Miss Murchison.

«Sie boten einen sehr anmutigen Anblick», sagte Mr. Pond. «Erlauben Sie, daß ich Ihnen helfe, die Kassetten wieder zurückzustellen.»

«Sie werden ihre Bahn verpassen», sagte Miss Murchison.

«Die habe ich schon verpaßt», entgegnete Mr. Pond mit einem Blick auf die Uhr. «Ich muß die nächste um halb sechs nehmen.» Höflich nahm er die Kassette FLATSBY & COATEN und stieg kühn damit auf die unruhige Sitzfläche des Drehstuhls.

«Das ist überaus freundlich von Ihnen», sagte Miss Murchison, als er die Kassette wieder an ihren Platz stellte.

«Nicht der Rede wert. Wenn Sie so nett sein könnten, mir die andern heraufzureichen –»

Miss Murchison reichte ihm TRUBODY LTD. und UNIVERSAL BONE TRUST an.

«So», sagte Mr. Pond, indem er den Stapel vervollständigte und sich den Staub von den Händen wischte. «Nun wollen wir hoffen, daß die Maus bleibt, wo sie ist. Ich werde mal mit Mrs. Hodges über die Anschaffung einer geeineten Katze reden.»

«Das wäre eine sehr gute Idee», sagte Miss Murchison. «Gute Nacht, Mr. Pond.»

«Gute Nacht, Miss Murchison.»

Seine Schritte hallten den Flur entlang, wurden unter dem Fenster wieder lauter und verschwanden zum zweitenmal in Richtung Brownlow Street.

«Puh!» machte Miss Murchison. Sie stürzte zu ihrer Handtasche. Die Angst hatte ihr etwas vorgegaukelt. Die Tasche war zu, die Dietriche unsichtbar.

Sie zog den Stuhl wieder an seinen Platz und setzte sich, als draußen ein Geklapper von Eimern und Besen Mrs. Hodges' Eintreffen verkündete.

«Hoho!» rief Mrs. Hodges und blieb beim Anblick der fleißig auf der Maschine herumhämmernden Sekretärin wie angewurzelt an der Türschwelle stehen. «Entschuldigen Sie, Miss, aber ich wußte nicht, daß noch jemand hier ist.»

«Tut mir leid, Mrs. Hodges. Ich habe noch eine kleine Arbeit zu erledigen. Aber fangen Sie ruhig an. Nehmen Sie keine Rücksicht auf mich.»

«Macht nichts, Miss», sagte Mrs. Hodges. «Ich kann ja Mr. Partridges Büro zuerst machen.»

«Nun, wenn es Ihnen nichts ausmacht», sagte Miss Murchison. «Ich muß noch ein paar Seiten tippen und – äh – eine Übersicht zusammenstellen – Notizen, verstehen Sie – von einigen Dokumenten – für Mr. Urquhart.»

Mrs. Hodges nickte und verschwand wieder. Bald verriet ein Poltern oben, daß sie in Mr. Partridges Büro war.

Miss Murchison wartete nicht länger. Sie zerrte den Stuhl wieder zu den Regalen und nahm nacheinander eilig BONE TRUST, TRUBODY LTD., FLATSBY & COATEN, SIR J. PENKRIDGE und BODGERS herunter. Das Herz schlug ihr bis zum Hals, als sie endlich WRAYBURN zu fassen bekam und zu ihrem Schreibtisch trug.

Sie öffnete die Handtasche und schüttete den Inhalt aus. Der Bund Dietriche fiel klappernd auf den Schreibtisch, wo er zwischen einem Taschentuch, einer Puderdose und einem Taschenkamm zu liegen kam. Die schlanken, glänzenden Stahlhaken schienen in ihren Fingern zu brennen.

Während sie noch den geeignetsten Haken heraussuchte, klopfte es plötzlich laut ans Fenster.

Zu Tode erschrocken fuhr sie herum. Nichts zu sehen. Sie steckte die Dietriche in die Tasche ihrer Sportjacke und ging auf Zehenspitzen zum Fenster, um hinauszusehen. Im Lichtschein sah sie drei kleine Jungen, die gerade das Eisengeländer überklettern wollten, mit dem die geheiligten Anwesen an der Bedford Row geschützt waren. Der erste Junge sah sie und zeigte wild gestikulierend nach unten. Miss Murchison machte eine abwehrende Handbewegung und rief: «Schert euch weg!»

Der Junge rief etwas Unverständliches zurück und zeigte wieder nach unten. Miss Murchison schloß aus dem Klopfen ans Fenster, dem Gestikulieren und dem Schrei, daß ein kostbarer Ball aufs Grundstück geflogen war. Sie schüttelte den Kopf und kehrte an ihre Arbeit zurück.

Aber der Zwischenfall hatte ihr klargemacht, daß ihr Fenster weder Vorhänge noch Jalousien hatte, so daß jeder, der auf der Straße vorbeikam, im grellen elektrischen Licht ihr Tun beobachten konnte, als stände sie auf einer beleuchteten Bühne. Zwar bestand kein Grund zu der Befürchtung, daß Mr. Urquhart oder Mr. Pond noch in der Nähe waren, aber ihr schlechtes Gewissen ließ ihr keine Ruhe. Wenn überdies gar ein Polizist hier vorbeikäme, würde er die Dietriche nicht schon auf hundert Schritt Entfernung erkennen? Sie sah noch einmal nach draußen. War es ihre überreizte Phantasie, oder tauchte dort aus Richtung Hand Court eine stämmige Figur in dunkelblauer Uniform auf?

Miss Murchison floh erschrocken vom Fenster, riß die Dokumentenmappe an sich und trug sie in Mr. Urquharts Privatbüro

Hier konnte man ihr wenigstens nicht zusehen. Wenn jemand hereinkäme – selbst Mrs. Hodges – würde ihre Anwesenheit in dem Zimmer zwar Erstaunen auslösen, aber sie würde jeden kommen hören und vorgewarnt sein.

Ihre Hände waren kalt und zitterten, und sie war nicht eben in der besten Verfassung, um von Blindekuh-Bills Lehren zu profitieren. Sie holte ein paarmal tief Luft. Nichts überstürzen, hatte man ihr eingeschärft. Nun gut, sie würde sich Zeit lassen.

Sorgsam suchte sie einen Dietrich heraus und schob ihn ins Schloß. Die Sekunden wurden ihr zu Jahren, während sie ziellos damit herumfuhrwerkte, bis sie endlich den Druck der Feder gegen das gebogene Ende fühlte. Langsam drückte sie mit der einen Hand die Feder hoch, während sie mit der andern den zweiten Dietrich einführte. Sie fühlte, wie sich der Riegel bewegte – noch eine Sekunde, dann gab es ein lautes Klicken, und das Schloß war offen.

Es lagen nicht viele Papiere in der Kassette. Das erste war eine lange Aufstellung mit der Überschrift: «Wertpapiere im Depot der Lloyd's Bank.» Dann kamen Kopien von Besitzurkunden, deren Originale auf ähnliche Weise deponiert waren. Es folgte eine Mappe mit Korrespondenz. Teilweise waren das Briefe von Mrs. Wrayburn persönlich, der letzte vor fünf Jahren datiert, ferner Briefe von Mietern, Banken und Börsenmaklern nebst Kopien der hier im Büro gefertigten Antworten, unterschrieben von Norman Urquhart.

Miss Murchison blätterte das alles hastig durch. Von einem Testament oder einer Testamentskopie war nichts zu sehen – nicht einmal von dem zweifelhaften Entwurf, den der Anwalt Wimsey gezeigt hatte. Jetzt lagen nur noch zwei Schriftstücke auf dem Boden der Kassette. Miss Murchison nahm das erste zur Hand. Es war eine vom Januar 1925 datierte Vollmacht, die Norman Urquhart die volle geschäftliche Vertretungsbefugnis für Mrs. Wrayburn gab. Das zweite war dicker und wurde von einem roten Band ordentlich zusammengehalten. Miss Murchison streifte das Band ab und faltete das Schriftstück auseinander.

Es war ein Treuhandvertrag, der Mrs. Wrayburns gesamtes Vermögen Norman Urquhart zu Verwaltung übertrug und vorsah, daß er von den Erträgen eine bestimmte jährliche Summe zur Bestreitung ihrer persönlichen Ausgaben auf ihr laufendes

Konto überweisen sollte. Der Vertrag war vom Juli 1920 datiert, und darangeheftet war ein Brief, den Miss Murchison in aller Eile las:

«Applefold
Windle
15. Mai 1920
Mein Lieber Norman,
vielen, vielen Dank, mein lieber Junge, für Deinen Geburtstagsbrief und den hübschen Schal. Wie schön von Dir, daß Du Dich an Deine alte Tante immer so treu erinnerst.

Da ich doch nun schon über Achtzig bin, ist mir der Gedanke gekommen, daß es Zeit für mich wäre, meine Geschäfte ganz in Deine Hände zu legen. Du und Dein Vater, Ihr habt die ganzen Jahre so gut für mich gearbeitet, und natürlich hast Du mich, bevor Du von meinem Geld etwas anlegtest, immer brav gefragt. Aber ich werde allmählich so *steinalt*, daß ich in dieser modernen Welt die Übersicht verliere und nicht einmal mehr so tun kann, als ob meine Meinung irgendeinen Wert hätte. Ich bin eine *müde* alte Frau geworden, und wenn Du mir auch immer alles noch so schön erklärst, finde ich das Briefeschreiben doch beschwerlich und in meinem hohen Alter auch lästig.

Ich habe darum beschlossen, Dir die Verwaltung meines Vermögens für die Dauer meines Lebens zu treuen Händen zu übergeben, so daß Du damit nach eigenem Gutdünken umgehen kannst und mich nicht erst jedesmal zu fragen brauchst. Und wenn ich mich jetzt noch guter Gesundheit erfreue und bei klarem Verstand bin, könnte dieser glückliche Zustand sich doch jederzeit ändern. Ich könnte eines Tages gelähmt oder geistig nicht mehr ganz da sein oder mit meinem Geld dumme Sachen anstellen wollen, wie schon so manche alberne alte Frau vor mir.

Könntest Du also einen entsprechende Vertrag aufsetzen und zu mir bringen, damit ich ihn unterschreibe? Bei der Gelegenheit möchte ich Dir auch Instruktionen für mein Testament geben.
Nochmals herzlichen Dank für Deine guten Wünsche.
Deine Dich liebende Tante
Rosanna Wrayburn»

«Hurra!» sagte Miss Murchison. «Demnach *gibt* es ein Testament! Und dieser Treuhandvertrag – der ist wahrscheinlich auch wichtig.»
Sie las den Brief noch einmal, überflog die Vertragsbestimmungen, merkte sich besonders, daß Norman Urquhart als einziger Treuhänder benannt war, und prägte sich schließlich von der Aufstellung der Wertpapiere die wichtigsten und größten Posten ein. Dann legte sie die Dokumente in ihrer ursprünglichen Reihenfolge in die Kassette zurück, schloß sie ab – diesmal bewegte sich der Riegel weich wie Butter –, stellte sie an ihren Platz, stapelte die anderen darauf und saß gerade wieder an ihrer Schreibmaschine, als Mrs. Hodges hereinkam.
«Eben fertig, Mrs. Hodges», rief sie fröhlich.
«Das hab ich mich gerade gefragt», sagte Mrs. Hodges. «Ich hab Ihre Schreibmaschine nicht mehr gehört.»
«Ich habe mir mit der Hand etwas notiert», erklärte Miss Murchison. Sie knüllte die verschriebene erste Seite der eidesstattlichen Erklärung zusammen und warf sie mitsamt der angefangenen Neuschrift in den Papierkorb. Dann holte sie aus ihrer Schreibtischschublade eine fehlerlose erste Seite, die sie zu diesem Zweck schon vorher geschrieben hatten, heftete sie zu den übrigen, steckte das Original und die erforderliche Zahl von Durchschlägen in einen Umschlag, verschloß ihn, adressierte ihn an die Firma Hanson & Hanson, zog Hut und Mantel

an und ging hinaus, nachdem sie Mrs. Hodges an der Tür noch freundlich gute Nacht gesagt hatte.

Ein kurzer Fußweg brachte sie zur Firma Hanson, wo sie die Schriftstücke in den Briefkasten steckte. Dann ging sie hurtigen Schrittes, ein Liedchen vor sich hin summend, auf die Bushaltestelle an der Ecke Theobald's und Gray's Inn Road zu.

«Ich glaube, jetzt habe ich ein kleines Abendessen in Soho verdient», dachte Miss Murchison.

Sie summte immer noch, als sie vom Cambridge Circus in die Frith Street einbog. «Was *ist* das nur für eine blöde Melodie?» fragte sie sich mit einemmal. Nach kurzem Überlegen fiel es ihr dann ein: «Strömen durch das Tor, strömen durch das Tor...»

«Ach du liebes bißchen!» sagte Miss Murchison. «Langsam fange ich wohl an zu spinnen.»

· 15 ·

LORD PETER GRATULIERTE MISS MURCHIson und lud sie zu einem ziemlich erlesenen Mittagessen in Rules ein, wo es für Leute, die so etwas zu schätzen wissen, einen besonders guten alten Cognac gibt. So kam es, daß Miss Murchison etwas spät ins Büro zurückging und in der Eile vergaß, die Dietriche zurückzugeben. Aber bei gutem Wein und angenehmer Gesellschaft kann man nicht immerzu an alles denken.

Wimsey seinerseits war unter Aufbietung der allergrößten Selbstbeherrschung nach Hause gefahren, um nachzudenken, anstatt auf dem schnellsten Weg ins Halloway-Gefängnis zu eilen. Wenngleich es ein Gebot der Nächstenliebe wie auch der Notwendigkeit war, die Untersuchungsgefangene aufzumuntern (damit entschuldigte er jedenfall seine fast täglichen Besuche), konnte er sich doch nicht darüber hinwegtäuschen, daß es eben noch nützlicher und wohltätiger wäre, den Beweis für ihre Unschuld herbeizuschaffen. Und auf diesem Gebiet hatte er bisher noch keine großen Fortschritte gemacht.

Die Selbstmordtheorie hatte ja recht hoffnungsvoll ausgesehen, als Norman Urquhart ihm den Testamentsentwurf zeigte; aber nun war sein Glaube an diesen Entwurf gehörig erschüttert worden. Zwar bestand immer noch eine schwache Hoffnung, das Päckchen mit dem weißen Pulver aus den Neun Ringen zu finden, aber die Tage vergingen unbarmherzig, und mit ihnen schrumpfte diese Hoffnung nahezu auf Null. Es wurmte ihn, daß er in dieser Angelegenheit nichts tun konnte – am liebsten wäre er selbst in die Gray's Inn Road gefahren, um in der Umgebung der Neun Ringe jeden Stein umzudrehen und alle in Frage kommenden Personen ins Kreuzverhör zu nehmen und erbarmungslos auszuquetschen, aber er wußte, daß dies die Polizei viel besser konnte als er.

Warum hatte Norman Urquhart versucht, ihn mit dem Testamentsentwurf irrezuführen? Er hätte ohne weiteres jede Auskunft verweigern können. Irgendwo mußte da was faul sein. Wenn aber Urquhart in Wirklichkeit nicht der Erbe war, trieb er ein gefährliches Spiel. Denn wenn die alte Dame starb und das Testament beglaubigt war, würde das alles wahrscheinlich in der Zeitung erscheinen – und sie konnte jeden Tag sterben.

Wie leicht wäre es, dachte er bedauernd, Mrs. Wrayburns Tod ein klein wenig zu beschleunigen. Sie war dreiundneunzig und sehr gebrechlich. Eine Überdosis von irgendwas – eine Erschütterung – ein leichter Schock sogar. Nein, es führte zu nichts, in diesen Kategorien zu denken. Er fragte sich beiläufig, wer wohl bei der alten Frau lebte, sich um sie kümmerte ...

Es war der 30. Dezember, und er hatte noch immer keinen Plan. Die eindrucksvollen Bände auf seinen Bücherregalen, Reihen um Reihen Heilige, Historiker, Dichter, Philosophen, spotteten seiner Ohnmacht. All dieses Wissen und all diese Schönheit zusammen konnten ihm nicht den Weg weisen, wie er die Frau, die er mit jeder Faser begehrte, vor dem schimpflichen Tod durch den Strick bewahren konnte. Und er hatte sich in solchen Dingen für ziemlich gescheit gehalten. Von der ungeheuren, undurchdringlichen Blödigkeit der Dinge um ihn herum fühlte er sich eingeschlossen wie in eine Falle. Er knirschte mit den Zähnen und tobte in hilfloser Wut, lief in dem freundlichen, teuren, nichtsnutzigen Zimmer umher. Der große venezianische Spiegel über dem Kaminsims zeigte ihm sein Porträt bis zu den Schultern. Er sah ein blasses, einfältiges Gesicht mit strohblondem, glatt nach hinten gekämmtem Haar; ein widersinnig unter einer lächerlich zuckenden Braue klemmendes Monokel; ein zur Vollkommenheit rasiertes Kinn, haarlos, unmännlich; einen ziemlich hohen Kragen, makellos gestärkt, eine elegant geknotete Krawatte, die farblich genau zu dem Taschentuch paßte, das aus der Brusttasche eines teuren, in der Saville Row geschneiderten Anzugs hervorschaute. Er riß eine schwere Bronzefigur vom Kaminsims – ein schönes Stück; noch im Herunterreißen liebkosten seine Finger die Patina – und er spürte einen Drang, diesen Spiegel, dieses Gesicht mit einem Schlag zu zerschmettern – auszubrechen in animalisches Schreien und Gestikulieren.

Wie dumm! So etwas ging nicht. Die ererbten Hemmungen von zwanzig zivilisierten Jahrhunderten banden einem Hände und Füße mit den Fesseln der Lächerlichkeit. Und wenn er den Spiegel doch zerschlug? Nichts würde geschehen. Bunter würde hereinkommen, ungerührt und ohne das geringste Zeichen der Verwunderung, und würde die Scherben aufkehren und ihm ein heißes Bad mit Massage verordnen. Und andern Morgens würde ein neuer Spiegel bestellt werden, da ja Leute kommen und Fragen stellen und ihr Bedauern über die versehentliche Zerstörung des alten Spiegels ausdrücken würden. Und Harriet Vane würde trotzdem gehängt werden.

Wimsey riß sich zusammen, rief nach Hut und Mantel und fuhr mit einem Taxi zu Miss Climpson.

«Ich habe einen Auftrag», sagte er, schroffer, als es seine Absicht war, «mit dem ich Sie persönlich betrauen möchte. Ich habe sonst niemanden dafür.»

«Wie *freundlich* von Ihnen, es so auszudrücken», sagte Miss Climpson.

«Die Schwierigkeit ist nur, daß ich Ihnen überhaupt nicht

sagen kann, wie Sie vorgehen sollen. Es kommt ganz darauf an, was Sie vorfinden, wenn Sie dort sind. Ich möchte, daß Sie nach Windle in Westmoreland fahren und sich an eine schwachsinnige und gelähmte alte Dame namens Mrs. Wayburn heranmachen, die dort in einem Haus namens Applefold wohnt. Ich weiß nicht, wer sich um sie kümmert oder wie Sie ins Haus kommen sollen. Aber Sie müssen es schaffen, und Sie müssen herausbekommen, wo sich ihr Testament befindet, nach Möglichkeit sogar sehen, was drinsteht.»

«Meine Güte!» sagte Miss Climpson.

«Und was noch schlimmer ist», sagte Wimsey, «Sie haben nur eine Woche Zeit dafür.»

«Das ist aber kurz», sagte Miss Climpson.

«Sehen Sie», sagte Wimsey, «wenn wir nicht einen sehr guten Grund für eine Aufschub liefern können, wird der Fall Vane mit Sicherheit gleich zu Beginn der nächsten Sitzungsperiode aufgerufen werden. Wenn ich die Anwälte der Verteidigung überzeugen könnte, daß auch nur die kleinste Chance besteht, neue Beweise zu finden, könnten sie eine Verschiebung beantragen. Aber im Augenblick habe ich nichts, was man Beweis nennen könnte – nur ein ganz, ganz vages Gefühl.»

«Verstehe», sagte Miss Climpson. «Nun, niemand kann mehr als sein Bestes tun, und es ist sehr wichtig, Vertrauen zu haben. Der Glaube versetzt Berge, wie wir gelernt haben.»

«Dann bieten Sie um Himmels willen alles an Glauben auf, was Sie haben», meinte Wimsey düster, «denn soviel ich sehe, gilt es hier den Himalaja mitsamt Alpen, einem Stückchen Kaukasus und ein paar Zipfeln Rocky Mountains auf einmal zu versetzen.»

«Sie können sich darauf verlassen, daß ich alles tun werde, was in meinen armseligen Kräften steht», antwortete Miss Climpson, «und ich werde unsern Vikar bitten, eine besondere

Messe zu lesen für einen, der eine schwierige Aufgabe angeht. Wann soll ich aufbrechen?»

«Sofort», sagte Wimsey. «Ich denke, Sie fahren am besten als Sie selbst und steigen in einem Hotel ab – nein, in einer Pension; da wird mehr geklatscht. Ich weiß nicht viel über Windle, nur daß dort eine Schuhfabrik ist, außerdem eine schöne Landschaft, aber groß ist es nicht, und ich könnte mir vorstellen, daß dort jeder über Mrs. Wrayburn Bescheid weiß. Sie ist sehr reich und war in jüngeren Jahren berüchtigt. Die Person, an die Sie sich halten müssen, ist die Frau – so eine muß es geben –, die sie pflegt und versorgt und sozusagen immer um sie herum ist. Wenn Sie deren besondere Schwäche herausfinden, treiben Sie einen Keil hinein, so tief es geht. Ach, übrigens – es könnte sein, daß sich das Testament gar nicht dort befindet, sondern bei einem Rechtsanwalt namens Urquhart, der seine Praxis hier in der Bedford Road hat. Wenn, dann können Sie nur zu bohren anfangen und soviel Nachteiliges über ihn herausquetschen, wie Sie können – alles, was es gibt. Er ist Mrs. Wrayburns Großneffe und besucht sie hin und wieder.»

Miss Climpson notierte sich diese Anweisungen.

«Und nun trolle ich mich und überlasse alles Ihnen», sagte Wimsey. «Nehmen Sie vom Firmenkonto, was Sie brauchen. Und wenn Sie irgend etwas Besonders benötigen, schicken Sie mir ein Telegramm.»

Kaum hatte er Miss Climpson verlassen, fühlte Lord Peter Wimsey sich erneut von Weltschmerz und Selbstmitleid gepackt, nur diesmal in Form einer sanften, alles durchdringenden Melancholie. Von seiner eigenen Ohnmacht überzeugt, beschloß er, das wenige Gute noch zu tun, das in seinen Kräften stand, bevor er sich in ein Kloster oder in die Eiswüsten der

Antarktis zurückzog. Also fuhr er zielstrebig zum Scotland Yard und ließ sich bei Chefinspektor Parker melden.

Parker saß in seinem Büro und las einen Bericht, der soeben gekommen war. Er begrüßte Wimsey mit einem Gesicht, das eher betreten als begeistert aussah.

«Bist du wegen des Pulverpäckchens gekommen?»

«Diesmal nicht», sagte Wimsey. «Ich glaube sowieso nicht, daß wir davon je etwas hören. Nein, es handelt sich – eher um – äh – eine delikate Angelegenheit. Es geht um meine Schwester.»

Parker fuhr zusammen und stieß den Bericht beiseite.

«Um Lady Mary?»

«Äh – ja. Ich höre, sie geht manchmal mit dir aus – äh – zum Essen – und so weiter, ja?»

«Lady Mary hat mich – das eine oder andere Mal – mit ihrer Gesellschaft beehrt», sagte Parker. «Ich hatte nicht gedacht – ich wußte nicht – das heißt, ich war davon ausgegangen –»

«Ach, ja – hast du überhaupt jemals was gedacht? Das ist nämlich hier die Frage», sagte Wimsey ernst. «Sieh mal, Mary ist ein sehr nettes Mädchen, auch wenn ich als ihr Bruder das sage, und –»

«Ich versichere dir», sagte Parker, «daß es nicht nötig ist, mir das zu sagen. Glaubst du vielleicht, ich würde ihre Freundlichkeit mißverstehen? Es ist heutzutage durchaus Sitte, daß auch Frauen von höchster Moral gelegentlich ohne weitere Begleitung mit Freunden ausgehen, und Lady Mary hat –»

«Ich rede nicht von einem Chaperon«, sagte Wimsey. «Das würde Mary sich erstens nicht bieten lassen, und zweitens halte ich es auch für Quatsch. Aber als ihr Bruder und so – eigentlich wäre das ja Geralds Aufgabe, aber Mary und er kommen nicht so gut miteinander aus, wie du weißt, und ihm würde sie wahrscheinlich keine Geheimnisse ins Öhrchen flüstern, besonders wo Helen es dann alles brühwarm erfahren würde – was wollte ich eigentlich sagen? Ach ja – als Marys Bruder, sieh mal, halte ich es sozusagen für meine Pflicht, einzuspringen und da und dort das richtige Wort fallenzulassen.»

Parker bohrte nachdenklich die Feder ins Löschpapier.

«Laß das», sagte Wimsey, «das hält keine Feder aus. Nimm einen Bleistift.»

«Ich glaube», sagte Parker, «ich hätte nicht annehmen dürfen –»

«Was hast du denn angenommen, Alter?» fragte Wimsey, den Kopf schiefgelegt wie ein Sperling.

«Nichts, woran jemand hätte Anstoß nehmen können», sagte Parker hitzig. «Was stellst du dir eigentlich vor, Wimsey? Ich verstehe vollkommen, daß es von deinem Standpunkt aus unpassend ist, wenn Lady Mary Wimsey in aller Öffentlichkeit mit einem Polizisten ausgeht, aber wenn du glaubst, ich hätte je ein Wort zu ihr gesagt, das nicht mit der größten Schicklichkeit –»

«– auch im Beisein ihrer Frau Mutter hätte gesprochen werden können, tust du der reinsten uns süßesten Frau der Welt bitter unrecht und beleidigst deinen Freund», nahm Peter ihm die Worte aus dem Mund und beendete schlagfertig den Satz für ihn. «Du bist doch ein vollkommener Viktorianer, Charles. Am liebsten würde ich dich in einen Glaskasten setzen. Natürlich hast du kein Wort gesagt. Und ich möchte wissen, warum?»

Parker stierte ihn nur an.

«Seit ungefähr fünf Jahren», sagte Wimsey, «starrst du meine Schwester an wie ein verblödeter Hammel und schrickst schon zusammen, wenn nur ihr Name fällt. Was denkst du dir dabei? Schön sieht das nicht aus. Auch nicht lustig. Und das arme Mädchen machst du ganz nervös. Du gibst mir keinen guten Eindruck von deinem Mumm, wenn ich das mal so ausdrücken darf. Ein Mann sieht es nicht gern, wenn ein anderer Mann wegen seiner Schwester ins Schleudern kommt – zumindest wenn das Schleudern so lange anhält. Das kann man ja nicht mit ansehen! Warum schlägst du dir nicht an die männliche Brust und sagst einfach: ‹Peter, alter Freund und Kupferstecher, ich habe beschlossen, in den Hafen der Ehe einzulaufen und dir ein Bruder zu sein.› Wer hält dich davon ab? Gerald? Ich weiß, daß er ein Esel ist, aber im Grunde ist er gar nicht so schlimm. Helen? Sie ist schon eine Plage, aber du brauchst dich nicht viel mit ihr abzugeben. Bin ich es? Wenn ja, ich spiele sowieso mit dem Gedanken, unter die Eremiten zu gehen – es hat doch mal einen Eremiten Peter gegeben, oder? –, da wäre ich dir also nicht mehr im Weg. Sag schon, wo der Schuh drückt, altes Haus, und wir schneiden ein Loch hinein. Also?»

«Du – du fragst mich –?»

«Ich frage dich nach deinen Absichten, zum Kuckuck noch mal!» rief Wimsey. «Und wenn dir das noch nicht viktorianisch genug ist, weiß ich nichts mehr. Ich verstehe ja, daß du Mary Zeit lassen wolltest, sich von dieser unglücklichen Geschichte mit Cathcart und diesem Goyles zu erholen, aber hol's der Henker, mein Lieber, man kann die Rücksichtnahme auch übertreiben. Du kannst von einer Frau nicht erwarten, daß sie in alle Ewigkeit auf Abruf steht, nicht? Oder wartest du vielleicht, daß sie dir einen Antrag macht?»

«Hör mal, Peter, sei nicht albern. Wie kann ich deine Schwester bitten, meine Frau zu werden?»

«*Wie* du das machst, ist deine Sache. Du könntest sagen: ‹Na, mein Mädchen, wie wär's mit ein bißchen Heiraten?› Das wäre modern und kurz und unmißverständlich. Oder du kannst auf ein Knie niedersinken und sagen: ‹Könnten Sie mir die Ehre erweisen, mir Ihre Hand und Ihr Herz zu schenken?›, was ziemlich altmodisch ist und heutzutage den Vorzug der Originalität hat. Oder du kannst ihr schreiben oder telegrafieren oder sie anrufen. Aber das überlasse ich ganz und gar deinem Einfallsreichtum.»

«Das ist nicht dein Ernst.»

«Mein Gott! Werde ich wohl je den Ruf eines Hanswursts los? Du machst Mary furchtbar unglücklich, Charles, und ich wollte, du würdest sie endlich heiraten, damit ein für allemal Ruhe ist.»

«Ich mache sie unglücklich?» stieß Parker hervor, daß es fast wie ein Schrei klang. «Ich – sie – unglücklich?»

Wimsey tippte sich vielsagend an die Stirn.

«Holz – solides Holz! Aber der letzte Schlag scheint doch durchgedrungen zu sein. Ja, du – sie – unglücklich – begreifst du's langsam?»

«Peter – wenn ich im Ernst geglaubt hätte, daß –»

«Nun zerfließ mir hier nicht gleich», sagte Wimsey, «das lohnt sich bei mir nicht. Heb's für Mary auf. Ich habe meiner Bruderpflicht Genüge getan, und jetzt ist Schluß. Beruhige dich. Wende dich wieder deinen Berichten zu –»

«Himmel, ja», rief Parker. «Bevor wir weitergehen, ich habe einen Bericht für dich.»

«Hast du? Und warum sagst du das nicht gleich?»

«Du hast mich nicht zu Wort kommen lassen.»

«Also, worum geht's?»

«Wir haben das Päckchen gefunden.»

«Was?»

«Wir haben das Päckchen gefunden.»

«Wirklich gefunden?»

«Ja. Einer von den Barkellnern –»

«Laß die Barkellner aus dem Spiel. Bist du sicher, daß es das richtige ist?»

«Ja, wir haben es identifiziert.»
«Weiter! Habt ihr den Inhalt analysiert?»
«Ja, wir haben den Inhalt analysiert.»
«Und was war drin?»

Parker sah ihn an wie einer, der schlechte Nachrichten zu überbringen hat, und sagte widerstrebend:

«Natriumbikarbonat – simples Natron.»

«Zur Schönen Aussicht
Windle
Westmoreland
1. Januar 1930

Lieber Lord Peter,
ich nehme an, daß Sie richtig darauf *brennen*, zum *frühestmöglichen* Zeitpunkt zu erfahren, was sich hier *tut*, und obwohl ich erst *einen* Tag hier bin, finde ich *wirklich*, daß ich keine *allzu* geringen Fortschritte gemacht habe!

Mein Zug kam hier am Montagabend sehr spät an, nach einer höchst *eintönigen* Fahrt und einem *unerquicklichen* Aufenthalt in *Preston*, obwohl ich ja, da Sie so freundlich waren und darauf bestanden haben, daß ich *erster Klasse* fahren sollte, eigentlich *gar* nicht müde war! Niemand kann ermessen, *wieviel* dieser zusätzliche Komfort doch ausmachte, besonders wenn man in die *Jahre* kommt, und nach den vielen *unbequemen* Reisen, die ich in den Zeiten meiner Armut gemacht habe, komme ich mir jetzt vor, als lebte ich in *sündhaftem* Luxus. Das Abteil war *gut* geheizt – eigentlich sogar *zu* gut, und am liebsten hätte ich das Fenster aufgemacht, wenn da nicht ein *sehr dicker* Geschäftsmann mitgefahren wäre, der sich bis zu den *Augen* in Mäntel und wollene Westen gehüllt hätte und von frischer Luft *überhaupt* nichts wissen wollte. Männer sind ja heutzutage solche *Treibhauspflanzen*, nicht wahr, ganz *anders* als mein lieber Vater, der vor dem 1. November und nach dem 31. März *nie* ein Feuer im Haus duldete, und wenn das Thermometer auf dem *Gefrierpunkt* stand!

Es war *gar* nicht schwierig, hier ein gemütliches Zimmer im Bahnhofshotel zu bekommen, obwohl es schon *so spät* war. Früher hätte man eine *unverheiratete* Frau, die nach Mitternacht *allein* mit einem *Koffer* ankam, kaum als *respektabel* angesehen – wie *wundervoll* anders das doch heute ist! Ich bin dankbar, diesen *Wandel* noch erleben zu dürfen, denn die altmodischen Leute können sagen, was sie wollen, über mehr *Sittsamkeit* und *Schicklichkeit* bei den Frauen zu Königin Victorias Zeiten, aber wer sich noch erinnern kann, wie es zuging, weiß, wie *schwierig* und *demütigend* die Umstände früher waren!

Gestern morgen war es natürlich mein *erstes* Ziel, Ihren Instruktionen gemäß eine *geeignete* Pension zu finden, und ich hatte das *Glück*, ein solches Haus schon beim *zweiten* Versuch ausfindig gemacht zu haben. Es ist *sehr gut* geführt und *kultiviert* und hat drei *ältere Damen* als *Dauerbewohner*, die mit dem Ortsklatsch *bestens* vertraut sind, so daß es gar nichts *Vorteilhafteres* für unsere Zwecke geben könnte!

Sowie ich mein Zimmer dort bezogen hatte, bin ich zu einem kleinen *Erkundungsausflug* aufgebrochen. Ich fand in der High Street einen sehr hilfsbereiten *Polizisten* und fragte ihn, wie ich Mrs. Wrayburns Haus finden könne. Er wußte es *genau* und erklärte mir, ich solle mit dem *Omnibus* bis zur *Fischerklause* fahren, von dort seien es noch fünf Minuten zu Fuß. Ich folgte also seinen Anweisungen und fuhr mit dem Bus aus der Stadt bis zu einer Straßenkreuzung, an der sich die Fischerklause befindet. Der Schaffner war sehr höflich und hilfsbereit und beschrieb mir den Weg, so daß ich das Haus *ohne jede Schwierigkeit* fand.

Es ist ein *schönes altes Haus*, das ganz für sich allein steht – ziemlich *groß*, im *achtzehnten* Jahrhundert erbaut, mit einer *italienischen* Veranda und herrlichem grünem Rasen und einer Zeder und wohlgeordneten Blumenbeeten, was im Sommer ein wahrer *Garten Eden* sein muß. Ich habe es mir von der Straße eine Weile lang angesehen – ich glaube nicht, daß mein Benehmen besonders *auffällig* war, sollte mich jemand gesehen haben, denn *jeder* kann sich doch für ein so schönes altes Anwesen interessieren. Die meisten *Jalousien* waren herunter, als ob der größte Teil des Hauses unbewohnt sei, und ich habe keinen *Gärtner* oder sonst jemanden gesehen – wahrscheinlich ist um diese Zeit nicht allzuviel im Garten zu tun. Einer der *Schornsteine* rauchte aber, es gab also wenigstens dieses *eine* Lebenszeichen.

Ich habe einen kleinen *Spaziergang* die Straße hinunter gemacht und bin dann umgekehrt und noch einmal an dem Haus vorbeigegangen, und diesmal sah ich ein Dienstmädchen um die Hausecke gehen, aber sie war natürlich *zu weit weg*, als daß ich sie hätte ansprechen können. Also bin ich wieder mit dem Omnibus zurückgefahren und habe in der Schönen Aussicht zu Mittag gegessen, um mit meinen Mitbewohnerinnen bekannt zu werden.

Natürlich wollte ich nicht gleich *zu neugierig* erscheinen, darum habe ich *anfangs* nichts von Mrs. Wrayburns Haus erwähnt, sondern nur ganz allgemein über Windle gesprochen. Es war nicht ganz leicht, die *Fragen* der guten alten Damen zu parieren, die sich sehr darüber *wunderten*, *wieso* eine Fremde um diese Jahreszeit nach Windle kommt, aber ich glaube, ich habe ihnen, ohne allzu viele direkte *Unwahrheiten* zu sagen, den *Eindruck* gegeben, daß ich zu einem kleinen Vermögen (!) gekommen sei und das Seengebiet besucht habe, um ein geeignetes Plätzchen zu finden, wo ich mich nächsten *Sommer* niederlassen könne! Ich habe auch vom *Malen* gesprochen – als junge Mädchen haben wir ja alle ein bißchen mit Wasserfarben malen gelernt, so daß ich mit genügend *technischen Kenntnissen* aufwarten konnte, um sie zu überzeugen!

Das gab mir gleich eine *gute* Gelegenheit, mich nach dem *Haus* zu erkundigen! So ein *schönes* altes Anwesen, habe ich gemeint, und ob denn dort niemand wohne? (*Natürlich* bin ich mit alldem nicht *gleich auf einmal* herausgeplatzt – zuerst habe ich mir von ihnen die vielen Sehenswürdigkeiten in der Gegend schildern lassen, die einen Künstler interessieren können! Mrs. Pegler, eine *korpulente*, KATZIGE alte Dame mit HAAREN AUF DEN ZÄHNEN (!), konnte mir alles darüber sagen. Lieber Lord Peter, was ich *jetzt* noch nicht über Mrs. Wrayburns *frühere Schlechtigkeit* weiß, LOHNT SICH BESTIMMT NICHT zu wissen!! Was aber noch *wichtiger* ist, sie hat mir den *Namen* von Mrs. Wrayburns *Pflegerin* angegeben. Es ist eine MISS BOOTH, eine etwa *sechzigjährige* ehemalige Krankenschwester, die mit Mrs. Wrayburn und den Dienstboten *ganz allein* in diesem Haus lebt. Als ich hörte, daß Mrs. Wrayburn schon so *alt* und *gelähmt* und *gebrechlich* sei, habe ich gefragt, ob es denn nicht *gefährlich* sei, wenn Miss Booth sich als einzige um sie kümmere, aber Mrs. Pegler meinte, die Haushälterin sei eine sehr *vertrauenswürdige* Person, die schon viele Jahre bei Mrs. Wrayburn arbeite und *durchaus* imstande sei, nach ihr zu sehen, wenn Miss Booth einmal nicht im Hause sei. Demnach scheint Miss Booth also manchmal aus dem Haus zu gehen! Niemand hier in der Pension scheint sie *persönlich* zu kennen, aber es heißt, man sieht sie oft in ihrer *Schwesterntracht* im Ort. Ich habe eine recht gute Beschreibung von ihr aus ihnen herauslocken können, so daß ich mir zutraue, sie *leicht* zu erkennen, wenn ich ihr einmal begegnen sollte.

Das ist nun wirklich *alles*, was ich an einem *einzigen* Tag herausbekommen konnte. Ich hoffe, Sie sind nicht *zu* enttäuscht, aber ich mußte mir schließlich so *schrecklich* viele örtliche Klatschgeschichten anhören, und natürlich konnte ich die Unterhaltung auch nicht mit *Gewalt* immer wieder auf Mrs. Wrayburn zurückbringen, sonst wäre es noch aufgefallen!

Ich melde mich *sofort* wieder, wenn ich die *allerkleinigste* Neuigkeit erfahre.

Ihre sehr ergebene
KATHERINE ALEXANDRA CLIMPSON

Miss Climpson beendete den Brief in der Abgeschiedenheit ihres Zimmers und versteckte ihn sorgfältig in ihrer aufgeräumten Handtasche, bevor sie nach unten ging. Ihre reiche Erfahrung mit dem Pensionsleben warnte sie, daß es nur unnötige Neugier erregen würde, einen an ein Mitglied selbst des niederen englischen Adels adressierten Brief offen vorzuzeigen. Gewiß würde dies ihr Ansehen steigern, aber im Augenblick hatte Miss Climpson nicht unbedingt den Wunsch, im Rampenlicht zu stehen. Sie schlich sich leise zur Tür hinaus und wandte ihre Schritte der Stadtmitte zu.

Am Tag zuvor hatte sie mehrere Teestuben ausgemacht – eine vornehme, zwei aufstrebende, die sich heftig Konkurrenz machten, eine veraltete und im Abstieg begriffene, ein Lyons-Restaurant und vier zweifelhafte und im großen und ganzen unbedeutende Teestuben, die nebenbei Süßwaren verkauften. Es war jetzt halb elf. Wenn sie sich ein wenig anstrengte, konnte sie in den nächsten anderthalb Stunden den Teil der Einwohnerschaft von Windle in Augenschein nehmen, der sich einen Morgenkaffee zu gönnen pflegte.

Sie gab den Brief auf und stritt eine Weile mit sich, wo sie anfangen sollte. Alles in allem neigte sie dazu, sich das Lyons-Restaurant für den nächsten Tag aufzuheben. Es war eine gewöhnliche Imbißstube, ohne Musik und Sprudelquelle. Dort verkehrten wohl hauptsächlich Angestellte und Hausfrauen. Von den anderen vier Teestuben war vielleicht das Central am vielversprechendsten. Es war ziemlich groß, hell und freundlich, und aus den Türen drangen ein paar Fetzen Musik. Im allgemeinen liebten Krankenschwestern das Große, Helle und Melodische. Aber das Central hatte einen Nachteil. Wer von Mrs. Wrayburns Haus kam, mußte, um hinzukommen, erst an allen anderen vorbei. Das machte die Teestube ungeeignet als Beobachtungspunkt. Für diesen Zweck lag wohl das Gemütliche Eck am günstigsten, denn von dort konnte man die Bushaltestelle sehen. Also beschloß Miss Climpson, hier mit ihren Beobachtungen anzufangen. Sie fand einen Fensterplatz, bestellte eine Tasse Kaffee und etwas Gebäck und richtete sich aufs Warten ein.

Nach einer halben Stunde, in der sich keine Frau in Schwesterntracht hatte blicken lassen, bestellte sie noch eine Tasse Kaffee und etwas Blätterteiggebäck. Eine Anzahl von Leuten – meist Frauen – kam herein, aber keine von ihnen kam auch nur im entferntesten als Miss Booth in Frage. Um halb zwölf fand Miss Climpson, daß ihr weiterer Verbleib auffallen und die Geschäftsführung ärgern könnte. Sie bezahlte und ging.

Im Central waren mehr Gäste als im Gemütlichen Eck, und es war besser eingerichtet, zum Beispiel mit bequemen Korbstühlen anstelle harter Eichenholzbänke, und statt eines trägen Halbedelfräuleins in steifem Leinen bediente hier eine flinke Kellnerin. Miss Climpson bestellte noch eine Tasse Kaffee und ein Brötchen mit Butter. Ein Fensterplatz war nicht mehr frei, aber sie fand einen Tisch in der Nähe der Musik, von wo aus sie den ganzen Raum überblicken konnte. Ein wehender dunkelblauer Schleier an der Tür ließ ihr Herz einmal schneller schlagen, aber die Trägerin entpuppte sich als lebenslustige junge Frau mit zwei Kindern nebst Kinderwagen, und wieder sank ihre Hoffnung. Um zwölf Uhr mußte Miss Climpson sich eingestehen, daß ihr Besuch im Central vergebens gewesen war.

Ihr letzter Besuch galt dem Oriental – einem für die Spionage denkbar ungeeigneten Etablissement. Es bestand aus drei sehr kleinen Räumen mit unregelmäßigem Grundriß, schwach erhellt von Vierzigwattbirnen hinter japanischen Lampions und weiter verdunkelt durch Perlenvorhänge und Fenstergardinen. Neugierig, wie sie war, machte Miss Climpson zuerst die Runde durch sämtliche Ecken und Nischen und schreckte einige Pärchen auf, bevor sie an einen Tisch bei der Tür zurückkehrte und ihre vierte Tasse Kaffee trank. Es wurde halb eins, aber keine Miss Booth kam. «Jetzt kann sie nicht mehr kommen», dachte Miss Climpson; «sicher muß sie jetzt nach Hause und ihrer Patientin das Mittagessen geben.»

Sie kehrte zur Schönen Aussicht zurück, brachte aber für ihre Portion Hammelkeule keinen rechten Appetit auf.

Um halb vier machte sie sich von neuem auf den Weg, um sich zur Abwechslung in eine Teeorgie zu stürzen. Diesmal verschmähte sie auch das Lyons und die vierte Teestube nicht und begann am anderen Ende des Städtchens, um sich langsam bis zur Bushaltestelle vorzuarbeiten. Gerade saß sie im Gemütlichen Eck an einem Fensterplatz und kämpfte mit ihrem fünften Nachmittagstee, als eine auf dem Trottoir dahineilende Gestalt ihre Aufmerksamkeit auf sich lenkte. Der Winterabend war schon hereingebrochen, und die Straßenbeleuchtung war nicht sehr hell, aber sie erkannte deutlich eine ältere, stämmig gebaute Krankenschwester mit schwarzem Schleier und grauem Umhang, die auf dem diesseitigen Trottoir entlanghastete. Indem sie den Hals verrenkte, sah sie die Frau einen schnellen Spurt einlegen, an der Ecke in den Bus steigen und in Richtung Fischerklause davonfahren.

«Wie ärgerlich!» sagte Miss Climpson, als das Gefährt sich entfernte. «Ich muß sie verfehlt haben. Oder sie war vielleicht irgendwo eingeladen. Jedenfalls fürchte ich, daß dieser Tag verschenkt war. Und ich bin bis oben voll mit Tee!»

Es war ein Glück, daß der Himmel Miss Climpson mit einer guten Verdauung gesegnet hatte, denn der darauffolgende Morgen erlebte eine Wiederholung des Schauspiels. Es konnte natürlich sein, daß Miss Booth nur zwei- oder dreimal in der Woche ausging oder überhaupt nur nachmittags, aber Miss Climpson wollte kein Risiko eingehen. Jedenfalls hatte sie jetzt die Gewißheit, daß sie die Bushaltestelle im Auge behalten mußte. Diesmal bezog sie ihren Posten im Gemütlichen Eck um elf Uhr und wartete bis zwölf. Nichts geschah, und sie kehrte in die Pension zurück.

Nachmittags um drei war sie wieder da. Mittlerweile kannte die Bedienung sie schon und verriet ein leicht belustigtes, nachsichtiges Interesse an ihrem Kommen und Gehen. Miss Climpson erklärte, sie sehe so gern den vorübergehenden Leuten zu, und äußerte ein paar lobende Worte über das Café und seine Bedienung. Besonders angetan zeigte sie sich von einem originellen alten Wirtshaus auf der gegenüberliegenden Seite und meinte, sie trage sich mit dem Gedanken, es zu malen.

«O ja», sagte die Kellnerin, «deswegen kommen hier viele Künstler her.»

Das gab Miss Climpson eine großartige Idee ein, und am nächsten Morgen brachte sie Bleistift und Skizzenblock mit.

Nun wollte es eine niederträchtige Laune des Schicksals, daß sie kaum ihren Kaffee bestellt, den Skizzenblock aufgeschlagen und angefangen hatte, das Dach zu skizzieren, als ein Bus vorfuhr und die beleibte Krankenschwester in ihrer grau-schwarzen Tracht ausstieg. Sie kam aber nicht ins Gemütliche Eck, sondern ging so forsch auf der anderen Straßenseite weiter, daß der Schleier ihr nachwehte wie eine Fahne.

Miss Climpson stieß einen ärgerlichen Laut aus, der die Kellnerin aufmerksam machte.

«So etwas Dummes!» sagte sie. «Nun habe ich doch meinen Radiergummi vergessen. Ich muß noch einmal weggehen und mir einen neuen kaufen.»

Sie ließ den Skizzenblock fallen und stürzte zur Tür.

«Ich decke Ihnen den Kaffee zu, Miss», sagte die Kellnerin zuvorkommend. «Unten beim Bären ist das beste Schreibwarengeschäft; es gehört Mr. Bulteel.»

«Danke, vielen Dank», sagte Miss Climpson und war schon draußen.

In der Ferne wehte immer noch der schwarze Schleier. Miss Climpson hetzte atemlos hinterher, blieb jedoch auf dem diesseitigen Trottoir. Der Schleier verschwand in einer Apotheke. Ein Stückchen dahinter überquerte Miss Climpson die Straße und blieb vor einem Schaufenster mit Babywäsche stehen. Der Schleier kam wieder heraus, wippte ein paarmal unschlüssig, drehte sich dann um, ging an Miss Climpson vorbei und trat in ein Schuhgeschäft.

«Wenn sie nur Schnürsenkel braucht, geht es schnell», dachte Miss Climpson, «aber wenn sie anprobiert, kann es den ganzen Vormittag dauern.» Sie ging langsam an der Tür vorbei. Es war Glück, daß gerade ein Kunde herauskam, so daß Miss Climpson an ihm vorbeisehen konnte. Der schwarze Schleier verschwand soeben hinten im Laden. Kühn stieß sie die Tür auf. Vorn im Laden befand sich ein Verkaufstisch für allerlei Krimskrams, und über der Tür, durch die der Schleier verschwunden war, hing ein Schild «Damenabteilung».

Während Miss Climpson ein Paar braune Schnürsenkel kaufte, führte sie eine kurze Debatte mit sich selbst. Sollte sie ihrem Opfer folgen und die Gelegenheit beim Schopf packen? Schuhe anzuprobieren ist meist eine langwierige Sache. Der Kunde ist für längere Zeit an einen Stuhl gefesselt, während die Verkäuferin auf Trittleitern herumsteigt und ganze Stapel von Schuhkartons herunterholt. Es ist auch verhältnismäßig leicht, mit jemandem ein Gespräch anzuknüpfen, der gerade Schuhe anprobiert. Aber einen Haken hat die Sache. Um seine Gegenwart in der Schuhabteilung plausibel zu machen, muß man selbst Schuhe anprobieren. Und was geschieht? Die Verkäuferin setzt einen zunächst außer Gefecht, indem sie einem den rechten Schuh vom Fuß reißt und damit verschwindet. Angenommen, das Opfer findet inzwischen etwas Passendes, bezahlt und geht? Soll man mit einem Schuh hinterherhinken? Soll man sich verdächtig machen, indem man schnell seine eigene Fußbekleidung wieder anzieht und mit fliegenden Schuhbändern und einer hastig hingemurmelten Entschuldigung wegen einer vergessenen Verabredung davoneilt? Schlimmer noch, wenn man sich gerade in einem amphibischen Zustand befindet, indem man einen eigenen und einen dem Laden gehörenden Schuh anhat! Welchen Eindruck würde man hinterlassen, wenn man sich plötzlich mit einer Ware aus dem Staub machte, auf die man kein Anrecht hat? Würde in diesem Falle der Verfolger nicht schnell zum Verfolgten?

Nachdem Miss Climpson sich dieses Problem durch den Kopf hatte gehen lassen, bezahlte sie die Schnürsenkel und ging. Sie hatte schon in einer Teestube die Zeche geprellt, und je eine Missetat an einem Vormittag war das äußerste, womit sie durchzukommen hoffen konnte.

Ein männlicher Detektiv, besonders wenn er sich als Arbeiter, Laufjunge oder Telegrammbote verkleidet, ist zum Beschatten in einer viel günstigeren Position. Er kann herumlungern, ohne daß es jemandem auffällt. Eine Detektivin aber darf nicht herumlungern. Andererseits kann sie vor Schaufenstern stehen, so lange sie Lust hat. Miss Climpsons Wahl fiel auf ein Hutgeschäft. Zuerst betrachtete sie ausgiebig sämtliche Hüte in beiden Fenstern, ging dann zurück und besah sich etwas eingehender ein besonders elegantes Modell mit Augenschleier und zwei merkwürdigen Auswüchsen, die aussahen wie Kaninchenohren. Genau in dem Augenblick, als ein aufmerksamer Beobachter geglaubt hätte, sie habe sich endlich entschlossen, hineinzugehen und nach dem Preis zu fragen, kam die Krankenschwester aus dem Schuhgeschäft. Miss Climpson sagte den Kaninchenohren mit bedauerndem Kopfschütteln Lebewohl, sprang schnell noch einmal zu dem anderen Fenster hinüber, schaute, schwankte, zögerte – und riß sich endgültig los.

Die Krankenschwester war jetzt etwa dreißig Schritt vor ihr und schritt kräftig aus, etwa wie ein Pferd, das seinen Stall riecht. Sie überquerte wieder die Straße, sah in ein Schaufenster voll bunter Wollsachen, überlegte es sich anders, ging weiter und trat durch die Tür des Oriental.

Miss Climpson befand sich nun in der Situation eines Schmetterlingsjägers, der nach langer Jagd den Schmetterling unterm Netz hat. Für den Augenblick ist das Tier sicher aufgehoben, und der Jäger kann Luft schnappen. Das Problem ist nur, wie er die Beute unbeschädigt herausbekommt.

Es ist natürlich leicht, jemandem in eine Teestube zu folgen und sich an seinen Tisch zu setzen, falls dort noch Platz ist. Aber vielleicht ist man nicht willkommen. Es wird womöglich als unverschämt empfunden, sich einfach an jemandes Tisch zu setzen, wenn noch andere Tische frei sind. Besser wappnet man sich mit einem Vorwand, indem man zum Beispiel ein verlorenes Taschentuch zurückgibt oder auf eine offene Handtasche hinweist. Wenn die betreffende Person einem einen solchen Vorwand nicht liefert, ist es das nächstbeste, sich selbst einen zu fabrizieren.

Das Schreibwarengeschäft war nur ein paar Türen weiter. Miss Climpson ging hinein und kaufte einen Radiergummi, drei Ansichtskarten, einen weichen Bleistift und einen Kalender und wartete, bis alles zu einem Päckchen zusammengepackt war. Dann ging sie langsam über die Straße zurück und betrat das Oriental.

Im ersten Raum fand sie zwei Frauen und einen kleinen Jungen in einer Nische, einen milchtrinkenden alten Herrn in einer zweiten, und in der dritten ein paar Kaffee und Kuchen verzehrende junge Mädchen.

«Entschuldigen Sie», sagte Miss Climpson zu den beiden Frauen, «aber gehört dieses Päckchen vielleicht Ihnen? Ich habe es draußen vor der Tür gefunden.»

Die ältere Frau, die offenbar einkaufen gewesen war, zählte eilig ihre diversen Päckchen und befühlte sie einzeln, um sich ihren Inhalt ins Gedächtnis zurückzurufen.

«Ich glaube nicht, daß es mir gehört, aber ganz sicher weiß ich es nicht. Mal sehen. Das sind die Eier, das der Speck und – was ist das, Gertie? Ist das die Mausefalle? Nein, Moment, das ist Hustensaft, ja – und das sind Tante Ediths Schuheinlagen, das ist die Schuhcreme – nein, Heringspaste, das hier ist die Schuhcreme – nanu, ich glaube, ich habe tatsächlich die Mausefalle irgendwo verloren – aber das Päckchen da sieht nicht danach aus.»

«Nein, Mutter», sagte die jüngere Frau, «weißt du denn nicht mehr? Die Mausefalle wird doch mit der Badewanne gebracht.»

«Ach ja, natürlich. Nun, dann wäre das klar. Die Mausefalle und die zwei Bratpfannen kommen mit der Badewanne, und damit hätte ich alles, außer der Seife, aber die hast ja du, Gertie. Nein, vielen Dank, aber das Päckchen gehört nicht uns; das muß jemand anders verloren haben.»

Der alte Herr verweigerte höflich aber bestimmt die Annahme, und die jungen Mädchen kicherten nur. Miss Climpson ging weiter. Im nächsten Raum bedankten sich zwei junge Frauen mit ihren Begleitern und sagten, das Päckchen gehöre nicht ihnen. Miss Climpson ging weiter ins dritte Zimmer. In einer Ecke saß eine ziemlich laute Gesellschaft mit einem Airedaleterrier, und ganz hinten, in der dunkelsten und abgelegensten aller Ecken und Nischen im ganzen Oriental, saß die Krankenschwester und las in einem Buch.

Die laute Gesellschaft wußte zu dem Päckchen nichts zu sagen, und Miss Climpson, deren Herz zum Zerspringen klopfte, näherte sich der Pflegerin.

«Entschuldigen Sie», sagte sie mit liebenswürdigem Lächeln, «aber ich glaube, dieses Päckchen muß Ihnen gehören. Ich habe es vor der Tür gefunden und schon alle anderen Gäste danach gefragt.»

Die Schwester sah auf. Sie war eine grauhaarige ältere Frau mit jenen merkwürdig großen blauen Augen, die den Betrachter mit ihrem intensiven Blick irritieren und meist auf eine gewisse emotionale Instabilität schließen lassen. Sie lächelte Miss Climpson an und antwortete freundlich:

«Nein, nein, das ist nicht meins. Sehr freundlich von Ihnen. Aber ich habe alle meine Sachen hier.»

Sie deutete mit unbestimmter Geste auf die gepolsterte Bank, die rings um die drei Seiten der Nische lief, und Miss Climpson verstand das sofort als Einladung und setzte sich.

«So etwas Komisches», sagte Miss Climpson. «Ich war überzeugt, daß jemand es verloren haben muß, als er hier hereinkam. Was soll ich nun damit tun?» Sie drückte vorsichtig an dem Päckchen herum. «Ich glaube ja nicht, daß etwas Wertvolles darin ist, aber man kann nie wissen. Vielleicht sollte ich es zur Polizei bringen.»

«Sie können es auch bei der Geschäftsführung abgeben», meinte die Pflegerin, «falls der Eigentümer zurückkommt und danach fragt.»

«Ach ja, das ginge», rief Miss Climpson. «Wie klug von Ihnen, daran zu denken! Natürlich, ja, das ist sogar das beste. Sie müssen mich für sehr dumm halten, aber auf den Gedanken bin ich nicht gekommen. Ich glaube, ich bin gar nicht praktisch veranlagt; um so mehr bewundere ich Leute, die es sind. Ihren Beruf könnte ich zum Beispiel *nie* ausüben. Beim kleinsten Notfall wäre ich *sofort* ganz durcheinander.»

Die Pflegerin lächelte wieder.

«Das ist großenteils eine Frage der Ausbildung», sagte sie. «Und natürlich der Übung. Man kann alle diese kleinen Schwächen heilen, indem man seinen Geist der Kontrolle durch eine höhere Macht unterwirft – finden Sie nicht?»

Ihr Blick war hypnotisch auf Miss Climpsons Augen geheftet.

«Das ist sicher richtig.»

«Es ist so völlig verkehrt», fuhr die Pflegerin fort, indem sie ihr Buch zuklappte und auf den Tisch legte, «sich vorzustellen, daß irgend etwas im Bereich des Verstandes groß oder klein sei. Noch unsere geringsten Gedanken und Handlungen werden gleichermaßen von den höheren Zentren geistiger Kräfte gelenkt, wenn wir uns nur bereit finden können, daran zu glauben.»

Eine Kellnerin kam und nahm Miss Climpsons Bestellung entgegen.

«Ach Gott! Jetzt habe ich mich so einfach an Ihren Tisch gedrängt ...»

«Oh, bitte, bleiben Sie doch», sagte die Schwester.

«Wirklich? Ich meine, ich will Sie nicht stören –»

«Sie stören nicht. Ich führe ein sehr zurückgezogenes Leben und freue mich immer, wenn ich mal mit einem netten Menschen reden kann.»

«Wie freundlich von Ihnen. Teebrötchen mit Butter, bitte, und ein Kännchen Tee. Das ist eine hübsche kleine Teestube, finden Sie nicht? So still und friedlich. Wenn nur die Leute da drüben mit dem Hund nicht solchen Lärm machten. Ich mag diese großen, starken Tiere ja nicht und glaube auch, daß sie ziemlich gefährlich sind, Sie nicht?»

Die Antwort entging Miss Climpson, denn sie hatte plötzlich den Titel des auf dem Tisch liegenden Buches erspäht, und der

Teufel oder ein hilfreicher Engel (was von beiden, konnte sie nicht sicher sagen) servierte ihr sozusagen eine ausgewachsene Versuchung auf einem Silbertablett. Das Buch kam aus einem spiritistischen Verlag und hieß: *Können die Toten sprechen?*

In einem einzigen Augenblick der Erleuchtung sah Miss Climpson ihren Plan in allen Einzelheiten fix und fertig vor sich. Zwar wich ihr Gewissen vor dem ungeheuerlichen Schwindel, den sie dazu begehen mußte, entsetzt zurück, aber der Plan war sicher. Sie rang mit dem Dämon. Konnte selbst die gerechteste Sache eine solche Gemeinheit rechtfertigen?

Sie sandte ein Stoßgebet um Erleuchtung zum Himmel, doch zur Antwort flüsterte es nur in ihrem Ohr: «Großartig gemacht, Miss Climpson!» Und die Flüsterstimme war die Stimme Lord Peters.

«Entschuldigen Sie», sagte Miss Climpson, «aber wie ich sehe, befassen Sie sich mit Spiritismus. Wie interessant!»

Wenn es ein Thema auf der Welt gab, von dem Miss Climpson behaupten konnte, einigermaßen darüber Bescheid zu wissen, dann war es der Spiritismus. Er ist eine Blume, die im Klima der Privatpensionen prächtig gedeiht. Wie oft hatte Miss Climpson schon zuhören müssen, wenn der ganze Klimbim von Sphären und Kontrollgeistern und Wahrträumen, Astralleibern, Auras und ektoplastischen Materialisationen vor ihrem protestierenden Intellekt ausgebreitet wurde. Daß dies für die Kirche ein verbotenes Thema war, wußte sie sehr gut, aber sie war schon bei so vielen Damen als Gesellschafterin angestellt gewesen, daß sie so manches Mal gezwungen gewesen war, sich im Hause Rimmon zu verneigen.

Und dann war da dieser wunderliche kleine Mann von der Gesellschaft für parapsychologische Forschungen gewesen. Er hatte vierzehn Tage lang mit ihr im selben Gästehaus in Bornemouth gewohnt. Seine Spezialität war die Durchsuchung von

Spukhäusern und die Entdeckung von Poltergeistern. Er hatte Miss Climpson recht gern gemocht, und sie hatte sich manch interessanten Abend lang von ihm die verschiedenen Tricks erklären lassen, mit denen Medien arbeiteten. Unter seiner Anleitung hatte sie gelernt, Tische zu rücken und explosionsartige Knackgeräusche zu erzeugen; sie wußte, wie man an einem versiegelten Tafelpaar nach den Spuren der Keile suchte, mit deren Hilfe man an einem langen schwarzen Draht die Kreide einführte, um die Geisterbotschaft zu schreiben. Sie hatte die raffinierten Gummihandschuhe gesehen, die in einer Schüssel Wachs den Abdruck einer Geisterhand hinterließen, nachdem man die Luft herausgelassen, sie von dem gehärteten Wachs gelöst und durch ein Loch, durch das nicht einmal eine Kinderhand paßte, herausgezogen hatte. Sie wußte sogar – theoretisch zumindest; ausprobiert hatte sie es nie –, wie man die Hände zum Fesseln hinter dem Rücken halten mußte, um den ersten Scheinknoten zu erzwingen, der alle weiteren Knoten nutzlos machte, oder wie man in einem abgedunkelten Raum umherhuschen und auf Tamburine schlagen konnte, obwohl man sich gefesselt und beide Fäuste mit Mehl gefüllt in eine schwarze Kammer hatte sperren lassen. Miss Climpson hatte sich sehr über die Dummheit und Schlechtigkeit der Menschen gewundert.

Die Pflegerin redete weiter, und Miss Climpson antwortete ganz mechanisch.

«Sie ist Anfängerin», sagte Miss Climpson bei sich. «Sie liest ein Lehrbuch ... Und sie ist vollkommen unkritisch ... Sicher weiß sie auch, daß diese Frau schon vor langer Zeit entlarvt wurde ... Leute wie sie dürfte man nicht frei herumlaufen lassen – sie fordern ja geradezu zum Betrug heraus ... Ich kenne diese Mrs. Craig nicht, von der sie spricht, aber ich würde sagen, sie ist mit allen Wassern gewaschen ... Ich muß Mrs. Craig aus dem Weg gehen; wahrscheinlich versteht sie zuviel davon ... Wenn diese arme, irregeleitete Kreatur das schluckt, dann schluckt sie alles.»

«Es erscheint so wunderbar, nicht wahr?» sagte Miss Climpson laut. «Aber ist es nicht ein ganz klein wenig *gefährlich?* Man sagt mir, ich hätte selbst mediale Fähigkeiten, aber ich habe mich noch nie getraut, das *auszuprobieren*. Ist es wirklich klug, seinen Geist diesen übernatürlichen Einflüssen zu öffnen?»

«Es ist nicht gefährlich, wenn man den rechten Weg kennt», antwortete die Pflegerin. «Man muß lernen, eine Hülle reiner Gedanken um seine Seele herum aufzubauen, damit keine bösen Einflüsse hineinkönnen. Ich hatte schon die wunderbarsten Gespräche mit den lieben Menschen, die dahingegangen sind ...»

Miss Climpson füllte die Teekanne auf und schickte die Kellnerin nach einem Teller mit Zuckergebäck.

«... leider bin ich selbst kein gutes Medium – das heißt, noch nicht. Wenn ich allein bin, gelingt mir überhaupt nichts. Mrs. Craig sagt, das kommt noch mit der Übung und mit Konzentration. Gestern abend habe ich mit der Ouijatafel zu arbeiten versucht, aber sie hat nur Spiralen geschrieben.»

«Ihr Bewußtsein ist vermutlich zu aktiv», sagte Miss Climpson.

«Ja, das muß es sein. Mrs. Craig sagt, ich sei wunderbar einfühlsam. Bei unseren Sitzungen erzielen wir die wunderbarsten Ergebnisse. Leider ist sie zur Zeit im Ausland.»

Miss Climpsons Herz machte einen Freudensprung, und beinahe hätte sie ihren Tee verschüttet.

«Dann sind Sie also ein Medium?» fuhr die Schwester fort.

«Man sagt es», antwortete Miss Climpson vorsichtig.

«Ich überlege», sagte die Schwester, «ob wir nicht, wenn wir gemeinsam –»

Sie sah Miss Climpson mit hungrigem Blick an.

«Ich möchte eigentlich nicht –»

«O doch! Sie sind so ein verständnisvoller Mensch. Ich bin fest überzeugt, daß wir gute Ergebnisse bekommen. Und die Geister sind doch selbst so rührend darauf bedacht, mit uns in Verbindung zu treten. Natürlich würde ich es auch nicht gern versuchen, wenn ich mir der betreffenden Person nicht sicher wäre. Es laufen so viele betrügerische Medien herum –» («Na, das weißt du wenigstens», dachte Miss Climpson) – «aber bei jemandem wie Ihnen kann man absolut sicher sein. Sie werden sehen, wie das Ihr Leben verändert. Früher war ich immer so unglücklich über alles Übel und Elend in der Welt – unsereiner bekommt ja so viel davon zu sehen –, bis mir die Gewißheit des Lebens nach dem Tode bewußt wurde und daß alle Heimsuchungen uns nur geschickt werden, um uns für ein Leben in einer höheren Sphäre bereit zu machen.»

«Nun», sagte Miss Climpson langsam, «einen Versuch könnte ich ja mal wagen. Aber wissen Sie, ich kann nicht von mir behaupten, daß ich *wirklich* daran glaube.»

«Sie werden – Sie werden!»

«Natürlich habe ich auch schon manchmal merkwürdige Dinge geschehen sehen – Dinge, bei denen ein Betrug ausgeschlossen war, weil ich die Menschen kannte – und für die ich keine Erklärung wußte.»

«Kommen Sie heute abend zu mir, bitte!» sagte die Pflegerin beschwörend. «Wir werden eine ganz ruhige Séance abhalten, dann sehen wir ja, ob Sie wirklich ein Medium sind. Ich zweifle überhaupt nicht daran, daß Sie eins sind.»

«Na schön», sagte Miss Climpson. «Darf ich übrigens Ihren Namen erfahren?»

«Caroline Booth. Ich pflege eine gelähmte alte Frau in dem großen Haus an der Kendal Road.»

«Gott sei Lob und Dank, wenigstens dafür», dachte Miss Climpson. Laut sagte sie:

«Und mein Name ist Climpson – ich glaube, ich habe noch irgendwo eine Karte. Ach nein – ich habe sie in der Pension gelassen. Ich wohne in der Schönen Aussicht. Wie finde ich zu Ihnen?»

Miss Booth nannte ihr die Adresse und die Abfahrtzeiten des Busses und lud sie noch zum Abendessen ein, was dankbar angenommen wurde. Miss Climpson ging nach Hause und schrieb in größter Eile:

«Lieber Lord Peter,
Sie werden sich *gewiß* schon gefragt haben, was aus mir *geworden* ist. Aber *endlich* habe ich eine Neuigkeit! Ich habe Die Festung genommen!!! Heute abend werde ich *das Haus* aufsuchen, und Sie dürfen Grosse Dinge erwarten!!!
In Eile
Ihre sehr ergebene
Katharine A. Climpson»

Miss Climpson ging nach dem Lunch wieder ins Städtchen. Als ehrlicher Mensch holte sie zuerst im Gemütlichen Eck ihren Skizzenblock ab und bezahlte den Kaffee, wobei sie erklärte, sie sei morgens einer Bekannten begegnet und aufgehalten worden. Dann suchte sie eine Reihe von Geschäften auf. Schließlich kaufte sie noch eine metallene Seifendose, die für ihre Zwecke geeignet zu sein schien. Ihre Seitenflächen waren leicht konvex, und wenn man sie in geschlossenem Zustand ein wenig zusammendrückte, sprang sie mit vernehmlichem Knacken in ihre ursprüngliche Form zurück. Diese Dose befestigte sie mit etwas Findigkeit und viel Heftpflaster an einem kräftigen elastischen Strumpfband. Wenn sie dieses Strumpfband über ihr knochiges Knie streifte und die Dose ruckartig gegen das andere Knie drückte, gab diese eine Serie so überraschender Knacklaute von sich, daß der größte Skeptiker die Waffen strecken mußte. Miss Climpson setzte sich vor den Spiegel und übte vor dem Tee eine Stunde lang, bis sie das Knacken mit einem Minimum an körperlicher Bewegung zustande brachte.

Außerdem hatte sie ein Stück steifen, schwarz umwickelten Draht gekauft, wie man ihn in Huträndern verwendet. Wenn sie ihn doppelt nahm, zu einem zweifachen Winkel bog und an ihrem Handgelenk befestigte, konnte sie mit Hilfe dieser Vorrichtung einen leichten Tisch ohne weiteres bewegen. Das Gewicht eines schweren Tisches würde der Draht nicht aushalten, fürchtete sie, aber sie hatte nicht die Zeit, sich erst noch etwas von einem Schmied anfertigen zu lassen. Jedenfalls konnte sie es mit dem Draht versuchen. Sie stöberte noch ein schwarzes, samtenes Abendkleid mit langen, weiten Ärmeln auf und überzeugte sich, daß sie die Drähte gut darin verstecken konnte.

Um sechs Uhr zog sie dieses Kleidungsstück an, befestigte die Seifendose an ihrem Knie – allerdings an der Außenseite, um ihre Mitreisenden im Bus nicht durch unzeitiges Knacken zu erschrecken –, hüllte sich in einen dicken Regenmantel von schottischem Schnitt, nahm Hut und Schirm und machte sich auf, um Mrs. Wrayburns Testament zu stehlen.

· 17 ·

DAS ABENDESSEN WAR VORBEI. ES WAR in einem schönen, getäfelten alten Zimmer mit Adam-Decke und -Kamin serviert worden, und es hatte ausgezeichnet geschmeckt. Miss Climpson fühlte sich gestärkt und zum Handeln bereit.

«Wir gehen in mein Zimmer, ja?» sagte Miss Booth. «Es ist das einzige wirklich gemütliche Zimmer. Natürlich ist der größte Teil des Hauses unbewohnt. Wenn Sie mich einen Augenblick entschuldigen, meine Liebe, gehe ich schnell nach oben und gebe Mrs. Wrayburn ihr Abendessen und versorge sie, die Ärmste, und dann können wir anfangen. Ich brauche höchstens etwa eine halbe Stunde.

«Dann ist sie also völlig hilflos?»

«Ja, völlig.»

«Kann sie sprechen?»

«Sprechen kann man es nicht nennen. Sie murmelt manchmal etwas vor sich hin, aber zu verstehen ist davon nichts. Es ist traurig, wirklich, und dabei ist sie so reich. Es wird ein Glück für sie sein, wenn sie endlich stirbt.»

«Die arme Frau!» sagte Miss Climpson.

Ihre Gastgeberin führte sie in ein kleines, fröhlich möbliertes Wohnzimmer und ließ sie dort inmitten von Kretonnedeckchen und allerlei Zierat allein. Miss Climpsons Blick huschte schnell über die Bücher – vorwiegend Romane, mit Ausnahme einiger spiritistischer Standardwerke – und nahm dann den Kaminsims in Augenschein. Er war, wie meist bei Krankenschwestern, voller Fotos. Zwischen Gruppenaufnahmen mit Kolleginnen und Porträts mit der Inschrift «Von Ihrem dankbaren Patienten» fiel eine Fotografie im Kabinettformat auf, die einen Herrn in Kleidung und Barttracht der neunziger Jahre neben einem Fahrrad zeigte, das offenbar auf einem freischwebenden steinernen Balkon mit einer Felsschlucht im Hintergrund stand. Das Bild hatte einen schweren, schmuckvollen Silberrahmen.

«Für einen Vater zu jung», sagte Miss Climpson, während sie schon den Verschluß an der Rückseite öffnete. «Entweder ihr Liebster oder ein Bruder. Hm! ‹Meiner liebsten Lucy in ewiger Liebe, Harry.› Demnach kein Bruder. Anschrift des Fotografen: Coventry. Möglicherweise Fahrradbranche. Was ist aus Harry geworden? Offenbar nicht ihr Mann. Gestorben oder untreu geworden. Erstklassiger Rahmen und Ehrenplatz; ein Strauß Gewächshausnarzissen in der Vase – ich glaube, Harry hat das Zeitliche gesegnet. Was sonst noch? Gruppenbild der Familie? Ja. Namen entgegenkommenderweise darunter. Die liebste Lucy mit Ponyfrisur, Papa, Mama, Tom und Gertrude. Tom und Gertrude sind älter, können aber noch am Leben sein. Papa ist Pfarrer. Ziemlich großes Haus – ländliches Pfarrhaus vermutlich. Adresse des Fotografen: Maidstone. Augenblick. Hier ist Papa in einer anderen Gruppe, mit einem Dutzend kleiner Jungen. Also Schulmeister oder Privatlehrer. Zwei der Jungen haben Strohhüte mit Zickzackbändern auf dem Kopf – also wahrscheinlich Schule. Was ist das da für ein Silberpokal? Thos. Booth und noch drei Namen – Rudermannschaft des Pembroke College, 1883. Kein teures College. Ob Papa gegen Harry war wegen der Fahrradbranche? Das Buch dort sieht aus wie ein Schulpreis. Ist es auch. Mädchenschule Maidstone – für hervorragende Leistungen in englischer Literatur. Na ja. Kommt sie etwa wieder? Nein, falscher Alarm. Junger Mann in

Khakiuniform – ‹Dein Dich liebender Neffe G. Booth› – vermutlich also Toms Sohn. Ob er am Leben geblieben ist? Halt – diesmal kommt sie wirklich.»

Als die Tür aufging, saß Miss Climpson in ein Buch vertieft am Kamin.

«Entschuldigen Sie, daß ich Sie so lange warten lassen mußte», sagte Miss Booth, «aber die Ärmste ist heute abend sehr unruhig. Jetzt müßte es ein paar Stunden gehen, aber später muß ich noch einmal zu ihr. Sollen wir gleich anfangen? Ich kann es gar nicht erwarten!»

Miss Climpson war nur zu gern bereit.

«Gewöhnlich nehmen wir diesen Tisch», sagte Miss Booth, indem sie einen kleinen runden Bambustisch anschleppte, der zwischen den Beinen eine Ablage hatte. Miss Climpson fand, sie habe noch nie ein Möbelstück gesehen, das für die Vortäuschung paranormaler Erscheinungen besser geeignet gewesen wäre, und lobte Mrs. Craigs Wahl von ganzem Herzen.

«Halten wir die Séance bei Licht?» fragte sie.

«Nicht bei hellem Licht», sagte Miss Booth. «Mrs. Craig hat mir erklärt, daß die blauen Strahlen des Tageslichts oder auch des elektrischen Lichts für die Geister zu hart sind. Sie stören die Vibrationen. Darum machen wir das Licht gewöhnlich aus und sitzen im Feuerschein, der gerade hell genug ist, um Notizen zu machen. Wollen Sie schreiben, oder soll ich?»

«Ich glaube, das machen besser Sie, weil Sie mehr Übung haben», sagte Miss Climpson.

«Schön.» Miss Booth holte einen Bleistift und einen Schreibblock und knipste das Licht aus.

«Jetzt setzen wir uns einfach hin und legen die Daumen und Fingerspitzen ganz leicht auf den Tisch, nahe bei der Kante. Besser bildet man natürlich einen Kreis, aber das geht ja zu zweit schlecht. Und ganz am Anfang ist es, glaube ich, besser, nicht zu reden – bis der Rapport hergestellt ist, nicht wahr? Auf welcher Seite möchten Sie sitzen?»

«Ach, hier sitze ich gut», sagte Miss Climpson.

«Das Feuer im Rücken stört Sie nicht?»

Es störte Miss Climpson gewiß nicht.

«Nun, das ist auch gut so, denn dann werden die Strahlen vom Tisch abgehalten.»

«Das habe ich mir gedacht», antwortete Miss Climpson wahrheitsgemäß.

Sie legten Daumen und Fingerspitzen auf den Tisch und warteten.

Zehn Minuten vergingen.

«Haben Sie schon eine Bewegung gefühlt?» flüsterte Miss Booth.

«Nein.»

«Manchmal dauert es ein bißchen.»

Stille.

«Ah! Ich glaube, jetzt habe ich was gefühlt!»

«Ich habe ein Gefühl in den Fingern wie von Stecknadeln.»

«Ich auch. Bald ist es soweit.»

Pause.

«Möchten Sie ein wenig ausruhen?»

«Mir tun die Handgelenke ganz schön weh.»

«Das ist nur, bis Sie sich daran gewöhnt haben. Es ist die Energie, die durch sie strömt.»

Miss Climpson hob die Finger vom Tisch und rieb sich beide Handgelenke. Die dünnen schwarzen Haken kamen still und leise bis zum Saum ihrer schwarzen Samtärmel herunter.

«Ich bin sicher, daß die Energie überall um uns herum ist. Und ich fühle einen kalten Schauer auf dem Rücken.»

«Machen wir weiter», sagte Miss Climpson. «Ich bin jetzt wieder ganz frisch.»

Stille.

«Ich habe ein Gefühl», flüsterte Miss Climpson, «als ob mich jemand beim Genick faßte.»

«Nicht bewegen!»

«Meine Arme sind von den Ellbogen abwärts wie tot.»

«Pst! Meine auch.»

Miss Climpson hätte hinzufügen können, daß ihre Deltamuskeln schmerzten, wenn sie den Namen dafür gewußt hätte. Das kommt oft vor, wenn man dasitzt und Daumen und Fingerspitzen auf dem Tisch liegen hat, ohne Stütze für die Handgelenke.

«Ich fühle ein Kribbeln von Kopf bis Fuß», sagte Miss Booth.

In diesem Augenblick machte der Tisch einen heftigen Ruck. Miss Climpson hatte die Kraft, die für das Bewegen eines Bambustisches erforderlich war, weit überschätzt.

«Ah!»

Nach einer kurzen Erholungspause begann sich der Tisch von neuem zu bewegen, aber sanfter diesmal, bis er in ein regelmäßiges Schaukeln überging. Miss Climpson stellte fest, daß sie durch vorsichtiges Heben eines ihrer ziemlich großen Füße die Haken an ihren Armen fast völlig entlasten konnte. Das war gut so, denn sie zweifelte, ob ihre Arme der Anstrengung noch lange gewachsen sein würden.

«Sollen wir mit ihm sprechen?» fragte Miss Climpson.

«Augenblick noch», sagte Miss Booth. «Er will zur Seite ausweichen.»

Diese Behauptung, die ein hohes Maß an Phantasie verriet, erstaunte Miss Climpson, aber gehorsam gab sie dem Tisch eine leichte Drehbewegung.

«Sollen wir aufstehen?» schlug Miss Booth vor.

Das war Miss Climpson nicht so recht, denn es ist nicht leicht, einen schaukelnden Tisch in gebückter Haltung und auf einem Bein stehend in Bewegung zu halten. Sie beschloß, in Trance zu fallen. Sie ließ den Kopf auf die Brust sinken und gab ein leises Stöhnen von sich. Gleichzeitig zog sie die Hände zurück und löste die Haken vom Tisch, der sich nun mit ruckartigen Bewegungen unter ihren Fingern weiterdrehte.

Vom Feuer purzelte polternd ein Stück Kohle herunter und ließ eine helle Flamme auflodern. Miss Climpson erschrak, und der Tisch hörte auf, sich zu drehen, und setzte mit leisem Plumps auf dem Boden auf.

«Ach nein!» rief Miss Booth. «Das Licht hat die Vibrationen zerstreut. Ist mit Ihnen alles in Ordnung, meine Liebe?»

«Ja, ja», sagte Miss Climpson wie abwesend. «Ist etwas passiert?»

«Die Energie war ungeheuer», sagte Miss Booth. «So stark habe ich sie noch nie gefühlt.»

«Ich glaube, ich muß eingeschlafen sein», sagte Miss Climpson.

«Sie waren in Trance», sagte Miss Booth. «Der Kontrollgeist wollte von Ihnen Besitz ergreifen. Sind Sie sehr müde, oder können Sie weitermachen?»

«Ich fühle mich ganz in Ordnung», sagte Miss Climpson, «nur ein bißchen benebelt.»

«Sie sind ein wunderbar starkes Medium», sagte Miss Booth.

Miss Climpson, die heimlich ihr Fußgelenk beugte und streckte, war geneigt, ihr zuzustimmen.

«Jetzt stellen wir aber einen Schirm vors Feuer», sagte Miss Booth. «Das ist besser. So!»

Die Hände lagen wieder auf dem Tisch, der fast unverzüglich wieder anfing zu wackeln.

«Wir sollten keine Zeit mehr verlieren», sagte Miss Booth. Sie räusperte sich ein wenig und wandte sich an den Tisch:

«Ist hier ein Geist?»

Knack! Der Tisch hörte auf, sich zu bewegen.

«Könntest du bitte einmal klopfen, wenn du ja sagen willst, und zweimal für nein?»

Knack!

Der Vorteil dieser Befragungsmethode ist, daß der Auskunftheischende gezwungen ist, Suggestivfragen zu stellen.

«Bist du der Geist eines Verstorbenen?»

«Ja.»

«Bist du Fedora?»

«Nein.»

«Bist du einer von den Geistern, die mich zuvor schon besucht haben?»

«Nein.»

«Bist du uns freundlich gesinnt?»

«Ja.»

«Freust du dich, uns hier zu sehen?»

«Ja. Ja. Ja.»

«Bist du glücklich?»

«Ja.»

«Bist du hier, um etwas für dich zu erbitten?»

«Nein.»

«Möchtest du uns persönlich irgendwie helfen?»

«Nein.»

«Sprichst du im Auftrag eines anderen Geistes?»

«Ja.»

«Will er mit meiner Freundin sprechen?»

«Nein.»

«Dann also mit mir?»

«Ja, ja, ja. ja.» (Der Tisch wackelte heftig.)

«Ist es der Geist einer Frau?»

«Nein.»

«Eines Mannes?»

«Ja.»

Ein kleiner Seufzer.

«Ist es der Geist, mit dem ich schon in Verbindung zu treten versucht habe?»

«Ja.»

Pause und ein leichtes Kippen des Tisches.

«Willst du mit Hilfe des Alphabets zu uns sprechen? Einmal klopfen für A, zweimal für B und so weiter?»

(«Verspätete Vorsicht», dachte Miss Climpson.)

Knack!

«Wie heißt du?»

Acht Klopfer, und ein lange gehaltener Atem.

Ein Klopfer –

«H – A –»

Eine lange Folge von Klopfern.

«War das ein R? Du klopfst zu schnell.»

Knack!

«H – A – R – stimmt das?»

«Ja.»

«Vielleicht Harry?»

«Ja. Ja. Ja!»

«O Harry! Endlich! Wie geht es dir? Bist du glücklich?»

«Ja – nein – einsam.»

«Es war nicht meine Schuld, Harry.»

«Doch. Schwach.»

«Aber ich mußte an meine Pflicht denken. Erinnere dich bitte, wer zwischen uns kam.»

«Ja. V – A –»

«Nein, nicht Vater, Harry! Es war Mutter.»

«– M – P – I – R!» vollendete der Geist triumphierend.

«Wie kannst du so ungezogen reden!»

«Die Liebe kommt zuerst.»

«Das weiß ich jetzt. Aber ich war doch noch ein junges Mädchen. Kannst du mir noch nicht verzeihen?»

«Alles vergeben. Auch Mutter vergeben.»

«Das freut mich. Was tust du eigentlich dort, wo du bist, Harry?»

«Warten. Helfen. Sühnen.»

«Hast du eine bestimmte Botschaft für mich?»

«Geh nach Coventry!» Hier wurde der Tisch ganz aufgeregt. Die Botschaft schien die Fragerin zu überwältigen.

«Oh, du bist es wirklich, Harry! Du hast unseren alten kleinen Scherz nicht vergessen. Sag mir –»

Der Tisch verriet an dieser Stelle Anzeichen höchster Erregung und rasselte ein Trommelfeuer unverständlicher Buchstaben herunter.

«Was möchtest du?»

«G – G – G –»

«Da muß jemand anders stören», sagte Miss Booth. «Wer ist das jetzt, bitte?»

«G – E – O – R – G – E» (sehr schnell).

«George! Ich kenne keinen George, außer Toms Sohn. Ob ihm etwas zugestoßen ist?»

«Hahaha! Nicht George Booth. George Washington.»

«George Washington?»

«Haha!» (Der Tisch begann derart zu bocken, daß das Medium ihn kaum noch halten zu können schien. Miss Booth, die bis dahin die Unterhaltung mitgeschrieben hatte, legte jetzt die Hände wieder auf den Tisch, der sofort seine Possen einstellte und nur noch sanft schaukelte.)

«Wer ist jetzt da?»

«Pongo.»

«Wer ist Pongo?»

«Euer Kontrollgeist.»

«Wer hat da eben mit uns gesprochen?»

«Böser Geist. Ist jetzt weg.»

«Ist Harry noch da?»

«Fort.»

«Möchte sonst noch jemand sprechen?»

«Helen.»

«Was für eine Helen?»

«Weißt du nicht mehr? Maidstone.»

«Maidstone? Ach, du meinst Ellen Pate?»

«Ja, Pate.»

«Kaum zu glauben! Guten Abend, Ellen. Wie schön, von dir zu hören.»

«Denk an den Krach.»

«Du meinst den großen Krach im Schlafsaal?»

«Kate böses Mädchen.»

«Nein, ich erinnere mich an keine Kate, außer Kate Hurley. Die meinst du doch nicht, oder?»

«Böse Kate. Licht aus.»

«Ach, *jetzt* weiß ich, was du meinst! Den Kuchen, nachdem das Licht aus war.»

«Stimmt.»

«Du bist immer noch sehr schlecht in Rechtschreibung, Ellen.»

«Miss – Miss –»

«Mississippi? Hast du's noch immer nicht gelernt?»

«Komisch.»

«Sind schon viele aus unserer Klasse da, wo du bist?»

«Alice und Mabel. Lassen grüßen.»

«Wie lieb von ihnen. Grüße sie auch.»

«Alle lieb. Liebe, Blumen, Sonne.»

«Was meinst –»

«P», machte der Tisch ungeduldig.

«Ist das wieder Pongo?»

«Ja. Müde.»

«Möchtest du, daß wir aufhören?»

«Ja. Ein andermal.»

«Na schön. Gute Nacht.»

«Gute Nacht.»

Das Medium lehnte sich mit einem durchaus gerechtfertigten Ausdruck völliger Erschöpfung in den Sessel zurück. Es ist sehr ermüdend, die Buchstaben des Alphabets zu klopfen, und außerdem fürchtete sie, die Seifendose könne verrutschen.

Miss Booth knipste das Licht an.

«Oh, war das wunderbar!» sagte sie.

«Haben Sie die Antworten bekommen, die Sie haben wollten?»

«Aber ja. Haben Sie sie nicht gehört?»

«Ich bin nicht immer mitgekommen», sagte Miss Climpson.

«Das Zählen ist ein bißchen schwierig, bis man sich daran gewöhnt hat. Sie müssen furchtbar müde sein. Wir hören jetzt auf und machen uns einen Tee. Das nächstemal können wir vielleicht mit der Ouijatafel arbeiten. Damit dauert es nicht annähernd so lange, bis man die Antworten hat.»

Miss Climpson ließ sich das durch den Kopf gehen. Gewiß wäre es weniger ermüdend, aber sie war nicht sicher, ob sie damit umgehen konnte.

Miss Booth setzte Wasser auf und sah auf die Uhr.

«Meine Güte! Es ist schon gleich elf. Wie die Zeit verflogen ist! Jetzt muß ich aber ganz schnell hinauf und nach meinem Schützling sehen. Möchten Sie inzwischen die Fragen und Antworten lesen? Ich glaube nicht, daß ich lange fort bin.»

Soweit ganz zufriedenstellend, dachte Miss Climpson. Das Vertrauen war hergestellt. In wenigen Tagen würde sie ihren Plan ausführen können. Aber beinahe wäre sie über George gestolpert. Und es war dumm von ihr gewesen, «Helen» zu sagen. Nellie wäre auch gegangen – vor fünfundzwanzig Jahren hatte es in jeder Klasse eine Nellie gegeben. Aber schließlich kam es gar nicht darauf an, was man sagte – die andere würde einem in jedem Fall heraushelfen. Mein Gott, wie taten ihr die Arme und Beine weh! Müde fragte sie sich, ob sie wohl jetzt den letzten Bus verpaßt hatte.

«Ich fürchte, ja», sagte Miss Booth, als ihr bei ihrer Rückkehr diese Frage gestellt wurde. «Aber wir rufen ein Taxi. Natürlich auf meine Kosten, meine Liebe. Doch, ich bestehe darauf, wo Sie doch so nett waren, hier herauszukommen, nur um mir eine Freude zu machen. Finden Sie nicht, daß diese Kommunikationen einfach wundervoll sind? Harry hat sich noch nie gemeldet – armer Harry! Ich fürchte, ich war sehr unfreundlich zu ihm. Er hat geheiratet, aber Sie sehen, er hat mich nie vergessen. Er wohnte in Coventry, und darüber haben wir immer einen Witz gemacht – auf den hat er angespielt mit dem, was er sagte. Ich frage mich nur, was für eine Alice und Mabel das waren. Wir hatten eine Alice Gibbons und eine Alice Roach – beides so nette Mädchen; Mabel muß Mabel Herridge sein, glaube ich. Sie hat vor -zig Jahren geheiratet und ist nach Indien gegangen. Ihren Frauennamen weiß ich gar nicht, und ich habe seitdem auch nie wieder von ihr gehört, aber sie muß in die andere Welt eingegangen sein. Pongo ist ein neuer Kontrollgeist. Wir müssen ihn mal fragen, wer er ist. Mrs. Craigs Kontrollgeist ist Fedora – sie war Sklavin am Hofe Poppaeas.»

«Nein, wirklich?» sagte Miss Climpson.

«Sie hat uns eines Nachts ihre Geschichte erzählt. So romantisch. Man hat sie den Löwen vorgeworfen, weil sie Christin war und sich nicht mit Nero einlassen wollte.»

«Wie interessant!»

«Ja, nicht? Aber sie spricht nicht sehr gut englisch und ist manchmal ziemlich schwer zu verstehen. Und manchmal läßt sie die Störenfriede dazwischenkommen. Pongo hat uns ja George Washington sehr schnell vom Hals geschafft. Sie werden wiederkommen, ja? Morgen abend?»

«Gewiß, wenn Sie es möchten.»

«Ja, bitte. Und nächstes Mal müssen Sie auch nach einer Botschaft für sich selbst fragen.»

«Das werde ich tun», sagte Miss Climpson. «Es war ja so eine *Offenbarung* für mich – einfach *wunderbar*. Ich hätte mir nie *träumen* lassen, daß ich so eine Gabe besitze.»

Und das war ebenfalls die Wahrheit.

· 18 ·

ES WÄRE NATÜRLICH SINNLOS GEWESEN, wenn Miss Climpson versucht hätte, vor den Damen der Pension zur Schönen Aussicht zu verheimlichen, wo sie gewesen war und was sie getan hatte. Ihre nächtliche Rückkehr im Taxi hatte bereits die lebhafteste Neugier geweckt, und so sagte sie die Wahrheit, um nicht Gefahr zu laufen, schlimmerer Ausschweifungen bezichtigt zu werden.

«Meine liebe Miss Climpson», sagte Mrs. Pegler, «Sie halten mich hoffentlich nicht für aufdringlich, aber ich muß Sie vor dieser Mrs. Craig und ihrem Freundeskreis warnen. Ich bezweifle ja nicht, daß Miss Booth eine hervorragende Frau ist, aber ich mag die Kreise nicht, in denen sie verkehrt. Außerdem halte ich nichts vom Spiritismus. Das ist ein Vordringen in Bereiche, die nicht für uns bestimmt sind, und kann sehr unerwünschte Folgen haben. Wenn Sie eine verheiratete Frau wären, würde ich mich hier etwas deutlicher ausdrücken, aber Sie dürfen mir glauben, daß solche Betätigungen auf mehr als eine Weise ernste Auswirkungen auf den Charakter haben können.»

«Oh, Mrs. Pegler», sagte Miss Etheredge, «ich finde, das sollten Sie wirklich nicht sagen. Einer der charakterlich saubersten Menschen, die ich kenne – eine Frau, die zur Freundin zu haben eine Ehre ist –, ist Spiritistin, und sie lebt und wirkt wie eine Heilige.»

«Das kann sehr wohl sein, Miss Etheredge», antwortete Mrs. Pegler, indem sie ihre füllige Figur höchst eindrucksvoll aufrichtete, «aber darum geht es nicht. Ich sage nicht, daß ein

Spiritist kein gutes Leben führen *kann,* aber ich sage, daß die meisten von ihnen im Charakter sehr zu wünschen übrig lassen und alles andere als wahrheitsliebend sind.»

«Ich bin im Laufe meines Lebens schon etlichen sogenannten Medien begegnet», pflichtete Miss Tweall ihr bissig bei, «und sie waren alle, *ausnahmslos,* Menschen, denen ich nicht weiter trauen würde, als ich sehen kann – wenn überhaupt so weit.»

«Das trifft auf viele von ihnen sicher zu», sagte Miss Climpson, «und *gewiß* kann niemand das besser beurteilen als *ich selbst.* Aber ich glaube und hoffe, daß manche doch wenigstens *aufrichtig* sind mit dem, was sie sagen, auch wenn sie sich *irren.* Was meinen Sie, Mrs. Liffey?» wandte sie sich an die Besitzerin des Etablissements.

«N-nun», meinte Mrs. Liffey – von Berufs wegen gehalten, soweit wie möglich allen Parteien recht zu geben –, «ich muß sagen, daß nach allem, was ich gelesen habe, und das ist nicht viel, denn ich habe kaum Zeit zum Lesen – trotzdem, ich meine, das eine oder andere zeigt ja doch, daß in bestimmten Fällen und unter streng kontrollierten Bedingungen möglicherweise ein Körnchen Wahrheit an den Behauptungen der Spiritisten sein könnte. Allerdings würde ich persönlich nie etwas damit zu tun haben wollen; wie Mrs. Pegler schon sagt, gewöhnlich halte ich nicht viel von der Sorte Leute, die sich damit abgibt, obwohl es da sicher viele Ausnahmen gibt. Ich finde, man sollte solche Fragen lieber Leuten überlassen, die für so etwas qualifiziert sind.»

«Da gebe ich Ihnen recht», sagte Mrs. Pegler. «Ich kann mit Worten gar nicht den Abscheu ausdrücken, den ich empfinde, wenn Frauen wie diese Mrs. Craig sich in Bezirke vordrängen, die uns allen heilig sein sollten. Stellen Sie sich vor, Miss Climpson, daß diese Frau – die ich nicht kenne und auch gar nicht erst kennenlernen will – tatsächlich einmal die Unverschämtheit besessen hat, mir zu schreiben, sie habe bei einer ihrer Séancen, wie sie das nennt, eine Botschaft erhalten, die angeblich von meinem seligen Mann kam. Ich kann Ihnen nicht sagen, was ich dabei empfunden habe. Daß der Name des Generals in aller Öffentlichkeit in Verbindung mit diesem verbrecherischen Humbug genannt wurde! Und natürlich war alles von A bis Z erfunden, denn der General wäre der *letzte* gewesen, der mit solchem Treiben etwas hätte zu tun haben wollen. ‹Gemeingefährlichen Quatsch› hat er es in seiner direkten militärischen Art immer genannt. Und als ich, seine Witwe, mir dann noch sagen lassen mußte, er sei in Mrs. Craigs Haus gekommen und habe Akkordeon gespielt und gesagt, wir sollten für ihn beten, um ihn aus der Verdammnis zu erlösen, da konnte ich das nur noch als gewollte Beleidigung ansehen. Der General war ein regelmäßiger Kirchgänger und ein erklärter Feind von Gebeten für die Toten und alles Papistische; und daß er an einem wenig erstrebenswerten Ort gewesen wäre, dazu kann ich nur sagen, daß er der beste Mensch war, höchstens ab und zu ein bißchen grob. Und von wegen Akkordeon, da will ich doch hoffen, daß er da, wo er ist, etwas Besseres mit seiner Zeit anzufangen weiß.»

«Einfach schändlich, so etwas», sagte Miss Tweall.

«Wer ist denn diese Mrs. Craig?» fragte Miss Climpson.

«Das weiß niemand», antwortete Mrs. Pegler vielsagend.

«Angeblich soll sie eine Arztwitwe sein», sagte Mrs. Liffey.

«In meinen Augen», sagte Miss Tweall, «ist sie kein bißchen besser als ihr Ruf.»

«Eine Frau in ihrem Alter», sagte Mrs. Pegler, «mit rot gefärbten Haaren und Ohrringen bis auf den Boden –»

«Und in was für unmöglichen Kleidern sie herumläuft», sagte Miss Tweall.

«Und was für merkwürdige Leute sie manchmal bei sich hat», sagte Mrs. Pegler. «Sie erinnern sich doch wohl noch an diesen schwarzen Mann, Mrs. Liffey, der einen grünen Turban auf dem Kopf hatte und seine Gebete im Vorgarten verrichtete, bis die Polizei eingriff?»

«Ich möchte nur gern mal wissen», sagte Miss Tweall, «woher sie ihr Geld bekommt.»

«Wenn Sie mich fragen, meine Liebe, dann ist diese Frau eine Schwindlerin. Weiß der Himmel, wozu sie die Leute bei diesen spiritistischen Sitzungen überredet.»

«Aber was hat sie nach Windle geführt?» fragte Miss Climpson. «Ich hätte gedacht, London oder eine andere Großstadt wäre ein besseres Pflaster für sie gewesen, wenn sie so eine ist, wie Sie sagen.»

«Ich würde mich nicht wundern, wenn sie sich hier nur versteckt hielte», meinte Miss Tweall düster. «Es kann einem nämlich auch irgendwo das Pflaster zu heiß werden.»

«Ohne Ihre pauschale Verurteilung ganz zu übernehmen», sagte Miss Climpson, «muß ich Ihnen zustimmen, daß die psychische Forschung *in den falschen Händen* wirklich *sehr gefährlich* werden kann, und nach allem, was mir Miss Booth erzählt hat, habe ich meine *Zweifel*, ob Mrs. Craig die geeignete Anleitung für Unerfahrene ist. Ja, ich halte es sogar für meine *Pflicht*, Miss Booth die Augen zu öffnen, und genau das bin ich bestrebt zu tun. Aber wie Sie wissen, muß man dabei sehr *taktvoll* vorgehen – sonst fordert man sozusagen nur den Widerspruch des Betreffenden heraus. Der erste Schritt muß sein, *Vertrauen* zu gewinnen, dann kann man vielleicht Schritt für Schritt auf eine gesündere Einstellung hinwirken.»

«Sie haben ja *so* recht», bestätigte Miss Etheredge ihr eifrig, wobei in ihren blaßblauen Augen fast so etwas wie Leben aufleuchtete. «Ich wäre selbst einmal beinahe unter den Einfluß einer schrecklichen, betrügerischen Person geraten, bis meine liebe Freundin mir einen besseren Weg zeigte.»

«Kann sein», sagte Mrs. Pegler, «aber in meinen Augen läßt man von der ganzen Sache am besten die Finger.»

Unbeirrt von diesem ausgezeichneten Ratschlag hielt Miss Climpson ihre Verabredung ein. Nach einem angeregten Tischrücken erklärte Pongo sich bereit, sich mit ihnen über die Quijatafel zu unterhalten, obwohl er sich anfangs ziemlich unbeholfen damit anstellte. Er schrieb dies jedoch der Tatsache zu, daß er auf Erden nie schreiben gelernt habe. Gefragt, wer er sei, erklärte er, er sei ein italienischer Akrobat aus der Renaissance, und sein vollständiger Name laute Pongocelli. Er habe ein betrüblich unstetes Leben geführt, sich dann jedoch vor der Verdammnis gerettet, indem er sich heldenhaft geweigert habe, zur Zeit der großen Pest von Florenz ein krankes Kind allein zu lassen. Er habe auch die Pest bekommen und sei daran gestorben, und nun leiste er seine Bewährungszeit für seine Sünden ab, indem er anderen Geistern als Führer und Dolmetscher diene. Es war eine rührende Geschichte, auf die Miss Climpson richtig stolz war.

George Washington gebärdete sich wieder einmal ziemlich lästig, und die Séance litt weiter unter einigen rätselhaften Störungen, die Pongo als «eifersüchtige Einflüsse» bezeichnete. Nichtsdestoweniger meldete sich «Harry» wieder und hinterließ ein paar tröstliche Nachrichten, und auch Mabel Herridge erschien und schilderte ihr Leben in Indien in allen Farben. Insgesamt und unter Berücksichtigung der Schwierigkeiten war es ein erfolgreicher Abend.

Am Sonntag fand keine Séance statt, weil das Gewissen des Mediums dagegen revoltierte. Miss Climpson fand, daß sie dies auf keinen Fall über sich bringen könne. Sie ging statt dessen in die Kirche und hörte sich die Weihnachtsbotschaft an.

Am Montag aber nahmen die beiden Geisterforscherinnen wieder an dem Bambustisch Platz, und hier nun folgt ein Protokoll dieser Séance, niedergeschrieben von Miss Booth.

19.30 Uhr
Bei dieser Sitzung wurde sofort mit der Quijatafel begonnen; nach wenigen Minuten kündigte eine Folge von lauten Klopfern die Gegenwart eines Kontrollgeistes an.

Frage: Guten Abend. Wer ist da?
Antwort: Hier Pongo. Guten Abend! Der Himmel segne euch.
F.: Wir freuen uns sehr, daß du bei uns bist, Pongo.
A.: Gut – sehr gut. Da sind wir ja wieder!
F.: Bist du das, Harry?
A.: Ja, aber nur, um kurz zu grüßen. Solches Gedränge hier.
F.: Je mehr, desto besser. Wir freuen uns, alle unsere Freunde anzutreffen. Was können wir für euch tun?
A.: Abwarten. Den Geistern gehorchen.
F.: Wir werden tun, was wir können, wenn ihr uns sagt, was wir tun sollen.
A.: Laßt euch einmachen.
F.: Verschwinde, George, dich brauchen wir nicht.
A.: Geh aus der Leitung, Dummkopf.
F.: Pongo, kannst du ihn nicht fortschicken?
 (Hier malte der Bleistift die groben Züge eines häßlichen Gesichts.)
F.: Ist das dein Bild?
A.: Das bin ich. G. W. Haha!
 (Der Bleistift machte heftige Zickzackbewegungen und schob die Tafel direkt über die Tischkante. Als sie wieder an ihrem Platz lag, schrieb er in der Handschrift weiter, die wir mit Pongo in Verbindung bringen.)

A.: Ich habe ihn fortgeschickt. Sehr laut heute nacht. F. ist eifersüchtig und schickt ihn, damit er stört. Pongo ist stärker.
F.: Wer ist eifersüchtig, sagst du?
A.: Egal. Schlechter Geist. *Maledetta*.
F.: Ist Harry noch da?
A.: Nein. Anderes zu tun. Hier ist ein Geist, der eure Hilfe braucht.
F.: Wer ist das?
A.: Sehr schwer. Wartet.
(Der Bleistift zeichnete ein paar wilde Schleifen.)
F.: Was für ein Buchstabe soll das sein?
A.: Dummchen! Nicht so ungeduldig. Schwierigkeiten. Ich versuche es noch einmal.
(Der Bleistift kritzelte ein paar Minuten herum und schrieb dann ein großes C.)
F.: Wir haben den Buchsaben C. Ist das richtig?
A.: C – C – C.
F.: Wir haben C.
A.: C – R – E –
(Hier gab es wieder eine gewaltsame Störung.)
A. (in Pongos Schrift): Sie versucht es, aber es ist viel Widerstand da. Ihr müßt mit Gedanken helfen.
F.: Sollen wir ein frommes Lied singen?
A. (wieder Pongo, sehr ärgerlich): Blödsinn! Seid still! (Jetzt änderte sich wieder die Handschrift.) M – O –
F.: Gehört das alles zum selben Wort?
A.: R – N – A.
F.: Soll das Cremorna heißen?
A. (in der neuen Handschrift): Cremorna. Cremorna. Geschafft! Freude! Freude! Freude!

An dieser Stelle wandte sich Miss Booth an Miss Climpson und sagte mit Verwunderung in der Stimme:

«Das ist sehr merkwürdig. Cremorna war Mrs. Wrayburns Künstlername. Ich hoffe – sie wird doch nicht plötzlich entschlafen sein! Sie war noch ganz in Ordnung, als ich sie verließ. Soll ich nicht lieber mal nachsehen gehen?»

«Vielleicht ist es eine andere Cremorna?»

«Aber es ist so ein ungewöhnlicher Name.»

«Fragen wir doch, wer sie ist!»

F.: Cremorna – wie lautet dein Nachname?

A. (der Bleistift schrieb sehr schnell): Rosengarten – jetzt leichter.

F.: Ich verstehe dich nicht.

A.: Rosen – Rosen – Rosen – dumm!

F.: Oh! (Meine Liebe, sie scheint da etwas durcheinanderzubringen.) Meinst du vielleicht Cremorna Garden?

A.: Ja.

F.: Rosanna Wrayburn?

A.: Ja.

F.: Bist du gestorben?

A.: Noch nicht. In der Verbannung.

F.: Bist du noch in deinem Körper?

A.: Weder im noch aus dem Körper. Warten. (Pongo mischte sich ein:) Wenn das, was ihr den Verstand nennt, aus dem Körper heraus ist, wartet der Geist in der Verbannung auf die Große Verwandlung. Wieso versteht ihr das nicht? Beeilt euch. Große Schwierigkeiten.

F.: Tut uns leid. Hast du mit irgend etwas Schwierigkeiten?

A.: Große Schwierigkeiten.

F.: Ich hoffe, es hat nichts mit der Behandlung durch Dr. Brown zu tun, oder durch mich –

A. (Pongo): Red keinen Unsinn. (Cremorna:) Mein Testament.
F.: Willst du dein Testament ändern?
A.: Nein.
Miss Climpson: Das ist auch ein Glück, denn ich glaube nicht, daß das rechtlich ginge. Was sollen wir denn damit tun, liebe Mrs. Wrayburn?
A.: Schickt es Norman.
F.: Mr. Norman Urquhart?
A.: Ja. Er weiß Bescheid.
F.: Er weiß, was er damit machen soll?
A.: Er braucht es.
F.: Gut. Kannst du uns sagen, wo wir es finden?
A.: Vergessen. Sucht.
F.: Ist es im Haus?
A.: Ich sage doch, vergessen. Tiefes Wasser. Keine Sicherheit. Schwächer, schwächer ...
(Die Schrift wurde hier sehr schwach und unregelmäßig.)
F.: Versuch dich zu erinnern.
A.: In der – im – B – B – B – (großes Durcheinander, und der Bleistift kritzelt planlos.) Keinen Zweck. (Plötzlich in einer anderen Handschrift und sehr aufgeregt:) Geht aus der Leitung, geht aus der Leitung, geht aus der Leitung!
F.: Wer sagt das?
A. (Ponto): Sie ist fort. Der böse Einfluß ist wieder da. Haha! Macht Schluß! Ende! (Der Bleistift lief dem Medium geradewegs außer Kontrolle, und nachdem er wieder auf dem Tisch lag, verweigerte er jede weitere Antwort.)

«Wie furchtbar ärgerlich!» rief Miss Booth.

«Sie haben wohl keine Ahnung, wo das Testament ist?»

«Nicht im mindesten. ‹In der – im – B –›, hat sie gesagt. Was könnte das denn nun sein?»

«Vielleicht in der Bank», riet Miss Climpson.

«Das wäre möglich. Dann wäre natürlich Mr. Urquhart der einzige, der herankäme.»

«Warum hat er es dann noch nicht geholt? Sie sagt doch, er braucht es.»

«Natürlich. Dann muß es also irgendwo im Haus sein. Was könnte das B bedeuten?»

«Büro, Boudoir, Bad, Besenkammer –?»

«Bett?»

«Könnte so ziemlich alles heißen.»

«Wie schade, daß sie die Botschaft nicht mehr vollenden konnte. Sollen wir es noch mal versuchen? Oder sollen wir an den wahrscheinlichsten Stellen suchen?»

«Suchen wir zuerst, und wenn wir es nicht finden, versuchen wir's noch mal.»

«Gute Idee. In einer der Schreibtischschubladen liegen ein paar Schlüssel, die zu ihren Truhen und Schränken gehören.»

«Probieren wir sie aus», meinte Miss Climpson kühn.

«Das tun wir. Sie kommen doch mit und helfen mir?»

«Wenn Sie es für ratsam halten. Eigentlich bin ich ja hier fremd –»

«Die Botschaft war ebenso für Sie wie für mich. Mir wäre es lieber, wenn Sie mitkämen. Ihnen könnten vielleicht die richtigen Stellen einfallen.»

Miss Climpson zierte sich nicht länger, und sie gingen nach oben. Es war schon eine merkwürdige Geschichte – praktisch ein Diebstahl an einer hilflosen alten Frau, im Interesse eines Menschen, den sie nie gesehen hatten. Sonderbar. Aber es mußte ein gutes Motiv dahinterstecken, sonst würde Lord Peter es nicht verlangen.

Oberhalb der schönen, großzügig geschwungenen Treppe befand sich ein breiter Korridor, dessen Wände dicht an dicht mit Porträts und Zeichnungen, eingerahmten Autogrammbitten, Programmen und all dem erinnerungsseligen Krimskrams der Theaterwelt vollgehängt waren.

«Ihr ganzes Leben ist hier in diesen beiden Zimmern zu sehen», sagte die Pflegerin. «Wenn diese Sammlung einmal verkauft werden sollte, würde sie eine Menge Geld einbringen. Irgendwann wird sie wohl verkauft werden.»

«Wissen Sie, wer dann das Geld bekommt?»

«Nun, ich habe immer geglaubt, daß Mr. Urquhart es bekommt – er ist mit ihr verwandt; ich glaube sogar, er ist der einzige Verwandte. Aber darüber hat man mir nie etwas gesagt.»

Sie stieß eine große, elegant mit altertümlichen Bögen und Täfelungen verzierte Tür auf und knipste das Licht an.

Es war ein großes, stattliches Zimmer mit drei hohen Fenstern und einer prunkvollen Stuckdecke mit Blumen und Lüstern. Ihre reine Schönheit wurde jedoch verhöhnt und beleidigt durch eine häßliche Tapete mit Rosenspalieren und schwere, grellrote Vorhänge mit dicken Goldfransen und -bommeln, ähnlich den Bühnenvorhängen viktorianischer Theater. Jeder Fußbreit Boden war mit Möbeln vollgestellt – Intarsienschränkchen in wildem Gedränge mit Mahagonichiffonieren; Tischchen voller Zierat und wuchtigen Marmor- und Bronzestatuetten; bemalte Wandschirme, Sheraton-Kommoden, chinesische Vasen, Alabasterlampen, Stühle, Ottomanen jeder Form, Farbe und Periode, alles dichtgedrängt wie um ihr Leben ringende Pflanzen in einem tropischen Dschungel. Es war das Zimmer einer Frau ohne Geschmack und Maß, einer Frau, die nichts verschmähte und nichts hergab, für die Besitz zur einzigen beständigen Realität in einer Welt der Vergänglichkeit und des Wandels geworden war.

«Es könnte hier oder im Schlafzimmer sein», sagte Miss Booth. «Ich hole mal ihre Schlüssel.»

Sie öffnete eine Tür auf der rechten Seite. Miss Climpson in ihrer unendlichen Neugier schlich ihr nach.

Das Schlafzimmer war noch deprimierender als das Wohnzimmer. Eine kleine elektrische Lampe verströmte ihr spärliches Licht neben einem großen, vergoldeten Bett mit rosa Brokatvorhängen, die kaskadenartig von einem Baldachin herunterhingen, den ein paar pummelige goldene Amoretten trugen. Außerhalb des kleinen Lichtkegels standen finster drohend riesige Kleiderschränke, noch mehr Vitrinen, noch mehr Kommoden. Der verspielte und verschnörkelte Toilettentisch nannte einen dreiteiligen Spiegel sein eigen, und ein enormer Drehspiegel in der Mitte des Zimmers reflektierte die monströsen Umrisse des Mobiliars.

Miss Booth öffnete die mittlere Tür des größten Kleiderschranks. Sie schwang mit leisem Quietschen auf und entließ eine schwere Wolke von Jasminduft. Offenbar war in diesem Zimmer nie mehr etwas verändert worden, seit Schweigen und Lähmung ihre Bewohnerin niedergestreckt hatten.

Miss Climpson trat vorsichtig ans Bett. Ein Instinkt hieß sie so leise schleichen wie eine Katze, obwohl es offensichtlich war, daß nichts die darin liegende Frau erschrecken oder auch nur überraschen konnte.

Ein altes, uraltes Gesicht, so winzig auf den riesigen Kissen und Laken, daß es eine Puppe hätte sein können, sah aus starren, blinden Augen zu ihr auf. Es war von feinen Fältchen überzogen wie eine Hand, die zu lange in Seifenwasser gelegen hat, aber alle die scharfen Linien und Falten, die das Leben in dieses Gesicht geschnitzt hatte, waren durch das Erschlaffen der hilflosen Muskeln geglättet. So war das Gesicht gedunsen und runzlig zugleich. Es erinnerte Miss Climpson an einen rosa Luftballon, aus dem fast alle Luft entwichen war. Hinzu kamen die schnaubenden Laute, die ihre erschlafften Lippen beim

Ausatmen machten. Unter dem spitzenbesetzten Nachthäubchen lugten ein paar dünne weiße Haarsträhnchen hervor.

«Eigenartig, nicht wahr?» sagte Miss Booth. «Sich vorzustellen, daß sie hier so liegt und ihr Geist mit uns Verbindung aufnehmen kann.»

Miss Climpson kam sich plötzlich vor wie eine Frevlerin. Es kostete sie die allergrößte Überwindung, sich nicht einfach hinzustellen und die Wahrheit zu gestehen. Sie hatte das Strumpfband mit der Seifendose sicherheitshalber oberhalb des Knies gezogen, und nun schnitt es schmerzhaft in ihre Beinmuskeln – als wollte es sie an die Schändlichkeit ihres Tuns erinnern.

Aber Miss Booth hatte sich schon umgedreht und die Schubladen einer der Kommoden aufgezogen.

Zwei Stunden vergingen, und sie suchten immer noch. Der Buchstabe B eröffnete ein besonders weites Feld von Möglichkeiten. Miss Climpson hatte ihn aus diesem Grunde gewählt, und ihr Weitblick wurde belohnt. Mit ein wenig Erfindungsgabe konnte man diesen nützlichen Buchstaben fast auf jedes denkbare Versteck im Haus anwenden. Was nicht unter Bezeichnungen wie Büro, Boudoir, Bett, Bad, Boden und so weiter fiel, war dann entweder braun, beige, blau, bunt oder ließ sich notfalls einfach als Behälter bezeichnen, und da jedes Schubfach oder Regal in diesem Haus mit Zeitungsausschnitten, Briefen und allerlei Souvenirs vollgestopft war, taten den beiden Fahnderinnen vor Anstrengung schon bald Kopf, Beine und Rücken weh.

«Ich hätte nie geahnt», sagte Miss Booth, «daß es so viele Versteckmöglichkeiten gibt.»

Miss Climpson, die mit halb aufgelöster Frisur und fast bis zur Seifendose hochgeschobenem züchtig schwarzem Unterrock auf dem Boden saß, stimmte ihr ermattet zu.

«Es ist furchtbar ermüdend, nicht wahr?» sagte Miss Booth. «Möchten Sie nicht lieber aufhören? Ich kann ja morgen allein weitersuchen. Ich kann Sie hier doch nicht so schuften lassen.»

Miss Climpson überlegte sich das. Wenn das Testament in ihrer Abwesenheit gefunden und an Mr. Urquhart geschickt wurde, hatte Miss Murchison dann noch die Gelegenheit, es in die Finger zu bekommen, bevor es versteckt oder vernichtet wurde?

Versteckt, nicht vernichtet. Die bloße Tatsache, daß ihm das Testament von Miss Booth zugeschickt worden war, würde den Anwalt daran hindern, es verschwinden zu lassen, da es eine Zeugin für seine Existenz gab. Aber er würde es für eine erhebliche Zeitdauer mit Erfolg verstecken können, und Zeit war das Entscheidende in dieser Angelegenheit.

«Ach was, ich bin kein bißchen müde», behauptete sie strahlend und setzte sich in die Hocke, um ihre Frisur wieder in Ordnung zu bringen, sogar noch ein Quentchen ordentlicher als gewöhnlich. Sie hatte ein braunes Notizbuch in der Hand, das aus einer Schublade einer japanischen Vitrine stammte, und blätterte mechanisch darin herum. Eine Zahlenreihe fiel ihr dabei auf: 12, 18, 4, 0, 9, 3, 15, und sie fragte sich kurz, was es damit auf sich haben könnte.

«Jetzt haben wir hier alles durchsucht», sagte Miss Booth. «Ich glaube nicht, daß wir noch etwas ausgelassen haben – es sei denn, hier befindet sich irgendwo ein Geheimfach.»

«Meinen Sie, es könnte auch in einem Buch sein?»

«In einem Buch! Aber natürlich! Wie dumm von uns, daß wir daran nicht gleich gedacht haben! In Kriminalromanen werden Testamente immer in Büchern versteckt.»

«Jedenfalls öfter als im Leben», dachte Miss Climpson, aber sie stand auf, klopfte sich den Staub ab und sagte munter: «Stimmt. Gibt es in diesem Haus viele Bücher?»

«Tausende», sagte Miss Booth. «Unten in der Bibliothek.»

«Ich hätte Mrs. Wrayburn eigentlich nicht für eine große Leserin gehalten.»

«Ich glaube auch nicht, daß sie eine war. Die Bücher hat sie mitsamt dem Haus gekauft, sagt Mr. Urquhart. Es sind fast lauter alte Bücher – so große Dinger, in Leder gebunden. Entsetzlich langweilig. Ich habe da noch nie etwas zu lesen gefunden. Aber es sind genau die richtigen Bücher, um ein Testament darin zu verstecken.»

Sie gingen hinaus in den Korridor.

«Sagen Sie mal», meinte Miss Climpson, «werden die Dienstboten es nicht merkwürdig finden, wenn wir um diese Zeit noch im ganzen Haus herumlaufen?»

«Die schlafen alle im anderen Flügel. Außerdem wissen sie, daß ich manchmal Besuch habe. Mrs. Craig war oft noch so spät hier wie Sie jetzt, wenn wir eine interessante Séance hatten. Hier ist sogar ein Zimmer, in dem ich jemanden schlafen lassen kann, wenn ich will.»

Miss Climpson erhob keine weiteren Einwände, und sie gingen die Treppe hinunter und über den Flur zur Bibliothek. Sie war groß, und Bücher füllten sämtliche Wände und Nischen in gezackten Reihen – ein herzzerreißender Anblick.

«Natürlich», sagte Miss Booth, «wenn die Botschaft nicht ausdrücklich auf etwas gelautet hatte, was mit B anfängt –»

«Ja?»

«Dann hätte ich eigentlich gedacht, daß sich die Papiere hier im Safe befinden würden.»

Miss Climpson stöhnte im stillen. Natürlich war das der wahrscheinlichste Aufbewahrungsort. Wenn doch nur ihr fehlgeleiteter Erfindungsreichtum – na ja! Man mußte das Beste daraus machen.

«Moment!» sagte sie. «Wenn sich der Safe in der Bibliothek

befindet, kann sich das B doch darauf bezogen haben, oder? Sehen wir einfach mal nach.»

«Richtig! Aber wenn das Testament im Safe wäre, wüßte Mr. Urquhart ja davon.»

Miss Climpson bekam das Gefühl, daß sie der Phantasie allzu großen Spielraum gegeben hatte.

«Jedenfalls uns zu vergewissern», meinte sie.

«Ich kenne aber die Kombination nicht», sagte Miss Booth. «Mr. Urquhart kennt sie natürlich. Wir könnten hinschreiben und ihn fragen.»

Da hatte Miss Climpson plötzlich eine Eingebung.

«Ich glaube, ich kenne sie», rief sie. «In diesem braunen Notizbuch, in dem ich vorhin geblättert habe, stand eine Reihe von sieben Zahlen, und ich hatte mir gleich gedacht, daß sie irgendeine Bedeutung haben müssen.»

«Braunes Buch!» rief Miss Booth. «Schon wieder lauter B! Wie konnten wir nur so dumm sein! Mrs. Wrayburn wollte uns mit dem B auch mitteilen, wo wir diese Kombination finden!»

Miss Climpson pries im stillen die vielseitige Verwendbarkeit des Buchstabens B.

«Ich laufe noch mal hoch und hole es!» rief sie.

Als sie wieder herunterkam, stand Miss Booth vor einem Abschnitt in den Bücherregalen, der von der Wand fortgeschwenkt war. Dahinter war die grüne Tür eines eingebauten Safes zum Vorschein gekommen. Mit zitternden Händen faßte Miss Climpson nach dem geriffelten Knopf und begann ihn zu drehen.

Beim ersten Versuch hatte sie keinen Erfolg, einfach deshalb, weil aus den Zahlen in dem Büchlein nicht hervorging, wie herum der Knopf zuerst zu drehen war. Beim zweiten Versuch aber rastete der Sperrhebel bei der siebten Zahl mit einem befriedigenden Klicken aus.

Miss Booth packte den Griff, und die schwere Tür bewegte sich und ging auf.

Im Safe befand sich ein Stapel Papiere. Obendrauf lag augenfällig ein länglicher, versiegelter Umschlag. Miss Climpson riß ihn an sich: «Testament der Rosanne Wrayburn 5. Juli 1920.»

«Na, ist das nicht wunderbar?» rief Miss Booth. Alles in allem mußte Miss Climpson ihr recht geben.

· 19 ·

MISS CLIMPSON BLIEB ÜBER NACHT IM Gästeschlafzimmer.

«Das beste wäre», sagte sie, «wenn Sie ein Briefchen an Mr. Urquhart schreiben, ihm das mit der Séance erklärten und ihm sagten, Sie hätten es für das sicherste gehalten, ihm das Testament zu schicken.»

«Er wird sehr erstaunt sein», sagte Miss Booth. «Ich wüßte gern, was er dazu sagen wird. Juristen glauben im allgemeinen nicht an Geistererscheinungen. Er wird es merkwürdig finden, daß wir es geschafft haben, den Safe zu öffnen.»

«Nun, aber der Geist hat uns ja unmittelbar zur Zahlenkombination geführt, nicht? Er kann doch nicht von Ihnen erwarten, daß Sie eine solche Botschaft einfach ignorieren! Daß Sie im guten Glauben handeln, sieht er ja daran, daß Sie ihm das Testament direkt zuschicken. Und meinen Sie nicht, es wäre ganz gut, wenn Sie ihn bäten, herzukommen, um den übrigen Inhalt des Safes zu kontrollieren und die Zahlenkombination zu ändern?»

«Wäre es nicht noch besser, ich behielte das Testament hier und bäte ihn, es abzuholen?»

«Vielleicht braucht er es aber dringend.»

«Warum hat er es dann noch nicht geholt?»

Miss Climpson stellte mit einer gewissen Beunruhigung fest, daß Miss Booth, wenn es einmal nicht um Geisterbotschaften ging, erste Ansätze zur Entwicklung eigener Urteilsfähigkeit erkennen ließ.

«Vielleicht weiß er selbst noch gar nicht, daß er es braucht. Vielleicht haben die Geister eine dringende Notwendigkeit vorausgesehen, die erst morgen eintreten wird.»

«Ach ja, das ist sehr gut möglich. Wenn die Menschen sich doch nur dieser wunderbaren Führung überließen, die ihnen da geboten wird, wie vieles könnte da vorhergesehen werden, so daß man Vorsorge treffen könnte! Ich glaube jedenfalls, daß Sie recht haben. Wir werden einen Umschlag besorgen, der groß genug ist; dann schreibe ich einen Brief dazu, und den schicken wir morgen früh mit der ersten Post weg.»

«Am besten per Einschreiben», riet Miss Climpson. «Wenn Sie den Brief mir anvertrauen, bringe ich ihn gleich morgen früh zur Post.»

«Das würden Sie tun! Ich kann Ihnen gar nicht sagen, wie erleichtert ich wäre. So, aber Sie sind jetzt bestimmt genauso müde wie ich, und darum setze ich jetzt einen Kessel Wasser für die Wärmflaschen auf, und dann gehen wir zu Bett. Machen Sie es sich doch solange bei mir im Wohnzimmer bequem! Ich muß nur noch Ihr Bett beziehen. Wie bitte? Aber nicht doch, das mache ich im Handumdrehen. *Bitte* bemühen Sie sich nicht. Ich bin es gewohnt, Betten zu beziehen.»

«Dann passe ich solange auf den Kessel auf», sagte Miss Climpson. «Ich *muß* mich einfach irgendwo nützlich machen.»

«Na gut. Es dauert nicht lange. Das Wasser kommt schon ziemlich heiß aus dem Boiler in der Küche.»

Alleingelassen in der Küche, wo der Wasserkessel blubbernd und singend dem Siedepunkt entgegenstrebte, verlor Miss Climpson keine Zeit mehr. Sie schlich auf Zehenspitzen hinaus, blieb an der Treppe stehen und spitzte die Ohren, bis die Schritte der Pflegerin sich entfernt hatten. Dann huschte sie ins Wohnzimmer, nahm den versiegelten Umschlag mit dem Testament und einen langen dünnen Brieföffner, den sie sich schon als geeignete Waffe vorgemerkt hatte, und eilte damit in die Küche zurück.

Es ist erstaunlich, wie lange ein Wasserkessel, der schon kurz vorm Sieden zu stehen scheint, manchmal braucht, bis der ersehnte Dampfstrahl aus der Tülle schießt. Trügerische kleine Wölkchen und hoffnungsvolle Pausen im Gesang des Kessels spannen den Wartenden auf eine nicht enden wollende Folter. Miss Climpson kam es so vor, als wenn man in der Zeit zwanzig Betten hätte beziehen können, bis der Kessel an diesem Abend endlich kochte. Aber auch ein unter Beobachtung stehender Wasserkessel kann nicht unbegrenzt Hitze absorbieren. Nach etwa sieben Minuten, die Miss Climpson allerdings wie Stunden vorkamen, hielt sie mit schlechtem Gewissen den Umschlag in den heißen Dampfstrahl.

«Ich darf nichts überstürzen», ermahnte sie sich, «o ihr Heiligen, ich darf nichts überstürzen, sonst mache ich den Umschlag noch kaputt.»

Sie schob den Brieföffner unter die Klappe; sie löste sich langsam; gerade war sie auf, als im Flur Miss Booths Schritte ertönten.

Miss Climpson warf flink den Brieföffner hinter den Gasherd und schob den Umschlag mit zurückgelegter Klappe, damit er sich nicht wieder zuklebte, hinter ein Geschirrschränkchen an der Wand.

«Das Wasser ist fertig», rief sie vergnügt. «Wo sind die Flaschen?»

Es spricht sehr für ihre guten Nerven, daß sie die Flaschen mit ruhiger Hand füllte. Miss Booth dankte ihr und ging, in jeder Hand eine Flasche, wieder nach oben.

Miss Climpson holte das Testament aus seinem Versteck, zog es aus dem Umschlag und überflog in aller Eile seinen Inhalt.

Es war kein langes Schriftstück und trotz der juristischen

Verklausulierungen leicht verständlich. Drei Minuten später hatte sie es schon wieder in den Umschlag gesteckt, die Gummierung angefeuchtet und die Klappe zugeklebt. Sie steckte den Umschlag in die Tasche ihres Unterrocks – denn ihre Bekleidung war von der praktischen, altmodischen Art – und begann in den Geschirrschränken zu suchen. Als Miss Booth wiederkam, war sie friedlich beim Teekochen.

«Ich dachte, das würde uns nach all den Mühen guttun», bemerkte sie dazu.

«Eine sehr gute Idee», sagte Miss Booth. «Ich wollte das auch gerade vorschlagen.»

Miss Climpson trug die Teekanne ins Wohnzimmer und überließ es Miss Booth, mit Tassen, Milch und Zucker nachzukommen. Nachdem die Teekanne auf dem Kamineinsatz stand und das Testament unschuldig wieder auf dem Tisch lag, lächelte sie und atmete tief auf. Ihre Mission war erfüllt.

Brief von Miss Climpson an Lord Peter Wimsey:

«Dienstag, 7. Januar 1930

Lieber Lord Peter,
wie ich Ihnen schon heute morgen in meinem Telegramm mitgeteilt habe, war meine Arbeit ERFOLGREICH!!! Wie ich allerdings meine *Methoden* vor meinem *Gewissen* rechtfertigen soll, weiß ich noch nicht. Aber ich glaube, die Kirche sieht für bestimmte *Berufe*, wie den eines *Kriminalpolizisten* oder eines SPIONS IN KRIEGSZEITEN, die *Notwendigkeit* der Täuschung ein, und ich *hoffe*, daß man meine MACHENSCHAFTEN auch unter diese Kategorie fallen lassen kann. Aber von meinen *religiösen Skrupeln* möchten Sie ja jetzt bestimmt nichts hören! Ich werde mich also *beeilen*, Ihnen mitzuteilen, was ich ENTDECKT habe!!!

In meinem letzten Brief habe ich Ihnen den *Plan* erklärt, den ich mir zurechtgelegt hatte, so daß Sie schon wissen, was Sie mit dem *Testament selbst* machen sollen, das heute morgen getreulich *per Einschreiben* und adressiert an *Mr. Norman Urquhart* abgeschickt wurde. Er wird sich wundern, wenn er es bekommt!!! Miss Booth hat einen *hervorragenden* Begleitbrief dazu geschrieben, den ich *gelesen* habe, bevor er abging, und in dem sie die Umstände erklärt und KEINE NAMEN nennt! Ich habe an Miss Murchison telegrafiert, daß sie das Päckchen *erwarten* soll, und ich hoffe, sie kann es bewerkstelligen, bei der Öffnung *zugegen* zu sein, damit es für die Existenz des Testaments *einen weiteren Zeugen* gibt. Ich rechne jedenfalls nicht damit, daß er es *wagen* wird, es einfach zu *unterschlagen*. Vielleicht schafft Miss Murchison es sogar, es *genau* zu LESEN, wozu ich keine *Zeit* hatte (es war alles *sehr* abenteuerlich, und ich freue mich schon darauf, Ihnen ALLES zu erzählen, wenn ich zurück bin), aber für den Fall, daß es ihr nicht möglich ist, gebe ich Ihnen hiermit den *ungefähren Inhalt* wieder.

Der gesamte Besitz besteht aus *Immobiliarvermögen* (Haus und Grundstück) und *Mobiliarvermögen* (bin ich nicht *gut* mit juristischen Fachausdrücken?), deren Wert ich nicht *genau* errechnen konnte. Aber das Wesentliche ist dies:

Das *Immobiliarvermögen* geht voll und ganz an Philip Boyes. *Fünfzigtausend Pfund in bar* gehen ebenfalls an Philip Boyes.

Das übrige (nennt man es nicht *Nachlaßrest*?) geht an Norman Urquhart, der als einziger Testamentsvollstrecker genannt ist.

Ein paar *kleine Vermächtnisse* gehen an Hilfswerke für Theaterleute, die ich mir nicht im *einzelnen* gemerkt habe.

In einem besonderen Absatz erklärt die Erblasserin, daß sie *Philip Boyes* den größten Teil ihres Vermögens vermacht, um zu zeigen, daß sie die schlechte Behandlung, die sie von *seiner Fa-*

milie erfahren hat, verzeiht und ihn nicht dafür verantwortlich macht.

Das Testament ist vom 5. Juni 1920 datiert, und Zeugen sind *Eva Gubbins*, Haushälterin, und *John Briggs*, Gärtner.

Ich hoffe, lieber Lord Peter, daß diese Informationen Ihren Zwecken genügen. Ich hatte gehofft, das Testament, *nachdem Miss Booth es in einen zweiten Umschlag gesteckt hatte, doch* noch einmal herausnehmen und *in Ruhe lesen* zu können, aber *leider* hat sie den Umschlag der größeren Sicherheit wegen mit Mrs. Wrayburns *Privatsiegel* verschlossen, und so geschickt bin ich leider nicht, daß ich das Siegel hätte öffnen und wieder anbringen können, obwohl das, wie ich höre, *mit einem heißen Messer durchaus möglich* sein soll.

Sie werden *verstehen*, daß ich jetzt noch nicht aus Windle fort kann – so unmittelbar nach diesem Vorfall würde das komisch aussehen. Außerdem hoffe ich, in ein paar weiteren *Séancen* Miss Booth vor Mrs. Craig und ihrem ‹Kontrollgeist› Fedora warnen zu können, denn ich bin *überzeugt*, daß diese Person ebenso ein Scharlatan ist WIE ICH!!! – nur ohne meine *uneigennützigen* Motive!! Sie werden sich also nicht wundern, wenn ich noch *etwa eine weitere Woche* fortbleibe! Ein wenig Kummer bereiten mir die zusätzlichen *Kosten*, und wenn Sie die nicht im *Interesse der Sicherheit* für notwendig halten, geben Sie mir bitte Bescheid – und ich werde meine Pläne entsprechend abändern.

Mit allen guten Wünschen für einen Erfolg, lieber Lord Peter, bin ich
Ihre sehr ergebene
Katharine A. Climpson»

«P.S. – Ich habe die Aufgabe *fast* in der vereinbarten Woche gelöst, wie Sie sehen. Es tut mir *so leid*, daß ich nicht gestern schon *ganz fertig* werden konnte, aber ich hatte solche Angst, durch *zu große Eile* DAS GANZE zu verderben!!!»

«Bunter», sagte Lord Peter, als er von diesem Brief aufsah, «ich habe doch *gewußt*, daß an dem Testament etwas faul war.»
«Sehr wohl, Mylord.»
«Testamente haben etwas an sich, was das Böseste in der menschlichen Natur hervorkehrt. Leute, die unter gewöhnlichen Umständen die aufrechtesten und liebenswürdigsten Menschen sind, werden plötzlich hinterhältig und bösartig, wenn sie nur schon das Wort Erbschaft hören. Da fällt mir ein, ein Schlückchen Champagner im Silberpokal wäre jetzt nicht das Verkehrteste. Bringen Sie eine Flasche von dem Pommery, und richten Sie Chefinspektor Parker aus, daß ich gern ein Wörtchen mit ihm reden würde. Und bringen Sie mir die Notizen von Mr. Arbuthnot. Und, Bunter!»
«Mylord?»
«Rufen Sie Mr. Crofts an, bestellen Sie ihm einen schönen Gruß und sagen Sie ihm, daß ich den Täter und das Motiv gefunden habe und ihm bald auch den Beweis für die Art und Weise zu liefern hoffe, wie das Verbrechen ausgeführt wurde, wenn er nur dafür sorgt, daß der Prozeß um eine Woche oder so verschoben wird.»
«Sehr wohl, Mylord.»
«Trotzdem, Bunter, weiß ich *wirklich* nicht, wie es gemacht wurde.»
«Das wird sich zweifellos in Kürze zeigen, Mylord.»
«Natürlich, ja», meinte Wimsey hochtrabend. «Selbstverständlich. Um solche Kleinigkeiten mache ich mir auch gar keine Sorgen.»

· 20 ·

«TS, TS!» MACHTE MR. POND UND LIESS die Zunge von der Gaumenplatte seiner Gebißprothese schnalzen.

Miss Murchison sah von ihrer Schreibmaschine auf.

«Ist was, Mr. Pond?»

«Nein, nichts», sagte der Bürovorsteher säuerlich. «Nur ein einfältiger Brief von einer einfältigen Angehörigen Ihres Geschlechts, Miss Murchison.»

«Das ist ja nichts Neues.»

Mr. Pond zog die Stirne kraus, denn er fand den Ton seiner Untergebenen leicht unverschämt. Er nahm den Brief mit Beilage und ging damit in Mr. Urquharts Büro.

Miss Murchison huschte rasch zu seinem Schreibtisch und warf einen Blick auf den eingeschriebenen Umschlag, der geöffnet und leer dort lag. Der Poststempel lautete: «Windle.»

«Das ist ein Glücksfall», sagte sich Miss Murchison. «Mr. Pond ist noch ein besserer Zeuge als ich. Gut, daß er den Brief aufgemacht hat.»

Sie nahm ihren Platz wieder ein. Nach ein paar Minuten kam Mr. Pond zurück, ein leichtes Lächeln auf den Lippen.

Fünf Minuten später erhob sich Miss Murchison, die stirnrunzelnd über ihrem Stenoblock gesessen hatte, und ging zu ihm.

«Können Sie Kurzschrift lesen, Mr. Pond?»

«Nein», sagte der Bürovorsteher. «Zu meiner Zeit hielt man das nicht für nötig.»

«Ich komme hier mit einem Wort nicht klar», sagte Miss Murchison. «Es könnte ‹Einverständnis›, aber auch ‹Eingeständnis› heißen – das ist doch wohl ein Unterschied, nicht?»

«Kann man wohl sagen», antwortete Mr. Pond trocken.

«Dann sollte ich es lieber nicht darauf ankommen lassen», sagte Miss Murchison. «Das muß nämlich heute morgen noch raus. Ich gehe besser mal fragen.»

Mr. Pond ließ – nicht zum erstenmal – ein verächtliches Schnauben ob der Oberflächlichkeit der Stenotypistin ertönen.

Miss Murchison durchquerte mit raschen Schritten das Büro und öffnete die Tür, ohne anzuklopfen – eine Zwanglosigkeit, die Mr. Pond erneut ein Stöhnen entlockte.

Mr. Urquhart stand mit dem Rücken zur Tür und schien sich am Kaminsims zu schaffen zu machen. Mit einem ärgerlichen Ausruf fuhr er herum.

«Ich habe Ihnen schon einmal gesagt, Miss Murchison, daß Sie bitte anklopfen möchten, bevor Sie eintreten.»

«Entschuldigen Sie bitte, ich hab's vergessen.»

«Daß mir das nicht nochmal vorkommt. Was gibt es?»

Er kam nicht an seinen Schreibtisch zurück, sondern blieb an den Kaminsims gelehnt stehen. Sein gestriegelter Kopf vor dem matten Holz der Täfelung war leicht zurückgeworfen, als ob er – fand Miss Murchison – jemanden beschützen oder abwehren wollte.

«Ich kann hier an einer Stelle mein Stenogramm von Ihrem Brief an Tewke & Peabody nicht entziffern», sagte Miss Murchison, «und da hielt ich es für besser, Sie zu fragen.»

«Ich wünsche», sagte Mr. Urquhart, indem er ein strenges Auge auf sie richtete, «daß Sie demnächst von vornherein deutlich mitschreiben. Wenn ich Ihnen zu schnell diktiere, sagen Sie es. Das würde uns letzten Endes viel Ärger ersparen – meinen Sie nicht?»

Miss Murchison erinnerte sich unwillkürlich an die kleine Regelsammlung, die Lord Peter Wimsey – halb im Scherz, halb im Ernst – einmal als Leitfaden für die Mitarbeiterinnen des «Katzenhauses» zusammengestellt hatte. Besonders an Regel Nummer sieben, die lautete: «Mißtraue jedem, der dir fest in die Augen blickt – er will verhindern, daß du etwas anderes siehst. Suche danach.»

Sie wandte unter dem Blick ihres Arbeitgebers die Augen ab.

«Es tut mir sehr leid, Mr. Urquhart. Es soll nicht wieder vorkommen», murmelte sie. Da war so ein merkwürdiger dunkler Strich am Rand der Täfelung, unmittelbar hinter dem Kopf des Anwalts, als ob dort das Paneel nicht ganz in den Rahmen paßte. So etwas war ihr noch nie aufgefallen.

«Nun, also, was wollten Sie fragen?»

Miss Murchison stellte ihre Frage, bekam ihre Antwort und zog sich zurück. Im Gehen warf sie schnell einen Blick über den Schreibtisch. Das Testament lag nicht da.

Sie ging an ihre Schreibmaschine zurück und schrieb die Briefe fertig. Als sie zur Unterschrift wieder hineinging, nahm sie die Gelegenheit wahr, sich noch einmal die Täfelung anzusehen. Kein dunkler Strich mehr zu sehen.

Miss Murchison verließ das Büro Punkt halb fünf. Sie hatte das Gefühl, daß es unklug wäre, sich in der näheren Umgebung aufzuhalten. Sie entfernte sich mit schnellen Schritten über den Hand Court, wandte sich nach rechts den Holborn hinunter, tauchte wiederum nach rechts durch die Featherstonc-Gebäude, machte einen Umweg durch die Red Lion Street und tauchte am Red Lion Square wieder auf. Innerhalb von fünf Minuten befand sie sich auf ihrem alten Weg um den Platz herum und die Princeton Street hinauf. Bald sah sie aus der Ferne, wie Mr. Pond aus dem Büro kam, dünn, steif und vornübergebeugt, und die Bedford Row hinunterging in Richtung Chancery Lane Station. Nicht lange, und Mr. Urquhart folgte. Er blieb einen Augenblick auf der Schwelle stehen und schaute nach rechts und links, dann überquerte er die Straße und kam direkt auf sie zu. Im ersten Augenblick dachte sie, er habe sie gesehen, und verschwand schnell hinter einem Lieferwagen, der am Straßenrand stand. In dessen Schutz lief sie zur Straßenecke, wo sich ein Metzgerladen befindet, und blickte interessiert in ein Schaufenster voller Lamm- und Rinderbraten. Mr. Urquhart kam näher. Seine Schritte wurden lauter – hielten inne. Miss Murchison klebte ihren Blick an einer Portion Fleisch fest, deren Preisschild ein Gewicht von viereinhalb Pfund angab und auf drei Shilling vier Pence lautete. Eine Stimme sagte: «Guten Abend, Miss Murchison. Suchen Sie sich einen Braten fürs Abendessen aus?»

«Oh! Guten Abend, Mr. Urquhart. Ja – ich habe gerade gedacht, daß die Vorsehung ruhig einmal eine Rinderkeule wachsen lassen könnte, an der eine alleinstehende Person sich nicht tot ißt.»

«Ja – man wird der ewigen Steaks und Koteletts allmählich überdrüssig.»

«Und Schweinefleisch ist so schwer verdaulich.»

«Ganz recht. Nun, dann sollten Sie das Junggesellinnendasein eben aufgeben, Miss Murchison.»

Miss Murchison kicherte.

«Das kommt aber plötzlich, Mr. Urquhart.»

Mr. Urquhart errötete unter seiner sonderbar fleckigen Haut.

«Gute Nacht», sagte er abrupt und eisig.

Miss Murchison lachte sich eins, während er davonstolzierte.

«So, den wäre ich los. Es ist immer ein Fehler, sich bei Untergebenen anzubiedern. Das nutzen sie aus.»

Sie sah ihm nach, bis er auf der anderen Seite des Platzes verschwand, dann ging sie durch die Princeton Street zurück, überquerte die Bedford Row und betrat von neuem das Bürohaus. Eben kam die Putzfrau die Treppe herunter.

«Tja, Mrs. Hodges, ich bin's schon wieder! Könnten Sie mich noch mal reinlassen? Ich habe ein Seidenmuster liegenlassen. Wahrscheinlich ist es in meinem Schreibtisch, oder ich hab's auf dem Flur verloren. Haben Sie es zufällig gesehen?»

«Nein, Miss, ich war noch nicht in Ihrem Büro.»

«Dann werde ich noch einmal danach suchen. Dabei wollte ich vor halb sieben damit bei Bourne & Hollingworth sein. Es ist einfach ärgerlich.»

«Ja. Miss, und wo die Busse immer so voll sind. Hier, bitte, Miss.»

Sie öffnete die Tür, und Miss Murchison schlüpfte hinein.

«Soll ich Ihnen suchen helfen, Miss?»

«Danke, nein, Mrs. Hodges, machen Sie sich keine Umstände. Es kann ja nicht weit sein.»

Mrs. Hodges nahm ihren Eimer und ging ihn am Hahn im Hinterhof füllen. Kaum waren ihre schweren Schritte wieder in den ersten Stock gegangen, verschwand Miss Murchison im hinteren Büro.

«Ich will und muß sehen, was hinter diesem Paneel steckt.»

Die Häuser in der Bedford Row sind alle im Hogarth-Stil gebaut, groß, symmetrisch und von besseren Tagen zeugend. Die Wandtäfelungen in Mr. Urquharts Büro waren durch häufige Anstriche entstellt, aber hübsch im Muster, und über dem Kaminsims verlief ein für diese Periode etwas zu blühendes Feston mit Blumen und Früchten und einem bebänderten Körbchen in der Mitte. Wenn das Paneel von einer versteckten Feder geöffnet wurde, befand sich der Knopf dafür bestimmt in diesem Schnitzwerk. Miss Murchison zog einen Stuhl zum Kamin und ließ ihre Finger rasch über das Feston gleiten, schob und drückte mit beiden Händen, während sie die Ohren nach Störenfrieden spitzte.

So eine Suche ist leicht für einen Experten, aber Miss Murchison kannte Geheimverstecke nur aus Romanen; sie fand nicht den richtigen Dreh. Nach fast einer viertel Stunde war sie der Verzweiflung nahe.

Stampf – stampf – stampf – Mrs. Hodges kam die Treppe herunter.

Miss Murchison sprang so schnell von der Täfelung zurück, daß der Stuhl wegrutschte und sie sich nur vor einem Sturz bewahren konnte, indem sie sich mit Macht gegen die Wand warf. Sie stellte den Stuhl an seinen Platz, sah auf – und da stand das Paneel weit offen.

Zuerst glaubte sie an ein Wunder, aber dann begriff sie, daß sie sich im Fallen seitlich an dem Paneel abgestützt hatte. Die Holzverkleidung war ein Stück zur Seite gerutscht, und dahinter befand sich ein Innenpaneel mit einem Schlüsselloch in der Mitte.

Sie hörte Mrs. Hodges im Vorzimmer, aber sie war zu aufgeregt, um sich groß zu sorgen, was Mrs. Hodges denken könnte. Sie schob einen schweren Stuhl vor die Tür, so daß niemand ohne Lärm und Schwierigkeiten hereinkommen konnte. Im nächsten Augenblick hatte sie Blindekuh-Bills Dietriche in der Hand – welch ein Glück, daß sie sie noch nicht zurückgegeben hatte. Welch ein Glück auch, daß Mr. Urquhart sich ganz auf das Versteck verlassen und es nicht für nötig gehalten hatte, auch noch ein Sicherheitsschloß anzubringen!

Ein paar rasche Handgriffe, und das Schloß drehte sich. Sie zog das Türchen auf.

Drinnen lag ein Bündel Papiere. Miss Murchison überflog sie – zuerst schnell, dann noch einmal, und machte ein verwundertes Gesicht. Es waren Quittungen für Wertpapiere –

Aktien – Megatherium Trust – die Namen dieser Fonds kamen ihr doch so bekannt vor – wo hatte sie nur …?

Plötzlich mußte Miss Murchison sich setzen, das Bündel Papiere in der Hand. Ihr wurde ganz schwindlig.

Schlagartig war ihr klargeworden, was aus Mrs. Wrayburns Geld geworden war, das Norman Urquhart aufgrund seiner Vollmacht für sie verwaltete, und warum die Sache mit dem Testament so wichtig war. In ihrem Kopf drehte es sich. Sie nahm ein Blatt Papier vom Schreibtisch und stenografierte rasch die näheren Angaben zu den einzelnen Transaktionen auf, von denen diese Dokumente zeugten.

Jemand stieß gegen die Tür.

«Sind Sie da drin, Miss?»

«Einen kleinen Augenblick noch, Mrs. Hodges. Ich glaube, es muß mir hier irgendwo auf den Boden gefallen sein.»

Sie gab dem Stuhl einen kräftigen Schubs und stieß damit die Tür nachhaltig zu.

Sie mußte sich beeilen. Inzwischen hatte sie sowieso schon genug notiert, um Lord Peter zu überzeugen, daß Mr. Urquharts Angelegenheiten einer näheren Betrachtung wert waren. Sie legte die Papiere in das Geheimfach zurück, genau an die Stelle, von der sie sie genommen hatte. Auch das Testament war darin – es lag für sich allein an einer Seite. Sie warf einen Blick hinein. Und noch etwas war da, ganz hinten in der Höhlung. Sie steckte die Hand tief in das Geheimfach und holte den mysteriösen Gegenstand heraus. Es war ein Päckchen aus weißem Karton, beschriftet mit dem Namen einer ausländischen Apotheke. Die Verschlußklappe war aufgerissen und wieder zugedrückt worden. Sie öffnete das Päckchen und sah, daß sich darin etwa zwei Unzen von einem feinen weißen Pulver befanden.

Nichts ist so sensationsträchtig wie ein Päckchen mit anonymem weißem Pulver nebst einem versteckten Schatz geheimnisvoller Dokumente. Miss Murchison nahm sich noch ein Blatt sauberes Papier, schüttete eine Prise von dem weißen Pulver darauf, stellte das Päckchen wieder nach hinten in das Geheimfach und verschloß die Tür mit den Dietrichen. Mit zitternden Fingern schob sie das Paneel an seinen Platz, wobei sie gut achtgab, daß es auch fest zu war und von dem verräterischen dunklen Strich nichts zu sehen blieb.

Sie rollte den Stuhl von der Tür fort und rief mit triumphierender Stimme: «Ich hab's gefunden, Mrs. Hodges!»

«Na also!» sagte Mrs. Hodges, bereits in der Tür stehend.

«Stellen Sie sich das vor!» sagte Miss Murchison. «Ich wollte heute nachmittag gerade mal meine Muster durchsehen, da klingelte Mr. Urquhart nach mir, und dann muß das Ding an meiner Jacke hängengeblieben und hier abgefallen sein.»

Triumphierend hielt sie ein Stück Seide in die Höhe. Sie hatte es im Laufe des Nachmittags vom Futter ihrer Handtasche abgerissen – ein Beweis, falls dieser noch nötig war, für die Hingabe, mit der sie ihre Arbeit tat, denn es war eine gute Tasche.

«Meine Güte aber auch», meinte Mrs. Hodges. «Wie gut, daß Sie es wiedergefunden haben, nicht wahr, Miss?»

«Beinahe hätte ich es nicht gefunden», sagte Miss Murchison. «Da in dieser ganz dunklen Ecke lag es. Na ja, jetzt muß ich aber fliegen, sonst schaffe ich es vor Geschäftsschluß nicht mehr. Gute Nacht, Mrs. Hodges.»

Aber lange bevor die geduldigen Herren Bourne & Hollingworth ihre Türen schlossen, läutete Miss Murchison im zweiten Stock von Piccadilly 110 A.

Sie platzte mitten in einen Kriegsrat. Anwesend waren der Ehrenwerte Freddy mit freundlichem Gesicht, Chefinspektor

Parker mit sorgenvollem Gesicht, Lord Peter mit schläfrigem Gesicht und Bunter, der, nachdem er sie vorgestellt hatte, eine Position am Rande der Versammlung einnahm und ein korrektes Gesicht machte.

«Bringen Sie uns Neuigkeiten, Miss Murchison? Wenn ja, kommen Sie gerade im richtigen Augenblick, denn die Geier sind versammelt. Mr. Arbuthnot, Chefinspektor Parker, Miss Murchison. Setzen wir uns, und seien wir alle miteinander fröhlich. Haben Sie schon Tee getrunken oder möchten Sie eine Kleinigkeit zu sich nehmen?»

Miss Murchison lehnte dankend jede Stärkung ab.

«Hm!» machte Wimsey. «Patient verweigert Nahrung. Augen schillern fiebrig, Gesicht verrät Ungeduld. Lippen leicht geöffnet, Finger hantieren mit dem Verschluß der Handtasche. Die Symptome lassen auf einen akuten Anfall von Mitteilsamkeit schließen. Sagen Sie uns die grausame Wahrheit, Miss Murchison.»

Miss Murchison ließ sich nicht lange drängen. Sie berichtete von ihrem Abenteuer und hatte das Vergnügen, ihre Zuhörerschaft vom ersten bis zum letzten Wort in Bann zu schlagen. Als sie endlich das zusammengefaltete Blatt Papier mit dem weißen Pulver zum Vorschein brachte, drücken sich die Gefühle der Anwesenden in anhaltendem Applaus aus, dem auch Bunter sich diskret anschloß.

«Bist du jetzt überzeugt, Charles?» fragte Wimsey.

«Ich gestehe, daß ich schwer erschüttert bin», sagte Parker. «Natürlich muß das Pulver erst analysiert werden.»

«Das wird es schon, du personifizierte Vorsicht», sagte Wimsey. «Bunter, bereiten Sie Streckbett und Daumenschrauben vor. Bunter hat in einem Kurs die Marshsche Probe gelernt und beherrscht sie in bewundernswerter Weise. Du kennst dich da doch auch aus, nicht wahr, Charles?»

«Für einen groben Test reicht es.»

«Dann laßt euch nicht stören, liebe Kinder. In der Zwischenzeit fassen wir einmal zusammen, was wir bisher in der Hand haben.»

Bunter ging hinaus, und Parker, der etwas in sein Notizbuch geschrieben hatte, räusperte sich.

«Also», sagte er, «wie ich es sehe, steht die Sache folgendermaßen. Du sagst, Miss Vane sei unschuldig, und versuchst das zu beweisen, indem du Norman Urquhart überzeugend belastest. Bisher beziehen sich deine Argumente aber fast ausschließlich auf das Motiv, bestärkt durch seinen offenkundigen Versuch, die Ermittlungen auf eine falsche Spur zu führen. Du sagst, deine Ermittlungsergebnisse hätten Urquhart in einer Weise belastet, daß die Polizei jetzt den Fall aufnehmen könnte und sollte, und ich bin geneigt, dir recht zu geben. Ich mache dich aber darauf aufmerksam, daß du uns noch jeden Beweis hinsichtlich der Mittel und Gelegenheit schuldig bist.»

«Das weiß ich. Erzähl uns was Neues.»

«Gut, Hauptsache du weißt es. Schön. Nun, Philip Boyes und Norman Urquhart sind die einzigen noch lebenden Verwandten Mrs. Wrayburns oder Cremorna Gardens, die reich ist und etwas zu hinterlassen hat. Vor etlichen Jahren hat Mrs. Wrayburn ihre geschäftlichen Angelegenheiten Urquharts Vater übertragen, dem einzigen Mitglied der Familie, mit dem sie noch freundschaftliche Beziehungen hatte. Beim Tode seines Vaters hat Norman Urquhart diese Geschäfte selbst übernommen, und im Jahre 1920 hat Mrs. Wrayburn ihm die unumschränkte Vollmacht für die Verwaltung ihres Besitzes gegeben. Sie hat außerdem ein Testament abgefaßt, in dem sie ihren Nachlaß zu ungleichen Teilen ihren beiden Großneffen vermachte. Philip Boyes sollte ihr gesamtes Immobiliarvermögen sowie fünfzigtausend Pfund bekommen, während Norman Urquhart das haben sollte, was übrigblieb, und außerdem zum einzigen Testamentsvollstrecker ernannt wurde. Norman Urquhart hat, nach diesem Testament gefragt, dir vorsätzlich die Unwahrheit gesagt und behauptet, der größte Teil des Geldes sei ihm zugedacht, und er ging sogar so weit, ein Dokument vorzulegen, das der Entwurf dieses Testaments sein sollte. Der angebliche Entwurf trägt ein späteres Datum als das von Miss Climpson entdeckte Testament, aber es besteht kein Zweifel, daß dieser Entwurf von Urquhart mit Sicherheit erst innerhalb der letzten drei Jahre, wahrscheinlich erst innerhalb der letzten Tage geschrieben wurde. Außerdem läßt die Tatsache, daß Urquhart dieses Testament, obwohl er Zugang dazu hatte, nicht vernichtete, darauf schließen, daß es nicht durch eine spätere testamentarische Verfügung außer Kraft gesetzt wurde. Übrigens, Wimsey, warum hat er eigentlich das Testament nicht genommen und einfach vernichtet? Als einziger überlebender Verwandter hätte er doch ohne Frage alles geerbt.»

«Vielleicht ist ihm der Gedanke nicht gekommen. Oder es leben am Ende doch noch andere Verwandte. Wie steht es mit diesem Onkel in Australien?»

«Richtig. Jedenfalls hat er das Testament nicht vernichtet. 1925 wurde Mrs. Wrayburn vollständig gelähmt und schwachsinnig, so daß sie keine Möglichkeit mehr hatte, sich jemals wieder um die Verwaltung ihres Besitzes zu kümmern oder das Testament zu ändern.

Etwa um diese Zeit unternahm Urquhart, wie wir von Mr. Arbuthnot wissen, den gefährlichen Schritt, sich auf Spekulationen einzulassen. Er machte Fehler, verlor Geld, stürzte sich noch tiefer hinein, um sich zu sanieren, und war mit einer hohen Summe am Bankrott des Megatherium Trust Ltd. beteiligt. Mit Sicherheit hat er wesentlich mehr verloren, als er verkraften konnte, und nun wissen wir durch Miss Murchisons

Entdeckung – und ich muß sagen, daß ich sehr ungern amtlich davon Kenntnis nehme nöchte –, daß er fortgesetzt seine Stellung als Treuhänder mißbraucht und Mrs. Wrayburns Geld für seine privaten Spekulationen verwandt hat. Er hat ihre Wertpapiere und Sicherheiten für hohe Kredite hinterlegt und das so beschaffte Geld auf den Megatherium Trust und andere halsbrecherische Unternehmungen gesetzt.

Solange Mrs. Wrayburn lebte, konnte ihm nicht viel passieren, denn er brauchte ihr nur die Summen auszuzahlen, die sie für ihre Haushaltsführung brauchte. Tatsächlich wurden alle Haushaltsrechnungen und alle Gehälter von ihm als dem Bevollmächtigten bezahlt, und solange er das tat, ging es niemanden etwas an, was er mit dem Kapital angestellt hatte. Sobald aber Mrs. Wrayburn gestorben wäre, hätte er gegenüber dem anderen Erben, Philip Boyes, Rechenschaft über das veruntreute Kapital ablegen müssen.

Im Jahre 1929 nun, gerade um die Zeit, als Philip Boyes sich mit Miss Vane überwarf, wurde Mrs. Wrayburn schwer krank und wäre beinahe gestorben. Die Gefahr ging noch einmal vorüber, konnte aber jederzeit wieder eintreten. Fast unmittelbar im Anschluß daran erleben wir, wie er sich mit Philip Boyes anfreundet und ihn einlädt, bei ihm im Haus zu wohnen. In der Zeit, in der er bei Urquhart wohnt, erkrankt Boyes dreimal, und der Arzt stellt Gastritis fest, aber es konnten genausogut Arsenvergiftungen sein. Im Juni 1929 reist Philip Boyes nach Wales, und seine Gesundheit bessert sich.

Während Philip Boyes verreist ist, erleidet Mrs. Wrayburn wieder einen schweren Anfall, und Urquhart eilt nach Windle, möglicherweise mit der Absicht, das Testament zu vernichten, falls das Schlimmste eintritt. Es tritt aber nicht ein, und er kehrt nach London zurück, gerade rechtzeitig, um Boyes bei seiner Rückkehr aus Wales zu empfangen. Am selben Abend erkrankt

Boyes mit ähnlichen Symptomen wie im zurückliegenden Frühjahr, nur viel schwerer, und nach drei Tagen stirbt er.

Urquhart ist jetzt vollkommen in Sicherheit. Als Resterbe erhält er nach Mrs. Wrayburns Tod alles Geld, das sie Philip Boyes vermacht hatte. Das heißt, er bekommt es nicht, weil er ja schon alles genommen und verloren hat, aber er hat es nun nicht mehr nötig, Rechenschaft darüber abzulegen, und seine betrügerischen Machenschaften bleiben somit unentdeckt.

Diese Indizien, soweit sie das Motiv betreffen, sind überaus zwingend und wesentlich überzeugender als die, die gegen Miss Vane vorgebracht wurden.

Aber hier liegt nun zugleich der Haken, Wimsey. Wann und wie wurde das Gift verabreicht? Wir wissen, daß Miss Vane Arsen besaß und es ihm leicht und ohne Zeugen hätte geben können. Urquhart hatte dazu aber nur Gelegenheit während seines gemeinsamen Abendessens mit Boyes, und wenn eines in diesem Fall sicher ist, dann die Tatsache, daß das Gift bei diesem Abendessen nicht verabreicht wurde. Alles, was Boyes gegessen oder getrunken hat, wurde auch von Urquhart und/oder den Dienstboten gegessen und getrunken, mit einziger Ausnahme des Burgunders, der aber aufbewahrt und analysiert wurde und sich als harmlos erwies.»

«Ich weiß», sagte Wimsey, «aber das ist ja gerade das Verdächtige. Hast du je von einem Abendessen gehört, bei dem solche Vorkehrungen getroffen wurden? Das ist doch unnatürlich, Charles. Da kommt zuerst der Sherry, vom Dienstmädchen aus der Originalflasche eingeschenkt; Suppe, Fisch und geschmortes Hühnchen – völlig unmöglich, einen Teil davon zu vergiften, ohne alles zu vergiften – das Omelett, so demonstrativ vom Opfer selbst bei Tisch zubereitet – der Wein, versiegelt und gekennzeichnet – die in der Küche verzehrten Reste – man hat den Eindruck, der Mann hat sich eigens bemüht, ein über jeden Verdacht erhabenes Abendessen zu arrangieren. Der Wein ist das Tüpfelchen auf dem i, das die ganze Geschichte unglaubwürdig macht. Erzähl mir nicht, es sei natürlich, daß der liebende Vetter von Anfang an, als noch alles an eine natürliche Krankheit glaubte und seine ganze Sorge dem Kranken hätte gelten sollen, an die Möglichkeit gedacht haben soll, der Giftmischerei verdächtigt zu werden, wenn er unschuldig war. Das ist nicht glaubhaft. Wenn er selbst unschuldig war, hatte er jedenfalls einen Verdacht. Wenn er einen Verdacht hatte, warum hat er ihn nicht dem Arzt mitgeteilt und veranlaßt, daß die Ausscheidungen untersucht wurden? Wieso hätte er überhaupt auf die Idee kommen sollen, sich vor möglichen Anschuldigungen zu schützen, solange gar keine Anschuldigungen erhoben wurden, wenn er nicht wußte, daß solche Anschuldiguen wohlbegründet sein würden? Und dann noch die Geschichte mit der Krankenschwester.»

«Richtig. Die Krankenschwester hatte ja einen Verdacht.»

«Wenn er davon wußte, hätte er etwas unternehmen müssen, um diesen Verdacht in geeigneter Weise auszuräumen. Aber ich glaube nicht, daß er davon wußte. Ich beziehe mich auf das, was du uns heute berichtet hast. Die Polizei hat sich mit Miss Williams, der Krankenschwester, noch einmal in Verbindung gesetzt, und sie sagt, Norman Urquhart habe sorgsam darauf geachtet, daß er nie mit dem Patienten allein war, und ihm nie etwas zu essen oder seine Medizin gegeben, selbst nicht in ihrer Anwesenheit. Läßt das nicht auf ein schlechtes Gewissen schließen?»

«Du wirst keinen Anwalt und keinen Geschworenen finden, der dir das abnimmt, Peter.»

«Schon, aber kommt es dir denn nicht komisch vor? Hören Sie sich das mal an, Miss Murchison. Eines Tages hatte die Schwester irgend etwas im Krankenzimmer zu tun, und die

Medizin stand auf dem Kaminsims. Es wurde etwas darüber gesagt, und Boyes meinte: ‹Ach, machen Sie sich keine Umstände, Schwester. Norman kann mir das geben.› Sagt Norman darauf: ‹Na klar, Junge›, wie Sie oder ich sagen würden? Nein! Er sagt: ‹Nein, das überlasse ich der Schwester – ich würde am Ende noch was verpfuschen.› Ganz schön schwach, wie?»

«Viele Leute haben Hemmungen, Kranke zu versorgen», antwortete Miss Murchison.

«Richtig, aber die meisten Leute können etwas aus einer Flasche in ein Glas gießen. Boyes lag nicht im Todeskampf – er sprach noch völlig vernünftig und so weiter. Ich sage, der Mann hat sich bewußt vor Verdächtigungen geschützt.»

«Möglich», sagte Parker, «aber nun sag endlich, wann *hat* er ihm denn das Gift verabreicht?»

«Wahrscheinlich gar nicht während des Abendessens», sagte Miss Murchison. «Wie Sie sagen, sind die Vorkehrungen sehr augenfällig. Sie könnten geradezu darauf angelegt sein, daß man sich ganz auf das Abendessen konzentrieren und andere Möglichkeiten außer acht lassen sollte. Hat er einen Whisky getrunken, als er ankam oder bevor er fortging oder so?»

«Leider nein. Bunter hat sich fast wie ein Heiratsschwindler mit Hannah Westlock befaßt, und sie sagt, sie habe Boyes bei seiner Ankunft die Tür geöffnet, er sei geradewegs in sein Zimmer hinaufgegangen, Urquhart sei um die Zeit nicht im Haus gewesen und erst eine Viertelstunde vor dem Abendessen gekommen, und die beiden seien sich bei dem berühmten Glas Sherry in der Bibliothek zum erstenmal begegnet. Die Schiebetüren zwischen Bibliothek und Speisezimmer waren offen, und Hannah hat die ganze Zeit dort herumgewerkelt und den Tisch gedeckt, und sie ist sicher, daß Boyes den Sherry und nichts als den Sherry zu sich genommen hat.»

«Nicht einmal eine Verdauungstablette?»

«Nichts.»

«Und nach dem Essen?»

«Nachdem sie das Omelett gegessen hatten, hat Urquhart etwas von Kaffee gesagt. Boyes hat auf die Uhr gesehen und gemeint: ‹Nein, ich habe keine Zeit mehr; ich muß jetzt in die Doughty Street.› Urquhart hat gesagt, er werde ein Taxi rufen, und ist hinausgegangen, um das zu tun. Boyes hat seine Serviette zusammengelegt, ist aufgestanden und in die Diele gegangen. Hannah ist ihm nachgegangen und hat ihm in den Mantel geholfen. Das Taxi kam. Boyes ist eingestiegen und fortgefahren, ohne Urquhart noch einmal gesehen zu haben.»

«Mir scheint», sagte Miss Murchison, «daß Hannah eine sehr wichtige Zeugin für Mr. Urquharts Verteidigung ist. Meinen Sie nicht – ich sage das ungern – aber meinen Sie nicht, daß vielleicht Bunters Gefühle sein Urteilsvermögen trüben könnten?»

«Er sagt», erwiderte Lord Peter, «daß er Hannah für tief religiös hält. Er hat neben ihr in der Kirche gesessen und das Gesangbuch mit ihr geteilt.»

«Aber das kann doch reine Heuchelei sein», sagte Miss Murchison ziemlich scharf, denn sie war eine überzeugte Rationalistin. «Ich traue diesen Frömmlern nicht.»

«Ich wollte damit auch nicht Hannahs Tugend beweisen», sagte Wimsey, «sondern Bunters Unbestechlichkeit.»

«Er sieht doch selbst aus wie ein Vikar.»

«Sie haben Bunter noch nicht außer Dienst erlebt», sagte Lord Peter düster. «Ich aber. Und ich kann Ihnen versichern, daß ein Gesangbuch auf sein Herz so besänftigend wirkt wie Whisky pur auf die Leber eines Anglo-Inders. Nein, wenn Bunter sagt, daß Hannah ehrlich ist, dann *ist* sie ehrlich.»

«Dann scheiden die Getränke und das Essen also endgültig aus», sagte Miss Murchison, nicht ganz überzeugt, aber bereit, unvoreingenommen zu sein. «Wie steht es mit der Wasserflasche in seinem Zimmer?»

«Hol's der Teufel!» rief Wimsey. «Ein Pluspunkt für Sie, Miss Murchison. Daran haben wir nicht gedacht. Die Wasserflasche – ja doch – die Idee ist Gold wert. Du erinnerst dich, Charles, wie in dem Fall Bravo der Verdacht geäußert wurde, ein unzufriedener Dienstbote habe Brechweinstein in die Wasserflasche getan. Ah, Bunter – da sind Sie ja! Wenn Sie das nächstemal mit Hannah Händchen halten, fragen Sie sie doch mal, ob Boyes vor dem Abendessen Wasser aus der Flasche in seinem Zimmer getrunken hat.»

«Verzeihung, Mylord, diese Möglichkeit war mir bereits in den Sinn gekommen.»

«So?»

«Ja, Mylord.»

«Sie übersehen nie etwas, Bunter?»

«Ich bemühe mich, Eure Lordschaft zufriedenzustellen.»

«Dann reden Sie nicht wie Butler Jeeves. Das kann ich nicht vertragen. Was ist nun mit der Flasche?»

«Ich wollte, als die Dame eintraf, Mylord, gerade sagen, daß ich bezüglich der Wasserflasche einen etwas eigentümlichen Umstand festgestellt habe.»

«Jetzt kommen wir endlich irgendwohin», sagte Parker und klappte eine neue Seite in seinem Notizbuch auf.

«Soviel würde ich noch nicht sagen, Sir. Hannah hat mir berichtet, sie habe Mr. Boyes bei seiner Ankunft auf sein Zimmer geführt und sich sofort zurückgezogen, wie es ihr zukam. Sie habe jedoch kaum die Treppe erreicht gehabt, da habe Mr. Boyes sie zurückgerufen. Er habe sie gebeten, seine Wasserflasche zu füllen. Sie habe sich über diese Bitte sehr gewundert, da sie sich noch genau erinnern konnte, die Flasche gefüllt zu haben, als sie das Zimmer in Ordnung brachte.»

«Könnte er sie selbst geleert haben?» fragte Parker gespannt.

«Jedenfalls nicht in seinen Magen, Sir – dazu hätte die Zeit nicht gereicht. Auch war das Trinkglas nicht benutzt. Außerdem war die Flasche nicht nur leer, sondern innen ganz trocken. Hannah hat sich für ihre Nachlässigkeit entschuldigt und die Flasche sofort ausgespült und neu gefüllt.»

«Merkwürdig», sagte Parker. «Aber es ist wohl anzunehmen, daß sie die Flasche doch nicht gefüllt hatte.»

«Verzeihung, Sir. Hannah war von dem Vorfall so überrascht, daß sie darüber mit Mrs. Pettican, der Köchin, gesprochen hat, die ihr sagte, sie könne sich genau erinnern, Hannah die Flasche morgens füllen gesehen zu haben.»

«Nun denn», sagte Parker, «dann muß Urquhart oder jemand anders die Flasche geleert und ausgetrocknet haben. Aber warum? Was tut einer denn normalerweise, wenn er seine Wasserflasche leer vorfindet?»

«Er läutet», sagte Wimsey prompt.

«Oder ruft um Hilfe», ergänzte Parker.

«Oder», sagte Miss Murchison, «wenn er nicht gewohnt ist, bedient zu werden, nimmt er Wasser aus der Waschkaraffe.»

«Ach ja!... Natürlich, Boyes führte doch eigentlich ein mehr oder weniger bohemehaftes Leben.»

«Das wäre allerdings ein ziemlich idiotischer Umweg», fand Wimsey. «Es wäre viel leichter gewesen, gleich das Wasser in der Flasche zu vergiften. Warum erst die Aufmerksamkeit darauf lenken, indem man es etwas schwieriger macht? Außerdem war kein Verlaß darauf, daß das Opfer die Waschkaraffe nehmen würde – was er ja auch prompt nicht getan hat.»

«Und vergiftet *wurde* er», sagte Miss Murchison, «demnach war also das Gift weder in der Karaffe noch in der Flasche.»

«Nein – ich fürchte, aus der Flasche wie der Karaffe ist nichts herauszuholen. Eitel, eitel, eitel alle Freude – Tennyson.»

«Trotzdem», sagte Parker, «überzeugt mich dieser Vorfall restlos. Irgendwo ist mir das zu perfekt. Wimsey hat recht: so ein unangreifbares Alibi ist unnatürlich.»

«Mein Gott», rief Wimsey, «wir haben Charles Parker überzeugt! Mehr brauchen wir nicht. Er ist ein härterer Brocken als jede Geschworenenbank.»

«Stimmt», meinte Parker bescheiden, «aber ich denke eben auch logischer, glaube ich. Und ich lasse mich nicht von Staatsanwälten ins Bockshorn jagen. Mir wäre jedenfalls wohler, wenn wir ein paar handfestere Beweise hätten.»

«Versteht sich. Du willst echtes Arsen sehen. Nun, Bunter, wie steht's damit?»

«Die Apparaturen stehen bereit, Mylord.»

«Sehr schön. Dann wollen wir mal hingehen und sehen, ob wir Mr. Parker geben können, was er haben will. Geh voran, wir folgen.»

In einem kleinen Appartement, das gewöhnlich Bunters fotografischen Arbeiten diente und über ein Waschbecken, eine Bank und einen Bunsenbrenner verfügte, war die für die Marshsche Arsenprobe notwendige Apparatur aufgebaut. Das destillierte Wasser blubberte schon still im Glaskolben vor sich hin, und Bunter nahm das Glasröhrchen, das über dem Bunsenbrenner lag, aus der Flamme.

«Sie werden feststellen, Mylord», bemerkte er, «daß die Apparatur frei von Verunreinigungen ist.»

«Ich sehe überhaupt nichts», meinte Freddy.

«Sherlock Holmes würde sagen, genau das solltest du zu sehen erwarten, wenn nichts da ist», antwortete Wimsey nachsichtig. «Charles, glaubst du uns auch ohne Beweis, daß Wasser, Kolben, Röhrchen und Hinz und Kunz frei von Arsen sind?»

«Ja.»

«Willst du sie lieben und ehren in guten wie in schlechten Tagen – Verzeihung, jetzt habe ich eine Seite zuviel umgeblättert. Wo ist dieses Pulver? Miss Murchison, sie identifizieren diesen verschlossenen Umschlag als den, den Sie aus dem Büro mitgebracht haben, mitsamt dem geheimnisvollen weißen Pulver aus Mr. Urquharts heimlicher Schatztruhe?»

«Ja.»

«Küssen Sie die Bibel, danke. Nun also –»

«Momentchen noch», sagte Parker, «du hast den Umschlag noch nicht für sich allein getestet.»

«Stimmt auch wieder. Irgendwo ist immer ein Haken. Ich nehme an, Miss Murchison, Sie haben nicht zufällig so etwas wie einen zweiten Umschlag aus dem Büro bei sich?»

Miss Murchison errötete und kramte in ihrer Handtasche.

«Hier – ist noch ein Briefchen, das ich heute nachmittag an eine Freundin geschrieben habe –»

«In Ihres Arbeitgebers Zeit, auf Ihres Arbeitgebers Papier», sagte Wimsey entrüstet. «Wie recht hatte doch Diogenes, als er seine Laterne nahm, um nach einer ehrlichen Stenotypistin zu suchen! Egal. Geben Sie her. Wer den Zweck will, muß auch die Mittel wollen.»

Miss Murchison nahm den Umschlag aus der Tasche und holte den Brief heraus. Bunter nahm ihn ehrerbietig auf einer Entwicklerschale in Empfang, schnitt ihn in kleine Stückchen und ließ sie in den Kolben fallen. Das Wasser blubberte fröhlich, aber das Röhrchen blieb vom einen Ende bis zum andern fleckenlos.

«Passiert bald was?» erkundigte sich Mr. Arbuthnot. «Ich finde nämlich, der Vorstellung hier fehlt ein bißchen Pfeffer.»

«Wenn du nicht still bist, schmeiße ich dich raus», versetzte Wimsey. «Machen Sie weiter, Bunter. Wir lassen den Umschlag durchgehen.»

Bunter öffnete daraufhin den zweiten Umschlag und ließ vorsichtig das weiße Pulver in den weiten Hals des Glaskolbens rieseln. Alle fünf Köpfe beugten sich gespannt über den Apparat. Und unverzüglich bildete sich, unübersehbar und wie von Zauberhand, ein dünner silberner Fleck an der Stelle des Glasrohrs, wo die Flamme es erhitzte. Von Sekunde zu Sekunde vergrößerte er sich und verdunkelte sich zu einem bräunlichschwarzen Ring mit einer metallisch glänzenden Mitte.

«Ah, wunderschön, wunderschön», rief Parker in fachmännischem Entzücken.

«Irgendwie scheint eure Lampe zu rußen», meinte Freddy.

«Ist das Arsen?» hauchte Miss Murchison.

«Das will ich hoffen», sagte Wimsey, indem er das Röhrchen vorsichtig löste und gegen das Licht hielt. «Entweder Arsen oder Antimon.»

«Gestatten Sie, Mylord. Die Beigabe einer geringen Menge Chlorkalklösung dürfte diese Frage so eindeutig klären, daß jeder Zweifel ausgeschlossen ist.»

Er vollführte diesen weiteren Test inmitten angespannter Stille. Der Fleck löste sich unter Einwirkung der Bleichlösung auf und verschwand.

«Dann ist es Arsen», sagte Parker.

«O ja», meinte Wimsey großspurig, «natürlich ist es Arsen. Hab ich dir doch gleich gesagt.» Seine Stimme bebte ein wenig von unterdrücktem Triumph.

«Ist das alles?» fragte Freddy enttäuscht.

«Nicht ganz», sagte Parker, «aber es ist ein großer Schritt auf unser Ziel zu. Wir haben bewiesen, daß Mr. Urquhart im Besitz von Arsen ist, und durch eine Anfrage in Frankreich können wir wahrscheinlich klären, ob er dieses Päckchen bereits im vergangenen Juni hatte. Ich stelle, nebenbei bemerkt, fest, daß es sich um gewöhnliche weiße Arseniksäure handelt, ohne Beimischung von Holzkohle oder Indigo, was mit dem Befund der Autopsie übereinstimmt. Das ist an sich schon überzeugend, aber noch überzeugender wäre es, wenn wir Urquhart nachweisen könnten, daß er Gelegenheit hatte, Boyes das Gift zu verabreichen. Bisher haben wir aber nur eindeutig bewiesen, daß er es ihm weder vor noch während, noch nach dem Essen in einer Zeit verabreicht haben kann, die für das Eintreten der Symptome nötig wäre. Ich gebe zu, daß eine derartig hieb- und stichfest belegte Unmöglichkeit an sich schon wieder verdächtig ist, aber um die Geschworenen zu überzeugen, würde ich etwas Besseres vorziehen als ein *credo quia impossibile.*»

«Hiebfest hin, stichfest her», meinte Wimsey unbeirrt. «Wir haben etwas übersehen, das ist alles. Wahrscheinlich sogar etwas vollkommen Offensichtliches. Man gebe mir den berühmten Morgenrock und die Shagpfeife, und ich werde es auf mich nehmen, diese kleine Schwierigkeit für euch im Handumdrehen zu lösen. Inzwischen wirst du, Charles, zweifellos etwas tun, um von Amts wegen die Beweise sicherzustellen, die unsere lieben Freunde mit ihren unkonventionellen Methoden bereits herbeigeschafft haben, und dich bereit halten, um im gegebenen Augenblick den richtigen Mann zu verhaften?»

«Das werde ich», sagte Parker, «und zwar mit Vergnügen. Von allen persönlichen Erwägungen einmal abgesehen, würde ich viel lieber diesen geleckten Knilch auf der Anklagebank sitzen sehen als irgendeine Frau, und wenn die Polizei einen Fehler gemacht hat, ist es für alle Beteiligten um so besser, je eher er berichtigt wird.»

Wimsey saß noch spät in der Nacht in seiner schwarz-gelben Bibliothek, wo die großen Folianten von den Wänden auf ihn herabstarrten. Alle Weisheit und Poesie dieser Welt war in ihnen enthalten, nicht zu reden von den Tausenden von Pfund, die darin steckten, doch nun standen diese Ratgeber alle stumm auf ihren Regalen. Auf Tischen und Sesseln verstreut lagen indessen die grellroten Bände mit den Berichten über berühmte englische Strafprozesse – Palmer, Pritchard, Maybrick, Seddon, Armstrong, Madeleine Smith – sämtliche großen Arsenmörder – im trauten Verein mit den größten Kapazitäten der Gerichtsmedizin und Toxikologie.

Die Theaterbesucher strebten in Limousinen und Taxis nach Hause, über der leeren Weite des Piccadilly strahlten die Lichter, dann und wann rumpelten schwere nächtliche Lastwagen langsam übers Pflaster; die lange Winternacht schwand dahin, und über das Londoner Dächermeer mühten sich die ersten zögernden Vorboten der winterlichen Morgendämmerung. Bunter saß schweigsam und sorgenvoll in seiner Küche, kochte Kaffee auf dem Gasherd und las ein und dieselbe Seite einer fotografischen Fachzeitschrift immer wieder von vorn.

Um halb neun ertönte die Klingel aus der Bibliothek.

«Mylord?»

«Mein Bad, Bunter.»

«Sehr wohl, Mylord.»

«Und einen Kaffee.»

«Sofort, Mylord.»

«Und stellen Sie die Bücher zurück, bis auf diese.»

«Ja, Mylord.»

«Ich weiß jetzt, wie es gemacht wurde.»

«Wirklich, Mylord? Gestatten Sie mir, Ihnen mit allem Respekt zu gratulieren.»

«Ich muß es aber noch beweisen.»

«Eine Nebensächlichkeit, Mylord.»

Wimsey gähnte, als Bunter kurz darauf mit dem Kaffee wiederkam, war er eingeschlafen.

Bunter räumte leise die Bücher fort und betrachtete neugierig die Titel derer, die noch offen auf dem Tisch lagen. Es waren: *Der Prozeß Florence Maybrick,* Dixon Manns *Gerichtsmedizin und Toxikologie,* ein Buch mit einem fremdsprachigen Titel, den Bunter nicht lesen konnte, und *Ein Junge aus Shropshire* von A. E. Housman.

Bunter überlegte eine Weile, dann schlug er sich leise auf den Schenkel.

«Natürlich!» flüsterte er. «Mein Gott, was waren wir allesamt für Schafsköpfe!» Er tippte seinen Gebieter leicht auf die Schulter.

«Ihr Kaffee, Mylord.»

· 21 ·

«SIE WOLLEN MICH ALSO NICHT HEIRAten?» fragte Lord Peter.

Die Untersuchungsgefangene schüttelte den Kopf.

«Nein. Das wäre Ihnen gegenüber nicht fair. Und außerdem –»

«Ja?»

«Ich habe Angst davor. Das würde nicht gutgehen. Wenn Sie wollen, werde ich mit Ihnen leben, aber heiraten werde ich Sie nicht.»

Ihr Ton war so unsagbar niedergeschlagen, daß Wimsey sich für dieses verlockende Angebot nicht begeistern konnte,

«Aber so etwas geht auch nicht immer gut», begehrte er auf. «Zum Teufel, Sie müßten es doch wissen – entschuldigen Sie, wenn ich darauf anspiele – aber es ist so furchtbar unpraktisch, und man bekommt genausooft Streit, wie wenn man verheiratet ist.»

«Das weiß ich. Aber Sie könnten sich jederzeit wieder von mir losmachen.»

«Das würde ich gar nicht wollen.»

«Doch, das würden Sie! Sie haben auf Familie und Traditionen Rücksicht zu nehmen. Cäsars Frau und so.»

«Ich pfeife auf Cäsars Frau. Und was die Familientradition angeht, die steht auf meiner Seite, soweit sie was wert ist. Alles, was ein Wimsey tut, ist richtig, und gnade der Himmel dem, der sich ihm in den Weg stellt. Das haben wir Wimseys schon immer so gehalten – und es ist auch gut so. Ich kann zwar nicht behaupten, daß ein Blick in den Spiegel mich direkt an Stammvater Gerald de Wimsey erinnert, der schon bei der Belagerung von Akko einen Karrengaul geritten hat, aber ich habe sehr wohl die Absicht, zu heiraten, wen ich will. Wer soll mich daran hindern? Fressen können sie mich nicht. Die kriegen mich nicht klein.»

Harriet lachte.

«Nein, ich glaube auch, Sie kriegt so schnell keiner klein. Sie brauchten sich auch mit Ihrer unmöglichen Frau nicht ins Ausland abzusetzen und in obskuren europäischen Bädern ein Leben der Zurückgezogenheit zu führen wie in einem viktorianischen Roman.»

«Bestimmt nicht.»

«Die Leute würden vergessen, daß ich einen Geliebten hatte?»

«Mein liebes Kind, so etwas vergessen sie alle Tage. Darin sind sie Meister.»

«Und unter dem Verdacht stand, ihn ermordet zu haben?»

«Und mit einem triumphalen Freispruch von jedem Verdacht gereinigt wurden, obwohl er sie ziemlich provoziert hat.»

«Also, ich werde Sie nicht heiraten. Wenn die Leute das alles vergessen können, können sie auch vergessen, daß wir nicht verheiratet sind.»

«Sehr richtig, die *Leute* könnten. Aber ich nicht, das ist alles. Wir kommen mit diesem Thema offenbar nicht besonders schnell voran. Jedenfalls verstehe ich Sie so, daß der Gedanke, mit mir zusammenzuleben, Ihnen nicht hoffnungslos zuwider ist?»

«Aber das ist doch alles so absurd», protestierte sie. «Wie kann ich sagen, was ich tun oder nicht tun würde, wenn ich frei wäre und sicher sein könnte – am Leben zu bleiben?»

«Warum nicht? Ich kann mir noch in den unmöglichsten Situationen vorstellen, was ich tun würde – wobei Ihr Freispruch wirklich todsicher ist; ich habe den Tip vom Pferd persönlich.»

«Ich kann nicht», sagte Harriet ermattet. «Bitte fragen Sie mich nicht mehr. Ich weiß es nicht. Ich kann nicht denken. Ich kann nicht über – über die – die nächsten paar Wochen hinausdenken. Ich möchte nur noch hier herauskommen und in Ruhe gelassen werden.»

«Gut», sagte Wimsey, «ich plage Sie nicht mehr. Es ist auch nicht fair. Ein Mißbrauch meiner Vorzugsstellung. Unter den gegebenen Umständen können Sie nicht einfach ‹Ekel› zu mir sagen und hinausrauschen. Ich gelobe Besserung. Überhaupt, ich werde jetzt selbst hinausrauschen, denn ich habe eine Verabredung – mit einer Maniküre. Nettes kleines Ding, sie spricht nur ein bißchen gebüldet. Addio!»

Die Maniküre, auf die er mit Hilfe Chefinspektor Parkers und seiner Spürhunde gestoßen war, war ein junges Ding mit einem Gesicht wie ein Kätzchen, einladendem Wesen und verschlagenem Blick. Sie zierte sich nicht lange, sich von ihrem Kunden zum Essen einladen zu lassen, und zeigte sich in keiner Weise überrascht, als er ihr vertraulich zuflüsterte, daß er ihr ein Angebot zu unterbreiten habe. Sie stützte ihre rundlichen Ellbogen auf den Tisch, legte kokett den Kopf schief und schickte sich an, ihre Ehre teuer zu verkaufen.

Als das Angebot Gestalt annahm, änderte sich ihre Haltung in einer Weise, die schon fast komisch war. Ihre Augen verloren den treuen Unschuldsblick, selbst die Haare schienen ihre Flaumigkeit einzubüßen, und ihre Brauen zogen sich in echter Verwunderung zusammen.

«Hm, natürlich könnte ich das», sagte sie schließlich, «aber was wollen Sie denn bloß damit? Kommt mir komisch vor.»

«Sagen wir, es handelt sich um einen Scherz», sagte Wimsey.

«Nein.» Ihr Mund wurde hart. «Das gefällt mir nicht. Es will mir nicht in den Kopf, wenn Sie verstehen, was ich meine. Ich meine nämlich, das kommt mir wie ein ziemlich schlechter Witz vor, und mit so was kann man sich die größten Schereien einhandeln. Sagen Sie, das hat doch wohl nichts mit diesen – wie heißt das noch? Da hat doch vorige Woche in Madame Crystalls Kolumne in *Susie's Snippets* etwas darüber gestanden – irgendwas mit Hexerei oder Okkultismus, wie? Ich möchte nicht, daß einem da was zustößt.»

«Nein, ich werde kein wächsernes Abbild machen, wenn Sie das meinen. Passen Sie mal auf, Sie gehören doch zu den Frauen, die ein Geheimnis für sich behalten können?»

«Ha, ich rede nicht! Ich habe meine Zunge schon immer im Zaum halten können. Da bin ich nicht wie andere Mädchen.»

«Eben, das habe ich mir gedacht. Darum habe ich Sie ja auch gebeten, mit mir auszugehen. Also gut, hören Sie zu.»

Er beugte sich vornüber und fing an zu erzählen. Ihr bemaltes Gesichtchen, mit dem sie zu ihm aufblickte, bekam einen so gebannten, faszinierten Ausdruck, daß eine Busenfreundin, die an einem der anderen Tische speiste, ganz grün vor Neid wurde und überzeugt war, der lieben kleinen Mabel werde soeben eine Wohnung in Paris, ein Daimler und ein Kollier für tausend Pfund angeboten. Die Folge war, daß sie sich mit ihrem Begleiter gründlich überwarf.

«Sie sehen also», sagte Wimsey, «daß es mir sehr viel bedeutet.»

Die liebe kleine Mabel seufzte hingerissen.

«Stimmt das auch alles? Haben Sie sich das nicht aus den Fingern gesogen? Das ist ja spannender als im Kino.»

«Stimmt, aber Sie dürfen kein Wort weitersagen. Sie sind der einzige Mensch, der es weiß. Sie werden mich nicht an ihn verraten?»

«An den? An diesen alten Knicker? Dem würde ich ganz was anderes erzählen! Ich spiele mit. Für Sie tue ich es. Es wird nicht ganz leicht sein, weil ich die Schere dazunehmen muß, was wir gewöhnlich nicht tun. Aber das kriege ich schon hin. Verlassen Sie sich auf mich. Es werden allerdings keine großen sein. Er kommt nämlich ziemlich oft, aber ich gebe Ihnen, was ich bekommen kann. Und mit Fred, das regle ich auch. Er verlangt immer nach Fred. Und Fred macht das, wenn ich ihn bitte. Und was soll ich dann damit tun?»

Wimsey zog einen Umschlag aus der Tasche.

«Hier drin», sagte er bedeutungsvoll, «befinden sich zwei kleine Döschen. Sie dürfen sie erst herausnehmen, wenn Sie die Sachen haben, denn sie sind vorbehandelt und chemisch rein, wenn Sie verstehen. Wenn es soweit ist, öffnen Sie den Umschlag, nehmen die Döschen heraus, tun die Nägel in das eine und die Haare in das andere, schließen sie wieder, stecken sie in einen frischen Umschlag und schicken ihn an diese Adresse. Alles klar?»

«Ja.» Sie streckte begierig die Hand aus.

«Wunderbar. Und kein Wort!»

«Nicht – ein – Wort!» Sie machte eine Gebärde übertriebener Vorsicht.

«Wann haben Sie Geburtstag?»

«Oh, ich habe gar keinen. Ich werde nie erwachsen.»

«Schön, dann kann ich Ihnen ja an jedem beliebigen Tag im Jahr ein Nichtgeburtstagsgeschenk schicken. Steht Ihnen Nerz, mein Herz?»

«Nerz, mein Herz», äffte sie ihn nach. «Sie sind wohl ein Dichter, wie?»

«Sie inspirieren mich», sagte Wimsey höflich.

· 22 ·

«ICH BIN», SAGTE MR. URQUHART, «AUF Ihren Brief hin gekommen. Ich habe mit Interesse gehört, daß Sie neue Informationen über den Tod meines unglücklichen Vetters haben. Natürlich werde ich Ihnen mit Freuden helfen, so gut ich kann.»

«Danke sehr», sagte Wimsey. «Bitte nehmen Sie Platz. Sie haben vermutlich schon gegessen? Aber Sie trinken doch sicher eine Tasse Kaffe. Sie mögen türkischen Mokka, soviel ich weiß. Mein Diener macht einen sehr guten.»

Mr. Urquhart nahm das Angebot an und lobte Bunter, daß er die richtige Zubereitungsmethode für dieses sirupartige Getränk beherrsche, das dem Geschmack des Durchschnitts-Abendländers so zuwider ist.

Bunter dankte ergebenst für das Kompliment und reichte ihm eine Schachtel mit diesen ebenso ekelerregenden türkischen Süßigkeiten, die einem nicht nur den Gaumen verkleistern und die Zähne zusammenkleben, sondern den, der sie ißt, auch noch mit einer Wolke weißen Puderzuckers einstäuben. Mr. Urquhart stopfte sich sofort das größte Stück in den Mund und murmelte kaum verständlich, daß es sich um die echte orientalische Version handle. Wimsey nahm mit abweisendem Lächeln ein paar Schlucke von seinem starken schwarzen Kaffee ohne Zucker und Milch und schenkte sich ein Glas Cognac ein. Bunter zog sich zurück, und Lord Peter klappte ein Notizbuch auf den Knien auf, sah auf die Uhr und begann mit seiner Erzählung.

Zuerst rekapitulierte er Philip Boyes' Leben und Tod. Mr. Urquhart gähnte verstohlen, aß, trank und lauschte.

Dann wandte Wimsey, wieder mit dem Blick zur Uhr, sich der Geschichte von Mrs. Wrayburns Testament zu.

Mr. Urquhart, nicht schlecht überrascht, stellte die Kaffeetasse hin, wischte sich die klebrigen Finger am Taschentuch ab und machte große Augen.

Dann fragte er:

«Darf ich fragen, wie Sie an diese erstaunlichen Informationen kommen?»

Wimsey winkte ab.

«Die Polizei», sagte er. «Es ist schon gut, daß wir eine Polizei haben. Erstaunlich, was die alles herausbekommt, wenn sie es darauf anlegt. Ich nehme nicht an, daß Sie etwas davon abstreiten wollen?»

«Ich höre zu», sagte Mr. Urquhart grimmig. «Wenn Sie Ihre unerhörte Geschichte zu Ende erzählt haben, weiß ich vielleicht, was ich abstreiten muß und was nicht.»

«Ach so, ja», sagte Wimsey. «Ich werde versuchen, es Ihnen so einleuchtend wie möglich darzulegen. Zwar bin ich kein Jurist, aber ich will mich bemühen, möglichst logisch vorzugehen.»

Er redete erbarmungslos weiter, während die Zeiger der Uhr eine Runde vollendeten.

«Soweit ich sehe», sagte er, nachdem er die ganze Frage des Motivs hatte Revue passieren lassen, «lag es sehr in Ihrem Interesse, sich Mr. Philip Boyes vom Hals zu schaffen. Der Kerl war ja in meinen Augen auch wirklich ein Schädling und Schmarotzer, und ich an Ihrer Stelle hätte wohl so ähnlich darüber gedacht wie Sie.»

«Ist das Ihre ganze phantastische Anklage?» fragte der Anwalt.

«Keineswegs. Ich komme jetzt auf den springenden Punkt. ‹Langsam, aber sicher›, lautet mein Motto. Ich sehe, daß ich schon siebzig Minuten Ihrer kostbaren Zeit in Anspruch genommen habe, aber glauben Sie mir, die Stunde war nicht vertan.»

«Angenommen, Ihre ungeheuerliche Geschichte wäre wahr, was ich allerdings nachdrücklich verneine», warf Mr. Urquhart ein, «würde es mich doch einmal sehr interessieren, wie ich ihm Ihrer Meinung nach das Arsen gegeben haben soll. Haben Sie sich dafür eine geniale Lösung ausgedacht? Oder soll ich womöglich mein Dienstmädchen und meine Köchin zu Komplizen gemacht haben? Das wäre unvorsichtig von mir, nicht wahr, und würde der Erpressung Tür und Tor öffnen.»

«Es wäre so unvorsichtig», sagte Wimsey, «daß sich bei einem Mann von Ihrem Weitblick die Frage gar nicht stellt. Die Versiegelung dieser Burgunderflasche verrät zum Beispiel eine alle Möglichkeiten in Betracht ziehende Denkweise – dies sogar in ungewöhnlich hohem Maße. Ich muß sagen, diese Geschichte hat mich von vornherein hellhörig gemacht.»

«So?»

«Sie fragen, wie und wann Sie ihm das Gift gegeben haben sollen. Nicht vor dem Essen, denke ich. Die Voraussicht, mit der Sie zum Beispiel die Wasserflasche geleert haben – o nein, auch das wurde nicht übersehen! – und die Umsicht, mit der Sie dafür sorgten, daß Sie Ihren Vetter in Gegenwart von Zeugen begrüßten und keine Sekunde mit ihm allein waren – ich glaube, das alles schließt die Zeit vor dem Essen aus.»

«Das würde ich auch meinen.»

«Der Sherry», fuhr Wimsey bedächtig fort. «Es war eine neue, frisch geöffnete Flasche. Zum Verschwinden der Überreste wäre vielleicht etwas zu sagen, aber ich glaube, wir können dem Sherry die Absolution erteilen.»

Mr. Urquhart machte eine ironische Verbeugung.

«Die Suppe – davon haben auch Köchin und Dienstmädchen gegessen, und sie leben noch. Ich bin gewillt, die Suppe passieren zu lassen, und das gleiche gilt für den Fisch. Es wäre zwar leicht gewesen, eine Portion von dem Fisch zu vergiften, aber dazu hätte es der Kooperation von Hannah Westlock bedurft, und das würde meiner Theorie zuwiderlaufen. Theorien sind mir heilig, Mr. Urquhart, fast – wie Sie es nennen würden – ein Dogma.»

«Eine fragwürdige Einstellung», bemerkte der Anwalt, «aber unter den gegebenen Umständen will ich sie nicht anfechten.»

«Außerdem», sagte Wimsey, «wenn das Gift mit der Suppe oder dem Fisch verabreicht worden wäre, hätte es womöglich zu wirken angefangen, bevor Philip – ich darf ihn doch so nennen? – das Haus verließ. Wir kommen nun zu dem geschmorten Hühnchen. Mrs. Pettican und Hannah Westlock können dem Hühnchen ein gutes Gesundheitszeugnis ausstellen, glaube ich. Und es muß geradezu köstlich gewesen sein. Ich spreche als Mann mit reicher Erfahrung in gastronomischen Dingen, Mr. Urquhart.»

«Das ist mir bekannt», antwortete Mr. Urquhart höflich.

«Und nun bleibt nur noch das Omelett. Etwas sehr Feines, wenn es richtig zubereitet und – das ist sehr wichtig – sofort gegessen wird. Eine reizende Idee, die Eier und den Zucker an den Tisch bringen und an Ort und Stelle zubereiten zu lassen. Übrigens, ich darf davon ausgehen, daß von dem Omelett nichts in die Küche zurückging? Nein, nein! So etwas Gutes läßt man nicht halbgegessen stehen. Da macht die Köchin besser für sich und ihre Kollegin ein neues. Niemand außer Ihnen und Philip hat von dem Omelett gegessen, dessen bin ich sicher.»

«Sehr richtig», sagte Mr. Urquhart. «Das brauche ich nun wirklich nicht abzustreiten. Aber Sie vergessen eben nicht, daß auch ich davon gegessen habe und keinerlei Beschwerden hatte. Und, wohlgemerkt, daß mein Vetter es selbst zubereitet hat.»

«Das hat er. Vier Eier, wenn ich mich recht erinnere, mit Zucker und Marmelade aus den, sagen wir, normalen Vorräten. Nein – am Zucker oder der Marmelade hat es bestimmt nicht gelegen. Äh – ich glaube, ich gehe recht in der Annahme, daß eines der Eier angeknackst war, als es auf den Tisch kam?»

«Möglich. Aber das weiß ich nun wirklich nicht mehr.»

«Nein? Nun gut, Sie stehen ja nicht unter Eid. Aber Hannah Westlock erinnert sich, daß Sie, als Sie ihr die Eier brachten – Sie haben sie nämlich selbst gekauft, Mr. Urquhart –, zu ihr gesagt haben, daß eines angeknackst sei und daß Sie es ausdrücklich für das Omelett verlangt haben. Sie haben es zu diesem Zweck sogar selbst in die Schüssel gelegt.»

«Na und?» fragte Mr. Urquhart, unsicherer als zuvor.

«Es ist nicht besonders schwer, in ein angeknackstes Ei Arsen in Pulverform zu praktizieren», sagte Wimsey. «Ich habe es selbst mit einem Glasröhrchen ausprobiert. Mit einem kleinen Trichter ginge es vielleicht sogar noch besser. Arsen ist ziemlich schwer. Es sammelt sich unten im Ei, und an der Schale kann man alle Spuren leicht abwischen. Mit flüssigem Arsen wäre es natürlich noch leichter, aber aus einem ganz bestimmten Grunde habe ich das Experiment mit gewöhnlichem weißem Pulver gemacht. Es ist sehr gut löslich.»

Mr. Urquhart hatte eine Zigarre aus seinem Etui genommen und zündete sie recht umständlich an.

«Wollen Sie damit sagen», fragte er, «daß beim Verquirlen von vier Eiern ein bestimmtes vergiftetes Ei wie durch ein Wunder von den anderen dreien getrennt geblieben ist und seine Giftladung nur an einer Seite des Omeletts deponiert hat? Und daß mein Vetter sich bewußt die vergiftete Seite genommen und mir die andere überlassen hat?»

«Nicht doch, nicht doch», sagte Wimsey. «Ich sage nur, daß das Arsen im Omelett war und mit dem Ei hineingekommen ist.»

Mr. Urquhart warf sein Streichholz ins Kaminfeuer.

«Ihre Theorie scheint mir so brüchig zu sein wie das Ei.»

«Ich bin mit meiner Theorie noch gar nicht fertig. Der zweite Teil setzt sich aus lauter kleinen Beobachtungen zusammen. Ich will sie Ihnen aufzählen: Ihre Abneigung, zum Essen zu trinken, Ihr Teint, ein paar Schnipsel von Ihren Fingernägeln, ein paar von ihren wohlgepflegten Haaren – die nehme ich alle zusammen, gebe noch ein Päckchen weißes Arsen aus dem Geheimschrank in Ihrem Büro dazu, reibe kurz die Hände – so – und was wird daraus? Hanf, Mr. Urquhart, Hanf.»

Er malte eine Schlinge in die Luft.

«Ich verstehe nicht», sagte der Anwalt heiser.

«O doch, Sie verstehen genau», sagte Wimsey. «Hanf – woraus man Stricke macht. Hanf ist eine feine Sache. Also, weiter mit dem Arsen. Wie Sie wissen, tut es einem im allgemeinen nicht gut, aber da gibt es Leute – zum Beispiel diese lästigen Bauern in der Steiermark, die immerzu von sich reden machen – von denen es heißt, sie essen es zum Spaß. Es fördert ihre Verdauung, sagen sie, hellt ihren Teint auf und läßt ihr Haar glänzen, und aus demselben Grunde geben sie es auch ihren Pferden – wobei hier der Teint keine Rolle spielt, versteht sich, denn Pferde haben nicht viel Teint – aber Sie verstehen, was ich meine. Dann war da dieser schreckliche Mann, dieser Maybrick – der hat es auch genommen, wie es heißt. Jedenfalls ist bekannt, daß manche Menschen Arsen zu sich nehmen und nach einiger Zeit der Gewöhnung ziemlich große Mengen vertragen, an denen ein normaler Mensch sterben würde. Aber das wissen Sie ja alles selbst.»

«Ich höre es zum erstenmal.»

«Was glauben Sie eigentlich damit zu erreichen? Na schön. Wir wollen so tun, als ob das alles neu für Sie wäre. Also, irgend jemand – den Namen habe ich vergessen, aber es ist alles bei Dixon Mann nachzulesen – wollte einmal wissen, wie das funktioniert, und hat es an ein paar Hunden und anderen Viechern ausprobiert und etliche davon umgebracht, könnte ich mir vorstellen, aber schließlich hatte er heraus, daß flüssiges Arsen, das von den Nieren verarbeitet wird, sehr unverträglich ist, festes Arsen aber täglich in immer größeren Mengen verabreicht werden kann und daß mit der Zeit diese Dinger – die ‹Röhrchen›, wie mal eine alte Frau in Norfolk dazu gesagt hat – sich daran gewöhnen und es einfach passieren lassen, sozusagen ohne es zur Kenntnis zu nehmen. Irgendwo habe ich gelesen, daß die Leukozyten das alles machen – diese ulkigen kleinen weißen Korpuskeln, nicht wahr? –, die sich gewissermaßen um das Zeug legen und es durchschleusen, so daß es keinen Schaden anrichten kann. Der springende Punkt ist jedenfalls, daß man, wenn man festes Arsen über längere Zeit zu sich nimmt – sagen wir ein Jahr oder so –, eine Dings – eine Immunität entwickelt und bis zu einem halben Gram auf einmal schlucken kann, ohne die allermindesten Beschwerden.»

«Sehr interessant», sagte Mr. Urquhart.

«Diese niederträchtigen steirischen Bauern machen es offenbar so, aber sie geben gut acht, daß sie etwa zwei Stunden nach der Einnahme nichts trinken, sonst könnte das Zeug in die Nieren gespült und ihnen doch gefährlich werden. Ich fürchte, ich drücke mich nicht sehr fachmännisch aus, aber so ungefähr ist es. Nun, mein Bester, und da ist mir eben eingefallen, daß Sie vielleicht auf die glänzende Idee gekommen sein könnten, sich zuerst selbst zu immunisieren, damit Sie dann leicht ein Arsenomelett mit einem guten Freund teilen konnten, das ihn umbringen, Ihnen aber nicht schaden würde.»

«Aha.»

Der Anwalt leckte sich die Lippen.

«Also, wie gesagt, Sie haben einen schönen klaren Teint – allerdings hat das Arsen, wie ich sehe, da und dort Ihre Haut ein wenig pigmentiert (das kommt manchmal vor); Sie haben dieses glänzende Haar, und dann fiel mir auf, daß Sie beim Essen um keinen Preis etwas trinken wollten. Da habe ich mich gefragt: ‹Peter, mein kluger Junge, was hat das zu bedeuten?› Und als ich in Ihrem Geheimschrank ein Päckchen weißes Arsen fand – das Wie ist im Augenblick nicht wichtig –, da habe ich gefragt: ‹Hoppla, hoppla, wie lange geht das wohl schon so?› Wie Ihr netter ausländischer Apotheker der Polizei gesagt hat, schon zwei Jahre, stimmt's? Das muß also um die Zeit angefangen haben, als der Megatherium Trust zusammenkrachte, richtig? Gut, gut, Sie brauchen mir nichts zu sagen, wenn Sie nicht wollen. Daraufhin haben wir uns ein paar Stückchen von Ihren Haaren und Fingernägeln besorgt, und – sie strotzten vor Arsen! Und da haben wir gesagt: ‹Nanu!› Sehen Sie, darum habe ich Sie heute zu diesem Plauderstündchen eingeladen. Ich dachte mir nämlich, Sie möchten dazu vielleicht etwas sagen.»

«Ich kann dazu nur sagen», sagte Urquhart mit verzerrtem Gesicht, aber streng sachlich im Ton, «daß Sie es sich gut überlegen sollten, bevor Sie jemandem diese lächerliche Theorie unterbreiten. Was Sie und die Polizei – der ich, ehrlich gesagt, alles zutraue – in meinen vier Wänden versteckt haben, weiß ich nicht, aber zu behaupten, ich nähme gewohnheitsmäßig Drogen, ist üble Nachrede und strafbar. Es stimmt durchaus, daß ich eine Zeitlang ein Medikament eingenommen habe, das Spuren von Arsen enthielt – Dr. Grainger kann die Rezepte vorlegen –, und davon mögen durchaus Spuren in meiner Haut und meinen Haaren zurückgeblieben sein, aber darüber hinaus entbehrt Ihre ungeheuerliche Behauptung jeder Grundlage.»

«Jeder?»

«Jeder.»

«Wie kommt es dann», fragte Wimsey kühl, aber mit einem drohenden Unterton in seiner aufs äußerste beherrschten Stimme, «wie kommt es, daß Sie heute abend ohne ersichtliche Wirkung eine Dosis Arsen zu sich genommen haben, die zwei oder drei normale Menschen umbringen würde? Diese ekelhaften Süßigkeiten, mit denen Sie sich in einer – ich darf sagen – Ihrem Alter und Ihrer Stellung unwürdigen Weise vollgestopft haben, waren über und über mit weißem Arsen bestreut. Sie haben das Zeug, Gott sei Ihnen gnädig, vor anderthalb Stunden gegessen. Wenn Arsen Ihnen schaden könnte, müßten Sie sich seit etwa einer Stunde in Todeskrämpfen winden.»

«Sie Satan!»

«Könnten Sie nicht wenigstens versuchen, ein paar Symptome vorzutäuschen?» fragte Wimsey sarkastisch. «Soll ich Ihnen eine Schüssel bringen? Oder den Arzt rufen? Haben Sie ein Brennen in der Kehle? Oder Leibkrämpfe? Es ist zwar schon ziemlich spät, aber mit ein bißchen gutem Willen könnten Sie vielleicht immer noch so tun, als spürten Sie was, selbst jetzt noch.»

«Sie lügen. Sie würden so etwas niemals wagen! Das wäre Mord!»

«In Ihrem Falle nicht, glaube ich. Aber ich bin bereit, es darauf ankommen zu lassen.»

Urquhart stierte ihn an. Wimsey sprang von seinem Sessel hoch und stand mit einem einzigen Satz vor ihm.

«An Ihrer Stelle würde ich jetzt keine Gewalt anwenden. Giftmischer, bleib bei deinen Pülverchen. Außerdem bin ich bewaffnet. Entschuldigen Sie die Operettenszene. Wird Ihnen nun endlich schlecht oder nicht?»

«Sie sind wahnsinnig.»

«Sagen Sie das nicht. Los, Mann – reißen Sie sich zusammen. Frisch gewagt ist halb gewonnen. Soll ich Ihnen den Weg zum Bad zeigen?»

«Mir ist so elend.»

«Natürlich; es klingt nur nicht sehr überzeugend. Durch die Tür, den Flur entlang, dann dritte Tür links.»

Der Anwalt taumelte hinaus. Wimsey ging in die Bibliothek und läutete.

«Ich glaube, Bunter, Mr. Parker könnte im Bad ein wenig Hilfe brauchen.»

«Sehr wohl, Mylord.»

Bunter ging, und Wimsey wartete. Bald hörte man in der Ferne Kampfgeräusche. Eine Gruppe Leute erschien in der Tür – Urquhart, sehr blaß, Haare und Kleidung in Unordnung, flankiert von Parker und Bunter, die ihn an den Armen festhielten.

«Hat er sich übergeben?» fragte Wimsey interessiert.

«Nein», sagte Parker mit grimmigem Gesicht, indem er seinem Opfer Handschellen anlegte. «Er hat fünf Minuten lang auf dich geschimpft, ohne Luft zu holen, dann wollte er zum Fenster hinaus, sah, daß es drei Stockwerke hinunterging, ist dann durchs Ankleidezimmer gerannt und mir genau in die Arme. Nun zappeln Sie nicht so, mein Junge, Sie tun sich nur weh.»

«Und er weiß noch immer nicht, ob er vergiftet ist?»

«Er scheint es nicht anzunehmen. Jedenfalls hat er nichts dagegen getan. Sein einziger Gedanke war Flucht.»

«Schwach», meinte Wimsey. «Wenn ich jemanden glauben machen wollte, ich sei vergiftet, würde ich besser schauspielern.»

«Halten Sie doch um Gottes willen den Mund», sagte der Gefangene. «Sie haben mich mit einem hundsgemeinen Trick überführt, reicht Ihnen das nicht? Sie können es jetzt wenigstens für sich behalten.»

«So», meinte Parker, «überführt haben wir Sie? Nun, ich habe Sie gewarnt, nicht zu reden, aber wenn Sie unbedingt reden wollen, ist es nicht meine Schuld. Übrigens, Peter, ich nehme nicht an, daß du ihm wirklich Gift gegeben hast, oder? Es scheint ihm zwar nicht geschadet zu haben, aber es würde das ärztliche Gutachten beeinträchtigen.»

«Nein, das habe ich nicht», sagte Wimsey. «Ich wollte nur sehen, wie er auf die Behauptung reagiert. Also, gehabt euch wohl! Ich kann das Weitere dir überlassen.»

«Wir werden uns schon um ihn kümmern», sagte Parker. «Aber du könntest Bunter ein Taxi rufen lassen.»

Als der Gefangene und sein Begleiter gegangen waren, wandte Wimsey sich nachdenklich an Bunter, das Glas in der Hand.

«*Mithridates starb sehr alt*, sagt der Dichter. Aber ich bezweifle es, Bunter. In diesem Fall bezweifle ich es sehr.»

· 23 ·

AUF DEM RICHTERTISCH STANDEN GOLdene Chrysanthemen. Sie sahen aus wie lodernde Banner.

Auch die Angeklagte hatte einen Ausdruck in den Augen, der wie eine Herausforderung an den ganzen vollbesetzten Gerichtssaal wirkte, während der Gerichtsschreiber die Klageschrift verlas. Der Richter, ein dicklicher, älterer Herr mit einem Gesicht wie aus dem vorigen Jahrhundert, sah den Staatsanwalt erwartungsvoll an.

«Mylord, ich stelle im Namen der Krone fest, daß gegen die Angeklagte keine Beweise vorliegen.»

Das Luftholen, das durch den Saal ging, klang wie das Rascheln eines aufkommenden Windes in den Baumwipfeln.

«Habe ich das so zu verstehen, daß die Klage gegen die Untersuchungsgefangene zurückgenommen wird?»

«So lauten meine Anweisungen, Mylord.»

«In diesem Falle», sagte der Richter teilnahmslos und an die Geschworenen gewandt, «bleibt Ihnen nichts anderes übrig, als auf ‹Nicht schuldig› zu erkennen. Gerichtsdiener, sorgen Sie für Ruhe auf der Galerie.»

«Noch einen Augenblick, Mylord.» Sir Impey erhob sich, groß und majestätisch.

«Im Namen meiner Mandantin – in Miss Vanes Namen, Mylord, bitte ich für ein paar Worte um Eurer Lordschaft Gehör. Gegen Miss Vane wurde ein Vorwurf erhoben, Mylord, der schreckliche Vorwurf des Mordes, und ich möchte völlig klargestellt wissen, Mylord, daß meine Mandantin diesen Gerichtssaal ohne den geringsten Makel verläßt. Soweit ich informiert bin, Mylord, wird hier nicht die Anklage aus Mangel an Beweisen zurückgezogen. Soviel ich weiß, hat die Polizei vielmehr Beweise für die völlige Unschuld meiner Mandantin gefunden. Soviel ich ferner weiß, Mylord, hat eine weitere Verhaftung stattgefunden, der zu gegebener Zeit ein weiterer Prozeß folgen wird. Mylord, diese Dame muß von jedem Verdacht gereinigt in die Welt hinausgehen, freigesprochen nicht nur von diesem Gericht, nein, freigesprochen auch vor dem Gericht der öffentlichen Meinung. Jede Unklarheit wäre hier unerträglich, Mylord, und ich bin mir für das, was ich sage, der Zustimmung des verehrten Herrn Staatsanwalts gewiß.»

«Selbstverständlich», sagte der Staatsanwalt. «Ich bin angewiesen, Mylord, hier bekanntzugeben, daß die Krone die Anklage gegen die Untersuchungsgefangene zurücknimmt, weil sie von ihrer Unschuld vollkommen überzeugt ist.»

«Das freut mich zu hören», sagte der Richter. «Untersuchungsgefangene, die Krone hat mit der vorbehaltlosen Zurücknahme der gegen Sie erhobenen Anklage Ihre Unschuld aufs deutlichste aufgezeigt. Niemand wird von nun an auch nur den kleinsten Makel an Ihnen sehen können, und ich gratuliere Ihnen von ganzem Herzen zu diesem glücklichen Ende Ihres langen Leidenswegs. Bitte, bitte – ich habe ja volles Verständnis für diejenigen, die jetzt applaudieren, aber wir sind hier weder im Theater noch auf dem Fußballplatz, und wer nicht ruhig ist, muß des Saales verwiesen werden. Meine Damen und Herren Geschworenen, finden Sie die Angeklagte ‹schuldig› oder ‹nicht schuldig?›»

«Nicht schuldig, Mylord.»

«Sehr gut. Die Angeklagte wird wegen erwiesener Unschuld freigesprochen und sofort auf freien Fuß gesetzt. Der nächste Fall, bitte.»

So endete, sensationell bis zuletzt, einer der sensationellsten Mordprozesse des Jahrhunderts.

Harriet Vane ging als freie Frau die Treppe des Gerichtsgebäudes hinunter, wo Eiluned Price und Sylvia Marriott sie erwarteten.

«Menschenskind!» sagte Sylvia.

«Ein dreifaches Hoch!» sagte Eiluned.

Harriet begrüßte die beiden ein wenig geistesabwesend.

«Wo ist Lord Peter Wimsey?» fragte sie. «Ich muß mich bei ihm bedanken.»

«Das kannst du dir sparen», sagte Eiluned barsch. «Ich habe ihn wegfahren sehen, kaum daß das Urteil gesprochen war.»

«Oh!» machte Miss Vane.

«Er wird dich wohl mal besuchen», meinte Sylvia.

«Nein, der nicht», widersprach Eiluned.

«Warum nicht?» fragte Sylvia.

«Zu anständig», sagte Eiluned.

«Ich fürchte, du hast recht», sagte Harriet.

«Der junge Mann gefällt mir wirklich. Er wird nicht auf die König-Kophetua-Tour reisen, und dafür ziehe ich den Hut vor ihm. Wenn du ihn sehen willst, mußt du schon nach ihm schikken.»

«Das werde ich nicht tun», sagte Harriet.

«O doch, du wirst», sagte Sylvia. «Ich hatte recht, was den Mörder anging, und ich werde auch darin recht behalten.»

Lord Peter Wimsey fuhr noch am selben Abend nach Duke's Denver. Er traf die Familie in heller Aufregung an, mit Ausnahme der Herzoginwitwe, die zufrieden mitten in dem ganzen Trubel saß und strickte.

«Hör mal, Peter», sagte der Herzog, «du bist der einzige, auf den Mary hört. Du mußt was unternehmen. Sie will deinen Freund heiraten, diesen Polizisten.»

«Ich weiß», sagte Wimsey. «Und warum sollte sie nicht?»

«Das ist doch lächerlich», sagte der Herzog.

«Ganz und gar nicht», antwortete Lord Peter. «Charles ist einer von den besten.»

«Das mag ja sein», sagte der Herzog, «aber Mary kann doch keinen Polizisten heiraten.»

«Nun hör du mal zu», sagte Wimsey, indem er seine Schwester unterhakte, «du läßt mir Polly in Ruhe. Charles hat zu Beginn dieses Mordprozesses einen Fehler gemacht, aber er macht nicht viele, und eines Tages wird er ein großer Mann sein, mit Titel und allem Drum und Dran, verlaß dich darauf. Wenn du mit jemandem Streit suchst, kannst du ihn mit mir haben.»

«Mein Gott!» sagte der Herzog. «Du willst doch nicht etwa eine Polizistin heiraten?»

«Nicht ganz», sagte Wimsey. «Ich heirate die Angeklagte.»

«Was?» rief der Herzog. «Großer Gott, wie, was?»

«Wenn sie mich haben will», sagte Lord Peter Wimsey.

Dorothy L. Sayers

Dorothy Leigh Sayers stammte aus altem englischen Landadel. Ihr Vater war Pfarrer und Schuldirektor. Sie selbst studierte als eine der ersten Frauen überhaupt an der Universität Oxford, wurde zunächst Lehrerin, wechselte dann für zehn Jahre in eine Werbeagentur. Weltberühmt aber wurde sie mit ihren Kriminalromanen und ihrem Helden Lord Peter Wimsey, der elegant und scharfsinnig Verbrechen aufklärt, vor denen die Polizei ratlos kapituliert.
Dorothy L. Sayers starb 1957 in Whitham / Essex.

3273/4 Der Mann mit den Kupferfingern *und andere Lord Peter-Geschichten* (15647)
Lord Peter Wimsey ist längst als «scharfsinnigster Amateurdetektiv» der zeitgenössischen Literatur berühmt geworden. Krimi-Leser schätzen seine ebenso smarten wie geistreichen Methoden, längst sind ihnen auch seine Hobbies vertraut und sie wissen, in welchen Clubs Wimsey und seine Freunde verkehren, wo sie speisen und welche Jahrgänge legendärer Weine sie trinken.

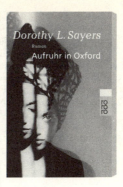

Ärger im Bellona-Club
Kriminalroman
(15179)

Die Akte Harrison
Kriminalroman
(15418)

Aufruhr in Oxford
Kriminalroman
(23082)

Diskrete Zeugen
Kriminalroman
(23083)

Ein Toter zu wenig
Kriminalroman
(26310)

rororo Unterhaltung

Ein Gesamtverzeichnis aller lieferbaren Titel von **Dorothy L. Sayers** finden Sie in der **Rowohlt Revue**. Vierteljährlich neu. Kostenlos in Ihrer Buchhandlung.
Rowohlt im Internet:
www.rororo.de

Ruth Rendell

«Mich fasziniert jedesmal wieder, wie leise-harmonisch die Romane von **Ruth Rendell** beginnen, wie verständlich und normal die ersten Schritte sind, mit denen die Figuren ins Verhängnis laufen. Ruth Rendells liebevoll-ironisch geschilderte Vorstadtidyllen sind mit einer unterschwelligen Spannung gefüllt, die atemlos macht.»
Hansjörg Martin

Dämon hinter Spitzenstores
(23072)
Ausgezeichnet mit dem Gold Dagger 1975, dem begehrtesten internationalen Krimi-Preis.

Die Grausamkeit der Raben
(26328)
«... wieder ein Psychothriller der Sonderklasse.»
Cosmopolitan

Die Verschleierte
(23071)

Die Masken der Mütter
(42723)
Ausgezeichnet mit dem Silver Dagger.

In blinder Panik
(23074)
«Ruth Rendell hat sich mit diesem Krimi selbst übertroffen: die Meisterin der Spannung ist nie spannender zu lesen gewesen.»
Frankfurter Rundschau

Sprich nicht mit Fremden
(23073)

Die neue Freundin *Kriminalstories*
(42778)

Der Fieberbaum *Kriminalstories*
(43004)

Durch das Tor zum Himmlischen Frieden
(42684)

Der Pakt
(43293)

«**Ruth Rendell** – die beste Kriminalschriftstellerin in Großbritannien.»
Observer Magazine

rororo Unterhaltung

Weitere Informationen in der **Rowohlt Revue**, kostenlos im Buchhandel, und im **Internet:** www.rororo.de

P. D. James

Adam Dalgliesh ist Lyriker von Passion, vor allem aber ist er einer der besten Polizisten von Scotland Yard. Und er ist die Erfindung von **P. D. James.** «Im Reich der Krimis regieren die Damen», schrieb die Sunday Times und spielte auf Agatha Christie und Dorothy L. Sayers an, «ihre Königin aber ist P. D. James.» In Wirklichkeit heißt sie Phyllis White, ist 1920 in Oxford geboren, und hat selbst lange Jahre in der Kriminalabteilung des britischen Innenministeriums gearbeitet.

Ein reizender Job für eine Frau
Kriminalroman
(23077)
Der Sohn eines berühmten Wissenschaftlers in Cambridge hat sich angeblich umgebracht. Aber die ehrfürchtig bewunderte Idylle der Gelehrsamkeit trügt.

Der schwarze Turm
Kriminalroman
(23025)
Ein Kommissar entkommt mit knapper Not dem Tod und muß im Pflegeheim schon wieder unnatürliche Todesfälle aufdecken.

Eine Seele von Mörder
Kriminalroman
(23075)
Als in einer vornehmen Nervenklinik die bestgehaßte Frau ermordet wird, scheint der Fall klar – aber die Lösung stellt alle Prognosen über den Schuldigen auf den Kopf.

Tod eines Sachverständigen
Kriminalroman
(23076)
Wie mit einem Seziermesser untersucht P. D. James die Lebensverhältnisse eines verhaßten Kriminologen und zieht den Leser in ein kunstvolles Netz von Spannung und psychologischer Raffinesse.

rororo Unterhaltung

Ein Gesamtverzeichnis aller lieferbaren Titel von **P.D.James** finden Sie in der **Rowohlt Revue**. Vierteljährlich neu. Kostenlos in Ihrer Buchhandlung.
Rowohlt im Internet:
www.rororo.de

Laurie R. King

«Wenn jemand die Nachfolge von P. D. James antritt, dann **Laurie R. King**.»
Boston Globe

Die Gehilfin des Bienenzüchters
Kriminalroman
(rororo 13885)
Der erste Roman einer Serie, in der Laurie R. King das männliche Detektivpaar Sherlock Holmes und Dr. Watson durch eine neue Konstellation ersetzt: dem berühmten Detektiv wird eine Assistentin – Mary Russell – zur Seite gestellt.
«Laurie King hat eine wundervoll originelle und unterhaltsame Geschichte geschrieben.» *Booklist*

Die Apostelin *Kriminalroman*
(rororo 22182)
«*Die Apostelin* ist ein wundervolles Buch. Ich habe diesen Roman geliebt.»
Elisabeth George

Die Feuerprobe *Roman*
Deutsch von Eva Malsch und Angela Schumitz
544 Seiten. Gebunden
und als rororo 23130

Das Moor von Baskerville
Roman
(rororo 22416)
Baskerville revisited:
Die Fortsetzung des berühmtesten Falls von Sir Conan Doyle

Die Farbe des Todes *Thriller*
(rororo 22204)
Drei kleine Mädchen sind ermordet worden. Kein leichter Fall für Kate Martinelli, die gerade erst in die Mordkommission versetzt wurde und noch mit der Skepsis ihres Kollegen Hawkin zu kämpfen hat.

Die Maske des Narren
Kriminalroman
(rororo 22205)
Kate Martinelli und Al Hawkin übernehmen ihren zweiten gemeinsamen Fall.

Geh mit keinem Fremden
Kriminalroman
(rororo 22206)

Wer Rache schwört
Roman
(22922)

rororo Unterhaltung

Weitere Informationen in der **Rowohlt Revue**, kostenlos im Buchhandel, und im **Internet:**
www.rororo.de

Virginia Doyle

Virginia Doyle ist das Pseudonym einer mehrfach ausgezeichneten Krimiautorin. Im Rowohlt Taschenbuch Verlag sind folgende Titel lieferbar:

Die schwarze Nonne
(43321)
Wir schreiben das Jahr 1876: Jacques Pistoux, französischer Meisterkoch und Amateurdetektiv, löst seinen ersten Fall auf dem Gut des Lords von Kent, bei dem er eine Stelle als Leibkoch angenommen hat.

Kreuzfahrt ohne Wiederkehr
(43352)
Nach seinem Abenteuer bei dem Lord von Kent beschließt Jacques Pistoux, dem britischen Inselleben den Rücken zu kehren und mit einer amerikanischen Reisegesellschaft eine Kreuzfahrt auf dem Mittelmeer zu wagen. Doch auch hier zieht der Meisterkoch das Verbrechen an wie der Honig die Fliegen.

Das Blut des Sizilianers
(43356)
Nach seinem Kreuzfahrtabenteuer hat es Jacques Pistoux nach Sizilien verschlagen, wo er ganz unfreiwillig zum ersten Undercover-Agenten der italienischen Justiz wird, die ihn als Küchenjungen auf dem Landsitz eines Mafia-Paten einsetzt ...

Tod im Einspänner
(43368)
Im Jahr 1879 verlassen der junge Meisterkoch und seine adelige Geliebte Charlotte Sophie Sizilien und erreichen nach einer abenteuerlichen Odyssee Wien.

Die Burg der Geier *Ein historischer Kriminalroman*
(22809)
Jacques Pistoux befindet sich auf dem Weg nach Frankreich. In Heidelberg engagiert ihn ein adeliger Landsmann ...
Und wieder begibt sich der junge Meisterkoch in ein schmackhaftes Abenteuer. «Ein wahrhaft appetitliches Lesevergnügen.» *Norbert Klugmann*

Das Totenschiff von Altona
(23153)
Der neue Fall von Jacques Pistoux: Viel Spannung und historisches Hamburg-Flair!

Weitere Informationen in der **Rowohlt Revue**, kostenlos im Buchhandel, und im **Internet: www.rororo.de**